쌀례
이야기
2

차례

1권

다시 차려진 '쌀례'의 밥상 • 4

혼인하러 가는 길 — 꽃가마 대신 기차? • 9

초례청(醮禮廳) 풍경 — 새색시는 소박데기 • 37

눈 오는 날의 불청객들 — 여우 선녀와 거렁뱅이 • 82

부부 비밀 협정 — 글을 배워 보지 않을래? • 112

님의 침묵 — 처음 배운 사랑 노래 • 124

푸른 새벽의 이별 — 지독한 고별사 • 172

연자죽 — 세상에서 가장 맛있는 똥물 • 196

쌀례 아닌 성례 — 빨간 구두 아가씨 • 224

두 번째 초야(初夜) — 삼월 봄비 내리던 밤 • 258

1950년, 숨 가쁜 여름 — 부산(釜山)에서 • 288

짐승들의 밤 — 늙은 야차 vs. 젊은 야차 • 324

달밤의 약속 — 다시 만나자 • 354

반갑지 않은 재회 — 미용사와 사장님 • 376

도깨비 소굴의 식모님 — 적과의 동거 • 408

영화(映畵) 같은 인생 — 한낮의 활극 • 451

산다는 것은 — 은빛 물결과 꿀꿀이죽 • 500

2권

말이 갈리는 자들의 연회 — 나무 그늘 아래 왈츠 · 7

지옥 꽃밭에서의 고백 — 악몽의 밤 · 39

쌀례, 성례, 밥순이 — 그 여자의 이름들 · 59

날벼락 — 갑자기 들이닥치는 것들 · 96

기묘한 약혼 — 얼음이 녹은 날에 · 112

재회(再會) — 꿈꿨던, 꿈과는 다른 · 142

이상한 선생님 — 목소리만 좋은 남자 · 174

둘만의 조조 관람 — 정체불명 그 남자와 · 228

불타는 둥지 — 절정의 다음 · 251

목련나무 정원의 사진들 — 내가 아는 당신 · 301

사랑 — 달콤하고 잔인한 것 · 340

두 남자 — 검사와 악당 · 373

상갓집 밥 — 세 사람의 만찬 · 398

심장에 핀 황금 꽃 — 쌀례를 찾아서 · 429

삶 — 멈출 수 없는 기도 · 462

안녕 — 눈물의 원천, 혹은 새로운 희망 · 503

조왕신을 위한 기도 — 어느 겨울 아침 부엌에서 · 521

작가의 말 · 524

말이 갈리는 자들의 연회
나무 그늘 아래 왈츠

자, 우리가 내려가서 그들의 말을 뒤섞어 놓아, 서로 남의 말을 알아듣지 못하게
만들어 버리자(Come, let us go down, and there confuse their language,
that they may not understand one another's speech).
― 창세기 11장 7절

  한눈에 쌀례는 그를 알아보았다.
  어째서 그 짧은 순간, 멀리 서 있는 그를 한눈에 알아보았느냐고 묻는다면 그녀는 그저 이렇게 대답하리라.
  '알아볼 수밖에 없었어요.'
  늘 그를 생각하고 있었기 때문이다.
  열네 살 겨울, 처음 그를 본 이후부터 지금까지 끊임없이 그 사람을 생각하고, 생각하고, 또 생각했기 때문이라고.
  나를 보는 눈동자, 내게 시를 읽어 주던 그 입술을, 한 글자 한 글자 내 이름을 써 주었던 손길을, 내가 숨 쉬고 있는 동안 끊임없이 기억하고 있기 때문이라고.
  그렇게 잊은 적 없는 내 사람이어서 내 눈이 한눈에 알아보았다고. 아니, 내 심장이 한눈에 알아보고 미친 듯이 뛰었노라고.
  그런데 이상도 해라. 쌀례가 숨이 차게 달려간 그곳에는 선재가 없었다. 찬경이 그녀의 손목을 붙잡고 걸음을 막았던 그 짧은 순간에 그는 사라져 버렸던 것이다.

한 번도 본 적은 없지만 사막에서 보인다는 신기루처럼, 뜨거운 공기와 햇살이 빚어낸다는 한순간의 환상처럼, 짧은 순간 모습을 드러내던 선재는 사라졌다. 더 이상 보이지 않았다.

"선재 씨?"

아직 그녀의 심장은 미친 듯이 고동치고 있었다. 잠깐 동안, 눈 한 번 반짝이는 그 짧은 사이에 보였다가 사라진 그 남자, 한선재 때문에.

발걸음이 후들거렸다.

금방 흙바닥에 주저앉고 싶을 정도로 온몸이 떨려왔다.

'분명히 봤는데. 우리 선재 씨, 그이가 맞는데.'

부들부들 떨면서 주변을 둘러보던 쌀례의 다리가 더 이상 참지 못하고 막 바닥에 주저앉으려던 그때였다.

누군가 다시 그녀의 팔목을 잡아끌었다.

겨우 고개를 들고 보니 자신을 이 괴상한 곳으로 인도한 윤찬경, 그 남자였다.

"그만해."

무섭게 가라앉은 눈빛으로 남자는 그렇게 말했다.

"그 자식은 여기 없어. 그러니까 그만하라구."

쌀례는 그때 얄밉도록 침착한 찬경의 얼굴에 침을 뱉고 싶었다. 아니라고 소리치고 싶었다. 나는 분명히 내 남편을 봤다고, 당신이 날 붙잡고 늘어지지만 않았어도 나는 내 남편을 찾았을 거라고 소리치고 싶었다.

그렇게 분한 기색의 그녀에게 남자의 냉정한 목소리가 채찍처럼 날아왔다.

"아니면 지금 집으로 돌아갈 거야? 오늘 일 따윈 집어던지고, 네가 벌려던 돈도 포기하고. 응? 식모님?"

그 채찍 같은 조롱 소리에 조금씩 여자의 몸에서 떨림이 사그라들었다. 쌀레의 시선이 방금 전 남편이 있던 그곳에 머물렀지만 선재는 없었다.

더운 공기와 햇살이 잠깐 동안 만들어 낸다는 환상, 신기루처럼 그는 보이지 않았다.

방금 전까지 여자의 온몸에 끓어넘치던 흥분, 열기, 기쁨, 실망, 분노 같은 것들이 빠르게 자취를 감추었다.

심장에선 아직 눈물이 나는 듯도 했지만 적어도 눈에 맺힌 눈물은 멈추었다. 이 악당 앞에선 울 수 없다. 그건 그녀에게 있어 견딜 수 없는 수치였다.

여자는 손등으로 슥슥 자신의 눈물을 닦고 등을 꼿꼿이 세우고 앞장서서 걷기 시작했고, 그녀를 조롱하던 남자는 어깨를 한 번 으쓱하고는 여자를 뒤따라 걸었다.

윤찬경 사장과 그의 통역이 호텔 안으로 입장한 지 얼마 지나지 않아 또 다른 키 큰 남자가 입구에 도착했다.

미군이 주최하는 데다 미국에서 미군 위문 협회(USO) 공연단까지 날아와서 공연을 하게 된 본격적인 파티에 입장하는 것치고는 낡은 양복에 소박한 차림새였다.

하지만 균형잡힌 체격에 단정한 용모는 파티장에 들어가는 여자들의 시선을 끌기에 충분했다.
남자는 그런 여자들의 시선에 흥미가 없다는 듯 그들을 지나쳐 입구에 서 있던 장교들 중 하나에게 바로 다가갔다.
"그 잘나간다는 영화 제작자께선? 들어갔나?"
초조한 얼굴로 질문하는 그에게 중위 계급장을 단 젊은 장교가 대답했다.
"지금 막. 내내 눈에 불을 켜고 지키고 있다가 갑자기 어딜 갔었나? 그 소매에 피는 뭐야? 다쳤나?"
장교의 지적에 단정한 얼굴의 그 남자는 그제서야 '아아.'라며 자신의 소맷자락을 살펴보았다.
"별거 아냐. 저희들끼리 과자 줍다 피 터지게 싸우는 아이들이 보여서 의무병에게 데려다 주고 오는 길일세."
누군가 애들에게 사탕 과자 부스러기를 던져 준 모양이고, 굶주린 애들은 바닥에 기다시피 엎드려 줍다가 더 많이 갖겠다며 피 터지게 싸운 것이다.
하나라도 더 주워 자신보다 어린 동생들에게 먹이겠다는 아이들의 모습이 어쩐지 짠해 함께 주워 주던 선재는 결국 서로 주먹질까지 하게 된 아이들을 뜯어 말리고 그중 입술이 찢어진 아이를 의무대에 데려가 치료를 받을 수 있도록 주선했다.
그로선 당연한 일이었지만 그 사이 또다시 그 수상한 윤 사장을 놓쳤다니, 입맛이 썼다. 그리고 그런 그를 보고 장교 역시 입맛이 쓰다는 듯 미간을 찌푸렸다.
"박애주의자 한선재다운 일이긴 하지만 말이야. 그러다가는 건수 놓친다구, 검사 나으리. 수사 협조해 달래서 애써 초대장까지 챙겨줬더니만."

 말은 그렇게 해도 결국 장교는 초대장을 넘겨주었고, 단정한 얼굴의 젊은 검사는 고맙다는 인사와 함께 초대장을 받아 들었다.

 서늘한 종이의 감촉에 선재는 전율을 느꼈다.

 '오늘이야말로 반드시 그 낯짝을 확인하고야 말 테다. 그리고 만약 네가 내가 알고 있는 그놈이라면…….'

 선재는 자신의 심장이 미칠 듯이 고동치는 것을 느꼈다.

 긴장을 풀기 위해 있는 힘껏 숨을 들이켜고 내쉬다가 그는 곧 결연한 얼굴로 파티가 벌어지는 홀 안으로 들어서기 시작했다. 먹잇감을 사냥하러 가는 맹수와 같이 발자국 소리를 줄이면서.

 느릿하지만, 신중하게.

 온 세상이 같은 말을 나누고 서로의 말을 단번에 알아듣던 시절이 있었다.

 지상의 인간들은 모두 타락했다고 판단한 신이 단 한 사람, 노아에게만 방주를 만들어 몸을 피하라 일러 주고 세상을 물로 쓸어 버렸다.

 노아의 방주를 타고 목숨을 건진 자손들이 어느 날 하늘 높이 탑을 쌓기로 마음먹었다고 한다.

 하늘 꼭대기까지 닿는 탑을 세우고 그 탑을 기점으로 흩어지지 말자 마음먹은 인간의 욕망을, 그 도전을 신은 용납하지 않았다.

 신은 그들이 서로의 말을 알아듣지 못하도록 했고, 말이 갈라진 인간들은 하나의 탑, 하나의 마을 만들기를 그만두었다.
 이제 홍수 같은 전쟁이 멈추었고, 배 위에 숨어 목숨을 부지했다가 살아남은, 말이 다른 자들이 한곳에 모여 잔치를 벌이고 있었다.
 그 기묘한 광경을 지켜보면서 쌀례는 뜬금없이 그런 생각이 들었다.
 '그 탑 이름이 뭐였더라. 바……벨탑이었나?'
 배 위에서 살아남은 자들. 말이 갈리는 사람들에 관해서 들은 기억이 있다.
 해방 이후 미 군정과 어떻게든 친하게 지내고 싶어서 그네들 하느님의 교회, 정확히 말하자면 미군들이 다니는 교회에 다니기 시작한 시어머니의 성경책에서 본 듯하다.
 그걸 눈으로 직접 본 것도 그 무렵이었다.
 시아버지가 반민특위인가로 짧은 옥살이를 하시고 풀려나신 날, 아버님은 자신의 손상당한 체면을 회복하기 위해, 아직 한상민이 죽지 않았다는 것을 만방에 보이기 위해, 그동안 교회를 다니고 사교로 안면을 튼 푸른 눈의 권력자들을 대거 집에 초대해 잔치를 벌였었다.
 쌀례는 찬모들과 부엌에서 음식 준비하기에 여념이 없었다.
 시누이는 좋아하는 노란색 실크 옷을 입고 연회장으로 꾸민 앞마당 잔디밭에 나가서 어머니와 유모의 감시하에 키 큰 푸른 눈의 장교들과 대화하길 즐겼다.
 부엌에서 하녀들이 아씨는 그만 나가 보시라고 쌀례를 내보내 주었을 때는 파티는 이미 파장 분위기였다.
 그래도 축음기에서 흘러나오는 음악 소리는 계속되고 있었다.
 쌀례는 연회장 한쪽에서 계속 만들어 나르는, 유리잔에 얼음이 살강거리는 펀치 한 잔을 몰래 들고 나와 정원수 아래 앉아서 홀짝거리며 마셔 보았다. 레몬주스에 설탕을 섞은 거라는데 묘하게 술맛도 조금은 나는 듯했다.

"아, 맛있어."

입에 달라붙는 달콤한 맛을 즐기면서 그녀는 여자들과 남자들이 음악에 맞춰 춤을 추는 모습을 멀리서 훔쳐보았다.

여름 정원에는 흰색, 연한 자주색, 푸른색 등이 오묘하게 섞인 수국과 붉고 흰 나팔꽃, 꽃잎에 범의 가죽 같은 무늬가 찍혀 신기한 참나리가 활짝 피어 있었고, 꽃가지 그늘 사이로 하얀 달이 꽃처럼 피어 있었다.

달은 그날 밤 피어난 가장 큰 꽃이었다.

펀치를 두 잔쯤 비울 때쯤 얼굴이 따끈해지는 것을 느꼈다. 괜히 실없이 웃음도 새어 나왔다.

그때 정원수 그늘 아래로 누군가의 발자국 소리가 들렸다.

"여기 있었구나. 혼자서 뭐 하니?"

"그러는 서방님은 뭐 하세요? 아버님이 오늘 일찍 오라고 그러셨는데······."

어깨를 으쓱해 보이는 선재를 보면서 쌀례도 그가 늦게 귀가한 이유를 짐작하고 있었다. 아버님이 만든 이런 자리가 내키지 않아 일부러 늦은 것이라는 것을.

문득 그의 시선이 발갛게 달아오른 처녀아이에게로 향했다. 손에 들린 유리잔을 빼앗아 코를 대고 냄새를 맡아 본 남자가 어처구니없다는 듯이 중얼거렸다.

"펀치도 마시다 보면 취해. 나 원, 얼마나 마신 거야?"

"많이 안 마셨어요. 두 잔, 하고 한 모금. 히끅. 엄마야!"

자신도 모르게 딸꾹질을 하고 쌀례는 당황해서 손으로 자기 입을 틀어막았다.
주스 같은 건 줄 알았는데 마시면 취하는 거였다니. 그러고 보니 어릴 때도 배고파서 몰래 양조장 술지게미를 얻어먹고 머리가 띵하고 발걸음이 풀려서 애를 먹은 적이 있었다.
그런 여자아이를, 여자를 보면서 그가 웃었다.
술기운에 달아올랐던 얼굴이 그의 미소를 보고 더더욱 타는 듯이 달아오르고 말았다. 이제 여학교에 입학해서 막 여학생이 되었으면 어른스럽고 여성스러운 모습을 보여야 할 텐데 더 형편없는 꼴만 보이고 말았다. 이게 뭐람.
그렇게 그녀가 창피해하는 사이, 음악이 바뀌었다.
"은재, 그 녀석답군."
축음기로 들려오는 나른하고 끈끈한 선율에 선재는 혀를 찼다.
음악이 바뀌자 손님으로 온 남자와 여자들이 손을 잡고, 혹은 남자가 여자의 허리에 팔을 두르고 느릿하게 스텝을 밟기 시작했다.
그녀의 고백대로 펀치 두 잔하고도 한 모금을 마시고 슬슬 입에서 알 수 없는 웃음이 배어 나오기 시작한 여자아이는 혼자서 발을 까닥까닥 움직이다가 흥에 겨웠는지 자리에서 일어서서 홀로 스텝을 밟아 보았다.
"왈츠보다 느린 것 같아요. 딴따라라 딴따아······."
"춤도 출 줄 알아?"
의외라는 듯한 남자의 질문에 여자아이는 자랑스레 턱을 치켜들고 대답했다.
"체육 시간에 배웠는걸요. 여자들끼리 2인 1조씩 조를 짜서 추거든요. 남자 스텝 여자 스텝 둘 다 배워요. 보세요. 이게 남자 스텝이구요…… 이건 여자 스텝이에요."

하늘거리는 나비처럼 스커트 자락을 펄럭이며 발걸음을 옮기는 여자아이를 남자는 달빛처럼 부드러운 얼굴로 지켜보았다. 그러다가 술기운 때문인지 조금 휘청거리는 여자아이를 남자는 재빨리 잡아 부축했다.

멀리서 음악은 계속 흐르고 있었고, 어느 순간부터 그들은 정원수 그늘 아래에서 빙빙 발걸음을 옮기며 춤을 추었다.

그의 손이 그녀의 손을 잡고, 그의 팔이 처음으로 그녀의 허리를 감싸 안았다.

"하나, 둘, 셋…… 둘, 둘, 셋…… 어어, 이거 아니었나? 나도 전에 학교 다닐 때 배운 것 같기도 한데. 어, 밟았다."

"앗, 죄송해요. 일부러 밟은 거 아니에요. 이걸 어째! 아니, 아니, 그쪽으로 돌아야 해요. 이렇게 한 바퀴 턴, 하고요."

손가락과 손가락이 닿았고, 발걸음과 발걸음이, 웃음소리와 웃음소리가 자잘하게 섞여들어 갔다.

달빛 아래 재즈 음악을 배경으로 난데없이 왈츠를 추면서 그들은 웃고, 서로의 발등을 밟고 춤을 추었다.

언제까지나 계속될 것 같던 스텝, 웃음, 맞잡은 손들.

두근거리는 심장 소리를 닮은 설레는 음악 소리…….

하지만 시작이 있으면 끝이 있는 법.

음악은 끝났고, 스텝은 멎었다.

그런데 음악이 끝나고 스텝이 멎었다고 마주 보던 시선도, 잡고 있던 손도 단번에 풀어 버릴 수는 없었기에 그들은 한동안 서로를 마주

본 채 손을 잡고 있었다.
 그의 손가락이 그녀의 손가락 사이로 파고들었다.
 '하늘님.'
 막 스무 살이 된 여자아이는, 아니 여자는 미친 듯이 두근거리는 심장 소리가 혹시나 그의 귀에 들켜 버릴까 어찌할 바를 몰랐다.
 알코올 기운, 춤 기운에 여자의 뺨은 더더욱 달아올랐다.
 그녀의 손가락 사이에 파고들었던 그의 손이 이제 여자의 이마를 짚었다.
 문득 그가 말했다.
 "열이 있는 것 같은데?"
 '당신 때문에 나는 열이 올라요. 머리부터 심장까지 미열(微熱)에 들떠요. 온몸이, 마음이, 심장이 더워져요. 당신 때문에.'
 하지만 그녀가 그렇게 고백하기 전에, 그는 그녀의 이마에서 손을 떼고 한 발짝 물러나서 담담한 목소리로 말했다.
 "여름 감기가 많이 돌아다닌다니까 날 덥다고 차게 다니지 말고, 아프지 마. 공부 열심히 하고."
 그것은 꼭 이별 인사 같아서, 그녀를 어리둥절하게 만들었다.
 "어디 가세요? 밤도 늦었는데…… 어머님이 찾으실 텐데요."
 '그리고 내가 걱정되는데요.'
 무슨 생각을 하는지 숨기지 못하고 다 흘리고 마는, 스무 살 단발머리 아내를 물끄러미 바라보면서 남자는 말했다.
 "나, 집을 나가기로 했어. 마침 승규가 딱 맞는 하숙집을 소개해 주어서…… 짐을 가지러 들른 거야."
 그것은 쌀레에게 있어서 정녕 날벼락이었다.

영원히 끝날 것 같지 않은 춤, 영원히 놓지 않을 것 같던 손을 풀고서 이 사람은 어디로 간다는 걸까. 하숙? 이렇게 큰 집을 놓아두고 무슨 하숙이란 말인가?

물론 요즘 시아버지와 지아비의 사이가 험악하다는 것은 그녀도 알고 있었다. 특히나 시아버지가 지난 정초부터 반민특위인가 하는 곳에서 나온 사람들에게 붙들려 포승줄에 묶여 간 뒤부터 지금까지 두 부자 사이에 흐르는 공기는 차갑고 무겁기 짝이 없었다.

하지만 쌀례가 보건대 그건 지난 수년 동안 늘 있어 왔던 일이었다. 거기다 부모 자식 사이였다. 아무리 서로의 말을 이해할 수 없고 그 내뱉는 말이 가시가 되어 서로의 속을 할퀸다 한들, 낳아 주신 부모요 자식 사이니 언제나처럼 아물어 가겠지.

그렇게 태평하게 생각하고 있었는데…… 남편이 집을 나간다니!

문득 여자의 입술에선 자신도 모르게 다음과 같은 말이 흘러나오고 말았다.

"그럼, 저는요?"

"뭐?"

"잠깐만 기다려 주세요. 저도 짐을 싸 오겠어요."

몸을 돌려 자신의 방 쪽으로 달려가 정말 짐을 싸 올 기세인 아내를 붙들고 남자는 당황한 어조로 말했다.

"무슨…… 말도 안 되는 소리를! 다 큰 처녀 아이가!"

"말이 안 되는 건 서방님이세요! 서방님이 가시면 저도 가요! 종종 잊어버리시나 본데, 저는요! 서방님 아내란 말이에요!"

정원수 아래에서 그를 따라가겠다고 사정하던 그때, 마지막에 가선 울음을 터뜨려 버렸던 것을 쌀례는 기억한다. 눈물도 흘렸었지.

고작 전차로 두어 정거장 거리의 하숙으로 떠나는 남편을, 마치 두 번 다시 볼 수 없는 곳으로 떠나보내는 것마냥 울면서 붙잡았었다.

사실 그 뒤에 했던, 처음보다 더 긴 이별을 생각하면 그건 아무것도 아니었는데.

아니, 아니다.

거기까지 생각하던 여자는 고개를 내저었다.

짧은 이별이든 긴 이별이든 이별이란 슬프고 모진 것이다.

그때는 전차 두어 정거장 거리만으로도 충분히 가슴이 미어졌었다.

같은 담장 아래 살 수 없다는 것만으로도 충분히 애통했다.

지금은 그때만큼은 울지 않는다.

이상도 하지. 전차 두어 정거장과는 비교도 할 수 없는 거리로 떨어져 있고, 언제 다시 얼굴 마주 대할 수 있을지 기한도 없고, 스무 살 그때와 비교하면 통곡을 해도 모자랄 판에 그때보다 눈물이나 울음은 나오지 않는다.

하지만 그 이유를, 이상하다 하면서도 여자는 알고 있다.

그렇게 매일을 울어서는 살아갈 수 없기 때문이다.

슬퍼도 아이는 낳아야 했고, 밥은 먹어야 했다.

꾸역꾸역, 살아는 가야 했다.

살아야 다시 볼 수 있으니까.

다시 보기 위해선 살아야 하고, 살기 위해선 그가 옆에 없다는 사실에 너무 마음 쓰거나 울어서도 안 된다.

이 얼마나 아이러니한 일인가.

요즘 여자는 점점 남편과의 이별에 익숙해져 가고 있다는 사실이 두려워지고 있었다.

얼굴 보지 못하고, 목소리 듣지 못하고, 손 내밀어도 잡아 줄 그 사람이 없다는 사실을 점점 그녀의 심장이 받아들이고 있었다.
 그녀의 아기가 태어나기 전 이별이 태어나고, 그 이별이 아기와 함께 나이를 먹더니, 이제 커다랗게 자라 그녀와 아이를 지켜보고 있다.
 아내는 남편 없는 곳에서 입술연지를 바르기 시작했고, 아이는 다른 남자에게 아빠라 부른다.
 '안 돼. 안 돼. 안 돼.'
 그녀의 귓가에 남편의 목소리인지 그녀 자신의 목소리인지, 아니면 두 사람의 목소리인지 모를 소리가 경고를 시작했다. 무슨 수를 써서라도 그 집에서 나오라고.
 오늘 밤, 그래서 그녀는 말이 갈리는 자들의 연회에 나왔다.
 "영화 제작자라면 돈도 벌고 미인들도 많이 봐서 정말 좋겠다고, 부러운 인생이라고 하는데요? ……그중 최고 미인하고 한번 만나게 해 줄 수 없냐고요."
 느물스런 외국 남자의 말을 통역하자니 속이 니글거렸지만 쌀례는 얼굴 가득 미소를 잃지 않으면서 고용주인 그 남자에게 전해 주었다.
 찬경 역시 얼굴에 미소를 잃지 않으면서 낮은 목소리로 욕설을 내뱉었다.
 "염병하고 자빠졌네. 누굴 뚜쟁이 취급하는 거야? 뚜쟁이라고 하더라도, 겨우 그 정도 계급장 달고 있는 네놈 따위한테 그렇게까지는 못하지."
 "……염병하고 자빠졌네는 뺄게요."
 통역하는 여자는 노란 머리, 빨간 머리, 갈색 머리 등등 다양한 머리색의 외국 군인들, 장사꾼들 사이를 누비고 다니면서 그녀를 연회에 데려온 남자를 위해 서툴게 그들의 말을 해석해서 알려 주었다. 이쪽의 말을 옮겨 전하기도 했다.

신기하게도 외국인, 사업가들과 찬경 그 남자는 복잡하지 않은 단어 몇 마디로 서로 금방 좋아 죽는 사이가 된 것처럼 보였다.

비록 간혹 가다 찬경의 입에서 한국어로 된 욕설이 새어 나오긴 했지만, 적어도 겉으로 봐서 모든 것은 순조로웠다.

양쪽 모두 좋아하는 단어는 같기 때문일까?

머니, 머니, 머니……

문득 사람들의 주목을 받으며 자신이 좋아하는 돈에 대해 이야기를 나누고, 좋아라 술을 따르고, 자신에게 넘어오는 술잔을 기꺼이 받는 찬경의 모습을 보자니 쌀례는 그 모습이 누군가와 닮았다는 생각도 들었다.

'아버님? 설마.'

스스로 생각하고도 질겁하면서 여자는 고개를 내저었다.

저 남자와 아버님, 서로 한 하늘을 이고 살아가는 것이 버거운 두 남자가 닮았다고 착각하다니. 술이라곤 한 모금도 안 마셨는데 술 냄새만으로도 내가 취했나?

"펀치라도 마실래?"

재계 유력자와 문화계 인사들의 만남이라는 허울 좋은 파티에 핀업걸로 불려온 연설이 그녀에게 잔을 내밀었다.

펀치. 달콤했던 음료. 단 몇 모금만으로 사람의 발걸음을 휘청이게 하고, 뺨을 달아오르게 하고, 심장을 두근거리게 만들었던 이상한 물.

헤어진 연인을 보듯 술잔을 보던 여자는 담담히 고개를 가로저었다.

"전 술 못 해요."

"정말? 술잔 보는 얼굴이 그렇게 애틋한데? 그리고 이건 술 아냐. 음료수지."

"그래도 많이 마시면 취해요."

"전에도 마셔 본 적 있나 보네?"

쌀례는 그저 담담히 웃기만 했다.

자신을 식모라 소개하지만 때론 미용사, 때론 어여쁜 통역사, 지금은 기품 있는 양갓집 아가씨 같아 보이는 쌀례를 연설은 흥미롭다는 듯이 찬찬히 바라보았다.

"자기 오늘 참 예쁘다. 윤 사장이 다시 반하지 않았을까? 뭐라 그래? 예쁘다고 하지?"

문득 쌀례의 얼굴에서 웃음기가 사라졌다.

―예뻐.

그녀가 이제껏 들어 본 중 가장 어색하고 쓸모없는 말이었다.

그 소리를 뱉어 낸 남자조차도 뱉어 내고 나서 수습이 안 되어 어쩔 줄 몰라 하던, 말한 사람과 듣는 사람 양쪽을 참 곤혹스럽게 했던 평가.

호의로 말해 주는 연설에게 굳은 얼굴을 보일 순 없어서 쌀례는 눈을 내리깔고 그저 이렇게만 말했다.

"그 사람, 그런 말 할 사람이 아니에요."

정확히 말하자면 그런 말을 할 자격이 있는 사람이 아니다.

"그냥 차려입지 않으면 곤란한 자리라고 해서 어쩔 수 없었어요. 그렇게 잘하는 영어는 아니지만 통역해 주면 보수가 좋다고 해서요."

"전부터 궁금했는데, 윤 사장하곤 어떻게 아는 사이야?"

호기심 가득한 얼굴로 묻는 여배우를 보면서 쌀례는 난감했다.

그 남자와 나는 어떻게 아는 사이일까. 그저 그런 사람이라면 '식모예요. 돈 되는 일은 선별해서 하는 사이고요.'라고 하겠지만, 일전 야매 미용실을 개업했을 때 많은 도움을 받은 '언니' 같은 사람에게 그런 식의 대답은 옳지 않은 것 같다.

잠시 생각 끝에 쌀례는 부분적으로 사실을 말했다.

"옛날 저 어릴 때, 전쟁 전부터 알던 오라버니예요."

"어머, 그래? 혹시 첫사랑이었나?"

알코올 기운으로 발그스름하게 달아오른 뺨을 하고 '하하' 웃으며 농담 비스무리하게 묻던 여배우는 살짝 굳어진 쌀례의 표정에 웃음을 삼키고 멋쩍은 듯 말했다.

"보면 성례 씨는 냉랭하고, 윤 사장은 답지 않게 쩔쩔매는 것 같아서 그런 사이 아니었나 싶었거든."

"쩔쩔매요? 저 사람이? 왜요?"

입 밖으로 나온 순간 자신의 목소리에서 풍기는 냉기, 혹은 사나움에 쌀례 역시 놀라고 말았지만 다시 주워 담을 수는 없는 노릇이었다.

잠시 후, 머뭇거리는 목소리로 쌀례가 다시 말했다.

"그럴 사람이 아니에요. 저 같은 것 눈치를 왜 보겠어요. 자기 좋을 대로 하고 사는 사람인데요. 예전에도……."

그렇지. 색소폰 연주자로 하룻밤에 쌀 한 말이라는 거액의 보수를 제시받았을 때 코웃음을 치며 머슴 세경 쪽이 더 후하다고 거절했던 인간이다. 금을 가져야겠다고 마음먹었을 때는 납치, 살인, 강도짓도 마다하지 않는 인간이다. 박쌀례가 아는 윤찬경이란 인간은 하고 싶은 건 무슨 일이 있어도 하면서 살아왔다. 그런 인간이 내 눈치를 봐?

기가 막히고 코가 막힐 노릇이다.

"어릴 때부터 자기 좋을 대로 하고 산 사람이에요. 언니가 뭔가 오해를 하셨나 봐요."

정색을 하고 말하는 쌀례를 여배우는 재미있다는 듯이 바라보았다.

"흠, 나야 뭐 윤 사장이 영화사 차리고 나서야 안 사이니까 옛날에 어떤 모양이었는지 모르지. 날건달의 어린 시절이라. 상상이 안 가는걸? 지금 비슷한 어린 건달이었나?"

쌀례는 순간 바로 '네,' 하고 대답하고 싶었다. 하지만 그녀 안쪽의 누군가가 그 소리를 틀어막았다.

쌀례는 그 무렵의 찬경을 떠올렸다. 경이 오라버니였던 시절의 그를.

―그 정도 한숨으로 땅이 꺼지겠습니까?
―장터 가서 사탕이라도 사다 줄깝쇼?
―구경해 본 적 없죠? 해 떨어지면 시작되는 다른 세상.
―밥 많이 먹고 무럭무럭 커라, 아씨 마님.

"짓궂지만 친절한 사람이었어요. 처음 본 사람도 도와주려고 애쓰는 좋은 사람."

이상한 일이다. 그가 저지른 짓들을 생각하면 미운데, 이렇게 미워하는 것조차 쓸데없는 감정의 낭비같이 느껴질 만큼 미운데, 그를 좋아하던 시절의 기억은 사라지지 않는다. 처음 만났던 날, 눈 내리는 하얀 길 위에 피를 쏟고 쓰러지던 누더기 차림의 소년이었던 그. 글자 배워서 가족에게 편지를 쓰라고 했을 때 나는 가족이 없다고 쓸쓸하게 말하던 그. 머리에 포마드 기름을 잔뜩 바르고 무대에서 수줍게 눈 감으며 색소폰을 불던 그가 생각난다.
 짓궂고, 퉁명스럽고, 미친 바람처럼 웃음과 울적함이 언제 튀어나올지 몰라 종잡을 수 없는 사람이기도 했지만, 적어도 쌀례에게 있어서 그는 좋은 사람이었다.
 문득 머릿속 그 기억들을 떠올리며 눈앞에서 어른거리는 지난날의 쌀례, 지난날의 찬경, 지난날의 선재를 물끄러미 바라보았다. 좋았던 것들은 왜 그리 짧기만 할까. 왜 그대로 있어 주지 않고 변해 버리나.
 그런 그녀의 상념은 주변의 웅성거림으로 인해 끝이 났다.
 "자, 주빈이 오셨으니 좀 더 본격적으로 즐겨 봅시다! 밴드, 신 나는 곡으로!"
 그때까지 간신히 두르고 있던 그나마의 절도를 벗어던지고 남자들의 노골적인 술판이 벌어지기 시작했다.
 그 분위기를 기다렸다는 듯이, 긴장 풀린 모습으로 넥타이를 풀고 술병을 쥐고 있는 유력자들 곁으로 한 걸음씩 자청해 들어가는 여자들도 있었고, 슬슬 발걸음을 빼는 여자들도 있었다. 연설은 돌아가는 분위기를 보더니 '쯧쯧' 혀를 차다가 쌀례에게 확인하듯 물었다.
 "술, 못 마신다고 했지?"
 "네."
 "그럼 지금은 여기서 나가는 게 좋을 거야. 곧 맨 정신으로 보기 힘든 난장판이 벌어질 테니까. 잠깐 기다려. 보관소에 맡겨 놓은 내 코트하고 핸드백 찾아올 테니 같이 나가자."
 난장판이라. 그렇다면 피하는 것이 상책이긴 하다. 수년 전 안국동, 그 과거 영화의 성에서 벌어졌던 연회가 떠오르고 난 후부터 쌀례는 이 자리가 불편했다.

똑같은 풍경, 똑같이 말이 갈리는 자들의 연회에서 그때는 있고 지금은 없는 '남편의 부재'가 더더욱 뼈저렸다.

그는 없는데 비슷한 모양새의 파티는 계속되고 있다.

그는 없는데 그와 마셨던 펀치가 바로 코앞에 놓여 있다.

아직 그녀의 머리에선 부른 배를 하고 느껴야 했던 그 강렬한 허기가 떠오르는데, 눈앞에선 산해진미와 영원히 바닥나지 않을 것 같은 술잔이 흘러넘치고 있다.

마음은 울적하고 눈은 더럽혀지는 느낌. 쌀례는 빨리 연설이 돌아오길 기다리면서 앉아 있던 자리에서 몸을 일으켰다.

그녀를 이 난장판에 데리고 왔던 남자는 한창 손님을 접대하고 이 죄악의 잔치를 즐기느라 정신이 없는 모양이다. 집까지 갈 일이 걱정이긴 했지만 연설에게 차비를 빌리든가 어떻게든 되겠지.

그런데 그녀가 막 자리에서 일어서서 발걸음을 뗀 순간, 한 기나긴 그림자가 그녀의 앞을 막아섰다. 그림자의 주인이 그녀에게 말을 걸었다.

"어어, 많이 변했구만. 몰라보겠는데?"

"이 친구! 자네는 어쨰 하나도 변하지 않았군 그래."

파티 손님들 중 선재를 알아본 과거 친구들이 하나같이 한 소리는 그런 것이었다.

300만 명의 목숨이 일시에 사라졌다는 전쟁을 겪고 나서 과거에 알고 지내던 사람을 살아서 다시 만난 것은 기쁜 일이다.

처음 2, 3분 정도는 분명 그랬던 것 같다.

하지만 처음 서로의 생존을 확인하고 서로의 시선이 서로의 현재 상태를 가늠하기 시작하면서 반가움은 차츰 다른 것으로 변질되기 시작했다.

"그래, 아버님은 무고하신가? 이런 파티에 발걸음을 하다니. 자네도 이제 시류가 뭔지 좀 알게 된 모양이지? 그런데……."

하지만 옛 동창의 시선은 선재의 그다지 고급스럽지 않은 옷차림 — 소매에 묻은 혈흔 — 에 이르러 살짝 구겨지기 시작했다.

"경성 제일의 귀공자가 이게 무슨 일인가? 아버님 밑에서 사업 배우는 거 아니었나?"

과거 동창의 질문에 선재는 냉소를 머금고 대꾸했다.

"나이를 먹었으면 부모로부터 독립해야지."

간단명료한 대답이었으나 듣고 있던 친구들에겐 입맛이 쓴 이야기였다.

이 파티에 참석하고 있는 사람들 중 일부는 전쟁통에 돈벼락을 맞은 신흥 부자들도 있지만, 상당수는 일본의 지배하에 있던 때부터 경성 부자들로 유명했던 부류들이었다. 같이 일본 정부에 협조하는 돈 많은 아버지들 아래에서 아쉬운 것 없이 살아온 도련님들 중에서도 한선재는 별종으로 꼽혔으나 그때는 어리기라도 했다. 서른이 한참 지나서 아직까지 저런 세상물정 모르는 애송이 같은 소리를 늘어놓다니.

"자네가 왜 그 세월 동안 하나도 안 변했는지 알겠군. 이 친구, 아직 청춘이야."

찬사와 조롱이 뒤섞인 친구들의 평가에 선재는 그저 덤덤했다.

살아 있으니 이런 친구들도 다시 보는데, 정작 보고 싶은 얼굴은 볼 수가 없다.

도시의 대부분이 아직 예전의 모습을 찾지 못했고, 밖에는 폭격을 맞은 건물터가 보이고, 아이들은 땅바닥에 구르는 땅콩 부스러기를 줍는데, 이곳에선 샴페인이 넘쳐흐르고 있다. 이상한 세상이다.

그런 그의 상념은 동창의 목소리에 의해 깨어졌다.

"사업하는 것도 아니라면 여긴 무슨 일인가?"

그러자 옆에 있던 또 다른 동창이 귓속말로 무언가를 중얼거렸고, 그제서야 질문하던 동창의 눈빛이 다시 반짝이기 시작했다.

"이야, 그럼 이제 영감님이시군? 나중에 따로 한잔하세. 내 자리를 마련하지."

아아, 이제 한계였다. 선재는 동갑인 주제에 벌써 얼굴에 개기름이 흐르는 동창의 저 면상을 더 보고 있기가 짜증이 났으나 오늘 온 본래의 목적을 생각하고 피어오르는 울화를 눌러 삼켰다. 그리고 물었다.

"자네 숙부께서 연예계에 발이 넓으셨지?"

"뭐, 몇몇 배우나 제작자들이 아직 인사를 오곤 하지. 왜?"

"그럼 혹시 그중에 윤……."

그때였다. 어디선가 '와장창' 부서지는 소리와 함께 여자의 비명이 들려온 것은.

"꺄아아아악! 헬프 미! 헬프 미!"

무릎까지 오는 짧은 스커트 차림에 구불구불 굽은 신식 파마머리를 하고 있는 젊은 여자가 엉망으로 취한 미군에게 팔을 잡히고 버둥거리고 있었다. 아마 주최 측에서 부른 댄서였던 모양인데 미군의 비위를 거스른 모양이다.

그녀보다 머리 하나는 더 큰 남자가 우악스레 여자의 팔을 잡고 행패를 부리는데 주변의 사람들은 아무도 도와주려 하지 않았다. 모두들 앞이 보이지 않거나 소리를 듣지 못하는 것처럼 행동했다. 선재는 눈앞의 이 광경이 믿기지 않았다.
 그는 들고 있던 샴페인 잔을 웨이터에게 넘기고 소란이 일어난 쪽으로 걸어갔다.
 "그만하시죠."
 미군들은 갑자기 들려오는 차분한 목소리로 빚어진 영어 소리에 고개를 돌리다 낡은 양복 차림의 젊은 남자를 발견했다.
 "뭐야, 이게…… 잘 놀고 있는데 왜 끼어들어?"
 술이 얼큰하게 취한 미군 장교의 고함에 젊은 남자는 흔들리지 않았다.
 "남의 나라에서 이런 행패를 부리는 걸 당신들은 잘 논다고 합니까? 댁들 상관도 좋아라 하진 않을 텐데요?"
 얄밉도록 차분한 지적에 잠깐 멈칫했던 그들은 '남의 나라'라는 말에 어깨를 으쓱거렸다.
 "남의 나라, 아니지. 이 건물은 당신네 대통령이 우리에게 넘겼으니 미군 소유이고 미국 영토야. 우리 구역에서 우리가 맘대로 놀겠다는데 당신이 무슨 상관이야? 목숨 걸고 싸워 줬더니 너희는 은혜도 모르나?"
 바늘로 찌르면 당장 피가 아닌 술이 새어 나올 만큼 취한 모습들이었다. 술기운에 혀가 꼬여 알아듣기 힘들었지만 대략 그들이 하는 술주정을 남자는 알아들었다. 곧 붉게 달아오른 미군들과 대조적으로 희고 단정한 얼굴의 그 남자는 서늘한 표정으로 반문했다.
 "헌병을 불러야 하겠습니까?"
 잠깐 당황한 기색이던 군인들이 험악한 기세로 젊은 남자에게 다가

섰다. 평소에는 평화주의자로 폭력은 도움이 되지 않는다 생각했고, 어지간하면 주먹싸움에 응하지 않는 편인 젊은 남자도 응전 태세를 갖추었다. 하지만 그때 그들 사이로 부드러운 목소리가 끼어들었다.
"제발, 그만하세요. 신사분들, 사람들이 다 놀라잖아요."
목소리의 주인공은 30대 초반으로 보이는 아름다운 여자였다.
파티의 다른 여자들처럼 유행하는 업스타일의 파마라든지 울긋불긋한 홍콩 양단으로 만든 옷을 걸치진 않았지만 베이지색 원피스를 입고 곱게 말아 올린 머리칼에 진주를 알알이 박은 머리핀을 꽂은 모습은 소박하면서도 우아한 멋을 풍겼다. 무엇보다 그녀에게는 평생을 지체 높은 명문가의 금지옥엽으로 살아온 위엄이 있었다.
영어가 아주 유창하진 않더라도 기품 있는 그녀의 태도에 남자들은 서로 으르렁대기를 멈추었다.
"왜 선재 씨답지 않게 그래요. 이런 자리 온 것 자체가 당신답지 않긴 하지만…… 응?"
여자의 시선이 피 묻은 그의 소매를 향했고, 곧 그녀의 손이 망설임 없이 그의 소매, 그의 손을 붙잡았다.
"다친 거예요? 이리 좀 보여 봐요!"
"내 피가 아니야."
남자는 실례가 되지 않는 선에서 조용히, 자기 손에 붙은 여자의 손을 털어 냈다.
그 조용하지만 분명한 거부 표시에 여자는 내심 한숨을 내쉬었다. 하지만 늘 그랬듯이 겉으로는 상처받지 않은 듯 담담하게 말했다.
"사람들 말이 맞아요. 다들 변하는데 당신 혼자만 청춘이군요. 모르는 사람 일에 끼어들고, 그래서 위험해지고……."

"한 가지쯤 변하지 않는 것도 있어야지."

남자는 대수롭지 않은 듯 그렇게 흘려들었지만, 여자는 애가 탔다. 그때 여자의 귀에 낮게 중얼거리는 듯한 남자의 목소리가 들려왔다.

"그 사람도……."

"네?"

"그 사람도 혼자서 이런 위험한 일 겪는 건 아니겠지."

그저 먼 허공을 보고 있을 뿐이었지만 그의 눈이 지금 누굴 보고 있는지 그 여자는 알고 있었다. 남자의 이런 모습은 지난 몇 년 동안 내내 보아 온 것이었지만 볼 때마다 입맛이 쓴 것은 어쩔 수 없었다.

"부탁해요. 당신 몸에 피 묻는 거 난 더 이상 못 봐요. 당신 여자 아니어도, 당신 친구로 부탁할게요. 이제 위험한 일에 나서지 말아 줘요. 처음 병원에서 당신이 시체처럼 누워 있던 모습 봤을 때 내가 얼마나 무서웠는지 당신은 모를 거예요."

여자의 애원에 남자는 아무 말도 할 수 없었다. 그의 귀에는 이미 그녀의 목소리가 아닌 다른 것이 들려오고 있었기 때문이다.

언제 그런 시끄러운 소동이 벌어졌나 싶게 미국에서 왔다는 위문 공연단은 다시 흥겨운 춤곡을 연주하기 시작했다.

귀에 익은 곡이었다.

소녀에서 여자가 되어 가던 아내와 손을 잡고 스텝을 밟았던 바로 그 곡이 아닌가.

옥수수색 머리칼, 머리칼과 비슷한 색의 눈동자를 한 주근깨투성이 미군 장교 하나가 쌀례를 보고 있었다.
"헤이, 오랜만이야. 이쁜이."
그의 말대로 오랜만에 만난 얼굴이지만 눈곱만치도 반갑지 않았다. 휘파람을 불면서 다가오는 수컷들은 질색이다. 더더구나 눈앞에 다가오는 이 작자는 더 질색이다.
미용실 원장을 따라 가끔 미군 부대 영내 장교들 머리를 만지러 간 적이 있는데 간혹 마주칠 때마다 수작을 건 것이 이 작자였다. 작아서 더 귀엽다, 영어도 할 줄 알면서 왜 힘들게 머리 자르는 일 같은 걸 하고 있느냐, 나와 데이트를 한번 하자, 후하게 쳐주겠다, 나는 본국에 아내나 애인도 없다, 마음에 들면 살림을 차려 줄 수도 있다는 등…….
미용사로 출근을 못 하게 되면서 그나마 유일하게 좋았던 일은 이런 개자식과 더 이상 얼굴을 마주 대하지 않아도 좋았다는 거다.
그런데 오늘 사내는 전과 한 치 달라진 것 없는 느끼한 얼굴로 그녀에게 다가섰다.
"결국 이 바닥에 들어선 모양이군. 손님 받다가 경찰에 붙들려 갔다는 소식은 들었지. 그렇지. 머리칼 만지는 걸로야 뭘 얼마나 벌 수 있었겠어?"
그의 시선이 하얀 분첩을 바르고 붉은 입술연지를 칠하고 꽃잎 녹인 듯한 빛깔의 화사한 실크 원피스를 입고 실크 자락 아래 하얀 다리를 드러내 놓은 쌀례를 훑고 있었다.
"어떤 운 좋은 놈이 선수를 쳤는지 모르겠지만…… 나도 섭섭지 않게 계산해 줄게. 얼마면 되나?"
역시 오늘 이런 자리에 나서는 것이 아니었다. 쌀례는 모욕감에 치를 떨며 그를 지나쳐 이 소돔에서 빠져나가고자 했다. 개가 짖는다고 같이 짖을 순 없는 노릇이다.

그러나 개는 그녀를 그냥 보내지 않았다.

"이거 얼마나 값을 올리려고 이렇게 비싸게 구시나? 흥정도 사람 봐 가면서 해야지."

쌀례는 자신의 귀가 영어를 알아들을 수 있다는 것이 이 순간만큼은 원망스러웠다.

자신의 온몸을 훑고 지나가는 저 눈알을 파 버렸으면 좋겠고, 자신의 어깨에 닿는, 누런 털이 북실북실 난 그 손가락도 끔찍하게 느껴졌다.

"소리 지르기 전에 놔요! 망신당하지 않으려면……."

자신을 노려보는 여자의 날 선 눈매를 개는 즐겁게 감상하며 빈정거리듯 말했다.

"망신? 여기선 우리가 왕이야. 내가 널 골랐다고 하면 셈을 대신 치러 주겠다고 나설 너희 나라 놈들이 한둘이 아닐걸? 좋은 말 할 때 순순히 따라오시지? 어디서 순진한 척 몸을 사려?"

여자는 기가 막혔다. 이런 개 같은 놈에게 이런 감정을 느끼는 게 억울하고 분했지만 공포가 그녀를 사로잡았다. 연설 언니는 언제 돌아오는 걸까. 쌀례는 그제야 이런 난장판에 섞이기 싫다고 일부러 구석진 자리에 앉아 있던 것이 후회가 되었다.

이 개자식 말이 사실이면 어쩌지? 그녀가 봉변을 당해도 아무도 도와주지 않는다면?

누가 좀 도와줘. 누구든…… 제발!

그때였다. 여자의 마음속 외침을 들은 것처럼, 누군가 개의 어깨를 잡아챘다.

"뭐야? 한창 재미있어지는 판에…… 아."

한창 흥분했다가 방해를 받아 짜증이 치밀었던 장교의 눈동자에 반색이 스쳤다.

그가 아는 인물이었다.

"헤이, 미스터 윤. 이 여자도 당신네가 불러 준 이쁜이들 중 하나지? 어디 조용한 방 좀 없……."

순간 개가 미처 다 짖어 대기도 전에 상대방이 그의 짖어 대는 소리를 끊었다.

"You have a death wish(너, 죽고 싶은 모양이구나)."

그제야 개는 자신을 붙잡고 있는 상대방의 얼굴 표정이 눈에 들어왔다.

불같은 눈동자. 눈에 핏발이 섰다. 이런 제길. 저 작은 갈보의 지금 고객은 이놈인 모양이다. 잘못 건드렸군. 개는 입가에 어정쩡한 미소를 띠고 화해의 제스처를 취했다.

"쏘리. 몰랐어. 네가 먼저 해도 난 괜찮……."

더 이상 개의 짖어 댐을 듣기가 싫증이 난 것일까. 찬경의 손바닥이 강하게 상대 남자의 어깨를 후려쳤다. 그제야 장교의 얼굴에서 미소가 사라지기 시작했다.

"Don't get excited(흥분하지 마)……. Don't be silly(바보같이 굴지 마)……. 양공주, 많아. 오케이?"

거기까지. 찬경의 머리에서 뭔가 뚝 부러지는 소리가 들린 듯했다.

그의 주먹이 개의 얼굴 한가운데에 내리꽂혔다. 개의 코에서 피가 튀었고 붉은 핏자국이 찬경의 하얀 와이셔츠에 튀었다.

자신의 하얀 셔츠에 찍힌 핏자국, 몇 걸음 떨어진 곳에서 헝클어진

말이 갈리는 자들의 연회 | 33

머리를 하고 자신을 보는 쌀례, 그 여자의 모습에 남자의 눈에 불이 붙었다.

"Shut the fuck up! Son of a bitch!"

비명과 홀 앞쪽에서 악단이 연주하는 음악 소리가 뒤엉키기 시작했다.

"마셔. 좀 진정이 될 거야."

상황이 얼추 종료된 후 여성 전용 휴게실에서 연설은 쌀례에게 술을 내밀었다.

부들거리는 손길로 술잔을 받아 든 쌀례는 한 모금 한 모금 천천히 술을 들이켰다. 오랜만에 마시는 그 화끈한 음료가 식도를 타고 내려가 미친 듯 뛰는 심장을 진정시켜 주고 뱃속을 덥혀 주었다.

떨림이 잦아들었다. 방금 전까지는 몸이 너무 떨리고 눈앞이 깜깜하고 귀가 먹먹했는데, 뱃속이 따뜻해지니 떨림이 멈추고 눈이 열리고 귀가 틔었다.

그리하여 여자 휴게실의 다른 여자들의 시선이, 그들의 수군거림이 들리기 시작했다.

"쟤야? 윤 사장 이거라는 게?"

"흠, 별로 볼 것도 없는데. 그렇게 콧대 세우더니 머리 볶는 미용사를. 윤 사장도 가만 보면 웃겨."

"어머, 어머, 미용사? 넌 어떻게 알았어?"

"전에 연설 언니가 소개해 줘서 그 집 가서 머리 했잖아. 너, 놀라지

마라. 사장이 저 여자랑 벌써 살림 차렸나 보더라. 글쎄, 애까지 있던 걸?"
"뭐어? 어머나! 세상에! 임자 없는 줄 알았더니!"
"너, 배 좀 아팠겠다. 한번 꼬셔 볼까 하더니만…… 킥킥."
목소리들, 그리고 목소리로 빚어진 송곳들이 쌀례의 온몸을 찌르고 들어왔다.
손이, 온몸이 다시 부들부들 떨려온다.
당장 다리에 힘을 줄 수만 있다면 자리에서 일어서서 그 목소리의 주인들에게 다가가 그게 무슨 소리냐고 따져 묻고 싶었다. 하지만 그녀가 그러기 전에 연설의 입에서 위엄 어린 일성이 뻗어 나왔다.
"거기, 좀 조용하지 그래. 들으라고 말하는 거면 큰 소리로 말하던가, 아니면 입 다물어."
현재 정상에 군림하는 대선배의 하명이었다. 뉘라서 거역할 것인가. 참새 떼들의 지저귐이 막 사그라지려고 하는데 그때 문 앞에 나타난 누군가 때문에 작은 소란이 일어났다.
"꺅! 사장님!"
열려진 문 사이로 피가 튄 하이얀 와이셔츠, 헝클어진 머리칼의 그 남자가 보였다.
그곳이 여자 휴게실이든, 다른 사람들 시선이 어떻든 상관없이 그의 시선은 머리를 반쯤 쥐어뜯긴 몰골로 앉아 있는 여자를 향했다.
"괜찮은가."
'아니요. 괜찮지 않아요.'
입 밖으로 튀어나오려는 소리를 삼킨 채로 여자는 묵묵히 후들거리는 다리에 억지로 힘을 주고 자리에서 일어섰다. 당장은 이곳에서, 이 바벨탑, 혹은 이 소돔(Sodom)에서 벗어나야 했으므로.

잠시 후, 그들이 나간 휴게실 문으로 다른 여자가 들어섰다.

날렵하고 소리 없는 걸음걸이. 얼굴 역시 고양이 같은 인상의 소유자였다.

화사한 노란색 실크 드레스를 두른 스물대여섯 정도 되어 보이는 그녀는 호기심이 잔뜩 묻어난 얼굴로 휴게실 주변을 두리번거리다 찾던 것을 발견하지 못했는지 주변에 대고 묻기 시작했다.

"여기 오늘 그 액션극 찍으셨다는 영화사 사장님 어디 계셔? 얼굴 한번 뵙고 싶었는데."

그녀의 질문에 다른 여자들은 코웃음을 쳤다.

"얼굴 도장 찍어 보려는 건 알겠는데 이미 떠나셨다우. 액션극 다 끝났는데 지금 오면 어쩌시나?"

그들의 빈정거리는 대답에 여자는 대뜸 마음이 상한 듯 뾰로통한 어조로 대꾸했다.

"얼굴 도장은 누가. 이 몸이 경성, 아니 서울 비운 사이 사교계에 그런 재미있는 인물이 나타났다니까 궁금해서 한번 보려던 것뿐인데. 내 얼굴 못 본 그쪽이 재수가 없는 거지 나야 아쉬울 것 없다구. 내가 이런 질 낮은 파티에 자주 올 사람도 아니고."

'나는 꽃 중에서도 가장 화사한 장미, 혹은 고아한 난초 같은 꽃이다. 너희 같은 것들과 달라.'

노골적으로 그녀의 얼굴, 몸짓에 섞인 그 도도함에 여자들은 빈정이상한 듯 입술을 비죽거렸다.

"그렇다면 여기 더 있을 필요도 없겠네. 귀한 댁 아가씨가 질 낮은 자리에 왜 계속 어물거리실까."

진실이 약간 섞인 빈정거림이 노오란 실크 드레스 귀공녀의 귀에 화살처럼 꽂혀들었다.

한순간에 그녀는 꽃에서 자신을 모욕하는 상대방을 향해 달려들 준비가 되어 있는 살쾡이로 변해 갔다.

"뭐야? 이것이 감히 내가 누군 줄 알고!"

"누구긴요. 나잇살이나 먹고 여배우 되시겠다 카메라 테스트에 목말라하시는, 물정 모르는 귀한 댁 아가씨죠."

살집 있고 입담 좋은 상대 여자의 대꾸에 사방에서 그 말에 동조하는 비웃음 소리가 잔잔히 여자 화장실 안을 울려왔다.

그 수가 꽤 여럿이었다.

귓가에 들려오는 천박한 웃음소리에 고양이 인상의 숙녀는 치를 떨었다. 저 건방진, 얼굴에 분칠한 천한 것들을 전부 다 다스리려면 꽤 긴 시간과 힘이 소요될 것이었다.

자신을 둘러싸는 비웃음 소리, 그 노골적인 천박한 시선에 그녀가 분해하고 당혹해하는 사이, 그녀를 수행하여 따라온 듯한 하녀 한 사람이 심상치 않은 주인 아가씨의 기색을 보며 곁에서 작은 목소리로 소곤거렸다.

"이만 돌아가셔요, 아가씨. 마님께서 늦지 않게 돌아오라 하셨는데 더 이상 지체하시면 역정 듣습니다. 저도 무사하지 못하고요."

"어머니는 걱정이 너무 많으셔. 내가 어린앤가."

적당한 타이밍에 들려오는 하녀의 만류에 내심 안도하면서도 겉으로는 싫증 난다는 듯이 여자는 하녀가 내미는 코트를 받아 들고 출구를 향해 발걸음을 돌렸다.

 그렇게 거의 문을 향해 나아가던 그때, 문득 노란 실크 드레스의 그 여자는 몸을 반쯤 틀고 휴게실 안에 있는 다른 여자들을 둘러보았다. 자신의 적들, 경쟁자들, 하녀들, 혹은 앞으로 지배해야 할 것들을 보는 공주의 시선으로.

 "내 이름을 기억해 둬. 한은재. 앞으로 그쪽들 위에서 톱을 달릴 사람 이름이니까."

 다른 사람들이 자신의 호언장담에 기막힌 얼굴을 하든, 경계의 눈초리를 보내든, 픽 비웃어 버리든, 관심 없다는 듯이 수년 만에 고향으로 돌아온 공주는 피난 시절 부산에서 그러했듯이 노오란 실크 드레스 자락을 휘날리며 그곳을 퇴장했다.

 무용수처럼, 공주처럼 우아하게.

지옥 꽃밭에서의 고백
악몽의 밤

"나한테 당신 집은 지옥(地獄)이라구요."
여자의 불칼 같은 어조에 그의 입에서 헛웃음이 새어 나왔다.
"지옥? 아무리 꽃밭으로 꾸며 놔도 거렁뱅이 집은 지옥밖에 안 되는구나."

돌아오는 차 안은 출발했을 때와 마찬가지로, 아니 그보다 더 무겁고 꺼끌꺼끌한 침묵이 가득했다.

헝클어진 머리칼, 한쪽이 떨어져 나간 속눈썹, 입고 있는 드레스의 어깨 부분이 조금 찢겨 나간 그 여자 쌀례는 립스틱이 절반 이상 지워진 입술을 꽉 다물고 앉아 그저 차창 밖만 바라보고 있었다.

그녀와 나란히, 그러나 떨어져 앉아 있는 피 묻은 와이셔츠 차림의 남자 역시 아무 말이 없었다.

그러나 그들이 뿜어낸 그 침묵은 어떤 소란보다 더 강력하게 그들 사이를 누르고 조였다.

집에 도착하자마자 여자는 자신의 문간방 불을 켜고 수건으로 자신의 얼굴을 가죽 벗겨 내듯이 벅벅 문질러 댔다. 그렇게 화장을 지우고 실크 옷을 벗어 평소 입던 간소한 옷으로 바꿔 입은 뒤 얼마 안 되는 옷가지를 꺼내 짐을 꾸리기 시작했다.

애초에 손가방 하나 들고 왔기에 짐을 꾸리는 데 그다지 많은 시간이 걸리진 않았다.

방문을 열고 보니 그 앞에 서 있는 남자가 보였다.

여전히 헝클어진 머리칼, 피가 튄 셔츠 차림의 남자는 자신이 칠하고 입혔던 모든 반짝이는 것들을 말끔히 지워 낸 그 여자를 멍하니 쳐다보았다.

"뭐 하는 거야?"

"나가려고요. 더 이상은 여기 안 있을래요."

기가 막히다는 듯이 그가 코웃음을 치며 물었다.

"어디로? 아, 가 봤자 '밥집'이겠구나."

여자는 부정하지 않았다.

"그래요. 우리 아기도 지금 거기 있을 거고. 내가 갈 곳은 거기뿐이니까 빚 안 갚고 도망갔다고 오해 살 일은 없겠네요. 먼저 말한 대로 한 달에 한 번 사람 보내세요. 이자까지 빠뜨리지 않고 보내 드릴 테니까."

여자는 자기 할 말은 다 했다는 듯이 그를 지나쳐서 대문 쪽을 향해 나아가려 했다.

하지만 그녀는 나가지 못했다. 그가 팔을 붙들었기 때문이다.

"이것 놔요!"

그 순간 이전까지 침착했던, 적어도 침착하게 보이려 했던 여자가 숙녀의 가면을 벗어던지고 사납게 악을 썼다.

횃불같이 불타는 암호랑이의 눈을 하고 그녀가 물었다.

"왜 그랬어요? 영어 할 줄 알던데 왜 날 거기 데려갔어요? 그런 광대 옷같이 번쩍이는 옷 입혀서 거짓말하고 데려가니 재미있었어요?"

"그게 아냐. 나는 그저……."
"너희들 눈에 내가 그렇게 만만해 보여? 왜 함부로 대하는 거야? 왜 손대는 거야! 만지지 말란 말야! 그 사람 아니고 누구도 함부로 나 만지지 못해! 내가 뭘 어쨌다고 나한테 이러는 거야! 난 그저 내 아기랑 내 손으로 밥 벌어 먹으면서 내 남편 기다리는 것 말곤 아무 욕심 없는데! 아무리 머리 굴리고 생각해 봐도 이렇게 속상할 만큼 잘못한 거 없는데! 너희들이, 네가 뭐라고…… 대체 무슨 권리로 나를……."
여자의 고함은 점점 울음소리가 되어 갔다.
'아, 안 돼. 끝까지 기운차게 악을 써야지. 있는 대로 화가 났다고 티를 내야지. 화를 내다가 눈물을 흘리는 것만큼 약한 여자처럼 보이고 꼴사나운 건 없어. 그건 싫어.'
그런데 그녀의 눈물샘이 그녀를 배신했다. 그녀의 다리도 그녀를 배신했다. 연회장에서부터 후들거렸던 다리는 결국 그녀를 땅바닥에, 남자 앞에 주저앉혔고, 눈물은 차고 넘쳐 그녀의 뺨을 적셨다.
열다섯 살 어린 계집아이였을 때도 이 남자 앞에서 우는 모습을 들킨 적이 있다.
이제 스물다섯이 되어 가는데 그때와 달라진 것이 손톱만치도 없다. 한심하고, 분하고, 억울하고, 슬펐다.
"저리 가요. 나 우는 거 보지 말아요. 조금만 울다가 난 갈 거예요. 감옥에 가도 좋아요. 난 갈 거야."
남자 역시 이전에 그러했듯이 가라는 그녀의 말을 듣지 않았다.
그가 무릎을 굽히고 그녀 앞에 마주 쭈그리고 앉았다.
"가지 마."
그 남자답지 않게 애원하는 말투였다. 마치 어린 사내아이가 누나,

혹은 엄마를 붙들듯이 그녀에게 더듬거리는 말투로 사정했다.
 "가, 가지 마. 내가 너 해 달라는 거 다 해 줄게. 얼굴 보이지 말라면 보이지 않을게. 여기서 머리 볶는 거 하고 싶으면 얼마든지 해도 돼. 뭐든, 뭐든, 너 하고 싶은 대로 해. 뭐든지 내가 들어줄게. 여기서 나가는 거 말고. 응? 바, 밥순아. 아니, 아씨. 아니, 쌀례야."
 여자는 먹먹한 마음으로 그의 목소리를 들었다.

 ―가지 마. 네가 해 달라는 거 다 해 줄게. 쌀례야.

 기억을 더듬어 보건대 다시 보고 나서 저 남자는 그녀에게 참 여러 가지를 해 주고 싶어 했다. 그녀가 실수로 태웠던 손님 옷을 변상해 주겠다고 했고, 감옥에 갇혔을 때 보석금을 내주었다. 큰 집 안방을 내주고 싶어 했고, 미용실을 차려 주고 싶어 했다. 무엇이든 해 주고 싶어 했다.
 하지만 정작 그녀가 원하는 것은 그가 해 줄 수 없는 것이었다.
 "전에도 말했어요. 내 남편 돌려 달라고."
 "그것 말고 다른 거."
 "내가 원하는 건 그것뿐이에요. 건강하게 몸 성히 그 사람 돌아오면, 따뜻한 밥 해서 배불리 먹이고 싶어요. 지금처럼 꿈속에서만 보다가 아침에 눈 뜨면 사라지는 거 말고 아침에 눈 떠도 계속 옆에서 잠들 그 사람 얼굴 보는 게 소원이에요! 우리 아기한테 '아가! 네 아버지가 이 사람이란다.' 하며 보여 주고 이름도 지어 달라고 하고 싶어요! 할 수만 있다면 아기 동생도 갖고 싶어요! 같이 살고, 같이 늙고, 같이 죽고 싶어요! 그게 내 소원이에요! 당신이 준다는 돈! 미용실 다 필요 없어요! 내 남편 내놔요!"

"쌀례야!"

"그렇게 부르지 말아요! 그건 그쪽이 부를 이름이 아니니까!"

헝클어진 마음, 울고 소리쳐서 걸걸해진 목소리로 여자는 말했다.

"그거 알아요? 이 집에 들어오는 순간부터 한시도 마음 편할 날이 없었다는 거? 하루에도 열두 번씩 마음이 미친년 널뛰듯이 뛰어요."

온몸에 뱀처럼 휘감긴 저 남자의 상처를 보면 그가 가엾다.

하지만 딸아이가 저 남자에게 '아빠'라고 부를 때면 몸서리치게 그가 밉다.

그렇게 찬경이 데려온 그의 도깨비 소굴에서, 그가 황금 칠을 한 새로운 궁전에서 하루에도 열두 번씩 그녀는 미쳤었다.

하루에 열두 번씩 미치는 것도 쉬운 일이 아니다.

마음이, 심장이 지쳐 버린다.

배고파서 밥 대신 간장을 탄 물을 삼키던 때가 차라리 나았다.

창자는 주렸어도 마음은 편했으니까.

마음이, 심장이 지칠 때 모든 것이 저 남자 탓이라며 더더욱 이를 갈았지만 사실 여자는 알고 있었다.

전부 저 남자 탓은 아니다. 애초에 가짜 화장품 같은 걸 팔아 남 등쳐 먹으려다 보석금이 필요하게 된 상황을 만든 것도 자신이었고, 있으라고 저 남자 집에 눈치 없이 발을 디민 것도 잘못이다.

박쌀례가 박쌀례에게 고백하건대, 그 여자는 약했다. 비겁했다.

"그러니까, 난 지금 이 집에서 나가야 해요. 그쪽은 단순히 이전 주인집 식솔한테 밥 해 먹이는 재미로 하는 짓이라곤 했지만 나한테 이 집은 지옥이라구요."

"지옥?"

지옥(地獄). 큰 죄를 짓고 죽은 죄인들이 가게 된다는 무한 고통의 장소. 벌을 받는 곳. 불행한 곳이다.

그의 입에서 헛웃음이 새어 나왔다.

"아무리 꽃밭으로 꾸며 놔도 거렁뱅이 집은 지옥밖에 안 되는구나. 킥."

헝클어진 머리, 피가 찍힌 셔츠, 입은 웃는데 눈은 울고 있는 듯한 그 미소.

남자의 그 모습에 여자는 생각했다. 사람은 간혹 다른 이에게 더할 수 없이 잔인해질 수 있다고. 지금 이 순간 자신이 저 남자에게 그러하듯이.

'세상이 다 내 거야.'라고 호기롭게 외쳤지만 속 알맹이는 십여 년 전 거렁뱅이 소년에서 한 발짝도 벗어나지 못한 남자가 불쌍하게 느껴졌다. 미친년 널뛰듯이.

"다른 누군가에겐 그 꽃밭이 천국이 될 수도 있을 거예요."

여자는 방금 전보다 조금은 가라앉은 목소리로 그리 말했다.

"그런 사람 만들어서 그 사람한테 집 자랑도 하고, 같이 꽃밭 가꾸고 그리 살아요. 그래야 옳아요. 나는 지금 여기서 나가야 옳고요."

여자는 그 말을 증명이라도 하려는 듯이 앉아 있던 흙바닥에서 일어나 그 자리를 떠나려 했다.

하지만 그럴 수 없었다. 그녀의 바로 앞에 마주 앉아 있던 남자가 여자의 손목을 틀어쥐고 다시 주저앉혔기 때문이다. 남자는 그녀를 주저앉히고 흙바닥에 쓰러뜨렸다. 순식간에 그녀의 몸 위로 엎드린 그가 낮은 목소리로 으르렁거렸다.

"다른 사람 따위, 필요 없어! 너 하나면 돼!"

바벨탑에서 저주받아 서로 다른 말을 하는 것도 아니고 같은 한국 말을 하고 있는데 이렇게 못 알아들을 수 있다니.

여자는 기가 막혔다.

자신의 몸을 내리누르는 그의 몸이 바위같이 느껴졌다. 그만큼이나 무거운 절망감이 그녀를 덮쳤다. 여자의 입에선 자신도 모르게 이 자리에 없는 사람의 이름이 터져 나왔다.

"선재 씨……."

"네가 부르는 그놈은 없어."

"돌아올 거예요. 돌아와서 당신을 가만두지 않을 거예요!"

남편은 살아서 그녀의 곁으로 돌아오겠다고 약속했다.

─살아 있어야 해. 그럼 어디든 내가 찾아갈 테니까.

그는 약속은 지키는 사람이었다. 지금 그녀의 몸 위에 엎드린 저 남자도 살아 돌아온 길이었다. 그가 돌아오지 못할 리가 없다.

"댁 같은 거짓말쟁이 말은 안 믿어요! 그 사람은 돌아올 거야! 돌아온다고 했어! 돌아올 거야!"

주문을 외우듯, 기도를 하듯, 여자는 악을 썼다.

그것이 남자의 귀에는 마치 북소리 같았다.

고막을 치고 심장을 때리는 북소리.

그를 분노케 하고 그런 기도 따위 산산이 다 깨 주겠다고 마음먹게 만드는 그런 북소리.

그녀를 위해 궁궐 같은 집, 새 꽃밭을 꾸며도 이 염병할 계집애는 그걸 지옥이라 한다.

그의 품에서 단 일 초도 머무르려 하지 않는 이 고집 센 여자에게 그 순간 남자는 더할 수 없는 노여움을 느꼈다. 그래서 그녀가 소리치는 만큼 그도 외쳤다.

"아니, 그놈은 못 와! 절대로! 오고 싶어도 올 수 없지! 죽었으니까!"

한순간 여자는 버둥거림을 멈추었다.

모든 것이 정지된 그 순간, 여자는 가까스로 목에서 소리를 쥐어짜 냈다.

"뭐……라고요?"

1950년 11월.

같은 땅덩어리에 사는 인간들끼리 치고받든 말든 찬바람이 어김없이 불어오기 시작했다.

1년 동안 쟁여 둔 곡식으로 봄까지 버텨야 하는 시기, 먹을 것이 귀했다. 하얀 옷을 입은 농부들에게도, 군인들에게도, 산에 근거지를 잡고 싸우는 빨치산들에게도.

빨치산은 정규군과는 달리 배후에서 상대의 통신, 교통수단을 부서 버리고 무기와 식량을 빼앗는 존재였다. 좌익이 미 군정에 의해 불법화되면서 산으로 들어간 사람들을 시초로 1950년 9월 인천 상륙 작전 이후 후퇴한 인민군들이 가세하면서 그 인원이 수만 명에 달할 만큼 늘어났다.

그들의 근거지는 산이었고, 겨울산은 더 춥고 배가 고픈 법이다.

당연히 식량 사정이 그나마 낫다고 알려진 미군 부대 트럭은 그들의 표적이었다. 그것은 선재가 통역관으로 소속된 부대 역시 마찬가지였다.

"협조자가 있는 것이 분명해. 빌어먹을 것들."

겨울 식량이 털리길 수차례. 마침내 토벌대가 빨치산 출몰 지역 인근 마을로 출동했다.

게릴라의 근거지는 산이요, 조력자가 없으면 활동할 수가 없으니 분명 산에서 가장 가까운 이 마을에서 그들과 내통하는 자가 있을 것이라는 게 그 이유였다.

실제로 많은 마을이 낮에는 국군, 밤에는 빨치산의 지배를 번갈아 받고 있었다.

"뭐야, 강아지 한 마리 없군. 이건 마치 유령 마을 같지 않은가."

희한한 마을이었다.

처음에는 마을 주민 전부가 몰살당한 것이 아닌가 생각했지만, 곧 그들의 짐작은 틀린 것으로 판명되었다.

시체가 하나도 없었다.

핏자국도 없었다.

축사에는 가축들도 없었고, 광에는 쌀 한 톨, 감자 한 알 남아 있는 것이 없었다.

사람과 물자, 모든 것이 사라져 버렸다.

"뭐, 단체로 피난을 간 거 아니겠습니까. 지게에 살림하고 아기를 쌓아 올려 어깨에 둘러맨 피난민들이 지천인데."

"피난……이란 말이지?"

하지만 그날 밤, 부대 막사로 밀고자 하나가 들어옴으로써 그 예상은 빗나갔다.

중년 남자는 원래 그 마을의 공동 머슴이라고 했다. 그는 그 마을 유지 되는 반가의 노비 출신이었다.

이 땅에서 신분제도는 1894년 갑오개혁 당시 사라졌다.

벌써 50년도 전에 공식적으로 죽은 제도였으나 사람들 생각 속에 노비는 여전히 노비였다. 더구나 이런 외진 곳에서 교육이나 존중은 여전히 그들 몫이 아니었고, 주인집에 속해 있거나 마을에서 공동으로 부리는 머슴으로서 가장 힘든 일을 하고 적은 대가를 받으며 근근이 살아가던 이들이 그들이었다.

그동안 켜켜이 쌓인 앙심이 그를 무리에서 이탈시켜 부대 쪽으로 발걸음하게 만들었다.

"마을 전체가 산으로 갔다고? 빨치산들 근거지로?"

"그, 그렇습죠. 여기 이장 영감 아들이 몇 년 전부터 인민 해방이니 뭐니 빨갱이 노릇을 하던 작자라…… 북쪽에서 내려왔던 빨갱이들이 물러나고 다시 국군 나으리들 들어온다니까 뒷감당이 무서워 아예 마을 사람들 다 끌고 산으로 들어간다 했습니다요."

외진 그 마을은 양반의 마을인 반촌으론 드물게 좌익이 주도권을 가진 곳으로 밝혀졌다. 그리하여 부대는 주변을 샅샅이 뒤졌고, 곧 등에 이고 지고 피난을 가는 마을 사람들을 따라잡을 수 있었다.

"저희는 아무것도 모릅니다. 우린 그저 농사꾼입니다."

주민들을 인솔하던 마을 이장 — 아들이 빨치산이라 들은 그 노인 — 은 총 든 군인들 앞에서 쩔쩔매며 하던 말을 몇 차례 반복했다.

그의 곁에는 노인의 손녀딸인지 댕기머리에 때 묻은 누빔 솜옷을 걸친 열 살 가량의 여자아이가 불안한 듯 눈망울을 굴리며 이장의 옷자락을 붙들고 서 있었다.

미군 장교의 말을 통역하기 위해 그들 사이에 서 있던 선재의 시선이 어린 댕기머리 여자아이에게 향했다. 마치 그가 아는 누군가를 다시 본 듯 그리운 얼굴로.

하지만 그도 잠시, 짧은 심문은 결렬되었다. 이장이 장교의 군화에 허리께를 얻어맞고 쓰러진 것이다.

"다 알고 왔다! 속이긴 누굴 속이려고!"

노인 곁에 있던 어린아이는 금세 눈물을 쏟으며 비단 천 찢어지는 듯 날카로운 울음소리를 내기 시작했다.

아이는 울면서 조부를 감싸려 했고, 장교의 구둣발은 노인과 아이를 구별해 내지 못했다.

"비켜! 비키라니까! 이것이……."

순간 반사적으로 선재가 중간에 나서 아이의 몸을 막아 주었다. 대신 노인을 향해 날아가다 멈추지 못한 구둣발은 그의 오른손을 짓이겼다.

"중령님! 민간인입니다!"

선재의 만류에 장교는 코웃음을 쳤다.

"민간인? 군복 아닌 하얀 파자마만 걸쳤다고 다 민간인인가? 이봐, 자네. 8월에 거창 부대를 습격한 것들이 누군지 모르나?"

1950년 8월 빨치산의 우두머리 이현상이 경남 거창의 미군 부대를 습격했을 때 민간인 차림의 빨치산 100여 명을 동원했다. 또 인천 상륙 작전 이후 후퇴하는 인민군들이 피난민들 사이에 섞여 군경을 공격하는 것 역시 널리 알려진 사실이었다. 평범한 임산부와 그 남편이라고 안심했는데 여자의 배에 있던 것이 아기가 아닌 라디오였고 남자는 빨치산이었더라 하는 소리도 돌아다니고 있었다.

지옥 꽃밭에서의 고백 | 49

이 살벌한 전쟁통에 하얀 파자마를 걸친 늙은이, 어린이, 젊은 남자, 젊은 여자, 그들 중 누가 공산당인지 알 수가 없다. 위장한 빨갱이든 순수한 피난민이든 성가시고 위험한 존재들이었다.

"이 늙은이하고 그 꼬마는 써먹을 곳이 있으니 따로 붙잡아 두고 나머지도 쥐새끼 하나 빠져나가지 못하게 잘 감시하도록. 그리고……"

장교의 시선이 피를 흘리는 선재의 손에 가 닿았다.

"자넨 그 손 치료하고 두 번 다시 쓸데없는 짓은 하지 않도록 해. 한 번은 봐주지만 두 번은 없네, 미스터 한."

그날 밤, 어두운 천막에서 촛불을 켜고 붕대를 감은 손으로 편지를 쓰는 도련님의 모습을 찬경은 기억했다.

"죽지 못해 안달인가. 그 목숨 부지하게 만드는 데 남은 죽도록 고생했구만."

오라고 청한 적도 없건만 종종 그의 막사에 넉살 좋게 찾아드는 찬경을 보면서 선재는 쓴웃음을 지으며 말했다.

"빈정거리는 겐가, 걱정하는 겐가."

그 속없는 미소와 걱정하는 거냐고 묻는 질문에 찬경은 당황했다. 혹은 화가 났다.

이런 곳까지 끌려와서도 남의 일에 참견할 만큼 왜 저 자식은 나와 달리 마음에 여유가 있어 보이는 걸까. 도련님은 과연 도련님인가.

순간 찬경은 내심 고개를 내저었다. 무슨 생각을 하는 거야. 태어날 때부터 은수저 입에 물고 잘 먹고 많이 배웠으면 저 정도 대단할 것도 없는데.

"걱정은 누가. 잊었나 본데, 난 언제든 네놈이나 네놈 아비 엿 먹이려고 벼르는 몸이시다. 내가 엿 먹이기 전에 네가 엉뚱한 데서 나뒹굴면 곤란하다 이 말씀이지."

"아, 그래."

도련님은 상대의 도발에 화내지 않고 그저 묵묵히 그렇게 말했다.

남의 말을 무슨 개 짖는 소리로 듣는 거냐라고 찬경이 뭐라 쏘아붙이기 직전, 편지지에 몇 자 더 써 넣던 도련님은 그에게 조심스런 어조로 이렇게 말했었다.

"그만 마음을 풀 순 없겠나."

"뭐?"

"자네에게 목숨 빚 진 것, 미안하게, 고맙게 생각하네. 이런 말 한마디로 아버님이 자넬 박대하신 일이나 모진 고생이 잊혀지지야 않겠지만…… 살면서 내 어떻게든 갚도록 노력하겠네. 그러니…… 나는 그렇다 쳐도 내 아버님께 맺힌 마음은 풀어 줄 수 없겠나."

야학 선생 노릇을 했다더니 가르치는 데 이골이 난 목소리였다. 친절하고 조곤조곤했다.

그런데 이상도 하지. 부드러운 그 목소리를 듣는 순간 찬경의 가슴은 따끔따끔 아파 왔다.

그 순간 터무니없는 생각이긴 했지만 왜 그 쌀알 같은 계집아이가 이 녀석만을 바라보는지 알 것도 같았다.

하지만 그렇다고 해서 대뜸 '마음을 풀어라.'라는 도련님의 요구에 '그래.'라고 응할 순 없었다.

그럼 이제까지 그가 한 모든 짓은 무엇이 된단 말인가.

아비의 성씨(姓氏)가 아닌 죽은 기생 어미의 성씨 윤가를 붙여 윤찬경이라 스스로를 칭하게 된 이후 그가 품었던 미움, 분노, 저질렀던 모든 짓들이 모두 헛짓거리가 되어 버린다.

자신의 모든 것이 부당하게 깎여지는 느낌. 그따위 건 질색이었다. 그래서 그는 짐짓 아무렇지 않은 척, 얼굴 가득 비웃음을 지어 보였다.

"얼씨구, 계속 살아는 보시겠다? 그럼 괜히 상관없는 남 일에 참견하는 건 그만두지 그래? 오늘만 해도 왜 쓸데없이 나서서는."

찬경이 턱짓으로 선재의 오른손을 가리키자 선재 역시 붕대를 감은 자신의 오른 손아귀를 물끄러미 내려다보았다.

손을 보는 것도 같았고, 그 자리에 없는 다른 것을 보는 듯 멍한 표정이었다.

잠시 후, 꿈길을 거니는 목소리로 그가 중얼거렸다.

"……그 댕기머리 보니까 그냥 지나칠 수가 없어서."

"뭐? 댕기머리?"

"처음 보았을 때, 아내 모습이 꼭 낮의 그 아이 같았거든."

도련님은 그 이상 말하지 않았고, 찬경도 더 이상 묻지 않았다.

말하지 않아도 알 것 같았기 때문이다. 혹은 그들 곁에 지금은 없지만 언제나 곁을 맴도는 그 여자가 또다시 댕기머리 어린 계집아이 모습으로 곁에 찾아온 느낌이 들었기 때문이다.

그래서 편지를 다 끝맺기도 전에 "적이다! 빨치산 습격이다!" 소리에 서둘러 나갔을 때 사방에서 빗발치는 총탄 사이로 부들거리며 떨고 있는 이장의 손녀딸, 그 어린 계집아이에게서 도련님은 눈을 떼지 못했는지도 모른다.

여자아이 곁에 함께 묶여 있던 아이의 보호자인 늙은 이장은 이미 관자놀이와 심장, 그 밖의 여러 곳에 총을 맞고 엎어져 피를 쏟고 있었다.

밀고자의 머리를 죽창에 꽂아 배신에 대한 보복을 증명해 보이면서 자기들의 행동에 제약을 줄 수 있는 인질 따윈 살려둘 수 없다 선언하는 빨치산의 총알인지, 군경의 총알인지 알 수는 없었지만 보호자를 잃은 어린아이는 차마 울음소리도 내지 못하고 딸꾹질을 하고 오줌을 지리고 있었다.

총탄이 쏟아지는 가운데 선재는 공포에 질려 그 자리에서 꼼짝도 못하고 있는 아이를 향해 다가갔다. 그런데 그렇게 그의 정신이 아이에게 쏠려 있던 그 순간, 적의 총구가 그를 겨누었다.

거렁뱅이질에 머슴, 밀수꾼, 해적질 노릇을 하면서 남들보다 월등한 시력에 많은 도움을 받았던 찬경은 꽤 떨어진 위치에서 선재를 겨누는 총구를 미리 알아보고 소리를 질렀다.

"야! 도련님!"

하지만 선재가 채 자신의 이름을 부른 쪽으로 시선을 돌리기도 전에 총알은 빗발치듯 도련님에게로 쏟아졌다.

몇 발이나 맞았는지 세어 볼 수도 없이 온몸에 총알을 박고 그는 힘없이 땅바닥에 쓰러졌다.

땅에 무릎이 닿을 무렵, 언뜻 그의 핏발 선 물기 어린 눈이 찬경 쪽을 바라보는 듯도 했다. 쓰러지면서도 그의 몸이 아이를 감쌌다.

밀고 밀리는 소모전 끝에 찬경이 다시 갔을 때, 도련님의 시체는 찾을 수 없었다.

단지 그가 쓰다 만 편지만 건질 수 있었을 뿐.

"……빨치산들 총 맞고 죽었어! 내 눈으로 똑똑히 봤단 말야! 알아들어? 그러니까 그놈은 너한테 돌아올 수 없어! 이미 시체조차 썩어서 백골이 됐을 테니까!"

그전의 많고 많은 이야기들을 다 빼고 찬경은 자신의 밑에 깔린 쌀레에게 그렇게 부르짖었다.

선재가 옆에서 지켜보면 알 수 있을 만큼 매순간 그녀를 생각했다는 것.

그녀를 닮은 어린 소녀를, 단지 닮았다는 이유만으로 두고 볼 수 없어서 아이를 보호하려다 총을 맞았다는 것.

하지만 그녀 곁으로 돌아오고 싶어 했다는 것.

그 모든 것을 삼킨 채로 찬경은 말했다.

"그러니까 기다리는 것 그만둬. 여기서 나가려고도 하지 마. 그냥, 여기 있어. 응? 나하고……."

'나하고 살자.'

그녀가 남편이 돌아올 거라고 기도하듯 말한 것처럼, 그 역시 말하고 있었다.

'나하고 살자, 이 집에서.'

하지만 절실하고 절실한 그의 기도에 그녀는 다른 소리를 한다.

"당신이 해쳤나요? 그 사람을?"

여자의 눈동자.

예전에 그녀가 이 비슷한 눈빛으로 자신을 본 것을 찬경은 기억했다. 그녀가 배에서 바다 위로 뛰어내리고 난 뒤, 바다에서 건져 올려진 여자는 그 뒤로 자기 서방과 한 치의 틈도 없이 서로를 끌어안고 있었다. 왜 이런 위험한 짓을 하느냐고 화를 내는 도련님에게 여자는 당신에게서 600리나 떨어진 곳으로 갈 수는 없다고, 가까운 곳에서 기다리겠다고 했다.

도련님 녀석은 감격한 듯 이 여자를 끌어안고 울었고, 여자는 자기 서방을 아기 안듯 정성껏 안았었지.

그 모습이 애틋하면서도 눈꼴셔서 그는 휘파람을 불며 말했었다.

―이야, 그것 참 눈물겨운데.

그때 여자의 눈동자는 얼음, 불, 칼날이 되어 그를 노려보고 있었다. 눈빛으로 사람을 죽일 수만 있다면 그녀는 그 순간 자신을 죽였을 것이다. 천하에 무서운 것 없던 윤찬경조차 자신을 찌르는 그 눈빛에 온몸을 떨었었다.

지금 다시 여자의 눈이 불, 얼음, 칼이 되어 간다.

"대답해요! 당신이 해쳤나요? 그 사람을?"

"아니야."

이제까지 거짓을 입에 담은 적은 많지만 자기 안에 남긴 얼마 안 되는 진심이란 진심은 다 긁어모아서 남자는 부정했다.

"내가 안 했어! 아니야!"

"당신이! 끌고 갔잖아요!"

그들 두 사람의 소리만 아니라면 고요한 그 밤, 꽃밭이 펼쳐진 마당에서 남자와 여자는 서로를 할퀴는 고함을 질러 댔다.

여자의 눈에 핏발이 섰다.

곧 그녀의 눈에 습윤한 물기가 차오르기 시작했다. 눈물이 차오르고 넘쳤다.

여자는 목에서 걸리는 듯 꺽꺽거리는 목소리로 말했다.

"거짓말이라고 말해요. 거짓말한 거죠?"

남자는 아무 말도 하지 않고 그저 그녀를 내려다보았다.

당신이 죽였느냐고 화를 내며 다그칠 때보다 지금 울면서 거짓말이라 말하는 그녀의 모습이 더 그의 가슴을 할퀴고 있었다.

그가 이 집에서 함께 살 사람으로 그녀만을 생각하고 있는 것처럼, 그녀 역시 평생을 기다리고 함께할 사람으로는 그놈만을 생각하고 있을 뿐인 것이다.

신세 진 목숨 빚은 살면서 갚아 나갈 테니 자기 아버지는 더 이상 미워하지 말아 달라고 하던, 단정한 겉가죽에 단정한 마음을 담고 있던 그 남자.

조곤조곤한 목소리, 총알 날리는 전쟁터에서조차 아내 닮은 어린 소녀를 지켜 주고자 자신은 총을 맞고 쓰러진 그 남자.

꽃밭도, 궁전 같은 집도, 꽃잎을 녹여 만든 것 같은 실크 옷자락도, 그 무엇도 그 단정한 남자를 향한 이 여자의 마음을 돌릴 수 없는 거다.

이 여자는 그놈의 유령을, 자신은 이 여자의 등을 보면서 평생 외로워야 할지도 모른다. 두려운 것 별로 없던 그도 어쩐지 그것만은 소름 끼치게 무서워졌다.

그래서 얼마 전까지 스스로 정했던 규율 — 그녀에게 마음 들키지 않도록 조심하자 — 을 깨고 울고 있는 여자의 몸 위로 자신의 몸을 숙였다.

눈물 흘리고 있는 그녀의 얼굴 위로 자신의 얼굴을 포개었다. 그리고 처음으로 그녀의 입술에 자신의 입술을 겹쳤다.

그때 자신의 입술에 겹쳐 오는 남자의 갈라진 입술을 느끼면서 여자의 심장에선 소리 없는 비명이 터져 나왔다.

'악몽이다.'

사랑이 죽었다는데, 기다리는 남자가 죽었다는데, 그 소식을 전하는 남자가 그녀의 입술에 입술을 맞대어 오고 있다.

그가 말하는 죽음이 참인가 거짓인가.

그녀의 눈으로 보지도 못했는데 방금 전까지 살아 있던 남편은 이 남자의 한마디로 죽은 사람이 되어 버렸다.

―기다리고 있어. 어디 있든 내가 찾아갈게.

죽어 버린 자의 약속은 무효라 한다. 한선재가 돌아올 수 없다고 한다. 영원히 그 얼굴을 볼 수도, 목소리를 들을 수도, 그들의 아기를 보여 줄 수도, 함께 왈츠 스텝을 밟을 수도, 입을 맞출 수도, 나란히 누울 수도 없다고 한다.

그리고 지금 그녀의 입술에 다른 남자의 입술이 닿아 오고 있었다.

'눈 뜨고 꾸는 꿈. 악몽이다. 거짓말이다.'

여자는 비명을 지를 수 없는 대신 그의 입술을 깨물었다.

비릿한 피 내음이 났고, 그의 입술이 그녀에게서 떨어져 나갔다. 여자는 그 틈을 노려 재빨리 그에게서 떨어져 문 쪽을 향해 달려갔다.

"어딜 가는 거야!"

"따라오지 말아요! 날 내버려 둬!"

문 밖만 응시한 채 소리 지르던 여자가 문득 몸을 반쯤 틀고 그를 보았다.

헝클어진 머리. 피 묻은 입술. 습윤한, 물기 어린 눈동자.
상(喪)을 당한 과부의 모습.
"쫓아오면 혀를 물고 당장 죽어 버릴 거예요."
불, 칼, 눈물을 담고서 여자는 자신만을 바라보는 남자를 보며 위협하듯 말했다.
그녀의 눈에서 불, 칼, 눈물을 본 남자는 여자가 그 말을 실천할 것임을 잘 알고 있었기에 그녀의 명 그대로 그 자리에서 발걸음을 멈추었다.
넓고 고요한 꽃밭이 펼쳐진 마당에 그를 남겨둔 채, 그녀는 몸을 돌려 대문 밖으로 총총 뛰어가기 시작했다.
지금 당장 여자는 홀로 있을 곳을 찾아야만 했던 것이다.
그녀는 울어야 했다. 단 혼자서.

쌀례, 성례, 밥순이
그 여자의 이름들

이런 걸 남에게 묻게 되리라곤 상상도 하지 못했고 창피했지만, 그녀는 물어야 했다.
"박성례라고도 밥순이라고도 하시는데 그중 제 이름은…… 뭐죠?"

"어느 놈은 그 새파란 나이에 고래 등 같은 기와집에서 떵떵거리고 살고, 어느 놈은 이 오밤중에도 그 팔자 늘어진 놈을 감시해야 하고. 세상 참 불공평하구만. 나 원, 퉤퉤!"

쌍안경으로 건너편 기와집을 노려보던 초로의 형사는 입맛이 쓴 듯 땅바닥에 가래침을 있는 힘껏 뱉어 냈다.

얼마 전에 들어간 고급 승용차에, 이 커다란 새 집에…….

대체 저 집주인이자 자동차 주인이자 유명 영화사 사장이자 그 밖의 수상쩍은 사업을 줄줄이 하고 있다는 저 젊은 놈은 무슨 운복을 타고 났을까?

"조사한 바에 따르면 경력이 화려하더구만요. 태평양 전쟁 직후에 싱가포르, 홍콩 쪽에서 밀수했다 소리도 있고, 전쟁통에 군수업자들 틈에 끼었다고도 하고…… 아마 그걸로 돈푼 좀 만졌나 본데, 그러다가 2년 전부터 뜬금없이 영화사를 차렸대요."

"선전용이겠지. 영화배우 시켜 준다고 미인들 꼬셔서 높은 양반님네들 술판에 넣어 주고 그걸로 이권 얻고. 어어, 드러워. 퉤!"

초로 형사 곁에서 함께 잠복을 서고 있던 젊은 형사의 미간이 찌그러졌다.

연속해서 길가에 가래침 뱉는 선배도 솔직히 깨끗해 보이진 않는다고 한마디 하려 했으나, 그놈의 짬밥 때문에 참았다.

젊은 형사는 주변을 둘러보며 말했다.

"아무튼 투서가 계속 들어오고 있다니까 조사는 계속하겠죠. 덕분에 이놈의 잠복은 계속이고⋯⋯ 그런데⋯⋯ 검사님은 오셨습니까?"

젊은이의 질문에 초로 형사는 인상을 찡그리며 물었다.

"그 양반이 지금 이 시간에 여길 왜 와?"

"글쎄요. 소공동 쪽에서도 놓치셨다고 와 봐야겠다고 하시더라구요."

군인들의 전쟁은 휴전이란 이름으로 중지되었다. 하지만 세상의 전쟁은 아직도 진행 중이다.

휴전 후 어수선한 세상, 먹고 살기 위해서라면 어떤 짓도 해야 한다는 생각들이 널리 퍼져 있어서 각종 범죄가 넘치고 있었다. 고로 이 혼돈의 사회를 수호하시느라 경찰과 검사는 엄청나게 바쁘다.

아직 종이 공급이 원활하지 않아 한지에 펜으로 한자와 한문을 섞어 작성된 서류를 검토하면서 수사방향을 결정하고, 대질수사를 결정하고, 공소시효에 맞춰 오늘 안에 얼마만큼 진행을 해야 하는 사건인지 구별해 놓아야 할 사건만 한 달 기준 수백 건에 가깝다.

뭐, 주요 피의자를 체포할 경우 — 지금 상황에서는 저 고래 등 같은 기와집의 젊은 주인인 영화사 사장 놈일 확률이 높지만 — 현장수사 지원반에 참가해 체포 지원이야 할 수 있겠지만 아직 저 젊은 사업가가 피의자 신

분인 것도 아니고 지금처럼 동태나 알아보려는 시점에선 불필요한 짓이다.

"아직 젊어서 그러신가. 우리 검사 영감, 의욕이 넘치시누만. 나 같으면 그 깨알 같은 서류 볼만치 봤으면 퇴근하고 발 닦고 자겠구만. 몸도 성치 않은 사람이."

초로 형사는 아무리 보아도 자신의 조카뻘밖에 되지 않은 젊은 검사의 의욕이 별로 반갑지 않은 듯 혀를 찼다. 의욕으로 시작해 자리가 주는 권위의식, 나태함으로 안면 바꾸는 것들을 이제껏 수도 없이 겪어 왔다.

격무에 박봉도 지겨운데 조카뻘 젊은 상사 놈의 의욕에 장단까지 맞춰 주어야 하는가.

그런데 곁에 선 젊은 후배 놈은 꼴에 비슷한 또래 젊은이라고 '검사님' 하는 소리에 화색이 돈다.

"그래도 대단하지 않습니까? 전쟁통에 빨치산 토벌에서 크게 다쳤다던데, 아직 성치도 않은 그 몸으로 일선에 복귀하다니."

"훙. 제 아비가 사업을 한다던데 그거 뒷배 봐줄려고 그러는지 누가 아나? 아님 적당히 몇 년 버티다가 정치라도 하겠다고 나설지. 그동안 그 뒤치다꺼리 누가 하고? 내 이날 이때까지 대가 안 바라고 고생 자처하는 놈들 꼴을 못 봤다. 크악, 퉤!"

누구는 수십 년 형사질에 박봉에 격무로 고생하는데 젊은 놈 하나는 늙어 가는 자신의 상관이요, 다른 젊은 놈은 떵떵거리며 큰돈을 주물러 사법부 관심까지 받고 있다. 세상은 바뀌었다는데 늙은 형사의 눈에 세상은 늘 그 모양 그 짝인 듯 보인다.

그렇게 속이 긇어올라 목에 감긴 가래를 뱉는 척 속의 울분도 같이 뱉어 내고 있는데, 그 순간 그를 대신해 쌍안경으로 건너편 기와집을 감시하던 젊은이가 무엇을 발견한 듯 외마디 소리를 질렀다.

"어?"

"왜? 뭐가 좀 보여?"

이 젊은 사장 놈의 혐의는 고위직 공무원과 미군 부대를 끼고 원조품으로 들여온 고가의 석유와 군납품들을 빼돌려 거액의 차액을 남기고 시중에 팔아먹는다는 것이었다.

혹시 이 인간과 관련된 한패들이 밤에 사전모의라도 하기 위해 찾아온 것이 아닐까. 예상보다 빨리 이 지긋지긋한 잠복근무에서 철수할지도 모르겠다.

반색을 하고 쌍안경을 빼앗아 보는데 쌍안경 너머 보이는 풍경은 그의 기대를 저버리는 것이었다.

"뭐야? 저건……."

옷차림이 어수선한, 신발조차 제대로 못 신고 질질 끌고 있는 듯한 자그마한 젊은 여자가 그 집에서 튀어나왔다.

얼마 안 있다가 윤찬경 그놈인 듯 보이는 남자가 뒤따라 나왔다.

뛰어가는 여자의 뒤에 대고 그놈이 외치는 소리도 들렸다.

"가지 마! 내가 그런 게 아니라니까! 난 그 자식이 뒈지길 바란 적은 없어! 내가 아무리 개차반이라도 그렇게까지 엉망은 아니야! 내가 아니야! 안 잡아먹을 테니까 가지 말라구! 이 인정머리 없는 계집애야! 쌀례야!"

하지만 여자는 그가 무어라 부르든 말든 뒤돌아보지 않고 앞으로 앞으로 가기만 했다. 언뜻 손등으로 뺨을 훔쳐 가면서 여자는 걷고 또 걸었다.

어쩐 일인지 젊은 남자는 그녀의 뒤를 바짝 쫓아가지는 못했다.
그리고…… 한순간이었다.
어두운 밤거리에서 차로에 뛰어든 그 여자가 달려오는 시발택시에 부딪혀 나가떨어진 것은.
"쌀례야!"
울부짖는 듯한 남자의 목소리가 어두운 밤거리에 울려 퍼졌다.

주의해서 보지 않는다면 그가 다리를 저는 것을 알아볼 사람은 많지 않을 느릿한 걸음걸이로 젊은이는 두 형사 곁으로 다가왔다.
"수고하십니다. 동태는, 어떻던가요?"
차분한 목소리. 단정한 얼굴의 젊은이에게 초로의 형사는 만사 귀찮다는 듯한 얼굴로 뱉어 내듯 답했다.
"막 철수를 할 작정이었는데, 영감님 오셨습니까. 좀 쉬시지."
정확히 말하자면 '막 가려는데 귀찮게 여긴 왜 또 왔소.'를 완곡히 둥글려 말한 것이었지만.
젊은 검사는 초로 형사의 귀찮은 기색에 아랑곳하지 않고 날카로운 눈초리로 물었다.
"철수요?"
"빈 집 지켜서 뭘 하겠습니까. 지금 저 집에 아무도 없어요."
"피의자가 아직 귀가하지 않은 건가요? 소공동에서 먼저 출발했는데요?"
그 질문에 늙고 젊은 두 형사들은 순간 난감한 표정을 지었다.

"오긴 왔었습니다만…… 그것이…… 다시 나갔습니다."
"나가다니? 이 시간에 혼자요? 무언가 낌새를 눈치챈 것 같습니까?"
통금 시간이었다.
광복 직후인 9월 미 군정이 서울과 인천에 밤 8시부터 새벽 5시까지 통금으로 규제한 이후 전쟁이 끝난 지금은 전국이 이 통금을 따르게 되어 있었다.
그런데 귀가까지 한 상태에서 다시 나갔다니. 이쪽의 감시를 눈치챈 것이 아닐까. 제길, 잠복을 어찌 섰기에. 그런 추궁이 담긴 검사의 질문에 초로 형사 쪽이 억울하다는 듯 미간을 찌푸리며 대꾸했다.
"이쪽 문제가 아니에요. 집안 문제 같던데……."
"집안 문제?"
"집에 같이 들어갔던 여자와 다퉜던지 여자가 밤길에 뛰쳐나왔다가 달려오는 택시에 사고가 났습니다. 그 택시는 아마도 통금 시간 어기고 운행한 것까지 이중으로 경칠까 그랬는지 뺑소니쳤구요. 윤가 그 작자는 사고 난 여자 안아 들고 사라졌어요. 아마 병원에라도 달려간 것 같긴 합니다만."
공교롭게 되었구나. 젊은 검사는 한숨을 내쉬었다.
피의자 윤찬경. 오늘 그 얼굴이라도 보아 두고 싶었는데.
"그럼 오늘은 이만하도록 하시죠. 그 친구 관찰은 계속해 주시고, 늦은 시간까지 수고하셨습니다."
무언가 아쉬운 듯한 얼굴로 젊은 검사는 건너편 피의자의 집을 응시한다.
거대한 담벼락으로 둘러싸인 집.
묘하게 낯이 익은 집이다.

하지만 과민한 거겠지.

경성 땅, 아니 서울 땅에 저 비슷한 집이 한두 채일까.

검푸른 먹물 같은 어두운 하늘, 그 위에 찍힌 새하얀 달.

그 아래 날씬한 처마 선을 자랑하는 기와집이 그의 심장에 설명할 수 없는 우수(憂愁)를 안겨 주었다.

무언가 마음이 좋지 않다.

"한 검사님? 귀가하신다면 차로 모셔다 드릴까요?"

"아, 아뇨. 괜찮습니다."

부르는 소리에 그제서야 그 집에서 눈길을 떼던 남자는 느릿한 몸짓으로 발걸음을 돌리며 한 걸음 한 걸음 그 낯익은 기와집에서 멀어져갔다.

무언가 마음이 좋지 않았다.

이유는 설명할 수 없었지만.

수십 발 총탄을 맞기 전에도 느껴 본 적 없는 불안함에 몸을 떨면서 선재는 느릿하게 걸음을 옮겼다.

"늦었구나. 저녁은 먹었고?"

늦은 시간까지 잠들지 않고 아들의 귀가를 기다리던 어머니가 그의 얼굴을 보고 묻는 질문은 늘 그런 것이었다.

서른이 넘는 자식이라도 그녀에게 큰아들은 끼니 놓치는 것이 아닐까 걱정스런 애틋끈 이이였다.

"먹었습니다. 이렇게 늦은 시간까지 어째 주무시지 않고 계셨습니까."

"아버님 눈이 또 안 좋아지셔서. 강 박사 불러 이때까지 검진받아 보셨다. 그러는 넌, 몸도 아직 성치 않은 애가 꼭 이렇게까지 늦게 다녀야 하겠니?"

아들이 살아 돌아오면서 이제 다시는 이 아이에게 싫은 소리 하지 말아야 했던 어머니의 맹세는 그 아들의 부활로 깨어지고 말았다.

그 지옥 같은 부상에서 목숨을 건지고 그만큼 움직일 수 있는 것도 천운이라 했다.

그럼 그 천운에 감사하면서 몸을 더 보해야 할 텐데 아들은 아직 성치 않은 몸으로 일을 하기 시작했다. 그것도 험하고 고되다는 검찰청 일을 말이다. 거기다 그것뿐 아니라 다른 일까지도.

"또 보광동 쪽에 들렀던 거냐?"

보광동. 아들이 한때 집을 나가 자취를 했던 곳.

나중에는 며느리를 데려가 잠시나마 살림을 차렸던 곳이다.

서울로 돌아오자마자 아들은 제대로 걷지도 못하는 몸으로 처음에는 안국동, 그리고 보광동으로 허겁지겁 찾아갔었다.

하지만 그들이 신혼의 얼마간을 보냈을 그 하숙집은 전쟁 때 폭격을 받아 흔적도 없이 사라져 버렸다. 자취를 알 길 없는 며느리처럼.

그럼에도 불구하고 아들은 돌아온 후 꽤 여러 번 그 집터 쪽을 돌아보는 모양이었다. 이제 신문에 그 아이를 찾는 광고까지 넣어 볼 생각이라니.

마치 무덤가 주변을 참배하듯, 지나간 행복을 곱씹고 참배하는 아들의 그 모습이 어미는 보기가 딱하고 속상했다.

"선재야, 이제 그만……."

그러나 어머니가 무슨 말을 할지 이미 알고 있다는 듯이, 아들은 담담한 어조로 그녀의 말을 잘랐다.

"소공동 쪽 근처에 볼일이 있어 거기서 들어오는 길입니다. 따로이 하실 말씀이 없다면 이만 들어가 보겠습니다."

그때였다. 모자간의 대화를 자신의 방문 앞에서 엿듣고 있던 누군가가 그들의 대화에 막 끼어든 것은.

"소공동? 영화계 유명한 배우들이 많이 와서 파티한 그 자리 말이야? 오라버니, 거기 있었수? 나도 갔었는데! 에이, 미리 알았더라면 오라버니 차 얻어 타고 같이 올걸! 그럼 늦었다고 야단맞을 일도 없었을 거 아니우."

그의 누이 은재가 격자문을 확 열어젖히고 오라비에게 애교 섞인 푸념을 해 대고 있었다.

파티에 갔다더니 꽤 요란스런 노란 실크 드레스에 구루프로 말아서 물결을 주어 풍성하게 보이는 공들인 머리 모양은 어쩐지 평범한 가정집 실내와는 너무나 동떨어진 차림새라 당장 우스꽝스러워 보이기까지 했다.

"아버지가 통금 시간을 야박하게 정해 놓지만 않으셨어도 아직 그 자리를 주름잡는 건 나였을 텐데. 쳇, 안 그러우?"

"에그! 철딱서니 없는 소리! 네 아버지 아니셨어도 내가 허락 못 한다! 양갓집 처자가 팔다리 다 드러내고 어딜 그런 난잡한 곳에 드나든단 말이냐!"

어머니의 젊은 시절에 배우란 종종 술자리에 나가는 기생들이 겸업을 할 수 있는 직업이었다. 낮에는 영화를 찍고 밤에는 술손님을 받는 기생들의 이야기는 장안에 화제가 되었었다. 규방에서 수나 놓고 있던 그녀의 귀에 늘릴 정도로. 그런데 자신의 금지옥엽이 그 노릇을 하겠다니, 용납할 수 없다.

그런 모친의 야단에 딸은 어처구니가 없다는 듯이 반박했다.

"어머니도 이제 옛날 분 다 되셨습니다! 난잡하다뇨? 영화계면 예술이에요. 무비 스타라구요! 이 구질스런 나라에 그나마 제 구미에 맞을 만큼 반짝거려 보이는 건 그곳뿐인걸요. 톱스타들은 남녀노소 가릴 것 없이 만인의 사랑도 받고…… 아이, 어머니랑은 말이 안 통해! 그렇지, 오빠?"

은근히 자신의 편을 들어주기를 바라며 물어 오는 여동생의 질문에 오라비는 가타부타 대답이 없었다. 마치 그는 그녀가 그곳에 존재하지 않고 목소리가 들리지 않는 것처럼, 누이를 지나치려 했다.

그런데 한순간 그의 시선이 누이의 다리 아래쪽, 그 차림새와 마찬가지로 실내에서 신기에 어울리지 않는 붉은 가죽 구두에 박혀 떨어질 줄 몰랐다.

"그건……."

"아아, 그냥 굴러다니는 거 아까워서 한번 신어 봤어. 오늘 입은 옷하곤 색깔이 안 맞아서 그만뒀지만 다음에 빨간 드레스 입을 일 있으면 맞춰 보려고. 괜찮지?"

해맑은 얼굴로 묻는 누이를 어처구니없다는 듯 보던 그의 시선이 다시 그 선홍색 가죽 구두를 향했다.

그걸 신고 자신에게 달려왔던 아내.

그날 밤 치렀던 초야(初夜).

그 뒤로도 저 구두를 애지중지하던 아내는 잊지 않고 그것을 피난 길 짐에 챙겨 넣었었다. 부산까지 들고 가던 그 구두를 아내는 그와 한순간이라도 헤어지지 않으려고 바다에 뛰어내리느라 놓쳐 버렸다.

그 모든 기억들이 그를 애틋하게 했고, 그립게 했고, 서글프게 만들었고…… 그리고 분노케 했다.

"벗어!"

"응?"

"당장 그 구두 벗어! 너, 네가 어떻게 감히!"

그것은 그들 일가가 일본에서 귀국한 뒤 거의 처음으로 큰 오라비가 누이에게 건네는 말이었다.

예전 같으면 그녀의 응석에 혀를 차긴 했어도 부모님의 질책으로부터 그녀를 보호해 주곤 했던 큰 오라비였다.

하지만 의식을 차리고 몸을 치료하면서 귀국하기 직전, 그녀가 무슨 짓을 저질렀는지 알고 난 뒤로 그는 이전의 오라비가 아니었다.

지금도 그렇다. 그 서슬 퍼런 얼굴에 질려 단 한마디 반박도 못 하고 냉큼 구두를 벗어 내놓으니 재빨리 그것만 챙겨 들고 찬바람을 풍기며 자기 방으로 가고 있지 않은가 말이다.

잠깐 풀이 죽었던 공주는 그래도 그의 냉담을 순순히 받아들일 수 없다는 듯이 오라비의 뒤통수에 대고 중얼거렸다.

"사내가 되어서 옹졸하기는. 뭘 겨우 그 정도 일 가지고 아직도 꽁해서."

그런 딸을 보는 어머니의 눈에 잔뜩 힘이 들어갔다.

"조용히 못 하겠니? 겁도 없이 그런 일을 벌이고 뭘 잘했다고!"

하지만 입으로는 그렇게 말했어도 두 자식의 어미 역시 지금의 상황이 마음에 들지 않기는 마찬가지였다.

그녀는 조심스레 장남의 방으로 뒤따라 들어섰다.

넥타이를 풀면서 서류를 뒤적거리던 아들은 모친의 내방에 곧 책상 의자에서 몸을 일으켜 예의 바른 자세로 그녀를 맞아들였다.
 아들의 방.
 그 살풍경한 모습에 어머니의 이마가 다시 구겨졌다.
 빈틈없이 책장에 꽂힌 책들, 책상과 걸상, 옷장이 전부였다.
 그 살풍경한 방에 그나마 화사한 물건이라고는 그가 막 누이에게서 빼앗아 온 빨간 구두, 그리고 방 한편에 놓인 자그마한 경대 하나뿐이었다.
 "구두든 경대든 치우거라. 남들이 우러르는 검사 영감 방 꼴이 이게 무어냐."
 아들은 뜬금없는 어머니의 역정에 어리둥절한 얼굴을 하더니 뚝뚝한 어조로 대꾸했다.
 "무슨 상관이겠습니까. 다 제 처 물건인데요."
 아들의 아내.
 아들 책상에 놓인 액자에서 웃고 있는 그 아이.
 작은 액자 두 개가 그의 책상 위에 서 있는 것을 김씨는 아프게 바라보았다.
 하나는 그들의 혼인 기념사진. 사모관대 새신랑 복장을 한 뚝뚝한 아들과 그 곁에서 카메라를 보고 긴장한 듯 두 눈을 동그랗게 뜨고는 연지곤지에 족두리, 원삼 차림을 한 며느리의 혼인날 사진이었다.
 다른 하나는 며느리가 여학교에 입학하던 날 기념사진.

단발머리에 양장 교복을 입은 아들의 처는 여전히 소녀의 모습 그대로 웃고 있었다. 그리고 그 곁에 혼인했던 그때보다, 그리고 지금보다 훨씬 부드러운 얼굴을 하고 있는 아들이 있다.

그 방에서 잠드는 사람은 아들 하나.

그러나 기실 머물고 있는 혼은 둘이다.

하지만 겉으로 봐선 다치고 아직 상처가 다 아물지 않아 밤마다 혼자 앓는 아들이, 죽었는지 살았는지도 모를 며느리의 유령을 끌어안고 혼자 지내는 곳이 이곳이다.

아직 새파란 젊은것이 궁색한 홀아비 꼴을 하고 있다니. 이게 무슨 꼴인고.

김씨는 이 상황이 속상했다. 혹은 소름이 끼쳤다. 그래서 마음을 다져 먹고 아들에게 통고하듯이 말했다.

"올해까지 기다려 봐서 성례 그 아이를 찾을 수 없다면…… 인연이 여기까지라고 생각하고, 그만 잊거라. 잊고, 새 출발 하거라."

"싫습니다."

"선재야!"

"저는 아내가 있어요. 그런데 왜 그래야 합니까?"

저렇게까지 대놓고 하는 거역에 김씨도 빈정이 상하여 직선적으로 받아쳤다.

"지금 어디 있는지 도무지 행방을 알 수가 없지 않니! 살았는지! 죽었는지!"

"살아 있습니다! 은재 그 아이가 그런 어처구니없는 짓만 벌이지 않았더라도 안국동 집에서 그 사람은 절 기다렸을 거라구요!"

거의 저승 문턱까지 밟아 보았던 그를 살린 것은 그녀와의 약속이었다.

―살아서, 너에게 돌아간다.

 그렇게 되기까지 여러 사람의 도움을 받았다. 총알 바다 속에서 그가 감싸 안아 목숨을 부지했던 댕기머리 여자아이의 젊은 아비가 딸아이를 구해 준 보답으로 가늘게 숨이 남아 있던 그의 축 늘어진 무거운 몸을 은신처로 질질 끌고 가 몸에 박힌 총알들을 불에 달군 칼로 한 알 한 알 뽑아 냈다.
 그 후로 어느 정도 죽지 않겠다 싶었던지 밤을 틈타 군부대가 있는 곳에 그를 던져 놓았고, 군의관으로 있던 친우 승규의 도움을 받아 일본에 피난 간 가족들을 찾을 수 있었다.
 마취제는커녕 독한 술 한 모금 겨우 삼키고 생살을 째는 치료를 받았을 때, 고통으로 수없이 까무러치면서도 그의 몸과 영혼은 죽는 걸 거부했다.
 이전에 죽고 싶다고, 죽음을 절실히 원하던 그때에 아직 어린 아내는 그에게 말했었다.

―댁이 맘대로 죽을 수나 있는 줄 알아요? 당신 목숨은 구해 주신 아버님 거구요! 낳아 주신 어머님 거구요! 혼례를 올린 제 것이기도 해요! 죽으려면 그 은혜 다 갚고 죽어요! 어리광 그만 부리시구요!

 그녀의 말대로 죽을 권리 같은 것, 그에겐 없었다. 사람이니까 언젠가는 숨이 멈추고 흙으로 돌아가야 할 테지만 지금은 아니었다.

네 곁으로 돌아가서 죽어야지.

너와 살고 싶을 만큼 잘 살고 나서, 네 곁에서 죽어야지.

약속은 지켜야지.

그렇게 그는 살았다. 다리는 이전처럼 뛰거나 할 순 없어도 그는 죽지 않았고, 곧 그녀를 만나러 고향땅으로 갈 터였다. 그런데 고대하던 귀국이 결정된 그날, 가족들은 한 가지 사실을 알게 되었다.

안국동에 사람을 먼저 보내 집 안 정돈을 해야 하지 않겠느냐는 어머니의 의견이 나온 직후부터 낯빛이 심상치 않던 은재는 얼마 안 가 자신이 저지른 짓을 실토하고야 말았다.

"그 집엔 갈 수 없어요. 제가 안 집사 편으로 파, 팔았거든요."

믿을 수 없다는 듯이 자신을 바라보는 가족들, 특히 큰 오라비를 향해 누이는 변명하듯 더듬거리며 말을 이어 갔다.

"그런 집은 이제 구식이에요! 요즘 시절이 어느 때인데 부뚜막에 밥을 해 먹는 그런 구식 집에서 살아요? 폭격에 무사하다고 해도 낡을 대로 낡아서…… 마침 좋은 값을 쳐주겠다는 연락을 제가 받아서, 저는 그냥……."

그들의 집. 언젠가는 돌아가야 할 그 집. 자신을 기다리겠다던 아내가 살아 있다면 반드시 돌아와 그를 기다리고 있을 그 집을 아버지의 인감을 몰래 훔쳐서 대리인을 통해 팔아 버렸다는 누이의 고백에 선재는 자신의 귀를 의심했다.

그날 처음으로 그는 피를 나눈 제멋대로인 누이를 때려 주고 싶다는 충동에 휩싸였다.

자칫하면 그리될까 두려워 양손을 꽉 쥔 채 부들거리는 목소리로 그가 물었다.

"왜! 그 사람이, 쌀례가 거기서 기다릴지도, 아니 기다릴 텐데! 어쩌자고 너는!"

그때 한순간이었지만 물처럼 가라앉은, 누이로선 드물게 보이는 그 차분한 눈길. 아울러 그 눈빛과 비슷한 목소리가 들려왔다.

"어머, 그럴 수도 있겠네요."

누이의 그 차분한 태도에 치가 떨려서, 그 순간 선재는 태어나서 처음으로 그녀의 뺨을 거세게 후려쳤다.

처음 얻어맞은 따귀에 누이는 서둘러 붉어진 뺨을 손으로 가리고 자신의 방으로 도망가 버렸지만, 그 순간 선재는 깨달았다. 자신이 무슨 짓을 했는지 누이는 알고 있었고, 알면서도 그 모든 일을 기꺼이 했다는 것을.

은재는 쌀례를 내쫓았다.

그들의 집에서.

그의 동의를 받지 않고 아내를 추방했다.

누이가 아내를 그로선 이해할 수 없는 이유로 탐탁지 않게 여긴다는 것은 알았지만, 그 미움이 이토록 뿌리 깊은 것인지 선재는 몰랐었다.

어린아이의 미움에는 이유도 없는 걸까. 한계도 없는 걸까.

이유를 알 수 없는 누이의 감정 때문에 아내가 사라졌다.

누이는 그 사실에 만족해할 뿐, 일절 설명도 없이 그저 '몰랐다'만 되풀이했다.

그리고 돌아온 고향. 집에 새로 들어와 사는 사람들은 억장이 무너지는 소리만을 했다.

한 자그마한 젊은 여자가 혼자 이 집을 지키고 있었지만, 나가 달라

하니 나가더라고. 어디로 갔는지는 자신들도 모른다고.

"그렇게 살아 있는 처를 두고 새 출발이요? 어머니도 은재 그 아이처럼 이상해지셨군요."

그런 아들의 비난에 김씨는 답답하다는 듯이 되물었다.

"그럼 네 처는 그 뒤로 왜 나타나질 않는 거니? 하다못해 자기 있을 곳 주소라도 남길 수 있는 것 아니냐?"

김씨가 보기에 집에서 내쫓긴 뒤 기다렸다는 듯이 자신도 종적을 감추고 연락을 끊었다는 것은 절연(絶緣)을 하겠다는 표식 같았다. 예전, 살아서 부부의 인연을 끊을 때 소맷자락을 잘랐다는 것처럼. 그렇게 소맷자락을 잘랐으면 인연은 거기까지인 것이다.

"그 아이도 나이 아직 젊으니 여자 혼자 살기 어려운 세상에서 재가를 했을 수도 있을 게다. 내 듣기로 그런 여자들이 많다 하더라. 그 애 어미도 그렇게 팔자를 고쳤다지 않니. 그러니 인연은 여기까지다 생각하고 너도……."

"그럴 리가 없어요. 그 위험할 때, 저와 가까운 곳에 있겠다고 바다에 뛰어든 사람입니다."

지금도 선재는 밤에 눈을 감으면 끈적끈적했던 부산에서의 마지막 밤이 떠올랐다.

먹물같이 어두운 밤. 창백한 은백색 달.

배 위에서 치마폭 휘날리며 아내가 바다로 몸을 날렸다.

산산이 튀어 오른 물보라.

머리끝부터 발끝까지 흠뻑 젖은 아내의 몸을 끌어올리며 화가 나서 그는 소리쳤었다. 얌전히 기다리랬는데 왜 이렇게 말을 안 듣는 거냐고. 그때 그녀는 무어라 말했는가.

—가, 가까운 곳에서 기다릴게요. 아버님 가신다는 거긴 너무 멀어서…… 600리나 떨어진 곳이잖아요. 그렇게 멀리 어떻게 떨어져 있어요? 여기서, 가까운 데서, 서방님 찾아오시기 쉬운 곳에서 기다릴게요. 기다릴게요.

너는 기다리겠다고 했고, 나는 찾겠다고 했다.
숨이 붙어 있는 한, 우리들은 그러겠다고 약속했다.
당장 얼굴 보지는 못하더라도, 밤에 소스라쳐 깨어날 때 비어 있는 옆자리에 가슴 한편이 무너지더라도, 지금 당장은 그렇더라도, 우리는 다시 만날 거다.
"그 사람은 기다리겠다고 했고, 전 어디에 있든 찾겠다고 했어요. 그러니 그런 말씀 말아 주십시오."
"선재야!"
"계속 이러시면, 저는 가까운 시일 내로 보광동 쪽에 새 하숙집 알아보는 수밖에 없습니다."
서늘한 눈매로 아들이 하는 경고에 어미는 속수무책, "나쁜 놈!" 소리만 중얼거리고 거칠게 방문을 열고 나가 버렸다.
다시 혼자 있게 된 방.
홀로 보내야 하는 시간.
남자는 책상 위에서 아직도 자신을 향해 미소 짓는 아내의 얼굴을 손가락으로 한 번 쓸어보고 서류에 다시 눈길을 주기 시작했다.
피의자 이름이 그의 눈을 찌르고 들어왔다.

윤찬경

정말 그가 자신이 알고 있는 바로 그일까.

"보호자님, 여기 환자 이름하고 입원 보증인 성함 좀 써 주세요."
 자신에게 내밀어진 서류를 찬경은 한동안 멍하니 보기만 했다. 그런 그의 태도에 병원 직원은 오해를 한 듯 다시 물었다.
 "글 쓸 줄 모르시나요? 그럼 성함은 제가 써 드릴 테니 여기 지장만 찍어 주실 수 있겠어요?"
 문맹자가 아직 꽤 많은 세상이었다. 오랜 식민지 생활로 광복 직후에는 열 중 일고여덟 명이 글을 몰랐고, 그 뒤 우리글에 대한 목마름으로 전쟁 와중에도 천막을 치고 교육을 해서 사정이 많이 나아지긴 했지만 글을 모르는 사람은 아직 많았다.
 그러니 교통사고 난 여자 환자의 보호자로 병원 응급실에 달려온 이 젊은 남자 역시 글을 모를 수 있지 않은가.
 그러나 그것은 기우(杞憂)였던 듯. 남자는 제법 반듯한 글씨로 자신이 안고 들어왔던 여자의 이름을, 그리고 자신의 이름을 썼다.

―경이 오라버니, 나한테 글 배우지 않을래요? 그것 참 재미있어요!
 찬, 경. 이게 오라버니 이름이야. 어때? 재미있죠? 신기하죠?

십여 년 전쯤, 아직은 어렸던 그녀가 처음으로 그의 이름을 종이에 쓰는 순간, 그는 겉으론 심드렁한 표정을 지었지만 속으로 조금쯤 설레었다.

그 마음으로 그녀에게 물었었다.

―……아씨 이름은 어찌 씁니까?
―내 이름이요? 어, 왜요?
―나, 남 가르칠 만큼 실력이 되나 해서 그럽니다! 아씨는 아씨 이름 제대로 쓸 줄 아쇼?

여자아이는 백지 위에 자신의 이름을 써 보였다. 그러고는 덧니가 드러날 만큼 씨익 자랑스레 웃어 보이며 말했었다.

―박, 성, 례. 이 정도면 가르칠 만하죠?

십여 년이 지나서 지금 그는 입원 신청서라는 서류에 그녀와 자신의 이름을 나란히 적어 넣었다.

사실 그녀에게 처음 글자를 배우고 이름을 배우면서 그는 종이에 자신의 이름보다 그 여자의 이름을 더 많이 써 보곤 했었다. 그 여자에게, 자신 이외에 다른 사람의 눈에 단 한 번도 보인 적은 없었지만.

처음으로 남에게 보일 수 있는 자리에 써 넣는 너의 이름이 이런 서류 조각 같은 곳에 쓰게 되는 것일 줄은 몰랐지만 말이다.

"하긴, 이놈이 몰랐던 게 어디 한둘이었나요, 아씨 마님. 나 하는 일이 그렇지 뭐. 빌어먹을."

손이 베일 것처럼 빳빳하게 풀을 먹인, 병원 로고가 찍힌 시트 위에 인형처럼 축 늘어져 누워 있는 여자를 보면서 찬경은 그렇게 중얼거렸다.

초저녁 무렵 그녀에게 줄 새 옷 상자를 내밀 때만 해도 일이 이렇게 될 줄은 몰랐었다.

그녀는 도대체 무슨 생각으로 영어 할 줄 알면서 자신을 그런 자리로 데려가 광대 노릇을 시켰느냐고 화를 냈지만 조롱하기 위해 그런 일을 꾸민 건 아니었다.

그저 한 번쯤, 자신이 젊고 고운 여자라는 걸 잊고 사는 것 같은 여자를 곱다랗게 꾸며서 어깨를 나란히 하고 바깥에 함께 나가 보고 싶었을 뿐이었다. 그런데 그 죽일 놈의 양키가 여자를 희롱하는 엿 같은 상황이 벌어질 줄이야.

그때부터 줄줄이 모든 것은 엉망이 되어 버렸다.

그럴 줄은 몰랐다. 우리가 살고 있는 집을 네가 지옥이라고 생각할 줄은, 내가 그 소리를 듣고 네 서방, 도련님이 죽었다는 그 사실을 말해 버릴 줄은, 꽃 같은 네 모습 보면서 설레기만 할 줄 알았던 오늘 밤이 이리 피투성이가 되어 버릴 줄은 나는 몰랐다.

내가 널 이렇게 죽도록 괴롭히게 될 줄은 정말 몰랐다.

"현재로선 대퇴부 골절 정도인데요. 의식이 돌아오지 않는 이유는 모르겠군요. 내출혈이 있는 건지……."

고개를 갸우뚱거리는 젊은 의사에게 찬경은 뚝뚝한 목소리로 단호하게 말했다.

"고쳐 주시오. 돈이 얼마가 들든."

"그, 글쎄요. 허허……."

피투성이일망정 기본적으로 고급 셔츠에 바지를 걸친 멀끔한 보호자에게 의사는 어느 정도 당혹감 섞인 웃음을 지어 보였고, 그것이 보호자의 신경을 건드렸다.

"당신이 고치지 못하겠거든 다른 의사 보내! 내출혈인지 뭔지 확실치 않거든 엑스레이든 뭐든 사진 더 찍고! 멍청하게 웃지 말고 무슨 수를 써서라도 저 여자 고쳐 내란 말이야!"

환자 보호자가 하마터면 의사의 멱살을 쥐고 협박 직전까지 갔던 그 험악한 상태는 곧 연락을 받고 달려온 환자 보호자의 변호사에 의해 일단락되었다.

한눈에 척 보아도 자신의 고용주와는 다르게 지성이 샘솟아 보이는 단정한 인상의 변호사는 "이 환자 고쳐 놓지 않으면 가만 안 두겠어."라는 고객의 말을 백만 배 정도 순화하여 전달했고, 최선을 다하겠다는 답변을 받아냈다.

그리하여 이제 응급실이 아닌 1인 특실에는 다시 속눈썹 그늘을 드리우고 눈 감고 있는 그녀와 그런 여자를 지키고 선 남자, 둘만 남게 되었다.

예전, 미용실에서 쓰러진 여자를 둘러업고 병원으로 달려와 그때에도 이렇게 누워 있는 여자의 얼굴을 한참 동안 내려다본 적이 있었다.

차에 치어 사고가 난 것이 아니고 과로와 영양실조로 쓰러진 것이기 때문에 곧 정신을 차릴 거라는 걸 알고 있어서 비교적 느긋하게 그 얼굴을 가까이서 구경했다.

가는 팔목에 주사 바늘을 찌르고 방울방울 수액이 떨어지는 것을 지켜보면서 남자는 그녀가 듣지 못하는 소리를 꽤 여러 가지 했었다.

"밥순이가 영양실조라. 기가 막히는군."

"바보 자식."

"엄마가 됐더라. 꼬마가, 너를 뒤집어썼던데."

"앞으론 힘든 일 안 해도 돼. 힘든 일 없을 거야."

"나하고…… 같이 살래?"

하지만 정신을 차린 그 여자는 그가 마치 무슨 역병이라도 되는 양 치를 떨었었다.

"미안하지만 그쪽만 보면 화가 나요. 화가 나서 미치겠어요."

그래서 그는 그녀에게 묻지 않고 같이 살 수 있는 방법을 찾고 실천했다.

언젠가 그녀를 찾게 되면 함께 살리라 마음먹고 마련한 집에 그녀를 데려올 수 있었다.

그로선 꽤 신경 써서 화단도 꾸미고 안방에 여자들이 좋아할 법한 커다란 경대도 놓고 했건만 여자는 야멸친 어조로 말했다.

―식모에겐 너무 과해요.

우스운 일이다.

나를 보는 네 눈이, 부르는 목소리가 차갑든 말든 그저 같은 집에서 살면 그걸로 족하다 생각했는데 선을 긋는 네 목소리, 차가운 네 눈동자에 나는 기가 죽고 말았다.

그래서 내가 겁먹었다는 사실을 잊기 위해 머리끝까지 취해 그 집에 들어갔다.

그런데 술 때문에 흐릿한 내 눈으로도 보이는 게 있더라.

내 방문 앞에 놓여진, 신문지로 덮은 밥상.

식모니까 일하는 것뿐이라고 너는 말했지만 나한테는 그 밥이 세상 어떤 것보다 멋진 성찬이었다.

네가 무슨 눈빛으로 나를 보던, 무슨 생각으로 밥을 짓던, 같이 있으면 그걸로 됐다고 생각한 건 너무 안일했던 걸까.

―내겐 이곳이 지옥이에요. 이곳을 천국처럼 여길 다른 사람 찾아 살아요. 그래야 옳아요. 나는 지금 여기서 나가야 옳고요.

눈을 감고 있는 여자를 내려다보던 그의 눈동자에 분기가 떠올랐다.
"지옥? 인정머리 없는 계집애. 내가 그렇게 사정하고 붙잡았는데, 너, 돌아보지도 않고 나가 버렸지."
'가지 마.'라고 그렇게 애원했는데 뿌리치고 가 버렸다. 잡으면 혀를 깨물고 죽겠다고 협박까지 하면서.
"그래. 네가 그렇게 더럽게 고집 세고 인정머리 없는 것, 내가 진작에 알아봤다. 내가 왜 네 서방 골로 간 거 입 다물고 있었은 줄 알아? 네가 이렇게 그놈 따라 죽겠다고 설칠까 봐서야. 네가……"
하지만 여자는 여전히 눈을 감고 있었다. 고집스럽게.
눈 감고 악착같이 자신을 보려 하지 않는 듯한 그녀의 모습에 남자는 문득 서글픔을 느꼈다.
이제까지 바라는 것들 중에 손에 넣지 못한 건 별로 없었는데 사람 문제에 있어서만은 늘 실패인 것 같다는 생각도 들었다.
술독에 빠져 죽어 버린 어머니도, 감히 아버지라고 부를 수 없었던 영감도, 그렇게 마지막을 보아 버리고 싶진 않았던 도련님 녀석도, 그리고 이 여자도.
가진 것 없는 거렁뱅이나 머슴 시절에는 돈만 있으면 이 외로움, 허기가 사라질 줄 알았는데, 정말로 원하는 건 여전히 가질 수 없다.
그렇게 가질 수 없는 마음, 가질 수 없는 여자를 내려다보면서 남자는 패배를 선언하듯 말했다.

"더럽고 치사하지만, 내가 졌다. 눈 뜨면 네 앞에서 사라져 줄게."

눈을 감고 있어도 소리는 들을 수 있었던 걸까.

마치 그 소리에 응답하듯 얇은 담요 밖으로 나와 있던 여자의 손가락이 조금, 하지만 분명히 움직이는 것을 남자는 보았다.

한 번, 두 번, 세 번.

남자는 담요를 들춰 그녀의 맨발을 만져 보았다. 그의 손바닥 아래 그녀의 떨림이 느껴졌다.

순간 그의 입에서 짐승의 포효 같은 고함이 터져 나왔다.

"간호사! 거기! 아무라도 들어와 봐! 빨리!"

뱃속에서부터 울려 나오는 소리로 목이 터져라 사람을 부르면서도 그의 심장은 미친 듯이 뛰었다.

더할 수 없는 안도감, 혹은 걷잡을 수 없는 분노, 바닥을 알 수 없는 서글픔으로.

꿈속에서 쌀례는 열네 살이었다.

전날 솥 한 단지 가득 뜨거운 물을 전부 써서 목욕을 하고 태어나서 처음으로 뒤집지 않은 고운 새 옷을 입고 경성에 있다는 시댁에 간다고 기차를 탔다.

쫴애액―.

하늘을 뚫는 고함을 내면서 검은 쇠붙이로 만든 구렁이가 눈앞에 나타났을 때 어찌나 놀랐던가.

경성 시댁까지 그녀를 데려가기로 한 창녕댁 손에 등 떠밀려 기차 안으로 들어가고 창가에 앉았다.

유리창에 성에가 끼어 있었다.

"겨울만 아니면 창가로 지나가는 풍경 보는 것도 장관인데. 창에 얼음이 끼어서 도통 앞이 안 보이는구나. 쯧쯧."

창녕댁은 아쉽게 되었다며 혀를 찼다.

안 보이는 것이 창밖 풍경뿐일까.

사실 박쌀례 인생의 앞날이 안 보이는 것 역시 마찬가지다.

할머니는 이런 시절에, 더구나 가문이 몰락해 죽 한 그릇 제대로 먹을 수 없는 이때에 이런 혼처가 생긴 것은 조상의 가호라 하셨다.

너는 행복할 거라고, 평생 배부르고 사랑받으리라 노래처럼 말씀하셨다.

하지만…… 당장 쌀례는 신랑 얼굴조차 본 적이 없다.

평생 함께 살 그의 이름이 '한선재'라는 것 말곤 모른다. 그가 어떤 사람인지, 그가 자신을 좋아할지, 자신이 그를 좋아할 수 있을지 아무것도 모른다.

'좋아하려고 노력은 하겠지만. 그래, 확실한 건 그거 하나지.'

그와 검은 머리 파뿌리 될 때까지 행복하게 살 수 있을지 정말 모른다. 더구나 시집가는 기찻길에 날강도들을 만나 온몸을 두들겨 맞기까지 한 이런 상황에선 그 앞날이 불투명하다는 사실이 새삼 서러웠다.

아, 기차가 덜컹거릴 때마다 뼈마디도 함께 덜컹거리는 것만 같다.

아까 그녀의 가슴에 청진기를 댄 안경 쓴 학생 오라버니는 크게 다친 곳은 없다고 했었는데.

거기까지 생각하다가 쌀례는 문득 그 곁에서 차가운 시선으로 자신을 지켜보던 하얀 얼굴의 청년을 떠올렸다.

―매를 심하게 맞고 정신을 놓아 버려서 급한 대로 결례를 저질렀소. 하지만 목숨 귀한 줄 모르는 아가씨로군.

검은 스탠딩 칼라 교복을 입고 있던 청년.
검은 교복과 대비되는 도자기처럼 뽀얀 낯빛에 우뚝 선 콧날, 숱 많은 눈썹 아래 서늘한 눈동자.
심술궂어 보이긴 했지만 태어나서 그렇게 잘난 사내를 본 것은 처음이었다.
사촌 오라버니들이나 동리 남정네들만 보아 오던, 그것도 혹여나 눈길이 마주칠까 조심하며 지나오던 쌀례로서는 청년은 경이로움 그 자체였다.
쌀례는 슬그머니 옆에 앉아 있는 창녕댁에게 물었다.
"제 서방님도 경성 큰 학교 학생이라 하셨죠?"
"응. 그렇다더구나."
"그럼 그분도……."
"응?"
"아, 아니에요!"
새삼 '그분도 아까 교복 차림 그 사람만큼 훤칠하실까?'라고 소리 내어 묻기 부끄러웠다. 다시 여자아이는 앞이 보이지 않는 성에 낀 유리창을 바라보았다.
'한……선……재.'
혼서에서 훔쳐본 그 이름을 유리창에 써 보고 싶었는데 글을 모르는 그녀로선 복잡한 한자를 그대로 기억해 옮겨 쓰긴 쉽지 않았다. 처음 '한' 자부터 몇 획 쓰지 못하고 쌀례는 불투명한 유리창만 넋 놓고 바라보았다.
　덜컹덜컹덜컹―.
　보이지 않는 유리창.
　보이지 않는 앞날.
　열네 살 새 신부는 그때, 무서웠다.

　눈을 뜨고 이제 스물다섯이 넘은 쌀례가 처음 느낀 감정도 바로 그것이었다.
　낯설고 두려웠다.
　"여, 여기가 어디야? 아얏!"
　일어서서 주변을 살피려는데 다리 아래쪽에서 통증이 일었다.
　어렴풋이 기차에서 누군가에게 흠씬 두들겨 맞은 것 같은 느낌이 들었다.
　온몸에 저미는 통증, 낯선 풍경에 당황하고 있는데 누군가의 목소리가 들려왔다.
　"여어."
　가무잡잡한 살결에 굉장히 화사한 생김새의, 그러나 눈매는 몹시 매서운 남자가 그녀를 내려다보고 있었다.
　남자의 커다란 손이 느닷없이 그녀의 턱을 쥐고 놓지 않았다.
　"무, 무슨 짓을……."

"앙칼진 눈으로 쏘아붙이는 걸 보니, 죽진 않겠군."

남자는 반쯤 안도하고 반쯤 빈정거리는 어조로 그렇게 말했다. 잠을 못 잤는지 초췌한 안색에, 뺨과 코밑에 짧은 수염이 촘촘히 돋아 있었다. 눈가를 손으로 부비던 남자는 안도의 한숨을 내쉬고 품에서 담뱃갑을 꺼내다 문득 동작을 멈추었다.

"아, 병원이지. 젠장. 깜빡했다."

그는 피곤해 보였고, 당황한 듯 보였다.

초췌한 모습이 딱해 보였지만…… 지금 이 방에 어째서 이 사람밖에 없는 걸까. 당황스럽기는 그녀 역시 마찬가지라 결국 묻고 말았다.

"여, 여기 다른 사람은 없나요?"

그녀의 질문에 남자의 시선이 담배에서 여자 쪽으로 움직였다.

겁먹은 눈으로 자신을 보고 있는 여자의 얼굴을 보자니, 지난밤에 자신이 그녀에게 저지른 일들이 떠올랐다.

한 번 그녀의 입술을 훔치고, 저 여자를 죽일 뻔했다.

그녀가 저런 표정으로 자신을 보는 것은 입맛 쓰지만, 그래도 그 역시 겁이 나서 남자는 슬그머니 담배를 집어넣고 퉁명스런 목소리로 대꾸했다.

"그런 눈으로 볼 것 없어. 안 잡아먹어. 약속대로……."

'약속대로 네 눈앞에서 사라져 줄 테니까 그런 얼굴 하지 마. 기분 더럽단 말야.'

하지만 그가 소리 내어 말하기 전 그들 사이에 다른 소리가 먼저 끼어들었다.

꾸르르르르…….

자신의 배에서 들려오는 창자가 우는 소리에 여자는 쥐구멍에라도 들어가고 싶었다.

하지만 그녀가 쥐구멍에 들어가고 싶거나 말거나 창자는 계속 조용히 아우성치고 있다. 배가 고프다고. 그러니 당장 먹을 걸 들여보내라고.

"저, 저기…… 죄, 죄송하지만 뭔가…… 먹을 것 좀 없을까요?"

민망함을 촘촘히 박은 목소리로 그녀가 입을 열었고, 남자는 피식 쓴웃음을 머금으며 수하를 시켜 근처 식당에서 죽을 쑤어 가져오게 했다.

사실 죽을 주문하는 그에게 여자는 말하고 싶었다.

'죽 말고, 밥이면 좋겠는데요!'

그러나 얻어먹는 처지에 이것저것 따질 순 없는 법.

마침내 따끈한 죽 그릇이 눈앞에 놓이자 여자는 코끝에 스치는 익은 쌀 내음에 강렬한 허기를 느꼈다.

지금 당장 자신의 온몸을 덮치는 저릿한 통증을 잊었다.

낯선 병실에서 저 무서운 남자와 함께 있다는 두려움도 잊었다.

그저 구수한 냄새, 입 안에 감기는 따뜻한 촉감, 식도를 타고 배를 채우는 그 만복에 집중했다.

처음에는 그나마 체면을 차리기 위해 애써 느리게 움직이던 수저질도 시간이 지나자 점점 더 속도가 붙기 시작했다. 비어 가는 죽 그릇 바닥을 박박 긁다 못해 두 번째 그릇은 벌컥벌컥 마시는 단계까지 오고 말았다.

그런데 참 이상도 하지. 마음만으로는 그릇까지도 씹어 먹을 수 있을 것 같은데 급하게 마신 죽은 목에 걸려 쏟아지고 말았다.

그리고 그런 그녀를 이제까지 기가 막히다는 듯이 보고 있던 남자는 여자의 손에서 그릇을 빼앗고 그녀의 등을 두들기며 말했다.
"제발! 밥순아! 천천히 먹어도 누가 안 뺏어 먹는단 말이다! 좀!"
그리고 방금 병실로 들어온 간호사 역시 혀를 차며 남자의 말에 동조했다.
"박성례 씨, 아직 그리 급하게 드시면 안 좋아요."
그런데…… 남자와 간호사가 자신을 부르는 호칭이 다르다는 것을 여자는 깨달았다.
밥순이. 박성례.
이 병실에는 세 사람밖에 없고 그녀를 제외한 두 사람이 전혀 다른 이름으로 자신을 부르고 있다.
몹시, 몹시 이상하다.
문득 여자는 고개를 들어 그때까지 자신의 등을 두들겨 주고 있던 남자에게 물었다.
"저어…… 죄송하지만요, 둘 중 어떤 건가요?"
그녀의 생뚱맞은 질문에 남자는 손길을 멈추고 퉁명스런 어조로 되물었다.
"뭐가?"
갑자기 저 남자에게 이런 질문을 할 수밖에 없다는 것이 여자는 몹시 부끄러웠다.
그가 사 준 죽을 들이마시다 토해 내는 모습을 보일 때보다 백만 배는 부끄러웠다. 하지만 그녀는 묻지 않을 수 없었다.
"박성례라고도 하시고 밥순이라고도 하시는데…… 그중 제 이름은…… 뭐죠?"

하얀 가운의 의사가 상냥한 얼굴로 그녀에게 물었다.
"자, 박성례 씨. 뭔가 생각나는 것이 있어요?"
옆에서 그녀의 보호자라는 그 화사하지만 무서운 얼굴의 남자가 덧붙였다.
"그래. 토하도록 먹어야겠다는 것 말고 생각나는 것 있으면 털어놔 봐."
쌀례의 날카로운 시선이 그를 향했다. 순간 '당신은 도대체 누구예요! 가뜩이나 불안해 죽겠는데 그렇게 성질 부릴 것 같으면 차라리 가 버려요!' 하고 소리치고 싶었다.
그러나 참았다. 자존심 상하는 일이지만, 그마저 나가 버리면 지금 그녀는 '혼자'가 되어 버리기 때문이다.
그저 눈에 힘주어 그를 쏘아보고는 여자는 곧 의사의 질문에 최선을 다해 대답했다.
"기차를 타고 어딜 가고 있었던 건 생각나요."
"호오, 그래요? 어딜 가고 있었습니까?"
의사의 질문에 여자의 뺨이 갑자기 발갛게 달아올랐다.
느닷없이 그녀가 피워 올리는 수줍음에 찬경은 부쩍 그다음 대답이 궁금해졌다. 잠시 후 그녀의 대답을 듣게 되기 전까지는.
"……호, 혼인을 하러 시댁에 가려구요. 가, 가마를 타고 가기엔 너무 멀어서 기차를 타고 갈 수밖에 없었거든요."
쌀례의 입에서 나오는 그 소리에 찬경의 입가가 차게 비틀렸다.

혼인.

한선재의 아내가 되기 위해 가는 길이었던 게다.

이 와중에도 생각나는 거라곤 그 녀석에 관련된 거란 말인가. 그 정성, 아주 징그럽군 그래.

하지만 그가 어떤 마음이든 의사의 질문은 계속되었다.

"다른 건 기억나는 것 없나요? 기차 타고 떠나기 전이라던가, 그 후라던가. 분명 시댁을 가기 전에는 친정에서 출발을 했을 테니까요. 가족이나…… 친정은 기억나지 않아요?"

쌀례는 곰곰이 생각해 보았다.

집. 그래, 결혼을 하기 전에 내가 살던 친정이 분명 있었을 것이다. 부모님과 형제들도 있었겠지. 하지만 아무리 열심히 생각해 보아도 떠오르는 거라곤 꿈속 몇 장면뿐이었다. 이젠 그나마도 그것이 진짜 있었던 일인지 그저 꿈일 뿐인지도 혼란스러웠다.

여자는 꿈속에서 보았던 장면을 다시 곱씹어 보며 천천히 대답했다. 의사뿐 아니라 마치 자기 자신에게 들려주듯이.

"어딘지는…… 정확히는 모르겠어요. 무밭이 있고 작은 초가에 여러 명이 같이 살았던 것 같은데…… 출발하기 전에 뜨거운 물 한 솥 전부 써서 목욕하고 새 옷 입고…… 그랬던 것 같은데……."

"흠, 지명은? 시골 어디쯤인지?"

그렇다. 세상에는 무밭이 있는 초가집이 꽤 여러 곳 존재한다. 그저 그것만 가지고는 그녀의 가족을 찾을 수 없을 것이다.

하지만 아무리 생각에 생각을 골몰해도 여자는 그 이상은 기억해 낼 수 없었다.

다시 그녀의 눈가에 뜨끈한 소금물이 맺혀 왔다.

의사는 더 이상 그녀를 자극하는 건 좋지 않다는 생각에 다시 입가에 미소를 지으며 오늘은 더 이상 생각이라는 걸 하지 않아도 좋다고 말해 주었다. 그러자 '보호자' 쪽에서 대뜸 반박했다.

"오늘은 그만, 이라니. 그럼 이 여자, 언제 제정신으로 돌아옵니까?"

인정사정없는 남자의 질문에 여자는 치가 떨렸다. 언제쯤 제정신으로 돌아오냐니. 물론 지금 자신의 상황이 그다지 정상적이지 않은 것은 사실이지만, 꼭 저렇게 제정신이 아니라고 말을 해야 하는 걸까.

아무튼 그녀 역시 의사의 답이 궁금했으므로 일단은 입을 다물고 답을 기다렸다.

답변은 간단했다.

"모릅니다."

상냥한 얼굴, 상냥한 목소리로 빚어진 대답에 여자는 맥이 풀렸다. 그녀 곁에 있던 남자가 삐딱한 목소리로 물었다.

"당신, 돌팔이요?"

잠깐 의사의 눈가와 입매가 팽팽해지는 것이 느껴졌으나 곧 환자 보호자가 의료기와 페니실린 수입 사업에 관련하므로 병원에서 무시할 수 없다는 사항이 떠올랐는지 다시 본래의 미소를 떠올리며 사근한 어조로 대꾸했다.

"아닙니다. 환자분이 좀 특이 케이스예요."

뒤 이은 그의 설명에 의하면 전쟁 중에 부상을 당한 군인들 중에도 이런 사례는 존재한다고 한다. 하지만 어느 정도의 기억을, 얼마만큼의 기간 동안 생각해 내지 못하는지는 개인차가 크다는 것이다.

바로 앞 몇 시간을 기억하지 못하는 사람, 몇 달, 몇 년 치를 기억하지 못하는 사람.

심하게는 말하는 법도 잊을 수 있고, 지금 눈앞의 여자처럼 자기 이름도 기억하지 못하는 경우도 있다.

"원래 진단을 내리기가 어려운 중상인데 이런 경우는 더 드물어서요. 당시에 충격이 꽤나 크셨던 모양입니다. 기억장애란 심각한 외상이나 견디기 버거운 심적 고통에서 일어나는 경우가 많아서……."

몸이든, 아니면 마음이든 너무 힘이 들어서 그녀는 그녀 안으로 도망을 간 상태였고, 그녀 자신이 언제쯤 돌아올지는 미지수란다. 며칠 후일지, 한 달이 될지, 일 년이 될지, 아니 돌아오기나 할 수 있을지.

"한마디로, 아는 게 없다는 걸 꽤 길게 설명하시는군."

"글쎄요. 그렇게 되나요."

의사는 쓰게 웃었고, 졸지에 자신 안으로 도망갔다는 진단을 받은 여자는 같이 웃을 수도 울 수도 없었다.

지금 그녀의 곁에 있는 거라곤 눈을 뜬 직후 얼굴을 마주하면서부터 지금까지 매서운 얼굴로 자신을 대하는 남자의 차가운 등뿐이었다.

여자는 목발을 짚고 악착같이 그의 등을 쫓아갔다.

그리곤 창피한 노릇이었지만 그의 소맷자락을 붙잡고 매달렸다.

"혼자만 가면 어떻게 해요? 나는……."

순간 앞만 보고 걷던 남자가 발걸음을 멈추고 그녀를 돌아보았다.

자신을 보는 그의 눈.

그걸 무어라 표현해야 할까. 자기 이름도 잊어버린 여자, 아무것도 기억하지 못하는 여자에 대한 경멸, 그리고 그녀가 까닭을 알지 못하는 미움을 품고 남자는 자신의 소맷자락을 붙들고 있는 여자의 손을 노려보고 있었다.

눈길이 무안해서, 혹은 무서워서 여자는 슬그머니 그의 소매를 붙들던 손을 풀고 자신의 발등을 내려다보며 기어들어 가는 소리로 물었다.

"계, 계속 폐 끼쳐서 죄송해요. 그런데 지금 정말 아무것도 생각이 안 나서……. 저, 저희 집 아시나요? 혹시 저, 저희 부모님이나 형제, 가, 가족들이라도 아신다면, 연락 좀 해 주시겠어요?"

아니, 꿈속 기억대로라면 시집이라는 걸 갔을 테니 혹시 내 남편에게라도.

남자의 대답은 빠르고 간결했다.

"네 부모 형제들 따위, 난 몰라. 들어 본 적도 없고. 연락할 곳 같은 거, 달리 없는 걸로 아는데."

남자의 색깔 없는 목소리가 칼날이 되어 여자의 고막을 후벼 팠다.

목발을 짚고 절뚝거리는 걸음걸이로 남자를 지나쳐서 병원 복도에 양쪽으로 늘어선 긴 나무 의자 한 곳에 엉덩이를 갖다 대자마자 여자는 울기 시작했다. 몇 걸음 떨어져서 그 모양을 지켜보고 있던 남자는 한숨을 내쉬더니 곧 그녀 앞으로 다가왔다. 그저 자신이 우는 모습을 무표정하게 지켜보는 남자 앞에서 이런 꼴을 보인다는 것이 여자는 수치스러웠다.

"저리 가요. 나 우는 것 보지 말아요."

문득 마른 모래처럼 메말라 보였던 그의 얼굴에서 그날 처음으로 쓴웃음이 피어올랐다.

"뭐, 어쨌거나 하는 짓은 그대로구먼. 밥순이 아씨 마님."

여자는 자신이 이해할 수 없는 소리, 이해할 수 없는 비웃음을 지어 보이는 그 남자가 순간 그럴 수 없으리만치 미웠다.

세상에, 남은 절망에 빠져 울고 있는데 그 앞에서 웃다니. 뭐 이런 나쁜 사람이 다 있을까. 아니, 다른 무엇보다…….
"아까부터 묻고 싶었는데, 댁은 누구세요?"
남자는 한동안 말없이 그녀의 얼굴을 그저 보고 또 보았다.
기막힘, 조롱, 미움, 측은함 비슷한 것들이 그의 눈동자에서 떠돌다 사라지고 그녀가 막 다시 질문을 던지기 직전, 그의 입매가 씨익 올라갔다.
그리고 잠시 후, 그가 밝힌 신분은 다음과 같은 것이었다.
"나? 그쪽하고 같이 살던 남자야."

날벼락
갑자기 들이닥치는 것들

혼인한 기억도 없는데 애 딸린 과부에다 새 남자까지 있다고?
"왜 우리가 함께 살게 된 거죠?"
수상쩍다는 듯 묻는 여자에게 하얀 이를 씨익 드러내고 남자는 말했다.
"밥 때문이야, 다른 건 몰라도 밥순이 넌 밥 짓는 솜씨는 괜찮았거든."

시집간다고 꽃단장하고 꽃가마 대신 기차를 탄 것까진 기억나는데 한숨 자고 일어나 보니 그녀는 이미 결혼한 상태였다.

그리고 과부가 되었고, 한 아이의 엄마가 되었고, 그 상태에서 다른 남자와 약혼이라는 걸 했단다.

날벼락이었다.

그것은 진정코 그녀에게 날벼락이었다.

"무슨 그런 농담을……."

그러나 뚱한 얼굴의 그 남자가 안내한 으리으리한 집에서 그녀를 보고 달려오는 어린 계집아이를 볼 때 쌀레는 그것이 농담이 아니라는 사실을 깨달았다.

"엄마아아아!"

한눈에 그녀를 몹시 닮은 동그란 얼굴, 동그란 눈동자의 여자아이가 그녀의 치맛자락을 붙들고 매달렸다.

남자와 혼인한 기억도, 신방을 차린 기억도 없는데 그 혼인의 결과물인 아이가 초롱초롱한 눈매로 그녀를 올려다보고 있었다.

그런데 이상도 하지. 여전히 옆에서 뚱한 얼굴로 서 있는 그 남자가 자신을 '약혼자'라고 소개했을 때는 믿기지 않았는데, 아이는 보는 순간 그런 생각이 들었다.

'내 새끼.'

양쪽으로 쫑쫑 땋은 머리.

고사리 같은 손가락.

발그랗게 달아오른 복숭아 색 뺨.

자신의 치맛자락에 달려들어 볼을 부비는 아이 머리를 쓰다듬어 주면서 목이 따갑고 눈과 코가 매콤하게 젖어드는 것이, 내 아이로구나 싶었다.

아이는 엄마가 오길 기다리며 준비해 둔 무언가를 고사리 손으로 꺼내 내밀었다.

"이게 뭐니?"

"아빠 이름."

꼬깃꼬깃 접은 종잇장에는 그녀가 적었다는 세 글자 아래 아직 글자라고 하기 애매한 그림 문자 비슷한 것이 줄지어 그려져 있었다.

그것은 사람의 이름이었다.

예전에 아이에게 자신이 가르쳤었다는데, 그래서 엄마 오면 보여 주려고 열심히 따라 그렸다 한다.

한……선재.

그 사람이다.

그녀가 어느 겨울날 기차를 타고 혼인하러 갔던 상대.

유리창에 이름을 써 보고 싶었지만 너무 어려워 쓸 수 없었던 바로 그이다.

얼굴도 기억이 안 나는데 그녀와 혼인을 하고 그녀가 낳은 아이의 아비인 그 사람.

젊은 나이로 전쟁터에서 죽어 돌아오지 못했다는 그 사람.

그저 종이 위 이름 석 자로 대면했을 뿐인데 가슴이 욱신거렸다.

"혹시 묘가 어딘지 알아요?"

곁에서 모녀의 상봉을 지켜보고 있던 남자는 이번에도 찬바람 부는 목소리로 간단히 대꾸했다.

"몰라. 그 난리통에 무덤 없이 돼진, 아니 죽은 목숨이 한둘인가."

어떤 목숨은 질기고도 질겨 자기 이름을 잊어버릴 정도로 다쳐도 살아남았는데 어떤 목숨은 나이 겨우 갓 서른이 되어 죽어 버리다니.

여자는 그 무상함에 기가 막혔다.

그래서인가. 계속 걷잡을 수 없이 눈물이 샘솟았다.

"참 잘도 우는구나."

곁에서 그 모습을 지켜보고 있던 남자는 뚝뚝한 목소리로 그저 그렇게만 말했다.

병원에서부터 보아하니 우는 걸 달래 주는 성격은 아닌 모양이었다.

현재 약혼자 앞에서 죽은 남편 때문에 우는 건 미안한 일이겠지만, 문득 여자는 그런 생각이 들었다.

이름만 보아도 우는데, 아직 내 속에선 그 사람 때문에 흐를 눈물이 남아 있는 것 같은데, 어째서 나는 다른 남자와 다시 결혼하기로 마음먹었던 걸까.

"어떻게……."

입이 떨어지지 않는 질문이었지만, 여자는 물어야 했다.
"그쪽하고 내가…… 우리가…… 어, 어떻게…… 왜……."
손에는 죽었다는 사람의 이름이 적힌 종이를 들고 여자는 그에게 물었다.
"어떻게, 왜, 정혼을…… 하게 된 거죠?"
남자의 시선이 그녀를 향했다.
입매를 조금 움직였을 뿐인데 냉소가 피어올랐다. 며칠 동안 지켜본 바에 의하면 이 남자의 웃음은 늘 차고 쓰다. 입은 웃는 척하지만 눈은 웃질 않는다.
묘하게도 아이의 '엄마' 소리가 생경하지 않은 것처럼, 그 차고 떫은 미소 역시 낯설지 않았다.
"밥 해 줄 여자 하나쯤 둬도 좋을 것 같아서였어."
"밥……이라구요?"
여자는 자신의 귀를 의심했다.
아니, 밥은 물론 중요한 것이지만 병원에서 여기까지 타고 온 고급 승용차에 이 고래 등 같은 집을 소유하고 있는 형편 넉넉한 독신 남자가 전쟁통에 넘쳐 버린 애 딸린 과부와 탈상하자마자 혼인하려는 이유가…… 밥 때문이라고?
어리둥절한 얼굴을 하고 자신을 보는 여자에게 남자는 하얀 송곳니를 씨익 드러내며 설명을 덧붙였다.
"혼자 사 먹는 밥은 싫증이 나서 말이야. 넌 다른 건 몰라도 밥하는 솜씨는 좋았거든. 탈상하기 전까진 정식으로 결혼할 수 없다고 고집 부리는 건 좀 귀찮았지만, 밥만 제대로 먹을 수 있다면 그쯤이야."
진지함이라곤 눈을 씻고 봐도 찾을 수 없는 답변에 여자는 맥이 풀렸다. 혼인이라는 인륜지 대사를 치른 이유가 고작 '밥'이란 말이지. 여자는 한순간 울컥한 마음에 남자처럼 빈정거리는 투로 되받아쳤다.
"밥 때문에 약혼까지 하다니. 차라리 식모로 쓰시던가, 값을 참 비싸게 치르셨네요!"
남자는 뺨을 붉히며 쏘아붙이는 그 여자를 향해 경건한 태도로 가슴에 손을 얹고 답변했다.
"장사꾼이니까. 비싼 값을 치러야 할 만한 물건이라면 격에 맞는 값을 치러야 하는 법이죠, 마님. 당신은 오래도록 기다리고 공들일 만큼 비쌀 만했어요."
흡사 유랑 극단 배우 같은 과장된 몸짓에 목소리였다.
그의 태도가 경건할수록, 그 가차 없는 조롱에 여자는 기가 막혔다.
"사, 사람을 바보 취급하고…… 바, 밥 때문에 혼인하겠다고요?"
그렇게 모욕감에 치를 떠는 여자에게 남자는 한껏 신랄한 어조로 으르렁거렸다.
"왜? 그럼 안 되나? 나는 밥 시키고 데리고 잘 여자가 필요했고, 너도 이 지랄 맞은 세상에서 먹여 살릴 남자가 필요했겠지. 왜? 마음에 안 들어? 난 충분하다고 생각하는데? 네 밥도 네 입술도 네 몸도! 난 만족했었다구! 그 빌어먹을 사고만 아니었어도 너도 이 거래에 충분히 만족한 것처럼 보였는데!"

―네 밥, 네 입술, 네 몸.

남자의 채찍 같은 고함이 여자의 고막을 날카롭게 후려쳤다.
마, 맙소사. 이미 저 사내에게 몸까지 허락했단 말인가.

어느 순간부터 여자는 놀란 얼굴로 자신들을 보고 있는 아이의 귀를 자신의 두 손으로 감싸 안았다.

"제발! 아이가 듣고 있어요. 말을 그렇게밖에 못 하겠어요?"

그제서야 남자도 제정신이 돌아온 듯 입을 다물고 아이의 눈치를 살폈다.

남자는 그 뒤로 입을 다물고 묵묵히 그녀의 목발과 얼마 안 되는 짐 보퉁이를 내려 주고는 등을 돌려 자신의 방인 듯 보이는 곳으로 가 버렸다.

등 돌리고 가면서 그 남자가 했던 말이 여자는 밤에 잠자리에 누워서도 잊혀지지 않았다.

"내가 무슨 이유를 대건 넌 너 같은 여자가 나 같은 놈이랑 같이 산다는 것 자체가 싫다는 거잖아! 거기다 대고 무슨 말을 하라고!"

돌아선 등, 탄식 같은 그 소리가 잊혀지지 않았다.

'자아, 현재 상황을 정리해 보자.'

쌀레는 머릿속 또 다른 쌀레와 대책 회의를 갖듯 속삭였다.

'나는 그때 기차를 타고 시집을 가서 결혼을 했다. 남편은 전쟁통에 참전했다가 전사했다고 하고, 나는 그 와중에 혼자 아이를 낳았다. 그렇게 애 딸린 과부로 살아가고 있는데 한 남자와 알게 되고 그와 약혼을 했다. 그 남자는 밥 해 줄 여자가 필요해서 나에게 청혼했다 했고, 나는 무슨 이유 때문인지 모르지만 — 아마도 여자 혼자 살기 힘들어서라고 미루어 짐작하지만 — 그 청혼을 승낙했다. 그리고 도저히 믿기진 않지만 결혼 전에 이미 그의 여자가 되었고 살림을 합쳤다. 단, 정식 결혼은 그녀가 남편의 전사 소식을 듣고 3년이 지나 탈상이 끝날 때까지 기다려 달라 했으므로 아직 식은 올리지 않았다. 결혼식은 내년 봄쯤으로 생각하고 있었다고 한다.'

그녀가 그 눈매 고약하고 입 험한 주제에 생긴 건 멀끔한 남자에게서 들은 대략의 사정은 이랬다.

"믿을 수 없어. 나, 도대체 그동안 어떻게 산 거야."

탈상도 전에 남자와 만나고 혼인도 전에 살을 섞고 동거부터 했다니.

'그런 여자, 나는 몰라.'

여자는 쓰디쓰게 중얼거렸다.

기억하지 못하는 그녀 자신의 과거가 입 안의 모래처럼 껄끄럽기 짝이 없었다. 처음 이 집에 들어선 날 그가 했던 기묘한 말과 더불어.

―내가 무슨 이유를 대건 넌 너 같은 여자가 나 같은 놈이랑 같이 산다는 것 자체가 싫다는 거잖아! 거기다 대고 무슨 말을 하라고!

너 같은 여자와 나 같은 놈이란 건 도대체 무슨 뜻일까.

내가 어떤 여자였는지는 나도 모르겠지만, 도저히 같이 못 살 것 같은 남자와 결혼하겠다고 마음먹었을 것 같진 않다.

남자와 나 사이의 일은 당사자인 두 사람만이 알 일이겠지만, 이렇게 무언가 생채기가 난 듯한 느낌을 무작정 견뎌야 하는 건 납득할 수 없었다.

하지만 상대방은 잔뜩 골이나 부리고 있어서 더 이상 묻기도 곤란하고 혼자선 아무리 생각해 봤자 답이 나오지 않았다.

의외로 답은 다른 곳에서 나왔다.

"찬경이 그 멍챙이가, 예전 너희 집 종간나새끼로 있었다고 제 딴에는 맴에 쌓아 뒀나 보지비."

그녀가 병원에 입원해 있는 동안 딸아이를 맡아 주었고, 작년까지 함께 살면서 아이의 지사기(기저귀)를 갈아 주었다는, 아니 그보다 훨씬 전 그녀가 어린 시절부터 알고 지냈다는 노파는 '너 같은 여자'와 '나 같은 놈'에 대해 듣고 측은하다는 듯 혀를 차셨다.

어느 날, 난데없이 노파의 식당 정지(부엌)로 그가 아직은 어렸던 그녀를 데려온 것이 시작이었다고 노파는 말했다.

열서너 살 정도로 보이는 어린 소녀는 그때 이미 비녀로 머리를 올리고 있었다. 옷차림이 귀성스러워서 누이도 안까이도 아닌 것 같고 도대체 무슨 사이냐 물으니 낮에 머슴으로 일하는 주인집 아씨라고 했다는 것이다.

조용히 혼자 밥을 지을 부뚜막이 필요하다기에 생각나는 부엌은 여기뿐이라 데리고 왔다나.

어느 날 갑자기 사내 녀석의 소식이 끊기고 대신 어린 계집아이가 처녀가 될 때까지 노파의 식당을 다시 찾아왔다.

자세한 사정은 늙은 노파도 알지 못하지만 전쟁이 끝나고 남편 없이 혼자 아이를 키우던 여자와 이전 그녀의 집 머슴으로 있던 남자는 함께 살게 되었다.

짧으면서 긴 이야기 끝에 노파는 절반쯤 이가 빠진 잇몸 사이로 한숨을 내쉬며 타이르듯 말했다.

"스나이답지 못하게 구는 것 같기도 하다마는, 이왕지사 서뱅 삼기로 했으믄 오시립게(불쌍터) 보고 잘 살아 보라. 인연도 여기까지 온

걸 보면 예사 인연은 아니지비."
 거기까지 말하고서 노파는 곁에서 인형을 안고 놀던 아이를 안아 보고는 보드라운 뺨에 자신의 거친 뺨을 부비며 말했다.
 "어이구, 우리 강생이. 지사기에 똥 싸 뭉갠 게 엊그제 같은데 이제 제법 무쭐하구마. 이제 그만 이름도 짓고 애끼(동생)도 보고 해야지비."
 아이 챙겨 갈 때 남자가 마저 챙기지 못한 아이의 옷가지들을 가져다주러 와서 생각보다 시간을 길게 잡아먹었노라고, 하늘을 보니 곧 눈포래(눈보라)가 날릴 것 같고 저녁 장사를 하려면 이만 가 봐야겠다면서 노파는 몸을 일으켰다.
 과연 노파가 가고 얼마 후부터 눈이 나리기 시작했다.
 다시 아이와 단둘이 방에 오도카니 앉아 여자는 다른 사람의 입을 통해 들었던 그 남자와 자신의 십여 년을 곱씹었다.

 ─너 같은 여자가 나 같은 놈하고 산다는 것 자체가 싫은 거잖아!

 여자의 입술에서 딱히 누구에게랄 것 없는 소리가 한숨과 함께 절로 새어 나왔다.
 "바보 같으니."
 성에가 낀다.
 창가에, 그녀의 머리에, 그리고…… 가슴에.

 '바보 같으니. 아, 윤찬경. 넌 후레자식이기도 하지만 바보 자식

이야.'

 요즘 하루 평균 몇 번이나 스스로에게 욕설을 퍼부었는지 찬경은 세어 볼 엄두도 나지 않았다.

 그 여자한테 그렇게 화를 퍼붓는 게 아니었는데.

 기억도 못하는 여자한테 그 여자가 날 싫어했었다는 기분 나쁜 정보 같은 걸 나는 왜 자청해서 준 걸까.

 하지만 그 멍청한 여자는 나를 잊은 순간 제 서방도 같이 잊어버렸다. 그 사실을 아는 순간 그의 마음속에 살고 있는 뱀이 혀를 내밀며 기쁨의 찬가를 불렀다.

 사실 변명을 하자면 처음부터 작정하고 속인 건 아니었다.

―지금 너하고 같이 사는 남자야.

 그렇게만 대답한 것을 여자가 제멋대로 남편 비슷하게 알아들었을 뿐이지.

 그 놀라는 얼굴이라니.

 그 순간을 생각하면 지금도 통쾌할 정도였지만, 아예 남편이라고 말하지 않은 건 아쉽다. 이 기회에 완전히 내 것으로 할 수 있었는데.

 거기까지 생각하다가 찬경은 고개를 내저었다.

'아서라.'

 입술 한 번 맞추고 여자를 죽일 뻔한 게 겨우 엊그제 일이다. 거기다 제 어미에게 무슨 훈계를 들었는지 아이는 제 아비 이름을 똑똑히 적어 그 여자에게 내밀었다.

한선재

 겨우 종이 위 글자만 보는데도 아직 그 자식 이름 보고 눈물 흘리는 여자에게 '내가 당신 남편이요.'라는 거짓말은 너무 위험하다. 약혼자라고 속인 것만도 이렇게 가슴이 벌렁거리는데.
 그렇다.
 거짓말은 그저 단 한 가지였다.
 우리는 약혼을 했고, 너는 현재 내 여자다.
 이 거짓말이 언제 들통이 날지 모르겠지만, 어쨌든 지금은 그렇다.
 갑자기 자기 머리 위로 떨어진 현실이라는 돌덩이의 무게에 여자는 힘겨워하는 듯 보이긴 했지만, 남자는 그녀를 동정하지 않기로 했다.
 '네가 내 집, 내 곁에서 행복하든 불행하든 그건 내 알 바 아니지. 제정신일 때 너 자신이 지옥이라고 부르던 그곳에서 어디 한번 지옥 맛을 보며 살아 봐.'
 그렇게 마음으로 악다구니를 쓰는 주제에도 그는 평소보다 일찍 퇴근하여 머리와 어깨에 눈을 있는 대로 맞으면서도 추운 줄도 모르고 자신의 집 대문 앞까지 달려갔다. 그렇게 문 앞에 선 순간 그는 긴장했다.
 이 문을 열었을 때, 설마 아무도 없는 건 아니겠지? 도저히 나 같은 놈하고 못 살겠다고 아이 데리고 도망이라도 간 건…….
 "어어, 얘들아. 그건 손대면 안 돼. 잘못하면 아야 다친다."
 그러나 대문을 여는 순간 들려오는 소리에 남자는 자신의 예상이 그저 기우였을 뿐임을 깨달았다.
 집은 비어 있지 않았다. 아니, 그 정도가 아니라 예상 외로 시끌벅적했다.

"도대체, 지금 뭘 하는 거야?"

"왔어요? 보면 모르나요. 칼 갈고 있어요."

말 그대로 숫돌을 들고 집집마다 돌며 칼을 갈아 주는 듯한 남자가 무릎을 구부리고 앉아 숫돌의 날을 갈고 있었다. 부엌칼, 사람 머리칼 자를 때 쓰는 가위 같은 것들을.

"전에 쓰던 물건들을 자주 보는 게 도움이 될 것 같다고 해서요. 밥집 할머님께 들으니 제가 머리칼 만지는 미용사였다죠?"

밥집 노파가 가져다준 가위를 본 순간, 쌀례는 가슴이 설레었다.

그래. 역시 나는 남자에게 기대기만 하던 여자는 아니었어. 뭔가 하고 있었다. 솔직한 심정으론 당장 예전에 일했다던 미용실로 찾아가 일을 시켜 달라고 하고 싶었지만 그건 지금은 무리였다.

하지만 한시라도 빨리 어렵게 얻은 그 기술, 밥 벌어 먹고 살기 위해 꼭 필요한 그 기술을 손에 다시 익히고 싶다.

그렇게 생각하니 어둠 속에서 한줄기 빛이 보였다.

그 빛을 붙들기 위해 여자는 새롭게 가위 날을 갈고 주변에 잘라 줄 머리칼들을 찾아 나섰다.

다행히도 딸아이와 안면이 있는 동네 꼬마 몇이 머리칼을 잘라 주겠다는 그녀의 제안을 받아들여 주었다.

"그래서 저 코흘리개들을 집 안에 끌어들였단 말야? 저 까치집 머리칼 공짜로 잘라 주겠다고?"

남자는 한심해 죽겠다는 얼굴로 그녀와 주변에 선 꼬마 손님들을 둘러보았다. 그녀의 딸아이보다 좀 더 나이가 든, 열 살 이쪽저쪽으로 보이는 아이들이었다. 몇몇은 솜으로 누빈 저고리를 챙겨 입긴 했지만 앞뒤로 한 번씩 뒤집어 기운 옷을 입은 부실한 입성들에 손에는 저마다 저 여자가 쥐여 줬을 법한 설탕을 친 누룽지를 들고 있는 것이 모두 한 콩깍지의 콩알들처럼 비슷해 보였다.

"아, 공짜도 아니고 먹을 것까지 쥐여 주시고?"

여자는 그가 어떤 얼굴로 어떻게 빈정거리던 상관치 않고 그중 한 아이의 목에 보자기를 두르고는 처음 얼마간 빗으로 아이의 뻣뻣한 까치집 머리칼을 정성스레 빗어 주고는 곧 긴장한 얼굴로 반짝이는 가위를 들었다. 사각거리는 소리와 함께 아이의 머리카락이 보자기 위로 눈 내리듯 내렸다.

"자아, 다 됐다. 음…… 어디 보자. 아까보단 좀 나은가? 어때 보여요?"

그녀가 보기에 자신의 첫 복귀작은 그런대로 괜찮아 보였다. 그러나 집주인 남자의 평가는 무척 박했다.

"그저 그래."

인정머리 없는 평가에 여자는 승복할 수 없었다.

"좀 제대로 보고 말해 봐요. 사람이 애쓰고 있는데 성의 없이! 아까보단 깔끔해 보이고 좋잖아요?"

남자는 짓궂은 미소를 지으며 다시 말했다.

"먹을 것 쥐여 주면서 동네 꼬마들 깎아 주는 머리로는 그럭저럭 괜찮겠지만 돈 받고 할 솜씨로는…… 아직 그저 그래."

성의 없이 한 짧은 소리나 성의를 가지고 길게 한 소리나 남자의 비평은 가차 없었다. 흥. 누가 질 줄 알고. 저 투덜쟁이 말은 믿을 수가 없다. 그녀는 직접 자신의 고객에게 묻기로 했다.

"어떠니? 고와 보이니? 마음에 들어?"

거울에 비춰진 자신의 단정한 머리 모양에 아이는 수줍게 웃어 보였다.

'아, 예뻐라.'

그런고로 미용사 여자는 저 인간의 비평 따위는 받아들이지 않겠다고 결정했다. 그녀의 솜씨는 썩 괜찮은 것 같았다. 처음보단 두 번째, 두 번째보단 세 번째에 가위가 손에 익어 가면서 속도가 붙기 시작했다.

어느새 주변은 조용해져서 여자의 가위 놀리는 소리, 머리카락이 사각사각 잘리고 눈 내리듯 내리는 소리 정도만 들릴 뿐이었다.

조용히, 경건해 보일 정도로 가위질에 집중하고 있는 여자를 남자는 조금은 불안한 마음으로 바라보았다.

예전에도 그는 이 비슷한 여자의 모습을 본 적이 있었다.

한 번은 그녀를 처음 '밥집' 노파의 주방으로 데려가던 날, 낯선 부엌에서 쌀을 씻고 안쳐 부뚜막 앞에 주저앉아 아궁이 불을 하염없이 바라보던 소녀였을 때의 모습.

다른 한 번은 저 여자가 일하는 미용실에 일부러 찾아갔을 때, 역시나 남의 머리칼을 집중해서 만지던 모습.

마치 정신을 집중해서 기도를 하는 것처럼, 여자는 경건하게 자신이 하는 일을 마주하곤 했었다.

그 모습에 매료되면서도, 또 그 모습이 남자는 무서웠다. 마치 기억이 돌아온 것 같아서. 거짓말했다고 또 불처럼 화를 내고 또다시 이 집을 나가겠다고 할 것 같아서.

그의 그런 상념은 여자의 경쾌한 목소리에 의해 깨어졌다.

"다 됐다! 날 추우니까 조금씩 다듬기만 하자. 응?"

여자는 아이들에게 잠깐만 기다리라면서 부엌 쪽으로 들어가더니 잠시 후 쟁반에 무언가 받쳐 들고 나왔다. 막 무쇠솥에서 긁어낸 많이 딱딱하지 않은 누룽지에 솔솔 설탕 가루를 뿌려 댄 것이었다.

아이들과 함께 입가에 설탕 가루를 묻히며 누룽지를 씹고 있는 여자의 모습은 아이 엄마라기보다 꼭 어린 계집아이처럼 보였다.

마루에 걸터앉아 그 모습을 보고 있는 남자의 코앞에 문득 누룽지 조각이 다가왔다.

"아, 아저씨도 먹어요. 맛있어요."

아마 제 어미에게 단단히 주의라도 받은 듯, 아이는 다시 그에게 '아빠'라고 부르진 않았지만 그에게 내미는 설탕 친 누룽지에 호의가 잔뜩 묻어 있었다. 수줍은 미소로 자신이 줄 수 있는 가장 좋은 것을 그에게 내미는 어린 계집아이를 보자니 차마 '단건 그닥 좋아하지 않는다.'라는 말이 나와 주지 않아서 남자는 입을 조금 열었다.

금세 다디단, 혀를 녹일 듯한 단것이 그의 입 안으로 들어왔다.

"어, 달다."

이런 종류의 단것에 익숙지 않은 남자는 대체 이런 때 아이에게 어떤 표정을 지어야 하는지 알 수가 없었다.

아이는 다시 방긋 수줍은 미소를 지어 보이며 친구들에게로 뛰어갔다.

남자는 복잡한 심정으로 아이를 보고, 여자는 미묘한 기분으로 아이와 남자를 보았다.

어느새 나란히 마루에 앉아 남자와 여자는 와작와작 달콤한 누룽지를 깨물어 먹고 있었다. 조용히 누룽지 씹는 소리만 들려오던 그때, 문득 그녀가 말했다.

"아무튼, 고마워요."

"뭐가?"

"……병원에 있을 때 챙겨 주신 거랑…… 아이한테 고약하게 굴지 않아서요."

"훙. 공짜라구 누가 그래. 평생 걸쳐서 받아 낼 테니까."

"네, 네. 어련하시겠어요."

정말 밉살스런 남자다. 하지만 나쁜 사람 같아 보이진 않는다.

그러나 평생이라…….

입으론 달달한 것을 씹어 삼키면서도 '평생'이란 단어가 고막을 후려 치는 순간, 여자의 심장에 피어난 기묘한 불안감은 씹어 삼켜지지 않았다.

그래도 그 순간에 그 집 마당만은 겨울이 아닌 봄.

춥지 않았다.

기묘한 약혼

얼음이 녹은 날에

"이 망할 계집애! 대체 전쟁에 무슨 원수가 져서 날 이렇게 괴롭히는 거야!
왜 번번이 사람 걱정시키고…… 죽는 줄 알았잖아!"
버럭거리는 걸로 관심을 표현하는 그 남자, 나쁘진 않았다.

결빙(結氷).

밤새 강이 얼었다.

흐르던 물결이 얼어서 유리로 된 마루 같아졌다.

일 년 중 40일 가량의 그 기간 동안 사람들은 그 강물에서 깨끗한 부분의 얼음을 네 치 두께로 깎아 내 빙고에 저장해서 무더운 한여름을 버텨 냈다.

혀로 즐기는 얼음은 또 다른 즐거움을 선사하기도 한다. 바로 썰매와 스케이트처럼 얼음을 지치는 겨울 놀이 같은 것을 말이다.

"엄마아! 나 봐요! 여기 얼음 정말 넓어!"

태어나서 처음 보는 넓은 얼음 바닥에 어쩔 줄 모르고 좋아하는 딸 아이를 향해 여자는 손을 흔들어 보였다.

집에서 칼날을 갈던 날, 여자가 머리를 깎아 준 아이들의 아비 중 누군가가 답례라며 나무 널빤지에 낡은 식칼을 박아서 제법 그럴듯한 썰매를 만들어 보내왔다.

집 앞 빙판길에서 몇 번 썰매로 얼음 지치는 재미를 터득한 아이가 어미를 조르기 시작했다.

"강에 가요. 응? 거기가 더 넓대. 우리 가요? 응?"

12월 한강 물이 얼면 임시로 썰매나 스케이트로 얼음을 지치며 놀 수 있는 공간을 개장한다고 했다. 인천 바닷물이 올라와 어느 부분은 단단히 얼지 않는 쪽도 있다고는 하지만, 그래도 꽤 많은 사람들이 나와 겨울 놀이를 즐긴다고 했고 동네 아이들 몇몇도 가기로 했다는 것이다.

강물이 얼어 유리 바닥이 되었다는 그 신기한 풍경을 눈으로 직접 보고 한도 끝도 없이 얼음 위로 미끄러질 수 있다는 소리에 매료된 어린아이는 아침부터 밤까지 어미를 졸라 댔다.

"하지만 엄마가 지금 혼자 널 데리고 거기까지 가긴 어려운데……"

아직 뼈가 제대로 붙지 않은 그녀로선 아이까지 데리고 나서기가 조심스러웠다. 하지만 아이가 밥도 안 먹고 조르니 결국 어렵게 남자에게 말을 꺼냈다. 의외로 그는 선선히 그들 모녀를 얼음 강에 데려가 주겠다고 승낙했다.

"마침 볼일이 있었는데 가는 길에 가도록 하지. 그게 뭐 어렵겠어."

그렇게 말하던 남자는 과연 사업상 할 일이 있다면서 그들에게서 꽤 떨어진 곳에서 누군가와 대화에 열중하고 있었다.

그녀의 약혼자라는 남자와 오래 알고 지냈다는 30대 중반 정도의 또 다른 남자는 근처 다른 남자들처럼 얼음 바닥에 구멍을 내고 낚싯대를 드리우고 있었다.

'사업이라더니, 아무리 보아도 저건 그저 빈둥거리는 겨울 낚시 같

은걸.'

 아무려면 어떨까. 한가로운 겨울 오후, 한쪽에선 아이가 신 나게 얼음을 지치고 있고 약혼자라는 사람은 겨울 낚시를 즐기고 있다. 그녀가 알고 있는 얼굴들이 모두 그녀의 시선이 닿는 거리 안에서 그 차고 맑은 날을 즐기고 있다.

 날카로운 강바람이 뺨을 할퀴고 지나가지만, 그마저도 상큼한 기분이 드는 것이 오랜만에 여자는 거의 '즐겁다.'라고까지 할 만한 기분이었다. 적어도 이제까지 함께 잘 놀고 있던 듯 보이는 아이들의 투닥거림이 바람을 타고 그녀의 귀에 들려오기 전까지는.

 "우리 엄마가 너희 엄마 이상하대. 크게 다치고 정신이 이상해졌다더니 애 딸린 미친 과부가 주인 남자하고 금세 살림 차렸다고."

 평소 어울려 다니던 아이 중 머리 큰 아이 하나가 장난기 어린 어조로 그렇게 말하자 쌀레의 딸은 두 눈을 동그랗게 뜨고 그 말을 들었다. 아이로선 그 말을 이해하기 어려운 모양이었다. 그런 아이의 기색을 살피던 또 다른 아이가 고개를 끄덕이더니 목소리를 낮추어 말했다.

 "어. 나도 우리 엄마가 너희 엄마 화냥년이라고 하는 소린 들었어. 엄마는 너랑 놀지 말라고 했지만…… 그래도 난 네가 좋아. 너희 엄마가 주는 누룽지도 맛있고."

 천진하고 잔인한 아이들 목소리가 칼바람보다 날카롭게 여자의 가슴을 후벼 팠다.

 아이는 엄마를 돌아보며 물었다.

 "엄마, 화냥년이 뭐야?"

 기억이 없어도 그게 얼마나 끔찍한 말이라는 건 그녀도 알고 있다. 여자는 할 수만 있다면 아이의 귀를 틀어막고 그런 소리를 듣지 못하게 하고 싶었다.

"그런 말 하는 거 아냐, 아가. 너희들도!"

아이들은 그녀의 굳은 얼굴을 보며 잠깐 움찔하다가 곧 자기들끼리 눈빛을 교환하더니 고개를 쳐들고 꿋꿋이 맞받아쳤다.

"하지만 울 엄마가 그렇게 말했는걸요. 세상이 말세래요. 예전 같으면 아줌마는 얼굴 들고 살지 못했을 거라고 했어요."

뒤이어 쌀레가 '아가'라고 부르는, 이제 '아가'라고 부르기엔 무리가 있는 딸아이를 가리켜 말을 이어 나갔다.

"얘도 이름이 제대로 없이 '아가'라고 부르고, 애 아빠가 누군지도 모를 거라고……. 원래 아비 없는 자식 낳고 사는 여자니까 행실이 그렇대……. 악!"

도도히 흐르던 사내아이의 목소리는 곧 비명으로 바뀌어졌다. 점점 굳어 가는 엄마의 얼굴을 보고 그게 나쁜 소리라는 것을 깨달은 '아가'가 상대방의 팔을 덥석 깨물었기 때문이다.

"우리 엄마 욕하지 마!"

"이게! 어리다고 봐주니까! 우리 엄마가 그러는데 너희 엄마는 미친년에 화냥년이랬어!"

"얘들아! 이제 그만!"

즐겁던 빙판은 그렇게 한순간 아수라장이 되어 버렸다.

미친년, 화냥년 소리가 잘 들리지 않을 만큼 좀 떨어진 곳에서 그들을 보고 있던 두 남자 중 한 사내가 입을 열었다.

"꼬마들하고 있는 저기 저 여자야? 그때 바다 구경시켜 주고 싶다던 여자가. 흠, 그냥 자그마하군. 난 또 천하절색일 줄 알았더니만."
 찬경은 곁에서 낚싯대를 드리우고 있는 털보에게 짧고 간결하게 대꾸했다.
 "닥쳐."
 "허허, 참. 고것 몇 마디 했다고 눈에 쌍심지는. 에라이, 팔불출아."
 얼음이 어는 짧은 기간 동안 스케이트장을 운영하지만 털보는 본래 조선조부터 한강에 붙박이로 먹고 사는 송파 상인의 후예였다.
 산만 한 덩치에 입가와 턱에 돋은 숱 많은 수염들 때문에 그를 아는 사람들은 그를 '털보' 혹은 '곰'이라 불렀다. 그의 부모가 지어 준 이름이 '웅(熊)'이었으므로 거기에서 유래되었다는 소리도 있지만.
 송파 상인의 신분은 처음에 빈민이나 양반가 노복들이 많았으나 점차 장사로 재산을 모으기 시작하면서 개중에는 강가에 여각을 차려서 강으로 팔도에서 실어 오는 물건들을 위탁 판매하는 큰 상인들도 늘어났다.
 시절이 좋았을 때는 직접 구입한 배를 타고 타지까지 가 물건을 사서 한양에 납품까지 했었다고 한다. 부두 노동자인 임방꾼들이 그들의 배에서 물건을 지고 나르는 데 꼬박 하루가 걸릴 만큼 번성했었다는 것이다. 하지만 철도가 생기면서부터 송파나루 경기는 급속도로 쇠퇴했고, 1925년 을축년 대홍수로 송파진 자체가 물에 잠기면서 송파 상인의 영화는 완전히 끝이 나 버렸다.
 어릴 때부터 곰은 늙은 조부에게서 좋은 시절 이야기를 귀에 딱지가 앉도록 들어왔다.
 한때 조상들이 운영했다던 여각, 물건을 실어 왔다는 커다란 배들,

임방꾼들을 하루 종일 부려 배에서 내리게 했다던 팔도의 희귀한 물건들 이야기를.

그것은 어린 그에게 전설이었다.

하지만 듣기 좋은 꽃노래도 한두 번이지. 머리가 커지면서 그는 그 전설이, 꽃노래가 지겨워졌다.

할아버지가 들려주는 과거가 반짝거릴수록 현실의 시궁창은 견디기 어려운 것이었기 때문이다.

강가의 전성기를 되돌려 보고자 상인들끼리 돈을 거두어 탈을 쓰고 산대놀이 춤판을 벌이고 악공들이 흥을 돋우게 만들어도, 황소를 걸고 씨름판을 벌여도 손님들은, 그리고 한 번 간 전성기는 돌아오지 않았다.

할아버지의 꽃노래를 듣기만 해도 경기가 일어날 무렵, 넘쳐나는 기운을 풀 데 없던 그는 술집에서 문지기 기도 노릇을 하다가 취객과 싸움판을 벌였다. 그런데 그날따라 일진이 사나웠는지 하필 그 주정뱅이가 주재소 소장의 아들놈이라던가.

높은 나으리의 자제분을 콧대가 부러질 만큼 두들겨 팬 것이 화근이 되어 그도 꼼짝없이 징병으로 끌려갔었다.

곰과 찬경의 인연은 그때부터였다.

"흥. 경성제대 다니던 학도병 도련님이라 하더니만 어째 왜놈 말은 나보다 더 못하나 싶었지. 큭큭, 하여간 웃기는 놈이었고 웃기는 시절이었다."

덩치가 황소만 한 송상 장사꾼의 후예, 술집 기도의 눈에 많이 배운 학도병 도련님은 꽤 거슬리는 존재라 처음에는 볼 때마다 시비를 걸었었는데 겪고 보니 그 도련님이 수상했다.

도련님이 전혀 도련님답지 않았던 것이다.

일제는 조선인 청년들을 일본 부대에 끌어오면서 교육 수준이 낮은 청년들에게는 다급히 일본어 교육을 속성으로 시켰는데 대학 출신들은 당연히 그 교육에서 제외되었다. 가끔 치르는 일본말 시험에서도 역시나 제외되었다.

그때 처음으로 곰은 도련님에게 사정했다.

같은 조선 사람으로 재수 없이 남의 나라 군대에 끌려온 같은 처지이니 시험 좀 대신 치러 주면 안 되겠냐고. 그런데 도련님 자식은 얄밉게도 단칼에 거절했고, 분노한 곰은 그 얄미운 자식을 화장실에서 잡아채 똥물을 먹일 작정이었다.

그런데 그 절체절명의 순간, 도련님이 고백해 왔다.

─나, 도련님 아냐! 도련님 자식 대신 끌려왔다구!

그러니까 경성제대 한선재가 아니라 한선재 대신 온 머슴이고, 거기다 더해 거렁뱅이 노릇도 좀 해 본 같은 밑바닥 출신이란다. 믿기지가 않아서 그 자리에서 각설이 타령을 한 곡조 뽑아 보라 하였더니, 이럴수가. 한 곡조뿐 아니라 여러 곡조가 쏟아져 나왔다. 그것도 꽤 구성진 가락으로.

─칠자 한자 들고 보니 칠월이라 칠석날에 견우직녀가 좋을씨고오 오…….

그 뒤, 둘은 친구가 되었다.

전쟁이 끝나고 항저우에서 중국 해적의 배를 얻어 탈 수 있었던 것도 짧은 중국말과 뱃길에 대해 어느 정도 알고 있던 곰 덕분이었다. 징병으로 끌려갔다가 다시 고향땅 밟지 못하고 불귀의 객이 된 가엾은 영혼들이 넘쳐나던 그때, 그들은 운 좋게 고향땅을 다시 밟을 수 있었다. 그때 찬경은 그에게 약속했었다.

―나는 빚은 뭐든 확실히 갚는다. 다음에 볼 때 이 빚은 꼭 곱빼기로 갚아 주겠다.

거렁뱅이는 약속을 지켰다.
두 차례 전쟁이 지나고 어느 날, 살아 있으면 한번 찾아오라고 그가 알려 준 송파진 집으로 찾아와서 목숨 빚을 정말 곱빼기로 갚은 것이다.
머리끝부터 발끝까지 실크로 휘감은 멀끔한 모습, 그리고 전직 거렁뱅이가 내미는 엄청난 양의 돈다발을 보면서 송파 상인의 후예는 묻지 않을 수 없었다.

―어디서 강도짓이라도 한 거냐?

거렁뱅이는 수수께끼 같은 묘한 미소를 흘리며 대꾸했다.

―반쯤은, 그렇다고 볼 수도 있겠지. 난 빚은 확실히 갚는 사람이라고 했잖아.

거렁뱅이는 너무나 순순히 자신의 강도짓을 인정했다. 한동안 돈을 바라보기만 하는 곰에게 그는 피식 쓴웃음을 지으며 품에서 미제 럭키스트라이크 담뱃갑을 꺼내 한 가치 베어 물고는 곧 매운 담배 연기를 곰의 얼굴에 훅 뿜어 댔다.

―왜? 강도짓 한 돈은 못 받겠다는 거냐? 싫음 말고.

찬경이 다시 돈을 거둬들이기 직전, 곰은 그 돈을 받기로 결정했다. 돈과 함께 그가 내미는 미제 담배 한 개비까지 같이 받아서 둘이서 서로의 얼굴에 매운 담배 연기를 뿜어 댔다.
 그렇게 담배 한 가치를 나눠 피우면서 그들은 그때부터 동업자가 되었다.
 "웃긴 게 그것만큼 맛있는 담배는 그 뒤로 피워 본 적이 없다 그거지. 그거 럭키스트라이크 맞아? 혹시 다른 걸 그 갑에 넣고 다닌 거 아냐?"
 "흥. 배 타고 눈코 뜰 사이 없이 바쁘다고 일 년 만에 불러내서 한다는 소리가 담배냐? 거기다 스케이트장은 또 뭐야? 곰 새끼, 이제 하다 하다 애들 코 묻은 돈까지 긁어모으기로 작정했냐?"
 곰은 찬경에게서 받은 돈으로 제일 먼저 커다란 배를 구입했다. 강물 위를 떠다녔다는 조상님들의 가냘픈 배, 고작 철도가 개설되었다고 강물 위에서 멈추어야 했던 가냘픈 목조선 말고 바다를 누비는 철로 만들어진 화물선을.
 그 배에 상류층들이 늘 목말라 하는 실크, 양주, 때때로 페니실린 등을 가득 실어서 인천과 싱가포르, 일본 등지를 쉴 새 없이 돌아다니는 것이다.

그 옛날 그의 조상인 송파 상인이 배를 타고 강물을 따라 저 북쪽 먼 지역까지 가서 물건을 사고팔던 그때처럼.

밀수할 물건들을 고르고 거래하는 쪽과 계약 조건들을 조율하는 건 사업 머리가 있는 찬경이 주로 맡았고, 배에 물건을 싣고 돌아다니는 건 곰의 몫이었다.

이제 그는 이 근방의 힘깨나 쓴다는 부두 노동자들, 뱃사람들 사이에서 모르는 이가 없는 대부가 되어 있었다.

그런 그에게도 겨울은 휴식기였다.

"날 궂으면 배 띄우기 좀 그러니까. 가만 놀고 있으면 뭐하나. 겨우살이 푼돈이라도 벌어야지. 뭐, 그러는 너도 영화산지 뭔지 눈 가리고 아웅 식으로 하고 있잖아. 여배우니 뭐니 꽃밭에서 사는 줄 알았는데 나 없는 사이 과부 물어 오고…… 코흘리개 손님까지 달고 올 줄이야."

곰의 시선이 신기하다는 듯 멀리 떨어져 있는 여자를 향했다. 그런 동업자이자 친구의 시선이 쑥스러운 듯, 찬경은 대화의 방향을 사업 쪽으로 돌렸다.

"정말 뭐냐? 이 궂은 날 직접 봐야만 하는 중요한 일이라는 게?"

시선은 낚싯대를 향한 채로 곰이 낮은 목소리로 속삭였다.

"……요즘 둥지 주변에 못 보던 개들이 돌아다녀."

"개? 짭새들이?"

찬경의 눈매가 화살촉처럼 뾰족해졌다.

'둥지'란 그들이 밀수한 물건들이 숨겨져 있는 비밀 창고였다.

이런 일을 하는 데는 고위층의 비호는 절대적이다. 때문에 둥지에는 그들에게 바친 뇌물이나 그들의 주문으로 들여온 물건들을 숨겨 두기도 한다.

그런데 우습게도 그들을 잡아들이겠다고 코를 킁킁대는 사냥개들이 바로 그 고위층 아래의 짭새들이란 말이다.

한쪽에선 그들이 들여오는 물건들을 목 빠지게 기다리고, 다른 한쪽에선 잡아내겠다고 사냥개를 푼다. 뭐 이런 개 같은 경우가. 찬경은 혀를 찼다.

"조만간 기름칠 한번 해야겠군. 먼젓번 기름칠 한 지 얼마 되지도 않았는데, 돼지 같은 영감쟁이들……."

위험한 장사를 할수록 높은 자리 돼지들에게 기름칠은 필수였다. 약발이 먹히는 동안만은 기름칠을 한 것처럼 모든 일은 미끄럽게 진행된다. 하지만 어느 순간이 지나면 녹이 스는 것처럼 진행하는 모든 일이 뻑뻑해진다.

기름칠의 주기를 잘 가늠해서 적당히 칠해야 할 곳에 칠해야 할 만한 양을 칠하는 것이 관건이다. 이제까지 기름 바르는 기간과 양에 실수가 없다고 생각했는데, 제길.

그런데 곰이 의외의 소리를 하고 있었다.

"아니야. 단순히 그뿐이면 널 여기까지 부르진 않았지. 영감이 아니라던걸? 젊은 거래."

"뭐?"

"낌새가 이상해서 관할 서장한테 술 좀 한 상 먹이고 물어봤는데…… 검찰인가, 검산가 윗선 중에 젊은 놈 하나가 이쪽한테, 정확히 말하면 너한테 눈독을 들이고 있다더라. 뭐, 짐작 가는 거 있어?"

찬경은 자신의 머릿속 인명기록부를 잠깐 뒤졌으나 곧 포기했다.

전쟁으로 나라는 초토화되고 세상이 가난해진 것에 비해 그는 부유해졌다. 덕분에 남들 이목을 끄는 데 이제 이골이 난 상황이다.

같이 해 먹자고 달려드는 놈, 너 어디서 그런 큰돈 생겼느냐고 다그치며 뒷조사하는 놈들이 어디 한둘인가.

"모르겠다. 나도 따로 알아봐야겠군. 하필이면 지금처럼 큰 고기를 숨겨 둔 이때에……."

"그래서 그런가. 짭새도 날아다니지만 다른 것들도 쿵쿵거리면서 돌아다닌다."

"다른 것?"

또 무슨 소리냐는 찬경의 눈초리에 곰은 어깨를 으쓱거리며 대꾸했다.

"멧돼지. 아직도 너랑 계산이 다 안 끝났다고 난리라던데?"

그 순간 찬경의 눈에서 불꽃이 튀고 새하얀 송곳니가 드러났다.

직접 그의 옆구리에 칼을 꽂은 건 아니지만 칼을 꽂은 인간에게 그 칼을 쥐여 준 주제에 뭐가 어쩌고 어째?

젊은 짭새는 날아다니며 자신의 눈을 쪼겠다고 덤비고, 멧돼지는 코를 쿵쿵대며 그의 뒤를 쫓고 있다니, 찬경은 기가 막혀 헛웃음이 나올 지경이었다.

"짭새와 멧돼지의 협공인가."

문득 그 칠흑 같던 밤에 한가 영감 배를 털었을 때, 금을 내놓으라는 그의 요구에 빈정거리는 어조로 대꾸했던 한가 영감의 목소리가 찬경의 귓가를 떠돌았다.

―이놈이나 저놈이나…… 나한테 돈을 맡겨 뒀나. 이젠 하다하다 별 조무래기들까지 뜯어먹으려 드는구나.

돈이라는 걸 주무르고 보니 찬경은 이제 영감의 그 말을 절절히 이해한다.

사업이라는 걸 하면서 알게 된 수컷들은, 곰 같은 극소수의 동업자를 제외하곤 발목을 잡으려 하거나 뜯어먹으려 하거나 그 둘 중 하나였다.

"제길, 악착같이 살아남은 죄밖에 없는데 왜들 잡아먹지 못해 안달이야."

그런 찬경의 투덜거림에 같은 세월을 비슷하게 악착같이 보낸 곰은 쓰게 웃으며 말했다.

"그래도 뜯어먹을 만한 게 있어 보이니까 안달하는 거겠지. 빈손이면 그런 날파리 떼가 꼬이겠나. 잘나가는 증거라고 생각해라. 야, 구질한 소리 그만하고, 간만에 한 곡조 뽑아 보지?"

"뭐라는 거야, 뜬금없이."

"그, 왜 있잖아. 너 18번 각설이 타령. 가끔 생각날 때가 있거든."

주린 배를 채우기 위해서 불러야 했던 노래. 그래서 더 절절할 수밖에 없었던 노래. 하지만 밥을 얻어먹기 위해 불러야 했던 노래라는 기억 때문에 다시 부르고 싶진 않은 노래. 그래도 술이 들어가면 어쩌다 한 번씩은 배냇울음처럼 토해 내고 마는 노래.

"곰 자식이 꼭 시켜도 그런 걸……."

뜨악해하는 친구에게 친구는 씨익 넉살좋게 웃으며 졸라 댔고, 결국 찬경은 목청을 가다듬으며 일성을 뽑기 시작했다.

회색 하늘, 새하얀 빙판, 경계가 불분명한 그곳에서 맑고 싸한 바람을 맞으며.

"어얼씨구 씨구 들어간다, 저얼 씨구씨구 들어간다…… 일자 한자

들고 보니 일편단심 먹은 마음 죽으면 죽었지 못 잊겠네."

뱃속에서부터 흘러나오는 소리였다.

밥을 빌어먹기 위해 불렀을 땐 남에게 구걸을 해야 한다는 수치심, 혹은 창자가 주려 힘이 딸린다는 이유로 이렇게 크게 나오진 않았지만 지금 친구 앞에서 부르는 그의 노래는 맑고 크고 우렁찼다. 건너편에 있는 여자와 아이의 귀에 들려올 만큼.

"아, 아저씨다."

아이가 반색을 하고 성큼성큼 얼음길을 건너 그를 향해 가려 했다. 뒤에서 다른 아이들의 야유가 들렸다.

"그래. 너희 엄마 기둥서방이라며? 가라, 가!"

"너희 나빠! 아저씨한테 다 일러 줄 거야!"

여자는 당장 아이의 탈을 쓴 악당들을 무릎에 엎어놓고 엉덩이를 갈겨 주고 싶었지만 참았다. 그러고는 자꾸 사람이 얼마 없는 길고 긴 빙판길 쪽으로 가려는 딸아이를 말리기 위해 쫓아갔다. 그러다 문득 그녀의 귀에도 그의 노랫소리가 들려왔다.

……칠자 한자 들고 보니 칠월이라 칠석날에 견우직녀가 좋을씨고.

팔자 한자 들고 보니 팔월이라 한가위에 보름달이 좋을씨고.

오례 송편이 좋을씨고.

구자 한자 들고 보니 구월이라 구일날 국화주가 좋을씨고.

남았네 남았네. 십자 한장이 남았구나.

십리 백리 가는 길에 정든 님을…….

회색 하늘, 뺨을 긁는 바람, 뱃속에서부터 울려 나오는 울음 비슷한 노랫소리.

'나, 저 노래 분명히 들어 본 적이 있어.'

전쟁 후 배고픈 자들이 더 늘어나 어디서고 쉽게 그들의 노래를 들을 수 있다. 그러나 저 소리는 길가에서 바가지 두들기며 흔히 들려오는 소리와 다르다.

분명히 저것과 똑같은 소리를 들어 본 적이 있다.

그때가 언제인가.

그 노래를 불렀던 이도 당신인가.

대체 내 머릿속에 낀 성에 너머에 어떤 일들이 있었던 것인가.

갑자기 그 모든 것에 대한 대답에 조급증이 일어 그녀 역시 아이처럼 한 발짝 한 발짝 천천히 얼음 위를 걸어 그에게 다가갔다.

강바람에 상기된 발그레한 뺨, 바람에 휘날리는 머리칼, 무언가 꿈을 꾸는 듯한 눈을 하고.

"뭐야? 저거 네 과부하고 꼬마 아냐?"

곰의 손가락 끝에 과연 여자와 아이가 있었다. 찬경은 이맛살을 구기며 자리에서 일어섰다.

"제길, 위험하게…… 뭐 하는 짓들이야!"

주변에는 낚시꾼들이 고기 낚으려고 뚫은 구멍들이 여기저기 있는데 그 사이를 뛰어오는 아이와 천천히 한 발짝씩 건너오는 여자의 모습이 어쩐지 위태로워 보여 찬경이 소리쳤다.

"내가 갈 테니까 잠깐 기다……"

그때였다.

그의 경고가 채 끝나기 전에, 경계가 불분명한 은회색 하늘과 순백의 빙판 사이에서 갑자기 여자와 아이의 모습이 푹 꺼져 버린 것은.

"쌀례야!"

방금 전까지 밥을 빌어먹는 자의 노래가 울려 퍼지던 그 순백의 공간에 비명이 울려 퍼졌다.

"쌀례야!"

낯설면서 낯설지 않은 것.

분명 처음 겪은 것인데도, 처음으로 보고 듣고 경험하게 된 일인데도 처음이 아닌 것처럼 느껴지는 것.

그런 느낌이 있다고 했다.

그 은백색 공간에서 들려오는 노랫소리가 여자에겐 그런 것이었다.

그가 자신을 향해 부르는 이름 또한 그런 것이었다.

하지만 지금 당장 중요한 것은 그것이 아니었다.

물이 어찌나 차던지, 물에 빠진 가슴께부터 발끝까지 온몸이 칼날에 저며지는 것처럼 쓰리고 따가웠다.

자신도 이런데 어린아이는 오죽할까.

우선 살아야 하겠기에 여자는 칼날로 저미는 아픔을 참아 가며 얼음물에서 헤엄쳐 허우적거리는 아이를 붙잡았다. 아이까지 더하자 더더욱 무거워진 그녀의 몸이 아래로 가라앉으려 하고 있었다. 밑으로 가라앉지 않기 위해 필사적으로 얼음 구덩이 밖으로 손을 뻗어 나가려고 했는데 손에 잡혀지는 것이 없었다.

점점 몸이 아래로 가라앉을 것만 같았다.

그때 누군가 그녀의 손을 잡아 지상으로 끌어 올리고 있었다.

낯설고도 낯익은 느낌.

노래만이 아니다.

나는 이전에도 물가에서 누군가의 강한 손길에 이끌려 물 위로 떠올려진 적이 있었나?

이런 적이 또 있었던가.

하지만 그 모든 것을 소리 내어 묻기 전에 그녀는 칼날 같은 얼음물에서 끌어 올려져 눈밭 위로 던져졌다.

온몸에 한기가 치민다. 눈 위가 차라리 포근한 느낌마저 들었다.

정신을 차리고 자기 옆에 누워 있는 아이가 무사한지 일어나 살펴야 하는데 몸이 말을 듣지 않았다. 온몸이 덜덜 떨리고 정신이 가물가물해지는데 뺨 위로 차가운 물방울이 뚝뚝 떨어졌다. 느닷없이 누군가의 커다란 손이 그녀의 뺨을 찰싹찰싹 후려쳤다.

"정신 차려! 이 망할 계집애야! 사람을 이런 개고생시켜 놓고 이대로 뒈질 셈이냐?"

아아, 약혼자라던 그 남자다. 입이 정말 험하다니까. 어쨌든 그 거친 손길 덕에 그녀는 눈을 떴다. 비릿한 물을 뱉어 내고 힘겹게 몸을 굴려 아이의 가슴에 귀를 갖다 댔다. 두근두근. 다행히도 심장은 힘차게 뛰고 있었다.

한결 안심이 되어 다시 눈밭 위에 뻗듯이 누웠는데 그 모습을 기가 막히다는 듯이 지켜보고 있던 남자가 그녀 위로 몸을 엎드렸다.

다시 뚝뚝 차가운 물방울이 그녀의 뺨 위로 떨어졌다.

그녀의 몸 위에 엎드린 남자의 젖은 머리칼에서 떨어지는 물방울들이다.

그녀만큼이나 온몸에 찬물을 뒤집어쓴 남자는 요즘 들어 자신의 간을 있는 대로 쪼그라뜨리고 있는 여자에게 대단히 역정이 난 듯했다.

그는 여자의 멱살을 거머쥐고 으르렁거리듯 부르짖었다.

"이 망할 계집애! 대체 나랑 전생에 무슨 원수가 져서 날 이렇게 괴롭히는 거야! 죽는 게 그렇게 소원이냐? 내가 죽여 줘? 왜 번번이 사람 걱정시키고……."

그는 그렇게 버럭버럭 소리를 지르는데, 이상도 하지. 어쩐지 그 버럭거리는 소리를 듣고 여자는 안심이 되었다. 아, 어쨌든 귓가에 쟁쟁거리는 저 소리가 들리는 걸 보니, 난 살았구나.

"……추워요."

신음처럼 흘러나오는 여자의 목소리에 남자는 일순 고함을 멈추었다. 그녀를 흔들던 거친 손짓도 멈추었다. 그 순간 그의 눈동자, 자신을 내려다보는 그의 눈동자가 흔들리는 것을 그녀는 보았다. 신음처럼 내뱉는 그의 입술에서 흘러나오는 소리도 들렸다.

"빌어먹을. 죽는 줄 알았잖아."

그리고 그녀가 어찌할 새도 없이 그의 강한 팔이 그녀의 축 늘어진 몸을 깊이깊이 끌어안았다.

이상도 하다. 손가락 하나 까딱할 힘도 없었기에 만인 환시 중에 자신을 끌어안는 남자의 팔을 뿌리칠 수 없었지만, 사실 뿌리치고 싶은 마음도 들지 않으니 이상한 노릇이었다.

이 매서운 눈동자, 퉁명스러운 사내가 신음처럼 내뱉는 '죽는 줄 알았잖아.'가 '사실은 걱정했다.'로 들리다니, 몹시도 이상하다.

똑같이 얼음물을 뒤집어쓴 그의 차가운 품이 그 순간만은 따뜻하게 느껴지다니, 참으로 이상한 노릇이라고 여자는 생각하고 또 생각했다.

다행히 아이는 약간의 미열만 보일 뿐 병원에서 가져온 약을 먹고 잠이 들었다.

여자는 솥단지에 끓인 뜨거운 물로 몸을 푹 담그고 한기(寒氣)를 어느 정도 쫓아내고는 수건으로 몸을 닦고 젖은 머리칼을 털기 시작했다.

그녀가 막 몸에 두르고 있던 수건을 내리고 마른 옷을 갈아입으려 할 때 닫혀 있던 방문이 열렸다.

"이봐, 괜찮은……."

"악! 문 닫아요!"

여자의 날카로운 비명과 그녀의 우윳빛 벗은 어깨가 그의 앞에 동시에 날아들었다. 남자는 반사적으로 문을 '쾅' 닫고 잠시 뒤 조심스레 말을 이었다.

"괘, 괜찮은 거야? 벼, 병원에 더 있어야 했던 거 아냐?"

비명 지르는 목소리를 보니 걱정할 정도는 아닌 것 같긴 하지만 묻지 않을 수 없었다.

사실 '꺼지라.' 정도의 대답만 기대하고 물은 것이었는데 잠시 후 그가 자신의 영역으로 돌아가려 발걸음을 뗄 때쯤 닫힌 문 저쪽에서 뜻밖의 목소리가 들렸다.

"잠깐만, 들어와 봐요."

여자가 묵고 있는 곳은 여전히 처음 들어왔을 때부터 그녀가 정한 문간방이었다.

사고 전에도 후에도 여자는 안방을 극구 사양하고 문간방을 택했다. 그리고 사고 전에도 후에도 그 방에 단 한 번도 그를 들인 적이 없었다.

그런데 그런 여자가 들어오라 한다.

그는 긴장해서 문을 열고 안으로 들어갔다.

그새 윗옷 첫 번째 단추까지 꼼꼼하게 잠근 여자가 방 한가운데 서 있었다.

아직 채 마르지 않은 머리는 고무줄로 단단히 묶여 있다.

발에는 면 양말을 가지런히 신고 있었다. 머리끝부터 발끝까지, 여자는 단정했다.

그렇게 단정한 모습, 단정한 얼굴, 단정한 목소리로 그 자그마한 여자가 처음 낸 소리는 이런 것이었다.

"의논할 일이 있어 들어오시라 했어요."

"뭔데?"

"먼저, 쌀례가 누구예요?"

"너야."

"성례라면서요."

"쌀알 떨어지는 법 없이 살라고 어릴 때 그리 불렀다더군."

"……그럴 줄 알았어요. 귀에 익었거든요."

성례, 밥순이, 쌀례. 모두 그녀였다.

그런 그녀를, 그녀의 전부를 이 남자는 알고 있었던 것이다. 그렇다면 그가 주장하는 그들의 관계 역시 사실일 가능성이 아주 높다.

"우리가 봄에 혼인하기로 했다는 게 사실인가요?"

사실이 아니다. 하지만 이제 와서 '거짓말이야.'라고 할 수는 없다. 그는 자신의 얼굴에 가슴 속 당혹감이 새어 나오지 않길 기원하면서 확

고한 어조로 대꾸했다.

"그래."

여자는 자신의 머릿속에 낀 성에를 어떻게든 털어 내려 노력하며 그를 바라보았다.

낮에 자신과 아이를 얼음물에서 끌어 올리면서 그가 했던 말들이 떠오른다.

―이 망할 계집애! 대체 나랑 전생에 무슨 원수가 져서 날 이렇게 괴롭히는 거야! 죽는 게 그렇게 소원이냐? 내가 죽여 줘? 왜 번번이 사람 걱정시키고······.

아직, 그녀는 이 남자가 무서웠다. 아니, 단 한마디 '무섭다'라는 것만으로는 그를 볼 때마다 느끼는 이 복잡 미묘한 마음을 설명할 길이 없다.

무섭다. 막막하다. 가끔은 진저리 날 만큼 싫은 느낌도 든다.

그리고 안 지 얼마 안 되는 사람에겐 좀 미안하지만, 싫다.

이런 남자와 몸을 섞고 혼약까지 했다는 건 지금도 믿기지 않는다.

그래도…… 지금 그가 곁에 있어 주어서 다행이란 생각은 든다.

칼로 저미는 듯한 얼음물에서 그의 팔에 건져졌을 때, 그녀는 이전에도 이렇게 물에서 어떤 굳센 팔에 의해 건져졌었다는 것이 어렴풋이 떠올랐다.

만약 그때 그 사람이 이 사람이라면…….

이 남자의 매서운 눈빛, 퉁명스러움이 '밥집' 할머니가 말씀하신 것처럼 자신의 안 좋은 과거 때문이라면…….

그의 본래 모습은 눈밭에서 그녀를 걱정해 끌어안았던 따뜻한 팔이라면…….
나도 노력을 해야겠지.
여자는 떨지 않으려고 노력하면서 말했다.
"결혼은 못 하겠어요."
"뭐?"
예상대로 남자의 얼굴은 당장 험악해졌다.
날카로운 송곳니를 드러내며 그가 뭐라 반박하려 하는데 여자의 차분한 목소리가 들려왔다.
"이야기를 끝까지 들어 주세요. 혼약을 했던, 그보다 더한 일이 있었던, 지금으로선 난 당신을 거의 몰라요. 봄이면 이제 겨우 두어 달 후인데, 나는 모르는 사람하고 겨우 두어 달 후에 혼인하는 그런 짓, 할 수 없어요."
남자의 입술에선 쓰디쓴 웃음이 피어 나왔다. 저게 열네 살 때 얼굴 모르는 남자와 혼인했다는 여자 입에서 나올 소린가. 그가 행랑채 하인들의 방에서 선배 머슴들에게 전해 들은 도련님과 애기 아씨의 혼인도 이것과 별 차이 없었는데 말이지.
'어째서 너에게는 늘 도련님 녀석만 특별한 거냐. 나는 어떻게 안 되겠니?'
막 튀어나오려는 그 조롱을 가까스로 눌러 삼킨 채, 남자는 또랑한 눈으로 자신을 바라보는 여자에게 빈정거리듯 되물었다.
"그래서? 몇 년 전에 죽은 네 이전 서방 무덤에서 곡이라도 더 하겠다고?"
당연히, 그것은 비꼬는 소리였다. 하지만 여자는 남자의 꼬인 소리를 직선으로 받았다.

"그래요."

"뭐어?"

"제가 그분 돌아가셨다는 소식 들은 건 최근이니까 저는 아직 상중이에요. 그러니 지금 당장은 결혼할 수 없어요."

이제 남자는 억지로 비웃는 척하는 것조차 불가능해졌다.

"그런 말도 안 되는!"

남자는 기가 막혔다. 그리고 화가 치밀었다. 그놈이 살아 있을 때는 서방이라는 이유로 저 여자가 그놈에게 얼빠져 하는 것을 억지로 이해할 수 있었다. 하지만 지금은 살아서 눈앞에 있는 자기 자신보다 얼굴도 모르고 심지어 죽어 버린 그놈을 우선한다는 것은 도저히 이해할 수가, 그리고 참을 수가 없었다.

"내가 그렇게 못 하겠다면 어쩔 거야?"

"그럼, 우린 끝이에요."

공기를 타고 들려오는 끝소리는 어쩌면 저리도 단호할까. 왜 저 여자는 자신과의 끝이 언제나 저리 쉬울까.

문득 남자는 사고 이후 이 여자를 처음부터 완력으로라도 자기 것으로 삼아야 하지 않았나 하는 후회가 일었다. 단 한 번의 입맞춤으로 저 여자를 거의 죽일 뻔했다는 사실 때문에 조심스레 대했더니 그것이 저 여자에게 다른 생각을 할 기회를 준 셈이 된 것 같다. 남자는 불쑥 그녀의 앞으로 바짝 다가가 위협적인 어조로 말했다.

"네가 끝이라면, 내가 같이 '끝' 해 줘야 해? 왜? 내가 그렇게 만만한 놈으로 보이나? 내가 그렇게 우스워 보여, 아씨 마님?"

여자는 자기 코앞에 얼굴을 들이밀고 있는 남자를 바라보았다.

처음 눈을 떴을 때 자신을 내려다보는 그의 걱정스러운 눈빛을 떠올렸다. 그 뒤 뭔가 화가 난 듯 퉁명스러운 태도도 생각했다. 겨울 얼음 강에서 자신을 끌어올리던 손길, 눈밭에서 그녀를 끌어안던 팔…… 그 모든 것을.
"우습게 보지 않아요. 그러니 이렇게 부탁하고 있잖아요."
"부탁? 혼인 못 하겠다, 안 되면 끝이다, 넌 그걸 부탁이라고 하나?"
"시간을 달라고, 부탁하고 있어요."
여자는 그가 다가온 만큼 물러서서 갑자기 남자에게 고개를 숙였다. 정중한 그 태도에 남자는 순간 당황하고 말았다.
고개를 든 여자의 눈빛에 마음이 가득 담겨 있었다. 그 눈빛 비슷한 목소리로 그녀가 간절하게 말했다.
"그쪽이 여러모로 도와주신 것, 고맙게 생각해요. 오래도록 기다려 주었다는 것도 미안하게 생각해요. 하지만 저한테는 지금 시간이 필요해요."
아이 아버지.
이름 글자로 대면한 그 사람.
존재를 알게 됨과 동시에 사별했다는 그 사람 때문에 나는 아직 눈물이 나요. 왜 이렇게 눈물이 나오는지, 언제까지 눈물이 날지, 언제까지 그 이름 보고 가슴이 아플지는 나도 모르겠어요.
하지만 지금 당장 이런 마음으로 다른 사람과 다시 혼인을 하고 그 사람 여자 노릇을 할 수 없어요. 아니, 다른 무엇보다 나는 지금 나 자신도 누군지 모르겠어요.
머릿속에 성에가 낀 이런 상태로 이전부터 결정된 일이니까 새로 인연 맺는다는 건, 싫어요.

내가 아무리 내 이름도 기억 못 하는 바보라고 해도, 그런 짓은 안 할래요. 그건 내가 아니에요.
"제가 기억이 날 때까지 기다려 주신다면 좋겠지만……"
"어림없는 소리. 그게 언제일 줄 알고."
기억이 돌아오다니. 그에게 있어서 현재 그것만큼 무시무시한 것은 없다. 기억이 돌아온다면, 이 여자의 얼굴은 사고 이전으로 돌아갈 것이다.
자신에게 남편을 죽였느냐고 묻던 그때의 칼 같은 얼굴로. 그리고 지금 자신의 방 안에 들어와 있는 그를 용납하지 않을 것이다.
처음에는 그저 '너와 함께 사는 남자야.' 한마디에서 시작된 거짓말이었지만, 그는 지금의 이 상황을 포기할 수가 없었다.
'한선재가 아닌 나 윤찬경이 네 남자다.'
그러니 기억이 돌아올 때까지 기다린다는 건 있을 수 없다. 그의 그런 절박함을 여자는 오래도록 자신을 기다려 온 남자의 마음 앓이로 해석했다.
'내가 이 사람을 참 오래 힘들게 했구나.'
미안하다. 애잔하다. 고맙다. 난감하다.
하지만 그녀의 귓가에는 낮에 동네 어린아이들의 입에서 흘러나온 그 천진하고 잔인한 소리가 빙빙 맴을 돌고 있었다.

―우리 엄마가 너희 엄마 화냥년이라고 하는 소린 들었어.

이름만 알고 있는 남편 때문인지, 아니면 지금 자신의 모습 때문에 아이가 듣는 험한 소리 때문인지 모르지만, 아직 그녀의 가슴은 아프고 아프다. 눈에서 눈물이 멎지 않는데 지금 이 남자의 여자가 될 순 없다. 그럴 수는 없다.
그래서 여자는 두 눈을 똑바로 뜨고 남자에게 말했다.
"적어도, 제 마음이 됐다고 할 때까지 기다려 주세요."
경험상 찬경은 이런 얼굴로 고집을 부리는 이 여자를 당할 수 없다는 걸 알고 있었다.
하지만 이대로 맥없이 저 여자의 명령을 고분고분 듣는 것은 사내로서 자존심 상하는 일이었다. 남자는 뚝뚝한 어조로 여자에게 되물었다.
"거절한다면? 내가 지금 당장 너와 신방이라도 차려야겠다면?"
대답은 바로 나왔다.
"혀를 물고 죽겠어요."
"애 어미가 되어 가지고."
으르렁거리는 듯한 남자의 항의에 여자는 두 눈을 매섭게 치뜨고 날 선 어조로 대꾸했다.
"아이 앞에서 고개 못 드는 엄마는 되고 싶지 않아요. 자식 앞에서 화냥년 소리 듣는 게 어떤 의민지 당신이 알겠어요?"
흥. 그는 하마터면 내 어미가 그런 팔자였다고 쏘아붙일 뻔했다. 하지만 거기까지 생각하자 그 스스로 기분이 나빠졌다. 눈앞의 여자가 그 꼴이 되는 건 그도 원치 않았다. 이제 슬슬 결말을 내야 할 때가 왔다. 낮에 뒤집어쓴 찬물은 그에게도 한기와 피곤함을 안기고 있었다.
"그래서, 그렇게 기다리고 있으면 내게 뭐가 생기나?"
그는 장사꾼이었고, 밑지는 장사는 하고 싶지 않았다.

그렇게 피곤함이 잔뜩 묻어난 얼굴로 질문하는 남자에게 여자는 말했다.
"기다려 주신다면, 제가 언젠가 다시 혼인을 한다면, 당신과 하겠어요."
그것이 현재로서 내릴 수 있는 최선의 선택이라고 여자는 생각했다.
지금은 이름밖에 모르더라도 죽어 버린 자신의 첫 지아비를 위해 울고 싶었다.
눈앞의 남자를 잘 알지 못하고 이해할 수도 없지만, 기억을 잃기 전에 자신이 선택했다던 남자. 그녀와 아이가 위험에 빠졌을 때 굳건한 두 팔로 자신들을 건져 올렸던 그 마음은 믿고 싶었다.
두 남자 누구도 배신하고 싶진 않았다.

―혼인을 한다면, 당신과 하겠어요.

여자의 입술에서 떨어져 나온 그 소리에, 남자의 뺨은 창피하게도 달아오르고 말았다. 심장이 옥죄어 오는 것 같다.
다른 누구도 아니고 자신과 혼인하겠단다. 이 여자가!
"그럼, 우린 약혼하는 거야?"
조금쯤 떨리는 그의 질문에 여자가 수줍게 대답했다.
"그래요."
"그럼……."
여느 때의 그와는 다르게 뺨을 붉히고 기어들어 가는 목소리로 그가 물었다.
"너를…… 만져 봐도 돼?"
여자가 당황한 눈길로 그를 보았다.

언제나 매섭거나 빈정거리거나 퉁명스런 태도의 그가 아니었다. 어린 사내아이처럼 수줍고 수줍은 얼굴로 용기를 내어 그는 청하고 있는 것이다.

하지만 상중(喪中)인데.

그리고 무엇보다 곁에 아이가 잠들어 있는데.

그렇게 여자의 당혹감, 혹은 긴장감이 그에게도 전해졌다.

남자 역시 당황해서 말했다.

"아니, 그냥 만져만 보고 싶어. 아, 아씨 마님 네가 나하고 약혼 같은 걸 한다는 게 실감나지 않아서."

"전에도 혼인하기로 했다면서요?"

여자의 집요한 질문에 남자는 울컥했다.

에잇, 정말 뭐 하나 그대로 넘어가는 법이 없군.

하지만 그래야 박쌀례답긴 하다.

"두 번이나 그러겠다고 하는 게 신기해서. 왜? 그것도 안 돼?"

잠깐 여자는 생각을 하는 듯했다. 간장 종지만큼 크고 맑은 눈으로 그의 얼굴을 한동안 보고 또 보았다. 비밀을 감춘 자 특유의 불안함으로 시선을 어디다 둘지 몰라 하던 그가 제 풀에 지쳐 "됐어! 치사하게!"라고 말하고 그녀에게서 물러나기 직전, 여자의 짧은 목소리가 그의 귓가에 울려왔다.

"……좋아요. 하지만."

"하지만?"

여자의 뺨이 그만큼이나 빨갛게 달아오르고 있었다. 그녀 역시 기어들어 가는 목소리로 그에게 속삭였다.

"제가 고뿔기가 있어서…… 가까이 오다 그쪽이 옮을 수도 있을 텐데요."

 그때 찬경은 태어나서 처음으로 깨달았다.

 사람의 목소리라는 것이 설탕 뿌린 누룽지처럼 달콤하게 느껴질 수도 있는 거구나.

 문득 남자는 그다지 멀지 않았던 과거, 이렇게 가까이 그녀의 얼굴을 마주하고 처음으로 그녀의 입술에 자신의 입술을 겹쳤던 그날 밤을 떠올렸다.

 네가 기다리던 남자는 죽었다고, 그러니 이 집에서 나와 함께 살자고 그녀에게 애원하며 입을 맞추었다.

 하지만 찰나보다 짧은 순간이 지나고 여자는 그의 입술을 물어뜯었다.

 그때 그녀의 눈에 서리던 그 노여움을, 눈물을 그는 기억했다.

 ─쫓아오면 혀를 물고 당장 죽어 버릴 거예요!

 그렇게 그를 협박하던 여자는 어디로 사라져 버린 걸까.

 노여워하고, 눈물 흘리고, 그의 입술을 물어뜯던 그 여자는?

 돌팔이의사 놈은 그녀가 감당하기 어려운 무엇 때문에 그녀 안으로 도망을 친 것일지도 모른다고 했다. 너는 네 안으로 도망을 가 버리고 나만 홀로 네 껍데기와 있는 것이다.

 그래. 여기 힘없이 얌전한 얼굴로 있는 것은 쌀례 너지만, 네가 아니다.

 네가 그런 부드러운 눈으로 나를 보는 것도, 봄비 같은 목소리로 나를 걱정하는 것도 언젠가 끝장날 날이 올 거다.

나는 그것이 무섭다.

시간이 지나고 언젠가 본래의 네가 돌아온다면, 너는 나를, 이 순간을 용서하지 않을 거다.

하지만 그걸 알면서도…… 내 심장은 지금 이 순간 미친 것처럼 고동친다. 바로 너 때문에.

조금쯤 쉰 목소리로 그가 그녀에게 말했다.

"무슨 상관이야."

조심조심, 조금이라도 거칠게 다루면 금방 깨어질 것 같은 사기 인형을 만지듯 조심스럽게, 찬경의 손이 쌀례의 뺨을 어루만졌다.

그녀의 동그란 이마, 콧날, 부드러운 입술을 조심스레 어루만졌다.

그의 떨리는 손가락이 자신의 뺨을, 콧날을, 입술을, 목을 지나 어깨를 어루만지는 것을 여자는 조용히 허락했다. 잠시 후 그의 갈라진 입술이 자신의 이마 위에 내리는 것 역시.

그의 입술이 그녀의 이마에 내린 그 순간, 창 밖에 눈이 나렸다.

그런데 이상도 하지. 겨울 눈이 나리는데 그녀의 귀에 그것은 흡사 창가를 두들기는 봄비 같기도 했다.

왜 그런지, 그녀 자신도 도무지 이유를 알 수는 없었지만 말이다.

그렇게 그날 밤, 그녀는 한 남자와 약혼이라는 것을 했다.

재회(再會)

꿈꿨던, 꿈과는 다른

내 아내, 이게 꿈은 아니겠지.
너 없는 해, 달, 날, 순간순간을 어찌 버티고 살았는지 말해 주어야지.
너를 안고 조금은 울어야지.
그러나 그는 아무것도 할 수 없었다. 아무것도.

"어, 비가 오나 보네. 이왕 오는 것, 좀 좍좍 내려라. 겨울 묵은 때 가시게."

중년 형사의 목소리에 그때까지 책상 앞에 앉아 서류를 보고 있던 선재의 시선이 문득 창밖을 향했다.

봄비가 내리고 있었다. 창가에. 그리고 어쩌면 그의 마음에도.

사실 그는 비가 오는 날은 싫어한다. 아니, 싫어하게 되었다.

어릴 때는 그 청량한 느낌, 코끝에 스치는 물 내음, 그 빗줄기 받고 더 새파랗게 피어나는 봄풀 색들, 혹은 빗줄기가 쏟아지면서 괜스레 생기는 우수를 좋아한 적도 있었다.

하지만 지금, 그는 비가 싫다.

날이 궂으면 묵은 상처들이 깨어나 그에게 고통을 선사했다.

상처에서 총알 뽑아낸 지가 수년이건만, 흐린 날 보이지 않는 총알들이 그의 살과 뼈를 후벼 파는 느낌이 들었다.

거기다 무엇보다 그를 미치게 만드는 것은, 저 빗소리다.
빗소리는 때때로 누군가의 목소리가 되어 그의 귓가를 맴돌곤 했다.

―혼인하겠어요, 당신과.

소녀에서 여자가 된 그녀에게 청혼을 하고 허락을 받고 초야를 치른 밤에도 이렇게 비가 내렸었다.
비는 그녀의 목소리, 그 봄날의 초야를 떠올리게 했다.
그녀의 부드러운 살결, 자신만을 바라보던 커다란 눈동자, 자신의 목을 끌어안아 오던 그녀의 팔목을 떠올리게 했다.
똑같이 비는 내리는데 지금은 그녀가 없다는 것을 아프게 아프게 인식시킨다.
그래서 듣고 있는 그를 때때로 미치게 만들곤 한다.
"검사님?"
문득 빗줄기와 아내의 목소리 사이로 현실의 소리가 그를 불러 냈다.
'정신 차리자. 비는 그저 비일 뿐이다.'
속으로 묵은 통증들을 가까스로 봉인하면서 선재는 눈앞의 서류를 훑어보며 혀를 찼다.
"한 해 사이 밀수 건수가 3천 건, 거의 4천 건이 넘어요. 작년에 비해 일 년 사이에 거의 네 배나 늘어나다니. 어떻게 이럴 수가 있지?"
어처구니가 없다는 듯이 한숨을 내쉬는 젊은 상관에게 노형사는 피식 쓴웃음을 머금었다. 곱게 자란 도련님이 충격 좀 받으셨구만.
"그만큼 우리 쪽이 열심히 잡으러 다녔고, 성과가 있었다는 말도 되지 않겠습니까. 좋게좋게 생각해야죠."
 전쟁으로 잿더미가 된 이곳에서 살아남은 자들은 욕망의 화신이 되어 갔다.
 허기를 면하기 위해, 남루해 보이지 않기 위해, 빨리 잃은 만큼 되찾기 위해 기회가 되면 불법적인 일을 마다치 않는 일이 허다했다.
 구호용으로 미국에서 들여오는 밀가루와 곡식들은 구호물자를 받아야 할 사람들이 아니라 하역되자마자 곧바로 알 수 없는 비밀 창고로 들어가 시중에 풀려나갔다.
 고급 장교들이 사병들의 보급품을 착복해서 병사들이 죽어 나갔다. 부식비까지 착복하고 미국에서 들여오는 원조 물자를 빼돌려 개인의 저택을 짓는 실정이었다.
 위가 그렇게 탐욕스럽기에, 그들에게 뇌물을 바치고 이권을 얻어 내려는 위험한 장사꾼들도 상당수였다.
 뱃길에 능숙한 것들은 날이 어두워지길 틈타 비단, 위스키, 휘발유, 페니실린, 온갖 고가품들을 실어 와 시중에 상상을 초월하는 값으로 팔아 이득을 챙기고 그 이득 중 얼마간을 고위급에 바친다.
 그럼 그들은 밀수품을 싣고 있는 동안 안전한 항해를 보장받는 것이다.
 설혹 그들의 밀수선과 해경들이 마주친다고 해도, 위에서 발급해 준 통행증만 내민다면 그냥 통과라니. 울화가 치밀 노릇이었다.
 "먼젓번 곰, 그 황기웅이 창고 덮쳤을 때도 건진 게 없었죠?"
 곰. 종전 후 갑자기 나타난 송파 쪽 구역의 우두머리.
 배를 몰고 물건을 들여오기도 하고, 조상 대대로 벌어먹고 살아 꽉 잡고 있다는 송파진 근처에 비밀 창고 몇 곳을 두고 물건을 숨기는 역할도 한다는 인물.
 "덩치는 곰 같은 게 행동은 여우예요. 아주 약삭빠릅니다. 어디선가 정보가 샌 것 같기도 하지만…… 진짜 여우는 이 친구죠. 윤찬경."
 형사가 넘겨준 서류첩에 그의 눈에도 익숙한 한 남자의 사진 몇 장이 끼어 있었다.
 흑백사진에 찍힌 선명한 이목구비. 그가 기억하는 것보다 훨씬 멀끔한 그 모습을 선재는 보고 또 보았다.
 역시 그가 그였던 것이다.
 눈 내리던 어느 날, 갑자기 사라진 아내를 찾아 헤매던 종로 거리에서 그 아내가 쓰러진 이 친구 앞에 주저앉아 어쩔 줄 몰라 하던 모습을 본 것이 언제였던가.
 쌀례.
 내 아내.
 당신은 당신을 구해 준 사람이라고 오라버니라며 따르던 그 친구가 지금 어떤 모습으로 다시 나타났는지 알고 있어?
 "이 친구, 투서는 계속 들어오고 있다고 하셨나요?"
 "그렇죠. 아마 라이벌 조직 짓이 아닐까 싶습니다만…… 뭐 이런 장사 하면서 척진 게 한두 군데겠습니까."
 곁에서 그들의 대화를 듣고 있던 젊은 형사가 흥분한 어조로 말했다.
 "원조 물자로 들여온 밀가루, 곡식들에 이어서 품목이 나날이 늘어나고 건더기가 커진다는 걸요. 이 투서대로라면 군인들 월동 장비로 쓰는 원면(原綿)까지 부두에서 내리자마자 황기웅하고 윤가 이놈이 꿀꺽했다는 거 아닙니까. 허, 간 큰 놈들! 겁도 없이 이런 짓을……."
 젊은 형사의 흥분 어린 어조에 검사는 사진을 내려다보며 생각에 잠긴 어조로 중얼거렸다.

"본래부터 대담하긴 했었죠."

그래. 그날 밤, 그들의 배로 침입한 찬경의 모습은 '대담'이라는 한 단어 가지곤 부족할 정도로 거칠 것이 없었다.

전쟁통에 해경들의 감시가 느슨한 틈을 타서 작은 배에 총 몇 자루, 수류탄 몇 알을 싣고 급작스레 다가와 그들의 배를 장악했었다. 초반에 총으로 사람을 죽이고 피를 보이면서 기선을 제압했고, 상대방이 피 때문에 얼어붙은 사이 재빨리 자신이 원하는 것을 손에 넣었다.

크게 한몫을 보고서도 어쩐 일인지 군에 입대해서 느닷없이 자신 앞에 나타나 '도련님'이라고 넉살좋게 부르며 초콜릿을 내밀던 그 얼굴이 떠오른다.

그러고 보니 마지막으로 이 인간에게 들었던 소리도 '도련님'이었지.

"전부터 아시던 사입니까?"

"아니요!"

갑자기 터지는 검사의 강한 부정에 형사들은 당황했고, 소리를 내지른 그 자신도 당황하고 말았다.

'진정하자. 지금 내가 하는 건 이전의 악연과는 상관없는 일이야.'

그는 재빨리 얼굴과 목소리에서 당혹감을 수습하려고 애쓰며 화제를 일 쪽으로 돌렸다.

"다시 수색영장 받아내려면 시간이 좀 걸릴 것 같으니 일단 송파 쪽에 풀어 둔 인원은 철수시키세요. 그리고……."

"아니, 정말! 그놈들도 그놈들이지만, 윗선들 너무하는 거 아닙니까! 수색영장 따내기가 이건 하늘의 별 따기이니…… 정말 소문대로 위에 영감들, 이 윤가나 황가 놈들한테 뭐 받아먹는 것 아니냐구요!"

젊은 형사가 흥분한 듯 목청을 높이자 노형사는 재빨리 좌우를 살피며 혈기 왕성한 후배의 뒤통수를 손바닥으로 호되게 갈겼다.

"조용히 해! 밤말은 쥐가 듣고 낮말은 새가 듣는다는 말 몰라? 누가 들으면 어쩌려고!"

"경찰 말은 끄나풀이 듣는다도 추가하시죠. 나 원, 가끔 저 위가 우리 윈지 그 도적놈들 윈지 헷갈린단 말입니다!"

그렇게 서로 투닥거리는 동료들 목소리 사이로, 곧 젊은 검사의 목소리가 들려왔다.

"그 하늘의 별, 한번 따 봅시다."

꽤 단호하게 들리는 목소리, 하고자 하는 의지로 충만한 그 눈빛을 보면서 늙고 젊은 형사 둘은 별일이라는 듯 눈빛을 교환했다.

까칠한 도련님, 지금 내리는 빗줄기처럼 우울한 인상의 저 인간이 갑자기 반짝반짝 무슨 일이래? 그렇게 그들이 의아해하고 혹은 든든해하는 사이, 선재는 자기 눈앞에 놓인 찬경의 사진을 뚫어지게 바라보았다.

"다시 수색영장 받아 내는 건 좀 어렵겠지만, 우선 참고인으로 불러 보는 것도 한 방법이겠죠. 첫술에 배부르겠습니까. 그러다 보면 언젠가 별도 딸 거구요."

원칙적으로 사감을 가지고 공무를 수행한다는 건 용납될 수 없는 일이다.

하지만 윤찬경, 작년 네 소식을 처음 들은 그때부터 내 안에 타오르는 이 불꽃이 꼭 세상을 내 아버지처럼 살고 있는 너란 범죄자에 대한 단죄, 온전한 정의 사회 구현에 대한 의지 때문만이라고는 못 하겠다.

그래, 솔직히 말해 나는 화가 나고 있고, 그것이 너를 캐 들어가는 에너지가 되어 가고 있는 건 사실이다.

나는 화가 나 있다.

꼭 지난날 너에게 이끌려 군대에 갔다는 걸 원망하는 건 아니다.

어차피 그때, 이 인간이 배를 습격해 오지 않았다고 하더라도 배에서 내려 입대할 작정이었으니까.

내가 화가 나는 건…… 내가 화가 나는 이유는…….

쌀레, 내 아내.

그는 언제나 심장 한쪽에 자리하고 있는 이름을 불렀다.

나는 이제 슬슬 화가 나려고 해.

우리를, 당신과 나를 이렇게 수년째 생이별하게 만들어 놓은 이 인간조차 내 눈앞에 나타났는데, 당신은 어디 있는 거지?

안국동에서 쫓겨났다는 그 뒤로, 당신은 마치 연기가 되어 흩어져 버린 것만 같아.

내가 몸을 일으켜 당신을 찾기 시작했을 때, 이미 당신은 연기처럼 종적을 감춰 버린 후여서, 내가 너무 늦게 당신을 찾아 나섰기에 당신의 족적을 찾기가 더 어렵다고는 해도…… 이 정도일 거라곤 생각지 못했어.

어째서 그 뒤로 집에 오질 않는 거야? 하다못해 연락처라도, 아니 그 모든 걸 남길 수 없을 만큼 당신에게 무슨 일이 있는 거야? 수차례 광고를 내 보고 수소문을 해 봐도 당신을 찾을 수가 없어. 마치 당신과 나 사이에 짙은 연기가 가로막고 있는 것 같아.

어디 있는 거야? 당신, 대체 어디에…….

그런 선재의 상념은 곧이어 들려오는 노형사의 목소리에 의해 깨어졌다.

"시간이 벌써…… 슬슬 일어서셔야겠습니다. 부장님과 경무대 가신 다고 하지 않았습니까?"

다시, 그는 머릿속의 아내를 놓아 보내고 일상으로 돌아온다.

지난 수년 동안 그래 왔던 것처럼.

"여기가 정말 경무대(景武臺 : 대통령 관저. 고려 시대 이궁에서 출발하여 조선 시대 경복궁 후원으로 쓰이다가 일제 강점기 총독 관저, 미 군정 시절 사령관 관사로 쓰이고 정부 수립 후 대통령 관저 겸 집무실로 쓰였다)예요? 대통령님네 사시는 곳이란 말이죠? 우와…… 옛날로 치면 궁궐인 거네요?"

신기해서 사방을 두리번거리는 막내 미용사 김 양의 들뜬 목소리에 앞장서 걷고 있던 여사감 스타일의 직원이 엄한 목소리로 주의를 주기 시작했다.

"거기, 잡담은 삼가세요. 말 그대로 이곳은 함부로 떠들 곳은 아닙니다."

그러자 일행의 우두머리 격인 미용실 원장이 김 양에게 사나운 눈짓을 주고는 나긋한 목소리로 사과했다.

"죄송합니다. 아직 어린아이다 보니…… 주의시키겠어요."

다시 직원은 시선을 앞으로 돌리고 앞장서 걸으며 설교를 이어 갔다.

"평소 영부인께선 머리 손질 같은 일에 신경을 잘 쓰시질 않지만 요즘 국빈들을 대하실 일이 많으셔서 미용실에 직접 방문하시는 대신 여러분들을 부른 겁니다. 영부인께서는…… 아시겠지만 본디 오스트리아 분으로 한국말이 능숙치 않으십니다."
 방금 전까지 주의를 받았음에도 불구하고 김 양은 불쑥 직원의 말에 끼어들었다.
 "오스트리아? 호주댁이라고들 하던데 오스트리아가 호주예요?"
 김 양을 데리고 온 미용실 원장은 내가 왜 저것까지 데려왔을까 심각하게 후회하며 막내의 팔뚝을 힘껏 꼬집었다.
 "아얏!"
 그 소리와 함께 펄쩍 뛰어오르는 어린 처녀 옆에서 함께 온 또 다른 여자, 쌀례가 자그마한 목소리로 속삭였다.
 "호주는 오스트레일리아이고, 오스트리아하곤 다른 곳이야."
 그들의 대화는 주의를 주는 듯한 직원의 잔기침 소리에 의해 끊겼다. 다시 설교가 이어졌다.
 "그래도 거의 알아들으시긴 하니 그 앞에서 실수하는 일이 없도록 하세요. 아, 이 중 영어 할 수 있는 사람이 있다고 했나요?"
 원장과 김 양 가운데 서 있던 여자, 쌀례가 좀 민망한 듯한 얼굴로 대꾸했다.
 "잘은 못합니다. 그냥 간단한 인사말 정도."
 그것을 겸손으로 여겼던지 직원은 고개를 끄덕이며 다시 시선을 앞으로 돌렸다. 하지만 사실 쌀례는 긴장이 되어 가슴이 터질 것만 같았다.
 그런 그녀의 모습을 보며 원장은 어깨를 두드려 주며 격려했다.
 "성례 씨 정도 실력이면 충분하지 뭐. 난 크게 다쳤다길래 손이라도 망가졌으면 어쩌나 걱정했는데 가위 다루는 솜씨가 이전 그대로이던걸. 손이 멀쩡하면 다른 곳도 멀쩡할 텐데 뭐가 걱정이야. 그새 백연설 같은 고급 고객도 확보하고……. 돌아온 걸 환영해, 자기."

그녀 자신은 기억하지 못하지만 영화 포스터 내에 얼굴이 그려진 꽤 유명한 여배우가 어느 날 과일 바구니를 들고 찾아오면서 쌀례는 자신이 그런대로 실력 있는 미용사였다는 사실을 알게 되었다. 그녀의 주선하에 다시 이전에 다녔던 미용실에 다닐 수 있게 되었고 미용실을 나가면서 자신의 귀가 얼마쯤 영어를 알아듣고 어설프게나마 몇 마디 할 수 있다는 것도 알게 되었다.

그렇게 박성례는 미용사, 전쟁미망인, 그러나 약혼한 여자로 일상을 살고 있었다.

오늘 같은 특별한 고객을 위해 출장 미용도 시작하면서.

그리고 그렇게 평범한 일상을 살기 위해 자신의 머리에 성에가 끼었다는 건 찬경, 밥집 노파, 연설을 제외한 사람들에겐 입을 다물기로 결정했다.

―지금 같은 세상에 자기 이름도 기억 못 했다는 걸 그대로 불었다가는 '미친년'이라는 꼬리표 이외에 건질 것이 없어.

윤찬경이라는 남자의 말은 독하긴 했지만 사실이었다.

하지만 오늘처럼 '멀쩡한 척'해야 하는 날은 그 결정이 옳은 것이었나 회의가 들기도 한다.

'머리칼을 손질할 수 있고 영어를 몇 마디 알아듣고 말할 수 있다고 해도, 이전만큼 할 수 있는 게 맞나? 여전히 나는 남에게서 내 이름을 불리기 전까지 내 이름이 박성례인지, 밥쌀례인지 밥순이인지도 모르는 그 박쌀례인데. 나를 알던 사람들을 속이고, 이렇게 멀쩡한 척 허세 부리며 사는 게 옳은 걸까?'

하지만 마음속 또 다른 박성례는 속삭였다.
'그럼 어쩔 거야? 이름 기억 못 한다고 미친년이 되어야겠니? 괜히 쓸데없는 고민 하지 마. 넌 지금까지 그만하면 잘하고 있어. 밤새 노력해서 미용 기술 연습하고 방바닥에 굴러다니는 사전 찾아 가며 공부하고 또 하고 그러다 코피 쏟고. 지금 이 모든 것이 거저 이루어진 건 아니잖아.'
마음속 또 다른 여자가 해 주는 소리에 그녀는 안도한다.
그래도 마음속 또 다른 쌀례, 기차를 타고 경성으로 시집을 왔던 댕기머리 열네 살 소녀는 다른 말을 한다.
'그래도…… 난 기억하고 싶어. 기억이 되돌아오면 좋겠어.'
'뭘 잊어버렸는지도 모르면서 뭘 기억하고 싶은데?'
어처구니없다는 듯 묻는 어른 쌀례에게 어린 쌀례는 뺨을 붉히더니 긴 속눈썹을 파르르 떨면서 수줍은 어조로 말했다.
'내가 혼인했을 때하고 엄마가 된 날.'
기묘한 일이지만, 기억에 없는 그날들이 쌀례는 그리웠다.
아침마다 나란히 거울 앞에 앉아 딸아이 머리를 땋아 줄 때마다 자신과 닮은 동그란 얼굴을 볼 때면 신기해서 웃음이 나온다. 그러다 아이의 그 동그란 얼굴에 자신과는 다른 점들을 볼 때면 혹시 이건 아이 아빠를 닮은 건가 궁금한 생각도 들었다.
그렇게 생각하다 보면, 여자는 자신과 혼인을 하고 자신을 엄마로 만들어 준 그 사람이 몹시 궁금했다.
어떤 사람일까.
그 사람이 어떤 사람인지 유일하게 아는 사람은 공교롭게도 지금 약혼자뿐.

그렇다고 찬경을 붙들고 그 사람은 어떤 사람인지 물어볼 수는 없는 노릇이었다.
그러나 참으로 염치없게도, 쌀례는 이름 석 자밖에 모르는 그 사람이 궁금했다.
어떤 사람이었을까. 어떻게 생겼을까.
거기까지 생각할때마다 어른 쌀례속 어린 쌀례는 소원했다.
'기억하고 싶어, 그 사람을.'
그러자, 스물다섯이 넘어가는 쌀례가 화가 난 듯한 부루퉁한 얼굴로 쏘아붙였다.
'그래 봤자 다시 볼 수 없는걸. 차라리 기억 못 하는 게 나아.'
그녀의 가슴 속 열네 살 쌀례의 눈에 왈칵 눈물이 어렸다.
'다시는…… 볼 수 없어?'
창밖에 내리는 봄비처럼 눈물 흘리고 있는 소녀를 부루퉁한 얼굴의 쌀례가 내려다본다.
곤혹스럽게 어린 쌀례를 내려다보던 여자가 잠시 후 소녀의 댕기머리를 쓰다듬어 주었다. 그녀 자신도 울고 싶은 얼굴로. 그저 하염없이.
"쌀례 씨? 빨리 와. 거기서 뭐 해?"
"헤헤, 나만 정신 못 차린다고 야단맞았는데 언니도 구경하다 그런 거지?"
일행들의 목소리에 쌀례는 서둘러 종종걸음으로 고객이 기다린다는 곳을 향해 걷기 시작했다.
봄비 내리는 오후.
오늘, 찬경이 출장에서 돌아온다고 했는데 비나 맞지 않을까.

창밖의 가는 빗줄기를 바라보던 선재의 귀에 상관의 목소리가 들려왔다.
　"나무 순 돋은 것이, 봄이로군. 시간 참 잘 가누만."
　부장검사의 말에 선재는 동의를 뜻하는 미소를 지어 보였다.
　참 보고픈 사람이 있어도, 밤마다 묵은 상처에 온몸을 뒤척여도, 시간은 속절없이 가 버린다. 하지만 젊은 남자의 그런 상념은 상사의 지극히 현실적인 목소리에 의해 깨어졌다.
　"요즘도 산에 무차별로 벌목하는 도둑놈들이 극성일 테지. 군납품 중간에서 훔쳐 먹는 도둑놈도 극성일 테고. 에잇! 몸은 하나뿐인데 잡을 도둑놈은 사방천지야!"
　일이 많으니 바빠서 좋긴 하지만, 또 잡을 도적놈 많은 세상 꼴을 보면 한숨이 나온다고 하던 상사는 문득 주변을 둘러보며 조심스레 말을 이어 나갔다.
　"작은 도적놈들이야 잡기 어렵지 않지만, 큰 도적놈이 골치란 말이지. 잊지 말게, 한 검사. 오늘은 정신 바짝 차려야 하네."
　오늘 그들이 경무대에 온 것은 바로 그 '큰 도적'을 잡기 위한 첫 발자국이었다.
　1955년은 썩는 냄새로 나라 전체가 몸살을 앓고 있었다. 1956년 선거를 앞두고 선거에 임하는 자유당 정당 관계자들은 특히 대통령의 오른팔이요 후계자로 떠오르고 있는 민의장 이기붕의 진두지휘 아래 정치 자금 긁어모으기가 혈안이었던 것이다.

조사한 바에 따르면 석유, 자동차와 부품들, 군인들이 먹는 부식비까지 착복하고 있다고 했다. 이렇게 정치 자금, 선거 자금이라는 명목 하에 돈이 모이고 있었다. 이승만 대통령의 최측근이요 현 민의장으로 있는 이기붕의 손 아래에서.

그의 주인, 대통령이 모르고 있는지 모른 척하고 있는지는 알 수 없으나 계속되는 잡음은 묵인되어 오고 있었다.

하지만 더 이상 묵인할 수 없는 사건이 일어났다.

"큰 도적은 큰 도적이지. 원면을 50만 불어치나! 허! 간 큰 놈들!"

그렇다. 미군 함대로 수송되어 오던, 군인들의 동복을 짓기 위해 원조받아 온 원면이 바로 어제 부두에서 하역된 동시에 사라져 버렸다.

시가 50만 불에 상당하는 천문학적인 액수다.

이제까지 긁어모은 정보와 정황상 '제일 영화사'라는 간판을 달고 밀수업을 병행해 나가는 윤찬경과 그 동업자로 송파 쪽에서 행세하는 황기웅의 합작일 가능성이 높았다.

그리고 그들 뒤에서, 수색영장 정도 나가는 것도 필사적으로 막아 주고 있는 고위층은 아마도…….

"여어, 고 부장. 날도 궂은데 뭐하러 예까지 어려운 걸음을 하셨소."

청수한 인상의 초로의 남자가 대통령의 사실 앞에서 부장검사와 그 곁에 선 선재를 맞았다. 부장검사는 입가에 미소 비슷한 것을 만들려 노력하면서 초로의 그 남자, 민의장 이기붕에게 다부진 말투로 대꾸했다.

"공무 보는데 이런 빗줄기 좀 맞는 게 대수겠습니까? 각하께 해야 할 중요한 보고도 있고요."

"중요한 보고? 말해 봐요. 어르신께 드리는 보고를 내가 모른대서야 말이 되나."
 만송(晚松) 이기붕. 현 3대 민의장, 대통령의 최측근으로, 그의 후계자로 암암리에 지목되고 있는 권력의 실세였다. 젊은 시절 선교사의 통역관 일을 하다 상해를 거쳐 미국으로 유학을 갔고, 그 이력으로 1945년 이승만의 비서로 정계에 진출한 남자.
 전쟁 중이던 1951년에 이승만의 명으로 자유당을 창설하고 작년에 3대 민의장에 당선된 사람이다.
 그러니 그 입장에서 '자신에게 말하라.'는 저 요구는 당연한 것일지 모르겠으나, 보는 입장에선 울컥하게 만들기도 했다.
 부장검사가 화를 누른 채 얼음처럼 차가운 어조로 대답했다.
 "아직은 제 퍼스트는 그분이니 그분께 직접 말씀드리는 것이 옳습니다. 뭐, 사실 민의장님 귀에 이미 들어갔을 수도 있겠지만요. 이전 것들에 비해 이번 건 꽤 규모가 커서."
 네가 대통령은 아니지 않느냐. 그리고 50만 불어치 일이면 너도 이미 알고 있을 것 아니냐, 라는 상대방의 측면 공격에 순간 민의장의 얼굴에서 웃음기가 사라졌다.
 "허어, 사람 거 참 고지식하기는. 무슨 말씀인지 통 모르겠구만. 그럼 옆의 젊은 친구는?"
 민의장의 칼끝 같은 시선이 적수의 젊은 동행 쪽을 향했다. 잠깐 당황했으나 선재는 단정한 태도로 그에게 목례를 했다.
 "서울 지검 소속 한선재라고 합니다."
 봄비 맞은 나무처럼 푸르른 젊은이를, 노회한 정치가가 입가에 미소를 지으며 바라보았다.
 "앞으로 새 나라를 이끌 동량이시군. 잘해 보세."

그러나 안의 호명을 받고 부장검사와 젊은 검사들이 사실 안으로 들어가고 문이 닫히자마자 민의장의 입가에 어린 상냥한 미소는 곧 냉소로 바뀌고 말았다.
"법전만 끌어안던 먹물들 주제에 감히 뉘에게⋯⋯. 이봐!"
"예! 의장님!"
짧게 치켜 깎은 머리를 한 건장한 체격의 수하가 복명했다.
"제일 윤 사장한테 연락 넣어. 송파 쪽 '둥지', 비상이니까 경계 확실히 서라고! 혹시나 저 고가 놈 쪽에서 냄새 맡고 달려든다면 큰일이니까. 그리고⋯⋯."
민의장은 닫힌 문을 노려보며 눈빛만큼이나 찬 목소리로 명령했다.
"아까 들어간 저 젊은 녀석, 서울 지검 한선재랬나? 아무래도 저 고가 놈 사냥개인 것 같으니 저놈에게도 사람을 붙여 둬. 만사가 불여튼튼이지. 암."

"영부인이 쪼금쪼금 여사라는 별명이 있다더니, 정말인가 봐요. 물 한 방울 허투루 쓰는 법 없이 걸레 빤 물은 화분에 준다더니, 원, 입고 있는 옷도 한 10년은 낡아 보이던데! 거기다 팁도 별로⋯⋯ 생각한 만큼은 아니네."
그 유명하신 고객의 머리를 손보아 드리고 돌아가는 길, 막내 김 양의 투덜거리는 소리에 원장은 한심하다는 듯 설교를 시작했다.
"쯧쯧, 그깟 팁이 대수야? 앞으로 우리는 경무대까지 진출한 유명 매장이 되는 건데. 애가 이렇게 철이 없어서는⋯⋯. 아무튼 머리는 잘

나온 것 같아 다행이더라. 그렇지, 성례 씨?"
"네. 원래 곱슬머리셔서 컬이 잘 나온 것 같아요."
"당연하죠. 우리가 그런 머리 한두 번 말아 보나요?"
오늘 한 영부인의 머리도 요즘 대세인 핀컬 스타일이었다.
왼쪽으로 가르마를 내어 웨이브를 주는 것으로 뒷머리는 어깨 길이로 자르고 앞머리는 바싹 짧게 자른다. 그 뒤 앞머리는 웨이브를 주어 치켜세우고 뒷머리와 옆머리는 머리 밑 부분만 웨이브를 넣었다.
"아무튼 서양인 곱슬머리는 마법의 머리야. 빗질 한 번에 아주 둥글게 고불거리는 것이…… 요즘 히트한 영화 있잖아. 왜, 그 오드리 햅번인가 깡마르고 예쁘장한 여자가 공주로 나온 영화 말이야. 거기서도 미용사가 공주 머리 빗질 한 번 하는데 머리가 또르르 말리더라니까."
쌀례는 원장의 말에 고개를 갸우뚱거렸다.
"그런 영화가 있었나요? 저는 아직 못 봐서……."
"이런, 영화사 사장이 피앙센데 그런 것도 안 보여 주고 뭐 해?"
피앙세.
원장의 목소리로 튀어나온 단어에 쌀례는 쑥스럽게 웃었다.
"그 사람도 저도 바빠서 얼굴도 제대로 못 볼 때가 많아요."
"결혼 전부터 벌써 권태기야? 윤 사장 출장 갔다며? 어디 영화 로케 하는 데라도 따라갔다가 여우 같은 여배우가 총각 사장 홀랑 채 가면 어쩔려고! 성례 씨! 굴러들어온 호박은 간수를 잘해야 해. 그렇게 느긋하게 있다가는 다른 데로 다시 굴러간다구!"
남들이 뭐라던 약혼자라는 그 호칭은 여자에겐 아직도 어쩐지 낯간지러웠다.
약혼(約婚). 혼인하기로 약속하다.

아직도 죽었다는 사람을 보고 싶어 하는 그 마음을 품고서 한 약속이라 그런가. 이 약혼이라는 향기로울 수 있는 단어가 아직도 서먹한 느낌이 드는 것은.

그래도 관계란 기묘한 것. 한 번 설정이 되면 새싹이 자라듯 관계 역시 자라게 되어 버린다. 단 둘만의 결혼 약속이 그에 의해 주변에 공표되고 그들이 결혼을 약속했다는 사실을 다른 사람들이 알게 되면서, 마음은 어떻든 그녀는 혼약을 나눈 여자가 되어 있었다.

그런데 이상도 하지.

아직도 그녀의 귓가에는 때때로 다른 이의 목소리가 들려와 심장을 헤집었다. 바로 지금 창가를 두들기며 내리는 봄비 비슷한 그 목소리가.

─나와, 혼인해 주시겠습니까?

귀에 들리는 그 환청이 이번에는 너무나 선명해서 쌀례는 주변을 둘러보았다.

높은 분이 계시는 곳이라 그런가 양복 차림의 남자들이 삼삼오오 모여 있는 것이 보였지만, 그중에 그녀가 아는 얼굴은 당연하게도 없었다.

"성례 씨? 어떻게 할까? 이대로 퇴근할래? 아니면 어디 괜찮은 데 가서 저녁이라도 함께 먹을까? 내가 오늘 한턱 쏠게."

"예? 아, 아뇨. 오늘은 저어······."

머뭇거리는 쌀례의 모습에 원장은 씨익 짓궂은 미소를 지어 보였다.

"오호, 바쁘니 뭐니 해도 약혼자 신경은 쓰이는 모양이군? 출장 갔다더니?"

"오늘, 돌아온다고 했어요."

봄비는 때때로 누군가에게 환청을 들려주고 때로 누군가에게 환영을 보여 준다.

지금, 한 여자의 귓가에 들려오는 것처럼, 혹은 업무 보고를 마치고 막 자신의 근무처로 돌아가기 위해 출구 쪽을 나서던 한 젊은 검사의 눈에 보이는 것처럼.

선재는 자신의 눈을 믿을 수가 없었다.

몇 미터 떨어진 곳 출입구에 서 있는 젊은 여자 세 사람. 그중 한 사람의 뒤태는 그가 아는 누군가와 흡사했다.

'설마.'

자그마한 키, 새하얀 블라우스를 걸친 둥근 어깨, 연분홍빛 치맛자락, 어깨까지 오는 단발머리는 부드럽게 컬이 되어 있었다. 그 모습에, 젊은 남자의 심장에서 신음이 흘렀다.

'아.'

마지막으로 보았을 때, 그녀의 모습을 그는 지금도 어제처럼 기억하고 있었다.

부산 배 위에서의 그 마지막 한때, 다른 피난민들 사이에 튀어 보이지 않게 수수하게 입으라는 아버지의 명에 따라 하얀 치마에 검정 통치마를 입고 얼굴에 검댕까지 묻히던 그 앳된 모습을, 그는 어제처럼 기억하고 있었다.

그가 밤마다 꿈속에서 보는 바로 그 여자다. 그 여자와…… 너무나 비슷하다.

남자는 벌렁거리는 심장 고동을 느끼면서 그녀에게로 한 걸음 한 걸음 다가갔다.
 조금씩 여자가 몸을 틀어 그녀의 옆얼굴이 그의 시야를 사로잡았다.
 그 얼굴은…… 그 얼굴은…….
 "쌀……."
 그러나 여자는 한 번 무심하게 그가 있는 방향을 돌아보더니, 아무것도 보지 못한 얼굴을 하고 발걸음을 돌려 계단 아래를 내려가기 시작했다.
 '뭐지? 내가 잘못 본 건가?'
 선재의 다리에서 힘이 빠졌다. 하지만 곧 마음을 다잡고 남자는 서둘러 그녀가 간 방향을 쫓아 달려 나갔다.
 전쟁 때 총탄을 맞고 걷는 것만도 다행이 되어 버린 다리가 통증을 호소했지만, 그는 달렸다. 달리고 또 달렸다. 그녀가 탄 시발택시가 매운 연기를 뿜고 눈앞에서 사라지기 전까지.
 쌀레! 그의 아내가 드디어 그의 눈앞에 나타났다!

 "드디어 나타나셨군. 기다리다 지쳐 죽는 줄 알았어."
 10년 넘게 '밥집'이라는 간판을 달고 있는 그 좁은 국밥집 마당에 찬경이 그녀를 기다리고 서 있었다. 원장의 짐작대로 지방 영화 로케 현장에서 밤샘이라도 한 걸까. 뺨과 턱에 수염이 촘촘히 난 초췌한 몰골이었다. 그 모습이 어쩐지 딱해 보여 여자는 걱정스런 얼굴로 물었다.
 "왔어요? 밥은 먹었어요?"
 "쯧쯧, 그놈의 밥 타령은 어째 세월이 가도 바뀔 줄을 모르나 그래."

입으론 투덜거리면서도 남자는 약혼녀 밥순이의 밥 타령이 싫진 않았다. 그가 싫은 건 다른 것들이다. 나이 먹은 티가 고스란히 나고 있는 옹색한 '밥집' 한구석 살림방을 둘러보며 남자는 퉁명스레 중얼거렸다.

"무슨 청승이야. 당장 그 집으로 들어오는 거 싫으면 다른 깨끗한 집 정도는 알아봐 준다는데."

"여기가 편해요. 정말 전에 여기서 살았던 것, 맞는 것 같아."

약혼을 한 다음 날, 그녀는 그의 고래 등 같은 집을 나왔다. 무슨 일이든 격식을 갖추어야 한다는, 그로서는 받아들이기 힘든 꽤 고루한 주장을 펼치면서.

그게 무슨 개뼈다귀 같은 소리냐고 그가 따지니 좀 더 심각한 얼굴로 여자는 더 중요한 이유를 꺼내 들었다. '내가 책잡힐 행동을 해서 아이에게 상처를 줄 순 없다.'라는 것이다.

젠장. 그 이유 역시 온전히 받아들일 수는 없었지만, 결국 그는 그녀의 뜻을 받아들여 여자가 자신의 짐을 싸 들고 이 옹색한 '밥집'으로 돌아가는 것을 참고 보아야 했다.

하지만 그래도 자신이 사는 그 커다란 저택에 비교하면 거의 움집 수준인 이런 곳에 언제까지 그녀와 아이를 둘 순 없다.

"궁상이 취미야? 정 이사 가는 게 싫거든 차라리 이 집을 뜯어내고 다시 지어 줄게⋯⋯. 악!"

어느새 국밥을 뜨는 쇠 국자를 들고 곁에 선 노파가 그 단단한 쇠 국자로 찬경의 머리를 강타하고 있었다.

"이 염병진 종간나새끼! 넘의 멀쩡한 집을 무스그 부순다 난리인가! 허파에 바람이 잔뜩 들어서리!"

"에이! 이 할망구가! 할망구가 아직까지 궁상을 떠니까 저 여자가 보고 배우는 거 아뇨! 새 집 지으면 할망구도 국밥 장사 때려치우고 거기 같이 살라니까! 진짜 이 여자들은 무슨 궁상이 취미야?"

"그래요. 궁상이 취미예요. 이곳이 좋아요. 안 되나요?"

이상한 노릇이라고 해도 할 수 없다. 가끔 가서 청소를 해 주는 그의 고래 등 같은 집보다 이곳이 마음이 더 편하다. 물론 그곳도 부뚜막과 아궁이가 있지만, 이 좁고 옹색한 부엌, 연기에 그을린 흙벽으로 둘러싸인 이곳이 더 그녀의 마음을 사로잡았다.

변하지 않으려는 여자와 어떻게든 그녀를 변화시키고 싶은 남자는 한동안 서로의 얼굴을 묵연히 노려보았다.

그러기를 얼마간, 백기를 든 쪽은 늘 그렇듯 남자였다.

여자의 그 고집스런 얼굴을 한동안 눌러보던 남자는 '쳇, 별수 없지.'라는 얼굴로 한숨을 내쉬더니 곧 뜬금없이 그녀에게 한 가지 제안을 했다.

"좋아. 그럼, 대신 이건 꼭 들어줘."

"뭔데요?"

"우리, 사진이나 한 장 찍자."

그들이 함께 찍은 사진은 작년 영화 촬영장에서 칼부림 난투극 직후 본의 아니게 기자에게 찍힌 사진이 최초였다.

칼을 맞고 난 직후 오만상을 찡그리는 남자와 갑작스런 카메라 세례에 두 눈을 동그랗게 뜬 여자.

1954년, 영화 〈운명의 손〉 촬영을 기념하며

그 사진은 기억을 잃은 그녀에게 과거를 알려 주는 몇 안 되는 증거가 되었다. 표정이야 좀 요상할망정 함께 귀한 사진까지 찍은 사이니, 정말 이 사람이 나와 알던 사람이 맞구나, 했던 그런 증거. 하지만 그는 그런 사진 말고 정식 사진을 갖고 싶다고 했다.
"우리, 사진 찍자."
"사진……이요? 갑자기 왜……."
"그냥 우리가 약혼했다는 기념으로 한 장……. 왜, 싫어?"
찬경에게 있어서도 사진이란 이전까지 별 의미 없는 것이었다.
생전 처음 찍었던 사진은 남의 나라 군대에 끌려갔을 때 머리 박박 밀고 찍은 사진이었다. 사진이란 그런 것이다. 누군가를 통제하는 수단으로 중앙에서 찍는 것. 혹은 그 시절 무슨 일이 있었는가 기록하는 수단일 뿐이다.
하지만 때때로 그것은 행복한 일상의 증거가 되기도 한다.
보내기가 아쉬운 시간들, 입 안에서 녹아내리는 설탕처럼 언젠가 녹아 없어져 버릴 순간들, 영원히 함께하고픈 사람들과 이렇게 행복한 순간이 있었다고 기억하고 기록하고 싶은 마음의 증거.
누군가를 통제하고 사건을 기록하는 수단이 아니라 행복하다는 보석 같은 기록.
찬경에게 사진은 이제 그런 것이었다.
그런데 마냥 반기는 것만은 아닌 여자의 얼굴에 남자는 조금 섭한 마음으로 물었다.
"싫어?"

"아, 아뇨. 저는……."
"너, 아니, 당신은?"
이상한 일이다.
사진을 찍자는 그의 말에 쌀례는 약혼을 했던 그 순간보다 더 긴장이 되었다.
이 순간을 남긴다는 것, 그것은 이 남자와 일생을 함께하겠다는 증표로 쓰일 것이다. 이건, 결혼하자는 말과 거의 동의어였다.
문득 오늘 낮에 봄비 내리는 소리 사이로 들렸던 환청이 떠올랐다.

―내가 함께 살고 싶은 건 당신뿐입니다. 나와, 결혼해 주시겠습니까?

그 말은 누가 들려주었던 걸까.
저 사람인가? 아니면 아이가 쓴 삐뚤삐뚤한 글씨로만 남겨진, 이미 죽었다던 그 사람인가?
거기까지 생각하다 여자는 자신의 대답을 기다리는 남자의 얼굴을 보았다.
계속 이런 생각, 이런 의문, 이런 망설임을 품고 있다는 건 지금 저 사람에게 너무 미안한 노릇이다. 그래서 여자는 선선히 고개를 끄덕였다.
"저는, 좋아요. 하지만……."
"하지만?"
"제가 아픈 것 다 낫고 나서, 좀 정상으로 돌아오면 그때 해도 되지 않을까 하고요."

그래. 그들이 처음 함께 찍은 사진은 서로 굳은 인상으로 찍은 저 흉하고 이상한 사진뿐이다. 이제 평생을 함께하기로 하고 찍는 사진이라면, 적어도 온전한 상태에서 찍고 싶다. 모든 것이 또렷하고 분명한 그때에. 그런데 여자의 그런 뜻에 남자의 반응은 기묘했다.

"너는, 정상이야!"

남자는 얼굴을 붉히며 소리쳤다. 그녀가 당황스러울 만큼 그의 반응은 격렬했다.

남자 역시 자신의 반응이 지나쳤다고 생각했는지 곧 멋쩍은 얼굴로 더듬거리듯 말했다.

"좀 아프면 어때. 아파 보이지도 않고, 언제 어느 때든 너는 내 눈에 제일이야. 지금 사는 데 불편한 것도 아니고. 그럼 된 거잖아."

너는 내 눈에 제일이야. 이 남자는 때때로 얼굴 붉혀질 만큼 직설적으로 자기 마음을 내비치곤 한다.

어쩌면 당신은 그럴 수가 있을까. 나도 내 마음을 모르겠는데 당신은 어쩌면······.

거기까지 생각하다 문득 여자의 시선이 출장 가 있는 사이 덥수룩해진 남자의 머리칼을 향했다.

"좋아요. 사진 찍어요. 하지만 그전에, 가야 할 곳이 있어요."

문을 닫은 뒤라 미용실은 불이 꺼진 상태였다.

여자가 전기 스위치를 켜자 휘황한 조명 불빛이 들어왔다.

여기저기 어제 사용한 수건들과 잡지들이 널브러져 있는 그 드넓은 공간에 사람은 그들 둘뿐이었다. 여자는 소파에 졸고 있는 아이를 앉히고 그중 한 거울 앞에 서서 그에게 손짓을 했다.

"이리 와 앉아 봐요."

커다란 거울 앞에 의자를 놓고 여자는 하얀 보자기를 펼치며 남자를 불렀다.

"당신 머리 많이 기른 것 같으니까, 사진 찍기 전에 조금만 다듬어요. 내가 예쁘게 잘라 줄게요."

문득 남자의 얼굴에서 웃음이 사라졌다.

"왜요? 엉망으로 자를까 봐? 괜찮아요. 그동안 내 솜씨도 많이 늘었다니까요? 어른 남자 머리는 만져 본 적 없지만 잘할 자신 있어요."

문득 남자는 어느 날 밤을 떠올렸다.

이 여자를 자신의 집으로 끌어들이고 얼마 안 된 밤, 맨 정신으로는 그녀가 있는 집으로 들어간다는 게 무서워서 술을 진탕 마시고 들어가던 날 밤에 연설의 머리를 만져 주는 그녀의 모습을 보고 자기 머리도 만져 달라 떼를 쓴 적이 있었다.

그때 그녀는 서릿발 같은 얼굴로 일언지하에 거절했다.

─남자 머리는 만져 본 적이 없어요. 해 본 적도 없고, 굳이 하고 싶지도 않아요. 날 밝으면 이발소 가시던가요.

하지만 지금, 그녀의 손이 자청해서 자신의 머리카락을 만지고 있다. 목에 하얀 보자기를 둘러 주고 머리를 빗겨 주고 머리칼을 잘라 준다.

거울을 보면서 그녀의 표현대로라면 '예쁘게' 깎아 주려고 노력하고 있다.

절정(絶頂).

산의 맨 꼭대기라고도 하고, 일의 진행이 최고의 경지에 달한 상태라고도 한다.

더할 나위 없는 상황.

더 덧붙이고 뺄 것 없는, 완전무결하게 행복한 상태.

작년 겨울부터 지금까지 찬경에겐 바로 그런 시기였다.

곰의 경고에도 불구하고 그에게 눈독을 들이고 있다던 젊은 검사 놈은 그에게 손을 뻗치지 못하고 있고, 멧돼지 놈도 이를 갈 뿐 기회만 보고 있는 눈치였다.

그리고 다른 무엇보다도, 고운 약혼녀가 그와 함께 있다.

이 정도면 썩 괜찮은 인생이 아닌가.

말없이 거울을 보고만 있는 남자에게 여자는 걱정스러운 어조로 물었다.

"마음에 안 들어요? 여전히 그저 그래요?"

"아니야. 괜찮아."

사실을 말하자면 이보다 더 좋을 수 없다. 절정. 산 정상 꼭대기에 오른 기분. 그래서 숨이 차다. 심장이 뻐근하고 하마터면 울 것 같은 느낌도 들었다. 이전에 행복하다는 게 어떤 기분인지 그는 몰랐다. 하지만 지금은 그게 어떤 느낌인지 그는 다른 누군가에게 설명해 줄 수 있게 되었다.

'심장이 간질거려. 그리고 우습게도, 눈물이 나올 것 같아.'

서른 넘은 남자가 목에 보자기 두르고 할 소리는 아닌 것 같아 아무 말 않고 있었지만, 그는 이 순간 참 행복했다.

영감의 배에서 황금을 훔쳐 냈을 때와는 비교도 할 수 없으리만큼, 행복했다.
하마터면 여자를 붙들고 '당장, 결혼하자!'라고 청할 만큼 그는 행복했다.
그리고 그 행복한 순간, 이상하게도 그의 머릿속에 떠오른 것은 이때까지 머릿속에서 까맣게 잊고 있던 한 남자의 목소리였다.

―그만 마음을 풀 순 없겠나. 자네에게 목숨 빚 진 것, 미안하게, 고맙게 생각하네. 이런 말 한마디로 아버님이 자넬 박대하신 일이나 모진 고생이 잊혀지지야 않겠지만…… 살면서 내 어떻게든 갚도록 노력하겠네.

차디찬 냉소가 찬경의 입가에 스쳤다.
그 아비의 자식이라 하기에는 믿기지 않을 만큼 괜찮은 놈이었다.
하지만 도련님, 너는 네 말처럼 계속 살아남지 못했고, 결국 살아남은 내가 네 여자와 네 아이를 차지하게 되었다.
미안하다. 하지만 사실 그렇게 미안하진 않다.
인생이란 이런 거다. 결국 살아남은 자가 승리하는 거란 말이다.
잘난 네놈을 이긴 건, 결국 나란 말이다.
하지만 약속하마. 이 여자와 네 아이는 평생 고생 같은 거 모르고 살게 하겠다.
내가 가진 모든 것들, 내 전 재산, 몸에 도는 피 한 방울까지 걸고 약속한다.
우린, 아주 행복하게 살 거다.

찬경의 머리칼을 자르고 더운 온수로 비누 거품을 내어 한창 그의 머리를 감기고 있던 그때, 문 저쪽에서 소리가 났다.
　"오늘, 영업 끝났는데요."
　그런데 그 사람은 그 소리에 개의치 않고 성큼 문 안으로 들어왔다.
　이상한 사람이다. 이 늦은 시간에 미용실에, 그것도 정장을 입은 젊은 남자가.
　쌀례는 고개를 갸웃거리며 그 남자를 바라보았다.
　어느새 찬경의 머리를 만지고 있던 그녀의 손길이 멈추어졌다.
　'아.'
　눈에 거품이 들어간 것일까. 그 낯선 남자의 얼굴을 보는 순간, 쌀례는 이상하게 눈이 매워 왔다.
　찬경만큼이나 키가 컸고, 단정한 인상의 남자였다.
　어떻게 보아도 이 늦은 시간 영업이 끝났다는 미용실에 밀고 들어올 남자로 보이진 않았지만, 그보다 그가 더 눈에 띄는 것은 그 눈동자 때문일 것이다.
　그 눈, 그 표정을 무어라 말할 수 있을까.
　놀라움, 기쁨, 의아함, 무언가 그녀가 이해할 수 없는 오만가지 감정들이 그 눈동자에 휘몰아치고 있었다.
　그녀를 보고 또 보던 눈. 뒤이어 눈빛만큼이나 무언가 흘러넘치는 목소리가 들려왔다.
　"약속, 지켰구나."

듣기 좋은 중저음 목소리이긴 하지만 거의 반말 투다. 누구에게 하는 소리일까. 설마 나한테 하는 소린 아니겠지. 초면의 남자가 초면의 여자에게 할 상식적인 말투는 아닌 것 같은데.
"네? 무슨……."
그렇게 그녀가 영문을 몰라 머뭇거리고 있는데 그런 그녀를 보고 그 역시 무언가 기묘한 느낌에 사로잡혔다.
이건 그가 상상했던 아내와의 재회 장면과 뭔가 다르다. 부산에서 그는 그녀에게 약속했었다.

─살아 있어야 해. 그럼 어디든 내가 당신을 찾아갈 테니까.

그녀도 약속했다.

─기다릴게요. 가까운 데서, 서방님 오실 때까지 기다릴게요.

먹물 같은 어두운 밤하늘에 하얀 얼룩처럼 찍힌 새하얀 달빛. 소금 물에 머리끝부터 발끝까지 젖어 있어서 어느 것이 바닷물이고 어느 것이 눈물인지 구별이 가지 않았지만 그녀의 뺨에 방울방울 물기가 흘러내렸다. 그리 눈물 흘리며 이 여자는 약속했다. 기다리겠다고.
낮에 경무대 안에서 그녀를 보았을 때, 환영이 아닐까 생각했었다.
그녀와 초야를 치렀던 그 계절 그 봄비를 보고 내 눈이 드디어 미쳐 가는구나 그렇게도 생각했었다. 하지만 혹시나 해서 뒤진 방명록에서 의외로 그녀의 이름은 비교적 쉽게 발견되었다. 이제까지 그녀를 찾아 헤맸던 시간과 과정들을 떠올려 보면 어이없을 만큼.

영부인의 머리를 만지러 온 미용사 중 한 명으로 기재되어 있었다. 담당 직원에게 주소를 문의하고 답변을 듣고 여기까지 달려오는 동안, 선재는 이게 꿈이 아닐까 스스로에게 묻고 또 물었다. 하지만 다행스럽게도, 눈을 수백 번 깜빡이고 손바닥으로 뺨을 후려쳐도 꿈은 아니었다.

마침내 우리의 약속은 지켜진 것이다. 너는 기다리겠다고 했고, 나는 무슨 일이 있어도 찾겠다고 했으니까.

내 아내. 이게 꿈은 아니겠지.

내가 너를 안는 순간, 네가 갑자기 연기처럼 흩어져 버린다거나 하는 질 나쁜 악몽은 이제 영원히 끝난 거지.

너 없는 해, 달, 날…… 순간순간을 어찌 버티고 살았는지 말해 주어야지. 너는 또 어찌 살았는지 들어야지. 너를 안고 조금은 울어야지.

그렇게 남자는 자신의 아내를 안기 위해 그녀를 향해 다가갔다.

그리고 그녀 역시 그를 향해 다가섰다.

바로 두어 발짝 앞까지 마주 보고 있어도 그녀는 연기가 되어 흩어지지 않았다.

하지만…….

무언가 이상했다.

자신을 보는 그녀의 눈. 그건 거의 모르는 사람을 보는 눈이었다.

그를 보고 있어도 별 다른 동요 없는 지금 그녀의 이 모습은 무얼까.

그가 다시 한 걸음 내딛으려는데 그녀 앞 의자에 앉아 비누 거품에 머리와 눈가가 가려져 있던 누군가의 목소리가 들려왔다.

"눈이 매워. 그만 비누 거품 씻어 내면 안 돼?"

그의 손이 눈가에 묻은 거품을 걷어 내자 선재는 한동안 숨을 쉴 수가 없었다.

"자네는……."

꿈에라도 잊을 수 없는 얼굴이다.

윤찬경.

―과연 도련님은 도련님. 도망가는 재주만 있는 줄 알았더니 배포가 제법이시군.

어느 추운 날, 길에서 만난 사내. 그 대신 사지로 끌려갔다가 그 더운 여름밤, 배 위에 총과 수류탄을 들고 나타나 아비의 재산을 약탈하고 아내와 자신을 헤어지게 만든 바로 그 사내다.

찬경도 선재의 얼굴을 보고 비누 거품 때문에 찌푸리던 눈동자를 크게 떴다.

순간 자신의 눈을 믿을 수 없었다. 방금 전 내가 느낀 승리, 그 도취가 저승에 있던 귀신의 화를 돋우어 다시 불러 올릴 정도로 오만했던가.

그렇게 선재는 찬경을, 찬경은 선재를 노려보았다.

"……살아 있었구나, 도련님."

그리고 두 남자 사이에서 그 여자, 쌀례가 있었다.

그 옛날 눈 오는 거리에서 교복 차림의 청년과 젊은 거렁뱅이, 그 사이에 어린 소녀가 서 있던 그때처럼.

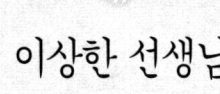

이상한 선생님

목소리만 좋은 남자

이 교실, 저 목소리, 지금 내 마음의 욱신거림. 셋 다 싫지만, 셋 다 익숙해.
혼란스런 여자의 귀에 남자의 날카로운 목소리가 들려왔다.
"안 들려요? 나가시라구요!"
아, 목소리만 좋은 저 남자! 정말 밉다! 밉다구!

낯설면서 낯익은 것.
 분명 처음 겪은 것인데도, 처음으로 보고, 듣고, 경험하게 된 일인데도 처음이 아닌 것처럼 느껴지는 것.
 그런 느낌이 있다고 했다.
 그날 밤, 쌀례가 처음으로 본 그 단정한 인상의 남자가 그랬다.
 그 눈동자가, 하얀 얼굴이…… 단 몇 분 본 것뿐인데 잊혀지지가 않았다.
 그래, 단 몇 분이었다.
 서로를 무겁게 눌러보는 두 남자 사이에서 쌀례가 "손님이시라면 차라도 한 잔 대접해야 하는 것 아니에요?"라고 했을 때, 찬경은 버럭 소리쳤다.
 "당신, 나가 있어!"
 "네?"

그녀는 얼떨떨해하고, 낯선 그 남자는 기막혀하는 표정을 짓고 있었다. 그 사람이 무슨 말을 하려 한 순간, 찬경은 성큼 그 남자에게 다가가서 그 남자의 귀에 뭔가를 속삭였다.

그 소리를 듣고 남자의 안색은 대번에 굳어졌고, 그 알 수 없는 기묘한 눈빛으로 그녀를 보던 남자는 곧 발걸음을 돌려 그곳에서 나갔다.

그가 나가자마자 찬경은 거칠게 대야에 물을 받아 머리의 거품을 씻어 내고는 물이 뚝뚝 떨어지는 그대로 나가려 했다.

"머리는 닦고…… 대체 아까 그분 누구신데……."

여자는 그저 그를 따라가 젖은 머리를 닦을 수 있게 수건을 건네려 했을 뿐이었다.

하지만 찬경은 자신을 따라 몇 걸음 걷던 여자에게 갑자기 몸을 틀더니 그때까지 본 적 없던 사나운 표정으로 외쳤다.

"그 자식에 대해선 알려고 하지 마! 따라오지도 말고! 넌 여기 있어!"

그렇게 쌀례는 미용실에서 아이와 단둘이 남겨졌다.

단 몇 분뿐이었지만, 이상한 몇 분이었다.

두 남자가 뿌리고 간 뾰족하고 거친 공기가 남아 있는 그곳에서 잠투정하는 아이를 다독이며 그녀는 그 순간 괜히 눈물이 날 것만 같았다.

울 일도 없는데 주책없이 눈물은 흐르고, 주책없이 처음 본 남자의 얼굴이 머릿속에서 사라지지 않았다.

얼마 뒤 아무 일도 없었다는 듯이 돌아온 찬경과 그가 예약한 사진관에서 그의 소원대로 사진을 찍는 그 순간에도.

"자, 두 분 모두 활짝 웃으세요."

그렇게 찍은 사진을, 찬경은 두 장씩 뽑아 하나는 그녀에게, 다른 하나는 자신의 사무실에 걸어 두자고 했다.

아주 잘 나왔다고 찬경은 흡족해했다.

그의 말 그대로였다. 사진을 넣은 액자를 마주 보고 있자면, 그것은 참으로 화사한 사진이었다. 넥타이는 질색인 남자가 바르게 타이를 매고 미소 짓고 있고, 단발 머리카락이 상큼한 고운 여자가 그의 팔에 팔짱을 끼고 있었다. 하지만 정작 이상하게도 여자는 그 사진을 바로 보기 어려웠다. 그의 팔짱을 끼고 있던 저 순간, 마음속으로 무슨 생각을 하고 있었는지 그녀 자신은 알고 있었기 때문이다.

웃고 있는 그와 함께 웃으면서도, 그녀는 그 순간 속으로 괜히 울고 싶어졌었다.

입으론 웃으면서 한 남자의 팔짱을 끼고 카메라 렌즈를 보고 있던 그때의 자신을 보며 쌀례는 속삭였다.

"쌀례. 너, 이제 보니 아주 나쁜 계집애였구나."

정작 찬경이 입뿐만 아니라 눈으로, 온 얼굴로, 진심으로 웃는 법을 알게 되었을 때, 그녀는 입으로만 웃을 줄 아는 여자가 되어 있었다.

마음이 이상하게 착잡하다.

알 수 없는 이유로 주르륵 눈물이 흐른다.

액자 아래 '행복'이라 이름 붙이면 딱일 행복한 사진을 찍어 놓고도, 눈에서는 눈물이 차고 넘쳐 뺨을 타고 흐르기 시작했다.

뺨을 타고 흐르는 자기 눈물을 닦을 생각도 없이 여자는 울었다.

자기 눈에서 흐르는 소금물이 무엇 때문인지 알지 못한 채로.

"눈이 부었다, 성례 씨. 컨디션 안 좋으면 하루쯤 쉬지 그래?"

연설의 지적에 쌀례는 거울을 보았다. 과연 눈가가 부숙하니 부어 있었다. 지난 밤, 까닭 모르게 눈에서 솟아 나온 소금물의 후유증이다.

괜히 자신이 몰래 토해 낸, 그 이유를 알 수 없는 발작적인 울음이, 그 기묘한 마음의 헝클어짐이 눈앞의 여자에게 들킬세라 쌀례는 서둘러 고개를 숙이고 미용 도구 상자로 눈길을 옮겼다.

"괜찮아요. 잠을 좀 설쳐서……."

"흐응. 어제 윤 사장이 출장에서 돌아왔다더니 잠을 안 재워?"

짓궂은 연설의 놀림에 쌀례는 눈을 치떴다.

"언니! 우린 아직 그런 사이가……."

'우린 아직 그런 사이 아니에요. 예의를 갖춰 만나고 있다고요.'라고 쏘아붙이려던 쌀례는 문득 떠오르는 생각에 말을 멈추고 말았다.

집을 나온 이후 선을 지켜 약혼한 남녀로서 건전하게 사귀고 있긴 하지만, 사고 이전에는 이미 그 사람 여자였다고 했으니 그런 사이가 아니라고 하기도 어려웠다.

병원에서 그의 집으로 들어간 첫날, 탈상도 전에 동거부터 한 이유에 대해 그 남자는 소리쳤었다.

—나는 밥 시키고 데리고 잘 여자가 필요했고, 너도 이 지랄 맞은 세상에서 먹여 살릴 남자가 필요했겠지. 왜? 마음에 안 들어? 난 충분하다고 생각하는데? 네 밥도, 네 입술도, 네 몸도! 난 만족했었다구! 그 빌어먹을 사고만 아니었어도 너도 이 거래에 충분히 만족한 것처럼 보였는데!

그러니 자신은 이미 그 사람 여자라는 것이다. 이렇게 이유 모를 심

이상한 선생님 | 177

란함에 밤잠을 설치고 혼자 미친년처럼 우는 이런 짓을 하는 것이 이상한 거지. 스스로를 타이르면서 쌀레는 다시 미용 도구 상자를 열기 시작했다.

"자주 오는 것도 아니고, 지난번에 머리칼 손봐 주겠다고 약속한 아이들도 있어요. 슬슬 시작해야죠?"

오늘은 한 달에 두 번 미용실이 쉬는 휴일이다. 그리고 연설이 소개시켜 준 고아원 아이들의 머리를 돌봐 주는 미용 봉사를 하는 날이기도 했다.

찬경은 쉬는 날에도 그렇게 얼굴 볼 틈도 주지 않고 나가느냐 투덜거렸지만, 어쩐지 요 며칠간은 그의 얼굴을 마주 보기 어려워 쌀레는 아이들과 약속했다며 딸아이를 데리고 나온 참이었다.

그날따라 고아원에 봉사 나온 사람은 쌀레와 연설 말고도 여럿 보였다. 개중에는 내년에 있을 선거 홍보용으로 찾아온 지역 유지들도 있었고, 쌀레가 가위로 봉사를 하듯이 한쪽에서 천막을 치고 임시 칠판을 달고 아이들에게 글을 가르치는 것으로 봉사하는 쪽들도 있었다.

방금 전까지 천막을 치던 사람들이 안에서 수업을 시작한 듯 책을 읽는 소리가 들려왔다.

"아가, 너도 저기 가서 공부해. 응? 엄마 일하는 동안에."

딸아이는 언니 오빠들의 수업에 끼고 싶은 마음에 엄마의 말을 듣고 좋아라 천막 쪽으로 달려갔다.

그런데 그렇게 신 나게 뛰어가던 아이가 막 천막으로 들어가는 한 남자와 부딪히는 모습이 보였다.

"괜찮니? 다치지 않았어?"

당황한 듯한 남자의 목소리가 들려왔다.

흙바닥에 쓰러져 막 울음을 터뜨리려고 하던 계집아이는 자신을 굽어보는 키 큰 아저씨를 보고 두 눈을 동그랗게 뜨며 바라보았다. 남자는 허리를 굽히고 아이와 시선을 맞추었다.

"너, 이름이 뭐니?"

아이는 수줍게 대답했다.

"한 작은 쌀레요."

"응?"

아이의 이름이 독특해서인가. 남자는 얼떨떨한 얼굴로 되물었고, 여자아이는 신이 나서 대답했다.

"우리 엄마 이름이 쌀레고요, 저는 작은 쌀레래요. 나중에 아빠 오면 새 이름 지어 준다고 했는데 언제 오실지 몰라서 일단은 작은 쌀레라고 했어요. 그래서 아가, 아니면 작은 쌀레예요."

거기까지 말하다가 아이는 한층 목소리를 죽이더니 남자에게 소곤거렸다.

"근데, 전 둘 다 별로예요. 빨리 예쁜 이름이 생겼으면 좋겠어요."

아이의 재잘거리는 소리에 남자는 기특하다는 듯이 머리를 쓰다듬으며 고개를 끄덕였다.

"아아, 그렇구나."

그때 쌀레가 넘어진 아이 곁으로 다가갔다.

그리고 여자는 보았다.

아이 앞에 선 그 남자를.

그 사람이다.

늦은 밤 미용실로 와서 '약속, 지켰구나.'라는 알 수 없는 소리를 하던 그 사람.

그 낯설고도 낯익은 희고 단정한 얼굴로 그가 그녀를 바라보았다.

쌀례는 작은 쌀례의 무릎을 살펴보고 옷의 먼지를 털어 주고, 눈앞에 선 남자에게 감사의 표시로 꾸벅 인사를 했다.

남자는 그녀를 묵묵히 보다가 마주 고개를 짧게 숙이고 아이를 데리고 천막 교실로 향했다.

천막 교실에서 몇 미터 떨어진 곳에서 쌀례는 아이들의 목에 하얀 보자기를 씌우고 가위로 머리칼을 자르고 있었다.

이상하게 그날따라 가위를 쥔 손이 긴장하고 있었다.

아니다. 손뿐만 아니라 온몸이 긴장하고 있었다.

천막 쪽에서 들려오는 목소리.

그 낯설고도 낯익은 목소리 때문이다.

오늘 저 교실의 교사는 방금 전 그 사람인 모양이다.

예전에도 아이들을 가르쳐 본 적이 있는 사람이라는 소리를 고아원 원장 수녀님에게 들었는데 과연 그런 모양이다.

그의 목소리가 물 흐르듯 주변에 흘렀다.

그녀의 귀까지.

"자아, 좋은 시 한 편 소개해 줄게. 아마 좀 이따, 나중에 이걸로 받아쓰기 시험 치를지도 몰라. 들어 봐. 님은, 갔습니다."

중저음 남자의 목소리가 물처럼 흘러나왔다.

그 물결이 조용히 쌀례의 귓가에 흘러들어 왔다.

아아, 사랑하는 나의 님은 갔습니다.
푸른 산빛을 깨치고 단풍나무 숲을 향하여
난 작은 길을 걸어서 차마 떨치고 갔습니다.
황금의 꽃같이 굳고 빛나던 옛 맹세는 차디찬 티끌이 되어서
한숨의 미풍에 날아갔습니다.
날카로운 첫 키스의 추억은 나의 운명의 지침을 돌려놓고
뒷걸음쳐서 사라졌습니다.
나는 향기로운 님의 말소리에 귀먹고
꽃다운 님의 얼굴에 눈멀었습니다…….

이상한 일이다.
저 이상한 사람이 읊고 있는 시구가 여자의 귀에, 심장에 감겨 왔다. 꼭 시인이 자신의 시에서 노래했듯이 저 목소리에 귀먹을 것처럼.
어느새 조용조용히 그녀의 입술이 달싹이며 그 시를 따라 외우고 있었다. 천막 쪽에서 들려오는 남자의 목소리와 거의 동시에.
"사랑도 사람의 일이라, 만날 때에 미리 떠날 것을 염려하고 경계하지 아니한 것은 아니지만……."
"사랑도 사람의 일이라, 만날 때에 미리 떠날 것을 염려하고 경계하지 아니한 것은 아니지만……."
"이별은 뜻밖의 일이 되고, 놀란 가슴은 새로운 슬픔에 터집니다."
"이별은 뜻밖의 일이 되고, 놀란 가슴은 새로운 슬픔에 터집니다."
여자의 마음은 천막 쪽을 가 있고 손은 가위를 만지고 있었다. 당연히, 사고는 나고 말았다.
"어, 아줌마! 손!"

쌀례에게 머리를 맡기고 있던 남자아이가 당황한 목소리로 외치기 전까지 자신의 손이 가위에 벤 것도 몰랐다.

'아, 이런.'

하얀 보자기에 선홍색 핏방울이 방울방울 떨어지고 있다.

여자는 당황했다. 상처보다 그 천에 찍힌 핏자국이 자신이 다른 곳에 정신을 판 증거 같아 보여 당황하고 말았다.

그녀는 가위를 내려놓고 입가에 손가락을 갖다 대며 아이를 향해 민망한 미소를 지어 보였다. 괜찮으니 놀라지 말라고. 그리고 조심스레 수돗가를 찾아가 손의 상처를 씻어 내기 시작했다.

다행히 상처가 크진 않다. 당장 술이 있다면 상처를 소독하고 적당히 싸매면 될 것 같았다.

"그런데 싸맬 걸 어디서 구하나. 아······."

그제서야 상처의 쓰라림이 느껴지기 시작했다. 정말 작년부터 꼴이 말이 아니다. 사고로 다쳤다더니 깨어나 보니 자기 이름도 잊어버리고. 지금은 머리칼을 자르다 다른 곳에 정신이 팔려 가위로 손까지 베었다.

더구나 더더욱 한심한 것은 그 정신 팔린 것이 낯선 남자의 낯익은 목소리 때문이라는 것이다.

그 목소리를 듣는 순간, 여자는 무서운 가능성 하나를 떠올리고 말았다.

사진을 찍던 그날 밤, 이유 없이 자꾸만 솟아나던 눈물, 그 발작적인 울음의 원인을.

'저 사람 때문일지도 모른다.'

스스로 생각해도 어이가 없었지만, 자신은 저 사람만 보면 긴장을 하게 되는 것 같다. 왜? 왜? 도대체 왜?

누구냐고 물었을 때 약혼자의 그 험악한 대답을 생각한다면 자신이 알아서 좋을 것 없을 사람인 것이 분명한데.

겨우 두 번 본 남자를. 나 미쳤나 봐. 사고로 머리를 부딪히고 이름을 잊어버리더니, 정말 제정신이 아니게 되어 버린 모양이다.

그렇게 자기혐오에 정신이 팔린 여자는 자신의 등 뒤에 누군가 다가오는 것을 모르고 있었다.

"지금, 뭐 하는 겁니까?"

돌아보니 그 사람이 있었다.

처음부터 이상한 눈동자로 그녀의 마음을 불편하게 한 사람.

물 같은 목소리의 그 남자.

그러나 지금은 성난 얼굴을 하고 그녀와 그녀의 다친 손을 바라보고 있는 그…… 낯설고도 낯익은 사람.

처음 보았을 때 단 몇 분 본 게 전부였고, 두 번째 보았을 때는 그보단 길었지만 서로 얼굴 마주 보는 법 없이 목소리를 들은 게 전부였던 남자가 화를 내고 있었다. 서늘한 눈빛으로 그녀를, 그녀의 상처를 쏘아보면서.

"그냥, 가위에 좀…… 괜찮습니다. 저는……."

그녀가 머뭇거리는 사이, 남자는 성큼 여자에게 다가와 그녀의 손을 잡아채 상처를 노려보았다.

"가위 같은 걸 만지면서 왜 조심하지 않고! 나이는 어디로 먹었는지……."
 나잇값 못한다는 느닷없는 질책에 여자의 안색은 곧 뾰로통해졌다.
 여자는 자신의 손을 허락 없이 만지는 무례한 남자의 손을 살짝 털어 내며 대꾸했다.
 "걱정해 주시는 건 감사하지만, 미용일 하면서 이런 실수는 늘 있는 일이에요. 나잇값 못한다고 하실 것까지야."
 겨우 두 번 본 사이에 그 정도 질책은 너무하다고 생각했는데, 남자는 다른 모양이었다. 그의 입가에 피식 쓴웃음이 어렸다. 그러고는 방금 전 그 아름다운 시구를 외운 목소리와 같은 것이라곤 믿기지 않을 만큼 까칠한 목소리가 흘러나왔다.
 "가위 쥘 때마다 손을 벨 것 같으면 그 직업은 그쪽에게 어울리지 않는 거겠죠, 박쌀례 씨."
 여자는 그에게 잠깐이나마 품었던 호감 비슷한 것이 가슴 한편에서 와르르 무너지는 소리가 들렸다.
 그리고 무엇보다 저 입술에서 흘러나오는 '쌀례' 소리가 참으로 거슬렸다. 박성례가 아닌 나잇값 못하는 박쌀례라니. 아니, 도대체 이 남자가 무슨 권리로 나를 저리 부르나.
 "제 이름을 어떻게……."
 "작은 쌀례가 그러더군요."
 "아, 아니 그보다 그건 아이 때, 제가 쌀례만 할 때 잠깐 불린 이름이에요. 저는 박, 성, 례랍니다! 그리고 뭔가 오해를 하시나 본데, 실수가 그리 자주 있지는……."
 뺨을 붉히며 반박하는 여자를 남자는 무거운 시선으로 바라보았다.
 그를 잊었다는 그의 아내, 그러나 여전히 '저는 쌀례가 아니고 성례예요!'라고 주장하는, 여전히 그의 아내인 여자를.

헤어지던 날도 허락 없이 배에서 내려 윤찬경 그 작자에게 붙들리더니, 헤어지던 순간에도 혼자 일본으로는 못 간다고 배에서 바닷물로 뛰어내렸다.

그리고 지금, 수년 만에 다시 만나니 이 꼴이다.

선재는 다시 만난 날, 그 역사적인 재회의 날, 혹은 악몽의 그 순간을 떠올렸다.

이 여자에게 다가가려던 순간, 방금 전까지 쌀례가 만져 주던 젖은 머리를 하고 불쑥 다가와 자신과 아내의 재회를 방해한 그 인간, 윤찬경이 처음 그의 귓가에 중얼거린 건 짧은 말 몇 마디뿐이었다.

"잠자코 날 따라와. 저 여자 다치게 하기 싫으면."

그리고 마침내 단둘이 되었을 때, 선재는 물어야 했다.

"어떻게 된 거야?"

"뭐가?"

"더 이상 까불면 가만 안 둬. 내 아내! 어떻게 된 거야! 그 사람이 왜……."

"왜 나하고 있냐고?"

어둠 속에서 찬경의 눈동자 역시 새파랗게 타오르고 있었다. 그의 목소리로 빚어진 현실이 섬뜩하게 선재의 귓가에 내리꽂혔다.

그렇다. 눈을 뜨고 꾸는 악몽처럼, 그의 아내는 그를 알아보지 못하고 있었다.

거기다 더 미치겠는 건 이전 자신에게 했던 다정한 손길로 저놈의 머리를 감겨 주고 있었다는 점이다.

"왜, 어째서! 대체 어떻게 이런……."

"왜? 그게 뭐가 이상해서? 전쟁터에서 죽거나 돌아오지 못한 남자들이 어디 한둘이고, 하루아침에 서방 잃고 혼자 어렵게 살다가 팔자 고친 여자가 어디 한둘이야? 대체! 그게 왜 그리 신기한 건데? 그 여자가 하필 네 여자고 그 여자 주위 사는 게 하필 나라서?"

찬경의 한마디 한마디가 칼끝이 되어 선재의 심장을 후벼 팠다.

그래, 이 사내 말이 틀린 건 아니다.

많은 남자들이 전쟁에서 죽거나, 죽었다는 통지가 오거나, 돌아오지 않았다. 그 남자들의 여자들은 남편을 따라 '아직 죽지 않은' 미망인이라는 소리를 들어 가며 힘들게 살아가고 있었다. 아주 많은 여자들이.

전쟁 초기에 편지 몇 통 보낸 것 말고 일절 소식이 끊긴 상황에서 젊은 여자 혼자 살아남긴 어려웠으리라.

하지만 너는 기다리겠다고 했고, 나는 찾겠다고 했다.

해가 동쪽에서 뜨는 것처럼, 지구가 태양의 주위를 도는 것처럼, 한선재가 한선재이고 박쌀례가 박쌀례인 한은 그 약속이 깨질 리 없다고 생각한 건 내 오만이었던 걸까.

그러나 인간이기에, 피가 끓는 젊은 남자이기에 선재는 이런 생각을 갖지 않을 수 없었다.

'왜 하필이면 다른 누구도 아니고 이 사내인가.'

정말 만보 양보해서 홀로 기다리기 어려웠다고 해도 지금 네 옆에 있는 것이 왜 하필 이 작자인가. 너와 나를 생이별시킨 이 작자와! 도대체 왜! 그리고 이 자식은 도대체 무슨 마음으로 그녀에게 손을 내밀 수 있었단 말인가.

선재는 여전히 찬경의 멱살을 거머쥔 채 눈에 불과 물을 머금고 물었다.

"내가 말했었다. 미안한 건 살면서 갚을 테니 그만 마음 풀어 달라고. 그런데 너는……."
 그때까지 얼굴에 비웃음을 머금고 있던 찬경의 안색도 굳어졌다.
 "그러니까 뭐냐. 도련님, 내가 그 여자하고 사는 것이 앙갚음의 연장이다, 뭐 그런 소리냐?"
 "……아니라고?"
 "하!"
 두 손으로 목을 조르며 핏발 선 눈으로 묻는 남자에게 또 다른 남자가 고개를 치켜들고 선언하듯 말했다.
 "왜 그럴 거라고 생각하지, 도련님? 나는! 나는 눈이 없는 줄 아냐? 그렇게 반짝거리는 여자가 네 눈에만 반짝거려 보이는 줄 알았어? 그 여자가 지은 밥이 네 입에만 달 줄 알았냐구! 앙갚음으로 마음에도 없는 남의 계집 가로챌 만큼, 내가 등신으로 보여!"
 그 자그마한 여자를 사랑하고 있다고, 눈앞의 남자는 말하고 있는 것이다.
 그것도 하필이면 그 여자의 남편에게.
 "같이 있고 싶으니까 같이 있을 뿐이야. 그럴 만큼 고와 보였고, 그럴 만큼 탐이 났으니까! 아주 오래전 옛날부터!"
 어느 눈 내리던 밤, 어머니가 주셨다는 은비녀를 빼앗기고 어쩔 줄 몰라 하던 자그마한 계집아이였던 그때부터, 누더기 차림의 자신과는 달리 단정한 교복 차림의 도련님이 이미 그녀의 곁에 있다는 걸 알면서도 그때부터 이미 마음에 품고 있었노라고.
 눈으로 반짝이는 그녀를 보고, 입으로 그 여자가 해 준 따뜻한 밥을 달게 먹고, 그러면서 가슴 뛰었노라고. 너와 똑같이, 내 마음도 그러했노라고 그 남자는 말하고 있는 것이다.

하필이면 그 여자의 남편에게.
그 기막힌 고백에 그 여자의 남편은 어처구니없다는 듯 반박했다.
"그 여잔 처음부터 내 거였어!"
첫눈에 마음이 간 것은 아니었지만 그녀는 처음부터 한선재, 그의 아내였다. 그의 아내가 되기로 결정하고 추운 날 기차를 타고 그 먼 곳에서 경성, 그에게로 왔다. 열네 살 그 어린 나이에 연지곤지 볼에 찍고 머리에 족두리를 쓰고 활옷 원삼 어여쁜 자태로 그의 아내가 되었다. 그리고 그날 이후, 헤어지던 그 순간까지 오로지 그만 보아 왔었다.
"너 때문에 헤어지던 그 순간까지 나만 보고 살던 여자였어! 안전하게 살 수 있었는데도 가까운 데서 기다리겠다고 배 위에서 뛰어내린 게 내 아내야! 그 여잔, 내 아내라구!"
"그래. 잘난 네 아비가 사서 너한테 안겼던 건 나도 알아. 하지만 그러는 넌 그 여자한테 무얼 해 줬나? 옛날부터 글자랍시고 몇 글자 가르친다는 핑계로 그 계집애 울리기만 했지! 전쟁 중에는, 그래! 나 때문에 너희들이 억지로 헤어졌다고 치자. 하지만 그 다음은? 내가 그 여자 찾아낸 동안 넌 뭘 했는데? 뒈지지도 않고 멀쩡히 살아 있었으면서 그 여자가 그동안 혼자 아이 낳고 굶어 죽지 않으려고 아등바등 사는 동안 넌 뭘 했냐구!"
아이. 찬경의 입에서 떨어진 그 소리에 선재는 한순간 멍하니 그를 응시했다.
"아이……라고?"
맙소사. 그 난리통에 혼자서 아이를 낳았단 말인가.
순간 선재의 머릿속에서 함께 보냈던 그 마지막 여름, 아내가 유난히 헛구역질에 힘들어하던 모습이 떠올랐다.

원래 자그마했던 여자가 마지막엔 한 줌도 안 되게 가는 꽃가지처럼, 초승달처럼 야위어 갔었다.

그때를 떠올리면 지금도 치를 떠는 그의 누이 은재는 말했었다. 배 밖으로 나가 위험을 끌고 온 것도, 다 쌀례 그것이 쓸데없이 신 것을 먹고 싶다고 욕심을 부려 생긴 사달이라고.

신 것. 그때는 대수롭지 않게 여겼었는데.

가는 꽃가지처럼 야위었던 그녀가 견뎌 냈을 그 모진 세월들에 아이 아버지가 된 남자의 눈가가 뜨거워지려 하고 있었다.

'미안하다, 쌀례야.'

눈앞의 윤찬경이 여전히 개자식임에는 변함없지만 그 자식 말이 어떤 점에선 맞았다.

'뼈가 부서지고 온몸 여기저기 살 속에 총알이 박혀 있었어도, 나는 기어서라도 너부터 먼저 찾았어야 했다. 미안하다, 내 아내 쌀례야. 미안하다. 짧게 스치듯 본 내 딸, 미안하다.'

하마터면 눈물을 보일 것만 같아 재빨리 고개를 내젓고서 선재는 단호한 목소리로 말했다.

"역시, 쌀례를 만나야겠어. 직접 보고 그간 사정을 들어야겠다. 그러고 나서 앞으로 어떻게 해야 할지도……."

"만나도 들을 것이 없을걸. 그 여자는, 네가 알던 그 쌀례가 아니야."

때때로 살다 보면 같은 언어로 이야기를 해도 서로 알아들을 수 없는 상황이 생기곤 한다.

알아들을 수 없는 이야기, 이해할 수 없는 상황들이 겹치고 포개져 선재의 시야를 뿌옇게 가리고 있었다.

이렇게 명료하지 않은 것, 딱 질색이다.
"무슨 말인지, 내가 알아듣게 이야기해."
잠시 후, 할 수 없다는 듯이 어깨를 으쓱거리며 찬경이 말했다.
"사고가, 있었다."

그와 헤어질 수 없다며 바다에 뛰어들던 여자는 그가 죽었다는 소식을 듣고 찻길로 달려나가 버렸다고 한다. 그 대가로 자신을 잊고 다른 남자에게 의지해야 했다고 한다.
식은 올리지 않았지만 이 여자는 이미 그놈의 여자라 한다. 그런데 지금 와서 남편이라는 작자가 나타난다면······.
찬경이 놈이 음울한 어조로 예언하듯 말했다.

―죽을 거다. 죽어 버릴 거야. 최소한, 죽을 만큼 괴로워할 거다.

선재는 믿을 수 없었다. 그래서 이렇게 그녀를 찾았다.
하지만 지금 여자의 모습을 보니, 그 저주받을 악당 놈의 말은 거의 사실로 보였다.
'바보 같으니.'
남자는 마음속으로 탄식했다.
그래도 죽으려고 하진 말지. 어떻게든 살아서 버티려고 해 보지. 나를 잊어버리지 말지. 나는 너 때문에 어떻게든 살아서 버텼는데, 그리고 돌아왔는데 너도 제정신으로 살아서 버텨 주지.

그녀가 살아 있음에 안도하고, 그녀가 목숨을 버리려 했음에 가련하고, 그녀가 자신을 잊었음에 분노한다.

지금처럼 저 여자의 불같은 성질머리가 증오스러운 적이 없었다. 지금처럼 그녀가 미운 적도 없었다.

그래서 여자를 보는 그의 눈빛과 목소리는 갈수록 까칠해졌다.

"댁이 박성례든 박쌀례든 제가 알 바는 아닙니다만, 따라오시죠. 상처에 물을 뿌리면 어쩌자는 겁니까."

"제 손이 어떻든 그것도 선생님이 아실 바는 아니죠."

과거를 잊었어도 고집스러운 건 여전한 여자의 반박에 남자는 내심 한숨을 내쉬고 퉁명스레 대꾸했다.

"그쪽 손이 덧나면 봉사 일정에 차질이 생깁니다."

차가운 얼굴, 차가운 목소리로 그리 말하면서 남자는 뜨겁게 느껴지는 알코올을 그녀의 손에 부어 주고 붕대를 감아 주었다.

낯빛도 차고 목소리도 찬데, 그 손길은 따뜻했다.

그녀를 대하는 태도는 찬데, 그녀의 아이를 대하는 태도는 살가웠다.

이상한 남자다.

하지만 그 뒤로 2주에 한 번씩 그 이상한 남자를 대하는 순간을 여자는 기다리게 되었다.

여자아이의 머리카락은 까치가 알을 낳는 새둥지 모양 비슷하게 보일 만큼 엉망진창이었다. 오래도록 빗지 않아서 사방으로 삐죽 솟아난 어린 여자아이의 머리칼을 쌀례는 조심조심 참빗으로 빗어 내렸다. 하지만 머리카락이 억센 데다 이리저리 엉켜서 빗이 잘 내려가지 않았다. 불편해서 온몸을 움찔거리던 여자아이는 급기야 울음을 터뜨리고 말았다.

"으아아아앙…… 아파요."

"알아. 미안. 하지만 참아야 해."

쌀례는 될수록 상냥하게, 하지만 단호하게 말했다.

손이 아무는 지난 2주 동안 아이들 머리칼을 돌봐주지 못했더니 그 사이 애들 머리 속에 서캐(머릿니의 알)가 늘어났던 것이다. 새둥지 같은 머리에 새 알 대신 머릿니 알이 자리를 잡았다. 하늘님, 맙소사.

이대로 두면 가렵기도 하거니와 티푸스나 두드러기로 발전되어 다른 아이들에게 전염될 수도 있었다. 그러니 이 새둥지 같아 보이는 머리에서 어떻게든 머릿니 알을 박멸해야 한다.

쌀례는 참을성 있게 머릿니 때문에 가려워하는 아이들의 기름진 머리칼을 참빗으로 빗어 내리고 거의 남자아이들만큼이나 짧게 귀 바로 아래까지 치켜서 머리를 깎았다.

"하지만 그걸로는 깨끗해지지 않을걸요. 차라리 삭발을 하시죠."

곁에서 쌀례와 고아원 아이들의 악전고투를 지켜보고 있던 누군가의 무뚝뚝한 목소리가 쌀례를 자극했다.

그녀에게 나잇값도 못한다고 했던 그 남자. 선생님이다.

여자는 이제까지 상냥한 미용사 아줌마의 탈을 집어치우고 제법 날카로운 목소리로 남자에게 대꾸했다.

"여자아이잖아요. 삭발이라뇨!"

그렇다. 형편상 곱게 댕기머리까진 하지 못하여도 삭발이라니. 그건 너무 가혹하지 않은가.

하지만 남자 쪽 반론도 만만치 않았다.

"내가 살면서 그것처럼 끈질긴 존재는 본 적이 없어요. 싹 자르고 DDT 뿌리는 게 가장 확실한 방법입니다. 저 아이가 서캐 때문에 티푸스라도 걸리면 그쪽이 책임질 겁니까?"

얄밉도록 차분한 반박에 쌀례는 당장 할 말이 없었다.

그렇다. 머릿속 알들은 조만간 머릿니가 될 것이고, 머릿니는 아이들 두피를 갉아먹을 것이고, 피를 흘리게 할 것이며 그 상처로 티푸스나 발진이 될 수 있다. 그것도 함께 먹고 자고 노는 다른 아이들의 머릿속으로 끊임없이 옮겨 다닐 것이다.

무엇보다…….

"작은 쌀례한테도 옮으면 어쩌려고 그러십니까? 어, 머, 님."

완벽한 패배였다. 눈앞에서 자신의 머리카락을 둘러싸고 미용사 아줌마와 선생님 아저씨가 설전을 치르고 있는 것을 보고 있던 여자아이는 입이 바싹 말라감을 느꼈다.

그날 해가 질 무렵까지 여자아이든 남자아이든 모두 동자승마냥 머리를 치켜 깎았다.

서로 눈앞 친구들의 파르라니 깎은 머리를 쓰다듬어 보다가 잘려나간 머리칼이 아쉬워 울먹거리는 아이들도 있었고, 더 이상 가렵지도 않고 시원한 느낌에 만족감을 표시하는 아이들도 있었다.

머리를 깎은 아이들에게 '선생님'의 제안대로 DDT를 뿌렸다.

농사지을 때 벌레 죽이는 데 쓰는 약을 사람에게 뿌리다니. 희한한 세상이다.
 머리 위로, 벌거벗은 여린 몸뚱이 위로 뿌려지는 흰 줄기의 느낌이 낯설기도 할 것인데 아이들의 빠진 앞니 사이로 천진한 웃음들만이 줄줄이 새어 나올 뿐이었다. 그 웃음들을 지켜보면서 문득 쌀례는 옆에 서 있는 남자에게 말했다.
 "용케도 약을 구해 오셨네요. 여기 원장 수녀님도 구하기 어렵다고 하시던데요."
 남자는 심상한 어조로 대꾸했다. 역시 시선은 아이들에게로 향한 채로.
 "미군 쪽에 아는 사람이 있어서요."
 대답은 늘 그렇듯이 무뚝뚝했고, 짧았다. 이 사람은 늘 그렇다. 찬경이라면 구하기 힘든 물건을 구해다 주었을 때 어떤 방법으로 자신이 그 귀한 물건들을 차지했는지, 자신의 영리함, 자신의 능력을 과시하면서 그 과정들을 우스갯소리를 섞어 가며 들려주었을 텐데. 이 남자는 그녀에게 말하는 것이 귀찮다는 듯이 어떤 말이든 짧고 간결했다. 늘 물처럼 조용히, 나무처럼 고요하게 옆에 서 있을 뿐이었다.
 순간 여자는 남자의 그 무표정한 얼굴을 골려 주고 싶다는 충동에 갑자기 생각났다는 듯이 물었다.
 "그런데 말이에요, 선생님. 선생님도 머리에 서캐 키운 적 있으세요?"
 순간 아이들을 보고 있던 남자의 시선이 그녀를 향했다.
 쌀례는 옥같이 맑고 하얀 남자의 얼굴이 귓불부터 은은하게 달아오르는 것을 볼 수 있었다.
 '어라? 그냥 한번 잔잔한 호수에 작은 돌멩이를 집어 던져 보았을

뿐인데 의외로 파문이 꽤 큰걸?'
 언제나 바위처럼 완고하고 얼음처럼 차갑다고 생각했던 그 얼굴이 발그레 달아오르다니. 그 모습에 당황한 여자가 더듬더듬 중얼거렸다.
 "아, 아니, 아까 그것처럼 끈질긴 건 본 적이 없다고 하셔서……."
 잠시 후, 민망함에 고개를 숙이고 있던 여자의 머리 위로 남자의 조용한 목소리가 들려왔다.
 "군대에 있을 때요. 지독했어요."
 선재는 그때를 기억하며 쓴웃음을 머금었다.
 이 여자와 헤어져 지낸 그 시절 자체가 지독하긴 했지만 태어나서 처음 경험했던 머릿니는 그중에서도 지독한 축에 속했다.
 다리 한쪽이 부서져 나간 것보다야 약하다고 할 순 있겠지만 머릿니라니. 경성 제일의 귀공자 한선재의 머리에 벌레가 기어 다니고 그 벌레가 알까지 낳았던 것이다.
 같은 군복을 입고 있긴 했지만 함께 있던 병사들은 각각 다른 과거를 지니고 있는 사람들이었다.
 농사짓다 온 사람도 있었고, 산에서 벌목을 하다 온 사람도 있었고, 소를 잡다 온 사람도 있었고, 교실에서 수학 문제를 풀다 온 사람도 있었고, 공장에서 기계를 돌리다 온 사람도, 자신처럼 검사 노릇하다 온 사람도 있었다.
 하지만 같은 군복을 걸치고 나서 그들에게는 추위와 배고픔, 언제 죽을지도 모른다는 공포, 가족들에 대한 그리움, 그리고 머릿니가 주는 죽을 듯한 간지러움이 공평하게 찾아왔다.
 벌레를 잡기 위해 농작물에나 뿌리는 건 줄 알았던 제초제를 사람 머리에도 뿌릴 수 있다는 걸, 자신의 머리카락에서도 벌레가 알을 낳고 기어 다닐 수 있다는 걸 깨달으면서부터 과거 경성 제일의 귀공자는 온실 속 화초 같았던 자신과 작별했다.

그리고 이렇게 살아 돌아와 이런 식으로라도 다시 만난 아내에게 고백하고 있는 것이다. 머릿속에 기어 다니는 벌레는 참 지독했노라고.

그 길고 긴 사연을 목 안으로 삼킨 채 그저 짧게 '지독했어요.'라고 말하는 남자에게 여자는 조심스레 다시 물었다.

"지금은…… 괜찮으신 건가요?"

다시 남자의 귓불이 새빨갛게 달아올랐다. 내심 울컥함을 느끼며 남자는 더욱더 뚝뚝한 어조로 말했다.

"물론입니다."

"다행이네요."

남자의 단호한 대답에 여자는 정말 다행이라는 듯이 해맑게 미소 지었다.

그러고는 뜬금없이 그에게 말했다.

"지금부터 하려는 일은 머리에 이가 없는 깔끔한 분이 도와주셨으면 하는 일이라."

그것은 선재가 이제까지 한 번도 본 적이 없는 엄청난 크기의 가마솥이었다.

족히 쌀 한 말을 부어 한꺼번에 밥을 지을 만큼 거대했다.

"쌀이 있었으면 참 좋았겠지만요."

마치 자신의 아기 머리를 쓰다듬듯이 솥뚜껑을 손바닥으로 정성껏 쓸어내리며 여자는 중얼거렸다.

당장 빈속에 살충제에 노출된 아이들이 속이 메스껍다며 구역질을 하고 있으니 무어라도 먹이고 싶었다.

할 수 있다면 이 솥으로 한가득 밥을 지어서 따뜻한 밥을 배불리 먹이고 싶은데, 그 정도의 쌀이 지금 당장은 없었다. 구호 단체나 높으신 어르신의 방문이 없는 달은 식량 사정이 어려웠기 때문이다.

그래서 여자는 밥 대신 다른 것을 만들려는 모양이었다.

"일단 이것들 좀 날라 주세요."

여자는 선생님이라는 남자에게 창고에 있던 무쇠 가마솥과 밀가루 포대들을 마당으로 옮겨 달라고 했다. 그리고 그 여자 역시 한순간도 쉬지 않고 종종걸음으로 무언가를 끊임없이 날랐다.

벽돌을 몇 개씩 주워 나르더니 어느새 고아원 마당에 임시 아궁이를 쌓아 올렸다.

또 물을 길어오고 땔감을 주워 나르더니 아궁이에 불을 피우고 가마솥에 물을 끓였다.

물이 끓는 동안 여자는 익숙한 손길로 밀가루를 꺼내 반죽을 시작했다. 분첩처럼 하얀 가루들이 공기 중에 흩날리고 그녀의 이마, 눈가, 코, 뺨에 들러붙었지만 아랑곳하지 않고 익숙한 손길로 반죽을 치댔다.

팡ㅡ. 팡ㅡ. 팡ㅡ.

작은 손이 박자를 맞춰 반죽을 때렸다. 그 소리에 맞춰 여자는 콧노래를 불렀다.

어쩐지 흥에 겨워 하는 그 모습을 선재는 홀린 듯이 지켜보았다.

밀가루로 마법을 부리는 것처럼, 그녀는 하얀 가루들을 덩어리로 만들고 다시 그것을 얇디얇은 반죽으로 만들었다. 쟁반처럼 넓은 반죽을 하나하나 한입거리로 정성스럽게 떼어 내어 보글보글 끓기 시작하는 국물 속으로 떨어뜨렸다.

　넓은 가마솥에 멀건 국물이 끓어오르기 시작했다.

　여자는 소금을 좀 뿌리고 넣을 수 있는 모든 것들 - 시든 야채와 무시래기 같은 - 을 한 줌 풀어 넣고는 커다란 나무 주걱으로 휘저었다.

　여자의 이마에서 구슬 같은 땀방울이 흘러내렸다.

　그 땀방울들이 지는 햇살에 반짝여서 지켜보고 있는 남자의 눈에는 마치 진주 구슬처럼 보였다.

　솥에선 구수한 냄새가 피어오르고 여자의 주변에 아이들이 옹기종기 모여 끼니를 기다리고 있었다.

　그 풍경을 말없이 바라보면서 남자는 그 순간 생각했다.

　'정말, 돌아왔구나. 살아서.'

　이제까지 대수로운 것을 바란 것은 아니었다.

　살아서 아내를 다시 보고 싶었다.

　아내가 만드는 음식 냄새를 맡고 싶었다.

　같이 배부르게 먹고 싶었다.

　그 손을 잡고 싶었다.

　작은 그 어깨를 안고 싶었다.

　그저 그뿐이었다.

　지금 당장은 당신의 이름을 부를 수도, 우리 아이를 함께 안아줄 수도, 당신의 거칠어진 작은 손을 만질 수조차 없지만, 그래도 살아 돌아와서 다행이다.

　남자는 속으로 그렇게 속삭였다. '다행이다. 다행이다.'라고.

멀건 소금국에 얇은 밀가루 반죽, 빈약한 채소 몇 줄기가 둥둥 떠다니는 수제비는 어쩐지 이 귀티 나는 남자에겐 어울리지 않아 보였다. 한 대접 가득 담기는 했지만 어쩐지 그에게 내밀기가 민망해서 쌀례는 겸연쩍은 목소리로 중얼거렸다.

"거친 음식이라, 입에 맞으실지 모르겠어요."

'옛날부터 가난했고, 지금은 전쟁 때문에 더 가난해진 나라 백성인데 이런 음식도 먹을 수 있지.'

쌀례는 스스로에게 주문을 걸듯 그렇게 속삭였지만, 어쩐지 수제비 대접을 바라보는 그 남자를 보자니 긴장이 되는 것은 어쩔 수 없었다.

'아, 어디서 쌀이라도 구해 한 그릇이라도 밥을 지을 걸 그랬나. 하지만 어떻게 그래. 입이 이렇게 많은데.'

그렇게 조마조마한 마음으로 지켜보고 있는 여자의 마음을 아는지 모르는지 남자는 묵묵히 수제비 대접을 받아 들었다.

"잘 먹겠습니다."

처음에 여자는 그 소리가 예의상 하는 말인 줄 알았다.

하지만 곧 쉴 새 없이 부지런히 수저를 놀리는 남자를 보자니 그건 아닌 것 같았다.

'많이 시장했나 보다.'라는 감상을 넘어 '수제비를 참 좋아하나 보다.', 혹은 '먹성이 보기보다 좋구나.'라는 생각이 들 만큼 남자는 참으로 탐스럽게, 열심히 그녀의 수제비를 먹어 주었다.

옆에서 콧물을 흘리며 국물을 마셔 대는 고아원 아이들과 다를 것 없이, 그는 굶주린 듯이 악착같이 먹어 댔다.
 그 모습을 보고 있자니 여자는 어쩐지 두 눈이 뜨끈해졌다. 가슴이 뿌듯해지는 것도 같았다. 보고만 있어도 배가 부른 느낌이었다.
 그런 그녀의 상념은 옆에 앉아 콧물을 흘려 가며 수제비 국물을 떠먹던 작은 쌀례의 목소리에 의해 깨어졌다.
 "엄마, 나 물."
 "응? 그, 그래."
 허둥지둥 아이에게 물을 떠먹이면서 쌀례는 자신의 지금 이 마음을 누구도 몰라보길 바라고 또 바랐다.
 '내가 왜 이러지?'
 아무것도 아니다.
 '내가 만든 음식을 맛있게 먹어 주는 사람을 보면 기분이 좋아지는 건 당연한 일이잖아. 응. 입맛이 까탈스러울 것 같아 보이던 사람이 저렇게 잘 먹어 주는데 뿌듯한 게 당연하지.'
 마음 한쪽으로 그렇게 생각하면서도 여자는 저 사람에게 처음 만들어 대접한 것이 이런 가난한 수제비 한 사발인 것이 어쩐지 미안해졌다.
 말도 안 되는 생각인 건 알지만 그럴 수만 있다면 이런 소금국이 아니고 제대로 된 밥을 해 주고 싶었다.
 그래서 자신도 모르게 그녀는 불쑥 묻고 말았다.
 "뭐 좋아하는 음식 있으세요?"
 거의 절반 이상 그릇을 비워 가던 남자가 그릇에서 고개를 들고 그녀를 보았다.
 "예?"

표정이 없던 남자가 당황한 듯 되물었다. 순간 쌀레는 자신의 혀를 깨물고 싶었다.

'미쳤나 봐.'

하지만 한 번 시작했으니 도중에 그만둘 순 없지 않은가.

"전에 손 다쳤을 때 신세도 졌고, 선생님께 달리 해 드릴 것도 없어서……."

고개 숙이고 기어들어 가는 목소리로 그렇게 말하는 여자를 남자는 한동안 바라만 보았다.

하마터면 그는 바로 이렇게 말해 버릴 뻔했다.

'연자죽. 예전에 당신이 처가에서 만들어 준 그 죽 말이야. 전쟁터에서도 나 그거 정말 먹고 싶었어.'

아니면 이렇게 말할 수도 있었다.

'당신이 해 주는 거라면 뭐든지 좋아. 지금 먹고 있는 이 수제비도 좋아. 당신이 만든 건 뭐든지 좋아.'

하지만 그가 그렇게 답하기 전, 밖에서 누군가의 목소리가 들려왔다.

"미스터 한! 한 선생! 잠깐 나와 봐야겠어요!"

영어 악센트가 섞인 여자 목소리. 원장 수녀의 목소리였다.

곧 머리에 두포를 쓴 노수녀의 모습이 보였고, 그녀는 남자에게 다급히 말했다.

"집에서 급한 일이라고 사람이 왔는데……."

잠시 머뭇거리던 원장 수녀 뒤에 서 있던 개구진 표정의 사내아이 하나가 불쑥 그 뒤를 이어 말했다.

"진짜 선녀처럼 예쁜 아줌마가요! 선생님이 자기 피앙세래요! 선생님! 피앙세가 뭐예요? 선생님이 그 아줌마 새예요?"

피앙세. 약혼자.

또렷이 공기를 가르고 자신의 귓가에 들려오는 그 소리에 쌀례는 하마터면 자신의 수저를 놓칠 뻔했다.

하지만 다행히도, 정말이지 다행히도 그녀는 수저를 떨어뜨리지 않고 비교적 평온하게 딸아이에게 국물을 먹일 수 있었다.

오히려 곤혹스러워 하는 것은 남자 쪽이었다.

머리 위로 갑자기 떨어진 '피앙세' 소리에 평소 얼음처럼 차갑고 침착했던 남자는 눈에 띄게 곤란한 표정을 지어 보였다.

그는 쌀례를 한 번 보고, 작은 쌀례를 보고, 밥상을 보고, 호기심 어린 눈으로 자신을 바라보는 아이들과 원장 수녀를 보고, 다시 쌀례를 보았다.

무언가 입을 열어 말을 하려는데 문 밖에 선 원장 수녀가 그를 재촉했다.

"급한 모양이야. 아주 애타게 한 선생을 찾고 있어요. 집에 급한 일이 생겼다던걸? 서둘러요."

이런 젠장할. 남자는 튀어나오려는 욕설을 집어 삼킨 채 자리에서 일어섰다.

하지만 그가 일어서서 나가려는 그 순간까지도 여자는 시선 한 번 주는 일이 없었다.

뭔가 불안해져서 선재는 머뭇거리다 다 같이 들으라는 듯이, 하지만 자신을 보지 않고 있는 그녀에게 머뭇머뭇 말하였다.

"오해하지들 말아요. 그 친구가 장난 친 거니까."

순간, 여자가 고개를 들었다.

그제서야 여자가 어떤 표정을 하고 있는지 볼 수 있었는데, 여자의 표정은 그녀가 만든 수제비의 국물 맛처럼 담담했다.

'그게 저하고 무슨 상관인가요?'라고 되묻지도 않고, '약혼녀가 기다리시잖아요.'라고 빈정거리지도 않고 그녀는 말했다.

"안녕히 가세요."

문득 선재는 신혼 시절 묵묵히 자기 방을 거칠게 닦아 대던 어린 쌀레의 무서운 모습을 떠올렸다.

말 한마디 없이, 그저 걸레로 거칠게 방바닥을 닦아 대던 그 모습만으로도 충분히 공포 분위기를 조성해 내던 그 모습을.

왜 하필 그 모습이 떠오르는지 알 수 없었지만 말이다.

2주 뒤 선재가 다시 고아원을 찾았을 때 그곳 풍경은 당연한 일이지만 토씨 하나 달라진 것이 없었다.

동자승처럼 맨질맨질했던 아이들의 머리에 시간이 흐른 만큼 파릇하게 머리칼이 돋아나기 시작했다는 정도만 제외하고는 변한 것은 없었다.

빠진 앞니 사이로 새어 나오는 천진한 미소도, 야윈 몸뚱아리에 올챙이처럼 볼록 튀어나온 배들도 그대로였다.

아이들을 돌보는 수녀들이나 찬모들, 그에게 인사를 건네는 다른 봉사자들 역시 그대로였다.

2주 전, 그녀가 종종걸음으로 돌을 날라 만든 임시 아궁이도 여전히 마당 한복판에 자리하고 있었다.

그런데 어쩐 일인지 그녀만 없었다.

차마 '그 사람, 머리칼 만져 주는 미용사, 아니 우리 쌀례 어디 있습니까?'라고 물을 수는 없는 노릇이었다.

그의 시선이 어지럽게 고아원 안을 살폈다.

5년 가까이 못 보고 산 세월도 있었건만, 지금도 매일 함께할 수 없는 사이건만, 그녀의 모습이 보이지 않는 건 불안하다.

그렇게 한참을 찾아 헤맨 끝에, 선재는 볼 수 있었다. 부엌에서 산처럼 쌓인 식판을 혼자 묵묵히 설거지하고 있는 쌀례를. 정확히 말하자면, 그 자그마한 여자의 뒷모습을.

그로부터 완전히 등을 돌리고 있었고, 처음 보는 옷을 걸치고 있었는데도 선재는 한눈에 그 여자가 자신의 쌀례임을 알아보았다.

무쇠솥에 밥을 지을 때도 그렇지만 여자는 시원시원 거침없는 동작으로 그릇들을 닦아 대고 있었다.

그러다 간간이 이마에 흐르는 땀도 닦았고, 한숨도 쉬는 것 같았다.

어쩐지 힘들어 보이는 그 모습에 남자는 불쑥 말을 걸었다.

"안녕하십니까."

순간 여자의 동작이 정지되었다.

돌아보리라 생각했는데 그녀는 여전히 설거지통에만 눈길을 준 채로 그는 보지 않고 말했다.

"안녕하셨어요."

완고한 그 여자의 목소리. 고집스럽게 돌아보지 않는 그 여자.

선재는 내심 한숨이 나왔지만 목마른 쪽이 우물을 판다고 하지 않던가. 남자는 팔소매를 걷어 올리면서 그녀가 쭈그리고 앉아 있는 설거지통 앞에 긴 다리를 구부리고 나란히 앉았다.

"도와드리죠."

"괜찮아요. 선생님이 하실 일도 아니고요."

그를 보지 않은 채로 여자는 덤덤히, 그러나 단호하게 거절을 표시했다. 더 이상 그를 상대하고 싶지 않다는 듯이 여자는 설거지통 앞에서 몸을 일으켰다. 그러고는 설거지통 옆 소쿠리에 작은 동산처럼 쌓아 올린 씻은 그릇들을 두 팔로 힘겹게 들어 올리는 것이 아닌가.

"으라차!"

한눈에 보기에도 무시무시하게 무거워 보이는 그릇 동산을, 언제 무너질지 모르게 아슬아슬 쌓아 놓은 그릇 탑을 여자는 기합 소리를 넣어 가며 혼자 들어 옮기려 하고 있었다.

그 모습을 보고 있자니, 남자는 불끈 짜증이 솟구쳤다.

"힘든 일은 하지 좀 말라구요. 몸 좀 아껴요. 도와준다니까!"

"됐다니까요!"

그릇 더미를 빼앗으려는 남자와 고집스레 뺏기지 않으려는 여자의 티격태격 실랑이는 곧 그 위태롭던 그릇 탑이 우르르 무너지면서 끝장이 나고 말았다.

힘들게 씻어 낸 그릇들이 흙바닥에 뒹구는 것을 보고 이제 여자의 눈동자에 불꽃이 튀기 시작했다.

"그러니까! 상관하지 마시라고 했잖아요! 제가!"

사실 흙 묻은 그릇들이야 다시 씻으면 된다. 그런데 이상도 하지. 여자는 가슴에서 벌컥벌컥 화가 치밀어 오름을 느끼고 있었다. 이제 옥같이 맑은 저 남자의 잘난 얼굴을 보는 것도 화가 난다. 저 나직하지만 들을 때마다 기묘한 울림이 느껴지는 깊은 목소리를 듣는 것도 싫다.

궁색한 수제비 한 그릇을 허겁지겁 먹어 대는 그 모습에 짠하고 뿌듯해하던 자신이 쌀례는 바보 같았다.
하지만 자신도 설명할 수 없는 이 못난 마음을 저 남자에게 들킬 수는 없었다. 그래서 여자는 그저 흙바닥에 나뒹구는 그릇들에 정신이 팔린 척 허리를 숙여 그릇들만 줍고 또 주웠다.
그런 여자의 머리 위로 남자의 단호한 목소리가 들려왔다.
"나한테 약혼녀는 없어요."
순간 그릇을 줍던 여자의 손길이 멈추어졌다.
"어릴 때부터 친구였던 사람이에요. 그저 장난이었다구요."
허리 굽혀 땅바닥에 떨어진 그릇을 줍던 여자는 다시 허리를 펴고, 고개를 들고, 남자의 얼굴을 바라보았다.
쌍꺼풀 없이 커다란 여자의 눈동자가 치열하게 그를 보고 있었다.
"약혼했다는 말은 절대로 농담일 수 없어요. 제가 알아요. 저도 약혼자가 있으니까요."
한 번에 내지르듯 쌀례는 남자의 눈을 똑바로 보면서 그렇게 쏘아붙였다.
거기까지 단숨에 말하고 보니, 문득 여자는 자신이 왜 화를 냈는지, 지난 2주 내내 누구에게 화를 내고 있었는지 알 수 있을 것만 같았다.
그렇다. 저 남자에게 선녀처럼 아름다운 약혼녀가 있듯이, 자신에게도 자신과의 혼인을 기다리는 약혼자가 있었다.
그런 주제에 다른 남자의 목소리에 귀 기울이고, 궁금해하고, 그가 먹는 모습에 흐뭇해했다. 그에게 아름다운 약혼녀가 있다는 소리에 하마터면 밥숟가락을 떨어뜨릴 뻔할 만큼 당황하지 않았던가. 기억도 못 하는 딸아이의 아버지를 서둘러 잊어버리고 다른 남자와 약혼까지 했다는 내가 이제 또 다른 남자를 보고 있었다.

여자는 스스로 박쌀례라는 여자에게 구역질이 날 지경이었다.
이래서야 지난겨울 동네 아이들이 말했던 '화냥년' 소리가 틀린 것이 없지 않은가.

여자는 고소를 머금었다. 그런데 그 쓴웃음은 남자의 다음 목소리에 의해 깨어지고 말았다.

"왜 약혼했습니까?"

그 순간 여자는 자신의 귀를 의심했다. 왜 약혼을 했냐니. 이게 서로 안 지 몇 달밖에 안 된 사이에 할 수 있는 질문인가? 아니, 절대 아니다. 무례하기 짝이 없는 질문이었다. 점잖은 얼굴을 하고, 조금은 불량스러운 자신의 약혼자보다 더 무례한 질문을 하다니.

"청혼을 받았으니까요."

여자의 새침한 대답에 남자는 피식 비웃음을 날렸다.

"결혼하자고 청하기만 하면 누구하고든 결혼하시나 보죠?"

그녀는 기억하지 못하고 있지만 5년쯤 전 그도 이 여자에게 청혼이라는 걸 했었다. 여자는 승낙해 주었고 그들은 첫 혼인을 한 지 7년 만에 부부로 맺어졌었다.

하지만 이 모든 사실을 깡그리 잊어버린 멍청한 여자는 자신을 비웃는 듯한 그의 지적에 모욕감을 느끼며 파르르 치를 떨었다.

"점잖으신 분인 줄 알았더니 제가 사람을 잘못 봤나 보네요. 앞으론 아는 척 말아 주세요."

'절교'라고 하기엔 우습지만 그렇게 칼같이 절교를 선언하고 여자가 몸을 돌리려는데 남자는 그렇게 쉽게 그녀의 절교 선언을 받아들일 생각이 없어 보였다. 그는 긴 다리로 재빨리 그녀를 쫓아갔다. 그러고는 만나서 처음으로 그 여자의 손목을 강하게 움켜잡았다.

"무슨 짓이에요? 사람을 부를 거예요!"

당황, 혹은 발끈한 채로 자기 손을 뽑으려 애쓰는 여자에게 남자는 뚝뚝한 목소리로 대꾸했다.

"부르세요. 하지만 그 전에 한 가지 물읍시다."

"뭘요?"

"그 약혼자, 사랑하십니까?"

오늘, 참 여러 가지로 이 남자는 그녀를 곤혹스럽게 만들고 있었다. 내가 왜 그 지극히 비밀스러운 사생활을 잘 알지도 못하는 당신에게 말해야 하는 거지?

쌀례는 순간적으로 이렇게 말하고 싶었다. 고개를 치켜들고 당당하게.

'네. 사랑해요. 당연한 것 아니에요?'

하지만…… 이상도 해라. 그 당연한 대답이 목구멍에 걸려 도무지 나와 주질 않았다.

남자는 집요하게 그녀의 손목을 잡고 대답을 재촉했고, 여자는 곤혹스러워 하면서도 아무 말도 못 했다.

그렇게 시간이 정지된 것 같던 그때, 어딘가에서 그녀를 부르는 목소리가 들려왔다.

"쌀례 엄마! 작은 쌀례 엄마! 거기 있수? 좀 나와 봐요!"

순간 그때까지 두 사람 사이에 팽팽하게 흐르던 긴장감은 거짓말처럼 자취를 감추었다.

남자는 여자의 손목을 놓아 주었고, 여자는 그로부터 몸을 돌려 서둘러 자신을 찾는 사람들에게 뛰어갔다. 아니, 사실을 말하자면, 도망을 갔다.

원장 수녀를 비롯한 고아원 아이들, 직원들, 누구보다 쌀례의 시선이 어리둥절한 채로 '그것'을 향했다.
 고아원 마당까지 들어온 트럭, 그 짐칸에 수북이 쌓인 자루들 때문이었다.
 이곳까지 짐을 싣고 운전을 해 온 기사가 쌀례를 보자마자 모자를 벗고 깍듯이 허리를 굽혔다.
 "진지 드셨습니까, 형수님! 경이 형님 명령으로 전해 드릴 것이 있어 왔습니다."
 알고 보니 찬경이 보내온 것들이었다. 그렇지 않아도 미용실에서 돈 번다고 얼굴 보기 힘든 약혼녀가 2주에 한 번 봉사까지 나간다니, 도대체 약혼자인 자신이 이렇게 약혼녀의 얼굴을 보기 어려워도 되는 거냐고 투덜거렸던 그가 어쩐 일인지 그녀를 위해 트럭 가득 무언가를 보내온 것이다.
 자루를 풀어 본 사람들의 입에서 탄성이 흘러 나왔다. 자루에 한가득, 그것은 전부 둥글고 맑은 빛깔의 쌀알들이었다. 쌀례는 손바닥 가득 쌀 한 줌을 쥐어 보고는 얼떨떨한 듯 중얼거렸다.
 "그냥 밥 한번 지어 보고 싶다고 했을 뿐인데……."
 멀건 소금 국물에 반죽 아껴 가며 뜯어 넣은 밀가루 수제비 말고 갓 지은 따뜻한 밥을 아이들과 먹고 싶다고 지나가듯 말했던 그녀의 소망을 찬경은 잊지 않고 들어주었던 것이다. 손 큰 윤찬경 사장답게 트럭 한가득 쌀자루를 쌓아 올려서.
 그의 마음만큼 높다랗게 쌓인 쌀자루들을 보면서 문득 쌀례는 방금 전 그 이상한 선생님에게 받았던 질문을 떠올렸다.

―왜 약혼했습니까?

청혼을 받았기 때문이라고 단순하게 그렇게 대답했었지만, 사실 한 가지 이유가 더 있기도 했다. 의지가 되었기 때문이다. 한 치 앞도 어찌될지 모르는 이 험한 세상에서 어린 딸과 단둘이 버티고만 있던 그녀에게 찬경은 손을 내밀어 준 고마운 사람이었다.
시리도록 차가운 겨울 강물에 빠져 있었던 자신을 수면 위로 끌어올려 준 사람. 송곳처럼 찌르고 들어오던 그 한기를 이겨 내고 다시 살아갈 수 있도록 해 준 사람. 사랑받는 것이 어떤 것인지 넘치도록 알게 해 준 고마운 사람.
그래서…… 옆에서 늙기로 결심하게 된 사람이 바로 그였다.
종잡을 수 없고, 가끔 뭔가 그녀 자신이 설명할 수 없는 아슬아슬함을 풍기는 사람이기도 했지만 그래도…… 고맙고, 미안하고, 믿으면서도 믿지 못하는 이 기묘한 감정은 아마도 세월이 가면 누그러질 것이다. 그럴 것이다.
그렇게 마음을 가다듬고 여자는 트럭 짐칸에서 땅 위로 내려오는 쌀자루를 받아 들었다.

쌀자루를 보고 있는 사람들은 아이들이나 어른들이나 모두 들뜬 얼굴을 하고 있었다.

그 선봉에서 그가 아는 여자가 명랑한 목소리로 이렇게 말하는 것을 선재는 들을 수 있었다.
"오늘은 하얀 쌀밥 한 끼 배부르게 먹어 보자."
한 끼라고? 저 정도 쌀이면 넉넉잡고 고아원 식구들과 허드렛일을 도와주는 봉사자들까지 삼시 세끼 보름은 먹을 수 있는 엄청난 양이었다.
문득 선재는 오늘 자신이 자전거 뒷자리에 싣고 왔던 쌀 포대를 허탈하게 바라보았다.
지난번에 소금국에 수제비 반죽을 뜯어 넣으며 '쌀이 있으면 좋을 텐데요.'라던 쌀례의 말이 걸려서 챙겨 온 것이었다.
나름, 받으면 좋아할까 설레기도, 순순히 받아줄까 두렵기도 한 마음으로 가져온 것이었지만, 지금 이 미묘한 상황에서 저 빈약한 쌀자루를 내놓을 수는 없는 노릇이었다.
문득 선재의 시선이 트럭 짐칸에 놓다랗게 쌓여 있는 쌀자루를 향했다.
평생 쌀알 모자라는 법 없이 풍요롭게 살라는 염원에서 쌀례라는 이름을 가진 여자의 남편으로 산 지 수년째. 이제 배고픔을 알게 되었고, 쌀의 은혜도 알게 된 그였지만 연적이 보낸 쌀자루가 마냥 고와 보일 리는 없었다.
성곽처럼 높다랗게 쌓인 쌀자루 더미를 노려보며 선재는 중얼거렸다.
"윤찬경, 이 개자식!"
다시 만난 직후 두 눈 똑바로 뜨고 남의 아내를 자기 여자라고 선언한 놈답다.

비열하고 유치한 놈.

남에게서 강탈한 재산으로 이렇게 돈 자랑을 해 대다니.

그리고 아무리 기억을 못 한다고 해도 그놈이 보낸 쌀자루에 행복해 보이는 저 여자의 눈빛이라니.

화가 난다. 미치고 팔짝 뛸 것만 같다.

그렇게 멀찍이 떨어져 쌀자루를 노려보고 있는데 고아원 사무장인 김씨가 그에게 손짓을 했다.

"거기 선생! 쌀자루 좀 같이 둡시다! 일손이 모자라요!"

이제 기가 막히고 허탈하다 못해서 선재의 입술에선 쓴웃음이 피어올랐다.

그래, 누가 보낸 쌀이든, 무슨 돈으로 마련한 쌀이든 쌀은 쌀인 것이다. 먹고 살지 않으면 죽을 수밖에 없는 목숨 같은 쌀.

속에서 울컥울컥 튀어 오르려는 화를 눌러 삼키면서 선재는 쌀자루 앞에 가까이 다가갔다.

그리고 그중 하나를 막 어깨에 짊어지려는 그때, 한순간 자루 밑바닥에 찍힌 인장(印章)이 그의 눈길을 사로잡았다.

'이건…….'

주의해서 보지 않으면 그냥 지나갈 만큼 귀퉁이에 찍혀 있는 그것은 그가 얼마 전 서류에서 보았던 인장과 거의 비슷했다.

아니, 똑같았다.

미국에서 해상군함 편으로 굶주린 한국 땅에 보냈다던 구호 식량.

하지만 항구에 도착하자마자 그 엄청난 밀가루와 쌀들은 다른 구호품들과 함께 상당수 연기처럼 사라져 버렸다고 했다.

준 쪽에선 신경 써서 원조한 물건도 제대로 인수하지 못했느냐고 불편한 심경을 내비쳤고, 이런 식이면 원조를 계속할 수 없다는 무시무시한 소리까지 튀어나온 상황이었다. 그렇게 받았으나 받지 못한 쪽에서는 물건의 행방을 찾을 길 없어 난감해 하고 있던 그때, 돌연 쌀자루들이 발견되었다. 그 어떤 물건도 취급하지 못하는 것이 없다는 불법 야시장에서.

그런데 지금 그것과 같은 인장이 찍힌 쌀자루가 그의 눈앞에 나타났다. 이건, 무슨 뜻인가.

"미스터 한! 넋 놓고 있지 말고 좀 도와줘요!"

트럭 앞에서 하염없이 쌀만 노려보고 있는 그에게 원장 수녀가 소리쳤다.

그 소리에 남자는 비로소 정신을 차린 듯, 어깨 위로 쌀자루를 짊어지고 묵묵히 밥을 짓는 여자 앞에 옮기기 시작했다.

"네. 거기 놓아 주세요."

아이들 머리칼을 가위로 다듬는 것만큼이나 무쇠솥에 밥 짓는 일을 잘하는 그 여자는 무표정한 얼굴로 쌀자루를 날라 주는 그 남자를 슬쩍 곁눈질로 살폈다.

하지만 방금 전 '청혼만 받으면 아무나하고 결혼합니까?'라고 모욕적인 언사를 내뱉은 그 인간과 동일인물이라고는 믿을 수 없게, 남자는 예전처럼 무표정하고 차분한 몸짓으로 그녀의 옆에 쌀자루를 옮겨 주고 묵묵히 돌아갔다.

그날, 찬경이 보내 준 쌀은 무쇠 가마솥에서 윤기가 자르르 흐르는 밥이 되었다. 아마 박쌀례가 지은 것 중 가장 잘된 축에 속하는 밥이라 생각되지만, '선생님'은 그날 저녁 그 밥을 함께 먹지 않았다.

그날 밤 홀로 해가 진 고아원 마당 한가운데, 자신이 만든 아궁이

위 무쇠 가마솥을 열어 보며 쌀레는 한숨을 내쉬었다.
　무쇠솥 바닥에 남지 않으리라 생각했던 쌀밥이 남아 있었다.
　"그냥 같이 한술 뜨고 가지. 남자가 속 좁게."
　누구에게 하는 소리인지 그녀 자신도 깨닫지 못한 채 그렇게 중얼거리다가 여자는 주걱으로 솥단지 바닥을 박박 긁어 대기 시작했다.
　수제비처럼 탐스럽게 그 밥을 먹어 주지 않을까 기대했던 여자는 내심 실망했지만 그 실망은 온전히 그녀만의 것이었다.
　누구에게도 털어놓을 수 없다. 털어놓아서는 안 되었다.
　그저 늘 하던 대로 함께 밥을 먹지 못한 사람을 위해 따로 한 그릇 정성껏 퍼서 부뚜막에 올려놓아 둘 뿐.
　아궁이 옆에 그가 들고 왔던 작은 쌀자루가 놓여 있다는 것을 쌀레는 알지 못했다.

　그가 예고한 대로 고아원 아이들의 첫 받아쓰기 시험이 치러졌다.
　"자, 아는 대로. 있는 힘껏 보자!"
　종이와 연필을 받고 생애 첫 시험으로 긴장한 자그마한 얼굴들을 보며 쌀레는 미소 지었다. 그중에는 작은 쌀레도 있었다.
　'저 심각한 얼굴 좀 봐. 귀여워라. 나도 저런 때가 있었지!'
　그러다 문득 쌀레는 스스로에게 물었다.
　'저런 때? 언제?'
　뭐, 지금은 글자를 쓰고 읽을 수 있으니 나도 언젠가 글자를 배우기 시작한 때가 있었겠지.

사고 직후 병원에서 꾼 꿈에서는 혼인할 분 이름을 차창에다 적어 보려다 실패했었는데 아마 그 뒤에 배웠을 것이다. 그러니…… 괜히 하나하나 자잘하게 심각해지진 말자.

그렇게 마음을 다독였지만 그래도 이 풍경은 여자의 눈에 당황스러울 만큼 익숙했다.

좁은 교실. 책상 앞에 심각한 얼굴로 앉아 있는 낡은 옷차림의 학생들. 그리고…… 그들을 지켜보는 칠판 앞의 저 남자.

"자, 시작한다. 먼저 시험지에 본인 이름 쓰고. 1번……."

그의 목소리에 예순둘쯤 되는 작은 머리들이 일제히 책상 위 시험지를 향했다.

작은 쌀례도 심각한 얼굴로 또박또박 시험지에 글자를 적어 내고 있었다. 아직 시험을 볼 만큼의 실력은 아닌데도 떼를 써서 자기보다 나이 많은 아이들 틈에서 시험을 치고 있는 딸아이가 쌀례는 대견했다.

칠판 앞에 서 있던 남자도 양쪽으로 쫑쫑 땋은 머리를 하고 있는 작은 쌀례 앞을 몇 번이고 오가며 아이의 서툰 시험지를 내려다보면서 작게 웃었다.

봄 햇살이 비쳐 들어오는 천막 교실 안에서 문제를 부르는 그의 느릿한 목소리가 울려 퍼지고 적당한 긴장감과 열기가 뒤섞인, 그런대로 괜찮은 오후였다.

그 남자가 열 번째쯤의 문제를 낼 때까지 시간이 흐르고 작은 쌀례가 앉아 있던 자리 바로 앞에 수상한 쪽지가 굴러다니기 전까지는.

남자가 허리를 굽혀 쪽지를 열어 보았다.

삐뚤빼뚤한 글씨로 쓰여진 커닝 페이퍼였다.

"이것, 누구 거지?"

그 근처에 앉은 아이들 중 아무도 입을 열지 않았다.
숨 쉴 듯한 긴장감 끝에 작은 쌀례보다 두어 살 더 많아 보이는 사내아이의 목소리가 들렸다.
"작은 쌀례 쪽에서 굴러 왔어요."
그 신고에 남자는 작은 쌀례 앞에 섰다.
아이는 당황해서 그와 눈도 마주치지 못했다.
부드럽지만 단단한 목소리로 그가 물었다.
"이거, 네 것 맞니?"
"아, 아니요."
"정말?"
그때까지 뒤에서 구경만 하고 있던 쌀례는 두 번 이어지는 그의 다그침 – 아무리 친절한 어조라고 해도 그녀의 느낌에 그건 다그침이었다 – 에 무언가 울컥했다.
이 상황이 여자는 소름끼치게 불쾌했다. 그녀의 딸이 부정행위를 했을 리도 없을 뿐더러, 거짓말을 할 리도 없는데, 지금 저 남자는 '정말?'이라는 짧은 말 한마디로 딸아이를 거짓말쟁이로 몰아세우는 것 같았다.
여자의 입술에서 자신도 모르게 불쑥 한마디가 튀어나왔다.
"아니라고 하잖아요."
남자의 시선이 아이에서 그녀에게로 향했다.
"학부모님은 가만 계시죠."
"저희 아이는 거짓말할 아이가 아니……"
남자의 목소리는 더 차고 분명해졌다.
"가만 계시라고 했습니다. 아이한테 앞으로 무슨 일이 있을 때마다 어머님이 일일이 나서서 대신 변호해 주실 겁니까?"
"여섯 살도 안 됐다구요!"
반박하는 여자를 남자 역시 서늘한 눈초리로 노려보았다.
잠시 후, 차고 분명한 어조로 그가 말했다.
"나가 주시죠."
"뭐라구요?"
"수업에 방해가 됩니다. 나가 주세요."
여자는 기가 막혔다. 저 남자의 말이 틀린 것이 없다는 걸 어느 정도는 알고 있다고 해도 마음속에선 울컥울컥 분노가 치밀었다. 순간 그녀의 시선이 딸을 향했다. 어차피 재미로 참가한 수업이고 정식 교실도 아닌데 이런 힘들고 불쾌한 경험을 해야 할 필요는 없을 것이다. 여자는 눈빛으로 아이에게 '나갈까?' 물었다. 하지만 작은 쌀례는 엄마와 선생님을 한 번씩 둘러보더니 고개를 살래살래 내저었다.
그 모양을 보고 여자는 하마터면 딸 앞으로 달려가 소리칠 뻔했다.
'아니, 왜! 네가 너무 어려 이게 얼마나 끔찍한 상황인지 모르나 본데, 이건 정말 소름 끼치게 불쾌한 상황이야. 엄마는 그걸 알고 있어. 엄마는 네가 그 꼴 당하는 거 싫어. 너를 이런 상황으로 만든 저 남자도 싫어!'
그녀가 그 모든 소리를 뱉어 내기 전에, 남자의 단호한 목소리가 천막 안에 울려 퍼졌다.
"나가시라구요!"
이 교실, 저 목소리, 지금 내 마음의 욱신거림.
셋 다 싫지만, 셋 다 익숙했다. 뭐지, 이건?
그 누구에게도 물어볼 수 없는 의문을 품고 여자는 천막 밖으로 발걸음을 옮겼다.
하지만 다른 무엇보다…… 아, 저 남자! 정말 밉다! 밉다구!

그럼에도 불구하고 얼마 뒤 교실에서 나온 아이는 생글생글 웃고 있었다.
쌀례는 어처구니없다는 듯 작은 쌀례에게 물었다.
"뭐가 그리 좋아?"
'그런 일이 있었는데도.'
그러나 아이는 앞니가 활짝 드러나도록 웃으며 신이 난 어조로 말했다.
"선생님이 나 칭찬해 줬어, 엄마!"
'칭찬? 창피와 꾸중이 아니고?'
"무, 무슨 칭찬?"
"응. 내가 그림 잘 그리고 글씨 잘 쓴다고. 그 쪽지 글씨보다 내 글씨가 훨씬 낫대!"
그림이라니. 더더욱 영문을 알 수가 없다. 쌀례는 서둘러 작은 쌀례가 내미는 시험지 종이를 펼쳐 보았다. 순간 그녀의 눈동자가 동그랗게 확대되었다.
아이의 시험지는…… 절반이 '그림'이었던 것이다!
"이, 이게 뭐야?"
엄마의 질문에 작은 쌀례는 해맑게 웃어 보였다.
"응. 모르는 글자는 그림으로 그렸어. 나, 일기에도 그렇게 하는걸."
정말 숲속이라고 써야 할 부분은 나무 두어 그루가 그려져 있었다.

꽃이라는 단어도 'ㄲ'까지는 어떻게 쓴 모양이었지만 그다음은 헷갈렸는지 두 개의 'ㄱ' 자 다음에 꽃그림이 살포시 그려져 있었다. 거기다 커닝 페이퍼의 글씨와 필체도 달랐다 하니, 일은 쌀례의 예상보다 반듯하고 조용하게 마무리가 된 모양이다.

문득 쌀례의 시선이 천막 교실에서 막 나오는 '선생님'을 향했다. 아이들에게 인사를 받고 손을 흔들어 주던 남자의 시선 역시 그녀를 향했다.

아이들을 보고 웃던 그 미소가 작은 쌀례 앞에서 더 짙어졌다. 하지만 그 아이 곁의 큰 쌀례를 보는 시선은…… 차가웠다.

그 찬 시선에 여자는 기묘한 기분이 들었다. 마치 저 남자에게…… 야단을 맞는 것 같아서.

'내가 왜? 나는 잘못한 게 없는걸?'

하지만 남자의 생각은 다른 모양이었다.

"어떻게 여섯 살도 안 된 아이보다 못합니까? 엄마라는 분이."

느닷없는 비난에 여자는 얼떨떨한 얼굴로 되물었다.

"네?"

"수업 때, 그대로 아이 데리고 나가려고 하셨죠? 만약 그랬다면 그 뒤 어땠을까 생각해 봤어요?"

아이는 그대로 부정행위를 인정하고 도망간 것으로 간주될 수 있는 상황이었다는 것이다. 하지만 다행히 똘똘한 아이는 가지 않았고 남아서 자신의 결백을 입증했다.

쌀례는 당장 할 말이 없었다. 하지만 이렇게 야단을 맞는 것 같은 상황도 마음에 들지 않았다.

"진작에 말씀해 주셨으면 좋았잖아요. 우리 애 글씨랑 그 글씨랑 다

이상한 선생님 | 219

르다고. 그랬다면······."
 여자의 말에 남자는 한숨을 쉬었다. 그러고는 한심해 죽겠다는 얼굴로 중얼거렸다.
 "늘 그렇게 '다음'은 생각 안 합니까? 왜 그렇게 늘 제멋대로예요?"
 순간순간에 충실한 것이 이 여자라는 것을 알고 있다. 그런 여자이고 그렇게 영글어 간 건 알지만, 지금 상황을 이렇게 만든 것도 이 여자의 그런 성격 탓이다.
 헤어져야만 했던 그때, 바다에 뛰어들지 않고 가족들과 시모노세키로 갔다면, 자신이 죽었다는 소식을 듣고 찻길에 뛰어들지만 않았다면 지금 그들은 이런 꼴을 하고 있지 않을 텐데.
 순간순간이 진심인 당신을 사랑하지만, 지금은 그런 당신이 밉다.
 그런 그를 여자는 어리둥절한 눈으로 바라보았다.
 지금 낯선 남자의 비난이 뜬금없기도 하고, 그래서 화가 나기도 했지만, 또 어쩐지······ 서러웠다. 울고 싶은 마음으로 여자는 그에게 물었다.
 "혹시, 저를 아세요?"
 불쑥 튀어나온 쌀례의 목소리에 누구보다 놀란 것은 그녀 자신이었다.
 기억을 잃고 나서 한 번도 이런 식으로 누군가에게 물어본 적이 없었다. 자신의 머리에 성에가 끼었다는 것을 다른 사람들이 알게 될까 두려워서.
 하지만 지금 자신에게 '왜 늘 그런 식이냐'고 화를 내는 이 사람을 보자니, 저절로 그런 질문이 나오고 말았다.
 그들 사이에 튀어나온 그 질문에 여자는, 그리고 남자 역시 곤혹스러웠다.
　잠시 후 남자는 그녀의 시선을 외면한 채로 겨우 이렇게만 말했다.
　"무슨 말인지 모르겠군요."
　그의 차가운 반응에 여자는 당황한 듯 말을 더듬었다.
　"아, 아니, 늘 제멋대로라고 하시니까 절 아시나 해서요."
　남자의 시선이 그녀를 향했다. 처음 본 그때처럼, 참 여러 가지 색깔이 섞인 복잡한 눈빛으로. 하지만 그의 입술에서 나온 말은 그에 비해 퍽이나 간결했다.
　"뵌 이후는 늘 그랬던 것 같습니다만."
　그 간결하고 성의 없는 대답에 여자는 다시 발끈했다.
　'뭐야? 겨우 몇 번이나 봤다고!'
　순간 여자는 이 낯선 남자의 한마디 한마디에 일일이 신경 쓰는 자신이 한심하게 느껴졌다. 봄날 주말에 여기서 지금 뭘 하고 있는 건지.
　"수업은 끝난 것 같으니까 이만 가도 될까요?"
　어디까지나 예의상 한 질문이었다. 여자는 이미 아이를 데리고 이 까칠한 남자에게서 도망갈 마음의 준비가 되어 있었다. 그런데 '그러시죠.'라고 냉랭하게 대꾸할 줄 알았던 남자의 대답은 그녀의 예상을 빗나간 것이었다.
　"아뇨. 좀 더 계셔야 할 것 같은데요."
　"왜요?"
　뾰족하게 따져 묻는 여자에게 남자는 대답했다.
　"보충수업이라고 혹시나 들어 보셨는지. 아무래도 따님에게 그게 필요할 것 같아서."
　눈앞에 펼쳐진 작은 쌀례의 받아쓰기 시험지.

그 종이 위에 글자 대신 그려진 나무와 꽃 그림을 보면서 쌀레는 할 말을 잃었다.

사람들이 썰물처럼 밀려나가 휑한 그 공간에 남자와 아이, 그리고 여자가 있었다.

'지금 내가 뭘 하고 있는 거지?'

보충수업이라는 말을 듣고 줄잡아 스물네 번쯤 하게 된 생각을 쌀레는 다시 곱씹었다.

선생과 학생이 종이에 한글 글자를 그려 넣으며 재미있게 놀고 있었고, 그녀는 좀 떨어진 자리에서 그걸 구경하고 있었다.

"옳지. 반듯하게 잘 쓰는구나."

'밥집' 노파의 말에 따르면 그녀는 먹고 사느라 바빠 늘 미용실에 출근을 해야 했고, 아이는 노파의 가게에서 손님들 구경을 하며 자랐다고 한다.

그래서 그런가. 쌀레의 작은 쌀레는 모르는 사람과도 잘 어울리는 편이고, 자신을 예뻐해 줄 상대를 귀신같이 알아채 상대방을 매혹시킬 비법도 알고 있었다.

아이가 이를 드러내고 수줍게 천진난만한 미소를 지을 때면, 어른들은 녹아내린다.

눈앞의 남자도 보아하니 녹아내리고 있는 중이었다.

"작은 쌀레는 언제부터 글씨 쓸 줄 알았을까?"

"작년에요. 엄마가 가르쳐 줬어요."

선생님의 칭찬에 고무된 아이가 자신의 이름 곁에 다른 이름을 써 넣었다.
"이게 그때 처음 배운 글자예요."
남자의 시선이 종이에 머물렀다.
그 위에 아이의 서툰 필체로 익숙한 이름이 써 있었다.
"이건……."
"우리 아빠 이름이래요."
그 소리에 남자의 시선이 종이에서 아이 얼굴로, 그리고 그 이름을 가르쳤다는 여자에게로 향했다.
문득 그의 시선을 느낀 여자는 조금 민망한 마음에 고개를 숙였다. 자신이 가르쳤다는 그 이름을 그녀는 잊어버렸었다.
무슨 마음으로 어린 딸에게 곁에 없는 그 사람의 이름을 가르쳤는지 지금의 그녀는 모른다. 그리고 그렇게 모르고 있다는 사실을 저 낯선 남자에게 들키고 싶진 않았다.
여자는 그의 시선을 피하고 새침한 말투로 불쑥 물었다.
"아직 멀었나요? 봄이라 겨울보단 해가 길어져도 곧 어두워질 것 같은데요. 저도 내일 출근하려면 가 봐야 하고, 선생님도……."
그러고 보니 저 사람도 따로 직장이 있을 텐데 뭘 이렇게 늦게까지 남의 아이를 붙들고 보충수업씩이나 하는 걸까.
"선생님도 내일 출근하셔야죠? 혹시, 진짜 선생님이신가요? 선생님 같아 보이셔서요."
아이들을 가르치는 모습, 딱 부러진 태도로 학부형에게까지 잔소리를 늘어놓는 모습까지 두루두루 딱인데 말이야.
"아니요."

묻는 사람 민망하게 단답형으로 대답하던 남자는 곧이어 낮은 목소리로 다시 덧붙였다.
"전에 야학을 한 적이 있긴 합니다. 똘똘한 여자아이와 보충수업 한 적도 있고."
문득 그의 시선이 그녀를, 더 정확히 말하면 그녀와 닮은 얼굴의 쪽 진 머리 여자아이를 향했다.
치마저고리 차림으로 그의 서탁 앞에 앉아 그가 부르는 대로 받아쓰기 시험을 보던 열다섯 살 계집아이를.
시간이 흘러서 그 여자아이가 낳은 더 작은 여자아이에게 다시 글을 가르치게 될 줄은 그때는 몰랐지만 말이다.
그때를 그리워하는 날이 올 것이라는 것도 그때는 몰랐었다.
'만약 그때로 돌아간다면……'
요즘 들어 백만 번은 곱씹는 생각을 그는 다시 곱씹었다.
만약 그때로 돌아간다면, 나는 경찰서로 잡혀가던 날 교실에서 그저 손 놓고 널 기다리지 않고 널 찾아갔을 거다.
처음으로 같이 영화를 보고, 미안했다고 사과하고, 그랬다면 일정에게 끌려가지 않을 수도 있었겠지.
나 대신 찬경이 그 자식이 군대로 끌려가는 일도 없었겠지.
나는 또 그로 인해 고운 너를 안는 일을 몇 년이나 참진 않았겠지.
우리가 그런 식으로 헤어지지 않아도 되었겠지.
네가 그렇게 홀로 아이를 낳고 사고를 겪고 나를 잊는 일도 없었겠지.
시간을 되돌릴 수만 있다면…….
하지만 '만약'이란 쓸 데 없는 것이다.
그의 그런 상념은 어른들이 무슨 대화를 하던 종이에 혼자 글자를 그려 넣고 있던 아이의 목소리에 의해 깨워졌다.
"그리고 이건 엄마! 이건 아저씨!"
선재는 종이 위에 나란히 놓인 자신의 이름, 쌀례의 이름, 그리고 또 다른 이름을 뚫어져라 쳐다보았다.
방금 전까지 그의 심장을 어루만지던 아이의 글씨가 이제 그의 눈을 날카롭게 찔러 왔다.
한선재. 박성례…… 윤찬경.
그 종이를 곁에서 지켜보던 쌀례의 시선도 찬경의 이름에 머물렀다.
"그러고 보니 그때 미용실에서…… 이 사람을 찾아오신 건가요?"
'아니.'
선재는 마음으로 속삭였다.
'내가 그날 그 늦은 시각에 미친 듯이 찾아 헤맨 건 그 녀석이 아니야. 그건…….'
하지만 무어라 말할 수 있을까. 남자는 아무 말 없이 그 종이를 집어 들어 찬경의 이름이 적힌 부분을 보이지 않게 접었다.
여자가 다시 물었다.
"두 분이 아는 사이세요? 혹시 선생님도 영화사, 아니면 그 비슷한 일을 하시나요?"
"아니요! 내가 아무리 그런……."
남자는 만난 이후 가장 격렬한 어조로 아니라고 외쳤다. 마치 '내가 그런 인간 따위 알고 있을 리가 없잖아!'라는, 다분히 불쾌감이 내포된 부정이었다. 쌀례로서는 민망하고도 불쾌한 반응이기도 했다.
여자의 굳은 얼굴을 보면서 남자 역시 민망한 듯 시선을 책 쪽으로 내리깔았다. 그러고는 뚝뚝한 어조로 말하였다.

"그냥, 공무원이에요."

'공무원? 흠, 선생님하고 비슷하긴 하다. 하지만 그럼 그때 무슨 일로 찾아왔던 거지? 두 사람은 어떻게 아는 사이일까?'

가끔 찬경이 공무원들을 접대한다는 건 알고 있지만 저 꼬장꼬장하고 칼날 같은 남자가 찬경의 접대를 받아들였을 리는 없을 것 같았다.

그리고 무엇보다 찬경은 '저 자식에 관해선 알려고 하지 마!'라고 독하게 경고했고, 이 남자 역시 그 비슷한 얼굴로 비슷한 불쾌감을 표현하고 있었다.

이 정도쯤 되면 더 이상 묻지 않는 것이 좋을 거라는 생각에 여자는 재빨리 화제를 돌렸다.

"그럼 내일 출근하시려면 지금 일어서는 게 좋겠어요. 바쁘실 텐데 일부러 귀한 시간 내 주셔서 고맙습니다. 보충수업 해 주신 것, 사례는 다음에 꼭 하겠……."

정말 벌써 해가 지고 있었다.

늦으면 '밥집' 할머니가 걱정할 테고, 혹시라도 찬경이 들렀다가 함께 걱정할지도 모른다.

그리고 무엇보다 더 이상 이 사람과 함께 있는 건…… 무언가 괴롭다. 보기 전까진 궁금했지만, 보고 나면 마음이 무거워…… 이상한 남자다.

그렇게 서둘러 예의 바르게 작별을 고하려는 여자의 말은 남자의 불쑥 튀어나온 소리에 의해 끊기고 말았다.

"지금 하시죠."

"네?"

고개 숙여 사의를 표하던 여자는 자기 머리 위로 떨어진 그 뚝뚝한 목소리에 숙였던 고개를 들고 눈앞에 선 남자를 바라보았다.
 희고 단정한 얼굴, 도대체 무슨 생각을 하는지 알 수 없는 그 눈으로 남자는 방금 전 했던 말을 다시 한 번 반복했다.
 "사례, 지금 하시라구요."

둘만의 조조 관람
정체불명 그 남자와

이름도 모르는 남자. 아는 거라곤 직업이 공무원이라는 그 남자와
이 첫새벽에 단둘이 영화를 보다니. 내가 미쳤나 봐.
가슴은 왜 또 이렇게 두근거리는지 쌀례는 알 수 없었다.

끼이익— 끼이익—.

한 걸음씩 발걸음을 옮길 때마다 복도 마루에 깔린 널빤지 울리는 소리가 쌀례의 귓가를 자극했다.

남자가 앞장서서 걷고 있었고, 몇 발짝 떨어져 여자가 걸었다. 어두워서 잘 보이지도 않는 복도길이 낮보다 훨씬 길게 느껴진다. 언제까지 걸어야 하는 걸까?

'그쪽도 그렇지만, 저도 내일 출근을 해야 해요.'

'집에 가서 저녁밥 먹고 자야 할 시간이에요. 애도 눈에 졸음이 가득하잖아요.'

'사례는 그냥 깔끔하게 마음 담은 봉투나 양말 상자 하나 정도로 안 되겠어요?'

줄줄이 새어 나올 것만 같은 그 모든 말들을 삼키고 쌀례는 그의 뒤를 따랐다.

도대체 저 남자는 '사례'를 하라면서 자신을 어디로 끌고 가는 걸까. 저녁 시간도 끝나고 고아원 다른 방들은 소등 상태인데 이 늦은 시간에 대체 어딜…….

마침내 남자의 발걸음이 멈추어진 그곳은…….

"여, 여긴 왜?"

좁고 을씨년스러운 복도를 지나 도착한 그곳은 훨씬 더 을씨년스러운 좁은 창고였다.

순간 여자의 머릿속에서 경계경보가 울렸다.

"저, 저는 아이 엄마예요."

비장한 그녀의 목소리와 단호한 얼굴을 보고 남자는 짧게 되물었다.

"그래서요?"

"아시겠지만, 약혼자도 있고요. 또 그 사람이 좀 과격한……."

거기까지. 여자는 더 이상 말할 수가 없었다. 어둠 속에서 자신을 노려보는 그의 눈이 새파랗게 타올랐다.

단정하게 아름답던 남자의 얼굴이 한순간 굳은 돌덩이로 변해 버렸다. 뭔가 단단히 화를 내는 것 같았지만 무엇 때문에 저리 화를 내는 건지 모르겠다. 그의 종잡을 수 없는 태도로 오늘 하루 종일 애를 먹은 건 바로 자신인데.

그가 한 걸음 한 걸음 다가오자 쌀레는 겉옷 호주머니에 슬그머니 손을 넣었다.

이럴 생각으로 숨겨 넣은 것은 아니지만, 마침 그 안에 작은 가위가 있었다. 가위를 쥔 손에 식은땀이 흐르고 그가 다가오는 만큼 그녀는 물러섰다.

그 팽팽한 긴장의 끝에 남자의 빈정거리는 목소리가 들려왔다.

"좋아요. 아이 엄마에 과격한 약혼자가 있는 박쌀례 씨. 그래서, 그게 뭐요?"

'그러니까 나한테 이렇게 자꾸 다가오지 말라는 거죠!'

그녀가 품에서 가위를 꺼내 들고 막 소리 내어 경고하기 전에, 남자는 그녀에게서 물러섰다. 그러고는 등 뒤에 쌓여 있는 무언가를 손으로 가리키며 말했다.

"그게, 이것들 정리하는 것과 무슨 상관입니까?"

"네?"

정말 오늘만 몇 번째 저 남자에게 이렇게 얼빠진 질문을 하고 있는 걸까. 여자는 그제서야 그가 가리키는 것들을 바라보았다.

책, 책, 책…… 그리고 아마도 책이 들어 있을 상자들로 이루어진 작은 동산을.

"여기저기서 아이들 교육에 쓰라고 기부받은 것들이긴 한데 정리가 안 되어 있어요. 손이 모자라서 늘 미루고 있었거든요."

그 순간 쌀례는 온몸으로 안도의 한숨을 내쉬었다. 긴장이 한 번에 풀려 눈앞의 남자만 없다면 바닥에 주저앉고 싶을 정도였다.

문득 자신의 손이 여전히 호주머니 속 가위를 움켜쥐고 있다는 사실을 깨달은 여자는 재빨리 주머니에서 손을 뽑고 정리해야 한다는 그 책 더미를 살펴보았다.

엄청난 양이었다.

"밤새도록 해도 다 못 할 것 같은데요."

"밤새 보면 알겠죠."

여자는 자기 귀를 의심했다.

"설마, 농담하시는 건가요?"

순간 남자의 입술 끝이 약간 올라가서 미소 비슷한 것이 어렸지만 말 그대로 한순간이었다.

그녀가 다시 '우리 모두 내일 출근해야 하잖아요!'라고 한소리 하기 전, 묵묵히 남자는 책 더미를 정리해 나가기 시작했고, 여자는 어쩔 수 없이 그를 따라 움직이기 시작했다.

'내가 왜 이 시간에 여기서 이러고 있는 걸까.'

그날따라 스물다섯 번째쯤 하게 되는 생각을 곱씹으면서.

'내가 지금 여기서 뭘 하고 있는 거지?'

그 생각은 그 남자, 한선재도 하고 있었다.

누가 봐도 이상할 상황이었다.

쌀례 말대로 내일 출근해야 하는데 이 시간에 억지 부려 가며 이 여자를 붙들고 어둡고 좁은 창고에서 어깨 뼈근할 만큼 무거운 책이나 나르고 매운 먼지 마셔 가며 정리하고.

겉으로는 부루퉁한 얼굴로 '사례하고 가라.' 억지를 부렸지만, 저 여자가 그 억지를 받아주지 않고 그냥 가 버리면 어쩌나 조마조마했었다.

사실 그가 억지를 부리면서까지 그녀를 붙들고 있는 이유는 간단했다.

'그놈에게 보내고 싶지 않아서.'

더 깊숙이 들어가면 한 가지뿐이었다.

'같이 있고 싶어서.'

자신을 잊어버린 그녀가 밉지만, 낯선 사람 보듯 보고 거리감 있게 말하는 것은 쓸쓸하고 섭섭하고 밉지만, 그래도 손 뻗으면 닿을 수 있을 만큼 가까이 있는 그 모습에 눈을 뗄 수 없었다.

사실 그 역시 지금 녹초가 되는 기분이었다.

불쑥불쑥 자기 입에서 무슨 말이 튀어나올지 짐작할 수 없었고, 불쑥불쑥 치밀어 오르는 그 모든 감정들, 그녀에게 쏟아 보내는 그 많은 것들을 그녀나 아이나 주변 사람들이 알아볼까 무서웠다.

지난번에 그 여자를 붙들고 '약혼자, 사랑하십니까?'라고 물었을 때 대답을 머뭇거리는 그녀를 보고 참지 못하고 '내가 당신 남편이야! 당신, 정말 날 잊어버린 거야? 어떻게 그럴 수가 있지?'라고 소리 지를 뻔했었다.

이렇게 있는 힘을 다해 자신의 감정, 눈빛, 목소리에 재갈을 물리고 있지만, 이 인내가 언제쯤 바닥이 날지 그 자신도 알 수가 없었다.

그러나, 그럼에도 불구하고 분명한 것 한 가지.

'당신을 다시 보게 되어 다행이다.'

나는 아직도 종종 그 여름 바닷가에서 당신을 잃어버린 꿈을 꾼다.

자고 나면 깨어 있는 옆의 빈자리를 보고 그 서늘함에 미칠 것만 같은 나날들이 얼마였던가.

이제 당신이 혹시라도 세상에 없는 건 아닌가 하는 그 막막함은 없다. 그것만으로도 감사하자. 지금 당장은.

그렇게 그녀를 다시 만나고 나서 수만 번 그는 스스로를 다독거렸었다.

하지만…… 어느 사이 책들 틈에 웅크리고 졸고 있는 그녀를 보면서 그는 절감했다.

'욕심이 생긴단 말이다. 너를 다시 꼭 데려오고 싶다고.'

자신이 상상했던 모습대로 자신을 기다려 주진 않았지만, 그 여자가 만들어 준 그 따뜻한 수제비 한 그릇을 한 입 한 입 입 안에 떠 넣고 씹어 삼키면서, 어쩌면 사람이 흘리는 땀이나 눈물 맛 비슷하게 느껴졌던 그 소금 국물을 마시면서 그는 결심했었다.

'어떻게든, 얼마가 걸리든, 너를 다시 찾아야지.'

잠든 그녀 곁에 조심스레 다가가 그 구름 같은 뺨을 손가락으로 조심스레 매만지며 그는 다시금 다짐했다.

'너를 다시 찾겠어. 다시 안을 거야. 그리고 너와 우리 아이와 셋이서 살 거야.'

그놈 말대로 그녀가 죽을 만큼 힘들어하리라는 것은 알지만, 이 여자는 강하니까 어쩌면 이겨 낼 수도 있을 것이다. 그럴 것이다.

그러나 어떻게, 어디부터 시작을 해야 할까.

어떻게 해야 네가 조금이나마 덜 다칠까.

뺨을 만지던 그의 손길 때문인지, 혹은 마음으로 울려오는 그의 간절함 때문인지 그녀는 살며시 눈을 떴다.

황급히 남자는 손을 치우고 그녀에게서 물러섰다.

"헉, 깜빡 졸았어요. 세상에, 정말 날 샌 거예요? 우리, 우리 아가는……"

잠이 덜 깬 듯 눈을 부비고 주변을 둘러보는 여자에게 남자는 애써 무덤덤한 목소리로 말했다.

"다른 아이들하고 이불에서 같이 자고 있어요. 그쪽도 날 밝을 때까지 거기서 눈 좀 붙이는 게……"

"아니요. 그럼 정말 출근 못 할 것 같아요. 그냥 안 자고 버틸래요. 그런데……"

둘만의 조조 관람 | 233

여자의 시선이 어슴푸레한 창고 안에 서서 자신을 내려다보는 그를 향했다.

그의 얼굴에 촘촘히 박힌 초췌함이 눈에 띄었다.

자신이 졸고 있는 사이에도 남자는 계속 책을 나르고 정리했던 모양이다.

"선생님이야말로 좀 주무셔야 하지 않겠어요? 많이 힘들어 보여요."

"저야말로 출근하려면 그냥 날 밝을 때까지 깨어 있어야 할 것 같습니다."

눈꺼풀이 천근만근이었지만 그는 잠들 수 없었다.

자고 있는 사이, 당신이 가 버리면 어쩌나.

자고 나면 흩어지던 그 서글픈 꿈처럼.

그런 남자에게 여자는 곤혹스런 얼굴로 물었다.

"그럼 날 밝을 때까지 우린 뭘 하면서 버티나요? 저, 솔직히 하루 종일 서서 일해야 하는 사람이라 더 이상 책 나르는 건 못 하겠는걸요."

정말 잘 모르는 남자와 여자가 이 새벽에 무얼 하면서 시간을 보내야 한단 말인가.

그런 그녀의 질문에 남자 역시 잠깐 곤란한 얼굴을 하더니, 곧 무언가 떠올랐던지 상자 속에서 무언가를 꺼내기 시작했다.

"그러고 보니 방금 전에 좋은 걸 발견했어요."

새벽 시간, 잘 모르는 남자와 여자가 함께 시간을 흘려보내기 좋은 것. 그게 뭘까?

상자에서 그의 손에 의해 개봉된 그 물건을 보면서 쌀례의 졸음 섞인 눈동자가 더욱 확대되었다.

남자와 여자는 좁은 창고에서 이번에는 넓은 강당으로 자리를 옮겼다. 봄이라도 새벽이라 쌀쌀한 그곳. 가톨릭 수녀가 운영하는 그 고아원의 강당에는 그 새벽 혼자 영사기를 설치하느라 정신없는 남자와 그가 시키는 대로 의자에 앉아 그 모습을 구경하는 여자, 두 사람뿐이었다.
 '어제, 오늘, 생전 처음 해 보는 일이 참 많구나.'
 의자에 멍하니 앉아 있으면서 쌀례는 생각했다.
 처음으로 학부모가 되어 아이가 시험을 치르는 모습을 참관했다. 보충수업이라는 것도 구경하고, 사례로 밤새워 책 정리하는 것도 도왔다. 하지만 그중 가장 별난 일은 새벽에 아무도 없는 강당에서 잘 모르는 낯선 남자와 영화를 구경하는 일일 것이다.
 영화사 대표가 약혼자이고, 그녀가 머리 세팅을 해 주는 고객 중에 여배우들이 상당수이긴 하지만 정작 쌀례는 영화관에서 영화를 본 적이 없었다. 적어도 사고 이후로는.
 영사기가 돌아가고 강당의 하얀 벽에 화면이 떠오르자 쌀례는 잠 대신 설렘이 피어나는 얼굴로 말했다.
 "영화는 처음 봐요."
 더더구나 새벽 이 시각에, 그것도 잘 모르는 낯선 남자하고.
 그런데 뜬금없이 영화를 보자고 한 남자 역시 이렇게 말하는 것이 아닌가.
 "저도 처음 보는군요, 여자분하고는."
 "네에? 그, 그럼 저어, 약혼녀분은?"

아니, 저 인물에 공무원이라는 직업에 나이도 서른은 넘어 보이는데 여자하고 영화를 본 적이 없다고?

그런데 '약혼녀' 소리를 듣자마자 영사기를 설치하는 내내 조금은 부드러웠던 그의 표정이 다시 얼음처럼 차가워졌다.

"기억력이 정말 안 좋으시군요."

"예?"

마치 지금 자신의 상황을 꿰뚫는 듯한 남자의 발언에 쌀례는 당황했다.

기억력이 안 좋긴 하다. 낳아 주신 부모님도 전혀 기억하지 못하고 내 아이 아버지의 얼굴도, 이름도, 묻힌 곳도 모른다. 아니, 무엇보다 내 이름도 지금 약혼자가 알려 주기 전까진 모르고 있었다. 하지만 그 사실을 이 남자가 알 리가 없잖아?

그렇게 조마조마한 얼굴로 그를 보고 있자니 남자는 뚝뚝한 어조로 이렇게 말하는 것이 아닌가.

"약혼녀, 아니라고 했잖습니까."

아아, 그래. 오늘은 수업 참관이다 책 정리다 해서 여러 가지로 바빠 지난번에 이 남자와 '약혼'이라는 주제를 가지고 이 비슷한 설전을 벌였었다는 사실을 잊고 있었다.

그때도 그는 말했었다. '나한테 약혼녀는 없어요.'라고.

하지만 2주가 지난 지금도 여전히 쌀례는 그 해명에 기분이 이상해졌다.

지금도 박쌀례는 약혼, 결혼, 재혼…… '혼(婚)' 자 들어간 말에 농담이 있어서는 안 된다고 생각한다. 그런데 약혼녀도 아닌 사람이 약혼녀라고 자신을 소개한단 말인가.

"그럼 그분은……."
"어릴 때부터 같이 공부한 친굽니다."
 어릴 때부터 함께 공부한 친구. 굉장히 간단한 대답이다. 그 사이에는 그 친구가 선녀처럼 고운 여자라는 것, 다른 사람에게 그를 자신의 약혼자라고 말하고 다닐 만큼 그를 좋아한다는 것 등등, 꽤 중요한 사실들이 다 삭제되어 있었다.
 쌀례가 보기에 이것은 굉장히 성의 없는 대답이었다.
 그가 그렇다면 그런 것일 텐데, 저 사람에게 어릴 때부터 함께 공부한 예쁜 여자 친구가 있다는 게 자신과 무슨 상관이라고. 그런데도 어쩐지 무언가 섭섭하고 화가 나서 여자는 새침하게 받아쳤다.
"그 친구분이 선생님 많이 좋아하시나 보네요. 아이들 말로는 정말 예쁘시다던데. 선녀처럼요."
 그 순간 쌀례는 자기 귀에 들려오는 자신의 목소리가 낯설게 들렸다. 틀린 말을 한 건 아니었지만 다분히 빈정거리는 투였다. 또 사람 마음을 떠보는 것같이 들리기도 했다.
 선을 넘었다.
 여자는 부끄러워서 자신을 보는 남자의 시선을 외면했다.
 그때 어둠 속에서 그의 목소리가 들려왔다.
"그래요. 예쁜 사람이에요."
 아, 영화고 뭐고 그냥 작은 쌀례 데리고 지금 당장 집에 갈까 보다. 그렇게 자리에서 일어서려는데 뒤이어 그가 말했다.
"하지만 어쩔 수 없어요. 나한텐 더 예쁜 아내가 있으니까."
 그때 '아내'라고 소리 내어 말하는 그 목소리에 이제까지 그의 목소리에서 느낄 수 없었던 떨림, 수줍음, 온기가 느껴진다면 이상한 걸까.

결국, 누군가가 있긴 있었던 것이다.
저 얼음 같은 남자에게서 한순간이라도 따뜻한 온기를 느끼게 할 수 있는 다른 여자가.
이상한 노릇이지만 어쩐지 쌀례는 홀가분해졌다.
아내가 있는 남자였다. 지금 이 자리에 없는 아내에게 스스럼없이 '예쁜 아내'라고 말해 줄 만큼 그 아내를 사랑하는 남자였다.
지금 이렇게 미친년 널뛰듯이 혼란스러운 마음도 아무것도 아닌 것처럼 정리가 되겠지.
나한테는 약혼자가 있고, 저 사람한테는 아내가 있으니까.
문득 이 얼음 같은 사내에게 예쁘다는 소리를 듣고 사는 그 여자가 궁금해졌다.
얼마나 예쁠까? 아이들이 말하던 그 선녀보다 예쁠까?
아니, 그런데 그 선녀는 왜 아내가 있는 남자를 자기 약혼자라고 하고 다니는 걸까?
"그럼…… 사모님은?"
엉겁결에 물어 놓고 여자는 스스로 자신의 목소리에 민망했다. '사모님'이라는 단어가 입 밖으로 나오는 순간, 그의 곁에 있는 한 여자가 살아서 자신을 보고 있다는 느낌이 들어서.
그런데 정작 질문을 받은 당사자는 그저 이렇게 말할 뿐이었다.
"전쟁 때 헤어지곤 아직 못 찾았어요. 뭐, 그 사람하고도 영화는 본 적 없었지만."
굉장히 가슴 아플 수 있는 소리를 그는 그저 그런 말투로 묵묵히 뱉어 냈다.
이상도 하지. 정작 그 뚝뚝한 목소리에 가슴이 욱신거리는 건 여자

쪽이었다.
그녀 자신도 이름밖에 모르는 남편을 전쟁에서 잃었기 때문인지도 모른다. 아무튼 여자는 그의 덤덤한 말투가 어쩐지 거슬렸다.
"왜 사모님하고는 안 보셨는데요?"
'그래 놓고 왜 나같이 잘 모르는 여자하고는 보려는 건데요?'
약간 추궁이 섞인 그 질문에 남자는 어깨를 으쓱거리며 여전히 색깔 없는 목소리로 대꾸했다.
"바람맞았었어요, 그 사람한테."
"에?"
"내가 그 사람이 화낼 만한 짓을 해서 화해하자고 영화표 사 놓고 기다리고 있었는데, 그 사람이 끝까지 오지 않았거든요. 제법 고집이 센 여자라."
스물한 살의 늦봄, 교복 차림의 그가 빈 교실에서 하염없이 열다섯 살 아내를 기다렸다.
그전 수업시간 내내 분필로 칠판에 글자를 써 가며 수업을 진행하는 동안에도 내내 그의 시선은 문 쪽을 향해 있었는데, 아내는 오지 않았었다.
그 후 몇 번의 봄을 더 보내고 그녀와 초야를 치르던 어느 봄날에도 하염없이 아내의 방에서 그녀를 기다렸지만, 정작 아내는 그의 하숙집에서 그를 기다리고 있었기에 그는 꽤 오래 그녀 없는 빈방을 지켜야 했다.
그러고 보니 이 여자, 꽤 여러 번 그를 기다리게 했다.
그리고 지금도……
문득 그의 시선이 그녀를 향했다. 빗질을 못 해서 헝클어진 머리를 하고 있지만 화면을 보며 반짝반짝 빛나는 눈동자, 작은 코, 도톰한 입술, 자기 이야기를 듣고도 그게 자신인 줄 모르는 바보 같은 자신의 아내를.

그의 시선을 느꼈던 걸까. 화면을 보던 그녀의 눈길이 그에게로 향했다.

눈과 눈이 마주쳤다.

그 순간 정말 이상한 일이지만, 여자는 심장이 미친 듯 요동침을 느꼈다.

쌀레야, 쌀레야. 너 왜 이러니, 정말.

심장아, 이렇게 빨리 뛰지 마.

얼굴도 빨개지지 마. 이러지 마.

저렇게 평온한 얼굴로 자기 아내 이야기를 하는 사람 때문에 내가 왜? 왜 아까부터 이 사람 여자 친구 때문에 짜증을 내고, 이 사람 아내 이야기에 귀를 기울이고 있니?

지금 나를 보는 저 남자의 눈동자는 나를 보는 게 아니야. 전쟁통에 잃어버렸다는 자기 아내를 보는 거야.

그러니까 제발…… 저 눈동자 보고 설레지 마.

지금 미친 듯 벌렁거리는 심장 소리가 저 남자에게 들킬까 무서워 여자는 일부러 그의 자리에서 한 칸 떨어진 곳에 옮겨 앉고 더듬거리는 듯한 목소리로 화제를 돌렸다.

"제목이 뭔가요?"

"〈로마의 휴일〉이라던데요? 애들이 많이 보고 싶어 해서 원장 수녀님이 필름을 어렵게 구하셨다고 들었어요. 뭐, 우리가 먼저 본다고 안 될 건 없겠죠."

새벽, 어슴푸레한 강당의 새하얀 벽면에 영화 화면이 떠올랐다.

단 둘뿐인 관객, 남자와 여자는 공식적으로 알게 된 지 얼마 안 된 사람으로서의 예의를 지켜 좀 떨어져서, 하지만 같은 줄에 어깨를 나란히 하고 화면에 집중하기 시작했다.

서로의 심장 소리를 들킬까 봐 조심하면서.

아침 해가 중천에 뜰 때쯤 엔딩 크레딧이 떴다.

영화 속에서 하루 동안 사랑에 빠졌던 공주와 신문기자는 영화가 끝날 때쯤 헤어졌다.

딱 하루만의 사랑이었던 셈이다.

막판에 여주인공이 문 저쪽으로 사라지고 문 밖에서 남자가 휑한 얼굴로 서성이는 장면이 두 사람의 '끝'이었다.

그 끝을 보고 있자니 여자의 눈에서 주르륵 눈물이 흘렀다.

건너건너 의자에 앉아 있는 남자 보기 창피했지만 한 번 흐르기 시작한 눈물은 쉽게 그쳐 주질 않았다.

영화가 끝나고 아이를 둘러업고 출근 준비를 하기 위해 숙소인 '밥집'으로 향하는 길에서도 내내 훌쩍거리는 그녀를 보다 못해 몇 걸음쯤 떨어져 걷던 남자는 손수건을 건넸다.

"그렇게 울 건 없잖습니까. 누가 죽은 것도 아닌데."

남자의 손수건으로 눈물을 닦고 코를 풀면서 여자는 울음 섞인 목소리로 말했다.

"죽는 것보다 더 나빠요. 살아서 두 번 다시 볼 수 없다니. 아, 너무

해. 역시 아침밥을 같이 못 먹는 부분에서부터 조짐이 안 좋았어요."
"아침밥?"
추적자를 피해 물에 빠졌던 공주가 신문기자와 처음으로 입을 맞추고 사랑을 느낀다. 사랑하는 그 남자의 아파트에서 하룻밤을 보내고 공주는 그에게 아침을 만들어 주고 싶어 하지만, 그의 작은 아파트에는 부엌이 없다.
그때 남자는 쓸쓸한 어조로 이렇게 말했다.
"세상 모든 일이 원하는 대로 될 순 없는 법이죠."
사랑하는 사람과 함께 아침밥도 먹을 수 없다니. 그들이 사는 세계가 다르다는 암시요, 슬픈 이별의 전주곡이었다는 것이다.
틀린 말은 아니겠지만, 이 여자 앞에서는 슬픈 러브스토리도 밥 이야기가 되는구나.
남자는 새삼 여자가 밥을 무척 좋아했었다는 사실을 기억했다.
밥. 그러고 보니 어제 저녁 고아원에서 아이들과 함께 간소한 저녁을 먹은 이후 먹은 것이 없었다.
문득 여자가 말했다.
"출근 시간 아직 안 늦으셨으면 저 있는 곳에서 아침이라도 드시겠어요? 밥집이거든요."
거기까지 말하다가 여자는 자신이 뱉어 놓은 말에 스스로 당황했다. 함께 밤새운 걸로도 모자라 아침밥까지 같이 먹자고 청하다니.
내가 그 영화 속 공주도 아니고.
무엇보다 그 말에 무척이나 굳어 버린 남자의 얼굴을 보니 쥐구멍에라도 들어가고 싶을 만큼 창피했다.
"아, 아니 조느라 정리도 많이 못 도와드렸고⋯⋯ 당장 사례 드릴 것도 없어서."

더듬거리며 말하다가 이것도 걱정스러웠다.

'사례로 밥 한 끼는 너무 약소하지 않나?'

그것도 '밥집' 할머니껜 죄송한 소리지만, 밥집에서 당장 먹을 수 있는 거라곤 된장 풀어 넣고 우거지와 돼지 내장 섞어 끓인 싸구려 국밥뿐인데.

수제비에 이어 국밥이라니. 아무래도 저 귀티 나는 남자한테는 어울릴 음식은 아닐 듯싶었다.

그렇게 여자가 괜한 소리 한 것 같아 어쩔 줄 몰라 하고 있는데 여자의 귀에 남자의 목소리가 들렸다.

"좋아요."

"예?"

"좋다구요. 많이 먼 곳만 아니면. 밥은 먹어야 하니까요."

아니, 사실 남자는 그곳이 백리 밖이라도 상관없었다.

검찰청 사무실에 지각이야 따 놓은 당상이겠지만, 그녀가 초대하는 아침상을 받는데 지각이야 어떠리.

무엇보다 이미 알아본 바였지만 그녀가 그놈과 다른 곳에서 살고 있다는 것이 안심이 되었다.

공주와 신문기자는 아침을 함께하지 못했지만, 여자와 남자는 곧 국밥 그릇을 마주하고 아침을 함께할 수 있을 것이다.

그럴 것이라고 그들은 생각했다.

국밥집 앞에서 밤새 찬 이슬 맞으며 쌀례를 기다린 것처럼 보이는 초췌한 모습의 찬경을 보게 되기 전까지는.

서로의 존재를 알아보면서부터 두 남자 사이에선 얼음 같은 냉기가 흘렀다. 그리고 그들 사이에서 여자는 그들이 흩뿌리는 얼음 가루를 있는 대로 뒤집어써야만 했다.
"자아."
처음 침묵을 깬 것은 찬경 쪽이었다.
"이게 어떻게 된 건지 설명을 해 보시지. 설마, 밤새 둘이 같이 있었나?"
찬경이 눈에 불을 담고 으르렁거렸다. 쌀레는 처음엔 어리둥절했고, 그다음에는 그의 추측에 얼굴이 새빨갛게 달아올랐다.
"무슨 말을…… 이분은 고아원 봉사 갈 때 뵌 선생님이에요. 아이 글 가르쳐 주시다가……."
"아아, 선생님."
찬경의 입술이 비웃음으로 씨익 올라갔다.
"그래. 선생질은 예전부터 잘하셨지. 그 덕에 개고생한 내가 그걸 잊을 턱이 있나."
찬경의 눈이 불타고 목소리의 빈정거림이 깊어질수록 선재의 눈빛은 얼음이 되어 갔다.
그리고 그 차가운 빛이 찬경을 더욱 자극했던 모양이다. 영화사 사장님이 아닌 예전 무뢰배의 모습으로 그는 선재의 멱살을 잡아챘다.
"너, 이 자식! 내가 우리 주변에 얼씬거리지 말랬지! 사람 말이 말 같지 않냐!"

쌀례는 지금의 이 상황이, 찬경의 말이 하나도 이해가 되지 않았다.
 약혼녀가 외박을 하고 다음날 다른 남자와 집에 도착한 것을 보면 기분이 나쁘리라는 것은 이해할 수 있었지만, 어떻게 대뜸 사람의 멱살을 잡을 수 있단 말인가.
 박쌀례가 행동거지를 함부로 할 여자가 아니라는 것은 누구보다 잘 알 텐데. 그리고 무슨 일이 있었다면 이렇게 함께 보란 듯이 집에 올 리도 없는데.
 거기다 선생질은 예전부터 잘했다니, 정말 저 두 사람, 무슨 사이란 말인가.
 일단 몸싸움 직전까지 보이는 저 험악한 남자들부터 말려야겠다고 여자는 결심했다.
 "이러지 마세요! 이럴 일이 아니에요! 우린 그저……."
 "우리? 비켜! 넌 저리 가 있어!"
 선재의 멱살을 쥐고 있던 찬경의 손이 자신과 선재 사이를 막아서려는 쌀례를 거칠게 밀어냈다.
 이제 선재의 눈에도 불꽃이 튀기 시작했다.
 "윤찬경, 너!"
 그때였다. 이제껏 쌀례의 등 뒤에 잠들어 있던 아이가 소란 중에 눈을 뜨고 늘 자신에게 상냥했던 두 남자의 험악한 모습에 울음을 터뜨리기 시작했다.
 "으아아아아아앙."
 찬물을 뒤집어쓴 듯 두 남자의 동작은 멈추어졌다.
 여자는 업은 아이를 앞으로 돌려 품에 안고 엉덩이를 토닥이며 달래었다.

"우지 마라, 아가. 우지 마. 괜찮아, 괜찮아……."

입으론 쉴 새 없이 아이들 달래면서 눈으론 남자들에게 소리쳤다.

'당장, 떨어져요! 두 사람 다!'

그녀의 험악한 눈빛을 알아본 남자들은 각자의 몸에서 역병 털어 내듯 손을 털어 내고 떨어졌다.

잠시 후, 선생님 쪽이 물었다.

"여기서, 괜찮으시겠습니까?"

찬경에게 그것은 '이런 거칠고 험악한 깡패 녀석은 위험하지 않겠느냐.'는 소리로 들렸다.

다시 그가 울컥하여 달려들려는데, 여자의 차분한 목소리가 들려왔다.

"제 집이니까, 괜찮습니다. 죄송합니다만, 아침은……."

희고 단정한 남자의 미간이 살짝 구겨졌다. 그의 시선이 불쾌한 것을 보듯 찬경을 향했고, 걱정스럽다는 듯이 여자를, 그리고 아이를 향했다.

하지만 여자의 얼굴에 스친 단호함에 결국 그는 이렇게 말하고 말았다.

"아침은, 다음으로 미루죠."

그리고 하얀 낯빛의 그 남자는 물 같은 동작으로 몸을 돌려 한 걸음 한 걸음 느릿한 걸음걸이로 그들에게서 멀어졌다.

그 순간 쌀례는 그의 한쪽 다리가 조금 불편해 보인다는 사실을 깨달았다.

이상하게 그 모습에 여자는 눈을 뗄 수가 없었다.

눈은 그 사람의 뒷모습에 박혀 있는 채로, 그녀의 귀에는 찬경의 격한 고함이 들려왔다.

"경고했다! 다시 눈에 띄면, 가만 안 둘 테다!"

잠깐 멈추어졌던 선생님의 발걸음은, 그러나 곧 계속되었다.

느리지만, 멈추지 않고.

출근을 해야 했기에 여자는 서둘러 세수를 하고 머리를 빗었다.

찬경의 집 안방에 있는 화사하고 거대한 화장대와는 달리 조그마한 경대 앞에서 머리를 매만지는 그녀의 눈에 거울에 비친 자신의 모습, 그리고 그런 자신을 바라보고 있는 찬경의 모습이 함께 보였다.

"지난밤에, 그 자식하고 있었나?"

"아이 보충수업을 해 주신다고 해서 늦게까지 있다 보니 그렇게 됐어요. 통금 시간이 넘어서요."

보충수업만 한 건 아니었다. 책 정리도 함께했고 새벽에 단둘이 영화도 보았다.

그 남자와 했던 전부를 밝힐 수 없음은 무엇 때문일까.

여자는 스스로에게 물어보았다.

'이미 화를 낼 준비를 하고 있는 저 얼굴 때문에?'

'지금도 조금쯤 힘든 걸음걸이로 걸어가던 그 남자의 야윈 등을 생각하는 자신의 이 기묘하고도 떳떳하지 못한 마음 때문에?'

모르겠다. 분명한 것은 그 사람을 '그 자식'이라고 부르는 찬경의 그 말투가 기분이 나쁘다는 것, 이미 화를 낼 준비를 하고 있는 찬경과 그 어떤 말도 하고 싶지 않다는 것이었다.

"걱정했다면 미안해요. 하지만 저도 그렇게 시간이 금방 갈 줄은 몰랐어요. 그렇다고 선생님께 그 자식이라니……."

문득 찬경의 뇌리에선 예전 어느 새벽이 떠올랐다. 도련님 녀석을 따라 어디든 가겠다는 어린 아씨 마님의 포부를 듣고 그는 부러운 나머지 '그 자식은 복도 많군.'이라고 한마디 했었다.

그때도 이 여자는 자신의 서방님을 '그 자식'이라 부른다고 발끈했었다. 그놈을 기억도 못 하는 지금도 마찬가지로 그 자식을 '그 자식'이라고 부르는 걸 싫어하고 있다.

"그놈이 나한테도 선생님인 건 아니지. 너, 봉사니 뭐니 당장 그만둬."

"뭐라구요?"

"미용실 나가는 것도 그만둬! 네가 그렇게 아등바등 벌지 않아도 너랑 애는 내가 먹여 살리면 된다구! 알아들어?"

여자는 그가 지금 대체 무슨 말을 하는지 알아들을 수가 없었다.

약혼녀가 외박을 하고 아침에 다른 남자와 귀가하는 꼴을 보았으니 그가 화를 내는 것은 이해할 수 있다.

그녀 또한 그에게 미안한 마음을 품고 있었다.

하지만 단 한 차례 이번 일을 가지고 그녀의 발에 온전히 족쇄를 채우겠다는 그의 태도는 이해할 수가 없었다.

그렇게 이해할 수 없다는 듯이 낯설게 자신을 보는 여자의 얼굴을 보고 찬경은 더더욱 초조함이 일었다.

"잊고 있나 본데, 넌 내 약혼녀야."

"안 잊었어요."

차분한 여자의 대답에 찬경은 안도했고, 혹은 의심했다.

절박한 어조로 남자는 말했다.

"그럼…… 오늘이라도 당장, 식을 올리자!"

여자는 두 눈을 휘둥그레 뜨고 남자를 멍하니 바라보았다.

식을 올리다니. 왜 하필 지금? 그들이 약혼을 했지만 혼인하는 시기는 그녀의 마음이 허락할 때라는 것도 약속된 일이었다. 그도 동의했고 간혹 투덜거리긴 했어도 지금까지 그 약속은 지켜졌었는데…….

"제발…… 말없이 늦은 건 제가 잘못했지만, 지금 정말 이상해 보이는 거 알아요?"

"이상하다고? 내가?"

자신을 한심하게 보는 듯한 여자의 말투에 그 순간 찬경은 머릿속에서 무언가 뚝 부러지는 듯한 소리가 들렸다.

결혼하자고 하는 말에 어째서 이 여자는 설레어 하지 않는가. 사고 전에도 함께 살자 했던 그의 청을 이 여자는 일언지하에 거절했다.

자신에게는 그렇게 인색한 여자가 어째서 한선재 그놈에게는 기억을 잃기 전이나 후나 그렇게 너그러운 것일까.

"내가 이상해 보인다면, 그건 너 때문이야! 네가! 날 불안하게 하잖아! 약혼녀라는 여자가 밤새 어디 있는지도 모른다면 너는 아무렇지 않을 것 같아? 입장 바꿔 생각해 보라고!"

여자는 가만히 남자의 질책을 듣고 있었다. 사실 행선지를 밝히지 않고 어디로 가는 건 그녀보다 그쪽이 훨씬 많았다.

지방 로케를 간다고 했지만 그게 어디인지 알려 주지 않은 적도 있었고 그렇게 수수께끼의 출장을 다녀오는 길은 늘 피곤해 보이고 때때로 다쳐서도 오는 일이 있었다.

당신은 늘 그러던 것을 왜 나는 단 한 번 가지고 이리 닦달이냐 할 수도 있었지만, 여자는 그러지 않았다.

어제 자신의 심장은 분명 다른 남자를 향해 설레었었다. 그러니 그에게 떳떳할 수 있겠는가.
"잘못했어요. 다신 이런 일 없을 테니까…… 화 풀어요."
달래 주는 듯한 여자의 목소리에 남자는 비참함과 위로를 동시에 느꼈다. 남자가 그녀에게 손을 내밀어 다가오라 손짓했다. 조금쯤 망설이던 그녀가 그에게 다가가고 마침내 그가 손을 뻗어 닿을 수 있는 위치까지 왔을 때, 그는 그녀를 끌어당겨 여자의 작은 어깨에 얼굴을 묻었다. 그리고 조금쯤 풀 죽은 목소리로 말했다.
"나는, 네가 어디론가 가 버릴까, 사라질까 무서워."
"……왜 그런 생각을 해요? 나, 어디 안 가요."
언제나 무서운 것 없어 보이는 남자의 겁에 질린 목소리가 여자는 측은했다. 그래서 그의 머리칼을, 자신보다 한참 더 큰 남자의 어깨를 부드럽게 안아 주었다. 남자의 떨림이 멈추었다. 조금쯤 진정된 듯한 그가 여전히 얼굴을 그녀의 어깨에 기댄 채로 말했다.
"그럼, 약속해. 다시는 나 없는 데서 그놈하고 만나지 않겠다고."
순간 그의 어깨를 토닥이던 그녀의 손길이 뚝 멈추어졌다.
동시에 남자 역시 여자의 어깨에서 고개를 들고 정면으로 그녀와 시선을 마주했다.
바위처럼 단호한 얼굴로 그는 요구하고 있었다.
이쯤 되니 여자는 정말로 한 가지가 궁금해졌다.
"대체, 그 사람이 누구예요?"
곧 그녀의 약혼자 입술에서 쓰디쓴 답변이 흘러나왔다.
"예전에, 그 자식 아비가 날 죽이려 했어."
여자는 입이 바짝 말라감을 느꼈다.

불타는 둥지
절정의 다음

절정(絶頂).
산의 맨 꼭대기. 더 이상 올라갈 수 없는 상태를 말한다 했던가.
올라갈 수 없다는 건 내려갈 일뿐이라는 건가.
찬경은 인정할 수 없다는 듯 부르짖었다.
"개소리 마!"

그날 찬경은 기분이 몹시도 더러웠다.

아니다. 솔직히 말해서 절정의 행복과 지옥을 함께 경험한 그날, 죽은 줄 알았던 도련님 녀석의 낯짝을 다시 보게 된 이후, 그의 기분은 내내 더러웠다.

그 더러움은 오늘 아침 바닥을 찍었다.

밤새 그녀가 자신의 라이벌 조직에게 납치라도 당하지 않았나, 아니면 혹시 도련님 녀석이 자신의 경고를 무시하고 여자를 데려가지 않았나 가슴 졸이며 여자의 빈방을 지켰다.

그런데 그의 예상이 절반은 맞았다.

여자는 헝클어진 머리를 하고 그놈과 함께 집으로 돌아왔다.

그리고 그놈이 떠났을 때, 여자의 시선은 그놈 등에 못 박혀 있었다.

그놈을 만나지 말라며 여자에게 매달리고, 그녀의 토닥거림을 받았다. 수치심과 누구에게랄 것 없는 증오가 고개를 들었다.

이렇게 기분이 더러울 때 다른 것들은 무얼 할까? 술을 마시거나 한정 없이 자거나 배 터지게 먹거나 할 수도 있겠지. 하지만 윤찬경은 기분이 더러울 때 다른 방법을 쓴다.

지금 어두운 창고 안, 그의 화를 풀어 줄 존재가 그의 앞에 있다.

"자아, 우리 수수께끼를 한번 해 볼까?"

정확히 말하자면 찬경은 팔걸이의자에 편하게 앉아 있고, 상대방은 온몸을 두들겨 맞은 채로 밧줄에 꽁꽁 묶여 무릎까지 꿇린 상황이었지만.

"네가 뭐 하는 놈인지, 뭘 주워 먹으려고 우리 비밀 창고 주변에 어슬렁거렸는지 내가 한번 맞춰 볼까? 내가 틀리면 그때마다 네놈이 한 대씩 맞는다. 내가 맞출 때까지 계속 맞는다. 그렇다고 맞기 싫어 거짓말로 불었다간 열 배로 더 맞는다. 어때? 간단하지? 재미있겠지?"

찬경 옆에 서 있던 곰은 럭키스트라이크 한 대를 꺼내 담뱃불을 붙이면서 고개를 내저었다. '못 말리는 놈이로군.'이라는 듯이.

"시작하자. 너, 짭새냐?"

상대방이 고개를 내저었다.

찬경이 손짓을 하자 밧줄에 묶인 남자의 뒤에 서 있던 찬경의 수하 중 하나가 각목으로 그의 어깨를 후려쳤다. 남자는 앞으로 고꾸라졌지만, 곧 힘들게 몸을 일으켰다.

찬경이 기특하다는 듯이 박수를 쳤다.

"그렇지. 그렇게 하는 거야. 다음! 그럼, 멧돼지 쪽이냐?"

남자가 고개를 끄덕였다.

"너 말고 몇이나 더 있나? 둘? 셋? 다 어디 있어?"

"모, 모릅니다."

"몰라?"

어둠 속에서 찬경의 눈동자가 새파랗게 번뜩였다. 입술이 올라가면서 새하얀 송곳니가 반짝거렸다.

남자의 뒤에 서 있던 수하가 게임 규칙에 따라 각목을 내리치려는데 찬경이 손짓으로 만류했다.

그는 의자에서 일어서서 남자 앞에 한 걸음 한 걸음 다가갔다.

"그렇다와 아니다, 대답은 둘 중 하나면 될 텐데, 모른다라. 흠, 이럴 땐 어떻게 해야 하나?"

한때는 거리에서 구걸하며 살 무렵 계집애 아니냐 오해를 받을 만큼 화사한 미모에 싱긋 아름다운 미소가 더해진다.

어두운 지하실에서 찬경은 그렇게 아름다운 미소를 흩뿌리며 묶여 무릎 꿇린 포로 앞에 다가갔다.

"어떻게 해야 생각이 날까. 음, 그래. 방법이 있었지."

"저, 저는 정말로 몰라……."

순간 찬경의 구둣발이 상대의 뺨을 향해 거침없이 나아갔다. 입가에 미소가 확 꺼지기도 전, 핏발 선 눈으로 찬경은 악을 써 가며 절도 있는 동작으로 상대방을 두들겨 팼다.

"내가! 그랬지! 바른대로 말하지 않을 시엔 그 열 배라고! 모른다! 몰라? 이래도 생각 안 나냐? 응?"

"정말, 정말 모릅니다! 몇 명이나 투입이 된 건지 우리 모두 몰라요! 각자 구역을 배당받아서 숨어든 거라! 살려, 살려 주세요……!"

창고 안에 얻어맞는 남자의 비명이 울려 퍼지다가 곧 그마저도 사그라졌다.

상대는 정신을 잃고 있는데 찬경의 발길질은 멈추질 않았다. 핏발 선 눈으로 사람을 짓이기는 그 광기 어린 모습에 곁에서 지켜보고 있던 곰이 혀를 차며 뒤에서 찬경의 팔을 붙잡고 그의 행동을 제지시켰다.

"그만해. 이미 정신줄 놨어."

묵묵히 자신의 팔을 잡아끄는 친구의 손을 뿌리치며 찬경은 악을 썼다.

"이것 놔!"

"아, 그만하라니까! 네놈도 정신줄 놓은 거냐?"

두 사람 모두 쓸데없는 주먹질은 좋아하지 않았다. 위험한 사업을 하고 있긴 하지만 쓸데없는 피를 보는 건 딱 질색이라는 공통점이 그들의 결속력을 더더욱 다지게 했다 해야 할까. 그런 그의 눈에 지금의 찬경은 이상했다.

"무슨 일 있냐?"

"무슨 일? 아무것도 없어! 아무것도 없어야 하고! 나 건드리는 놈은 가만 안 둬! 지금 내 것 건드리는 것들, 내 것 빼앗아 가려는 것들은 다 파묻어 버릴……."

대대로 배를 출항시키기 전 그 항해의 길하고 흉함을 점복에 의지했던 뱃사람으로 살아온 곰은 두 눈에 핏발 선 찬경을 보고 순간 그런 생각이 들었다. 그놈, 눈동자 까집고 길길이 날뛰는 폼이 배를 띄우기 전 무사평안을 빌며 굿판 벌일 때 잠깐 본 작두 탄 무당 같다고. 그만큼 미쳐 보였다. 그리고 미친놈에겐 약이 되는 것이 한 가지 있다.

"짝―!"

어둠 속에서 곰의 솥뚜껑 같은 손이 찬경의 뺨을 매섭게 후려치는 소리가 울려왔다. 잠시 후 묵묵한 곰의 목소리도.

"정신 차려, 자식아."

솥뚜껑 같은 손바닥의 위력인가. 찬경의 머리에 달라붙었던 분노의 귀신은 물러간 듯했다.

문득 그의 시선이 자신을 바라보는 곰과 잔뜩 겁에 질려 움츠러든 수하들, 그리고 자신이 곤죽이 되도록 짓밟은 상대를 어지럽게 둘러보았다. 그리고 어쩌면 친구의 말대로 제정신이 아닌 듯 보이는 자기 자신에게도. 자신의 하얀 셔츠에 묻은 핏방울을 보며 풀 죽은 목소리로 찬경이 중얼거렸다.

"……옷에 피 묻은 거 보면 쌀례가 놀랄 텐데."

곰은 그 와중에도 제 여자 생각부터 하는 친구가 어이없다는 듯 머리를 내두르다 다시 담배 갑을 꺼내 들고 불을 붙여 찬경에게 내밀었다.

찬경은 구급약을 들이켜는 심정으로 연기를 깊숙이 빨아들였다 내뱉었다.

매운 연기 사이로 친구가 다시 묻는 소리가 들려왔다.

"무슨 일이야? 왜 이러는데?"

쌀례에게도 똑같은 질문을 받았다.

─무슨 일이에요? 뭣 때문에 이러는 건데요?

오늘 아침 창피하게도 그 여자에게 별 소리를 다 했던 것 같다.

─나는, 당신이 늘 어딘가로 가 버릴까 봐 무서워.

그 기억을 떠올리며 찬경은 혀를 깨물고 싶었다.

마치 엄마 치맛자락을 붙들고 자신을 떼 놓지 말아 달라고 사정하는 어린놈 같은 짓을 내가 했단 말인가. 이 윤 사장, 윤찬경이?
 그 여자 앞에서 버럭거리는 자신이 싫다. 초라하게 매달리는 것도 싫다. 그 여자 앞에서 초라해지느니, 차라리 죽는 게 나을지도 모른다.
 언제나 네 앞에서 든든한 버팀목이 되고 싶었는데, 힘들 때 위로가 되고 싶었는데, 바람막이가 되어 주려 했는데 나는 늘 왜 이 모양 이 꼴인 걸까. 오히려 너는 이런 내 머리를 쓰다듬어 주며 자장가 부르듯 말해 주었지.

 ─어디로도 가지 않아요. 왜 그런 생각을 해요.

자장가 같은 목소리가, 머리칼을 만져 주는 그 손길이 따뜻해서 눈물이 났다.
 이 손을 빼앗길 수 없다. 내 것이다.
 다시 만났을 때, 전후사정을 듣고 뒤돌아서서 손바닥으로 벽을 치던 도련님 자식 모습이 떠올랐다. 손바닥은 주먹이 되었고, 모르긴 몰라도 주먹에 피가 맺힐 만큼 두들겨 대다가 한참 제 분에 겨워 어깨를 들썩이더니…….

 ─그래도…… 살아 있어서 고맙다.

한참 있다가 겨우 그놈이 뱉은 말은 그거였다.
 고귀하신 도련님은 그저 여자가 살아 있다는 것만으로 그만인 모양이지만, 나는 다르다. 내 곁에 두어야 하고, 내가 만질 수 있어야 한다.

그놈은 시간을 두고 해결하겠다고 했지만 찬경은 코웃음을 쳤다.
'해결을 해? 뭘?'
그 여자를 내게서 다시 빼앗아 갈 모양인데, 어림없다.
"배부른 놈은 배고픈 놈을 절대 이길 수 없는 법이지."
매운 담배 연기 저 너머에 마치 자신의 연적이 버티고 있는 것처럼, 찬경은 음울한 미소를 지어 보이며 그렇게 중얼거렸다. 구급약, 안정제를 들이켜 대듯 그는 다시 한 번 폐 속 깊숙이 담배 연기를 들이켜고는 곁에 선 친구에게 물었다.
"빠르게 탈 만한 배편, 있나? 어른 둘에 아이 하나."
"어디? 홍콩? 싱가포르? 일본?"
"아무 데나. 가장 빠른 걸로."
"야반도주라도 하겠다는 거냐?"
"필요하다면."
그렇지 않아도 경무대에서 높은 자리 하고 있다는 양반과 합작으로 미국에서 들여오는 원조 물자인 목면으로 크게 한탕 했다가 그 이후 짭새나 이번에 잡힌 저것들 같은 정체불명 것들이 코를 킁킁대며 주변을 어슬렁거리고 있다.
이참에 외국으로 나가 잠잠해질 때까지 몇 년 숨어 사는 것도 나쁘진 않을 것이다.
그런 찬경의 구상에 곰이 손가락으로 자신의 뺨을 긁적이며 말했다.
"나쁜 생각은 아니지만…… 괜찮을까? 그렇게 꽁지 말아 튀는 게, 켕기는 게 있어서 튀는 거란 인상을 줄 수 있는데."
"그러거나 말거나. 제 잇속 차리기에만 급급한 것들이 뭐 주워 먹을 것도 없는데 나 같은 거에 그리 길게 눈독 들이겠나."

불타는 둥지 | 257

오히려 여기서 짭새들 표적이 되었다가 윗놈들이 보호막 쳐 주기 귀찮다고 모든 죄를 자신들에게 뒤집어씌우고 버릴 수도 있다. 자신이 감옥에 간다면 그때를 노려 도련님 녀석이 쌀례에게 마수를 뻗칠 것이다. 그러니 그전에 여자와 아이를 데리고 튀어야 한다.

곰도 슬슬 이 어둠의 장사를 걷어치우고 정식으로 뱃길 장사를 시작한다 했고, 찬경 자신도 일단은 떠나야 하는 입장이니 그들의 '한탕'은 이제 접어야 할 시간이 온 것이다.

"지금 '둥지'에 있는 물건들만 처치하고 나면, 잠정 휴업이다. 배편은 빠르면 빠를수록 좋아."

찬경은 충분히 그럴 수 있으리라고 생각했다.

사나흘 안으로 이 지긋지긋한 땅에서 벗어나 쌀례와, 작은 쌀례와 함께 그 은빛 물결을 볼 수 있을 거라고.

그러나 그의 말이 채 끝나기도 전에 밖에서 들려오는 그들 똘마니의 날카로운 외침이 찬경의 귀를 꿰뚫으면서 그의 꿈에 금을 그어 놓기 시작했다.

"경이 형님! 곰 형님! 두, 둥지에서 지금 부, 불이 났답니다!"

찬경이 곰과 함께 '둥지'에 달려갔을 때 화마(火魔)는 그의 보물들을 절반쯤 잡아먹고 난 뒤였다.

둥지. 그들이 고위 관료들과 연계하여 미국에서 온 함선에서 내리자마자 빼돌린 엄청난 양의 군사용 원면(原綿)과 해경의 호위까지 받아가며 몰래 들여온 밀수품 물건을 감춰 둔 창고였다.

특히 그중 가장 중요한 것은 원면이었다.

미국으로부터 군인들 월동용 군복과 군용 담요를 만들기 위해 들여온 것이 자그마치 50만 불어치였다.

이걸 애초의 목적대로 군인들을 위해 쓰지 않고 찬경 같은 상인이 경무대 윗선에게 넘겨받아 웃돈을 얹어서 시장에 내다 판다. 배를 호위하여 물건을 항구까지 안전하게 들여오는 것은 곰의 몫, 그것을 시장에 처분하는 것은 찬경의 몫이었다. 그래서 생긴 엄청난 이익을 윗선과 찬경, 곰이 분배하는 형식이었던 것이다.

물론 그렇게 높은 영감님들과 연결이 된 상인이 찬경 혼자가 아니었고, 찬경이 가지고 있던 것은 50만 불어치 전부가 아닌 일부였지만 이것만도 상당한 액수였다.

그러니까 지금 불에 타는 물건은 찬경과 곰만의 물건들이 아니었다.

바로 경무대 높으신 영감님 몫들도 포함된, 타서는 안 되는 물건들이었던 것이다.

이 물건들과 물건들로 인해 생길 막대한 이득 때문에 찬경은 이제까지 짭새들의 접근으로부터 보호받을 수 있었다.

그런데, 그 보호막이 불타 버렸다!

그들이 자신들이 있던 곳에서 그다지 멀지 않은 '둥지'에 도착했을 때, 석양처럼 붉은 불길이 피어오르고 검은 연기가 먹구름처럼 뭉게뭉게 여러 겹 피어오르고 있었다.

그 모습이 마치 산과 같았다.

그가 힘들게 기어올랐던 뾰족한 산들.

문득 쌀례와 함께 사진을 찍었을 때 머릿속에 떠올랐던 단어가 그의 머리에 맴을 돌았다.

절정(絶頂).
 산의 맨 꼭대기. 더 이상 올라갈 수 없는 상태를 말한다 했던가. 올라갈 수 없다는 건 내려갈 일뿐이라는 건가.
 "개소리 마!"
 찬경은 누구에겐지 알 수 없이 비명처럼 버럭 고함을 토해 냈다.
 개소리 마! 나는 계속 올라갈 거야! 내가 어떻게 여기까지 왔는데! 내가 순순히 운명 너 같은 거에 '아, 그러십니까? 이제 내려가라굽쇼?' 하고 항복할 줄 알았냐?
 뜨거운 불기운을 수하들은 그저 지켜보고만 있었다. 그 모습에 찬경은 이를 갈면서 자신의 재킷을 벗어던지고 아직 불길이 다 잡히지 않은 '둥지' 쪽으로 성큼 발걸음을 내디뎠다.
 "너희! 거기서 뭘 하는 거야? 남은 거라도 건져 내야 할 거 아냐?"
 뜨거운 연기가 그의 뺨에 확 스쳐 왔다. 눈이 맵다. 그저 한 발짝 내딛은 것뿐인데도 숨이 콱 막힌다. 그래도 발걸음을 멈출 순 없었다. 그렇게 불길 속으로 뛰어들 것처럼 보이는 찬경을 이번에도 곰이 뒤에서 잡아끌었다.
 "그만둬! 죽으려고 작정했냐?"
 "놔! 저대로 둘 수 없어! 자식아! 이것 놔! 놓으라니까! 으아아아아!"
 짐승의 울부짖음 비슷한 것이 찬경의 입에서 터져 나왔다.
 타닥타닥, 보물을 태우는 화마의 노랫소리와 남자의 짐승 같은 울부짖음이 뒤엉켰다.
 그리고 그 모든 것이 채 사그라지기 전, 한 떼의 남자들이 그들을 둘러쌌다.
 늙은 형사가 물고 있던 이쑤시개를 '퉤' 뱉으며 아직 훈기가 뿜어져 나오는 타다 만 컨테이너 건물을 보고 중얼거렸다.
"증거인멸인가. 타이밍 한번 기가 막히구만."
조롱기 머금은 형사의 말에 찬경은 속에서 욕지기가 나오려는 것을 가까스로 참았다.
타이밍이 절묘하다. 누가 할 소리인가. 황금 덩이가 숨겨져 있던 창고에서 불이 나고, 숨겨져 있던 황금, 혹은 원면 뭉치가 남들 눈에 드러날 때쯤 경찰이 들이닥치다니.
이보다 더 절묘할 수 있겠는가.
대체 누가 불을 지르고, 누가 경찰에 신고를 한 걸까.
문득 찬경의 뇌리에 방금전 족쳤던 놈의 목소리가 떠올랐다.

―정말, 정말 모릅니다! 몇 명이나 투입이 된 건지 우리 모두 몰라요! 각자 구역을 배당받아서 숨어든 거라!

길게 생각해 볼 필요도 없는 일이었다.
그가 똘마니 중 하나를 붙잡아 족치는 사이, 멧돼지의 다른 똘마니가 불을 질렀을 가능성이 높았다. 그리고 경찰을 불러들였겠지.
찬경의 짐작을 증명이라도 하듯이, 검은 재 사이로 타다 남은 상자에서 원면 뭉치를 발견한 형사는 씨익 싯누런 이를 드러내 보이며 미소를 지었다.
"현행범으로 당첨이 되셨소이다. 윤찬경 사장, 당신을 군수물자 횡령 은닉 및 밀거래범으로 체포하겠다. 귀하의 증언은 법정에서 불리하게 진술될 수도 있고……."
고소함을 머금은 형사의 의례적인 말소리를 들으면서 찬경은 피곤한 듯 눈가를 문질러 댔다.
 '빌어먹을. 멧돼지와 짭새의 공격에 한 방 먹었군.'
 그러고 보니 지난 겨울 곰이 경고했었다.

 ─낌새가 이상해서 관할 서장한테 술 좀 한 상 먹이고 물어봤는데…… 검찰인가 검산가 윗선 중에 젊은 놈 하나가 이쪽한테, 정확히 말하면 너한테 눈독을 들이고 있다더라. 뭐, 짐작 가는 거 있어?

 나한테 눈독 들인다는 젊은 짭새. 그놈이 칼을 빼 든 모양이다.
 당장 냉랭한 취조실, 낮은 촉수의 전등불 아래 자신을 노린다는 젊은 검산지 짭새인지를 기다리면서 찬경은 마음속으로 결의를 다졌다.
 '좋아. 누가 이기나 한번 해 보자구.'
 젊은 놈이라니까 당장 영웅 심리, 아니면 실적에 눈이 멀어 이 윤찬경에게 달려드나 본데, 너 실수한 거야. 산전수전 공중전까지 다 치러본 이 윤찬경을 네놈이 당해 낼 수 있을 것 같아?
 일단 마음의 진정을 위해 찬경은 요즘 쌀례의 잔소리로 줄여 보려 노력 중이었던 담배 한 가치를 꺼내 물었다.
 그때 취조실 문이 열리고 누군가의 목소리가 들려왔다.
 "취조실 내에선 금연이야. 불, 끄지."
 냉랭한 실내 공기만큼이나 서늘한 젊은 목소리.
 처음부터 기선 제압인가 싶어 픽 쓴웃음을 머금던 찬경의 입매는 곧 자신 앞에 마주 앉은 상대방의 얼굴을 보는 순간 확 굳어지고 말았다.

툭, 그가 물던 담배 가치가 바닥에 떨어졌다.
"네놈은……"
촉수 낮은 불빛 아래 단정한 하얀 얼굴이 그를 바라보며 말했다.
"서울 지검, 한선재 검사요. 시작해 봅시다, 윤찬경 씨."
그 서늘한 목소리에 찬경의 입에선 저절로 피식 쓴웃음이 서렸다.
'도련님 자식의 반격인가.'
곧 그는 '취조실 내에선 금연'이라는 선재의 말 따위 들은 적 없다는 듯이 묵묵히 케이스에서 새 담배 가치를 꺼내 불을 붙이고 한 모금 길게 빨아들이더니 선재의 얼굴에 '훅' 하고 매운 연기를 쏘아 내뿜었다.
"그러시죠, 검사 나으리."
같은 또래로 그 지독한 세월을 어쩌다 보니 함께 견뎌 낸 사이.
그러나 다시 만났다고 해서 '살아 있어 다행이다.'라고 기쁘게 서로의 생존을 축복해 줄 수도 없는, 친구도 형제도 아닌 사이.
한 여자를 사이에 둔 연적.
지금은 검사와 범죄 용의자.
총탄이 뺨을 스치고 지나가던 전쟁터가 아닌 취조실에서 마주하게 된 두 남자가 서로를 응시했다.

"검찰청이라고요? 아니, 영화 만든다는 사람이 거긴 왜……"
찬경이 검찰이라는 곳에 불려간 지 벌써 이틀이 넘어가고 있었다.
그녀가 알기로 그는 영화를 만드는 회사를 운영한다고 했다. 그런 사람이 대체 무슨 일로 경찰에 불려 가 이렇게 길고 긴 조사를 받는 건지 여자는 아무리 생각해도 알 수가 없었다.
"별일 아닐 겁니다. 그냥 뭐라더라, 참고인인가 뭔가로 불려 가서 조사만 받는 거라고 하니까 제수씨가 걱정할 필요 없어요."
지난 겨울 이래로 종종 '밥집에 들러 찬경과 술을 마시던, 곰같이 생겨서 곰이라 불린다는 약혼자의 친구, 혹은 동업자는 너무 걱정하지 말라는 소리만 할 뿐, 구체적으로 무슨 일 때문에 찬경이 검찰이라는 곳에 불려갔는지는 입을 다물고 있었다.
하긴 약혼자라는 남자부터가 그랬다.
가까스로 연결된 전화 통화에서 그는 대수롭지 않다는 듯이 그저 이렇게만 말했다.

―하루 이틀이면 끝날 거야. 별일 아니야.

별일이 아닌데 경찰이라는 남자들이 와서 데려가기까지 하나?
"제가 아는 건 없지만 그래도 명색이 약혼녀인데, 무슨 일인지는 알아야 하잖아요. 대체 무슨 일이에요? 아니, 그보다 그 사람, 지금 어디 있어요?"
그녀가 할 수 있는 일이라곤 아무것도 없다는 것을 알지만, 그래도 이렇게 앉아만 있을 수는 없었다.
곰에게 수차례 끈질기게 물어본 끝에 쌀례는 검찰청이라는 답을 얻어 내고 바로 그곳으로 달려갔다.
그리고 담당 검사의 명패를 본 순간, 쌀례는 한동안 멍하니 그 명패 속 이름을 보고 또 보아야 했다.

검사 한선재

한선재. 눈에 익은 이름이다.
아이가 삐뚤삐뚤한 글씨로 써서 그녀에게 보여 준 그 이름과 같은 이름.
그녀의 첫 지아비의 이름이었다.
세상에 같은 이름이 한둘인가 싶기도 하지만 하필이면 지금 눈을 찌르고 들어오는 그 이름을 본 순간, 여자는 당황하고 말았다.
그리고 잠시 후 그 이름의 주인을 마주하는 순간, 그녀의 당혹감은 더해졌다.
"선생님?"
그리고 그런 그녀를 보는 남자도 당황하고 있는 기색이 역력했다.
"여긴, 어쩐 일입니까?"
"저, 전 윤찬경 씨 일로 담당 검사님 좀 뵐려고요. 그런데…… 선생님은……."
그때 그녀의 질문에 대신 답하기라도 하는 것처럼, 서류를 들고 사무실 안으로 들어오던 비서 차림의 여자가 그에게 말을 건네는 소리가 들렸다.
"검사님, 댁에서 오셨습니다만, 들어오시라 할까요?"
'검사님? 저…… 선생님이?'
당장 의아심이 묻어난 쌀례의 얼굴을 보고 속으로 한숨을 내쉬면서 선재는 침착한 목소리로 비서에게 말했다.
"아니, 지금 바쁘다고, 돌아가시라 해요. 여기 차 한 잔만 내주시고."
침착하려고 나름 애썼지만 선재는 내심 바짝 긴장했다.

'집에서 왔다니? 누구지?'
 아무튼 지금은 누구라도 이 공간에 들여놓을 수 없다.
 저런 쌀례의 모습을 집안 누군가에게 보인다면, 일은 걷잡을 수 없이 커질 것이기 때문이다.
 그렇게 해서 다시 그 공간에 그들만 남겨졌다.
 여자의 시선이 자신도 모르게 남자와 남자의 명패를 번갈아 향했다.

한선재

 아직도 단 세 글자만으로 그녀의 눈을 젖어 들게 하고 심장을 무겁게 내리누를 수 있는 힘을 지닌 이름과 같은 이름이다.
 그리고 저 사람, 주말에 그녀가 나가는 고아원 봉사 모임에서 그녀가 아이들 머리칼을 매만져 주듯이 아이들에게 글을 가르치는 동료 봉사 선생님이었다.
 그러고 보니 그에 대해 아는 것이 없었다.
 이름도, 성도, 직업도, 아무것도.
 "한 선생님이셨네요."
 "……그래요. 한선재라고 합니다."
 문득 여자는 지금 이 순간 꼭 놀림을 받은 느낌이 들었다. 여자의 표정과 목소리가 뾰족해져 가고 있었다.
 "공무원이라 하셔서 그런 줄만 알았어요."
 어쩐지 책망조로 들리는 그녀의 말에 남자는 어깨를 으쓱해 보였다.
 "공무원, 맞습니다만."
 그의 말이 틀린 것은 아니다. 어느 직책에 있는지 말하지 않았을 뿐이지 검찰청에서 나라밥 먹고 있는 공무원이 맞지 않은가.
하지만 저 태연한 표정과 몸짓이 그녀의 비위를 건드렸다.
"바쁘신 분일 텐데 주말마다 거기 오신 것, 제가 누군지 알고 계셔서 인가요?"
한순간 남자의 얼굴이 굳어졌다. 사실 그는 지금 숨 쉬는 것을 잊을 만큼 놀라고 있었다.
혹시 그녀의 기억이 돌아왔는가. 하지만 자신을 보는 그녀의 얼굴 표정이나 뾰족한 목소리를 보아하건대 그건 아닌 듯 보였다. 그렇다면······.
여자의 다음 목소리가 그의 고막을 후려쳤다.
"그 사람 때문에, 그 사람을 보려고 저와 아이를 돌봐 주신 건 아닌가 해서요."
쌀례의 끔찍한 의심에 비명을 지르는 대신 남자는 짧게 칼처럼 웃었다.
"······하!"
참으로 기묘한 일이었다.
분명 자신의 쌀례인데, 열네 살 때부터 헤어지던 그 순간까지 온 마음 다해 자신만을 바라보던 그 여자가 분명한데, 쌀례의 모습을 하고 있는 이 여자는 지금 다른 남자를 걱정하고 있다. 그들을 갈라놓고 그녀를 속인 그 남자를. 그 남자를 걱정하고 있기에 자신을 찾아와서 그 남자를 잡기 위해 자신에게 접근한 것이 아니냐고 추궁하고 있다.
서글프고, 끔찍하고, 화가 난다. 그래서 그녀의 질문에 대답하는 그의 목소리 역시 점점 뾰족해져 갔다.
"제 주말을 그런 식으로 고스란히 갖다 바칠 만큼 윤찬경이 대단한 인물이라고 보십니까?"

'너 때문이었다, 이 여자야. 너와 우리 아이 때문이었다. 내가 그곳에 간 이유는 그 나쁜 자식 때문이 아니고 오로지 너 때문이었단 말이다.'

그러나 지금 저렇게 날 선 얼굴로 자신을 보는 여자에게 말할 수는 없었다. 그의 마음속 소리를 들을 수 없는 여자는 화가 난 얼굴로 그에게 말했다.

"댁한테는 어떨지 몰라도 저한테는 대단한 사람, 좋은 사람이에요!"

그렇다. 다른 사람들 눈에는 어떨지 몰라도 박쌀례에게만큼은 윤찬경은 대단한 사람이었다. 길가의 거렁뱅이, 남의 집 머슴 살았던 과거를 딛고 지금 자기 일을 열심히 하면서 사는 사람이다. 자신과 아이에게 한없이 다정한, 좋은 사람이다.

진심으로 그렇게 말하고 있는 듯 보이는 여자를 남자는 기가 막히다는 듯이 바라보았다.

"좋은…… 사람?"

"그 사람 좋은 사람이에요! 언제나 어느 때나 저한테나 아이한테나…… 그 사람 없었으면 전 지금쯤 죽었을지도……."

"그만!"

남자는 더 이상 듣고 있다간 이 여자를 미워하게 될 것만 같았다. 아니, 지금 이 순간만은 그녀가 미웠다. 때문에 그녀를 바라보는 눈빛, 목소리 모두 점점 날카로워져 갔다.

"그 좋은 사람이 왜 여기 와 있는지 생각해 본 적은 없습니까? 윤찬경이라는 남자가 이제까지 무슨 일을 하면서 살았는지 알고 있다면, 그런 말은 못 할 텐데요?"

"네?"

확실히 그녀는 약혼자의 지난날을 모른다. 자신의 지난날도 모르는데 다른 사람의 지난날까지 어찌 알 수 있단 말인가. 당장 당황하여 아무 말도 못 하고 있는 그녀에게 남자는 계속 다그치듯 말했다.

"댁이, 그 인간에 대해 무얼 압니까? 사람 머리에 총을 겨눠도 눈 하나 깜빡이지 않는 종자라는 건 압니까? 도둑질! 살인! 납치까지! 자기 욕심 채우기 위해서라면 뭐든 가리지 않고 해 대는 악당이라는 것! 알고 '좋은 사람'이라고 말하는 건가요? 그 인간이 대체 무슨 짓을 했는지, 하고 있는지 알고나……."

처음 조곤조곤하던 목소리는 마지막에 가서 비명 비슷한 것이 되어 버렸다. 여자는 날카로운 채찍에 휘둘러 맞듯이 온몸으로 그 날카로운 고함을 맞고 있었다.

저 남자의 분노를 여자는 이해할 수 없었다. 그녀의 약혼자를 세상에 다시없는 악당이라 말하는 그의 평가도 인정할 수 없었다.

무엇보다 이제까지 단정한 선생님이었던 그가 마치 가면을 벗어던진 것처럼 분노에 휩싸여 있는 모습에 기묘한 반발심이 생겼다.

"몰라요. 예전에 선생님 집안에서 그 사람 해치려고 했다는 건 들어 알지만 그 사람 과거에 대해서 아는 건 겨우 그 정도지 다른 건 몰라요. 다만 한 가지……."

남자는 한숨을 쉬었다.

'윤찬경, 이 교활한 자식. 그런 식으로 설명을 했단 말이지.'

"보십쇼. 그 인간은……."

한숨을 쉬며 무언가 반박, 혹은 설명을 하려는 남자에게 여자는 또랑또랑한 눈빛, 목소리로 다시 말했다.

"한 가지, 지금 이 꼴이 아주 유치해 보인다는 건 알겠어요. 그쪽 집안에서 경이 오라버니를 해쳤다고 경이 오라버니도 뭔가 그쪽에 해를 끼치고, 다시 그쪽이 그 복수을 하고…… 치고 박고 서로 잘났다고 으스대고! 당신네들 모두 똑같아요! 둘 다 똑같이 아주, 아주 유치하다고요!"

'뭣이? 둘 다 똑같이 유치해?'

그녀의 선고에 남자가 기가 막혀 하는 사이, 여자는 일부러 등을 꼿꼿이 세우고, 턱을 치켜들고 그의 눈을 똑바로 보면서 말했다.

"아무튼 제가 관심 있는 건, 지금 그 사람이고, 그 사람이 앞으로 어떻게 될지 그뿐이에요."

생각해 보면 이건 찬경이 늘 해 오던 말이었다.

―과거 따위에 연연하지 마. 넌 지금은 내 약혼녀야. 그거면 됐잖아.

여자는 그 말에 긍정도 부정도 하지 않았지만 마음속으론 늘 반문했었다.

'정말 그거면 다일까?'

마음 한쪽에선 그게 다일 수 없다고 다른 여자가 말하고 있다. 아직 이름밖에 모르는, 죽었다던 남편 얼굴이 궁금하다고. 아직 다른 남자의 여자 노릇은 할 자신이 없다고.

하지만 지금 처음으로 쌀례는 지금만 생각하자는 남자의 말에 동의하고 있었다.

정작 그가 곁에 없는 지금, 그를 궁지에 몰고 있는 다른 남자 앞에서.

그런데…… 이상하다. 그 다른 남자가 지금 꼭 울 것 같은 얼굴로 그녀를 보고 있었다.

검사라는 지위를 이용해서 과거 악연을 이런 식으로 앙갚음하고 있는 것 같아 보이는 사람이 도리어 자신이 상처받은 얼굴로 아프게 아프게 그녀를 본다.
 착각일 수도 있겠지만, 꼭 그 눈에 물기를 머금은 것 같아서 쌀례는 그의 얼굴을 똑바로 바라보기 힘들었다.
 "제가 잘못 온 것 같아요. 마음이 급해서 와 본 거지만…… 실례했습니다."
 여자는 서둘러 목례를 하고 빠른 걸음으로 그를 지나쳐 그곳에서 나갔다.

 ―제가 관심 있는 건 지금 그 사람이고, 그 사람이 앞으로 어떻게 될지 그뿐이에요.

 그녀는 나가 버렸는데 여자의 목소리는 아직도 어지럽게 그의 귓가와 심장에 박혀 남자를 죽도록 고통스럽게 했다.
 당혹감이, 분노가, 슬픔이 그의 내부에서 미쳐 날뛰었다.
 마음이 어지러워 사무실 끝에서 끝을 왔다갔다하길 몇 차례, 결국 그는 참지 못하고 사무실 밖으로 그녀를 따라 나섰다.

 검찰청 건물을 나오면서 쌀례는 이곳에 온 걸 후회하고 또 후회했다. 결과적으로 찬경에게 도움이 되지 못했다거나 담당 검사라는 사람 비위만 건드린 것 같다는 그런 종류의 후회는 아니었다.
 뭔가 설명할 수 없는 이유로 가슴에 돌덩이가 올려진 것처럼 답답한 느낌이 들었다.

무엇 때문에? '공무원이에요.'라고 말했던 선생님이 사실은 검사님이었고, 사실이 밝혀지고 나서도 무표정한 얼굴로 '공무원 맞습니다만.'이라 한 것이 꼭 바보 취급 받은 것처럼 느껴져서?

약혼자의 말대로 그 검사라는 남자가 윤찬경이라는 사람에게 악감정을 가지고 있는, 그래서 찬경의 약혼자인 자신으로선 경계해야 할 사람이라는 것 때문에?

아이에게 보여 주던 그 다정한 낯빛도, 푸르스름한 새벽부터 빛나던 아침까지 한 칸 떨어진 의자에 나란히 앉아 영화를 보던 그 순간이 정작 저 남자에겐 아무것도 아니었다는 그 새삼스런 사실 때문에?

모르겠다. 그럼 화만 나면 될 것을 왜 이리 가슴이 아픈가.

어처구니없게도 눈물까지 나려 하고 있다.

'도대체 왜? 병원에 가 봐야 할까.'

하지만 거기까지 생각하다가 여자는 고개를 내저었다.

머릿속 성에 때문에 정기적으로 가고 있긴 하지만, 그녀 자신이 어쩌지 못하는 이 발작적인 통증과 이유 모를 눈물은 그곳에 간다 한들 나아지진 않았기 때문이다.

찬경은 병원에 가는 그녀를 볼 때마다 퉁명스런 목소리로 말하곤 했었다.

―기억 같은 것 못 해도 사는 데 지장 없잖아. 병원 가는 데 드는 푼돈 가지고 뭐라는 게 아니야. 왜 당장 해결이 안 나는 일에 그렇게 집착하는 거지?

그의 말 그대로, 살아가는 데 지장은 없었다. 이름 같은 것 기억 못 해도 밥벌이하면서 일상은 그럭저럭 살아지고 있었다.
하지만 쌀례는 그걸로 만족할 수는 없었다.
병이 있는 것도 아니라는데 가끔씩 가슴속을 누르는 통증이 왜 일어나는 것인지 알고 싶었다.
까닭 모르게 흐르는 눈물의 이유를 알고 싶었다.
지금 자신의 곁을 지켜 주는 약혼자에겐 미안하지만, 아이 아버지의 얼굴을 기억하고 싶었다.
불쑥불쑥 치밀어 오르는 그 마음들은 도저히 포기할 수가 없었다.
그것만으로도 머리가 도끼로 쪼개질 듯이 아픈데, 지금 여자는 또 다른 누군가 때문에 심장이 무겁고 눈물이 나려 하고 있었다.
'미쳤나 봐, 내가.'
약혼한 사람을 죽일 뻔했다는 집안 남자가, 이제야 겨우 이름 석 자 알게 된 남자가, 전쟁통에 헤어진 아내가 있다는 남자가 머리와 심장을 휘젓고 있었다.
문득 찬경의 비웃음 소리가 떠오른다.

―지금 네 상태를 다른 것들이 알아봤자 미친년 소리 말곤 건질 게 없어.

그의 말이 맞다. 난 미친 거야. 죽었다는 그 사람하고 그 남자 이름이 같다는 게 무슨 큰일이라고. 나는 미친 거야.
가슴이 북받치고 결국 눈에서 눈물이 차고 넘쳤다.
주르륵 뺨을 타고 흐르는 소금물처럼 이상한 것이 또 있을까. 막 눈에서 나왔을 때는 뜨거워 사람 눈앞을 가리면서 정작 뺨을 타고 나올 때는 차갑기 짝이 없다. 종잡을 수 없고, 남에게 보이기 껄끄러운 것이, 자신의 머릿속 같은 느낌이다.

눈물이나 질질 짜면서 길을 걷고 있다는 것이 창피해 손등으로 쓱쓱 눈가를 문지르는 데 정신이 팔려서인가. 여자는 바로 코앞을 지나가는 자동차를 보지 못했다.

끼이이이익—.

날카롭게 지면을 긁어 대는 타이어 소리가 그녀의 고막을 후려쳤다. 동시에 누군가의 강한 손아귀가 그녀의 팔을 뒤로 잡아끌었다.

"아가씨, 미쳤어!"

운전석 남자의 고함이 귓가에 쨍쨍 울려왔다.

하지만 여자는 아무 말도 할 수 없었다.

자기 앞에 선 자동차도 지금 이 순간 여자의 눈에 보이지 않았다. 지금 그녀의 눈과 귀에 들려오는 것은 다른 곳, 다른 시간이었다.

지금처럼 낮이 아닌 어두운 밤, 지금처럼 눈물을 흘리면서 빠른 걸음으로 길을 걷고 있었다. 뒤에서 누군가 그녀를 쫓아오고 있었다. '쌀레야!'라고 불렀지만, 그녀는 그때 그 목소리, 쫓아오는 누군가에게 진저리를 쳤었다. 그렇게 달리고 또 달리다가 자동차 불빛이……

'이게 뭐지? 언제 이런 일이 있었던 거지?'

거기까지. 여자는 다리에 힘이 풀려 그 자리에 주저앉으려 했다.

만약 그녀의 팔을 붙들고 있는 누군가만 아니었다면, 그녀는 흙바닥에 그대로 주저앉았을 것이다.

"괜찮아요? 맙소사! 지금 대체…… 큰일 날 뻔했잖아요!"

걱정스런 목소리로 그녀를 내려다보고 있는 남자의 얼굴이 여자의 시야에 한가득 들어왔다가 다시 차오르는 눈물 때문에 흐릿해졌다.

느닷없이 울고 있는 그녀를 보면서 남자는 그녀의 몸을 살피며 걱정스레 물었다.

"어디, 어디 다쳤어요? 좀 일어서 봐! 병원에 가야······."

"아니, 아니에요. 그저 놀라서······."

그제야 쌀레는 자신이 어떤 꼴을 하고 있는지 자각하기 시작했다. 대로에서 남자의 팔에 붙들려 있다니. 다리에 힘은 없었지만 그 팔을 벗어나려고 몸을 일으키는데 이번에는 남자에게서 분기 찬 목소리가 들려왔다.

"대체! 왜 늘 이 모양이야! 잠깐만 눈을 떼면 늘 이렇게 사고나 치고······ 눈 없어요? 차가 달려가고 있는 앞에 그냥 가면 어쩌잔 말이요. 당신! 엄마 아니야? 아이는, 걱정하는 사람은 어쩌라고 매번······."

남자는 하얀 얼굴이 붉어질 만큼 화를 내고 있었다.

평상시 그녀라면 '무슨 상관이에요?'라고 쏘아붙일 것이다. 그리고 무례하게 자신의 팔을 잡고 흔드는 그 커다란 손을 뿌리치려 했을 것이다.

그런데 지금은 온몸에서 힘이 썰물처럼 빠져 나간 것처럼, 아무것도 할 수 없었다. 아무것도.

그래서 멍하니, 그 남자가 지르는 소리를 고스란히 다 듣고, 자신의 어깨를 잡고 흔드는 그 거친 손길도 내버려 두고, 그 손길이 이끄는 대로 그 품에 안겨 버렸다. 그저 멍하니.

대로변이고 한낮인데, 지나가는 사람들이 보고 있는데, 나 무얼 하고 있는 걸까.

나를 안고 있는 이 남자는 또 무슨 얼굴로, 무슨 생각으로 이러는 것일까.

고개를 들어 그 남자의 얼굴을 보고 확인하려고 하는데 그의 손이 그녀의 머리를 꽉 끌어안고 풀어 주질 않았다.

이상하다. 불쾌한 상황인데, 그런데 나는 이 팔, 이렇게 머리를 꼭 끌어안고 있던 이 느낌이 낯설지 않다.

그런 그녀의 머리 위로 남자의 목소리가 들려왔다.

"지금, 내가 미친 것처럼 보일 수도 있겠는데, 아니, 미친 것 맞지만, 한 가지만 물읍시다."

한낮의 어둠.

얼굴을 볼 수 없는 그의 목소리는 조금씩 떨리고 있었다.

이상한 상황.

이상한 남자.

이상한 목소리.

처음 본 이래로 거의 대부분 감정 없는 목소리로 그녀를 대하던 그가 지금만큼은 마음 가득 담아서 그녀에게 물었다.

"정말 윤찬경, 그 인간밖에 생각나는 게 없어요?"

여자는 그 순간 목이 막혀 왔다.

'그래요.'라고 당장 대답하고 그 품을 벗어나야 한다는 건 알았지만, 이상도 해라. 꼼짝도 할 수가 없었다.

목소리를 낼 수 있다면 이 남자에게 한 가지 사실을 말해 주고 싶기도 했다.

기억하고 있는 게 아무것도 없어서, 내겐 내 어린 아이와 그 사람뿐이라서, 당장은 그 생각만 할 수밖에 없다고.

하지만 그 말을 어떻게 할 수 있단 말인가. 약혼자 말대로 미친 여자 소리 말곤 들을 것이 없을 텐데.

남자는 다시 물었다.

"그래서 지금, 행복, 하십니까?"

잠시 후 여자가 탄식하듯 말했다.

"……행복하고 싶어요."

기억을 잃기 전에도 아마 절실히 바라고 바라지 않았을까.

누군들 바라지 않을까.

행복하고 싶다. 내가 사모하는 이, 내가 낳은 아이와 함께 헤어지지 않고, 두 번 다시 얼굴 못 볼까 오늘이 마지막이 아닐까 초조해하는 법 없이, 마르지 않을 정을 나누며 따뜻한 밥상을 마주하고 그렇게 살고 싶다.

앞으로 주욱, 행복하고 싶다.

그런 그녀의 대답이 부족했던 걸까. 다시 그가 물었다.

"……윤찬경과?"

함께 행복하고 싶은 사람. 당연히 결혼을 약속한 약혼자라는 사람이어야 한다. 그런데 왜 나는 지금 머뭇거리고 있는 걸까. 왜 질문에 대한 대답은 '예' 혹은 '아니오' 그 두 가지뿐인 걸까.

그때였다. 찰나 같기도, 혹은 백만 년 같기도 한 그녀와 그가 뿜어낸 그 아슬아슬한 침묵이 다른 이의 목소리에 의해 깨어진 것은.

"선재 씨? 거기 선재 씨 맞죠? 어머님이 갈아입을 옷을 가져가라 부탁하셔서 들렀다가 바쁘다고 하셔서 그냥 나오는 길인데…… 다행히 여기서 만나는군요."

선재의 팔에 얼굴을 가리고 있던 쌀례는 누군가 그를 알고 있는 듯한 사람의 목소리에 깜짝 놀라 서둘러 자신의 머리를 감싸 안고 있던 그의 팔을 뿌리쳤다.

그리고…… 그제야 밝아진 그녀의 시야에 한 여자가 보였다.

한눈에 선녀, 혹은 여우처럼 곱구나 하는 소리가 나올 만큼 아름다운 최신 유행 양장 차림의 30대 초반으로 보이는 여자가.

쌀례가 그녀를 보듯이, 그 여자도 남자 곁에 선 쌀례를 물끄러미 바라보고 있었다.

대낮, 대로변, 남자의 팔에 거의 안겨 있다시피 한 쌀례를 바라보는 여자의 얼굴에는 약간의 당혹감과 약간의 경계심, 약간의 호기심이 묻어 있었다.

"손님이 와 계셨던 건가요? 낯이 익는데…… 어디서 뵌 분인지?"

아름다운 그 여자의 눈동자가 놀라움으로 굳어졌다.

"설마…… 성례 씨?"

"집에서 빈둥거릴 것 같으면 제 오라비 옷이라도 챙겨 가지 않구서……."

오늘도 어김없이 시작되는 어머니 김씨의 잔소리에 은재는 거울 앞에서 새 옷을 걸쳐 보며 건성으로 대꾸했다.

"금주 언니가 간다는데 내가 왜? 난 알아서 빠져 줄 뿐이라구요. 두 사람이 자꾸 눈이 맞아야 엄마가 그렇게 염원하시는 대로 오라버니가 새장가도 가고 손주도 보고 그럴 것 아니우."

"그야 그렇다만…… 에휴, 네 오라비가 맘을 쉽게 돌려 줄지. 요즘엔 주말에도 집에 들어오려 하질 않고 얼굴 꼴이 나날이 반쪽이 되어 가고 있으니……."
 거기까지 한숨을 내쉬며 중얼거리던 김씨는 곧 거울 앞에서 새로 맞춘 원피스를 대어 보고 있는 딸의 등짝을 있는 힘껏 후려쳤다.
 "이게 다 네가 철딱서니 없는 짓을 해서 이 사달이 난 게다!"
 "아얏! 검사 영감님 소리 듣기는 뭐 그리 쉬운 일이우? 일 때문에 바쁠 수도 있는 거지 그게 왜 꼭 내 탓이에요?"
 억울하다는 딸의 항변에 어머니도 이번만은 물러서지 않았다.
 "애초에 네가 집을 네 맘대로 처분해서 네 올케 쫓아내지만 않았어도 네 오라비가 저렇게 집에 마음 못 붙이고 반송장 꼴은 안 됐을 거 아니냐! 간이 부었니? 어디서 그런 짓을……."
 그 순간 은재는 하마터면 이렇게 소리칠 뻔했다.
 '원래부터 그 계집애는 오라버니 아내가 될 자격이 없었다구요!'
 부산에서의 피난 시절 그 마지막 순간에 은재의 그 생각은 확신으로 굳어졌다. 그 전직 머슴, 불한당 도적놈 찬경이 놈에게 봉변을 당했던 그 순간에 말이다.
 그 계집아이가 헛구역질하는 모습엔 어쩔 줄 몰라 하던 놈이 내게는 길가의 돌멩이 보듯 무심한 눈으로 그렇게 말했었다.

 ―살쾡이 같은 계집. 제가 아직도 공주인 줄 아나.

 그 뒤 얼마만큼 기절해 있었을까.
 감이 먼 음악 소리와 익숙한 촌닭의 목소리에 정신이 들었었다.
 하지만 안전을 생각해서 눈을 감고 여전히 기절한 척 누워 있었다. 그리고 듣고 싶지 않았던 말들을 꽤 여러 가지 들어 버렸다.

―오, 오라버니…… 제발…… 그만하세요. 아버님이 아시기 전에…… 아가씨께 사정해서 없었던 일로 해 달라고 하고 아버님께 말씀드려서 우리 같이 떠나요. 네? 네? 오라버니, 제발…….

지금 생각해 보아도 그 촌닭은 정말 촌닭 같은, 미련한 계집아이였다. 어떻게 그 도적놈에게 그런 터무니없는 제안을 할 수가 있지? 다행히 그 불한당도 촌닭의 제안을 거절했었다.

―그만! 나하고 너희 족속은 우리가 될 수 없어! 나하고! 한가네는 절대로! 그것들하고 내가! 어떻게 우리가 되니? 어떻게!

하지만 그 악당의 목소리는 거기서 끝나지 않았다.

―……그날 새벽 뭐라고 했는지 기억해? '만약 살아 돌아온다면, 난 이 집안 것들을 전부 다 잡아먹어 버릴 거야!'라고 했었는데. 약속은 지켜야지. 잡아먹겠다고 했으니, 잡아먹어야 하는 거잖아. 거렁뱅이는 아무리 먹어도 먹어도 배가 고픈 법이거든. 킥, 키킥…….

어지럽게 들려오는 그의 웃음소리는 은재의 심장을 짓누르던 불쾌함을 공포로 바꾸었다. 저놈을 말려 죽이겠다고 다짐한 건 그녀였지만 잘못하면 저놈에게 잡혀 먹힐지도 모른다는 공포.
그리고 무엇보다…… 그럼에도 불구하고 그 도적놈의 목소리에 저 촌닭에 대한 적대감은 없다는 것이 은재를 슬프게 했다. 어째서 저 작은 계집아이만 저 남자에게 특별한 걸까. 태어나면서부터 특별했던 건 한은재 그녀였는데. 그리고 슬픔은 얼마 안 가 도적놈과 그 촌닭에 대한 분노로 바뀌었다.

'쌀례, 네가 저 악귀를, 도적놈을 우리 집으로 끌어들인 거다.'

이유는 알 수 없지만 큰 오라버니를 홀린 저 계집아이가 저 악귀도 우리 집으로 끌어들인 것이다. 엄연한 양가의 부인네가 머슴 놈에게 말끝마다 '경이 오라버니'라니. 가당치 않다 생각하긴 했었다.

큰 오라버니 모르게, 나도 모르게 이것들은 서로 머리에 난 더듬이로 은밀히 뭔가 통하고 있었던 것이다.

새벽에 했던 말을 기억하냐느니, 잡아먹겠다고 약속을 했다느니. 저 계집애는 이미 이 사달이 날 걸 알고 있었을지도 모른다.

그 순간부터 은재는 마음속에서 쌀례를 완전히 잘라내 버렸다.

함께 살아온 그 오랜 세월 때문에 그나마 쌓아 온 미운 정, 저 촌닭의 헛구역질을 가라앉혀 주고자 과일 주스를 함께 찾아 나섰던 약간의 친절 따위를 모두 다 잊었다.

큰 오라버니가 저 계집애 뺨에 입맞춤하는 모습을 보면서 어느 정도 포기했던 그녀에 관한 적대감이 다시 부활했다. 아니, 큰 오라비가 거의 죽음 직전까지 가는 큰 부상을 입고 돌아왔을 때, 그녀의 마음속 정원에 핀 장미 가시들은 이전보다 더 독하고 모질어졌다.

'이건 모두 촌닭 너 때문이야. 네가 그 악귀를 우리 집에 끌어들인 거고, 그놈이 우리 오빠를 저렇게 만든 거야. 넌 우리 오라버니 머리 위로 떨어진 재앙이야. 재앙은 없애 버려야 해.'

그래서 아버지 몰래 대리인을 통해서 안국동 집을 팔았다.

새 집주인에게 미리 언질을 주어 남의 손을 이용해 쓰레기를 치우듯 그 촌닭을 치워 버렸다.
 집에서 쫓겨 나간 촌닭이 자기 연락처랍시고 주소며 전화번호까지 남겼지만, 은재는 그걸 부모님이나 큰 오라비에게 넘기고 싶은 생각은 추호도 없었다.
 그 연락처도 전해 받은 즉시 찢어 버리고 싶었으나, 예상치 못한 한 가지가 그녀를 망설이게 했다.

 ─젖먹이까지 달고 있는 여자 쫓아내기는 저희도 좀 마음에 걸리긴 했습지요마는…….

 젖먹이! 대리인을 통해 그 소리를 전해 들었을 때, 은재는 하마터면 비명을 지를 뻔했다.
 '오라버니 아이일까?'
 뭐, 쫓아내기 전까지 그 집에서 아이와 함께 살았다면, 그리고 쫓아냈을 때 그다지도 완강히 나가길 거부했다면 그럴 확률이 높을 것이다.
 그때만은 세상 무서울 것 없는 한은재조차 자신이 저지른 짓의 뒤탈이 조금쯤 두려워지기 시작했다.
 하지만 화살은 이미 시위를 떠났다.
 쌀례가 안국동 집에서 쫓겨났을 때 남겨 두었다던 연락처가 적힌 쪽지는 이제 거의 접혀진 상태에서 그대로 조각조각 잘려질 만큼 색깔도 누렇게 변색된 채 그녀의 책상 서랍에 잠들어 있었다.
 은재는 어서어서 시간이 흘러 이 모든 것이 그저 묻히길 바라고 또 바랐다.
 시간이 흐를수록, 무엇이든 변한다.

나이를 먹을 거고, 오라버니의 저 말도 안 되는 집착도 색이 바래질 날이 올 거다.

지금은 화가 안 풀려 하나뿐인 누이동생을 유령 취급한다고 해도, 자신이 홀로 지내는 방에 이미 없는 아내 사진을 늘어놓고, 그 여자 물건을 유품 끌어안듯 안고 산다고 해도, 다 한때겠지.

변할 것이다.

"오라버니도 모진 사람은 아니니까 지금처럼 금주 언니가 지극정성이면 곧 넘어갈 거예요. 십여 년 넘게 그게 보통 정성이우? 요번 아버지 생신 잔치도 언니가 앞장서서 준비하고 있잖아요. 괜히 아버지 고집 때문에 그 촌닭을 데려와서 많이 돌아가긴 했지만 오라버니에겐 금주 언니만한 짝이 없어요."

"글쎄, 그렇게만 된다면야……."

어머니의 한숨이 짙어졌다. 집에는 늙어 잔기침을 뱉어 내는 남편, 비단 보석을 둘러도 주름살은 감출 수 없는 자신, 아내가 있으나 없는 것과 마찬가지인 아들, 제 형을 닮아 여자와 별 인연이 없어 보이는 작은 아들, 그리고 예전 같으면 애 둘은 낳았을 나이에 주제도 모르고선 자리는 족족 퇴짜 놓고 인생이 심심하다며 어미의 복장을 치게 만드는 딸년뿐이다.

이 집에는 자라나는 아이 웃음소리, 울음소리가 필요하다.

생기가 필요하다.

어머니는 평소 보기 드문 단호한 눈초리, 그 비슷한 목소리로 선언하듯 말씀하셨다.

"네 오라비들은 말할 것도 없고, 너도 올해는 어디든 가! 더 이상 집에서 빈둥거릴 것 같으면 재취 자리든 뭐든 가리지 않고 보내 버릴 테니까!"

 어머니의 시퍼런 서슬에 순간 아무 말도 못 했지만, 딸은 그 말씀 그대로 따를 생각은 없었다.
 모친이 방에서 나가시고 난 뒤 닫힌 문에 대고 딸은 낮지만 힘 있는 목소리로 반박했다.
 "이 미모에! 우리 집 재산에! 재취는 무슨! 빈둥거리는 것도 얼마 안 가 끝이에요. 나도 나름 계획이 있다구요!"
 방에 홀로 있게 되자 은재는 잡아먹은 기억을 끄집어내 서랍 깊숙한 곳에 숨겨 둔, 재앙 덩이 올케가 집에서 쫓겨 나갈 당시에 남겨 두었다던 연락처가 적힌 쪽지를 꺼내 들었다.

XX미용실 박성례

 제법 또박또박한 글씨로 쓰인 그 이름과 숫자들을 쏘아보던 여자는 거친 손길로 그걸 구겨 옷 주머니에 넣고는 다시 거울에 새 옷을 대어 보기 시작했다.
 한은재, 이제 슬슬 바깥으로 나가야 할 때가 온 것이다.

 최신 유행을 선도한다는 명동 한복판에 위치한 그 미용실 앞에서 은재는 간판을 곱씹고 곱씹었다.
 "어디서 많이 본 상호 같은데……."
 서울서 가장 유명하다는 미용실. 특히 여배우들이 많이 들른다는 곳. 은재의 희망사항에 딱 들어맞는 곳이 바로 이곳이었다.

"동경에서 돌아온 지 얼마 안 돼서 서울 유행은 아직 잘 모르겠네요. 이 미용실 실력이 괜찮다는 소문 듣고 일부러 찾아왔으니까 잘해 줘야 해요."

도도함이 뚝뚝 묻어나는 고양이 인상의 젊은 여자에게 헤어디자이너는 상냥한 미소를 지으며 응수했다.

"최신 유행에 맞게 하시려면 저희 가게에 잘 찾아오신 거예요, 손님. 규모나 선생들 실력이나 저희 따라올 곳이 없답니다. 전쟁 전부터 저희 원장님께서 일본에서 활동하셨던 분이니 해외 쪽 유행에도 절대 뒤지지 않고 있어요. 또 근래 영부인님 머리도 저희 원장님께서……."

"그렇다면 다행이고요. 머리 하러 동경까지 갈 순 없으니까요. 스케줄이 꽉 차서. 여기 잡지하고 코오피 좀 갖다 주세요."

차를 마시며 잡지를 뒤적이다가 최신 트렌드를 선도한다는 여배우들의 사진을 황홀한 듯 내려다보며 은재는 결심했다.

'그래. 역시 여배우만이 지금 내가 살 길이야.'

구식 어른인 어머니는 예전에 배우들은 기생들의 부업이었다며 경기를 일으키시지만, 그래도 은재의 눈에 그것만큼 자신에게 어울리는 길은 없어 보였다. 그녀보다 나이 많고 유부녀이기까지 한, 그리고 미모도 그닥 나을 것 없어 보이는 백연설조차 당대 톱스타로 군림하고 있다.

백연설은 되는데 한은재라고 못 할까. 여배우로 스타가 되어 돈을 벌게 되면 집에서 독립해야지. 재취 자리라도 가리지 말고 시집을 가라는 어머니의 성화나 자신을 유령 보듯 지나치는 큰 오라비의 무심함에서 벗어날 수 있는 길은 그것뿐이다.

마침 그쪽 계통에서 일하는 여학교 선배로부터 생각이 있다면 카메라 테스트를 받아 보라는 소리도 들었겠다, 내일쯤 영화사 간부와 면접 약속을 잡아 두었다. 머리가 잘 나와서 한은재의 미모가 돋보여야 할 텐데…….

여배우들 사진을 챙겨 보는 은재를 보고 미용사가 달콤한 찬가를 들려준다.

"배우 하셔도 될 미모세요."

'그렇지 않아도 그럴 작정이우.'

내심 흐뭇해하는 은재에게 미용사는 눈짓으로 반대쪽 대기석 소파에 앉아 잡지를 뒤적거리는 여자들을 자랑스레 가리켰다.

단골들이라는 여배우들이다. 머리에 수건을 두르고 있는 모습들을 보니 평균 이상의 미모를 자랑하는 배우들이라도 우스워 보인다. 들어 보니 내일 자신이 카메라 테스트를 받으러 갈 영화사 소속 여배우들이었다.

'저 정도들도 하는 건데 나라고 못 할쏘냐!'

그러면서도 미리 적진을 시찰하듯 은재의 눈은 그들의 모습에, 귀는 그들의 두런거리는 수다 소리에 집중되었다.

"이번에도 연설 언니가 주연 꿰찼다지? 그 왜 춘향전 춘향이. 그 언니, 사장이나 감독하고 뭐 있는 거 아냐? 어떻게 1년에 찍는 30편 중에 7, 8편 정도는 그 언니가 찍어 대느냐구."

"감독은 몰라도 사장은 아닐 것 같아. 그쪽이야 지금 한창 목매는 여자가 있잖아?"

거기까지 말하던 여자는 주변을 살피고 목소리를 한층 낮추었다.

"그 여자 맞지? 전에 연설 언니가 소개해 줬던 그 야매 미용실."

"응. 오늘 사무실 가 봤더니 사진까지 크게 걸어 놨더라. 얼굴 보니 그 여자 맞던데?"

잠깐 그들 무리의 입술에서 한숨 비슷한 것이 새어 나왔다.

"참 재주도 좋아. 애 딸린 과부라더니 어떻게 그런 자리를 꿰찰 수 있지?"

다른 누군가가 쓴웃음을 머금으며 말했다.

"남자 여자 붙어 있으면 눈 맞기 마련이지 뭐. 난 그 여자, 사장 집 식모라면서 그 집에서 머리 손님들 받을 때부터 알아봤어. 아, 이럴 줄 알았으면 나도 만년 단역 배우질 작파하고 쓸 만한 남정네 식모로나 들어가 볼걸."

"그 짓도 아무나 하니. 전에 용산 파티 때 둘이 같이 온 거 보니까 그래 보여도 그 여자, 영어도 할 줄 아는 모양이더라. 왜 그날 난리도 아니었잖아. 사장이 그 여자한테 치근대던 미군한테 주먹 날리고…… 난 그때부터 벌써 감이 잡히던걸?"

"흥. 머리 하러 그 집 가서 내가 무슨 사이냐고 은근슬쩍 물어봤을 때는 정색을 하더니만……. '저는 그저 식모예요.' 글쎄 어찌나 앙큼한 얼굴로 시침을 딱 떼던지."

누가 배우 아니랄까 봐, 한 여자가 화제의 중심이 된 '사장의 그 여자' 말투를 흉내 내었다. 그 모습이 그럴듯하였는지 보고 있던 여자들이 입을 가리며 저희들끼리 웃고 있다.

"애들아, 쉿! 여기, 그 여자가 요즘 다닌다는 미용실 맞지? 들으면 어쩌려구!"

"들으면 대순가. 우리 스타 사장 차지했으면 이 정도 소린 들어야 마땅하지……."

불타는 둥지 | 287

어지러운 목소리들, 깔깔거리는 웃음소리가 은재의 귀를 간질였다.
영화사 쪽 일이나 카메라 앞에 섰을 때의 팁 정도를 들을 수 있을까 싶어 귀를 기울였지만 대부분 사장 약혼녀라는 '그 여자'에 대한 시샘 어린 잡담만 계속되고 있었다.
"흥. 한심한 것들!"
저런 것들은 내 상대가 되지 못한다고, 은재는 거울 속 자신에게 자신만만한 미소를 지어 보였다.
역시 내 상대는 당금의 탑이라는 백연설뿐이다. 기다려라! 백연설! 이제 당신을 강력히 위협하는 새로운 은막의 여왕이 등장할 테니까. 그래, 밝고 긍정적인 것만 생각하자. 머리 위로 쏟아진 어머니의 분노의 불똥도, 자신을 유령 보듯 무시하는 오라버니의 차가운 얼굴도 다 잊어버리자. 여길 나가는 순간 찢어 버릴 것이 확실한 쌀례의 이름자가 적힌 쪽지도.
그런데 순간, 주머니 한쪽에 구겨 두었던 연락처 쪽지를 복잡한 심사로 펼쳐 보던 은재의 눈동자가 굳어졌다.
"어? 이건……."
쪽지 위에 방금 전 그녀가 보았던 간판과 같은 글자가 씌어 있는 것이 아닌가.
'혹시 여기서 머리칼 쓸어담는 잡일이라도 하는 걸까?'
머리 하는 처음 얼마간은 혹시나 쌀례와 마주칠까 초조한 마음이었지만, 시간이 자나도록 쌀례의 모습이 보이지 않자 은재는 흘끔흘끔 곁눈질로 살피기 시작했다.
차마 직원들에게 대놓고 '여기, 머리칼 쓰는 여자들 중에 박성례라고 있나요?'라고 대놓고 물을 순 없었지만 그녀 딴에는 자기 머리 말고 꽤 집중해서 관찰했다. 그러나 머리가 다 될 때까지 촌닭의 모습은 보이지 않았다.
 안도감 반, 실망감 반이 뒤섞인 복잡한 마음으로 은재는 서둘러 미용실에서 나왔다.
 "됐어. 역시 만날 인연이 아니니까 여기까지 왔어도 못 보는 거지! 괜히 조마조마했네! 어휴! 이 근처엔 당분간 얼씬을 말아야지."
 지난 몇 년 동안 잊어버리고 살았는데 한 번 더 잊는 것쯤 대수일까. 은재는 충분히 그럴 수 있으리라고 생각했다.
 다음날 오후, 약속 시간에 맞춰 찾아간 영화 제작사 사장실에 들어서기 전까지는.

"여기서 잠깐 기다려요. 사장님은 요즘 사정상 사무실에 안 계시지만, 감독도 마음에 들어 하고 일이 잘될 것 같아."
 여학교 동창의 숙부라는 간부는 은재를 낯선 사무실에 남기고 사라졌다.
 적자주색 카펫이 깔린, 세련되고 사치스런 사무실이었다.
 남자의 스킨 내음, 담배 내음이 어지럽게 얽혀 있는 곳.
 처음 얼마간은 소파에 다소곳이 앉아 있으면서 어제 미장원에서 들은 이곳 미남 사장의 소문에 대해 상기하며 어떤 인물일까 호기심을 불태웠다.
 과거가 미스터리한, 전후 갑자기 나타난 재력가라니.
 젊은 나이에 상당한 사업을 일구고, 그러면서도 몹시 아름다운 외모를 가진 남자라 했다. 그런 지위의 남자가 자기 집안 식모에게 정신이 팔려 결국 애 딸린 전쟁 과부인 그녀와 약혼을 했다고?

"영화사 하셔서 그러시나. 영화같이 사시는구만."

부엌데기에게 넘어가다니. 우리 속없는 큰 오라비 같은 이가 또 있었다.

비서라는 여자가 내어 준 코오피가 다 식어갈 때까지도 간부는 오지 않았다.

호기심은 지루함으로 바뀌었다. 여자는 자리에서 일어나 맞은편 벽에 한 가득 걸린 액자들, 그 안의 역대 유명 배우들의 사진들을 구경하기 시작했다.

하얀 크림색 벽에 제각각 크기의 액자 수십 개가 걸려 있고, 액자 안 각양각색 사람들의 얼굴이 그녀를 응시하고 있었다.

광복 전 무성영화 시절 배우들 사진에서부터 지금까지 유명한 배우들, 남자 배우, 여자 배우, 늙은 배우, 어린 배우…….

그중 유독 커다란 액자 앞에 은재의 시선이 멈추었다.

호사스런 액자 안에 한 쌍의 남녀가 있었다.

멀끔하게 정장을 차려입은 훤칠해 보이는 젊은 남자와 그의 팔에 자신의 팔을 끼고 있는 단발머리, 하얀 모슬린 블라우스에 연분홍 치마로 소박한 아름다움을 풍기는 자그마한 여자가 나란히, 온몸으로 그들의 행복을 과시하고 있었다.

"세상에!"

부산에서의 만남 이후, 수년 만에 보는 그 얼굴들을 마주하면서 은재는 할 말을 잃었다.

무슨 정신으로 사무실에서 나와 집까지 돌아왔는지 은재는 알 수 없었다.
 "해적 머슴 놈에 촌닭이라…… 하! 나름 어울리네."
 영화사에서 집 대문 앞까지, 그녀 자신도 알 수 없는 통증에 가슴이 욱신거렸다.
 이 아픔은 내 몫이 아니다. 언제나 도도한 공주 한은재답게 그녀는 단언했다.
 아직도 그 계집애 물건을 신주 단지 모시듯 방 안에 모셔 두고 그 계집애와 살았던 동네를 성지 순례하듯 참배하는 오라비가 불쌍해서 생긴 통증이다.
 절대로 그 아름다운 낯짝에 악마의 심성을 가진 악당 머슴 놈이 그 계집애를 손에 넣고 의기양양하게 찍은 사진을 보고 생긴 아픔이 아니다.
 그놈 때문에 아픈 건 아니다.
 "어디 아프세요, 아가씨?"
 하녀의 질문에 은재는 독이 바짝 오른 목소리로 대꾸했다.
 "쓸데없는 소리 말고 차나 내와. 피곤하니까 부르기 전까진 내 방에 아무도 들이지 말고."
 "저, 하지만……."
 "하지만 뭐? 피곤하다는데 왜 자꾸 귀찮게 말을 시키니?"
 "방에 금주 아가씨가 와 계시는데요."

그렇게 해서 들어간 방에 그녀와 비슷하게 귀신에 홀린 얼굴로 앉아 있는 금주가 보였다.

무슨 일일까. 언제나 차분한 금주가 저런 넋 빠진 얼굴을 하고 있는 건, 오라버니가 갑자기 혼인하게 됐다는 소식을 들었을 때 말곤 처음 같은데.

"성례 씨를 봤어. 선재 씨하고 같이 있더라."

금주의 입에서 흘러나온 그 이름을 들었을 때, 은재는 그녀의 표정을 이해했다.

순간 은재의 입에서 날 선 목소리가 새어 나왔다.

"오라버니하고 같이 있었다고? 무슨 염치로?"

자신의 귀에 들리는 자기 목소리를 듣는 순간, 은재는 혀를 깨물고 싶었다.

오라버니는 극구 부정하고 있어도 양가에선 결혼 말이 슬슬 나오고 있는 이때에 쌀례 그 계집애 이야기가 나오다니. 이러다가는 쌀례가 낳았다는 오라버니의 아이까지……. 그럼 문제가 커질 텐데.

그런 은재의 모습에 금주 역시 당황한 얼굴로 되물었다.

"염치……라니, 은재 너도 알고 있었어? 성례 씨 지금 상태를?"

지금 상태라…….

'집안에서 부리던 머슴 놈, 그것도 전쟁 중에 자기 남편에게 해악을 끼쳤던 원수의 여자가 된 수치스런 상태지.'

차마 입에 담기도 민망해서 머뭇거리고 있는데 그런 은재의 침묵을 긍정으로 해석한 금주는 아직도 귀신에 홀린 얼굴을 하고 말을 이어 갔다.

"나를 못 알아보더라고. 아니, 그뿐 아니라……."

금주는 잠깐 말을 멈추고 주변을 살폈다.

은재는 쌀례와 비교도 할 수 없이 우아한 이 예비 올케에게 호감을 품고 있긴 하였으나 결정적인 순간 늘 이렇게 극적 분위기를 조성하기 위해 뜸을 들이는 그녀의 태도는 짜증이 나고 있었다.

'뜸 좀 그만 들이시지. 몇 년 만에 보는 거면 잠깐 못 알아볼 수도 있겠고, 아니면 저도 낯부끄러운 걸 알고 몰라보는 척할 수도 있을 텐데 그게 뭐?'라고 은재가 한소리 하기 전, 금주가 다시 말했다. 여전히 귀신을 본 듯한 그 얼굴로.

"……선재 씨도 몰라보더라니까. 아니, 최소 안 지 얼마 안 된 사람처럼 보였어."

"뭐?"

금주는 방금 전, 길가에서 마주친 쌀례의 모습을 떠올리기 시작했다.

동그란 얼굴에 동그란 눈동자.

처음 사랑하는 남자의 초례청에서 보았던 그 어린 신부가 얼마나 볼품없었던가 금주는 지금도 어제처럼 기억했다.

눈부신 활옷 원삼 신부 의상이나 그녀의 작은 머리에 터무니없이 큰 용잠은 작은 그녀를 더더욱 작아 보이게 만들었다.

혼례 의상뿐인가. 그 어린 각시 앞에 마주 선 신랑의 훤칠한 자태는 혼례복만큼이나 신부와 어울리지 않았다. 그가 훤칠하고 아름다워 보일수록, 혼례는 우스꽝스럽다 못해 슬퍼 보였다.

아니, 그가 어떤 마음으로 그 작은 아이와 맞절을 하는지 짐작도 할 수 없었지만 최소한 금주 자신은 그날 지독히도 슬펐다.

그렇게 처음 본 순간부터 그녀의 슬픔이자 고통이었던 여자아이는 어느새 꽃처럼 곱게 피어나 여자가 되었고, 정말 그의 아내가 되었고, 사라졌다가 어느 날 갑자기 나타나 그의 곁에 다시 서 있었다.

"성례 씨? 성례 씨 맞지요? 세상에, 그동안 어디서……."

비록 처음 만나는 순간부터 자신의 고통이긴 했지만 수년간 여학교에서 스승과 제자였던 사이.

세상의 상식에 걸맞게 인사를, 혹은 눈앞의 여자가 박성례라는 것을 확인하기 위해 금주는 쌀례를 향해 한 걸음 다가갔다.

그런데 그 순간, 날이 선 남자의 목소리가 그녀의 앞을 가로막았다.

"그만! 금주 씨, 착각한 거야. 그 사람이 아니야."

"네? 선재 씨…… 하지만……."

무슨 소리를 하는 건가. 10여 년 전 그 우스꽝스러운 혼례식까지 어제처럼 기억하는 유금주가 자신의 고통을 몰라볼 리가 없는데.

하지만 그런 식으로 따진다면 남편인 그가 아내를 못 알아볼 리는 없을 것이다.

'도대체 이게 무슨 상황이지?'

그렇게 그녀가 이 상황을 소화하지 못해 어리둥절해 있는 사이, 그녀만큼이나 어리둥절한 얼굴을 하고 있던 또 다른 여자가 말했다.

"제 이름이 박성례 맞는데, 저, 혹시…… 절 아시나요?"

금주는 자신의 귀를 의심했다. 이런 상황에서 선재의 아내가 농담을 할 리도 없을 텐데 그녀가 묻는다. 날 아느냐고.

금주의 시선이 저도 모르게 선재 쪽을 향했다. 그녀가 눈으로 물었다. 지금 이게 무슨 상황이냐고.

하지만 선재는 금주의 시선을 외면한 채 또 다른 여자에게 날 선 목소리로 명령하듯 말했다.
"보시다시피 손님이 오셨으니 면담은 여기까집니다. 이만 가 주세요."
"하지만 선생님……."
"그만! 가라니까요!"
금주가 알기로 이제껏 여자에게 한 번도 소리치는 법이 없던 신사 한선재가 그때만은 모질고 거친 얼굴로 여자를 내쫓다시피 보냈다.
그런 그의 모습이 금주는 낯설었다.
"무안하게, 아무리 성례 씨 아니라 그냥 닮은 사람이라고 해도 사람을 그렇게 내쫓아요. 선재 씨답지 않게……."
하지만 그때 금주는 보았다. 자신이 내쫓은 여자의 뒷모습을 하염없이 바라보는 남자의 시선을.
눈빛으로 남자는 그 여자를 좇고 있었다.
그 눈빛을 본 순간, 금주는 깨달았다.
'이 남자, 거짓말을 하고 있구나.'
지금 이게 무슨 상황인지 금주는 알 수 없었다.
하지만 그가 저 여자의 등을 바라보는 눈빛으로 그녀가 그의 아내임을 알 수 있었다. 그리고 바로 그 단 한 가지로 금주의 발걸음은 자신도 모르게 그 여자의 뒤를 좇았다.
쫓아가서 물어야 했다.
당신들, 지금 내 앞에서 무엇 하는 거냐고.
그런데 몇 걸음 못 가 금주의 발걸음은 더 이상 나가지 못하고 말았다. 남자의 손이 그녀의 팔을 붙들었기 때문이다.
"어딜 가는 거요?"

초조하고 위태위태한 얼굴. 그를 알고 난 이후 처음으로 한선재라는 남자의 얼굴에 내려앉은 그 어두움을 보면서 금주는 대답했다.
"가서, 물어봐야겠어요. 분명히 성례 씨가 맞는데, 당신이 말해 주지 않으니 내가 물어야죠."
"아니라고 했잖소! 내가!"
"제가 눈뜬장님인가요!"
유금주가 한선재에게 이토록 날 선 얼굴, 날 선 목소리를 내는 것 역시 수년 동안 없던 일이었다.
딱 한 번, 그가 혼인하고 이 남자에게 야반도주를 제안했을 때, 그가 그 제안을 일 초도 생각하지 않고 단박에 거절했던 그 순간을 제외하고 말이다.
"끝까지 아니라고 우기고 싶었다면 그런 눈으로 그 사람을 보지 말았어야죠! 아니, 최소한 그 눈길 나한테는 들키지 말았어야죠! 당신 아내 맞잖아요! 박성례라고! 자기 입으로 그렇게 말하잖아요! 그런데 지금, 당신들 내 앞에서 무슨 짓들 하고 있는 거예요! 그런 눈으로 보면서! 당신 아내면서 왜……."
자신에게 다그쳐 묻는 금주에게 선재는 고집스런 어조로 되물었다.
"내가 그걸 꼭 당신에게 이야기해야 하나?"
"그래요. 난 그럴 자격이 있어요. 공치사라고 해도 어쩔 수 없어요. 부서져서 죽을 만큼 다쳐 돌아온 당신 곁을 지금까지 지킨 건 다른 누구도 아니고 나니까."
그러므로 금주는 알아야 했다. 누가 네게 그런 수고를 하라고 했느냐고, 자청해서 한 것 아니냐고 그가 따져 묻는다면 그녀는 이렇게 대답하리라.

오래도록 그를 마음에 품은 여자로서, 그가 가장 힘들었던 때 그 곁을 지키고 힘든 길을 함께 걸은 동행자로서 그 정도의 권리는 있다고. 하지만 다행히도 그는 따지지 않고 그저 깊은 한숨을 내쉴 뿐이었다.

금주는 짧은 시간 안에 그의 얼굴에서 나타났다 사라지는 곤혹감, 서글픔, 분노, 망설임을 지켜보았다. 그리고 참을성 있게 대답을 기다렸다.

"맞아. 그 여자가 내 아내야."

남자의 목소리가 그녀의 심장을 지그시 내리눌렀다.

그녀가 돌아왔다.

그녀가, 그의 아내가 살아서 돌아왔다. 여전히 꽃같이 고운 모습으로.

당장 금주는 길바닥에 주저앉아 어린 계집아이마냥 목 놓아 울고 싶었다.

하지만 자존심 때문에 그럴 수 없어 그녀는 눈에 힘을 주고 우는 대신 물었다.

"그런데 아까 그 모습은 뭐예요? 마치 꼭 날 처음 보는 것처럼…… 선재 씨를 선생님이라 하질 않나."

남자의 입술이 대답을 하기 위해 머뭇머뭇 열렸다 닫혔다. 마치 자기 자신도 어찌 대답해야 좋을지 갈피를 잡지 못한 듯이.

몇 차례 망설임 끝에 그가 한 대답은 기묘했다.

"그 사람, 지금 병에 걸렸거든."

"병……이요? 무슨?"

"나를 못 알아보는 병."

거기까지 듣고 은재는 자기 귀를 의심했다.

'남편을 못 알아보는 병이라니. 그것도 제가 그렇게 좋다고 쫓아다니던 남편을? 뭐 그런 병이 다 있어?'

"아."

순간 은재는 영화사 사무실 벽에서 그 사진을 본 뒤 헝클어졌던 머릿속이 정리된 기분이 들었다.

그래, 이제야 설명이 되는군.

그 사진을 본 뒤 누군가의 손에 목이 졸리는 것 같던 답답함도 드디어 해소되었다.

그런 병이 정말 있는지 알 수는 없어도, 적어도 그 해적 놈 옆에서 네가 왜 팔짱을 끼고 있었는지는 이제 알겠다. 그리고 무엇보다 그 해적 놈 옆에 팔짱을 끼고 있던 것이 촌닭 너라는 것도 분명해졌고 말이야.

"이제 됐어."

언제나 선재의 아내를 촌닭이라 멸시하던 은재의 입에서 그 순간 나오는 목소리는 거의 환희에 가까웠다.

금주는 우군이라 생각했던 은재가 제 올케 소식에 반색하는 것을 보고 불편한 어조로 물었다.

"은재 너도 선재 씨가 그 여자를 집으로 데려오는 것, 찬성한다는 소리야?"

"무슨 그런 말씀을."

순간 은재의 얼굴에서 무지개가 사라지고 냉혹함이 떠올랐다.

언제나 한은재라는 여자의 얼굴에 자리 잡던 변덕스러운 애교나 짜

중 없이, 그녀의 아비 한상민이 가끔 보이는 그 깊고도 완고한 표정을 보고 금주는 섬뜩한 느낌이 들었다. 얼떨떨한 얼굴, 더듬거리는 목소리로 그녀가 물었다.

"하, 하지만 선재 씨는 성례 씨 상태가 좀 나아지길 기다려 데려오고 싶다던걸? 그때까진 집에 비밀로 해 달라고……."

금주의 제보에 은재는 기가 막혔다.

"흥. 그건 오라버니의 꿈이고. 꿈은 꿈일 뿐이죠. 전쟁통이라고 제정신 아니게 된 미친 계집을, 그것도 그런 추잡한 계집을 이 집에 어떻게……."

"추잡하다니? 은재 넌 뭘 알고 있었던 거야?"

추궁하듯 자신을 보는 금주를 보며 은재는 속으로 자신을 타일렀다.

'은재야, 그만. 조심해. 지금 나는 내 집 안 꽃밭을 위해 엄청나게 큰 잡초를 뿌리째 뽑아 버려야 하는 큰 공사를 앞두고 있어. 지금 눈앞의 여자는 그 큰 공사를 도와줄 거의 유일한 동료야. 차근차근 구슬리고 구워삶아 협조를 구해야 하지 않겠니?'

곧 그녀의 얼굴에서 평소처럼 애교가 담뿍 든 미소가 피어났다.

"5월쯤이 좋겠죠? 언니하고 우리 오라버니 결혼식?"

"응?"

"시간이야 좀 촉박한 것 같지만 아무래도 결혼 하면 오월의 신부 아니겠어요? 구라파나 일본에서 괜찮은 웨딩드레스 가져오는 데 시간이 좀 걸리겠지만 뭐 명동에서 괜찮은 양장점에 부탁해도 나쁘진 않을 거예요."

그 달콤한 유혹에 금주는 심장이 내리 녹는 것 같았다. 아, 머릿속에서 그 그림 같은 장면이 상상되고 있다. 그럼. 결혼식이라면 역시 오월이지.
 눈부신 새하얀 웨딩드레스.
 단마다 반짝이는 진주를 박아 넣어서. 새하얀 부케도 함께.
 아니, 그 모든 것이 없어도 괜찮았다.
 한선재, 그 사람만 곁에 있다면.
 그런 금주의 상념은 은재의 단호한 목소리에 의해 깨어졌다.
 "……그러려면 언니가 날 좀 도와줘야 할 일이 있어요."

목련나무 정원의 사진들
내가 아는 당신

"이 지경이 되어서도 나는 여전히 당신을 만지고 싶어! ……그게 내가 아는 나야!"
목련나무 그늘 아래에서, 남자와 여자는 한 뿌리에서 난 가지마냥 서로의 몸에서 떨어지지 않았다.

"지금 가장 열심히 날 도와줘야 할 자네가 그게 무슨 소리인가? 한 검사! 이제 와서 윤찬경 일에서 빠지겠다니?"

초로의 부장검사는 이해할 수 없다는 시선으로 눈앞에 서 있는 젊은 검사를 응시했다.

"작년부터 자네가 그렇게 발 벗고 뛴 일이 이제야 본격적으로 풀려가는 마당에 갑자기 무슨 변덕인가."

예상했던 질문이었다. 스스로 생각해도 자신의 지금 이 선택이 객관적으론 이해할 수 없는 짓이라는 것을 누구보다 선재 자신이 가장 잘 알고 있었다.

얼마 전까지만 해도 윤찬경 그 인간에 대한 단죄를 얼마나 꿈꾸어 왔던가.

경무대 쪽 비호를 받고 있는 그 인간을 잡아들이기 위해 체포영장도 아니고 수색영장 받는 것조차 힘에 겨웠을 때 같은 팀 동료들조차 그에게 말했었다.

—그 인간 잡아내긴 하늘의 별 따기요.

그때 그는 자신 없어지려 하던 자신에게 스스로 들려주듯 말했었다.

—그 하늘의 별, 꼭 한번 따 봅시다.

그 하늘의 별을 거의 땄다.
 윤찬경은 검찰 조사실에 갇혀 있고 아마 제대로만 된다면 법의 심판을 받아 꽤 오래 감옥에서 썩을지도 모른다. 그놈이 내 아내를 강탈해 간 것 말고도 저지른 죄가 부지기수니 죄를 지었으면 벌을 받아야 하는 것 아닌가. 그놈을 징벌하고 아내를 찾아야지. 그게 정의다.
 그렇다고 지금까지 생각했는데 그놈 때문에 자신을 찾아온 쌀례의 얼굴을 떠올리니 거의 해결되어 가고 있다고 생각했던 모든 일에 회의가 들었다.

—그 사람은 좋은 사람이에요. 그리고 똑같이 치고 박고…… 당신네들 모두 유치해요.

선재는 내심 고개를 내저었다.
 아니, 당신이 틀렸어. 그놈은 절대로 좋은 놈이 아니야.
 지금 내가 하는 일은 유치한 분풀이가 아니라 정당한 심판이다. 하지만 너는 동의하지 않겠지. 지금 그놈을 좋은 사람이라고 생각하는 너는.

그런 그의 상념은 부장검사의 목소리에 의해 깨어졌다.

"한 검사?"

"제가 맡고 있는 다른 사건들도 많기 때문에…… 다른 유능하신 분이 맡으셔야 할 것 같습니다만."

스스로 뱉어 놓고도 이질감이 느껴지는 답변이 다른 이를 만족시킬 리 없었다. 선재의 답변을 들으며 노검사의 입가에 피식 쓴웃음이 피어올랐다.

"왜? 새삼 그물망에 잡힌 고기를 보니 그 냇가 주인이 걸리던가?"

윤찬경을 잡고 보니 새삼 그 뒤에 도사린 배경이 무서워진 것이냐고 상사는 묻는 것이었다. 그 젊은 도적 뒤에는 더 크고 위험한 도적이 뒤를 받쳐 주고 있었다.

그들의 진짜 적은 바로 그였던 것이다.

"알겠지만, 내년에 선거가 있네. 그들이 이렇게 커다란 군수물자에까지 손을 뻗칠 만큼 돈에 주린 것도 바로 그 때문인 걸 자네도 알지 않은가."

"알고 있습니다. 하지만……."

"이대로 가다간 그 자금에 힘입어 돈으로 선거판이 좌우되는 최악의 사태(1954년 5월 이기붕이 3대 민의원 의장이 되면서 이승만의 종신 집권을 실현코자 대통령 중임(重任) 제한 철폐를 요지로 한 개헌안을 발의, 처음에 부결되었으나 사사오입(四捨五入)으로 번복, 가결을 강행했다)가 벌어질 걸세. 어떻게 세우고 버틴 나라인데 그 꼴을 보아야 쓰겠나. 만송(晩松) 같은 인간이 지금 자리까지 올라간 것 자체가 바로 그 꼴을 보게 만들 재앙의 전초전이긴 하네만, 이 이상 두고 볼 순 없는 노릇 아닌가."

늙은 상사의 열정적인 장광설을 젊은 검사는 그저 묵묵히 듣고만 있었다.

윤찬경은 하수인이고 그 위에는 경무대 누군가가 있다. 하나하나 그 위를 추적해 가다 보면 제일 윗자리엔 아마 그들이 있을 것이다.

"이제 와서 만송이 두려워 그러나? 젊은 사람치고 강단 있다 보았는데 내가 자넬 잘못 본 건가?"

실망 섞인 상사의 질문에 선재는 쓴웃음을 머금었다. 하마터면 이렇게 묻고 싶었다.

'민의장이나 대통령이 아니라 한 자그마한 여자 때문이라면, 어쩌시겠습니까?'

나라의 공복으로 그런 말은 입 밖에 꺼내기도 부끄러운 것이다.

그러나 그 마음은 진실이다.

그래도 애써 던진 그물망에 첫 고기까지 잡힌 이 마당에 그만두겠다는 이유가 '바빠서'라니. 상사에겐 그저 공허하게 들릴 뿐이었던 모양이다.

노검사는 젊은 검사에게 취조하듯 물었다.

"그 젊은 장사꾼 놈이 뇌물 뿌리는 데 자질이 있다던데, 자네 그새 뭐라도 받아먹었나?"

어처구니없는 상사의 질문에 선재는 모욕감을 느끼며 간단히 대꾸했다.

"아닙니다."

"뇌물 먹은 것도 아니고 겁먹은 것도 아니라면 자넨 당장은 발 못 빼네. 사내가 한 번 일을 시작했으면 끝을 봐야지. 할 말 없으면 이만 나가 봐."

그러나 젊은 검사는 상급자의 축객령에도 불구하고 그 자리를 지켰다. 몸은 멈춰 섰지만 사실 그의 머리는 그 순간 맹렬히 돌아가고 있었다. 발을 뺄 수 없고, 쌀례의 말처럼 유치한 보복이 아닌 방법은 무엇이 있을까. 무슨 방법이 있을 것도 같은데.
"……한 가지 방법을 제안해도 좋겠습니까?"
젊은 검사의 지친 얼굴을 상급자는 묵묵히 지켜보았다.
평소라면 '나가라고 했을 텐데.'라며 방금 전 축객령을 재확인했겠으나 그가 아는 이 젊은 신참은 쓸데없는 소리는 하지 않는 주의였다.
"해 봐."
조심스럽게 젊은 검사는 뜻밖의 '방법'을 제안하기 시작했다.

부장과 면담을 마치고 자기 책상에 앉아 산더미처럼 쌓인 서류를 보면서도 선재의 귓가에선 계속 쌀례의 목소리가 맴을 돌았다.

―서로 치고 박고. 당신네들 짓거리는, 한마디로 유치해요.

그는 마치 눈앞에 그녀가 있는 것처럼 중얼거렸다.
"유치하지 않으려고 노력은 하고 있지만, 너무 많은 걸 바라진 마. 그 자식은 네가 뭐라 그러건 틀림없이 악당이야."
그놈을 좋은 사람이라고 내 앞에서 말하는 당신이 미워. 하지만 그놈이 힘들어져서 당신이 힘들어진다면, 그런 당신을 보는 나도 힘들어지는 거니까. 지금 내가 제안한 이 방법이 최선인지 아닌지는 모르겠지만, 나는 지금 유치하지 않으려고 노력하기로 했어. 그러니 당신도 그렇게 힘든 얼굴 나한테 보이지 마. 여보, 그런 얼굴 보려고 내가 그 고생 하면서 당신 앞에 돌아온 거 아니라구. 나는······.

그때였다.

갑자기 문 쪽에서 들려오는 소리가 그를 현실로 돌아오게 만들었다.

"저기, 큰 도련님, 아니, 작은 주인어른. 아, 아니, 검사 영감님."

전쟁 전부터 그의 집 청지기로 있던 초로의 사내가 그의 사무실 문을 조심스레 열고 들어서는 것이 시야에 들어왔다.

"무슨 일입니까? 혹, 아버님이······."

최근 가벼운 뇌졸중에 망막박리까지 겹쳐 머리를 싸매고 누운 데다 시력까지 점점 잃고 있는 부친의 병세가 다시 나빠진 건 아닌가? 그렇지 않고서야 저 사람이 근무지까지 찾아올 리가 없는데······. 그렇게 긴장한 기색으로 묻는 선재에게 하인은 손을 내저으며 민망한 얼굴로 답하였다.

"아뇨, 아닙니다요. 나으리가 아니라 애기씨께서······."

아버지가 아니라 누이라는 소리에 도련님의 안색은 대번에 굳어졌다.

최근 요 얼마간 누이는 바쁜 사무실에 전화를 걸어 말도 안 되는 소리를 늘어놓아 그렇지 않아도 불편한 그의 심사를 뒤집어 놓았었다.

[이번 아버지 생신연 때 아예 오빠랑 금주 언니 약혼 발표까지 같이 하는 게 어때? 겹경사라고 좋잖아.]

"나 바빠. 네 쓸데없는 농담 들어줄 시간 없다구."

[바쁘시다니까 시간 절약하는 차원에서. 오빠랑 금주 언니 허송세월한 게 아깝지도 않우?]

"이만, 끊는다."

[오빠, 아무튼 그날은 꼭 집에 와야 해! 그것 말고도 무척 중요한 일이…….]

수화기 너머로 들려오는 누이동생의 목소리에 머릿속까지 쪼이는 느낌이 들어 선재는 통화 도중 거칠게 수화기를 내려놓았다. 그 후, 집에서 젊은 여자 목소리로 걸려 오는 전화는 자신에게 연결하지 말라고 비서에게 말해 둔 터였다. 그런데 이제 하다하다 사람까지 직접 보냈단다.

선재는 기가 막혀 앞에서 눈치를 살피는 사내에게 탄식조로 중얼거렸다.

"그 아이 장난질에 아저씨까지 장단을 맞춰 주면 어쩝니까?"

"큰 도련님, 아니 검사 영감님. 퇴, 퇴청하실 시간도 다 되었다 하시기에……. 이미 저택에 초대 손님들도 거의 오셨고, 또 금주 아가씨도……."

금주에겐 미안했지만 순간 선재는 수화기 너머로 들렸던 누이의 목소리로 빚어진 '약혼식'이라는 단어와 함께 등골이 쭈뼛했다. 더더욱 가지 않으리라 다짐하며 완고한 목소리로 도련님은 말했다.

"오늘이 가기 전에 제가 따로이 아버님 찾아뵙고 인사 올릴 터이니 그만 가시는 것이 좋겠습니다."

하지만 늙은 하인은 젊은 주인의 명에 복종하지 않았다.

그는 쓰던 모자를 쥐었다 폈다 하며 어렵게 말을 이었다.

"애기씨께서…… 이 말씀은 꼭 전해 드려야 했는데 도무지 연락이 되질 않는다고…… 반드시 상의드릴 말씀이 있답니다. 저기, 저…… 난리통에 사라지셨던 작은아씨 마님에 관한 일로."

―작은아씨 마님.

아범의 목소리로 빚어진, 아내를 가리키는 그 말이 선재의 고막을 할퀴었다.
"무슨…… 소립니까, 그게."
"오늘 오셔야 작은아씨 마님에 대해 중요한 말씀을 나눌 수 있다고, 그렇게만 전하라 하셨습니다요."
늙은 하인이 막내 아가씨에게 전달받은 내용은 그게 전부였다.

―그거면 될 거야. 그렇게만 전하도록 하게.

자신만만한 어조로 말하던 막내 아가씨의 예언대로 젊은 주인은 자리에서 일어섰다. 한순간 창백하게 질린 얼굴, 핏발 선 눈동자를 하고서.
문득 그의 머릿속에 떠오른 것은 어떻게 자신의 아내를 네 마음대로 추방할 수 있었느냐고, 그 여자가 그곳에서 날 기다리고 있었을 거라고 따져 묻던 그에게 '아아, 그럴 수도 있었겠군요.'라며 무섭도록 차분한 얼굴로 인정하던 누이의 얼굴, 혹은 쌀례를 쌀례가 아니라고 부정하던 그에게 '내가 장님인가요!'라고 부르짖던 금주의 얼굴이었다.
그 여자들의 목소리가 그의 고막을 사정없이 후려쳤다. 남자는 자신의 머리칼을 쥐어뜯다 곧 눈앞의 책상을 있는 힘껏 후려쳤다.
쾅―.
거친 격타음이 딱 한 번, 허공에 울렸다.
"빌어먹을……."

"서방님?"

젊은 주인이 어릴 때부터 그 곁에서 모셔 왔던 늙은 하인은 차분한 큰 도련님의 이런 모습은 본 적이 없었다. 이토록 거칠고 혹은 겁에 질린 모습은.

황망한 얼굴로 셔츠 바람 그대로 사무실을 나서는 젊은 주인의 뒤를, 눈치껏 옷걸이에 걸린 그의 옷을 챙겨 뒤따르면서 아범은 내심 고개를 내저었다.

어르신의 생신이고 집안의 경사인데 이것 참. 대체 이게 무슨 일이람.

'이게 무슨 일이람, 대체.'

자기 눈앞에 선 '고객'을 보고 쌀례는 어리둥절했다.

"저를 특별히 지명하셨다는 손님이……."

"그래요. 나예요."

쌀례는 문득 오늘 자신을 이곳에 보내던 원장의 말을 떠올렸다.

"전쟁 전부터 소문난 자산가 댁이야. 오늘 그 댁 당주 어르신 생신연이라 큰 잔치를 벌이는데 집안 여자들 머리를 해 주었으면 좋겠다고 출장 미용 의뢰가 들어왔어. 그쪽에선 성례 씨를 어떻게 알았는지 특별히 지명을 하더라고."

"저를요?"

"응. 아마 경무대까지 갔었다는 소문이라도 들었으려나. 요즘 성례 씨 속도 안 좋을 텐데 좀 벅차다 싶기도 하고……. 괜찮겠어?"

그때 쌀례는 두말 않고 대답했다.

"할게요."

힘이 들 때, 속이 상하고 울고 싶을 때 어떤 이는 울다가 그 속상함에 몸과 마음을 맡기고 앓아눕는다. 어떤 이는 속상하다는 것을 잊어버릴 만큼 바쁘게 몸을 움직인다.

예전 기억이 없어 전에는 어땠는지 몰라도 자신은 후자 쪽이라는 것을 그녀는 알고 있었다.

움직여야 한다. 아침에 눈 뜨고 밤에 눈 감을 때까지 아이에게 밥을 먹이고 아름다워지고자 그녀에게 돈을 지불하고 머리를 맡기는 손님들 머리를 만져 주고, 당장 면회는 안 된다 하더라도 찬경이 갇혀 있다는 곳에 들러 보고, 지칠 때까지 움직이다 밤에 눈을 감고 꿈 없이 자는 것.

그게 지금 쌀례의 현재를 버티게 만드는 유일한 처방전이었다.

그렇지 않고서 어떻게 견딜 수 있겠는가.

눈 뜨고 있는 동안 소리도 없이 찾아와 그녀를 덮치는 막연한 불안함, 또다시 아이와 단둘이 남게 될지도 모른다는 공포, 혹은 이런 와중에 약혼자 아닌 다른 남자, 그것도 약혼자를 잡아간 남자 생각에 때때로 헝클어지는 자기 자신의 이 역겨운 마음을 대체 어떻게.

—내가 미쳤다고 치고 한 가지 물어봅시다. 지금, 행복하십니까?

이상한 남자. 남의 약혼자를 잡아가 놓고 행복하냐고 묻다니. 정말로 이상한 남자다.

허락 없이 자신의 속에 때때로 찾아드는 그런 남자 따위, 질색이다.

까닭 없이 흐르는 눈물 같은 건 질색이다.

가슴 속에서 불어오는, 이 휑한 바람 소리도 질색이다.
그러니 그 모든 것을 잊어버리자면, 바빠야 한다.
그래서 기꺼이 수락한 출장 미용길이었다. 그런데 눈앞에 자신을 특별히 지명했다는 손님을 보니 쌀례는 혼란스러웠다.
며칠 전 검찰청 근처에서 본 그 여자 아닌가.
"우리, 본 적 있죠?"
"네. 그때 길에서…… 검사 선생님과."

―검사 선생님.

쌀례의 입에서 나온 그 호칭에 여자의 얼굴에선 복잡한 미소가 스치다가 곧 사라졌다. 여자는 짐짓 밝은 목소리로 말했다.
"오늘은 내가 좀 많이 예뻐 보여야 해요. 무척 중요한 날이거든요."
쌀례는 하마터면 이렇게 말할 뻔했다.
'지금 그대로도 아름다운걸요. 내가 더 이상 손댈 필요가 없을 정도로.'
출장을 나올 때면 쌀례는 늘 설레곤 했다. 오늘은 어떤 여자를 만나 어떻게 그녀를 곱게 꾸며 줄 수 있을까, 어떤 마법을 부릴 수 있을까 하고. 하지만 솔직히 지금 눈앞의 그녀를 보자니 그다지 설레진 않았다. 그녀는 이미 손댈 곳이 없을 만큼 완벽하게 아름다워 보였으니까. 그…… 검사 선생님과 그림처럼 어울려 보일 만큼.
"지금도 정말 예뻐요. 누구라도 반할 만큼."
그런 쌀례의 찬사에 여자는 쓰게 웃었다.
"어떨 때는 그 예쁘다는 말이 무서울 때가 있어요."

"네?"

 간혹 미용실에서 예쁘다는 말은 이제 지겹다고 푸념하는 미인들은 보았지만, 무섭다는 말은 처음이었다. 쌀례의 어리둥절한 표정에 아름다운 그 여자는 씁쓸한 얼굴로 그 이유를 말해 주었다.

 "예전에, 내가 함께 도망가자고 졸랐던 남자가 그러더군요. 당신하고 도망갈 정도로 사랑하진 않지만, 그래도 당신은 예쁘다고. 그러니 자기 하나쯤 내버려 둬도 괜찮지 않겠느냐고."

 흠, 그렇다면 예쁘다는 말이 무섭게 들릴 수도 있겠다.

 그런데…….

 "도망을 가자고 했다고요?"

 얼떨떨한 얼굴로 묻는 쌀례에게 여자는 쓰게 웃으며 심상한 어조로 대꾸했다.

 "결혼한 사람이었거든요."

 순간 여자의 비단 같은 머릿결을 열심히 빗질하고 있던 쌀례의 손길이 잠깐이나마 멈추어질 뻔했다. 하지만 미용사란 입으로 손님을 상대로 잡담을 나눌 수 있어도 손만은 계속 움직여야 하는 직업이었다.

 그래도 그렇지. 결혼한 남자에게 도망을 가자고 했다고? 뭐 이런 여자가 다 있어? 자신도 모르게 여자의 머리칼을 빗겨 내려가는 쌀례의 손길이 거칠어졌다.

 그걸 아는지 모르는지 여자는 여전히 담담한 목소리로 이야기를 계속했다.

 "그 사람 아버지가 갑자기 시골에서 고른, 그전까진 얼굴 한 번 본 적 없던 어린 시골 여자아이하고 말이에요. 알겠어요? 바로 얼마 전까지 내 사람이라고 생각한 사람 결혼식을 눈앞에서 보는 기분을?"

모르겠다. 쌀례는 내심 한숨을 내쉬었다. 사랑하는 남자가 다른 여자와 급작스레 결혼하는 모습을 지켜봐야 했다던 당신 마음도 모르겠고, 그걸 딱 두 번째 보는 나에게 늘어놓는 당신 마음도 모르겠다.

그렇게 알 수 없는 그 여자가 마치 비밀을 털어놓듯 한층 작아진 목소리로 속삭이듯 말했다.

"오늘이 바로 그 사람 아버님, 그 고약하신 분의 생신이에요. 시간이 지나고 내가 그 양반 생신을 챙기게 될 줄은 몰랐어요."

화장대 거울 앞에서 아름다운 그 여자는 조금은 쓰고, 조금은 뿌듯하고, 조금은 울적한 미소를 지어 보이며 그렇게 말했다.

듣고만 있던 쌀례는 무언가 이상하다는 느낌이 들었다.

이곳이 이 여자의 집이 아니고 그녀를 거절했던 그 남자의 집이란 말인가?

아니, 그보다 이야기 중 어느 한 부분이 통째로 빠졌다.

그 남자는 아버지의 성화로 다른 여자와 결혼을 했다. 이 사람은 그 남자에게 함께 도망을 가자고 했지만, 남자는 거절했다. 그런데 세월이 흘러 이 여자가 함께 도망가길 거부했던 유부남 아버지의 생신연을 챙기고 있다……고? 아니, 그 남자 부인은 뭘 하고?

화장대 거울 속에 비쳐진, 자신의 뒤에 선 쌀례의 얼굴을 보면서 그 속을 꿰뚫어 본 듯 여자는 말했다.

"그 사람의 아내는, 아내가 아니고 여동생 같은 존재였어요. 두 사람은 남매 같았죠."

이 땅에서 손꼽히는 엘리트였던 남자의 아내는 딱하게도 일자무식이었다고 한다. 착한 남자였기 때문에 가련한 어린아이를 저버릴 수 없던 그는 어느 날 여전히 친구였던 그녀에게 털어놓았다는 것이다.

그 아이가 자립할 수 있는 어른이 될 때까지 가르치고 보살피겠다고. 그녀는 기다리겠다고 했고, 기다렸다. 마침내 그 어린 여자아이가 자라서 자립할 수 있을 때까지.
"……그런데, 전쟁이 난 거예요. 난리통에 그 아이는 사라졌어요."
"사라……져요?"
"피난길에 서로 떨어져 행방을 알 수 없게 되었다고 들었어요. 자립할 때까지 보살피겠다고 결심했던 그 사람은 결국 책임을 다하지 못했다고 지금도 찾는 눈치지만요. 그건 오빠로서 책임감일 테죠."
이상한 일이다.
자신과는 전혀 상관없는 일인데도 쌀례는 그 순간 손님에게 묻고 싶었다.
'그걸 댁이 어떻게 그렇게 잘 아세요? 그 두 사람 일인데.'
하지만 앞서도 말했듯이, 자신과 전혀 상관없는 일이었다.
지금 박성례가 할 일은 손님의 이야기를 들어 드리고 적당히 응대하면서 그녀의 머리칼을, 그녀를 더 아름답게 만들어 주는 일뿐인 것이다.
그렇게 묵묵히 머리를 만지고 있는데, 다시 목소리가 들려왔다.
"하지만 언제까지 기다리고만 있을 수는 없는 법이죠. 그 사람이 누이 같던 아내를 기다리는 거나, 내가 그 사람을 바라보기만 하는 건 그만둘 때가 됐다고 생각해요. 오늘 나는 다시 그이에게 청할 거예요. 인생을 함께하자고."
마치 눈앞에 상대인 그 남자가 있는 것처럼, 그 여자 유금주의 뺨에 은은한 홍조가 어렸다. 서른은 넘었다고 들었는데 지금 그녀는 열여덟 소녀 같았다. 처음 그에게 야반도주를 제안했던 그때처럼. 여자는 수줍게 웃었다.

"고지식한 사람이라 분명히 처음엔 난처한 얼굴을 하겠지만. 그이도 더는 어쩔 수 없을 테니까요."

―그이.

그를 부르는 짧은 호칭에 은근히 묻어나는 연정을 쌀례는 느꼈다. 그리고 정말 이상한 노릇이지만 '고지식한', '그이'라는 부분에서 그녀가 말하는 그이가 누구인지 알 수 있었다.
그 사람이다.
아내와 함께 영화를 본 적이 없다고 했던 남자.
영화표를 사 두고 기다렸지만 바람맞았었다고, 동터 오는 새벽 강당에서 중얼거리던 그 사람.
그 사람이다.
어쩌면 손님이 부르는 그이가 처음부터 그 사람이었다는 것을, 쌀례는 이미 알고 있었는지도 모르겠다는 생각이 들었다. 처음 길에서 그를 찾아온 이 아름다운 여자를 본 그 순간부터.
쌀례의 가슴에서 이상하게도 바람이 불었다. 무어라 이름 붙이기도 어려운 그런 바람이.
그런 여자의 상념은 고객의 목소리에 의해 깨어졌다.
"그이는 퇴근을 하고 온다고 했으니까 아무래도 잔치를 먼저 시작해야겠어요. 아직 멀었나요?"
"아, 아뇨. 곧……."
가슴에 알 수 없는 바람이 부는 것을 느끼는 채로, 손은 자신의 가슴에 서늘한 바람을 일게 한 그 여자의 머리카락을 아름답게 보이도록 만져 주고 있다.
 쓸쓸하고 이상한 일이지만 이게 산다는 거겠지. 마침내 거울 앞에 서 완성된 자신의 머리 모양에 만족한 듯 요모조모 자기 모습을 뜯어 보던 금주가 말했다.
 "좀 더 있어 주지 않을래요?"
 "네? 하, 하지만……."
 "집안 다른 여자들 머리도 그렇고, 일전에 길에서 그렇게 보낸 뒤에 그 사람이 그쪽 약혼자 일로 드릴 말씀이 있다고 했거든요. 기다리면서 잔치 구경 좀 하세요. 재미있을 거예요. 정원에서 영화도 볼 거고……."
 금주의 목소리가, 가슴속에서 부는 바람이 쌀례의 마음을 갈팡질팡하게 만들었다.
 '그 사람'이 오기 전에, 피의자의 약혼녀인 자신을 자기 집 잔치에서 보고 그 사람이 난감해하거나 화를 내기 전에 여기서 나가야 한다는 마음 반, 그럼에도 불구하고 그가 자신에게 하려는 말이 궁금한 마음 반.
 결국 후자가 이겼다.
 "그럼 잠시만 폐를 끼치겠습니다."
 잔치가 시작되었다.

 집주인의 딸이라는 그 여자는 분명 처음 보는 여자였다.
 그러나…….
 "오랜만이네. 생각보다 지내기 괜찮았나 봐?"
 그녀가 하는 인사는 도저히 초면의 상대가 할 수 있는 종류의 것은 아니었다.

"네? 저, 어, 어디서 뵌 적이……."

'미용실에 온 손님이었을까?'

당황하여 묻는 쌀례를 여자는 황당하다는 듯이 쳐다보았다.

자신을 황당하다는 듯이 뜯어보는 그 여자의 칼 같은 눈초리가 쌀례는 불편했다. 뒤이어 여자의 입 꼬리가 살짝 올라가고 마치 비웃는 듯 보였을 때는 불편하다 못해 불쾌하기까지 했다.

입술 가득 비웃음을 머금은 채로 그 여자는 말했다.

"생각이 안 나면 억지로 생각할 필요 없어. 그쪽이 멍청하게 구는 거 보는 게 하루 이틀도 아니고."

그 순간 쌀례는 발끈했다. 내가 왜 처음 보는 사람에게 저런 눈빛을, 저런 비웃음을 받아야 한단 말인가.

"전에 어디서 절 보신 적 있나요? 실례지만 저는 아무래도 처음 뵙는 분이고……."

그 순간 고양이를 닮은 여자의 눈에는 얼핏 처음으로 연민 비슷한 것이 스쳤다. 하지만 그건 쌀례를 향해서가 아니라 지금쯤 이 여자 때문에 눈썹 휘날리게 달려오고 있을 그 누군가를 향한 것이었다.

"오라버니도 참…… 보고 무슨 생각이셨을까."

오라버니라면 오늘 생신연을 맞은 노인의 아들, 초조한 표정으로 지금 자신들 곁에 서 있는 저 아름다운 여자가 사랑한다는 남자, 검사 선생을 말하는 것일 게다. 그 사람이 왜?

쌀례는 대체 지금 무슨 일인가 싶어 '알아들을 수 있게 말해 주세요!'라고 따져 묻고 싶었다. 하지만…….

"그만. 은재 씨, '손님'에게 무례하게 굴지 마."

목련나무 정원의 사진들 | 317

그들 곁에 선 아름다운 그 여자, 금주의 중재로 대화는 그렇게 끊겼다. 은재라 불리는 그 여자는 금세 쌀레에 대한 흥미가 떨어졌는지 그녀를 외면한 채 금주에게 물었다.

"오라버니는? 아직 안 오셨대요?"

"아범이 갔으니 곧 오시겠지. 손님들도 얼추 오신 듯하고 우리끼리 먼저 시작해도 될 것 같은데."

두 여자 사이로 쌀레가 해석할 수 없는 눈빛이 교환되었다. 하지만 해석할 수 없는 것이 지금 그것뿐이랴. 처음 보는 사이면서 자신에게 무례하기 짝이 없는 이 집 딸이라는 여자의 눈빛, 그녀가 뱉어 내는 말들도 해석할 수 없었고, 저 여자의 무례한 태도에 화가 나면서도 어쩐지 익숙한 것 같은 이 복잡한 자신의 마음도 해석할 수 없기는 마찬가지였다.

사람뿐만이 아니다.

'분명 처음 오는 곳인데 군데군데 익숙한 이 집 안 풍경은 뭐람. 집 풍경도 그렇고 몇몇 사람들 얼굴도 그렇고…… 눈에 익은 것 같아. 그럴 리가 없는데.'

잔디가 깔린 정원. 한옥과 양옥이 적당히 섞인 집. 사랑채로 보이는 곳에 걸려 있는 현판도 눈에 익었다.

흰색, 연한 자주색, 푸른색 등이 오묘하게 섞인 수국과 붉고 흰 나팔꽃, 꽃잎에 범의 가죽 같은 무늬가 찍혀 신기한 참나리까지. 어찌 보면 찬경이 지은 그 거대한 집 - 그녀가 가끔 청소를 하기 위해 들르는 - 의 마당에 핀 꽃들과 비슷한 위치에 비슷하게 꽃을 피우고 살고 있었다.

꽃나무가 있는 정원이야 어디든 비슷할 수 있으니 그렇다 치고 사람들조차 그러하다니 알 수 없는 노릇이었다. 낯설면서 낯익은 그 모든 것들이 그녀의 마음을 어수선하게 만들었다.

'집에 갈까.'

가야 하나 말아야 하나. 나는 지금 왜 이 자리에 있나. 검사 선생님이 경이 오라버니에 관한 일로 내게 할 말이 있다고 했다. 검사 선생님을 오래도록 '사랑'해 왔다는 저 손님에게 더 있어 달라는 부탁을 받아서이기도 하다.

그래서 그녀는 이 자리에 있어야 하면서도…… 그녀의 가슴 속에 사는 한 여자가 그녀에게 물었다.

'정말로 네가 경이 오라버니 때문에 여기 머물러 있니?'

솔직한 박쌀례가 잠시 머뭇거리다 대답했다.

'아니.'

그러니 가야 한다.

아마도 마음이 이토록 어수선한 것은 자기 속의 이 설명할 수 없는 마음을 그녀 자신이 알고 있었기 때문인지 모른다.

머릿속에서 '징징징' 경고음이 계속 울리는 것도 그 때문이리라.

마침내 그녀가 마음을 결정하고 자리에서 일어서 그곳을 나가려 하던 그때, 귓가에 그 경고성 징 소리 비슷한 소리가 울려왔다.

팅-. 팅-. 팅-.

노환으로 몸이 불편해 현재 자리에 나서지 못한다는 오늘의 주인공 — 밑바닥부터 몸을 일으켜 전쟁 전부터 거부로 이름을 날린 신화의 주인공 — 대신 그 집안 딸이 나와 와인글라스를 두들기며 손님들의 주목을 끌었다.

"손님을 청해 놓고 예의가 아닌 줄 압니다만, 지금 주인공이신 아버님도, 큰 오라버니도 아직 자리에 도착하질 않으셨어요. 넓으신 마음으로 이해해 주시고⋯⋯ 대신 그분들 도착하시기 전에 여러분께 재미있는 걸 보여 드리려 해요. 이른바, 화면으로 보는 저희 집안 역사죠."
"오오!"
어느새 정원 한가운데 영사기와 화면이 들어서 있었다.
영사기(映寫機).
영화 필름을 스크린 화면에 영사하여 움직이는 모습을 만들어 내는 기계. 이제 기계만 있다면 집 정원에서도 영화를 볼 수 있는 세상이 되었다.
은재가 영사기사를 향해 눈짓을 하자 영사기 화면에서 흔히 볼 수 있는 얼굴에 두껍게 분칠한 배우가 아닌, 그 세월을 고스란히 찍은 듯한 어느 집 가족 사진첩 속에나 들어 있을 법한 사진들이 한 장씩 모습을 드러냈다.
수십 년 전 유행했던 높이 세운 셔츠 깃에 가는 넥타이를 세련되게 맨 짧은 단발머리 중년 사내와 그 옆에는 마고자를 입고 산호주를 장식한 호화로운 아얌을 머리에 쓴 그의 아내가 보였다.
그들과 안면이 있는 손님들이 탄성을 내질렀다.
"호오! 아들들이나 딸이나 자손들 인물이 다 좋다 하였더니, 노당주나 부인께서도 다 선남선녀이셨소이다. 허허."
"그러게요."
뒤이어 그들의 아이들, 유치원 원복을 입고 왼쪽 가슴에 수건을 단 세 꼬마들의 모습이 보여 좌중을 흐뭇한 미소를 짓게 만들었다.
배고픔도 근심도 없이 검은 눈망울을 똑바로 뜨고 카메라를 보던 그 얼굴들 중, 가장 큰 소년은 곧 검은 교복 차림의 청년 학생이 되었다.
쌀례는 그가 검사 선생님이라는 것을 한눈에 알아볼 수 있었다. 남의 사진이긴 하지만 기묘한 느낌이 든다.
 키 크고 근엄해 보이는, 혹은 슬퍼 보이던 선생님도 지금 자신의 딸 작은 쌀례처럼 천진한 검은 눈망울, 작은 손으로 장난감이든 책가방이든 집으려고 애를 쓰던 시절이 있었구나.
 아이는 소년이 되고, 청년이 되고, 그리고…… 사모를 쓰고 목화를 신고 혼인이라는 걸 치르는 어른이 되었던 모양이다.
 그런데 바로 그때였다.
 그 순간 일정한 시간을 두고 다음 사진으로 넘어갔던 슬라이드 화면이 딱 정지되어 버렸다.
 "허어! 저건……."
 여기저기서 불편하게 들려오는 낮은 신음, 잔잔히 인 그 파문에 쌀례는 어리둥절했다.
 그것이 이 집안의 유명한 장남과 전쟁통에 실종되어 그 남편이 애타게 찾고 있는 아내의 혼례식 사진이라는 것을 그녀가 알 리 없었다.
 그저 처음 얼마간 쌀례는 사모를 쓴 신랑 곁에 선 그 새색시의 모습을 멍하니 보고만 있었을 뿐이었다. 훤칠한 신랑의 어깨에도 닿지 못하는 작은 키의 볼품없는 어린 여자아이를.
 지독히도 어울리지 않는 한 쌍이었다.
 그 사실을 사진 속 어린 그녀 역시 알고 있었던 걸까.
 카메라 렌즈를 보고 있는 그녀의 눈망울은 자신의 혼인날임에도 불구하고 슬퍼 보였다.
 간장 종지만 한 큰 눈동자 말곤 볼 것 없는 그 아이가 쌀례는 낯설면서 낯이 익었다.
 시간이 갈수록, 어린 그녀를 보면 볼수록, 쌀례는 그녀가 자신이 아는 누군가와 참 많이도 닮아 있다는 것을 깨달았다.

'저건 누구지? 이게 뭐지? 무슨 일이지?'

그것은…… 매일 아침 거울 앞에서 보게 되는 자기 자신이었다.

그리고 마치 그걸 증명이라도 하려는 것처럼, 오래도록 정지되었던 화면은 곧장 다른 화면으로 바뀌어졌다.

동그란 얼굴에 족두리를 쓴 어린 신부에서 단발머리 여학생 교복을 입은 여학생으로, 그리고 그다음 화면은…….

"엄밀히 말하자면 이건 저희 가족사진은 아니지만, 한때 저희 집에 몸담았던 두 사람의 근황이라고 해야겠지요? 행방을 알 길 없어 저희 큰 오라버니 가슴을 참 아프게 했던 올케언니를 제가 우연히 만나 뵈었지 뭐예요. 지금은 새 출발 하셨다고 합니다만……."

오늘 잔치 여주인의 차분한 목소리가 정원 밤공기를 타고 도도히 울려 퍼졌다.

그것은 동그란 얼굴의 연지곤지 새색시와 닮은 한 여자와 또 다른 남자의 사진이었다.

하얀 블라우스, 꽃분홍색 스커트를 화사하게 차려입고 조금 긴장한 듯한 미소를 짓고 있는 그녀와, 그런 그녀를 다정히 감싸 안은 화사한 용모의 남자.

바로 찬경과 자신이 얼마 전 찍었던 그 사진이었다.

커다란 화면 위에 빛으로 영사된 자기 자신의 모습이 쌀례의 눈에 아득하게 보였다.

뭐라고 뭐라고 주변에서 벌떼가 웅웅대는 듯한 소리도 들려오는 것 같았다. 그 소리 가운데 가장 크고 날카로운 소리가 연이어 그녀의 귀를 꿰뚫었다.

"지금 이 자리에도 계시죠? 언니, 제가 다시 만나서 반갑다는 소릴 했던가요?"

이제야 쌀례는 자신을 향하던 그녀의 비웃음을 이해하게 되었다.

눈앞에 보이는 화면, 자신을 노려보는 고양이 눈매의 여자, 그 곁에 선 자신을 이 집으로 부른 또 다른 여자, 자신을 향해 붕붕거리는 벌 떼 같은 목소리들이 각각의 칼날이 되어 여기저기서 그녀를 찔러 오고 있었다.

방금 전까지 머리에서 울려오던 징 소리 같은 경고음은 신기하게도 멈추어졌지만, 대신 다리에 힘이 빠졌다.

'맙소사. 꼭 기절할 것만 같아.'

여기서 나가야 했다. 최소한 눈이라도 감고 저 화면을, 자신을 비웃는 눈초리들을 보지 않았으면 싶었다.

그런데 눈이 감기지 않는다. 발걸음이 떨어지지 않는다.

버티고 서 있는 것이 그 순간 쌀례가 할 수 있는 전부였다.

그런데 바로 그때, 그녀의 등 뒤로 누군가 거친 숨결을 뿌리며 다가섰다.

누군가의 커다란 손이 쌀례의 눈가를 가려 주었다.

어둠. 마치 그녀를 보호하는 듯한 손길이 그녀의 눈을 어둠으로 감싸 주었고, 쌀례는 그 어둠 속에서 낯설면서도 낯익은 한 목소리를 들었다.

"그 화면, 당장 치우거라."

"오라버니! 그렇게 감싼다고 될 일이 아니······."

"당장! 치우라는데도! 아니면 내가 하랴?"

쌀례는 부들거리는 손으로 자신의 눈을 가리고 있는 그 손을 천천히 잡아 내렸다. 그리고 숨을 삼키고 뒤돌아서서 자신의 뒤에 선 그 사람을 보았다.

급히 달려왔던지 이마에 땀방울이 맺히고 거친 숨결을 내리누르고 있는 그 남자.

달처럼 하얀 얼굴, 불처럼 타오르는 듯한 눈으로 자신의 누이를 노려보고 있는 그 남자.

연지곤지 족두리를 쓴 어린 소녀 옆에서 사모관대 차림의 무표정한 얼굴을 하고 있던 훤칠했던 새신랑.

그 남자, 한선재의 얼굴을.

쌀례에게는 버릴 수 없는 소망이 있었다.

'기억하고 싶다.'

지금 그녀의 곁에 있는 약혼자라는 남자는 그녀의 소망을 반기지 않았었다.

─기억해서 뭘 하려고? 네 곁에는 내가 있고 우리는 지금도 부족함 없이 살고 있는데. 기억해 봤자 네 가슴만 아플 텐데.

남편은 아이만 남기고 전사를 했고, 친정은 그녀가 아직 다 자라기도 전에 출가를 시킬 만큼 궁색한 곳이었다고 하니 그의 말도 틀린 말은 아닐지 모른다.

지난 일은 기억해 봤자 가슴 아플 수도 있는 것이다. 하지만······.

'그래도 기억하고 싶어.'

여자는 그 소망을 버릴 수 없었다. 찬경이 그녀의 소망을 반기지 않고, 아니 더 정확히 표현하자면 싫어한다는 것을 알고 있으면서도, 그녀는 자신과 혼인을 했다는 그 사람을, 아이 아버지를 기억하고 싶었다. 할 수만 있다면 어머니, 아버지, 다른 피붙이들도 기억하고 싶었다. 그럼 이 가슴 답답함도 가시겠지. 얼마나 좋을까.

비록 그 얼굴들을 기억해서 눈물도 함께 흐를 수 있겠지만, 그래도 기억하면서 행복해지기도 할 것이다. 그렇다고 생각했다. 그런데…….

"이게 무슨 짓거리냐! 그럼 선재 너는 저애 꼴이 저렇다는 걸 진작에 알면서도 입을 다물고 있었단 말이냐?"

비로소 남편이었다는 사실을 알게 된 그 사람 손에 이끌려 몇 발짝 걷기도 전에 쌀례와 그는 그의 어머니, 이 저택 안주인인 노부인에 의해 저택 안으로 끌려 들어가야 했다. 거실 안에 노부인의 분노 어린 목소리가 쩌렁쩌렁 울려 댔다.

기억을 찾지는 못했지만 '가족'은 찾은 모양이다. 그런데 이상도 하지. 꿈꿔 왔던 재회는 행복하진 않았다. 아니, 그것은 그들 모두를 고통스럽게 만들고 있는 듯했다. 특히 검사 선생님, 아니 남편이라는 저 사람을.

"미리 말씀 못 올린 건 죄송하게 생각합니다. 피치 못할 사정 때문에 그러는 것이 옳다고 생각했습니다. 하지만 어머니, 저 사람에겐 잘못이 없습니다. 저 사람은……."

"닥치거라! 내, 네 동생에게 이미 들을 건 다 들었어! 덮을 게 따로 있지. 어딜!"

화면 속에서 아얌을 쓰고 있던 젊은 부인은 이제 얼굴 가득 주름이 파이고 반백의 머리칼을 하고 있는 늙은 여인으로 변해 있었다.
 문득 그녀의 시선이 아들에게서 자신에게 향하는 것을, 늙은 여인의 입가에 그 딸과 비슷한 경멸의 표정이 서린 것을 쌀례는 보았다.
 "흥. 양반 좋아하시는군. 누가 그 어미에 그 딸 아니랄까 봐."
 "어머니!"
 "왜! 내가 틀린 말 했니? 어딜 사내가 없어 집에서 부리던 머슴 놈하고…… 팔자를 고쳤대도 왜 하필 그 쳐 죽일 놈이냔 말이다!"
 '집에서 부리던 머슴 놈? 경이 오라버니을 두고 하는 말인가?'
 쳐 죽일 놈이라니. 그러고 보니 경이 오라버니 역시 전에 이런 말을 한 적이 있었다.

 ─그놈 아비가 예전에 날 죽이려 했어.

 그들은 서로를 증오하고 있었다. 서로의 죽음을 원할 만큼, 한 하늘 아래 머리를 이고 살 수 없을 만큼 서로를 미워하고 있었다. 그리고 그 중간에 자신이 끼어 있음을 여자는 어렴풋이 눈치채기 시작했다.
 그 순간 여자는 생각했다. 야단을 맞아도 좋으니까, 화를 내어도 좋으니까 누가 자신에게 설명을 좀 해 주었으면 좋겠다고. 대체 당신들 사이에 무슨 일이 있었던 것인가.
 하지만 자신에게 쏟아지는 분노와 비난에 차마 쌀례가 입을 열지 못하고 있던 그때, 노부인과 그 아들의 격렬한 목소리는 곧 거실에 새로 들어온 누군가의 등장과 함께 끊기고 말았다.
 "성례 그 아이가 왔다고? 어디 있소?"
 눈처럼 새하얀 머리칼, 거미줄처럼 얼굴 가득 패인 주름살, 초점 흐린 눈을 한 노인이 지팡이를 짚고 서서 주변을 두리번거리며 물었다.

그런 남편을 속 터진다는 듯한 눈빛으로 흘겨보던 노부인은 마지못해 대꾸했다.

"영감님 계신 곳에서 몇 발짝 떨어진 저기 있잖아요. 당신 생일 잔치도 못 나와 볼 만큼 편찮으면서 뭐하러 예까지……."

그 사이 뇌졸중과 망막의 이상으로 시력이 많이 나빠진 노인은 한참 미간을 찌푸리고 몇 년 만에 나타난 며느리를 보고 또 보았다.

흐릿한 형상이 점점 누군가의 모습으로 선명해지고 있었다. 노인의 입에서 자기도 모르게 신음이 터져 나왔다.

"연이……."

한순간 눈앞에 양장을 하고 있는 젊은 여자가 30여 년 전 댕기머리를 늘어뜨리고 있던 다른 처녀아이로 보였다.

젊은 날, 진정으로 열망했지만 가질 수 없었던 여자.

젊은 애송이일 무렵 자신에게는 오르지 못할 나무였고, 정작 운이 트여 그 여자를 손에 넣을 수 있었을 때는 이미 시간이 너무 흘러 버렸던 그 여자, 연이.

하지만 자신이 이리 늙었는데 눈앞의 처녀아이가 그 여자일 리는 없다.

"……성례냐?"

새삼 보니 제 어미를 빼다 박은 작은 얼굴, 커다란 눈, 얌전하게 뻗어 나온 팔다리, 자그마한 손. 그 고운 모든 것을 보고 있는 사이, 아내의 퉁명스런 목소리가 들려왔다.

"그리 좋수? 제정신도 아니라는 걸, 거기다 지금은 그 천벌 받을 머슴 놈하고 같이 있다는데……."

"뭐라고?"

아내의 말을 노인이 완전히 알아듣기에는 얼마간 시간이 필요했다.

"천……벌 받을 머슴 놈? 그, 그, 그……."

"그래요. 우리 집 행랑방에서 먹여 기르던 바로 그……."

아내의 말이 무엇을 뜻하는지 이해하게 된 그 순간부터 노인의 얼굴은 꼭 칼에 찔린 듯 일그러지고 창백해졌다.

'머슴 놈이라니? 성례 저 아이가? 제 서방과 떨어져 살 수 없다고 바닷가로 뛰어들었던 그 아이가? 대체 이게 무슨 날벼락인가.'

그가 이빨을 잃고 기력을 잃고 시력을 잃어 가고 있는 사이, 도대체 무슨 일들이 벌어졌던 것일까.

쌀례는 백발머리 주름살투성이에 알 수 없는 그리움을 담은 얼굴로 자신을 보던 노인이 순식간에 늙은 인간에서 백만 년은 넘게 산 고목나무, 돌덩이로 변해 버리는 것을, 그가 뒷목을 잡고 쓰러지는 것을 지켜보아야 했다.

주변의 사람들이 당황하며 노인을 부축해 안채로 물러갔다.

아버지를 부축하며 가던 '검사 선생님'의 시선이 자신을 걱정스레 어루만지는 것이 느껴졌지만 그 순간부터 그녀는 커다란 거실에 홀로 남겨졌다.

휘황찬란한 샹들리에 불빛 아래에서 박제한 동물들의 무표정한 시선이 자신을 내려다보는 그 번쩍이고도 을씨년스러운 거실에.

처음 본 그 순간부터 자신을 비웃던 고양이 눈매의 여자가 들어오기까지.

"오늘, 힘들었지?"

어쩐 일로 살가운 목소리로 예전 시누이였다던 그 여자가 말을 걸었다.
"힘든 건 내일까지야. 내일, 아이만 넘겨주면 우리도 두 번 다시 널 볼 일은 없을 테니까."
반나절 사이에 너무나 많은 일들을 겪었지만 이건 그중 가장 최악의 것이었다.
"제 아이예요. 물건도 아니고 아이를 넘기라니…… 대체 그게 무슨 말씀이세요?"
"네 아이? 정확히 말하자면 오라버니 아이, 현재로선 우리 집안 유일한 자손이지. 귀한 아이를 너 같은 천한 어미가 키우게 할 것 같니?"
"천한 어미라니, 무슨 그런……."
"그럼 집에서 부리던 머슴 놈과 살 맞대고 사는 게 천하지 않다고 우기려는 거야? 우리 오라버니와 살 때는 네가 아씨 마님이라 불렸는지 몰라도 머슴 놈과 같면 머슴 놈 계집이지. 아무리 전쟁통에 세상이 뒤집어졌기로 어딜 남자가 없어 그런 천한 놈과……."
"말씀 삼가 주세요!"
찬경이 이전에 그녀의 집에서 머슴 노릇을 했다는 것을 그녀도 들어 알고는 있었다. 하지만 그럼에도 불구하고, 지금 멋지게 비상한 사람이었다. 그런 사람을 머슴이라고 욕보이는 건 견딜 수 없다. 자신이 이 집안에 고개 들 수 없는 잘못을 저질렀다는 것 또한 알고는 있지만 이런 식의 비난은 부당하다.
"제가 죄를 지었다는 건 알아요. 하지만 그 사람 험담은 말아 주세요. 지금은 어엿하게 자기 일 열심히 하는 사람이고, 그렇게 열심히 일해서 사고로 다친 저와 아이 돌봐 준 사람이에요. 이렇게 모욕당해야 할 이유가 없는……."

두 눈을 똑바로 뜨고 자신에게 따박따박 반박하는 쌀례의 모습에 은재는 어처구니없다는 듯이 혀를 찼다.
"꼴에 같이 산다고 편을 들어? 모욕당해야 할 이유가 없다고? 하! 지금 이 모든 게 누구 때문인데! 우리 오라버니가 누구 때문에 죽을 뻔하다 겨우 살아났는데! 다 그 은혜도 모르고 상전을 죽이려던 살인자! 상전 계집을 납치해다 제 계집 삼은 윤찬경 바로 그놈 때문이야!"
"무슨……."
창밖에 피어난 목련처럼, 목련 나뭇가지에 걸린 달처럼 창백한 얼굴로 묻는 쌀례를 은재는 한심하다는 듯이 쳐다보았다.
이제 나이가 스물 중반이 넘어가고 애 어미까지 되었건만 여전히 순진무구한, 아무것도 모른다는 듯한 저 얼굴이 은재는 역겨웠다.
오라버니도, 그 해사한 얼굴의 머슴 놈도 다 저 순진한 얼굴에 속고 있는 것이다.
"아, 제정신이 아니라고 했던가? 기억이 안 난다고? 그것 참."
시누이가 혀를 찼다. 한숨을 내쉬었다. 그리고 기가 막히다는 듯이 쓰게 웃었다.
"어떻게 그걸 잊을 수가 있어? 그 머리, 참 편리하구나. 정말 기억 못 하는 거 맞니? 그 머슴 놈하고 살려고 기억 못 하는 척하는 거 아니고?"
조곤조곤한 그녀의 목소리는 뱀가죽처럼 서늘하고 매끄럽게 쌀례의 피부를 타고 기어 다녔다. 쌀례는 우스스 소름이 돋았다. 기억을 못 하는 척이라니. 살면서 이토록 지독한 말을 듣기는 아마 처음일 것이다.
여자는 모욕에 치를 떨며 상대방의 뺨을 있는 힘껏 후려쳤다.

짜악―!

뺨을 맞고 한동안 은재는 멍한 얼굴로 그저 쌀례를 바라볼 뿐이었다. 다른 이도 아니고 저 촌닭에게 한은재가 뺨을 맞다니.

"아니면 어떻게 그걸 잊을 수 있어? 너와 살고 있는 지금 그놈이 전쟁통에 우리에게 저지른 그 해악들을 어떻게! 우리 집에서 밥 빌어 먹던 놈이 작은 일에 앙심 품고 우리 오라버니 죽이려고 했는데! 그 앙심으로 오라버니 여자였던 널 훔쳐 간 것도 그놈인데! 너는 어쩌면……."

은재의 목소리가 채찍이 되어 쌀례의 온몸을 후려쳤다.

"앙심……이라고요?"

"그럼, 그놈이 널 정말로 좋아해서 같이 살았겠니? 전쟁통에 넘쳐나는 게 애 딸린 과부라는데 너 같은 걸 뭘 보고?"

문득 은재의 머릿속에선 다른 장면이 떠올랐다.

그들이 어렸을 때, 곱게 쪽 진 머리를 하고 어른도 아닌 쌀례가 어른스럽게 한쪽 무릎을 세우고 앉아 무식한 머슴 놈에게 글을 가르치는 그 모습이.

어째서 세월이 그렇게나 흘렀는데 그 모습이 잊혀지지 않고 시시때때로 떠올라 자신을 괴롭히는 것인지 모르겠다.

그렇게 머리에 떠오른 그 모습을 애써 지우기 위해 은재는 독기 오른 목소리로 외쳤다.

"아무것도 모르고 이용이나 당한 주제에 그런 놈 편이나 들고…… 한심한 것 같으니. 널 보면 언제나 창피해. 예전부터 지금까지 주욱, 창피해 죽겠다구!"

은재의 칼끝 같은 목소리를 먹먹하게 들으면서 쌀례는 생각했다.

이용이라. 어째서 혼인하게 되었느냐고 쌀례가 물었을 때, 그가 무어라 대답했더라? 그래, 밥 때문이라고 했었다.

―혼자 사 먹는 밥은 싫증이 나서 말이야. 넌 다른 건 몰라도 밥하는 솜씨는 좋았거든.

고작 밥 때문에 그렇게 비싼 대가를 치렀느냐 물었을 때 그는 말했다.

―장사꾼이니까. 비싼 값을 치러야 할 만한 물건이라면 격에 맞는 값을 치러야 하는 법이죠, 마님. 당신은, 비쌀 만했어요.

어지럽다. 어지럽다. 이곳에서 일단 나가야겠다.
나가서 찬경에게 물어보자.
입이 거친 사람이긴 하지만 그가 자신에게 했던 말은 이제껏 거의 참말 아니었던가.
그녀와 결혼하려던 이유가 사랑 때문이 아니고 다른 것이었다고 그는 거침없이 말했었다.
처음 가위를 다시 잡고 머리 자르는 솜씨는 돈을 받을 정도는 아니었다고 가차 없이 말해 주었었다.
가자. 어서 여기서 나가야지. 여기서 나가서······.
"이것 가지고 꺼져!"
자신의 발치에 던져진 그 물건을 쌀례는 어리둥절한 듯 내려다보았다.
그것은 가죽으로 지어진 빨간 구두, 그리고 몇 년 묵어 보이는 듯한 옷가지였다.

"이 집에서 네 손때 묻은 것들은 더 이상 필요 없어. 너 오면 네 낯짝에 집어던져 주려고 내 벼르고 있었다. 오라버니는 궁상스레 버리지도 못하고 품고 계셨지만 이젠 그리 안 하시겠지!"

굽이 한 치쯤 되어 보이는 붉은 가죽 구두.

그녀의 물건이라 했다.

남편이었던 사람이 이제껏 간직했던 것이라 했다.

기억에도 없던 남편, 기억에도 없던, 그 사람이 간직하고 있던 내 구두. 몇 년 만에 자신 앞에 나타난 자신의 물건을 쌀례는 멍하니 바라보았다.

그렇게 바라보다가 여자는 허리를 굽혀 자신 앞에 굴러다니고 있는 구두를 조심스레 주워 들었다.

그러고는 몸을 돌려 출구 쪽으로 걸었다. 처음 비틀거리던 걸음걸이는 얼마 안 가 뛰기 시작했다.

빨간 구두를 양손에 쥐고 쌀례는 뛰었다.

수년 전 어느 봄날, 이 구두를 처음 손에 넣었던 바로 그날처럼.

아버지가 진정되고 거실에 돌아와 쌀례가 이미 그곳에 없다는 것을 알았을 때, 선재는 가슴이 무너져 내렸다.

홀로 남아 있는 누이에게 그는 노해 소리쳤다.

"갔다니! 대체 어디로!"

"저도 낯짝이 있지. 여길 더 이상 무슨 염치로 있어요? 그 머슴 놈에게나 갔으려나……."

짜악—.

오늘로 두 번째 따귀가 은재의 뺨을 강타했다.

세상에, 하루에 두 번씩이나 뺨을 얻어맞다니.

은재가 부은 뺨을 두 손으로 감싸 쥐고 뭐라 반박하려는 사이, 선재는 초조함이 묻어난 걸음걸이로 아내를 찾아 나섰다.

밖에서 손님들 출입을 지켜보고 있던 하인들 중 그녀를 보았다는 사람은 아무도 없었다.

아직 이 집에 있다는 것에 희망을 걸고 남자는 무작정 집 안을 뒤지기 시작했다.

생각해 보면 아내를 찾아 헤매는 것은 그로서는 익숙한 일이었다.

그 옛날, 눈 내리던 성탄 전야, 금주와 함께 있던 자신의 모습에 놀라 토끼눈을 하고 사라진 아내를 찾아 길거리를 헤매던 그때부터.

스물한 살의 그는 열다섯 아내를 찾아다니며 그렇게 이를 갈았었다.

—찾기만 해 봐라. 볼기를 두들겨 줄 테다.

지금은 그때처럼 무릎에 엎어놓고 볼기를 치겠다는 생각 대신, 그저 이런 생각을 한다.

'당신, 참 나한테 너무도 한다.'

그렇게 오래 모습을 보이지 않아 사람 애간장을 있는 대로 녹이더니, 가까스로 찾은 다음에는 날 못 알아봐서 나를 참 슬프게 하더니, 이제 또 어디로 가 버린 걸까.

제발, 사람 속 좀 그만 썩이고 내 앞에 나타나.

이런 모습 보자고 당신 앞에 살아 돌아온 거 아니야.

이런 모습 보자고, 당신 앞에 모르는 사람인 척 연기한 거 아니야.
내 어린 신부.
나는, 나는 여보…… 당신을 다시 보게 되면…….
그때였다. 집 마당 한쪽, 어두운 수풀 가운데 우뚝 솟은 목련나무 아래, 등을 기대고 앉아 있는 여자가 보인 것은.
예전에 그가 그녀의 방에서 그녀를 기다리고 있을 때, 그녀는 자신의 하숙집 마루에 앉아 그를 기다리고 있었다. 맨발이었고, 치마 무릎 위에 빨간 구두를 얹고서 꽃밭을 바라보며 멍하니.
참 이상도 하지. 이제 이 여자는 자신을 기억하지 못한다 하는데 그녀는 그때와 똑같은 모습을 하고 앉아 있었다.
무릎에 빨간 구두를 얹고 맨발로 멍하니 꽃밭을 보고 있었다.
'아, 찾아서 다행이다.'
마음으로 안도의 한숨을 내쉬며 그가 천천히 그녀에게 다가갔다.
"한참, 찾았잖아요."
"가, 가까이 오지 마세요!"
남자는 걸음을 멈추고 여자를 보았다.
화가 난 듯 보이고, 겁에 질린 듯 보이고, 슬퍼 보이는 그 여자를.
여자 역시 그를 보았다.
화가 난 듯 보이고, 겁에 질린 듯 보이고, 슬퍼 보이고, 그럼에도 간절한 듯, 혹은 걱정스러운 듯 자신을 보는 그를.
자신을 보는 남자를 보면서 여자는 차마 묻기 두려운 것을 물었다.
"우리가, 혼인했었나요?"
"그래요. 당신이 열네 살, 내가 스무 살이던 그때."
어두운 밤공기를 타고 흘러나오는 그의 목소리는 마치 주문 같았다. 그 목소리로 인해 사진 한 장은, 분명히 있었던 사실은 그녀의 과거가 되어 버렸다.

마찬가지로 그 뒤에 나왔던 또 다른 사진, 다른 남자와 어깨를 나란히 하고 찍은 사진, 그것이 그녀의 현재다.

그 어느 것도 자신이 선택한 기억이 없는데 지난날과 현재가 함께 그녀 앞에 서서 물끄러미 자신을 보고 있다는 것을 여자는 몸서리치며 인식했다.

"돌아가셨다고 들었어요."

"죽을 뻔하긴 했어요. 하지만 그럴 수가 없었어. 살아 돌아온다고 당신에게 약속했거든."

너 때문에 죽을 수 없었노라고, 악착같이 살아 돌아왔노라고 그는 말하고 있었다.

기억하지 못하는 사람.

기억하지 못하는 약속.

그럼에도 눈에선 염치없이 눈물이 나려 하고 있다.

여자는 지금 이 사람 앞에서 우는 것은 참 창피한 노릇이라는 생각에 그에게서 고개를 돌렸다. 하지만 남자는 여자가 외면하거나 말거나 한 걸음씩 그녀에게 다가갔다.

그가 다가오는 만큼 그녀는 뒷걸음질하며 물러섰다.

뒷걸음질하면서 여자는 자신에게 다가오는 남자에게 부러 독한 목소리로 쏘아붙였다.

"그랬으면 처음 다시 봤을 때 나한테 말하셨어야죠! 돌아왔다고!"

"그래, 그랬어야 했어."

선선히 고개를 끄덕이면서 자신에게 다가오는 그에게 여자는 거듭

소리쳤다.
"가까이 오지 말라고 했잖아요! 제가 창피했어요? 여동생 같던 여자라도 어쨌든 혼례 올렸던 여자가 이 꼴을 하고 있어서 창피했어요? 혼인한 사람, 아이 아버지도 몰라보고 약혼자 있다고 유세하고, 웃겼어요? 아니면, 안심했어요? 부모님 때문에 억지로 결혼했던 여자, 그래도 죽었는지 살았는지 궁금했는데 살아 있어서 마음이 놓였어요?"
그녀의 목소리에 점점 그의 표정이 굳어졌다.
"도대체 지금 무슨 소리를……."
굳어 버린 그의 얼굴을 보면서 여자는 생각했다. 지금 무슨 소리를 하는 건지 나도 모르겠다고. 사실은 이런 말 나도 하고 싶지 않다고. 입에서 쏟아지는 내 목소리는 내가 들어도 끔찍하다고. 내가 하고 싶은 말은 다른 말이지만, 그래도 지금은 그 말을 할 수 없을 것 같다고.
"안심하셔도 좋아요. 그쪽 누이분 말처럼 제정신은 아니더라도 몸은 멀쩡하게 잘 살고 있어요! 내년에는 작은 쌀레 유치원에도 보낼 거구요. 말씀하신 것처럼 한심한 엄마 꼴은 더는 안 보일 거고, 미용실 일 열심히 해서 여학교도 보낼 거구요. 또……."
그때였다.
쌀레는 더 이상 말을 할 수가 없었다.
어이없다는 듯이 그녀의 말을 듣고 있던 남자가 마지막으로 성큼 그녀의 코앞까지 다가오더니 여자의 어깨를 붙들고 큰 소리로 맞서 소리쳤기 때문에.
"대체 누가 그래? 여동생이라고? 윤찬경 그 자식이 그래?"
"아니요! 그리고 그 사람 그렇게 부르지 마……."
"닥치고! 당신이야말로 지금부터 내 말 똑똑히 들어!"

자신을 보는 그의 눈동자.

만나서 처음으로 차가운 척하지도, 비꼬지도, 안쓰러워하지도 않고 불처럼 타오르고 있는 그 눈동자를 여자는 홀린 듯 바라보았다.

그렇게 타오르는 눈으로 그가 한마디 한마디 힘주어 말했다.

"시작은 아니었지만 당신은 내 여동생 아니었어. 내 여자였어! 내가 아는 나는 당신뿐이었고, 내가 아는 당신은 나뿐이었어! 우린 같이 늙어 죽을 거라 생각했고! 당신은 날 기다린다 했고, 나는 당신을 찾겠다고 했어! 누가 뭐라 했는진 모르겠지만 우리에 관한 일은 우리가 가장 잘 알아! 당신은 다 잊어버렸다고 해도 난 어제처럼 기억해!"

어깨를 파고드는 그의 손가락에 아프다 생각이 들었다.

귓가에 들려오는 그의 목소리가 너무 커서 얼얼하다 싶기도 했다.

하지만 그래도…… 귀로, 심장으로, 온몸으로 그녀는 그의 말을 들었다.

"내가 아는 나는 당신이 보고 싶었고, 당신이 살아 있어 기뻐! 당신이 내 아이를 혼자 낳았다는 게 아파! 당신이 날 잊어버려 화가 나! 그런데 지금 이 지경이 되어서도 나는 여전히 당신을 만지고 싶어! 그게 내가 아는 나야!"

그리고 마치 그 말을 증명이라도 하려는 것처럼, 그의 팔이 불쑥 그녀를 자신의 품으로 끌어들였다.

며칠 전 길가에서와는 다르게 등 뒤에서가 아닌 정면으로 자신을 안아 오는 남자의 품에서 여자는 숨이 막혔다.

당황하여 그 팔에서 벗어나려는데 그때 그녀의 귓가에 무언가 작은 소리가 들려왔다.

걷잡을 수 없이 뛰는 그의 심장 소리였다.

규칙적으로, 힘차게 뛰는 그 소리를 들으면서 여자는 결국 참고 참았던 울음을 터뜨리고 말았다.

"흐어어어어어어어."

여자의 울음소리를 들으면 애간장이 녹는다 했던가.

별다른 말 없이 그 여자는 그저 목 놓아 울 뿐이었다.

코를 훌쩍거리고 뱃속에서부터 터져 나오는 것 같은 길고긴 울음소리를 토해 내며 작은 주먹으로 그의 등을 툭툭 칠 뿐이었다.

그뿐이었는데도 이상도 하다. 그 울음소리, 그 몸짓에서 선재는 여러 가지 소리를 들었다.

'왜 이제야 왔어요?'

'나 무서웠어요. 힘들었어요.'

'살아 돌아와서 다행이에요. 정말…… 다행이에요.'

'고마워요.'

자기 품에 잠긴 그 여자의 체온을 느끼면서 그 역시 생각했다.

살아 돌아와서 다행이라고.

너를 이렇게 다시 볼 수 있어서, 이렇게 품 안에 안을 수 있어서 정말 다행이라고.

어느새 어두운 밤하늘 위로 달이 떴다.

헤어짐을 입회했던 그 달이 다시 재회를 입회하고 있었다.

다른 쪽에선 모기향을 피우며 화톳불을 밝히고 초대된 이들이 와자지껄 잔치를 벌이는 소리가 꿈결처럼 들려오는데, 밤 정원 목련나무 그늘 아래에서 남자와 여자는 한 뿌리에서 난 가지마냥 서로의 몸에서 떨어지지 않았다.

사랑
달콤하고 잔인한 것

"당신도, 알고 있다고 하지 않았나? 나한테는 그 사람뿐이라는 것."
다른 여자를 품고 그 여자 행방을 자신에게 묻는 남자를 보면서 금주는 생각했다.
'사랑'한다는 건, 이렇게 치사하고 잔인해질 수도 있는 거였나.

선재를 따라 처음 그 방에 들어섰을 때 쌀례가 느낀 것은 어두움, 그리고 냄새였다.

낯설면서도 익숙한 냄새. 그녀가 일하는 미용실에서는 머리카락에 바르는 중화제 냄새와 머리를 감기는 샴푸 향기가 늘 뒤섞여 있는 것처럼, '밥집' 할머니의 식당에선 밥 익는 냄새와 된장, 김치, 내장 익어가는 냄새가 풍기는 것처럼, 그곳에서도 어떤 특별한 냄새가 났다.

그가 촉수 낮은 전등불을 켜면서 방의 불을 밝히자 쌀례는 그제서야 그 냄새의 정체를 깨달을 수 있었다.

책 냄새였다.

"들어와요. 나올 때 정리를 한다곤 했는데……"

평소 차분했던 그와는 다르게 선재는 당황한 얼굴로 바닥에 흩어진 책들을 주워 구석으로 몰면서 쌀례가 앉을 자리를 마련해 주었다.

그곳은 방금 전 저택에 비하면 궁색하기 짝이 없는 좁은 방이었다.

"일 때문에 집에서 다니긴 번거로워 따로 방을 구했어요. 짐은 아직 좀 더 옮겨야 하지만……."

쌀례는 그의 말에 좀 불안한 눈빛으로 방 안을 둘러보았다.

작은 창문 하나가 있을 뿐인, 천장이 낮고 좁은 방이었다.

사방에 쌓인 책들이 언제 무너질지 좀 불안해 보이는데 여기다 짐을 더 들여놓겠다니…….

그래도 아까 그 궁궐같이 넓은 저택보다 마음은 놓인다. 자꾸 보니 아늑해 보이기도 하고.

그렇게 아늑하고 푸근한 방을 둘러보던 여자의 시선이 방바닥 어딘가를 보더니 굳어졌다.

손톱만 한 크기의 검고 자그마한 것이 방바닥을 기어 다니고 있지 않은가. 바퀴벌레가.

여자는 두 번 생각할 것도 없이 공책을 하나 집어 들어 눈앞에 기어 다니는 바퀴벌레를 향해 내리쳤다.

"청소하기에는 좋겠어요. 쓸데없이 넓지 않아서."

그런 그녀의 말에 남자는 한순간 뚫어져라 여자를 쳐다보았다.

손으로는 잡은 벌레를 종이 조각에 싸서 한쪽에 밀어 넣으며 여자는 속으로 신음했다.

'아, 이런. 이럴 때는 그냥 조신하게 못 본 척할 걸 그랬나. 전에 나는 어떻게 했지? 다시 만나고 난 뒤 이 사람에게 별별 꼴을 다 보여 왔는데 오늘도 참 요상한 모습을 보이는구나. 나는 왜 늘 이 모양일까.'

민망해서 여자는 고개를 푹 숙이고 중얼거렸다.

"죄송해요. 벌레만 보면 바로 잡아 버리는 게 버릇이라."

침울하게 고개를 수그리고 여자는 고백하듯 말했다.

"예전엔 어땠는지 모르지만 지금 저는 이래요. 벌레만 보면 기를 쓰고 잡아요. 지금도 그럴 수만 있다면 이 방바닥을 쓸고 닦고 싶어요."

어젯밤 보아 왔던 이 사람 주변 여자들, 여동생이라든가 약혼 발표를 앞두고 있던 그 예쁜 여자, 귀부인같이 보였던 그의 어머니의 우아한 모습들을 미루어볼 때, 그의 아내는 숙녀여야 했다.

적어도 이 사람 앞에서 바퀴벌레를 한 방에 보내는 험악한 인상은 주어선 안 되었는데.

그렇게 풀죽어 있는 그녀의 귀에 남자의 낮은 웃음소리가 들려왔다. 고개 들고 보니 그가 웃고 있었다.

'웃어?'

한 번도 저렇게 입꼬리가 올라가 있는 그를 본 적이 없었는데 눈은 반쯤 감겨져 있었고 입은 올라가 있었다.

그렇게 웃는 얼굴로 그가 물었다.

"또 뭘 하고 싶은데?"

그녀는 생각해 보았다.

'음, 뭘 해야 할까.'

"빨래비누 있을까요? 밀린 빨래도 좀 하고."

"또?"

"쌀독은 어디 있어요? 주인집에서 밥을 해 주시는 거예요? 밥을 직접 해 드세요?"

쌀레로선 물을 만해서 묻는 것들뿐인데 남자는 계속 웃기만 했다.

"왜 그렇게 웃기만 하는 거예요?"

민망해서 묻는 여자에게 남자는 답했다.

"좋아서."

"뭐가요?"

"기억은 못 해도 쌀례는 쌀례구나."

조용히 들려오는 그의 목소리가 그녀의 심장을 부드럽게 어루만져 주고 있었다.

오늘 참 여러 가지 일을 겪고 여러 가지 목소리를 들었었다.

칼날처럼 날카로워서 귀와 가슴을 찌르는 소리도 있었고, 돌덩이처럼 무거워서 가슴 아프게 하는 소리도 있었다. 하지만 지금 그의 목소리는 그 모든 것에 달콤함을 덧바르고 있었다. 목소리가 다디단 조청 물처럼 느껴질 수도 있다니. 그럴 수도 있다니.

그 순간 여자는 사무치게 마음속에 솟아나는 생각을 그에게 말하고 말았다.

"미안해요."

이번에는 남자가 물었다.

"뭐가?"

"기억 못 해서 미안해요. 정말 미안해요."

'당신 곁에서 보냈을 내 열네 살 때부터의 봄 여름 가을 겨울, 당신 옆에서 설레었을 나, 기억이 난다면 참 좋을 텐데요. 그걸 아까워서 어떻게 잊었을까요. 내가 정말 바보 같아요. 미안해요. 잊어버려서 미안해요.'

그렇게 미안해서 차마 얼굴도 마주 보지 못하고 있던 여자의 바로 코앞에 어느새 그의 얼굴이 다가왔다.

"대신, 내가 들려줄게."

서로의 숨결이 마주 닿을 수 있을 만큼 가까운 거리에서 미안하다는 여자에게 남자는 이렇게 말했다.

"당신하고 내 이야기, 내가 들려줄게. 기억날 때까지. 계속."

그는 물결처럼 흐르는 목소리로 그렇게 말해 주었다. 그녀가 처음 듣는 순간 한귀에 매혹되었던 그 결 좋은 목소리로.

예전의 그녀도 그의 좁은 하숙을 보고 '청소하기에는 그만이에요.'라고 말했었다고.

비누거품을 잔뜩 일으켜서 빨래를 하고, 휴일에는 자전거를 타러 나가자고 조르고, 들어주지 않으면 도시락으로 청국장을 싸 주겠다고 협박을 했었다고. 폭격으로 그들이 함께 살았던 좁은 하숙집은 흔적도 없이 사라져 버렸지만, 마당에 꽃밭이 있던 그 집에서 그들은 행복했었노라고 노래하는 듯한 그의 목소리를 여자는 듣고 또 들었다.

"이 구두 신고 하숙집에 갔었다고요?"

쌀례는 신기하다는 듯 옆에 놓여 있던 빨간 구두를 들어 보였다. 오늘 만난 그의 여동생, 그 사나운 여자가 던져준 구두에 그런 사연이 있었던가.

함께 구두를 보고 있던 선재의 시선이 문득 그녀의 맨발을 향했다. 그의 얼굴이 굳어졌다. 언제 어디서 그랬는지 그녀의 발바닥에 피가 보였던 것이다.

그러고 보니 정원에서 발견했을 때 여자는 구두를 손에 들고 있기만 할 뿐, 맨발이었다.

남자는 서둘러 그녀의 발목을 쥐고 상처를 살펴보며 말했다.

"앞으로 신발은 좀 신고 다녀라. 제발! 일단 좀 씻고. 승규가 준 연고가 어디……."

　예전 어느 봄날 밤, 그녀가 빨간 구두를 손에 들고 그의 하숙방까지 맨발로 달려왔던 그때처럼, 그의 손이 대야 물에 여자의 발을 담가 씻기기 시작했다. 방 안에 찰방찰방 물소리만 흘렀다. 그리고 그는 약을 발라 주었다.

　"아!"

　상처에 스미는 따가움에 여자가 발을 빼려 했지만 남자는 놓아 주지 않았다.

　그러는 사이, 여자의 손은 빨간 구두를 여전히 움켜쥐고 있었다.

　구두를 보면서 문득 그가 말했다.

　"그건 어떻게……."

　"도, 동생 되는 분이 원래 제 거였다고 주셔서……."

　정확히 말하자면 얼굴에 집어던져 주었던 것이지만 여자는 그 부분은 생략했다.

　"이런 구두를 제가 신었었나요? 이, 이렇게 높은 걸……."

　거기다 빛깔이 무시무시할 정도로 곱다.

　일할 때 굽이 높은 걸 신고는 장시간 서 있을 수도 없고 저렇게 튀는 색은 지금으로선 신을 엄두도 못 낼 물건이다. 그런데 이런 걸 신었었다니.

　기억에 없는 자신의 취향을 마주하면서 여자는 어이가 없었고, 그런 그녀를 보면서 남자는 문득 이 신발을 신고 한 뼘 더 키가 커서 자신을 찾아왔던 그녀의 모습을 떠올렸다.

　"어른이 된 기념으로 샀다고 했지. 키가 생각만큼 자라질 않는다고 고민했나 봐. 어느 날 집에 와 보니까 이걸 가져왔더라고. 처음엔 왜

사랑 | 345

저럴까 나도 생각했지만."

 봄날 맨발로 마루에 걸터앉아 무릎에 빨간 구두를 올려놓고 그를 기다리던 여자는 방 안에서 그 구두를 신어 보이며 그에게 말했었다.

 ―어른이 됐으니까, 어른 대접을 해 주세요.

 어느 봄날 산발머리에 흙투성이 발을 하고 마루에 걸터앉아 마당의 꽃을 멍하니 바라보던 여자.
 무릎에 올려놓고 있던 빨간 구두를 방 안에서 신어 보이더니 한순간에 한 뼘 커진 여자가 되어서 어른으로 보아 달라던 그 빨간 구두 아가씨를 떠올리며 남자는 미소 지었다.
 하지만 여자는 귀 끝이 뜨거워짐을 느꼈다.
 '예전에도 내가 이 사람을 참 좋아했구나. 그런 말까지 하다니.'
 하지만 그런 말을 해야 했던 그때의 자신을 지금 그녀는 이해한다.
 박쌀례라서, 박쌀례를 이해한다.
 어쩌면 지금의 자신이 기억 못 하는 그 여자는 그 말을 하는 순간 많이 두렵고, 설레고, 조금쯤은 슬펐을 것 같다.
 그와 평생을 함께할 거라는 그 아름다운 여자는 말했었다. 쌀례가 자립할 수 있는 어른이 되면 두 사람은 헤어지기로 했었다고.
 어른이 되면 그와 헤어져야 한다. 하지만 그래도 그에게 여자로 보이고 싶다.
 그래서 말했을 것이다.
 어른으로, 여자로 보아 달라고.
 무슨 생각에선지 여자는 몸을 일으켜 그 구두를 신어 보았다. 그러고는 어리둥절한 얼굴로 자신을 보고 있는 남자에게 물었다.
"책장, 어디까지 자라면 어른이라고 했어요?"
잠깐 동안 그녀의 질문을 이해하지 못하던 남자는 얼마 안 가 미소 지으며 말했다.
"저 왼쪽 책장하고 비슷했지. 다섯 번째 칸."
여자는 구두를 신고 책장 앞에 한 걸음 한 걸음 다가갔다.
다섯 번째 칸.
잠깐 책장 높이를 가늠해 보고 책장에 등을 기대고 섰다.
"닿았어요? 다섯 번째 칸."
남자가 몸을 일으켜 책장에 등을 기대고 선 여자를 향해 다가갔다.
이윽고 두 사람이 마주 섰다.
"음."
그의 눈에 아슬아슬하게 다섯 번째 칸에 닿을락 말락 하고 있는 아내의 머리가 보였다.
한 치 정도 모자랐지만, 남자는 말했다.
"닿았어."
"정말이죠?"
"정말이야."
그가 '정말이야.'라고 말한 순간, 쌀례는 기뻤다.
하지만 어느새 자신에게 바짝 다가 선 그의 얼굴, 자신을 내려다보는 그의 시선을 보는 순간, 여자의 얼굴은 새빨갛게 달아오르기 시작했다. 마치 그녀가 신고 있는 구두처럼.
기억나지 않는 과거에 그녀는 이 남자에게 이렇게 말했다고 한다.

―여자로 보아 주세요.

'하지만 지금은?'
 차마 입이 떨어지지 않았다. 그녀가 그렇게 새삼 뺨을 붉히고 아무 말도 못하고 있는 사이 이번에는 그가 말했다.
 "나한테도 물어봐 줘."
 "네?"
 "아까, 당신이 뭐 하고 싶냐고 내가 물어봤잖아. 나도 지금 뭘 하고 싶은지 물어봐 달라고."
 "무, 무슨……"
 등 뒤에 바로 책장이 버티고 서 있어서 여자는 더 이상 뒤로 물러날 수 없었고, 남자는 한 치의 틈도 없이 그녀에게 다가섰다.
 거의 포갤 듯이 얼굴을 바짝 들이대면서 선재는 그녀를 보고 또 보았다.
 "어디 보자, 우리 쌀례."
 어린아이 대하는 듯한 그의 말투에 한순간 어리둥절하던 여자는 곧 자신을 보고 또 보는 그 시선에 얼굴이 점점 뜨거워짐을 느꼈다.
 얼굴이 달아오르고 있다는 걸 그가 보는 것이 부끄럽다.
 하지만 그녀의 뺨은 주인 허락도 없이 계속 발그레 달아올랐고, 쌀례는 고개를 숙였지만 선재의 단호한 손이 그녀의 달아오른 뺨을 감싸 쥐고 자신 쪽으로 향하게 했다.
 그의 시선이 그녀의 윤기 나는 짧은 머리칼을, 동그란 이마를, 속눈썹 긴 쌍꺼풀 없는 커다란 눈동자를, 작고 오뚝한 코를, 부드러워 보이는 도톰한 입술을, 가는 목을, 둥근 어깨를, 봉긋한 가슴을, 무릎을,

작은 발을 보고 또 보았다.
"……정말 그대로구나."
안심했다는 듯이 그는 말했다.
이전의 자기 모습이 어떤지 모르기에 그의 말이 옳은 건지 아닌지 알 수 없었지만, 그의 목소리에 스며든 안도감에 그녀 역시 안심이 되었다.
다시 조금쯤 떨리는 목소리로 그가 물었다.
"지금, 당신을, 안아도 되나?"
여자도 알고 있었다.
자신의 뺨을 쥐고 있는 그의 손바닥이 떨고 있다는 것을.
달아오른 그녀의 뺨만큼, 그의 손 역시 뜨겁다는 것도.
잠시 후, 그녀는 고개를 끄덕였다.

"성례 씨."
"네?"
"쌀례야."
"네."
어찌 그리 불러 대느냐는 여자의 질문에 남자는 수줍게 대답했다.
"그냥, 좋아서."
그전까지는 아무리 불러도 대답이 없었는데 이젠 대답할 그 이름의 주인이 눈앞에 있다는 것이 너무 좋아서라고 그는 말했다.
깨어 있는 순간에도, 잠들어 있는 동안에도 그는 그렇게 이름을 불러 댔다.

새벽, 좁은 방 위로 좁은 창문을 통해 날이 밝아오고 있다는 걸 깨달았을 때, 여자는 남자가 단잠에서 깨지 않도록 조심조심 몸을 일으켜 옷을 걸치고 더듬더듬 밖에 나가 부엌을 찾았다.

문득 저 사람 아침을 지어 먹여야겠다는 생각이 들었다.

쌀독이 어디 있으려나. 쌀 한 줌 미리 꺼내 쓰고 나중에 쌀독 주인에게 셈을 해도 될까.

쌀독을 찾아 조심스레 쌀 한 줌을 꺼내어 들어올 때 보았던 마당 수돗가에서 쌀을 씻으며 여자는 생각했다.

'우선 밥을 해야지. 집주인이 나오면 된장도 한술 얻어 국을 끓여야지. 달걀 장수나 종소리 울리며 새벽에 손님을 부르는 두부 장수를 만날 수 있다면 정말 좋겠는데. 맛있게 아침밥을 지어서 그 사람에게 먹여야지.'

처음 온 집 부엌에서 쌀을 씻는 지금이 쌀레는 마치 꿈같았다.

종이 위 이름으로만 존재하는 줄 알았던 남편과 보낸 지난밤이 마치 꿈같았다.

하지만 지금 손바닥에 느껴지는 쌀알과 찬물의 촉감이 현실이듯이, 지난밤도 꿈은 아니었다.

포옹과 입맞춤은 향기로웠고 물결처럼 자연스레 그리 흘렀다.

서로에게서 풍기는 체취, 맨살이 닿았을 때 느껴지는 온기, 함께 뛰는 맥박…… 낯설고도 익숙했다. 그와의 다른 모든 것이 그러하듯이.

깨어나고 나선 한바탕 꿈같았지만, 스스로 미쳤구나 탄식했지만, 따뜻했다.

달콤했다.

이전에 그들이 그랬다던 선재의 증언 그대로…… 행복했다.
차마 그 행복에 목을 졸랐다던 '경이 오라버니'의 일을 입에 담을 수 없을 정도로.
'박쌀례, 너 참 못됐구나.'
달콤하면서도 쓰고, 행복하면서도 불행할 수 있다니.
깨어서도 잠들어서도 자신의 이름을 부르는 남자에게 먹일 쌀을 씻으면서 다른 남자를 떠올린다. 혹은 은혜를 입고 약혼을 했으면서 남편이 살아 돌아왔다고 약혼자를 저버리고 바로 다른 이의 품에 안겨 버렸다.
믿을 수 없지만 이게 지금 박쌀례였다.
그래서 여자는 지금 달콤하고, 쓰고, 행복하고, 불행하다.
하지만 일단 밥은 먹어야겠다.
더운밥을 먹고 그 후로 남편에게 이것저것 물어봐야지.
어제 그의 누이에게서 들은 말이 대체 뭐였는지.
그들과 경이 오라버니 사이에 대체 무슨 일이 있었던 건지.
남편은 말하지 않았던가.
우리 일을 가장 잘 아는 사람은 우리뿐이라고. 그러니까…….
그렇게 마음을 정하고 쌀을 거의 다 씻어 낼 즈음, 막 몸을 일으킨 쌀례 앞에 한 사람이 서 있었다.
"역시, 여기 있었군요."
지난 밤 오래도록 사랑해 왔던 남자와의 미래를 이야기하며 그녀가 흩뿌리던 그 휘황한 광채는 사라졌지만, 쌀례가 꾸며 준 그대로 여전히 아름다운 그 여자가 서 있었다.

그날 새벽, 선재를 깨운 것은 구수한 밥 냄새였다.

전선에서 춥고 배고픈 나날, 꿈에 쌀례가 갓 지어 준 따뜻한 밥 냄새를 맡았을 때 그는 한 가지 사실을 처음 알았다. 꿈속에서 냄새도 맡을 수 있다는 것을.

'자, 그렇다면 이번은 또 꿈일까, 아니면 생시일까.'

아내의 행방을 모를 때, 꿈자리에서 그녀와 그녀가 차린 밥상을 보고 나면 그녀 없이 깨어난 옆자리가 더 휑해 보여서, 아무리 먹어도 먹어도 그 허기는 면할 수 없어서 어쩔 줄 몰랐는데. 제발 이번만은 꿈이 아니길.

남자는 살그머니 눈을 떴다.

눈을 뜨고 나면 제일 처음 보이는 것이 쌀례, 자신의 아내이길 기원하면서.

그런데 눈앞에 기묘한 풍경이 펼쳐졌다.

이부자리에서 얼마 떨어지지 않은 곳에 밥상이 놓여 있었다.

그러나 아내는 없었다.

누가 밥상을 그의 방에 들여놓았던가. 아니, 그보다 쌀례는 어디 갔나.

황망해서 셔츠를 걸치는 둥 마는 둥 방문을 벌컥 여는데 방문 앞마루에 걸터앉아 꽃밭을 보고 있는 한 여자의 등이 보였다.

예전에 쌀례가 그랬듯이 마루에 걸터앉아 꽃밭을 바라보는 그 등을 보고 선재는 안도의 한숨을 내쉬었다.

그 여자가 고개를 돌려 그를 마주 보기 전까지는.

"일어났어요?"

"금주…… 당신이 왜……."

그렇다. 아침 햇살을 받고 앉아 있는 그 여자는 금주였다.

그가 어떤 표정으로 자신을 보든 개의치 않은 채로 여자는 차분한 얼굴로 그저 이렇게만 말했다.

"출근하기 전에 잠깐 집에 들르라는 어머님 말씀이에요. 씻고 식사는 본가 가서 하는 게 어때요? 아침부터 밥은 좀 부담스러울 것 같은데……."

"그 사람은?"

자신의 말을 자르고 다급한 얼굴로 질문을 퍼붓는 남자를 금주는 서늘한 눈초리로 노려보았다. 그를 사랑하지만, 저렇게 흐트러진 그는 마음에 들지 않는다.

"갔어요. 아침상만 봐 주고 가고 싶다고 했으니까."

"어디로? 왜!"

여자는 생각했다. 누가 더 잔인한 걸까. 지금 이 순간에 저런 모습으로 자기 아내 행방을 나에게 묻는 당신? 아니면 지금 저렇게 절박한 얼굴의 당신에게 이런 대답을 하는 나?

사람을 '사랑'한다는 건, 이렇게 치사하고 잔인해질 수도 있다는 거였나.

그 순간 남자의 얼굴에서 '증오'라고 이름 붙여도 좋을 표정이 서렸다. 그들이 만난 이래 처음 있는 일이었다.

언제 어느 때나 예의 바른 신사답게 그는 도대체 내 아내에게 무슨 짓을 했느냐 따지지 않고 그저 서둘러 옷을 걸치고 그녀를 지나쳐 아내를 찾으러 나가려 했다.

찬바람 날리는 얼굴을 하고 자신을 지나치는 남자에게 여자는 다시 말했다.

"가지 말아요!"

그러나 남자는 걸음을 멈추지 않았다.

"모르겠어요? 그 사람이 왜 갔는지? 있을 수 없다는 거 아니까 간 거예요! 당신은 당장 반가운 마음에 무작정 안아 버리면 그뿐이었겠지만! 어젯밤 집 안에서 사람들이 무슨 얼굴이었는지 기억 안 나요? 아버님이 쓰러지신 것도 생각 안 나요?"

그가 발걸음을 멈췄다.

그 모습에 잠깐 안도하면서 금주는 절절하게 호소했다.

"그래도 건강하게 살아 있는 모습 확인했으면 그걸로 됐어요. 제발, 그걸로 됐다고 인정해요. 성례 씨에게도 다른 사람이 생겼다 했고 당신에겐 내가 있어요. 각자 잘 살면 되잖아요. 서로 죽었는지 살았는지 몰랐던 그때보다 안심하고……."

그제서야 남자는 조용히 그녀를 돌아보았다.

그의 얼굴에 머물러 있던 그 증오는 이미 사라지고 없었다. 담담한 얼굴이 오히려 그녀를 불안하게 했다. 조용하고 분명한 얼굴로 남자는 말했다.

"나는 그걸로는 안 돼."

아내를 다시 보기 전까지 그의 기도는 늘 한 가지였다.

어떤 신이건, 살아서 우리 다시 보게 해 주십시오.

다시 보고 나서 기도는 바뀌었다.

나를 알아보게 해 주십시오.

어젯밤, 또다시 그의 기도는 바뀌었다.

죽는 날까지 함께하게 해 주십시오.

그 여자 옆에 누워 잠드는 순간, 새삼 알아 버렸던 것이다.
더 이상 떨어져 살 수 없다고. 그저 살아 있다는 걸로 안도하고 만족하며 살 순 없다고. 그걸로는 안 된다고.
남자는 문득 자신의 곁에 참 오래도록 있었던, 친구라 이름 붙이던 여자를 바라보았다.
"당신도 알고 있다고 하지 않았나? 나한테는 그 사람뿐이라는 것."
오래전 어느 날 함께 도망가자던 그녀의 제안을 그가 거절하고 그들이 친구도 연인도 아닌 그저 아는 사람이 되었을 때 먼저 다시 그를 찾아온 것은 그녀였다.
살면서 변질이 될 수 있는 연애 감정으로 당신과 내 관계를 갑자기 없던 걸로 하기에는 당신은 내 귀한 벗이라 너무 아쉽다고.
지금보다 어렸던 그는 지금보다 어렸던 그녀의 제안을 받아들였고 여자는 그렇게 친구라는 이름으로 그의 곁에 있었다.
온몸이 부서져 숨만 붙어 살아온 그의 곁에 있었던 건 이 여자였고, 그가 아내를 찾아다닐 때 찾을 수 있을 거라고 말해 준 것도 그녀였다.
어젯밤, 이 여자가 쌀례를 그 화면과 그 사람들 눈초리 앞에 내세우기 전까지, 그는 그들이 친구라고 생각했었다. 하지만…….
"알고 있는 척했을 뿐이죠."
서늘한 금주의 얼굴을 보면서 그는 자신이 너무 안일하게 생각하고 있었다는 사실을 깨달았다.
"당신한테는 그 조그만 시골 여자아이뿐이라는 것, 내가 알고 있는 척, 인정하는 척해야 했을 뿐이에요. 그래야 계속 당신 옆에 있을 수 있었으니까. 지금 와서 말하지만 힘들었어요. 지독하게 힘들었다구요."

남자의 시선이 묵연히 여자를 보았다. 참으로 오랫동안 그 힘든 일을 기약 없이 하고 있던 자신의 예전 친구를.

"바보로군."

"지금 당신이 내게 그런 말 할 자격 있어요?"

남자는 고개를 내저으며 다시 발걸음을 내디뎠다.

"가지 말아요!"

등 뒤로 들려오는 여자의 목소리에 걸음을 멈추지 않은 채 그가 말했다.

"당신은 이제 가요. 더 이상 바보 짓 하지 말고."

그녀가 어떤 마음, 어떤 얼굴로 자신을 보든 그는 걸었고 얼마 안 가 뛰기 시작했다.

또 다른 바보를 찾기 위해서였다.

"쌀례 이 바보는…… 어디로 간 거야!"

지난 밤 그가 부를 때마다 그 여자는 대답했었다.

―네, 쌀례 여기 있어요.

그래 놓고 다시 사라져 버렸다.

기가 막히고 화가 나고 마음이 아프다.

이번에 찾으면 누가 뭐라든 제발 내 옆에서 떨어져 있지 말라고 말해야지. 누가 무슨 소리를 하든, 내 이야기만 들으라고 해야지.

그렇게 마음먹고 남자는 숨차게 아침 길을 뛰어 그녀가 아이와 살고 있는 그 궁색한 국밥집에 붙은 살림집을 향해 달려갔다.

아마도 그녀가 자신이 돌려준 빨간 구두를 신고 한 걸음 한 걸음 걸어갔을 그 길을.
하지만 숨이 턱이 차게 도착한 그곳에 그녀는 보이지 않았다.

몇 년 만에 자신에게 돌아온 빨간 구두를 신고 쌀례는 터벅터벅 집을 향해 걸었다.

―어른이 된 기념으로 산 거라고 들었어요. 색이 너무 튀어서 싸게 살 수 있었다고 했던 기억이 나는군.

오늘 아침 마당으로 나오기 위해 그 구두를 땅 위에 내려놓고 조심스럽게 발을 집어넣었다.
맨발에 휘감기는 가죽 감촉이 그녀의 발을 환영하는 느낌이다.
꼭 맞았다.
기억하지 못하는 지난날에 폭 감싸여 포옹 받고 있다는 느낌이 들 정도로 아늑했다. 혼인했다는 과거 사진을 보았을 때보다 지금 어쩐지 기억나지 않는 지난날과 정면으로 마주한 느낌이 들었다.
지난밤에 그 난리통에 구두를 간직해 주어 고맙다고 그에게 인사했을 때, 그는 말했었다.

―피난 갈 때까지 잊지 않고 챙길 만큼 당신이 아끼던 거니까. 버릴 수가 없었어.

아직 날이 완전히 밝지도 않은 시각에 그의 집에 나타난 그 아름다운 여자 역시 비슷한 소리를 했었다.

"역시, 성례 씨에게로 돌아갔군요. 그 구두, 은재가 몹시 탐을 냈었는데 선재 씨는 들은 척도 하지 않았었죠. 잘됐네요. 본래 주인 찾아가서."

어젯밤 자신이 꾸며 준 그대로의 머리 모양과 옷차림을 하고 있는 금주를 보니 쌀례는 이 여자 역시 뜬눈으로 밤을 지새웠음을 깨달았다. 그 모습을 보니 아직 잠들어 있는 저 남자에 대한 이 여자의 마음이 보인다. 아니, 그 마음은 이 여자를 처음 본 순간 알 수 있는 것이었다.

무슨 말을 해야 할 것 같은데 쌀례는 아무 말도 떠오르지 않았다.

"잠깐, 이것 마저 불에 안쳐야 하니 기다려 주세요."

그저 그렇게만 말하고 씻던 쌀을 부엌으로 가져갔다. 전쟁 때 폭격을 맞고 새로 지은 집이라 옛날식 부뚜막이 없고 석유곤로 하나가 있을 뿐인 초라한 부엌이었다.

쌀례는 솥 밥이 아니라 냄비 밥을 안치고 곤로 심지에 몇 번이나 성냥불을 붙여 보려 노력했지만 마음이 어수선해서인가, 불꽃은 좀처럼 피어나지 않았다.

칙, 칙, 칙—.

숨소리마저 들릴 것만 같은 그 공간에서 성냥 긋는 소리만 두 여자의 신경을 자극했다.

마침내 불이 붙고 곤로 위 쌀 냄비에서 밥 익어 가는 냄새가 풍길 무렵, 그때까지 침묵을 지키고 있던 금주가 조용히 입을 열었다.

"선재 씨에 대해 뭔가 생각이 났나요?"

"……아니요."

"그런데도 예전하고 똑같은 일을 하는군요."

그 순간 쌀레는 속으로 한숨을 내쉬었다.

'나도 제발 예전의 내가 어땠는지 알았으면 좋겠어. 나 말고 다른 사람이 내 이야기 하는 걸 듣는 건 이제 신물이 나. 그것도 이 여자가 그러는 건 더 싫어.'

새벽부터 이 여자가 여기까지 달려온 그 마음이 싫고, 그 마음 알아채는 자기 자신도 싫다. 그 싫은 마음에 쌀레는 부러 뚝뚝한 얼굴로 처음으로 자기 목소리를 냈다.

"생각이 안 나도 저는 저니까요. 선생님, 아니, 그이도 그렇다고 하셨고요."

어젯밤 금주의 목소리로 빚어진 '그이' 소리에 마음에서 기묘하게 일었던 파문을 떠올리며 쌀레는 자신도 모르게 그렇게 대답했다.

생각이 안 나도 '그이'를 '그이'라고 부를 수 있는 것은 나고, '그이'가 찾는 것도 나다.

그런 그녀의 속을 읽었는지 금주는 새벽 공기처럼 서늘한 미소를 지으며 응수했다.

"그 사람이라면 그렇게 말했겠죠. 하지만 성례 씨는 그 말 들어선 안 됐어요. 구두만 돌려받고 갔어야죠."

쌀레의 시선이 곤로 불에서 금주를 향했다. 이제 그녀는 슬슬 화가 나려 하고 있었다.

"하지만 저는 같이 있고 싶었어요. 그리고 그이도. 여, 여동생이 아니라고, 아내라고 해 주셨어요. 그래서……."

나는 아직 기억 못 하지만 그래도 그이가 날 여동생으로 생각했다는 당신 말보다 자기 여자라고 말해 주는 그 사람 말을 믿고 싶어요.
 그저 함께 있고 싶었다고, '우리'는 똑같이 그 마음뿐이었다고 말하는 쌀레를, 금주는 기가 차다는 듯 바라보았다.
 화장기 없이 수수한 얼굴, 헝클어진 머리칼, 구겨진 옷을 하고도 그렇게 말하는 쌀레의 모습은 쌀알처럼 반들반들 윤기가 흘렀다.
 그들이 함께 사라졌다는 소리를 듣고 하룻밤 새 노파가 되어 버린 듯한 자신과는 달리 한껏 피어난 여자를 보며 금주는 물었다.
 "그쪽 약혼자는요?"
 상대의 목소리가 어느새 화살이 되어 쌀레의 가슴 한가운데를 푹 찔러 왔다.
 금주의 목소리가 뒤를 이었다.
 "그 사람이 당신을 여동생으로 생각했다는 게 내 착각이었다고 쳐요. 하지만 어제 성례 씨가 지금 약혼자와 찍은 사진을 본 사람들 눈빛이 어땠는가 성례 씨도 같이 봐서 알 거예요."
 그렇다. 역병, 시간이 지나 녹이 슨, 변질된 무언가를 보는 듯한 저울같이 날카로운 시선들을 쌀레도 보았다. 그 사람들이 바로 한선재가 속한 세상의 사람들이라고 금주는 말했다. 이미 박성례라는 여자가, 한씨 집안과 악연인 남자와 약혼까지 한 그녀가 한선재 곁에 다시 돌아온다는 건 선재로선 그 세계에 고개를 들고 살 수 없는 일이라고도 했다.
 타이름, 비난, 경고가 뒤범벅된 그 소리를 듣고 있자니 순간순간 울컥했지만 쌀레는 할 말이 없었다.
 쌀레는 빨간 구두를 신고 어제 그의 손에 이끌려 왔던 길을 한 걸음 한 걸음 돌아가고 있다.

―우리 두 사람 일은 우리 둘이 가장 잘 알아.

그렇게 말했던 그가 깨어나 밥상만 덩그러니 남은 방 안을 보면 실망하거나 화를 낼 것도 같지만, 그래도 쌀례는 혼자서 그 길을 걸었다.
집에 돌아가자.
일단은 작은 쌀례가 잠들어 있는 집에 돌아가자.
그의 누이라는 여자가 말한 것처럼 언제 그 집에서 아이를 내놓으라 쳐들어올지 모르니 가서 내 아이를 지켜야지.
그리고 가능하다면 면회를 가서 물어봐야겠다.
또 누군가에게 자신의 지난날을 물어야 한다는 건 신물 나는 일이지만, 그래도 물어봐야지.
물어보기 참으로 겁나지만 그래도 물어야지.
'사람들이 그러는데 당신이 분풀이로 나를 남편에게서 훔쳐 와 약혼했대요. 그게 사실이에요?'
맙소사. 생각만으로도 끔찍하다. 이런 말을 과연 입 밖으로 소리 내어 물을 수 있을까?
만약 몸 안에 있는 용기를 긁어모아 묻는다고 해도, 과연 경이 오라버니는 무어라 대답할까.
어디서 사람을 도둑놈 사기꾼 취급하느냐고 화를 낼까. 아니면……
'차라리 화를 내 주었으면 좋겠어. 어디서 그런 말도 안 되는 헛소리를 듣고 왔느냐고 차라리 그래 준다면……'
아니, 어쩌면 그런 말을 묻지 않더라도 나는 이미 그를 화나게, 혹은 슬프게 만들었다.
그를 만나게 된다면 그녀 역시 해야 할 말이 있었던 것이다.

'우리, 이 약혼을 그만 끝내요.'

당신이 힘든 이때에 이런 말을 해서 정말 미안하지만, 더 이상 당신의 약혼녀로는 있을 수 없다고.

내 남편을 '사랑'한다는 그 여자의 말처럼 남편에게 돌아갈 수 없다고 해도, 내가 그 사람의 부끄러움이라고 해도, 그래도 당신의 여자가 될 수는 없다고.

만약 당신이 허락한다면 힘든 당신 곁에 은혜를 입었던 누이로 보답하고 싶다고.

그가 그녀의 제안을 받아들여 줄지 알 수는 없지만…….

그때였다. 마치 그녀의 마음에 응답이라도 하듯, 여자의 귀에 현재 '약혼자'의 목소리가 들려온 것은.

"여어."

지금쯤 구치소에 갇혀 있으리라 생각한 그가 그녀의 눈앞에 나타나 손을 흔들고 있었다. 창백한 얼굴, 파릇하게 돋은 까칠한 수염, 몹시도 지친 얼굴을 하고서.

눈이 마주치자마자 찬경은 빠른 어조로 말했다.

"꼭 필요한 것만 골라서 간단하게 짐을 꾸려. 필요한 건 거기 도착해서 사도 되니까."

"짐이라뇨? 어디 가는데요?"

"전에 말했잖아. 홍콩이나 싱가포르 쪽으로 가자고. 곰이 마침 배편을 구해서…… 일단 당신하고 작은 쌀례만 먼저 가 있어. 나는 여기

일 정리하고 곧 뒤따라갈 테니."

분명 같은 나라 말을 하고 있는데 그의 말을 알아들을 수가 없다.

"나하고 아이만 지금 당장 어디를 간다고요? 배를 타고 외국으로? 말도 안 돼요! 그런……."

그녀의 말은 중간에서 막혀 버렸다. 남자가 대뜸 그녀를 끌어안았기 때문이다.

남자의 품에서 바람 내음이 났다.

"잠시만이야. 잠시만 떨어져 있는 거야. 지금 당장 당신에게 일일이 설명할 시간이 없지만 날 믿고 그냥 가 줘. 제발……."

지금까지의 꼬일 대로 꼬인 상황을 그녀에게 어찌 다 말해 줄 수 있을까.

경무대 높으신 양반네와의 거래로 그가 보관하고 있던 원면은 불타 버리고 그는 절묘한 타이밍에 체포되었다.

그리고 하필 자신의 목을 치려 칼을 갈고 있는 도련님 녀석에게 던져졌다.

하지만 윤찬경이 아직 죽을 운은 아니었던 모양이다. 그의 담당 검사는 바뀌었다고 했다.

바뀐 담당자는 묵비권을 행사하던 찬경에게 거래를 제안했다.

"중요한 물건을 태워 먹었으니 네 윗선이 널 보호해 주진 않을 거다. 이참에 노선을 바꿔 보는 건 어떤가?"

찬경은 쓴웃음을 머금었다.

"아무리 나 같은 놈이라도, 거래 도중에 거래처를 바꾸진 않소. 이 바닥 상식인데 모르슈?"

하지만 상대편도 만만치는 않았다.

"목숨이 무엇보다 우선 아닌가. 누가 자네에게 그 많은 원면을 제공했는지 우리에게 증언만 해 준다면, 목숨에 재산, 이후 안전하게 살 수 있는 곳까지 보장하지."

찬경은 문득 십년 전쯤에 했던 비슷한 '거래'가 떠올랐다.

─그 하나뿐인 목 내가 비싸게 사 주마. 네가 원하는 건 무엇이든 들어주마.

그때 그 영감 아들 대신 총알받이로 끌려가면서 찬경은 맹세했다.

'죽지 않겠다. 살아야겠다. 살아서 한가네 것들을 몽땅 잡아먹어야겠다!'

십여 년 만에 처음으로 다시 약자의 위치에서 하게 되는 거래.

그때와 다른 점이 있다면 살아야겠다고 마음먹은 이유가 원수를 잡아먹기 위해서가 아니라는 것이다.

'죽지 않겠다. 살아야겠다. 내 식구들과 살아야겠다.'

그래서 그는 담당 검사를 향해 씨익 웃어 보였다.

"좋아. 거래를 받아들이지. 대신, 조건이 있다."

그렇게 풀려난 뒤로 찬경은 일분일초가 아까웠다.

약속된 짧은 시간 내로 해야 할 일이 너무 많았다.

쌀례와 작은 쌀례를 빨리 빼돌려야 한다. 그 도련님 자식에게서든, 원면 때문에 자신의 목을 노리고 있는 다른 치에게서든.

그런데 일 초라도 아껴 빨리빨리 움직여야 하는 이 급박한 상황에서 여자가 말을 듣지 않았다.

"난 못 가요."

"가야 해! 가서 기다리면 내가 간다니까! 지금 가지 않으면……."
'우리 셋 다 죽어.'
찬경은 하마터면 그렇게 외칠 뻔했다.
'같이 살 수 없어. 같이 밥을 먹을 수 없어. 얼굴을 볼 수 없어. 죽어. 혹은 죽는 거나 마찬가지가 돼. 그러니까 너는 가야 해.'
하지만 그가 그리 말하기 전, 그녀가 말했다.
"지금, 갈 수 없어요. 제발! 우린 이야기할 것이……."
그의 얼굴을 보고 그녀는 물어야 할 것이 있었다.
'내 남편이 살아 있었어요. 그 사람이 돌아왔어요. 그런데 다른 사람들이 이상하고 무서운 말을 해요. 당신이 그 사람에게 앙갚음하려고 나를 데려왔다고. 그 말이, 그 끔찍한 말이 사실이에요? 아니죠? 거짓말이죠?'
하지만 그녀가 묻기 전, 그의 시선이 그녀의 구두에 가 있었다.
붉은 구두는 선명하게 그의 눈을 파고들었다.
구두에서부터 찬찬히 올라간 그의 시선은 그녀의 헝클어진 머리칼, 그리고 목덜미를 향했다.
구두처럼 붉게 물든, 마치 입술 자국 같아 보이는 그 멍울에.
잠시 후, 꺼끌꺼끌한 그의 목소리가 그녀의 귓가에 들려왔다.
"그 녀석을…… 만났나?"
"네?"
당황한 얼굴로 되묻는 여자에게 남자는 송곳니를 드러내며 으르렁거렸다.
"그놈. 한선재. 그놈하고 어젯밤에 같이 있었냐구!"

사랑 | 365

자신을 다그치는 찬경의 눈동자.
이런 눈으로 자신을 보는 그를 그녀는 모른다.
아니다. 사고를 겪고 처음 병원에서 눈을 뜨고 얼마간은 이 비슷하게 서늘한 느낌이었던 것 같기도 하다. 불같은, 혹은 얼음 같은 눈으로 그녀를, 그녀의 발에 신겨진 붉은 구두를 노려보는 그의 입술에서 얼핏 뿌득 이 갈리는 소리도 들리는 것 같았다.
"그래. 나한테 그렇게 한 방 먹이고 그 사이 너한테 손을 뻗쳤다는 말이지. 과연 그 아비에 그 자식이로군. 반듯하신 도련님이라고 우습게 본 것, 취소해야겠다."
"경이 오라버니…… 지금 무슨 말을……."
쌀례는 등줄기가 서늘해졌다.
하지만 가까스로 눈에 힘을 주고, 하마터면 바닥에 주저앉을 것만 같은 다리에도 힘을 주고 버터 서서 그녀는 물었다.
"당신이 그런 것 아니죠?"
"내가 뭘? 내가 뭘 했다는 거야? 뭐가 아니라는 거지?"
심술궂은 미소를 지으며 되묻는 남자가 밉다는 생각이 들었다.
이런 것을 물어야 하는 이 상황도, 자신의 과거조차 번번이 남에게 구걸하듯 묻는 자기 꼴도 여자는 증오스러웠다.
이미 분노 섞인 그의 목소리, 그녀를 바라보는 그 비웃는 듯한 시선에서 그의 대답을 이미 읽었으면서도, 그러나 그녀는 물어야 했다.
"당신이 그 집안에 서운한 마음이 있어서, 그래서 전쟁 때 검사 선생님, 그, 그분을 해치고 그분 괴롭히려고 절 데려왔다고요. 사실이 아니죠?"

'아니라고 대답해요.'

마음으로 절실하고 절실하게 그녀는 애원했다.

'머릿속에 뿌연 성에가 깔리고 아무것도 기억나지 않아 무섭고 슬플 때 내 곁에 있어 준 당신께 얼마나 감사했는지. 당신이 주었던 그만큼 당신에게 마음 줄 수 없어 미안하면서도 그래도 당신께 많이 의지했다는 걸, 그 마음을 당신이 알까요. 나는 믿고 싶어요. 지금 이런 상황에서도. 나를 보는 당신 미소. 아이를 쓰다듬던 손길. 그 모든 것들을 믿고 싶어요. 제발, 그게 잘못이었다고 하지 않게 해 줘요.'

잠시 후 그의 대답이 들려왔다.

"아니야."

그녀가 온몸으로 안도의 한숨을 내쉬기 전, 뒤이어 그가 말했다.

"말은 바로 해야지. 서운한 정도가 아니라 다 잡아먹어 버릴 작정이었어. 그것들은 그래도 싸니까. 그리고 너는……."

남자는 성큼 그녀에게로 다가섰다.

쌀례는 자신의 얼굴에 포개어질 듯 다가온 남자의 눈에서 불꽃과 얼음을 동시에 보았다.

그런 눈으로 남자는 여자의 붉은 구두를, 목덜미의 입술 자국을 노려보더니 씨익 송곳니를 보이며 말했다.

"예전에 어떻든, 지금은 내 거지. 내 가장 비싼 전리품이랄까."

그는 부정하지 않고 있었다. 그의 눈이, 심술 어린 미소를 짓고 있는 입술이 말하고 있었다. 모든 것이 사실이라고. 어린아이가 장난을 저지르고 자랑하듯이 그렇게.

쌀례는 비명을 지르고 싶었다. 울고 싶었다. 하지만 입술에선 차마 아무것도 나오지 않았다. 그때까지 겨우겨우 버티고 있던 다리가 힘이 빠지고 그녀는 풀썩 흙바닥에 주저앉고 말았다.

남자는 쓰러진 그녀 앞에 무릎을 구부리고 여자와 시선을 맞추며 말했다.

"어차피 지난 일이야. 너는 생각도 안 나는 지난 일이 지금 와서 무슨 소용이야? 바보같이 굴지 말고 일어나. 그리고 짐을……."

남자의 손이 그녀를 일으켜 세우려 했다. 그때 처음으로 여자에게서 거센 소리가 터져 나왔다.

"손대지 말아요!"

찬경은 예전에도 이런 소리를 들은 적이 있었다.

사고 나던 날 밤, 이 집을 나가겠다는 여자를 붙잡았을 때 그녀는 저렇게 앙칼진 목소리로 소리치며 그의 손길을 뿌리쳤었다. 그가 마치 역병이라도 되는 것처럼. 자기 이름도 부르지 말라 했다.

새삼 남자는 눈앞의 이 여자가 얼마나 인정머리 없이 자신을 뿌리쳤던가를 기억했다. 그래, 이 계집애는 원래 이렇게 매정한 것이었다.

남자는 그날 밤처럼 그녀를 흙바닥에 쓰러뜨리고 버둥거리는 여자의 몸을 찍어 눌렀다.

"손을 대지 말라고? 이제 와서? 이것 참 웃기는 계집애잖아?"

있는 힘을 다해 버둥거리는 여자. 자신을 역병 취급하는 여자. 걱정되어 달려왔더니 본래 제 서방이나 만나 밤을 보내고 그놈이 신겨 주는 구두나 신고 있는 여자. 아직까지 아무 기억도 못 하는 주제에도 다시 그놈을 선택한, 나쁜 계집애.

사랑하고 사랑하지만 지금 이 순간은 목을 졸라 죽여 버리고 싶을 만큼 미운 계집애.

"왜 넌 늘 나보고 만지지 말라고 하는 거야? 나한테는 그러면서 왜 그놈에겐 그렇게도 쉬운 거야! 내가 왜 네 말을 들어야 해? 난! 만지고 싶으면 만지고 자고 싶으면 너랑 잘 거야! 죽이고 싶으면 널 죽일 거야! 그놈하고 자서 기분이 좋았나? 내가 건드릴 때는 죽겠다고 찻길에 뛰어들더니!"

그가 그 순간 바라던 대로 그의 목소리는 칼이 되어 여자의 가슴을 후벼 팠다.

"뭐……라고요?"

"왜 그래? 전에도 이미 말했을 텐데. 넌 이미 내 거야! 진저리 나고 끔찍하겠지만! 죽겠다고 난리 쳤어도 죽지는 않고 그저 편리하게 다 잊어버리셨지만 말이야!"

그러니까 기억을 잃은 그 사고는 이 남자에게 강제로 창피한 일을 당하고 수치심을 못 이겨 그녀 스스로 저질렀던 일이란 말인가. 죽고 싶었지만 죽을 수 없어서 살기 위해 잊어버린 거란 말인가.

칼을 맞아 피를 흘리듯, 여자의 눈에선 눈물이 흘러내렸다.

그것이 그녀를 찌른 남자의 속을 건드린 모양이었다.

"울지 마! 빌어먹을! 네가! 울 일이 뭐가 있다고!"

그렇게 소리치던 남자의 얼굴이 그녀의 코앞까지 다가왔다.

그의 입술이 그녀의 입술에 거칠게 와 닿았다.

자신의 입술을 거칠게 누르는 그의 입술을 느끼면서, 목을 눌러 죽이는 대신 이 흙바닥에서 그녀를 범하기로 작정한 것 같아 보이는 남자를 보면서 그녀는 인정해야 했다.

지금 이것은 꿈이 아니다. 악몽 같은 현실이라고.

등에 닿는 차가운 흙바닥, 수일 동안 면도를 하지 않아 촘촘히 돋아난 그의 수염이 그녀의 뺨을 할퀴는 거친 느낌, 너는 내 거라고 거칠게 내리누르는 입술, 무거운 그의 몸뚱이. 그 모든 것이 그녀에게 가르치고 있었다.

이것은, 꿈이 아니다.

그리고 그때, 이상한 일이지만 전에도 이런 일이 있었던 듯한 느낌이 들었다.

등에 차가운 흙바닥이 닿았을 때의 이 섬뜩함.

입술에 거칠게 와 닿았던 다른 이의 입술. 흘러넘쳤던 눈물. 이 모든 것이 악몽이었으면 했던 마음까지도.

그 순간 그 악몽 같은 현실에서 벗어나기 위해 나는 뭘 했더라?

그리고 지금, 여자는 그때처럼 악몽에서 벗어나기 위해 자신이 할 수 있는 일을 또다시 하고 말았다.

"아!"

작게 신음하면서 그의 입술이 떨어져 나갔다. 그의 입에서 피가 흘러내렸다. 여자는 그제야 크게 숨을 내쉬고 자신이 입술을 물어뜯은 상대방을 있는 힘껏 노려보았다. 한순간 남자의 손이 그녀를 후려치려는 듯 올라갔지만, 그도 잠시, 그는 손을 내리고 피식 쓴웃음을 머금으며 말했다.

"그래야 박쌀례긴 하지. 5분 줄 테니 짐 싸."

"나는 갈 수 없다고 했어요."

"5분이라고 했어. 내가 더 이상 못할 짓 하게 만들지 말라구."

남자는 먼저 흙바닥에서 몸을 일으킨 뒤 그녀에게 손을 내밀며 일어서라고 재촉했다.

하지만 여자는 그의 손을 잡지 않고 홀로 일어섰다.
그녀의 발걸음이 저절로 부엌 쪽으로 향했다.
"거긴 왜?"
"냉수 들이켜고 정신을 차려야 할 것 같아서요."
"시간이 없다구."
"재촉하지 말아요."
흙바닥에 엎어져 우는 대신 여자는 단호하게 남자에게 이르고 씩씩한 걸음걸이로 부엌으로 향했다.
불을 켜고, 찬물을 찾아 단숨에 들이켜고 자기 뺨을 손바닥으로 찰싹찰싹 치면서 정신 차리자고 거듭거듭 중얼거렸다.
문득 그녀의 시야에 무언가가 눈에 띄었다.
찬경이 오면 먹이려고 한 공기 덜어 두었던 밥그릇.
그리고 새벽마다 눈을 뜨면 오늘의 무사평안을 빌며 부엌의 주인 조앙신에게 바치던 정안수 주발이었다.
아침마다 새 물을 떠다 바치고 두 손 모아 빌곤 했다.
기억을 잃기 전에는 어땠는지 모르겠지만, 절로 그리되었다.

―보우해 주세요. 그것이 어떤 것이든.

매일 새벽 절실하고 절실하게 빌었다.
쌀알이 떨어지지 않도록.
가족들이 모두 배곯는 일 없이 건강하기를.
더 이상 아프고 눈물 흘릴 일이 없도록.
그렇게 오래 거르지 않고 절실히 빌었는데 그녀의 기도는 이루어지지 않았다.

남편은 살아 돌아왔지만 세상은 그녀를 그의 수치라 한다.

신뢰했던 사람은 다시없는 악당이다.

조왕신이 그녀를 저버렸다.

그 모든 사실이 그 순간 여자는 몹시도 노여웠다.

"거짓말쟁이들!"

여자는 빈 부엌이 쩌렁쩌렁 울리도록 새된 고함을 지르고 신성한 정안수가 담겨 있던 그 조왕신의 주발을 벽에 있는 힘껏 집어 던졌다.

주발은 벽에 부딪혀 산산조각이 나 버렸다. 기도하며 바치던 깨끗한 물은 사방에 튀어 나갔다.

"무슨 일이야!"

밖에서 그 거센 소리들에 놀란 듯 묻는 남자의 목소리에 여자는 방금 전까지 날카로운 고함을 질렀다고 상상할 수 없게 차분한 목소리로 대답했다.

"아무것도 아니에요."

"시간 끌지 말고 빨리 나와! 출항 시간 맞추려면 급하다구!"

여자의 시선이 흩어진 조왕신의 주발 조각에 잠시 머물렀지만 곧 그녀는 표정을 가다듬고 바깥으로 나섰다.

당장 아이를 깨우고 짐을 챙기기 위해서.

혹은 처음으로 신의 가호를 빌지 않고 헤쳐 나가야 할 앞날을 생각하면서.

두 남자
검사와 악당

목을 계속 조르기를 바라다니. 이거 변태 아닌가.
도련님은 악당에 변태인 그 작자를 복잡한 눈빛으로 내려다보며 복잡한 어조로 중얼거렸다.
"정말이지 네놈과 똑같다는 소리만은 듣고 싶지 않다."

찬경은 사색이 된 부하의 보고에 할 말을 잃었다.

쌀례와 아이를 곰이 기다리는 밀항선까지 호송하기로 한 부하의 횡설수설 보고를 간단히 정리하면 다음과 같았다.

―당신 여자가 달아났습니다.

절반쯤 가는 도중에 갑자기 아이가 아프다며 차에서 내렸단다. 짐을 두고 갈 테니 염려 말라며 아이 약만 먹이고 돌아오겠다는 거짓말을 남기고 그 길로 빈손으로 애만 데리고 사라졌다는 것이다.

문득 남자는 마지막 보았던 그녀의 얼굴, 그 텅 빈 눈동자를 떠올렸다. 여자는 눈을 뜨고 있어도 그를 보지 않았고, 귀를 열고 있어도 그의 목소리를 듣지 않는 듯 보였다.

그녀를 만난 이래 처음으로 보는 새하얗게 탈색된 여자의 무표정한 얼굴이 두려워 남자는 결국 그녀가 차 안으로 들어가기 직전 팔을 붙들고 묻고 말았다.

"나한테 정나미 떨어졌나?"

두려움을 감추고 여전히 빈정거리는 듯한 어조로 그가 물었을 때, 여자는 자신의 팔을 잡고 있는 그의 손을 무표정하게 내려다보았다.

"놓아 주세요. 시간이 없다 하셨잖아요."

물 같은 눈동자, 바람 같은 목소리.

어쩐지 그 목소리에 거역할 수 없어서 남자는 손을 놓았다.

몇 걸음 걸어가던 여자는 문득 그를 돌아보며 그가 알아들을 수 없는 말을 했다.

"괜찮겠어요?"

"뭐가."

"그렇게 계속 화를 내고 부수고 사는 것, 많이 힘들 텐데요."

"지금 내 걱정 해 주는 건가? 황송한데, 아씨 마님."

여전히 튼튼한 척, 상처받지 않은 척 빈정거리는 남자의 얼굴을 보면서 그녀는 한숨 비슷한 소리로 중얼거렸다.

"딱한 사람."

그 한마디에 남자의 입가에 겨우 매달려 있던 비웃음은 사라지고 말았다.

동정이라니. 차라리 미워하는 게 낫지 불쌍한 개 취급 받는 건 딱 질색이란 말이다. 그가 막 무어라 쏘아붙이기 전, 여자는 느닷없이 그에게 허리를 직각으로 숙여 인사를 했다.

"신세를 졌습니다."

마치 두 번 다시 보지 않을 것 같은 그 반듯하고 짧은 인사말이 남자는 이상하게도 사무쳤다.

눈 내리던 추운 겨울날 길거리에서 다른 거렁뱅이들에게 봉변을 당하고 있던 그녀를 구해 주었을 때, 쪽 진 머리에서 비녀를 뽑혀 헝클어진 갈래머리를 하고 있던 열다섯 살 여자아이는 정중한 몸짓으로 그에게 인사를 했었다.

마치 그때의 작은아씨 마님으로 돌아온 것 같다.

예의 바르고 거리가 느껴지는, 그가 감히 손대어서는 안 되는 작은 아씨 마님이었던 그때로.

그녀와 약혼하던 날 그의 가슴을 짓누르던 예감이 다시 떠올랐다.

'기억이 돌아오면, 아마도 넌 나를 용서하지 않을 거다.'

네가 그런 부드러운 눈으로 나를 보는 것도, 봄비 같은 목소리로 나를 걱정하는 것도 언젠가 끝장날 날이 올 거다.

시간이 지나고 언젠가 본래의 네가 돌아온다면, 너는 나를, 이 순간을 용서하지 않을 거다.

모든 것이 예상대로 되었다.

"알고 있었잖아. 새삼스럽게."

찬경은 쓰디쓰게 웃으며 그렇게 중얼거렸다.

언제라도 갑자기 끊어질 수 있는 실낱같은 관계라는 건 알고 있었다. 알고 시작했다. 알고 있다고 생각했다. 그러니 아파할 것도 아쉬워할 것도 없다고.

하지만……

그녀가 마지막으로 머물렀던 장소.

부엌문을 열어 본 순간, 찬경의 입가에 그때까지 걸려 있던 쓴웃음은 손가락 사이로 흩어지는 모래알처럼 흩어졌다.

벽에는 여기저기 물 그늘이 어려 있었다. 그녀가 애지중지해하던 조왕신의 주발은 깨어져 산산조각이 나 있었다.
그가 사업차 그녀에게 알릴 수 없는 먼 곳을 떠날 때면 그녀가 그의 무사귀환을 빌며 절을 하던 그 물그릇, 그것이 산산조각 나 있었다.
언젠가 저 주발에 정안수를 떠다 놓고 두 손을 모으며 비는 그녀에게 남자는 빈정거리듯 말했었다.

―뭘 그렇게 비는 거야? 요즘 세상에, 할망구 같긴.

그때 여자는 말했었다.

―이 부엌에서 쌀알 떨어지지 않게, 배곯는 일 없이, 당신 하는 일 잘되고, 나도 가위질 더 잘할 수 있게 되고, 주변 모두 건강하라고요.

―흠, 별거 없구나.

정말 매일 비는 것치곤 너무나 평범한 그 소원에 그가 시시하다는 얼굴을 하자 그녀는 진지한 얼굴로 말했었다.

―그게 얼마나 어려운 건데요. 나는 늘 요즘만 같았으면 좋겠어요.

지금 남자는 여자의 말을 절절히 이해한다.
별거 없는 하루, 그녀와 함께함으로써 특별해지던 그 일상이 계속계속 멈춤 없이 반복되기를, 그 역시 소원했다.
 끝날 걸 알고 있었다고 쓴웃음 지으며 중얼거렸지만, 알고 있었던 것이 아니었다.
 그 끝이 이토록 아프고 눈물 나는 일이라는 것을 그는 몰랐었다.
 "빌어먹을! 이대로 끝날 수 없어! 도망만 가 버리면 다야? 누구 마음대로!"
 남자는 결심했다. 그 여자를 찾아내기로. 찾아서 어찌해야 할지 지금은 모르겠지만, 좌우지간 찾아야겠다.
 그는 부엌문을 열고 밖에서 조마조마한 채로 기다리는 자신의 수하들에게 소리쳤다.
 "차를 준비시켜!"
 그중 한 명, 나이 든 사내가 찬경에게 뚝뚝한 목소리로 말했다.
 "은신처로 이동합니까?"
 "아니. 다른 볼일이 생겼다."
 나이 든 사내, 방가의 주름진 미간에 더더욱 깊은 주름이 파였다. 그는 조상 대대로 부두에서 짐을 져 나르던 임방꾼 노릇을 하던 사람이다. 그 인연으로 곰의 수하가 되었고 소처럼 묵묵히 짐을 져 나르던 때와 마찬가지로 묵묵히 주인의 명령을 이행해 왔다. 체구는 작으나 다부진 몸매에 엄청난 완력의 소유자다.
 명령을 받으면 보통은 '네.' 한마디면 다인 사내였으나 지금의 명령에는 단순히 '네.' 소리를 할 수가 없었다.
 "경무대 나으리들이 냄새 맡고 오기 전에 사장님은 은신처로 당장 피하셔야 한다고 곰 형님께서 분부하셨습니다. 당장 증언을 시키려고 짭새들이 놔주긴 했지만 그 소식이 저쪽 경무대 귀에 들어가면 사장님 뼈까지 씹어 먹으려고 덤벼들 겁니다."

평소 '네', '아니오' 이외의 말은 하지 않던 방가가 두 마디 이상의 말을 한꺼번에 하는 것을 보게 되다니. 이런 상황만 아니라면 신기하다 싶었겠지만 찬경은 지금 짜증이 솟구쳤다.

"알고 있다. 하지만 중요한 일이 생겼으니까."

"목숨보다 중요합니까?"

적나라한 질문이었다. 잠깐 동안 입을 다물고 있던 찬경이 말했다.

"목숨이다."

'목숨이지. 없으면 못 사니까. 살아도 사는 게 아니니까.'

"……차를 준비합죠. 곰 형님께는 나중에 사장님이 직접 말하십쇼."

몇 분 만에 며칠 동안 할 말을 다 해서 피곤하다는 듯, 방가는 퉁명스레 그렇게만 말하고 밖으로 발걸음을 돌렸다. 목숨 비슷한 거라니. 그렇다면 어쩔 수 없는 노릇 아닌가.

선재는 자신의 하숙집 앞에 버티고 선 그를 보고 안색이 대번에 굳어졌다.

"여긴 어떻게……."

"검사 영감님씩이나 되어 가지고 집 꼴 하고는. 거렁뱅이 집보다 도련님 집이 아주 궁상이 넘쳐 흐르는구만. 덕분에 찾느라 애먹었잖아."

뜬금없는 시비조였다. 아니, 저 남자가 이 집 앞에 서 있는 상황 자체가 뜬금없는 것이었다.

"참고인, 혹은 피의자는 개인적으로 만날 수 없게 되어 있다."

무뚝뚝한 어조로 그렇게만 이르고 선재가 지나치는데 상대방이 불쑥 뜬금없는 소리를 했다.
"내 낯짝 보기 싫다면, 애초에 볼 일을 만들지 말았어야지."
명백한 시비였다. 선재의 주먹에 저도 모르게 꾸욱 힘이 들어갔으나 가까스로 참고 전직 도련님은 전직 머슴을 지나 한 걸음 내디뎠다.
똥은 더러워서 피하는 것이다. 그런데 똥이 순순히 물러나지 않았다.
"어디 있나? 집 안에 있는 것 같지는 않고."
선재는 걸음을 멈추고 그를 돌아보았다.
"무언가 묻고 대답을 듣고 싶다면 제대로 알아듣게 질문을 하는 게 좋을 거다."
가르치는 듯한 말투에 찬경은 짜증이 솟구쳤다.
"쌀례하고 작은 쌀례! 어디 있느냐고!"
"어디…… 있냐니? 그게 무슨 말인가?"
찬경은 숨은그림찾기 하는 심정으로 선재의 얼굴을 관찰했다.
아마도 거울 속에 얼굴을 비춰 본다면 자신 역시 저런 표정일까 싶게 그는 초조해 있었다.
어릴 때부터 이 도련님을 책상물림이라며 재수 없다 여기고 있긴 했지만, 그래도 저런 표정을 연기할 인물은 아니라는 판단 하에 찬경은 내심 혀를 찼다.
"모른다면 너완 볼 일 없다. 그리고 모른다는 게 정말이길 바란다. 아니면."
찬경이 눈동자에 살기를 품고 한마디 한마디 뚝뚝 끊어 말했다.
"내 손에 죽는 수가 있다. 난, 내 건 절대 안 뺏겨. 갑자기 뒤통수 맞는 것도 이번 한 번뿐이……."

찬경은 말을 끝낼 수 없었다.

선재의 주먹이 그의 뺨을 후려쳤기 때문이다.

알고 지낸 지 수년 동안 늘 화초 같은 도련님 녀석이라고 깔본 것에 비해 꽤 강력한 주먹이었다.

느닷없는 일격에 어안이 벙벙한 찬경의 귀에 얼음장 같은 선재의 목소리가 들려왔다.

"네놈 말이 맞다. 나도 늘 그렇게 생각했다. 너한테 갑작스레 당하는 건 정말 한 번으로 족하다고. 몇 년째 계속 당하고만 있지만."

그가 모르는 사이, 아버지가 눈앞의 남자를 자기 대신 전쟁터로 보냈다. 그 이후 선재는 '목숨 빚'이라는 명목하에 몇 차례나 찬경의 공격을 받아야 했다.

전쟁 중에 저 인간의 안내로 군 입대하고 죽다 살아난 거야 그것이 진정 목숨 빚이었으니 기꺼이 받아들일 수 있었다.

하지만 아내와 헤어져야 하는 건 차라리 죽느니만 못한 고통이었다.

수년간 자신을 죽느니만 못한 고통에 밀어 넣은 자, 자신의 아내와 아이를 훔쳐가 놓고 자신의 것이니 빼앗길 수 없다고 말하는 이 몰염치한 악당에게 선재는 처음으로 차분한 도련님의 안색은 집어치우고 그 멱살을 잡아 쥐고 다그쳤다.

"어떻게 된 거야! 대답하라구! 이 나쁜 자식아!"

찬경은 입 안에 흘러나오는 피를 뱉어 내며 선재의 손을 뿌리쳤다.

"사라졌다. 아이를 데리고."

"언제!"

"오늘 아침에."

뚝뚝한 어조로 짧게 대답하던 찬경의 얼굴에서 순간 비웃음이 스쳤다.

"어젯밤 네놈하고 있었다면서? 생각은 여전히 안 난다는 여자를 너 같은 샌님이 뭘 어떻게 꼬드겼는지는 모르겠지만 나하곤 끝내겠다고 하더군. 그리고 사라졌다."

몇 마디로 끝낼 수 없는 이야기들. 그녀가 자신을 보며 지었던 그 실망 어린, 아니 절망 어린 표정들, 산산이 부서졌던 조왕신의 주발, 텅 빈 인형 같던 눈동자, 마지막처럼 보였던 정중한 인사, 그것들이 자신에게 끼친 두려움, 당혹감 등을 삼킨 채로 찬경은 그저 그런 어조로 간단히 말했다. 쌀례가, 사라졌다고.

"찾아야겠어. 일단 실종신고를……."

다급한 선재의 말에 찬경은 코웃음을 쳤다.

"어떻게? 내가 찾아오기 전까지 그 여자가 어떤 상황인지 까맣게 모르고 있었으면서? 찾아도 내가 찾는다."

너와 볼 일은 이걸로 끝이라는 듯 돌아서는 찬경에게 선재는 다급히 외쳤다.

"넌 지금 돌아다녀선 안 돼! 재판 전까진 안전한 곳에 있어야만 한단 말이다!"

그 소리에 찬경의 발걸음이 멈추어졌다.

느릿하게 찬경의 시선이 선재를 향했다.

도련님과 머슴.

목숨을 빚지고 악착같이 그 빚을 돌려받은 사이.

한 여자를 사랑하는 연적.

어쩌면 한 피를 받고 태어났을지도 모르는, 태생부터의 악연.

선재 역시 찬경의 깊고 깊은 시선이 자신을 훑는 것을 볼 수 있었다.

이해할 수 없는 것을 보는 듯한 시선으로 자신을 훑어보던 악당은 곧 새하얀 송곳니를 드러내며 쓰게 웃다가 빈정거리는 어투로 말했다.
"병 주고 약 주려는 건가? 잡아넣고 여자 빼돌리려 할 때는 언제고."
"너!"
막 선재가 무언가 반박하려는 사이 찬경은 손을 두어 번 흔들고는 다시 자기 갈 길을 가기 시작했다. 그러나 좁은 하숙집들이 다닥다닥 붙어선 그 골목길을 벗어나는 순간, 그는 곧 걸음을 멈추고 말았다.
익숙한 얼굴들이 골목 입구에서 그의 앞을 가로막았기 때문이다.
"이야! 경이! 이렇게 다시 보게 되니 반갑네!"
그들 중 우두머리는 마치 십년지기 친구를 길에서 우연히 만나기라도 한 것처럼 반가워하면서 찬경을 향해 양팔을 벌렸다. 그리고 일그러진 미소를 지으며 다시 말했다.
"다른 놈들이 먼저 채 가면 어쩔까 심히 걱정했는데 말이지. 지금 높은 님네들이 네놈 목에 건 현상금이 장난이 아니라서 노리는 쪽도 한둘이 아니거든."
"너도 말이지, 돼지새끼."
"물론이다, 거렁뱅이. 저놈, 잡아!"
멧돼지의 신호가 떨어지자마자 각목을 들고 선 쫄다구들이 찬경을 향해 다가오기 시작했다.
찬경은 재빨리 좌우를 살폈다. 인원을 많이 달고 다니는 건 거추장스러워서, 그것도 도련님 자식을 만나러 오는데 경호원들을 잔뜩 달고 오는 짓은 쪽팔릴 것 같아 소수로 움직였더니 이 사달이 나고 말았다. 그 소수의 경호원들조차 멀찍이 떨어져 있는 상황이다.
하지만 이미 일은 벌어졌다. 지금은 여기서 어떻게든 빠져나가야만 했다.

그러나…….

점점 좁게 찬경을 둘러싸던 무리 중 누군가가 그의 어깨를 향해 각목을 휘둘렀다.

따악—!

눈앞에 별이 보일 만큼 찬경은 정신없이 두들겨 맞았다. 머리, 어깨, 등, 팔.

그래도 급소는 어찌어찌 피하고 있다고 생각했는데…….

"이 자식! 그러게 알아서 모시라 했지! 건방 떨더니…… 어디 죽어 봐!"

원한을 듬뿍 머금은 멧돼지의 목소리와 함께 찬경은 뒤통수에 각목 모서리가 화끈히 와 닿는 것을 느꼈다.

지잉, 골이 울렸다. 땅이 뒤흔들렸다.

다리가, 아니 온몸에 힘이 풀리고 이대로 여기서 눕고만 싶었다. 하지만 그럼 정말 끝장이다. 주저앉으려는 무릎을 가까스로 버텨 서면서 찬경은 고개를 들어 주변을 살폈다.

찬경의 핏발 선 눈을 보고, 그가 내뿜는 사나운 기운을 느끼며 멧돼지와 똘마니들이 한순간 움찔했다.

좌우를 살피던 찬경의 눈에 각목 든 손이 후들거리는, 얼핏 신참인 듯 보이는 놈이 눈에 띄었다.

'저기다!'

목표를 정하자마자 찬경은 그쪽을 향해 냅다 뛰었다.

골이 울렸지만 살기 위해 뛰었다.

몇 걸음쯤 도움닫기를 한 뒤 몸을 날려 목표물의 면상에 정통으로 발길질을 날리고 상대가 쓰러지자 숨이 트인 공간으로 재빨리 몸을 날려 멧돼지 놈들의 포위망을 뚫었다.
 그리고 있는 힘껏 되돌아 애초에 나왔던 방향으로 뛰어 들어갔다.
 빈민가의 거미줄 같은 골목길이 펼쳐져 있어 잘만 하면 저것들을 따돌릴 수 있을 것이다.
 선재는 골목 밖을 나섰던 찬경이 몸을 되돌려 다시 자신에게로 달려오는 것을, 정확히 말하면 자신의 눈앞을 스치고 지나쳐 달리는 것을 어리둥절하게 바라보았다.
 '저건 또 뭐 하는 짓거리들인가?'
 찬경을 따라 뒤이어 달려오는 남자들 역시 손에 흉기를 들고 있다.
 선재는 자신도 모르게 찬경의 뒤를 따라 달렸다.
 몇 걸음 뒤에 뒤따라 달려오는 선재의 모습에 어처구니가 없다는 듯이 숨이 턱에 찬 목소리로 찬경이 물었다.
 "젠장! 넌 또 왜 들러붙는 거야?"
 찬경의 질문에 선재 역시 숨이 턱에 받히는 목소리로 외쳤다.
 "저것들은 또 뭔가?"
 "보면 모르나? 나 잡아먹으려는 것들이다! 바로 너처럼!"
 순간 선재의 입술에서 이 갈리는 소리가 얼핏 들렸다. 잠시 후, 다시 그가 외쳤다.
 "오른쪽으로 나가서 두 번째 대문으로 들어가라!"
 "뭐?"
 "두 번째 초록 대문! 내 이름 대고 들어가!"
 "내가 왜 네놈 말을 들어야 하나?"
 곧 죽어도 말을 듣지 않는 찬경에게 선재는 보기 드물게 버럭 소리를 질렀다.

"아니면 여기서 죽던가!"

그 말이 주문이 된 것처럼 찬경은 거미줄 같은 골목길 어딘가로 사라졌다.

그러자 더 뛸 필요가 없어진 선재는 걸음을 멈추고 거친 숨결을 가라앉혔다.

몇 걸음 뒤에서 필사적으로 그들을 쫓던 멧돼지와 수하들이 그를 둘러싸는 것은 순식간이었다.

"넌 뭐냐? 아까부터 그 자식 옆에 있던데. 어디로 빼돌렸어?"

다 잡은 고기를 놓치다니. 멧돼지는 분개하여 거렁뱅이를 빼돌린 듯한 놈에게 윽박질렀다. 고개를 숙이고 숨을 가다듬고 있던 남자가 얼굴을 들었다.

기분 나쁠 만큼 멀끔한 얼굴. 언뜻 보니 책상물림 같아 보였다.

'거렁뱅이 자식 부하 정도 되는 줄 알았더니, 경이 그 자식이 어떻게 이런 종류의 인간과 알고 있는 거지?'

그런데 이상하게도 저 기분 나쁠 정도로 멀끔한 얼굴이 그의 눈에도 낯이 익는다는 것이었다. 그런데 그 책상물림 표정이 매서웠다.

매서운 시선으로 자신을 둘러싼 각목 든 사내들을 둘러보며 단정한 인상의 청년은 말했다.

"서울 지검 한선재 검사요. 댁들은, 뭐요?"

멧돼지의 안색이 굳어졌다.

서울 지검 검사라니. 아무리 거칠 것 없는 그들이라도 손댈 수 없는 종자다. 이건 오늘 중으로 거렁뱅이 사냥은 텄다는 것 아닌가.

멧돼지는 이를 갈았다.

새 고용주에게 도대체 뭐라고 보고해야 하지?

"그 거렁뱅이 도적놈 잡는 걸 실패를 했다고?"
 노인은 자신이 기대했던 것과 다른 소식을 전하는 상대방을 노려보며 으르렁거리듯 물었다. 그의 흐릿한 시야로 자신 앞에 엎드려 상황을 보고하는 젊은 양아치 우두머리의 모습이 보였다. 별명이 '멧돼지'라던 놈은 납작 엎드리며 보고를 이어 갔다.
 "송구합니다, 어르신. 몸이 날랜 놈이라 그만……."
 "긴말 할 것 없다. 그놈을 내 앞에 데려와 무릎 꿇려라. 그도 안 되면 최소한 목이라도 가져와."
 산 채로 데려오면 또렷이 볼 순 없지만 그래도 남아 있는 시력으로 그놈의 젊은 몸이 눈앞에서 갈갈이 찢어지는 것을 구경해 줄 것이다. 어쩔 수 없다면 그놈의 끊어진 목이라도 보아야 한다. 그러라고 아직 시력이 남아 있는 것이다.
 딸아이가 찾아낸 며느리의 어렴풋한 모습을 보고, 그 저주받을 젊은 도적놈의 만행을 알게 된 이후 상민은 다짐하고 또 다짐했다.
 '죽여 없애야 한다. 나나 그놈, 둘 중 하나가 숨이 끊어져야 사라질 악연이다.'
 그 악귀 같은 놈은 그에게서 금을 빼앗아 갔고, 아들을 죽일 뻔했고, 며늘아기에 손녀까지 도적질해 갔다.
 어느 날 갑자기 자고 일어나니 상민은 시야에 장막이 쳐진 듯 눈앞이 제대로 보이지 않게 되었다.

그 흐릿한 시야로 다시 본 며늘아기의 이목구비를, 머리칼을, 둥근 얼굴을 그는 자세히 알아볼 수가 없었다.

모든 것이 뭉뚱그려져서 하나의 커다란 빛줄기, 꽃송이, 그리고 수십 년 전 마지막으로 보았던 그 아이의 어미, 그 고왔던 초연의 주인집 아씨처럼 보였다.

어릴 때부터 성례는 제 어미를 닮아 보이던 아이였다.

그 아이는 아들 선재를 위해 고심해서 마련한 꽃송이였다.

자신에게는 오르지 못할 나무였지만 아들에게는 그 짝으로 마련해 줄 수 있었던 것이 뿌듯했다.

곱다랗게 자란 그녀가 정말 아들의 아내가 되어 그놈을 따라 하숙집으로, 바닷길로 뛰어들었을 때 그는 자신이 누리지 못한 행복을 아들이 누리는 것이 기꺼웠었다.

성례는 아들 선재를 위한 꽃송이였다.

절대로 그 거렁뱅이 도적놈을 위한 것이 아니다.

상민의 머릿속에선 그 젊은 도적이 젊은 시절 자신의 판박이 모습이라는 사실이, 그가 주인집 아씨를 소원했듯이 찬경 역시 작은아씨를 소원했다는 사실이, 그것이 삶을 이끄는 힘이었다는 점은 토씨 하나 다르지 않다는 사실이 떠오르지 않았다.

그저 그 악귀, 날도적놈은 죽어야 했다.

노인은 제대로 보이지 않는 두 눈에 힘을 주고 자신의 앞에 엎드린 멧돼지를 쏘아보았다.

"네놈이 전쟁 때 거렁뱅이 수하로 내게 위해를 끼쳤음에도 내 널 고용한 것은."

"예, 예, 어르신."

"그놈을 잘 알고, 또 그 뒤 세력다툼으로 누구보다 그놈을 잡아먹고 싶어 하는 네가 이 일을 하는 데 적합하다고 판단했기 때문이다. 멧돼지처럼 한 번 들이받고자 하는 건 물불 안 가리고 들이받는다는, 네놈 평판도 마음에 들었고."

고용주의 목소리로 빚어진 자신의 평가에 만족한 듯 멧돼지는 그답지 않은 곰살맞은 미소를 지어 보였다.

"바로 그렇습니다. 한 번 마음먹은 건 기필코 들이받아 버리는 게 이놈입죠."

"그런데 지금은 그런 생각이 드는군. 평판이 부풀려진 것이 아닌가."

노인의 목소리가 느긋해질수록, 멧돼지는 등줄기에 식은땀이 솟았다.

"한 번만 더 기회를 주십쇼, 어르신. 이번만 해도 원래대로라면 실수 없이 그놈의 목을 묶어 개 끌듯이 어르신 앞에 대령할 수 있었습니다. 그, 그런데 뜻밖에 서울 지점 검사라는 작자가 나서서……."

"뭣이라? 보는 눈이 있었단 말인가? 그것도 검사? 네 이놈! 일을 어찌하였기에!"

노인의 호통에 젊은 악당은 비릿한 미소를 지으며 능청스런 어조로 되물었다.

"한선재라고 하던데…… 이 천한 놈 기억이 맞다면 어르신 큰 자제분이 아니신지. 저는 검사 영감님 위엄에 눌려 어쩔 수 없이……."

"무어라…… 선재 그 아이가……."

노인의 시선에 곤혹스러움이 어렸다.

아들 선재. 그의 자랑. 혹은 그의 속에서 나왔다고 보기엔 불가사의한 선비. 아비인 그와 같은 세상에서 몸담고 있으면서 다른 세상을 꿈꾸는 괴이한 자식.

상민은 욱신거리는 관자놀이를 지그시 누르며 '끄응' 신음을 내뱉었다. 하지만 그도 잠시, 그의 주름진 늙은 얼굴에 얼음, 잔혹, 칼이 드러났다.

"일이 어려우니까 네놈에게 그 많은 보수를 지급하는 것 아니냐. 내 아들은 공무에 몸을 담고 있으니 이런 더러운 똥물 튀는 일에 관여가 되어선 곤란하다."

일이 어렵게 진행되고 있다. 그럼에도 불구하고 젊은 악귀 놈이 죽어야만 한다는 사실만은 변하지 않는 진리다. 아들도 좀 더 나이를 먹고 세상을 겪게 되면 자신을 위한 이 아비의 노력을 이해할 것이다. 벌써 수년째 계속된 바람을 곱씹으며 상민은 냉혹한 어조로 말을 끝맺었다.

"수단 방법을 가리지 말고, 이번에는 실수 없이 해치우도록. 나는 두 번 기회를 주진 않는다."

수단 방법을 가리지 말고. 멧돼지는 고용주의 말씀에 귀 기울인 채 마음속으로 복창했다.

수단 방법을 가리지 말고.

그런데 경이 이놈은 대체 어디로 튄 걸까?

그날, 간만에 병원 격무에서 풀려나 하숙방에서 전공서적이 아닌 잡지를 뒤적이며 휴식을 취하고 있던 승규는 갑자기 대문을 두들기는 거친 소리에 깜짝 놀랐다.

뒤이어 그의 이름을 대고 하숙방에 밀고 들어온 인물을 보고 더더욱 놀라고 말았다.
"거기, 한선재라고 알아?"
"뉘, 뉘신지?"
어두운 불빛 아래에서도 얼굴에 오색찬란한 멍 자국이 새겨진 남자였다. 어딘지 낯이 익은 듯도 했지만…… 병원에서 본 적 있는 환자인가? 아니지. 그렇다면 병원에 가야지 의사 하숙집에까지 쳐들어올 이유가 없지 않나.
그의 그런 궁금증은 몇 분 뒤 불청객을 따라 들어온 익숙한 얼굴에 의해 해소되었다.
"잠시, 신세 좀 지자."
오랜 친구. 신참 검사였다. 고래 등 같은 집을 놔두고 다시 이 궁색한 하숙촌에 자취를 시작한 그가 이 시간에 무슨 일인가. 그것도 저런 수상한 동행과 함께.
"여기 바를 약은 두겠네만, 그쪽은 병원에 가 보는 게 좋지 않겠나?"
부탁한 구급약을 내밀며 승규가 그리 말했을 때 선재는 고개를 내저었다.
"지금은 함부로 나갈 수가 없어서. 비번에 쉬는 중이었을 텐데 미안하지만, 밖에 수상한 사람들이 보이는지 망 좀 봐 줘."
승규가 친구의 얼굴에서 구할 수 있는 답은 그저 이런 것일 뿐이었다.
'미안. 지금은 아무것도 묻지 말아 줘.'
그리하여 방 주인은 부탁받은 약상자만 두고 망을 보기 위해 자리를 떴다.
좁은 방구석에서 서로 멀찍이 떨어져 외면하고 있기를 얼마 후, 먼저 입을 연 것은 찬경 쪽이었다.

"무슨 생각으로 이러는 거냐, 도련님."

자신 앞에 툭 떨어진 질문을 한참 생각하던 선재가 한 대답은 간단했다.

"보호."

"뭐?"

"증인 보호라고 해 두자."

"병 주고 약 주시나, 도련님? 일을 이 지경까지 몰고 간 게 누군데…… 뒤통수를 쳐 놓고 보호? 그것 참 웃기시는군."

좁디좁은 방이 숨이 막히는 듯, 찬경은 자리를 털고 일어서 문을 향했다.

곧 그 뒤통수에 선재의 목소리가 날아들었다.

"앉아. 지금 나가는 건 위험하다."

"명령하지 마라, 도련님."

선재의 차분한 명령조에 찬경이 으르렁거렸다.

"대체! 네가 무슨 상관이라고 끼어들어? 애초에 날 잡아넣고 그 여자한테 고자질이나 해 대서 일을 이렇게 만들 때는 언제고!"

하마터면 죽을 뻔한 위기였다곤 해도 도련님 자식에게 도움을 받다니. 다른 누구도 아닌 그 영감쟁이 아들놈에게. 쌀례 그 여자의 서방에게. 다른 누구도 아니고 하필이면.

수치심이 찬경의 가슴을 할퀴었다. 그래서 위험에서 자신을 구해 준 '도련님'에게 더 빈정거렸다.

"무언가 속셈이 있겠지. 무슨 꿍꿍이로 네가 잠깐 내 숨통 붙여놨는지 모르겠지만……."

"지금 네가 죽으면 내가 곤란하다. 여러 가지로."

감정이라곤 먼지만큼도 들어 있지 않은 선재의 냉랭한 말투에 찬경은 피식 쓴웃음을 지었다.

"왜? 증인인지 뭔지로 써먹으려고? 그래. 차라리 그렇게 본색 드러내는 게 낫다. 도련님 네 아비처럼 음흉하게 목숨 값 쳐준다고 꼬셔서 옆구리에 칼 침 꽂는 것보다야 백만 배 낫구……. 억!"

한껏 빈정거리던 찬경의 말은 도중에 끊겨 버렸다.

선재의 주먹이 날아와 그의 뺨을 느닷없이 후려쳤기 때문이다.

"이게 정말! 바쁘다고 봐줬더니…… 네가 날 쳐? 그것도 하룻밤에 두 번이나?"

불처럼 버럭거리는 찬경을 얼음 같은 시선으로 쏘아보면서 선재가 말했다.

"맞을 짓 했으면 맞아야지. 내, 네 녀석의 그 지긋지긋한 도련님 소리, 언제든 바로잡아 주마고 벼르고 있었다!"

순식간에 좁은 방 안에서 두 남자의 난투극이 벌어졌다.

길가에서 구걸하던 시절부터 다져진 찬경의 주먹질은 이미 정평이 나 있는 것이었다.

다른 거렁뱅이들로부터 자기 몫의 밥을 빼앗기지 않기 위해 익힌 것으로 동작에 군더더기가 없고 급소를 공격하는 주먹은 모질었다. 그러나 의외로 폭력과 인연이 없을 것만 같았던, 거기다 한쪽 다리가 여전히 불편한 선재 역시 만만치 않았다. 찬경의 주먹이 선재의 턱에 꽂히면 바로 지지 않고 선재의 주먹이 찬경의 콧등에 내리꽂혔다.

'제길. 멧돼지 놈에게 뒤통수 맞고 도련님한테 얼굴 터지고. 어제 내가 무슨 꿈을 꾸었더라?'

멧돼지 덕에 찬경이 이미 만신창이가 된 때문인가. 아니면 수년간의 울분이 선재에게 힘을 준 덕인가. 결국 찬경을 쓰러뜨리고 그 몸 위에 올라탄 것은 선재였다.

선재의 강한 손아귀가 찬경의 목을 눌렀다.

"왜 널 구했느냐고?"

한선재가 태어나서 지금까지 누군가에게 이토록 살의를 느낀 것은 처음 있는 일이었다.

"첫 번째, 다른 놈 손에 네가 뒈져선 안 되기 때문이다! 윤찬경! 이 개자식! 죽는다면 내 손에 죽어라! 네놈 목은 다른 놈에겐 절대 안 넘겨!"

살의가 살의를 낳고 증오가 또 다른 증오를 낳았다.

목이 눌린 순간, 찬경은 자신을 내려다보는 선재의 얼굴을 보면서 기묘한 쾌감을 느꼈다.

나만 악귀가 된 것은 아니다. 쌀례야, 네가 그렇게 나와는 다르다 떠받들던 네 서방의 지금 얼굴을 네가 볼 수 있다면 좋았을 텐데.

목이 조여지는 순간에도 찬경의 입술에선 킥킥거리는 웃음이 새어 나올 것만 같았다. 저놈을 마음껏 비웃어 주자.

그런데…… 비웃음은 곧 사그라지고 말았다.

목에 느껴지던 압력이 사라져 버렸기 때문이다.

방금 전까지 죽일 듯 그의 목을 누르고 있던 선재는 한순간 그의 목에서 손을 치우고 다시 이전 도련님의 얼굴을 하고 있었다.

어처구니가 없어서 찬경이 물었다.

"뭐야? 왜 하다 말아?"

찬경의 질문에 선재 역시 어처구니없다는 듯 자신의 원수를 바라보았다. 목을 계속 조르기를 바라다니. 이거 변태 아닌가. 도련님은 악당에 변태인 그 작자를 복잡한 눈빛으로 내려다보며 복잡한 어조로 중얼거렸다.

"정말이지 네놈과 똑같다는 소리만은 듣고 싶지 않다."

"뭐야?"

선재는 한숨을 내쉬고 어깨를 으쓱거렸다.

"할 수만 있다면 네놈 목은 내가 따고 싶지만, 전쟁 중에도 그런 짓은 질색이었다. 어지간하면 사람 죽이는 짓은 하고 싶지 않아. 그러니 죽이는 건 보류다. 두 번째, 이게 가장 중요한 이유긴 한데, 누가 그러더군. 치고 박고 너와 내가 하는 짓이 똑같이 유치하다고 말이야."

악당에 변태는 모를 것이다. 그들이 사랑하고 있는 한 여자가 굉장히 한심하다는 얼굴로 '당신네들, 둘 다 똑같이 유치해요.'라는 소리를 했었다는 것을. 어릴 때부터 자신을 '서방님'이라 부르며 존경해 주었던 여자에게서 듣는 '당신, 참 유치해요.' 소리는 참으로 쓰고 아팠다. 살인자, 도적, 악당인 것으로도 모자라 목이 졸리는 와중에 왜 끝장을 내지 않느냐고 묻는 변태 녀석과 동급 취급이라니. 절대 사양이야.

"너 같은 엉망진창하고 똑같이 유치해지긴 싫다. 그뿐이야."

"……잘난 척. 먼저 선수 쳐서 날 가둬 놓은 게 누군데. 네 아비 금값이나 쌀례 때문이라도 날 끝까지 물고 늘어질 테지."

"난 이제 네 담당이 아니다, 윤찬경."

냉랭한 목소리로 선재가 말을 이어 갔다.

"사적으로 안면이 있는 얼굴을 담당할 수 없다고, 담당이 바뀌었을 거다. 이번 재판 때 증언 제대로 하고 나면 안전하게 출국할 수 있도록 도와줄 거야. 그러니 될 수 있으면 그때까지 말썽 피우지 마라."

선생질하던 인간답게 설명조에 명령조다. 한마디 한마디 그 조용한 목소리를 들으면서 찬경은 속에서 뭔가 울컥 치밀어 오르는 것을 느꼈다.
"집어넣었다 꺼내 준다? 누구 놀리나?"
속에서 치밀어 오르는 감정이 무엇인지 찬경은 모른다. 당혹감, 패배감, 그 사이에 조금쯤 느껴지는 의아함, 그 모든 것을 억지로 눌러 삼킨 채 찬경이 더듬더듬 주머니에서 담배를 찾아 물려 했을 때, 차분한 선재의 목소리가 그의 귓가에 꽂혀 왔다.
"……제대로 살기 바란다. 내 아내와 아이를 도와준 인간이라니까. 그 사람들이 좋은 사람이라고 부르는 네가 끝까지 엉망진창인 건 내가 곤란하다."
엉망진창. '웃기지 마.'라고 한마디 뱉을 수 있다면 좋겠는데 찬경은 아무 말도 할 수 없었다. 지금 윤찬경의 눈앞에 벌어진 상황을 네 글자로 표현하자면 그것 이외엔 없었으므로.
불타 버린 목면의 매캐한 탄 내음, 쌀레를 쓰러뜨렸던 흙의 날 비린 내, 부엌 벽에 산산이 튄 물 자국, 조왕신의 주발 조각들, 제대로 살기 바란다는 도련님 녀석의 목소리…….
소리, 소리들이 섞여 귓가에 멍멍 울려왔다.
'빌어먹을. 뒷골이 도끼로 찍어 내리는 것 같아. 멧돼지 녀석이 휘두르던 각목에 뭘 잘못 맞은 걸까?'
찬경은 뒷골이 욱신거렸다.
엉망진창.
기분 나쁘지만 저놈 말이 어느 정도는 맞다.
그 여자는 사라져 버렸고, 멧돼지 자식은 누군가의 사주를 받고 나를 잡아먹으려 하고 있다. 방가의 말 그대로 잡히면 내 뼈까지 씹어 먹어 버릴 거다.

방금 전 씹어 먹히려다 가까스로 살아 나온 순간을 생각하면 찬경은 등줄기에 소름이 돋았다.

죽고 싶지 않다. 어떻게든 살아서 쌀례 그 여자를 찾아서…….

찬경은 욱신거리는 머리를 감싸 쥐고 벽에 등을 기대앉았다.

무릎에 얼굴을 묻고 한참 머리를 감싸 쥐고 있는데 곁에서 도련님 녀석의 목소리가 들려왔다.

"어디 안 좋은가."

서로 멱살 쥐고 있던 이 와중에 저런 걸 묻는 한선재 저 녀석이 찬경은 징그러웠다.

"시끄러워."

겨우 기어들어 가는 목소리로 찬경은 웅얼거렸다. 목소리를 낼수록 머리가 욱신거린다. 가슴도 욱신거린다. 괜히 눈가가 뜨끈해지려고 하고 있다. 빌어먹을.

손으로 피곤한 듯 눈가를 문지르는 척 물기를 닦아 내고 찬경은 자리에 다시 드러누웠다.

그러고 보니 한동안 눈을 붙여 보질 못했다.

"한 시간만 졸 테니까, 딱 한 시간 뒤에 깨워."

"뭐?"

"깨고 나면, 그 여자 있는 곳을 알 만한 사람한테 갈 거니까."

뚝뚝한 명령조로 그렇게만 내뱉은 채 찬경은 감은 눈을 뜨지 않았다.

"건방진 자식."

잠에 덜미를 잡혀 지친 듯 잠든 그 모습을 내려다보면서 중얼대던 선재 역시 피곤한 듯 눈가를 문질렀다.

"이봐, 선재. 일단 밖에는 별다른 게 없는 듯싶은데······."

열린 방문 사이로 빼꼼 얼굴만 들이밀며 보고하는 친구에게 선재는 졸음에 겨운 목소리로 말했다.

"한 시간만······."

"응?"

"한 시간만 있다 깨워 주게. ······여기, 이 인간도."

방 주인이 영문을 몰라 어리둥절한 사이, 선재는 찬경에게서 약간 떨어진 곳에 등을 대고 누웠다. 눈을 감으니 둥근 얼굴, 단발머리, 크고 동그란 눈동자의 누군가가 떠올랐다.

'당신.'

갑자기 밀려오는 잠은 마치 자신의 목을 끌어 안아 오던 그 여자, 아내 쌀례의 팔과 같았다.

부드럽게, 거역할 수 없이 그를 끌어당기는 팔.

그 안에 잠기면, 도무지 아무 생각도 할 수 없었다.

여자의 하얗고 부드러운 팔목마냥 자신을 끌어당기는 잠에 몸을 맡기면서 선재는 자신을 바라보는 동그란 그 여자의 얼굴에 대고 속삭였다.

'어디 있는 거요, 지금?'

상갓집 밥
세 사람의 만찬

"우리 쌀례가 만든 밥이 먹고 싶을 뿐이라고. 정말 맛있었는데. 자넨 그런 건 못 먹어 봤지?"
"밥 잘하는 여자, 나도 알지. 그 여자가 하는 밥, 정말 맛있었어."
— 전쟁 중 어느 막사에서 선재와 찬경의 한담 中

오-드리-·헵번-ㄴ 그레고리-·펙
自由를 찾아 彷徨하는 아름다운 王女의 즐겁고 애닮은 靑春의 哀愁!

파란 바탕에 붉은 글자로 선명하게 '로마의 休日'이란 글씨가 박혀 있는 포스터에 남자아이처럼 짧게 치켜 깎은 검은 머리를 하고 있는 여자의 얼굴이 보인다. 그리고 그 아래 검은 머리 남자와 검은 머리 여자가 거의 포갤 듯 얼굴을 마주하고 있다.

1955년, 이 땅은 '짧게, 더 짧게 머리카락을 잘라 주세요.'라며 길고 긴 머리칼을 사내아이마냥 바짝 자르고 분수대에서 아이스크림을 사랑스럽게 핥던 한 왕녀와 사랑에 빠지고 말았다.

"짧게, 더 짧게 잘라 주세요. 그 왜, 영화에 나오는 공주님처럼. 오드리 헵번 머리요."

손님의 주문에 쌀례는 살짝 미소를 지었다.

"그렇게 짧아서는 사내아이랑 구별이 안 될 수가 있어. 너보고 남자아이 같다고 하면 어쩔려고?"

그녀에게 될 수 있으면 짧게 머리카락을 잘라 달라던 열 살 남짓 어린 여자아이의 얼굴에 잠시 당혹감이 스쳤다.

"영화 속 공주님은 예쁘던데요? 나, 난 그렇게 안 되나요?"

어느 날 새벽, 날이 밝길 기다리면서 선재와 함께 보았던 영화는 다시 원장 수녀님의 손길에 의해 강당에서 조촐하나마 정식으로 상영회를 갖게 되었다.

쌀례 역시 어린 관객들 틈에 섞여 다시 영화를 보았다.

아이들에게 그 영화는 고달픈 현실과는 다른 달콤한 분수대 아이스크림 같은 것이었다. 하지만 쌀례에게 그것은 어느 새벽, 혹은 그 시간을 함께했던 한 남자였다.

어슴푸레한 새벽, 머리 위로 뿌려지는 햇살을 맞으며 의자 한 개쯤 떨어져서, 그러나 어깨를 나란히 한 채로 저 영화를 보았었다. 그랬었다.

─내가 그 사람이 화낼 만한 짓을 해서 화해하자고 영화표 사 놓고 기다리고 있었는데, 그 사람이 끝까지 오지 않았거든요. 제법 고집이 센 여자라.

쌀례는 기억했다. 그의 목소리에 스며 있는 그 고집 센 여자에 대한 그리움을.

그 순간 어처구니없게도 그가 말하는 '그 고집 센 여자'에 대해 자신이 느꼈던 질투를.

그때 박쌀례는 그의 고집 센 여자를 질투했었다.

박쌀례가 박쌀례를 질투했었다. 삶이란 얼마나 기묘한 것인가.

그런 쌀례의 상념은 초조감 섞인 어린 고객의 목소리에 의해 깨어졌다.

"그래서 저는 공주님처럼 그런 머리 못 하나요?"

쌀례는 아이의 머리칼을 매만지며 고민에 잠겼다.

"음…… 곱슬이 아니라서…… 지금 당장은 그대로는 좀 힘들겠는걸."

아이가 그대로 따라 했으면 하는 앤 공주의 머리는 이발사가 딱 한 번 빗으로 빗어 넘기기만 하면 둥근 컬이 이루어지는 기적의 곱슬머리다. 직모인 아이 머리로는 그렇게 할 수 없다.

마법이란 그렇게 간단히 이루어지는 것이 아니다.

"나도 어릴 때 누가 물결치는 둥근 머리칼이 단번에 되는 것을 보고 마법처럼 신기하고 부럽긴 했는데……."

자신도 모르게 입 밖으로 나오는 자기 목소리를 들으며 쌀례는 속으로 기겁을 했다.

그런 적이 있었던가?

자개로 된 크고 호화로운 화장대 앞에서 어린 여자아이가 머리 수건을 두르고 불로 지진 인두로 머리를 볶던 모습이 어렴풋이 생각나긴 했다.

하지만 딱 거기까지뿐이었다.

그게 언제인지, 그 아이가 누구인지는 기억나지 않았다.

아아, 그만.

어둑어둑한 얼음 그늘 사이로 드문드문 보이는 과거 편린들에 들뜨거나 가라앉으며 열두 번씩 마음이 널을 뛰는 것은 '밤에 잠든 딸 옆에 혼자 누워 있을 그때만 허락된 일이다.

지금은 주어진 삶을 살아가야 하는 '낮'이다.

여자는 다시 자신의 어린 고객에게 차근히 설명을 시작했다.

"아줌마가 지금 가지고 있는 게 가위와 빗뿐이라서, 지금 당장은 곤란할 것 같아."

도망칠 때 의심을 사지 않기 위해 그녀는 차에 짐을 전부 두고 글자 그대로 빈손으로 빠져나왔었다.

그녀가 마법을 부릴 수 있게 만들어 주는 마법 지팡이가 없는, 빈손이다.

이래선 바닥을 기고 있는 정신 상태가 바닥을 뚫고 지하로 들어가 버릴 터였다.

'아냐, 그건 싫어.'

바닥, 그 아래로 가면 올라오는 데 더 많은 힘이 들 것이다. 아니, 영원히 다시 지상으로 올라갈 수 없을지도 모른다.

고민 끝에 여자는 자신의 마법 지팡이를 가져다줄 누군가에게 연락을 했다.

"얼굴 꼬락사이가 그게 뭐이가? 사흘 피죽도 못 먹은 것마냥 축이 나서리."

쌀례의 얼굴을 보자마자 노파는 퉁명스레 말하며 보퉁이를 내밀었다. 열어 보니 그녀가 부탁한 미용 도구와…… 갈색 윤기가 자르르 흐르는 밤과 대추, 잣 등을 듬뿍 넣은 약밥이 들어 있었다.

문득 쌀례의 시선이 노파를 향했다.

"먹기나 낫게 먹으라고…… 늘 먹는 이팝(쌀밥)보다 이거이 나을 것 같아서리. 먹으라. 다 먹고 살자고 하는 짓 아니갔슴메."

"……먹고 있어요. 악착같이."

하늘은 무너질 것 같았지만 밥은 굶지 않는다. 아직도 밤마다 아이가 잠들길 기다려 방바닥을 기어 다니며 울음을 토해 내지만, 밥은 먹는다. 숨은 쉰다. 밥을 한다. 아이들 머리칼을 잘라 준다. 살면서 해야 할 것들을 해 가면서…… 어쨌든, 산다.

쌀례는 씨익 웃어 보이며 노파가 챙겨 온 자신의 마법 지팡이, 미용 도구를 살펴보았다.

"가져다주셔서 고마워요."

사실 그들의 최근 만남은 거의 전투였다.

"왜 제 일인데 저는 아무것도 모르는 거예요! 어째서 내 앞날, 내 아이 앞날을 다른 사람들이…… 나는 사람도 아니에요? 내가 하라는 대로 하는 인형이에요? 나는! 박성례! 사람이고! 여자이고! 어른이고! 아이 엄마예요! 나한테 한마디쯤 뭔가 말해 줄 수도 있었잖아요! 댁내들 모두 다 똑같은 사람들이에요! 거짓말쟁이들! 다 날 속이고……."

쌀례는 미친 여자처럼 악을 썼다. 새벽에 아이를 업고 들이닥친 쌀례를 이곳까지 직접 운전하여 데려온 연설과, 마찬가지로 날벼락 같은 소식을 듣고 찾아온 노파는 그저 듣기만 했다. 그래서 들리는 건 자신의 악다구니뿐이었다. 사람 목소리가 아닌 쇳소리 같은 악다구니. 한 번도 자신의 목소리가 이렇게 변해 버릴 줄은, 이런 목소리로 다른 이에게 소리 지를 날이 오리란 생각은 해 본 적이 없었는데.

쌀례는 기가 막혔다. 자신이 지른 소리에 눌려 죽을 것만 같아서 여자는 입을 다물고 얼굴을 감쌌다. 그리고 울었다.

"미안하다, 성례 씨. 내가 할 말이 없어."

영화 촬영장에서 난동을 부린 남편을 감옥에 보내지 않는 대신 입을 다물란 요구를 받았다는 연설의 말만 쌀례의 울음소리 사이사이 어지럽게, 혹은 공허하게 들려왔다.

그 사이 노파가 어떤 얼굴로 돌아갔는지 쌀례는 기억할 수 없었다. 그리고 지금 며칠 만에 노파는 그녀에게 미용 도구와 약밥 보퉁이를 내밀고 있다. 단 며칠 만에 백만 년은 더 나이 들어 보이는 얼굴을 하고.

생각해 보면 남편을 기억하지 못한 것은 그녀 자신이고, 찬경과 약혼을 허락한 것도 자신이었는데 괜히 엉뚱한 데 화풀이나 한 것이 아닌가.

그녀는 며칠 만에 백만 년은 늙어 보이는 노파에게 민망함이 촘촘히 박힌 목소리로 중얼거리듯 말했다.

"가져다주셔서 고마워요."

그 뒤에 쌀례는 이렇게도 말하고 싶었다.

'그리고 저번 일은…… 죄송해요. 고마워요. 그리고 미안해요. 저 사는 것 옆에서 오래도록 지켜봐 주신 당신께 이런 모습 보여 드려서, 바락바락 소리 질러서, 화풀이해서 죄송해요. 그리고…… 그럼에도 불구하고 이렇게 와 주셔서 또 고마워요.'

하지만 어쩐지 소리 내어 말하기가 부끄러웠다.

그저 노파가 내미는 다디단 그 약밥을 보는 앞에서 맛있게 우물거리는 것 말고는 쌀례가 할 수 있는 일이 없었다.

그런 그녀에게 노파는 뜻밖의 소리를 했다.

"공째(공짜)가 아니지비."

"네?"

"고마우면, 그 가세로 내 머리털이나 좀 처 보라. 요즘 식으로, 모각지까지 짧게."

"네?"

"에미나이레 그새 구먹댕이(귀머거리)가 되었나? 모각지(목)까지 치고 나도 양머리(파마) 한번 해 보구마."

지금까지 머리칼 하나 빠지지 않게 단정히 쪽 진 머리를 고수하시던 양반이 느닷없이 머리를 자르고 파마머리라니. 이 노친네에게도 앤 공주의 유행이 번졌음인가.

"갑자기 왜……."

"어깨가 무거워서 그런다."

"예?"

"미용사 데리고 산 지 몇 년인데 나도 덕 좀 보면 아니되겠슴? 날래 시작하기요!"

어깨가 무거워서, 머리카락을 자르다 보면 그 무거운 어깨가 가벼워질 것 같아서라는 희한한 이유를 대고 노인은 80년 가까이 기른 머리칼을 자르라 하셨다.

쌀례는 할머니의 목에 수건을 두르고 머리에서 비녀를 뽑고 백발의 긴 머리칼에 칙칙 물을 뿌리고…… 가위로 은백색 머리칼을 조심스레 자르기 시작했다.

"파마는 지금 숯도 구할 수 없고 기계가 있는 것도 아니니까…… 고대기로 말아 드릴게요."

"형편 되는 대로 하라."

"날이 더운데 좀 뜨거우실 거예요."

"일없수구마."

머리카락 만지는 동안 새삼 이 노인 두상이 이리 작으셨던가, 어깨가 이리 좁으셨나, 왜 이제까지 한 번도 머리 만져 드릴 생각을 못 했을까 생각을 하면서 쌀례는 하나하나 경건하게 해 나갔다.
손짓 하나하나 '고맙습니다.', '죄송합니다.'를 담고서.
그렇게 미용사 시험을 치를 때보다, 유명 여배우 머리를 해 줄 때보다 더 긴장한 채 머리를 만지고 있던 그때, 조는 것처럼 눈을 감고 있던 노파의 입술에서 조심스런 소리가 새어 나왔다.
"찬경이 그 간나."
수일 만에 다른 이의 음성으로 듣는 '찬경'이란 소리에 쌀례의 어깨가 움찔 굳어 버렸다.
문득 마지막으로 보았던 그의 얼굴이 떠오른다.

─나한테 정나미가 떨어졌나?

늘 그렇듯이 빈정거리는 듯한 말투로 빚어진 질문에 그래요!라고 쏘아붙일 기력도 없었다. 그저 할 수 있는 일이라곤 그동안 보살펴 준 것에 대한 인사뿐이었다.

─신세를 졌습니다.

그것이 짧은 약혼 기간, 거짓과 기만으로 시작된 그들의 관계에 대한 사실상의 고별사였다.
고마워요. 잘 먹고 잘 사세요. 안녕. 안녕. 안녕. 다른 이를 괴롭힐 마음으로 나와 혼인할 생각이었다던 당신. 영원히 안녕.

"그, 그 사람이 찾아 왔었나요?"
잠시 후, 머뭇거리며 노인은 말했다.
"둘이 같이 찾아와서리…… 그 어린것, 작은 쌀례 친아바이하고."
그 뜻밖의 대답에 쌀례는 할 말을 잃었다.

"어디 있수?"
"덩치가 커다란 스나이가 하나도 아니고 둘씩이나 남의 가게 앞을 막아서고 있는가. 정신 사납다. 꺼지라!"
"여기 있다는 거 알고 왔으니까 순순히 말해요. 할……."
노파가 쥐고 있던 빗자루가 찬경의 머리를 향해 날아들었지만 간나새끼를 응징하는 데는 실패하고 말았다. 찬경의 커다란 손아귀가 노파의 빗자루를 거머쥐었기 때문이다.
"이거 놓지 못하갔어? 이 염방진 종간나새끼!"
"그렇잖아도 죽겠으니까 할멈까지 이러지 마요. 나……."
그렇게 투닥거리는 두 사람 사이로 또 다른 젊은 남자의 진중한 목소리가 들려왔다.
"알고 계신다면, 알려 주시겠습니까."
"뉘기야?"
"한선재라고 합니다. 어르신, 저는……."
노파의 시선이 저도 모르게 그 청년을 향했다.
수년 동안 쌀례의 입으로만 들어왔던 그 사람.
쌀례의 서뱅, 아이의 아비였다.

자그마한 젊은 여자가 아이를 업고 사방팔방 뛰어다니며 찾던 남자. 하염없이 기다리다 다쳐 기억에서 지워 버린 그 사람.

그야말로 귀성스러워 보이는 청년을 보고 있자니 노파는 마음이 울컥했다.

"살아 있었구마. 이날 이때꺼지 무스그 하다 이제야 나타나는가?"

노파의 비난에 젊은 남자의 시선이 흔들렸다.

이 모든 문제의 시작은…… 그래, 그가 너무 늦게야 나타났다는 점일 것이다. 하지만 남자는 지나간 과거보다 당장 앞의 일이 급하다는 듯, 방금 전 했던 질문을 참을성 있게 되풀이했다.

"그 사람, 어디 있습니까? 아신다면……."

"늙은이 족대기 쳐 봐야 소용없다. 모른다. 알아도 네놈들한텐 해 줄 말이 없다. 꺼지라!"

"어르신!"

"찾아서 무스그 하려 그럼메? 에미나이 하나를 두고 커다란 스나이 놈 둘이서 양쪽으로 반씩 갈라 먹으려 함둥? 이 숭한 즘생들! 니들은 다 똑같은 놈들이다이!"

매섭게 묻는 그녀에게 쌀레의 남편이라는 단정한 얼굴의 청년은 말했다.

"걱정이 되어 그렇습니다. 그 사람도, 아이도."

절절한 얼굴, 절절한 목소리로 그가 말했다.

"염치없지만, 너무 늦었지만, 그래도 걱정이 됩니다. 무사히 있는 것 맞습니까? 어디, 어디 있는지 아신다면……."

"봐도 모른 척할 땐 언제고. 한 번 모른 척한 거 끝까지 그러는 게 낫지 않겠슴메?"

"……보고 싶습니다."

너무나 오래 아내를 찾아 헤매었다고, 그는 말했었다.

바보처럼 너무 오래 찾아 주지 못해서 그 사람 슬프게 했던 것이 미안하다고.

혼자서 아이를 낳게 하고, 다치게 하고, 이 모든 일을 겪게 한 게 미안하다고.

미안합니다. 걱정이 됩니다. 보고 싶습니다.

그것이 쌀례의 '서뱅'이 말한 전부였다.

그리고 또 다른 남자는…… 말없이 그들을 외면하고 지포라이터로 담뱃불을 붙이고 있다.

찰칵, 찰칵, 찰칵, 찰칵, 찰칵, 찰칵.

걱정이 된다라든가 보고 싶다는 말 따위 없었지만 그 대신 끊임없이 들려오는 라이터 소리가 그의 복잡한 심사를 들려주었다.

똑같은 것들이다. 노파는 한숨을 내쉬며 타이르듯 말했다.

"니들 없어도 쌀례 그거이 밥 굶거나 새끼 건사 못할 에미나이가 아니다. 어디 있던 잘 있을 거니…… 가라. 넘의 장사 방해 말고."

"어르신!"

"나서고 싶을 때 그 에미나이가 나설 것 아니겠슴메?"

쌀례의 서뱅은 침울한 얼굴로 고개를 숙였고, 또 다른 남자는 물고 있던 담배를 집어 던지는 것으로 거친 심사를 표현했다.

그렇게 남자들을 쫓아내고 노파는 가마솥 앞에 앉아 약밥을 지었다. 혼자서도 밥 굶거나 새끼 건사 못 할 에미나이는 아니지만 얼굴이 많이 축이 났으므로 무언가 먹이고 싶어서.

이걸 뭐라 하고 주나 보자기에 약밥을 싸면서 걱정하고 있을 때, 마침 '에미나이'로부터 기어들어 가는 목소리로 전화가 왔다.
 마지막 '어떻게 그러실 수 있어요?'라고 악을 쓸 때보다 한층 풀이 죽은 목소리로 가세와 머리 도구를 가져다 달라 했다.
 그렇게 가위와 도구를 주고, 먹거리를 먹이고, 생전 처음 양머리라는 것을 해 보고 있다.
 "앞으론 어쩔 생각임메? 계속 여기서 보모 노릇 할 거이 아니지비?"
 "돈 벌어야죠. 좀 있으면 작은 쌀례 유치원도 보내야 할 텐데요."
 "국밥집 와서 일 하라고는 못 하갔고."
 "그때 연설 언니가 미용실 자리를 알아봐 준다고 했어요."
 "가게를 연다고?"
 놀란 노파에게 쌀례는 조곤조곤 자신의 장래 계획을 말해 주었다. 아주 조그마한 손바닥만 한 가게, 손님 두 명만 받으면 더 받을 수 없으리만치 작은 가게이지만 작은 가게 터를 월세로 얻을 계획이라고 했다.
 자신이 이전에 미용사 노릇 하면서 모아 두었다던, 할머니가 돌려주신 저금에 자신이 머리를 만져 주었던 여배우, 얼마 전 노파와 함께 그녀의 야단을 들었던 연설에게 장기간 이자는 반드시 물기로 하고 모자란 자금을 융통 받아 가게를 열기로 했다고.
 "의자나 기계 집기 같은 건 중고로 들여놓고요. 그것도 일제가 대부분이라 중고라도 비싸긴 하겠지만…… 시작하면 어떻게든 될 것 같아요. 사람들이 좀 진정이 돼서 절 찾지 않게 되면 본격적으로 시작해 봐야죠."
 노파의 예상이 맞았다.
 혼자라도 밥을 굶거나 새끼 건사 못 할 에미나이는 아니다.
 밤에 혼자 이불 뒤집어쓰고 울음소리 새어 나오지 않게 꾹꾹거리며 운다 해도, 그래도 다 살 궁리는 해 가면서 우는 것 같으니 그거면 됐다. 노파는 정말로 정말로 안심이 되었다.

"그럼 됐다."

씨익, 몇 개 남지 않은 이를 한껏 드러내며 노파는 미소 지었다.

"머리, 마음에 드세요?"

거울 속 자신의 모습을 노파는 꼼꼼하게 노려보았다. 80여 년 만에 처음으로 머리카락을 목 아래 바짝 치켜 깎고 둥글게 물결지게 만들었다.

생경하다. 하지만 나쁘진 않은 모양이다.

"못 봐 줄 정도는 아니구마."

나름 잘되었다 싶은 머리에 굉장히 인색한 반응을 듣고 미용사는 뾰로통한 얼굴로 대꾸했다.

"썩 괜찮아 보이는걸요."

"자화자찬이 심하다이. 밥 벌어먹고 살라믄 이 정도는 해야지비."

"쵯고 스타가 인정하고 투자하기로 한 솜씨예요. 잘 좀 보시라구요."

거울 속 노파와 젊은 여자가 할머니와 손녀처럼 아옹다옹했다.

영화 속 흑발 공주님만큼은 아닐지라도 은발의 그녀도 멋있다고 쌀례는 생각했다.

"삯으로 이걸 주지. 받으라."

불쑥 내미는 종이봉투. 쌀례는 받을 수 없다고 극구 사양했지만 노파는 그저 "공째는 질색이다."라는 말과 함께 봉투를 집어 던지고 서둘러 가 버렸다.

머리 삯이라니. 다음에 뵙게 되면 돌려 드려야겠다.

하지만 궁금은 해서 봉투를 열었을 때 나온 머리 삯은 의외의 것이었다.

"노친네. 노, 노망이신가."

머리 한 번 잘라 드린 것 치고 엄청난 액수의 지폐.

그리고 접혀진 누런 종이 몇 장이 보였다.

몇 번을 펼쳐 보았던지 종이 모서리가 닳아 버린 그 낡은 종이 첫 문장은 다음과 같았다.

아내 쌀례에게,
성례라고 안 부른다고, 당신은 또 화를 낼지 모르겠지만…….

그녀가 기억하지 못하는 남편의 편지.
그것은 연서(戀書)였다.
그리고 이틀 후, 노파가 죽었다.

에헤야 이 행차를, 에헤야 넘자 넘어
이제 가면 언제나 오나, 에헤야 넘자 넘어
어제 저녁에 성튼 몸이 에헤야 넘자넘어
저녁 나절로 병이나 들어 에헤야 넘자 넘어
유정무정 나가가면 에헤야 넘자 넘어
늦었구나 늦었구나 에헤야 넘자 넘어
아깝도다 아깝도다 에헤야 넘자 넘어

— 〈상여가〉 中

정확히 언제 노파가 숨을 거두었는지는 아무도 모른다.

처음 잠든 그녀를 발견한 곳은 부엌 아궁이 앞이라고 했다.

수십 년 동안 새벽 세 시쯤이면 일어나 그날 팔 국을 솥에 끓였으니 그날도 아마 그렇게 국을 안치고 불을 살피다 잠이 든 모양이었다.

두부 장수가 수금하는 날인데도 노파가 나오지 않는 것이 이상해 부엌으로 들어가 보니 국은 펄펄 끓고 있는데 뜨거운 불기운 앞에 쭈그리고 앉은 노파는 자기 무릎에 얼굴을 묻고 있을 뿐, 미동도 하지 않더라는 것이다.

그렇게 평생 밥을 벌어먹던 자신의 정지(부엌), 자신의 영토에서 노파는 이승의 옷을 벗고 날아올랐다.

누구도 노파의 나이를 제대로 아는 사람은 없었지만 대략 여든이 넘은 나이니 자신의 죽음을 이미 오래전부터 준비한 모양이다.

쌀례 앞으로 남긴 궤짝에는 서툰 노파의 글씨로 '관 값에 쓰라.'는 짧은 메모와 함께 장례 비용으로 쓸 지폐 뭉치, 머리를 자르고 바로 찍었던 모양인 영정 사진, 미리 준비한 수의가 들어 있었다.

"하여튼, 못 말리는 노인네라니까."

시신을 염하기 위해 누워 있는 노파와 마지막으로 대면하면서 쌀례는 중얼거렸다.

"이런 법이 어디 있어요. 다음에 보면 말하려고 했단 말이에요. 미안하다고."

다시 보면 이번에는 제대로 된 기계로 정식 파마를 해 드리리라 마음먹었었다.

구름처럼 둥글고 푹신한 머리 모양을 만들어서 노파의 주름진 입가에 만족스런 미소가 어리게 만들고 싶었다. 이번에는 소리 내어 '죄송하다.' 말씀드리고, 앞으로 씩씩하게 잘 살 거니까 이런 큰돈은 필요 없다고 하려 했었다. 그런데 그 모든 것은 이제 할 수 없게 되어 버렸다.

'다음'이 사라졌다.

살면서 다른 많은 것들이 그러하듯이.

그래서 결국 지금 할 수 있는 일을 하는 것이다.

정성 들여 시신을 닦고 짧아 가벼워진 노파의 은백색 머리칼을 정성껏 빗겼다.

감긴 눈. 귀와 코에 솜을 넣어 소리를 봉쇄하고 숨이 막혔음을 선언했다.

이제 맥없이 흔들리는 몸을 닦고, 입고 있던 옷가지들은 태우고, 속바지 속적삼 겉옷을 갈아입혔다.

더 이상 살아 있지 않으므로 옷고름을 매지 않고 옷깃은 오른쪽으로 여몄다.

그 모든 일을 쌀레는 부들거리는 손길로 해 나갔다.

살아 있을 무렵의 생기가 빠져나가고 육신은 이전의 그 사람과 다른, 그저 허물이 되고 만다.

딱딱하게 굳은 얼굴, 쪼그라든 사지.

평생 국밥을 끓여 주린 이들의 창자를 채우던 활기 넘치던 불굴의 영혼은 이제 사라져 버렸다. 남은 것은 한때 그녀였던 시신뿐이다.

날이 더워지는 시기이니 그녀의 시신은 눈 깜짝할 사이 썩어 흙이 되어 버리리라.

이 돌처럼 굳은 얼굴이나마 볼 수 없게 되리라.

삼베로 묶기 전 마지막으로 노파의 주름진 손을 어루만지면서 쌀레의 입에서 울음이, 그동안 가까스로 가두어 두었던 울음이 입 밖으로 새어 나왔다.

"할머니. 할머니, 할머니, 할머니이이이⋯⋯."

곡(哭). 이별할 때 내는 소리.

뱃속에서부터 끓어오르는 울음이 좁고 어두운 방 안에 울려 퍼졌다.

노파가 살아오면서 그녀의 살림살이에 포개져 쌓인 삶의 냄새와 죽은 그녀의 시신에서 풍기기 시작한 미묘한 내음이 섞인 그 방에서 여자는 곡을 했다.

잡을 수 있는 몇 안 되는 손이 가 버린 것에 몸서리치면서.

'근조(謹弔)'라 쓴 등이 달덩이처럼 걸려 있었다.

은신처에만 웅크리고 있던 찬경에게 어떻게 부고가 날아들었는지 선재는 알 방법이 없었다.

단지 얼마 전 같이 찾아갔던 그 옹색한 밥집, 카랑카랑한 목소리의 노파가 돌아가셨고 그 자리에 그녀가 올 것이라는 소리를 듣고 이번에도 동행을 하게 된 것이다.

"언제까지 이렇게 네놈하고 붙어 다녀야 하나?"

중절모를 깊숙이 눌러쓰고 투덜거리는 찬경에게 선재는 간단히 대꾸했다.

"자네가 바깥 걸음만 하지 않는다면 될 일일세."

달덩이 같은 근조 등이 달리고 저승사자를 위한 밥 한 그릇과 짚신이 놓인 문을 지나 불과 얼마 전에 찾아온 적 있는 그 옹색한 국밥집 마당에 그가 사랑한 여자가 있었다.

죽은 자의 영혼을 위로하는 향 내음과 살아 있는 조문객들의 허기를 채워 줄 구수한 국밥 냄새가 뒤엉킨 그 공간에, 하얀 치마저고리 차림을 하고 등에는 꽤 무거워 보이는 아이를 업고 있는 여자가 보였다. 국밥 쟁반을 나르거나 설거지를 하면서 두 손을 잠시도 쉬는 법 없이.

다른 이의 눈에 띄면 곤란하기 때문에 중절모를 깊게 눌러쓴 찬경이 오랜만에 얼굴을 마주하게 된 곰과 그 밖의 수하들과 무언가 대화를 나누느라 정신이 팔린 사이, 선재는 한눈에 그녀를 찾았다.

성큼성큼, 거의 뛰다시피 그는 그녀 앞에 다가섰다.

"아."

설거지를 하던 중 자신 앞에 늘어진 긴 그림자, 눈앞에 보이는 다리, 셔츠, 넥타이, 그 위 자신을 내려다보는 하얀 얼굴을 보는 순간, 쌀례가 할 수 있는 소리란 그것이 전부였다.

여자는 닦던 그릇을 내던지다시피 하고 일어서서 빠른 걸음으로 도망치려 했다.

당황해서 종종걸음으로 도망치는 여자를 선재는 뒤쫓았다. 그리고 얼마 안 가서 그녀의 손을 잡아챘다. 물기 묻은 자그마한 그 손을.

여자는 자신의 손을 잡고 있는 남자의 얼굴을 보았다.

아무 말 없이 남자는 자신을 보고 또 보고 있었다.

그의 눈빛이 그녀를 어루만지고, 그녀에게 묻고, 그녀를 감싸 안고 있었다.

문득 그가 쓴 편지 구절이 떠올랐다.

―이번에도 돌아가서 당신 얼굴 보면, 나는 또 입 다물고 멍하니 당신 얼굴만 보고 있을 것 같아.

그를 잊어버리면서 그가 준 편지도 함께 잊었다.

사고 이후 찬경과의 약혼 소식을 듣고 노파가 간직했다던 그 편지들.

읽고 또 읽어 닳아 헤진 그 편지에 쓰인 단정한 글씨들을 떠올리며 여자는 그를, 자신의 손을 잡고 놓지 않는 그의 손을 그저 하염없이 바라보았다.

죽은 자의 손과 달리, 살아 있는 손이란 이렇게도 따뜻한 것이었구나.

어쩌면 기억을 잃기 전이나 후나 그녀가 원했던 것은 한 가지였는지도 모른다.

영원히 놓지 않아도 될, 맞잡은 따스한 손 같은 것.

그러나……

"쌀례? 거기, 쌀례지?"

등 뒤에서 들려오는 찬경의 목소리가 아니어도 잡은 손은 언제든 놓아야 할 때가 있다는 것을 이제 그녀는 알고 있다.

그래서 그녀는 선재에게서 자신의 손을 조용히 뽑아냈다.

그리고 "네가 튀어 봤자 내 손……"이라는 부러 거친 말을 뱉어 내며 어깨를 잡으려 드는 찬경의 손길도 조용히 피했다.

자신을 바라보는 두 남자, 그들의 야윈 얼굴을 묵묵히 바라보던 여자가 잠시 후 그들에게 한 첫마디는 이런 것이었다.

"……식사들은 하셨어요?"

동산만큼 수북이 쌓아 올린 밥에 얼큰한 육개장 국물.

그리고 돼지기름으로 지진 전 몇 가지와 떡 등을 서둘러 챙겨 한 상을 만들어 문상객들 틈에 자리를 만들고 쌀례는 두 남자에게 말했다.
"드세요."
어색한 침묵이 흘렀다. 검사 영감이나 양아치 사장님이나 두 남자 모두 '내가 왜 이 인간하고……'라는 표정이었지만 여자는 그저 이렇게 말할 뿐이었다.
"자리가 이곳뿐인걸요. 상을 따로 차릴 여유가 없어요."
'그러니 군소리 말고 드세요.'라는 여자의 명령에 남자들은 할 수 없이 밥상을 마주하고 앉았지만 한동안은 눈앞의 밥을 그저 노려보기만 했다.
생각해 보면, 군대에 있을 때 그들은 이 여자가 차려 주는 밥을 그리워했었다.
그곳에서 그들은 끊임없이 배가 고팠다.
죽음이 빗발치던 곳. 어제는 함께 있던 사람들이 오늘은 총을 맞고 쓰러지는 모습을 보고 또 보게 되면서 자연스레 어느 순간부터 그들에게선 눈물도 웃음도 사라져 버렸다.
오직 배가 고프다는 느낌, 창자 뒤틀리는 꾸르륵 소리만이 살아 있다는 신호였다.
그녀가 해 준 밥맛과 다른, 비슷한 모양새였지만 씹는 맛은 꼭 모래와 같은 밥알을 씹으면서 그들은 다투었었다.
"우리 쌀례가 만든 밥이 먹고 싶을 뿐이라고. 연뿌리로 만든 죽도, 김치도 정말 맛있었는데. 자넨 그런 건 못 먹어 봤지?"
"밥 잘하는 여자, 나도 하나 알지. 그 여자가 하는 밥, 정말 맛있었어."
식은 주먹밥 덩이를 씹으며 열렬하게 그리워했던 그녀의 밥. 그때는 서로 말했던 여자가 단 한 사람이었다는 사실을 알지 못했지만 그들은 같은 기원을 했었다.
 살아야지. 살아서 그 여자가 해 준 따뜻한 밥을 먹어야지. 그리고 너를 안아야지.
 춥고 배가 고팠던 그때, 그 험한 곳에서 악착같이 살아남을 수 있었던 것은 그 단 한 가지 소망 때문이었는지도 모른다.
 간절히 바라고 바란 끝에 그들은 그녀가 마련한 상 앞에 앉아 있었다. 눈앞에 다른 남자가 마주 앉아 있는 것은 내키지 않았지만.
 그렇게 밥만 노려보고 있기를 얼마간, 곧 밥 냄새를 맡은 그들의 위장이 맹렬하게 허기를 호소했다. 생각해 보니 두 사람 모두 요즘 제대로 된 밥을 먹어 본 적이 없었다.
 꾸르르르르르—.
 꼬르르르르르—.
 두 남자 뱃속에서 동시에 들려오는 그 소리가 시작이었다.
 누가 먼저랄 것도 없이 결국 수저를 들고 한입 가득 밥알을 씹기 시작한 것이다.
 역시나 입 안에 씹히는 쌀은 달았다.
 "천천히들 드세요. 모자라면 더 가져올 테니까요."
 걸신들린 듯 밥그릇을 비워 가는 모습을 바라보면서 여자는 그렇게 말했다.
 이런 상황에서 이런 마음이란 것이 스스로 묘했지만, 쌀례는 그들이 먹는 모습을 보고 있는 것만으로 배가 불렀다.
 습관처럼 집 부엌에 홀로 남게 될 무렵이면 늘 집 밖의 누군가를 위해 밥 한 공기씩 담아 두곤 했다. 배고픈 것은 그녀가 아는 한 세상에서 가장 서러운 일이다. 누구든 주리길 바라지 않는다.

그래서 이렇게 자신이 보는 앞에서 먼 길 떠났다 돌아온 사람이 배불리 먹는 모습을 보는 것은 그녀에겐 비할 수 없는 기쁨이었다.
이 사람들도 자신도 배가 차면 무슨 일이 있어도 덜 속상할 것이다. 그것이 설령 이별이라고 하더라도.

만복의 순간, 그녀의 목소리가 그들의 고막을 후려쳤다.
"누구에게도 가지 않겠어요, 저는."
언제나처럼 성질 급한 찬경의 목소리가 먼저 튕겨 나왔다.
"그게 무슨 소리야!"
팔을 뻗어 쌀레의 어깨를 잡고 다그치려 했지만 그 손은 선재에게 제지당했다. 자신의 손으로 찬경의 팔을 붙잡아 자리에 눌러 앉히고 나서 차분한 목소리로 선재가 물었다.
"……무슨 뜻이오?"
그들이 밥을 먹는 동안 머릿속에서 생각을 정리하던 여자는 이제 그 생각을 말로 엮어 보려 노력했다.
"민망한 일이지만 저는 예전 일이 기억나지 않아요. 그래서 저 대신 제 일을 기억하고 있다는 사람들 말을 믿으려고 노력했었어요. 그런데 이상하죠? 사람마다 저 한 사람을 두고 하는 말이 다 달라요. 너무 달라서 머리가 터져 버릴 지경이에요. 제가 모르는 사이 전 결혼했었고, 아이를 낳았고, 과부가 됐고, 다시 약혼을 했고, 남편이 살아 돌아왔고, 그분의 수치가 됐어요."
수치. 그녀의 입에서 떨어진 그 말 한마디에 이제까지 차분히 여자의 말을 듣고 있던 여자의 남편이 분개하여 소리쳤다.
"누가 그래? 수치라고!"
여자는 대답 없이 묵묵히 그릇을 치우기 시작했다. 그녀의 담담한 얼굴, 조용한 손짓이 그에게 말하는 듯했다.
'당신을 제외한 다른 모든 사람들이요.'
꼭 예전, 무언가 마음 상하는 일이 있을 때는 묵묵히 거친 손짓으로 방바닥을 닦아 대던 어린 쌀례의 모습이 떠올라 선재는 울컥했다.
"남은 남일 뿐이야. 시간이 지나면 나와 당신 이야기는 잊게 될 거야. 여보, 내가 전에도 말했잖아. 내 이야기만 들으라고. 당신은 그러겠다고 하지 않았나? 내가 잘못 알아들은 거야?"
그릇을 치우던 여자의 시선이 처음으로 그를 향했다.
아마 이 짧은 기간 동안 들었던 많고 많은 말들 중에서 그녀가 믿고 싶은 말은 저 사람의 말뿐인지 모른다.
저이에게 나뿐이었고, 내게도 저이뿐이고, 시작은 사랑이 아니었지만 그 다음은 사랑뿐이었다고.
너 때문에 살아 돌아오고 싶다고, 네가 해 준 밥을 먹고 싶다고 말하던 이 사람에게 이런 밥 말고 오로지 이 사람을 위한 밥상을 차려 주고 싶었다고, 그녀는 지금도 생각한다. 하지만…….
탕ㅡ. 탕ㅡ. 탕ㅡ.
이제까지 밥상 맞은편에서 그들의 대화를 듣고 있던 또 다른 남자가 문득 수저로 밥공기를 두들겨 댔다.
쌀례와 선재의 시선이 그를 향했다. 이 모든 문제의 근원인 남자는 자신에게 모아진 시선들을 향해 씨익 송곳니를 드러내 보이면서 가소롭다는 듯이 물었다.

"그러니까 속은 게 분이 안 풀려서 이런 식으로 도망쳤다 그거냐? 그리고 아직 화가 안 풀렸으니 건드리지 말라는 거고?"

"윤찬경!"

언제나 그렇듯이 화살처럼 꿰뚫어 오는 찬경의 직설적인 말투를 선재가 막았다. 하지만 찬경은 멈추지 않았다.

"나란 놈은 무식해서 돌려가며 말하는 건 태생적으로 못 알아먹는단 말야. 뜸 그만 들이고 본론으로 넘어가자구. 누구한테도 오지 않겠다니. 지금 뿔났다고 유세 떠는 거잖아."

쌀례는 언제나처럼 거침없이 말해 대는 남자를 바라보았다.

그녀가 남편에게 갈 수 없는 이유.

어두운 밤, 그가 자신을 쓰러뜨리고 범하려 했던 흙바닥의 날 비린내가 그녀의 코끝에 아직도 생생하게 스치고 있었다.

그를 혐오한다. 그가 밉다. 그런데 이상도 하지. 그러면서도 그가 딱하다.

앙갚음의 한 방법으로 그녀와 약혼했다는 이 남자는, 그럼에도 불구하고 약혼 기간 중 누구보다 다정한 약혼자였다.

사실대로라면 원수의 자식이었을 그녀의 딸에게도 더없이 살가운 보호자였다.

어느 쪽이 당신의 본 모습일까.

당신 말대로라면 당신은 당신 소원대로 앙갚음을 했는데 지금 왜 그리 야위었나.

이 남자를 증오하지만, 그와 함께했던 시간을 없던 것으로 할 순 없다.

그러니 남편을 사랑하지만, 그에게 부끄러운 존재가 되면서 그 곁에

갈 순 없다.
 여자는 담담한 목소리로 말했다.
 "유세는 아니에요. 화는 났었지만, 지금은 그것보다…… 무서워요."
 "박쌀례가 무서운 게 다 있던가? 뭐가?"
 "……전 앞으로 아마 누구도 믿지 못할 거예요. 적어도 믿기까지 망설이게 될 거예요. 이게 정말일까 아닐까 의심하며 살게 되겠죠. 기억이 날 때까지, 내게 참인지 거짓인지 구별할 수 있는 힘이 돌아올 때까지 아마 늘 그럴 거예요. 그게 얼마나 막막하고 끔찍한 일인지 아시겠어요?"
 그 순간 찬경은 그녀의 말을 이해하지 못했다.
 살기 위해서 속고 속이고 잡아먹고 먹히는 것을 당연하다고 생각하는 그에게, 그녀의 두려움은 이해할 수 없는 종류의 것이었으므로.
 지금 그녀의 말을 이해하는 것은, 그녀의 두려움을 절절히 이해하는 것은 선재였다.
 스물두 살, 아직은 어렸던 그때. 처음으로 죽을 만큼 두들겨 맞고 집으로 돌아오던 날, 혹은 몇 년이 더 지나 아비가 사람을 사서 자기 대신 전쟁터로 보내고 그 덕에 살았다는 사실을 알게 되었을 때 그는 무서웠다.
 바르게 살겠다고 다짐했는데 더러운 방법으로 목숨을 구했다.
 쌀례를 찾아낸 순간, 자신이 보는 앞에서 아내가 다른 남자의 머리를 감겨 주고 있던 모습을 보았을 때도 그랬다.
 막막했다. 무서웠다. 아마 지금의 그녀처럼.
 자신처럼 낭떠러지에 서 있을 아내를 보면서 선재는 그 순간 마음이 아려 왔다.

"미안해."

선재의 입에서 불쑥 그 말이 나왔다.

여자는 자신에게 미안하다 말하는 남자를 보고 또 보았다.

"당신이 왜요?"

"전부. 전부 미안해. 미안해, 쌀례야."

당신을 두고 혼자 전쟁터로 가서 오래도록 돌아오지 않은 것, 혼자 아이를 낳게 한 것, 돌아오고 나서도 바로 돌아왔다고 말하지 못하고 그저 주변만 뱅뱅 맴돈 것, 하나하나 꼽자면 한이 없다. 그저 모든 것이 미안하고, 미안했다.

그렇게 꼭 울 것 같은 얼굴을 하고 자신을 보는 남편을 쌀례는 안아주고 싶었다. 하지만 참고서 여자는 말했다.

"제가 미안하죠. 정말 미안해요. 지금은 화를 내는 거 아니에요. 그럴 자격도 없고요. 화가 난다기보다 아까도 말했지만 좀 무서워요. 막막하기도 해요. 그래도······."

숨을 고르고 여자는 고개를 들어 두 남자를 보며 말했다.

"이 모양이라도, 이런 한심한 꼴이라도, 그래도 저는 살아야겠어요."

목소리에는 물기가 어렸지만 그래도 씩씩한 어조로 여자는 말했다.

"밥은 먹고 살아야 하니까, 언젠가 작은 쌀례 학교도 보내야 하니까 돈도 벌어야겠어요. 살아야 하니까 누구든 오래 미워하는 것도 못하겠어요. 지금은 그래요. 그것만 생각하고 살려고 해요. 그래서 지금은 당신들까지 신경 쓸 여력이 없어요. 이해하시겠어요?"

'나는 엄마고, 내가 할 수 있는 일로 밥을 벌어먹어야 하는 사람일 뿐, 여자 노릇까진 못 하겠어요. 한순간 홀로 아이와 살아야 하는 앞날이 두려워 내 앞으로 내밀어진 손을 잡았다가 지금 내 꼴을 보세요. 두 번 다시, 그렇게 약한 나로 돌아가고 싶진 않아요. 내 아이를 위해서, 나를 위해서, 우리를 위해서. 나는 힘내서 살아야겠어요. 숨이 쉬어지는 순간까지, 악착같이.'

"그러니 날 잊어 주세요. 지금 당장은요. 그래야 해요."

물처럼 깨끗하고 돌처럼 강건하게, 여자는 단호한 어조로 결론을 짓고 빈 상을 들고 자리에서 일어섰다.

"쌀례, 이렇게는……."

"밥은 거르지들 마세요."

단호하게 돌려진 여자의 작은 등, 이미 결정은 끝났다는 그들 여왕의 완고한 뒷모습에 대고 두 남자 중 누구도 '당장은 당신 혼자 위험하다.'거나 '인정머리 없는 계집애.'라는 반발을 한마디도 할 수 없었다. 단 한마디도.

"저 모자 눌러쓴 거, 경이 놈 맞지?"

어둠 속에서도 멧돼지는 자신의 먹잇감을 한눈에 알아보았다.

그는 스스로 자신의 '촉'이 제법 쓸 만하다고 생각하고 있었다. 한 번 정한 먹잇감은 놓치지 않는다.

이날까지 험난한 세상에서 자신의 나와바리를 지키며 살아갈 수 있었던 것은 바로 그 '촉' 때문이다.

그의 기특한 촉이 먹잇감을 한눈에 포착했다.

언제나 기분 나쁘리만치 화사해 보이는 낯짝을 모자로 눌러썼지만 분명 그놈이다.

전직 거렁뱅이, 머슴, 같은 해적이었던 놈, 그러나 함께 피 흘리고 얻었던 그 황금을 혼자 독차지한 양심머리 없는 그의 천적.

 성깔 사나운 북쪽 출신 '밥집' 할망구와 저 거렁뱅이 놈이 각별한 사이니 할망구가 돼졌다는 소식을 듣고 혹시나 그놈이 오지 않을까 했는데, 역시나였다.

 "됐어. 이제 잡기만 하면……"

 "그런데 두목, 옆에 붙어 있는 치, 그 검사 영감 아닙니까요?"

 희열에 들떠 있던 멧돼지의 안색이 대번에 굳어졌다.

 "이런, 제기랄! 저건 또 왜……"

 왜 하필이면 고용주 영감의 아들놈이 아직도 그 곁을 지키고 있는 겐가. 대체 저것들은 어떻게 된 게 한 놈을 두고 아비는 죽이려 하고 자식은 망을 보냔 말이다. 이럴 수는 없다. 이런 절호의 기회를 다시 놓칠 수는 없어.

 하지만 현직 검사가 사냥개처럼 지키고 있는 한, 저 거렁뱅이 놈에게 손을 댈 수도 없다. 어떻게 하지? 대체 어떻게 저 경이 놈만 따로 끌어낼 수 있단 말인가. 그런 미끼를 대체 어디서 구해야…….

 그때였다.

 "휘익, 이러언…… 고마울 데가."

 멧돼지는 자신도 모르게 환희의 휘파람을 불었다.

 그의 촉이 다시 기특한 발견을 한 것이다. 똘마니가 두목의 시선이 쏠린 곳을 보고 고개를 갸우뚱거렸다.

 "대체 뭘 보시고…… 밥상 나르는 여자들밖에 없는뎁쇼."

 "쯧. 저 여자, 저기, 모르겠나? 거렁뱅이 놈 이거!"

 "아!"

두목이 새끼손가락을 흔드는 모양을 보고서야 멧돼지의 수하는 눈앞에서 아이를 둘러업고 빈 밥상을 나르는 소복 차림의 젊은 여자가 누구인지 알아차렸다.
　미끼. 하늘이 내리신 훌륭한 미끼다.
　드디어 거렁뱅이 사냥의 본격적인 막이 오른 것이다.

　장례 첫날밤이 지나가고 있다.
　평생 시장통 사람들에게 국밥을 팔고 그중 얼마간은 밥을 사 먹을 수 없는 거렁뱅이들을 위해 나눠 주기도 했던 노파의 장례식은 피붙이라곤 한 사람도 없었지만 꽤 분주했다.
　그들은 곡을 하고, 밥을 먹고, 술을 마시고, 절을 하고, 화투를 돌리고, 죽은 자를 추모했다.
　그 경건한 소란스러움이 여자는 마음에 들었다.
　이 시간만큼은 외롭지 않아도 되었기 때문이다.
　죽어서든 살아서든 소중했던 사람들과 헤어졌다는 사실을, 그리하여 그녀 곁에는 졸음에 겨워하는 어린 딸뿐이라는 사실을 홀로 곱씹지 않아도 되었기 때문이다.
　문득 여자는 자신이 남자들에게 마지막 했던 말을 떠올렸다.

　―이런 꼴이라도, 살아야겠어요.

　사실 쌀례는 그 뒤에 차마 소리 내어 하지 못한 말이 있었다.

'그러니까, 당신들도 살아요.'

살다 보면, 언젠가 미움 없이 맑은 얼굴로 서로 대할 날이 오지 않을까. 한 하늘 아래 당신이 살아 있다는 사실 하나만으로도 힘내서 살게 되는 그런 날들이, 우리에게도 오지 않을까. 미움 없이, 슬픔 없이 우리가 서로를 대할 날이 오지 않을까.

그러기를 소망하면서 여자는 문상객들을 위해 바삐 밥을 푸고 국 끓는 솥에 불을 때고 그릇을 씻고 자리를 정돈했다.

그런데, 그렇게 바쁘게 움직이고 있던 그때 낯모르는 남자들이 그녀를 붙들었다.

"여어, 그간 안녕하셨습니까요? 아씨 마님."

이제는 모르는 사람이 아는 척 다가오는 것이 두려웠다.

더구나 '아씨 마님'이라고 입으론 공손히 부르면서 대하는 눈빛은 사납기 짝이 없는 저런 사내들은 더더욱 꺼림칙했다.

"뉘신지……."

우람한 체구, 작고 가는 눈을 가진 남자의 시선이 그녀를 더듬었다.

"아니지. 이제 거렁뱅이 계집이니 다르게 불러야 하나?"

반사적으로 쌀례의 입에선 날카로운 부르짖음이 터져 나왔다.

"비켜요! 소리 지르기 전에!"

"이런, 그럼 곤란한데."

돼지는 느릿스레 여자에게 다가왔고, 그녀는 아이를 등 뒤로 가리며 누군가에게 도움을 청하려 입을 열었다.

누구에게도 가지 않겠다고, 난 앞으로 혼자이겠다고 선언한 지 불과 몇 시간 지나지도 않아서 이게 무슨 일일까.

하지만 그녀가 막 주변에 도움을 청하기 전에 누군가의 주먹이 그녀의 뒤통수를 후려쳤다.

눈앞이 캄캄해졌다. 원치 않았음에도.

캄캄해진 눈앞에 하얀 눈꽃송이가 휘날렸다.

어느 눈 오는 날의 아침, 족두리에 연지곤지를 찍고 초례청에 서 있던 자신의 맞은편에 선 사모관대의 그가 떠올랐다.

또다시 어느 눈 오던 날, 하얀 눈밭 위로 피를 흩뿌리며 쓰러지던 누더기 차림의 또 다른 그가 떠올랐다.

책장이 서 있던 방, 교복 차림의 청년에게 쪽지 시험을 보면서 그의 손가락에 손목을 맞기 위해 한 글자씩 일부러 틀리던 여자아이의 설렘이 떠올랐다.

그를 향해 빨간 구두를 신고 달려 나가던 길, 낯모르던 사내들에게 머리채를 잡혔을 때 물들인 군복, 짧게 치켜 올린 머리 모양을 하고 느닷없이 나타나 씨익 하얀 송곳니를 드러내던 또 다른 남자가 떠올랐다.

봄비 내리던 어느 날 밤, 창가에 두들기는 빗소리를 들으며 처음으로 한 남자의 목덜미에 팔을 감았던 초야가 떠올랐다.

―내가 평생 함께하고 싶은 사람은 당신뿐입니다. 나와, 혼인해 주시겠습니까?

초여름의 가로수길, 끊임없이 계속 이어지길 소망했던 자전거 길도 떠올랐다.

눈을 감고 싶지 않은데, 그녀는 또다시 정신을 잃었다.

심장에 핀 황금 꽃
쌀례를 찾아서

어느새 황금 꽃처럼 그의 심장에 활짝 핀 소녀가 말했었다.
언제든 만날 인연이라면 다시 만날 수 있는 것 아니겠느냐고,
영원한 헤어짐은 없는 거라고, 그리 생각하면 세상에 슬플 것도 없다고.

 헤어짐을 말하는 계집의 얼굴들은 어떻게 하나같이 그리도 매정할까. 문득 찬경은 이전에 그 비슷한 얼굴로 자신에게 작별을 고했던 또 다른 여자를 떠올렸다.
 술병으로 죽은 그의 기생 어미.

─아무래도 오늘내일 할 것 같다. 이제부터 너 혼자이니 알아서 살아라.

 한때 근동에 술손님치고 그녀의 권주가를 듣지 않은 사람이 없다던 화려한 과거 일패기생도 결국 세월과 주독, 외로움 앞에선 허물어져 버렸다.
 평생 어미이기보다 계집이었던 그녀는 자신이 나이 먹었다는 것을, 병들었다는 것을, 더 이상 꽃처럼 아름답지 못하다는 것을 받아들이

지 못했다.

그럴 때마다 그녀는 술을 들이켰다. 얼큰하게 취할 때면 어미는 제 아비 닮아 어미 알기를 뭣같이 아는 아들 녀석을 불러 악을 쓰곤 했다.

―내 신세를 망친 건 네 아비고, 너다! 이 저주받을 사내놈들아! 그 천벌 받을 장사치가 오만가지 감언이설로 꽃다운 날 꾀어 너 같은 재수 없는 것을 내 뱃속에 심어 놓기만 하고 튀었단 말이다!

그럴 때마다 아들은 한심해 죽겠다는 얼굴로 어미를 꼬아보며 물었다.

―그러니까, 그 천벌 받을 장사치, 내 아비는 누구요?
―흥. 알아서 뭐하게?
―찾아가서 한번 따져 보려구. 왜 하필이면 하고 많은 배 중에 기생 배에 날 심었는지 말이오.
―얼씨구. 이날 이때까지 먹여 주고 입혀 주고 키워 줬더니 한다는 소리가. 누가 그 냉혈한 아들놈 아니랄까 봐.

어미가 말한 대로 그의 아비, 혹은 아비로 추정되는 그자는 세상 다시없을 악당이었다. 냉혈한 악당과 주정뱅이 창녀의 합작품으로 태어난 것이 윤찬경, 바로 그다.
태생부터 그는 인간 말종으로 살 운명이었던 것이다.
"말종이 언감생심 아씨 마님을 넘보았으니 그게 잘될 턱이 있나."
결국 아씨 마님은 그에게 안녕을 고했다.

이상도 해라. 어째서 술독에 빠져 새까만 얼굴을 하고 있던 어미나 쌀알처럼 뽀얀 얼굴을 하고 있던 아씨 마님이나 모두 그에게 '안녕'을 고하지 못해 안달인가.

아씨 마님, 쌀례 그 계집애가 마지막으로 뭐라고 했더라?

—밥은 거르지 마세요.

마지막의 마지막까지 밥순이다운 고별사였다.

"인정머리 없는 계집애. 날 신경 쓸 여유가 없다고? 그러면서 뭐? 밥은 굶지 말라고? 무슨 상관이야!"

은신처로 돌아가라는 선재의 권고를 무시한 채 상갓집 한 귀퉁이에서 술병을 들이켜 가며 찬경은 혼자 투덜거리고 있었다.

이곳은 그의 영역이다. 곰과 방가, 그 수하들도 와 있고 대부분 노파의 단골들이 문상객으로 와 있으니 은신처 밖이라도 이곳은 안전하다.

멧돼지 새끼라도 함부로 그를 건드리진 못할 것이다. 그 살이 디룩디룩한 면상을 떠올려서인가. 새삼 그 돼지 놈에게 얻어맞은 뒷골이 욱신거린다.

"제길, 멧돼지 새끼…… 다음에 만나면 가만 안 둔다."

얼마 전, 그 멧돼지 놈의 각목에 거세게 얻어맞은 뒤로 머리가 종종 도끼로 쪼개지는 것만 같았다.

심장이 두근거릴 때와 비슷한 박자로 머리는 지근거린다.

그리고 연이어서…… 콧구멍에서 뜨겁고 비릿한 무언가가 뚝뚝 방울져 떨어지기 시작했다.

붉은 선홍색 방울이 들고 있던 술잔 위로 뚝뚝 떨어져 엉키고 흩어졌다.

"이건 또 자꾸 왜 이러는 거야?"

몸에서 피를 쏟는 일이야 이게 처음도 아니고 마지막도 아닐 것이다. 하지만…… 도끼로 머리를 쪼개는 것만 같은 통증과 함께 동반되어 오는 선홍색 피는 그에게 기묘한 불안감을 선사했다.

"겁쟁이가 다 되었구만, 거렁뱅이."

줄줄이 꼬리에 꼬리를 물고 일어나는 악재의 위력이다. 매에는 장사가 없다더니 소나기처럼 머리 위로 떨어지는 뭇매에 겁 없기로 소문난 거렁뱅이 해적이 겁쟁이가 되어 버렸다.

그는 문득 자신의 이런 모습을 혹시나 같은 장소에 있는 그 여자가 볼까 두려워 주변을 둘러보며 코끝을 닦아 냈다. 다행히 여자는 보이지 않았다.

그렇게 사방을 훑어보던 그의 시야 끝에 얼굴에 때가 낀 낡은 누더기 차림의 어린 사내아이가 서 있었다. 본래 장터를 누비는 구두닦이로 밤샘하는 문상객들에게 담배나 화투짝을 나르는 심부름을 하느라 불려 온 아이다.

"뭐냐?"

남자의 퉁명스런 질문에 아이는 때가 덕지덕지 낀 자그마한 주먹을 내밀었다.

소년이 자신의 손 위에 살그머니 쥐여 주는 그 물건을 바라보던 찬경의 의심 섞인 눈이 곧 놀라움으로 대번에 굳어졌다.

손바닥 위에 여자아이의 머리를 묶는 리본 끈 중 하나가 놓여 있었다. 짧은 메모와 함께.

차마 해독하기 어려운 악필로 쓰인 글자가 그의 눈을 할퀴었다.

> 도망은 그만. 여자는 우리한테 있다. 곧 사무실로 연락할 테니 받아라. 검사 놈 달고 오지 말고 혼자서. 옛 친구.

문득 찬경은 주변을 둘러보았다.
누구도 보이지 않았다.
아이를 둘러 업고 밥상을 나르던 소복 차림의 그 여자도.
자신처럼 눈으로 그녀를 좇고 있을 도련님 녀석도.
새털같이 가벼운 머리 끈이 천금처럼 그의 가슴을 짓눌렀다.

열네 살 신부(新婦)가 처음 여자로 보인 것이 언제였더라.
아내가 더 이상 여자 노릇은 버겁다 선언한 그날 밤, 아버지의 급한 호출을 받고 본가 저택으로 가는 달리는 차 안에서 선재는 곰곰이 기억을 떠올려 보았다.
그래, 그녀가 여학교 시험에 합격해서 난생 처음 학교라는 곳에 다니기 위해 그때까지 고수하던 쪽 진 머리를 풀고 단발을 하던 그날이었다.
기념할 만한 그녀의 단발을 위해 집에 미용사를 불러오기까지 했다.
"머리를 꼭 잘라야 하나요?"
"그 나이에 혼인했다고 광고라도 하고 싶어?"
당연하다는 듯이 되묻는 남편에게 어린 아내는 뽀로통한 어조로 대꾸했다.
"안 되나요? 저는 혼인한 몸인걸요."
"요즘 서울에서 여학교를 쪽 진 머리로 다니는 학우는 단언컨대 없을 거야. 가 보면 알겠지만 조혼이 폐습이라고 떠드는 서클도 한둘은 있을 거고."
"다른 사람들이 뭐라던 전 상관없어요. 저는 저예요."
고집스럽게 대꾸하는 아내를 선재는 기가 막히다는 듯이 쳐다보았다. 양파같이 매끈하고 파릇파릇한 어린 얼굴을 하고 있으면서 차림새는 노년기에 접어든 자기 어머니 수준이었다.
쪽 진 머리. 치마저고리. 사람들은 그녀의 저 구닥다리 요조숙녀 차림새에 깜빡 속고 있다. 저 단정한 요조숙녀의 얼굴 뒤로 얼마나 무시무시한 똥고집이 자리하고 있는지를.
똥고집 요조숙녀는 두 눈을 부릅뜨고 주장했다.
"이 머리는 서방님께 제가 시집왔다는 표식이에요. 제가 서방님 사람이라는 증표라구요. 그걸 어떻게 함부로……."
"안 어울려."
다다다 이어지려는 그녀의 주장을 청년은 딱 한마디로 잘라 버렸다.
"네?"
얼떨떨한 얼굴로 묻는 아내에게 선재는 단호한 어조로 말했다.
"쪽 진 머리에 교복은, 정말, 진짜로 어울리지 않아. 네가 내 아내인 거, 온 서울이 다 알아도 상관없고, 그 머리 안 올려도 넌 내 아내야. 하지만 무엇보다…… 그런 끔찍한 모양새는 누구보다 네가 참을 수 없을 거야. 내, 장담하지."
'머리를 안 올려도 넌 내 아내야.'라는 말에 굳어 있던 여자아이의 얼굴 표정이 살며시 풀어졌다. 뺨이 발그레 달아오르는 듯도 하였다. 눈앞의 거울과 가위, 그리고 쪽 진 머리로 계속 굴러다니는 그녀의 눈빛을 보아하건대 생각이 많이 흔들리고 있는 것으로 보였다. 하지만 박쌀례가 누구인가. 단발령 때 목숨으로 상투를 지킨 유생의 후손이다. 몇 년 동안 같은 집에서 단발머리를 곱슬리기까지 하고 교복을 입고 있는 시누이를 보아 왔다 하더라도, 자신이 그처럼 되는 것은 아무래도 망설여졌다. 그런 아내의 망설임에 종지부를 찍기 위해 선재는 제안했다.

"거기 양장점에서 맞춰 온 교복 가서 입어 보고 다시 와. 그걸 보고 이야기하자구."

길기도 하고 짧기도 한 것 같은 시간이 지난 후, 새 옷으로 갈아입고 수줍음을 온몸으로 내뿜으며 그녀가 나타났다. 혼인하던 날 족두리에 원삼 활옷, 새색시 단장을 하고 있던 그때에도 이렇게 수줍어하진 않았으리라.

거의 발목까지 오는 치마이건만, 발끝까지 내려오는 치맛자락보다 짧은 양장 치마에 여자아이는 어쩔 줄 몰라 했다.

수줍음은 전염이 되어 버렸다.

볼을 붉히며 부끄러워 시선을 어디다 둘 줄 몰라 하는 그녀를 보면서 그 역시 괜히 얼굴이 뜨끈해졌었다. 겨우 발목 조금 보이는 긴 치마에 저고리보다 훨씬 품이 좁아 몸의 윤곽이 좀 그대로 보이는 교복일 뿐인데.

처음 댕기머리 늘어뜨리고 시집왔던 그때와 확연히 다른, '여자'라 불려도 무리 없을 활짝 피어난 그 모습은 그를 놀라게 만들었다.

아무튼 그의 예언대로 쪽 진 머리에 세일러 교복은 진정 소름 끼치게 어울리지 않았다.
"역시 잘라야 하나요?"
쪽 진 머리를 풀어헤치니 기나긴 머리칼이 등까지 와 닿았다. 여자아이는 눈에 띄게 창백한 얼굴로 남편을 돌아보며 불안한 듯 물었고 그는 잠깐 생각을 해 보고는 대답했다.
"자르는 게 그렇게 무섭다면 땋아서 늘어뜨릴 수도 있겠지."
남편의 대답에 방금 전까지 불안한 표정을 짓던 그녀는 새삼 거만하기 이를 데 없는 표정으로 대꾸했다.
"전 무섭지 않아요. 그리고 땋아서 늘어뜨린다는 건 혼인하지 않은 어린 처자들이 하는 머리예요. 제가 할 것은 아니랍니다."
어린 그녀의 '어린 처자' 소리는 꽤나 웃겼지만, 그녀가 진지할 때 비웃으면 안 된다는 사실을 알기에 그는 진지하게 고개를 끄덕여 주었다.
"자, 그럼 시작하자구."
마침내 기다리다 지쳐 있던 미용사가 들어오고 검은 폭포처럼 등을 덮던 쌀례의 머리칼은 사락사락 잘려 나갔다.
머리칼에는 신경이 없을 텐데도 이상하지. 삼단 같은 검은 머리카락이 잘려 나갈 때 그녀의 눈에서 눈물도 따라 흘러내렸다.
"그만둘까?"
걱정스럽다는 듯이 묻는 남편에게 여자아이는 고개를 내저으며 말했다.
"하다 중지하면 아니하느니만 못하답니다."
"그런데 왜 그렇게 우는 거야? 바보같이."
"그냥, 눈물이 제 마음대로 나와요."
자신도 스스로 어찌할 바를 모르겠다는 듯이 훌쩍거리던 여자아이가 얼마 안 가 털어놓은 이유는 다음과 같았다.

"사실, 무서운가 봐요."

"뭐가?"

여자아이는 조심스럽게 말했다. 거창하게 말해서 한 시절이 잘려 나간 느낌이라고.

외할머니가 창포물을 풀어 머리카락을 씻기고 참빗으로 곱게 빗겨 주시며 무병장수를 기원했던 시절, 그리고 한 사람의 배필이라는 표식으로 머리카락을 땋아 올렸던 시절과 작별하는 느낌이라고.

누가 강요하는 것도 아니고 싫으면 그만두면 되는데 지난 시절에 대한 이별, 다가오는 것에 대한 두려움, 그것들이 섞여 눈물 나게 했었다고.

그리고 어깨 위로 잘려 나간 머리카락. 한동안 무서워서 소녀는 제대로 거울을 보지 못했었다.

"눈 떠 봐. 어울려. 아주 예뻐."

호흡을 가다듬고 그녀는 눈을 떠 거울 속 자신을 보았다.

방금 전 쪽 진 머리 때와는 다르게 단발머리는 그녀의 교복 차림과 몹시 어울렸다.

아직 눈가는 붉게 물들었지만 그녀 자신도 거울 속 자신의 모습이 마음에 들었던 모양이다. 붉은 눈을 하고서도 그녀는 생긋 미소 지었다.

한순간 여자아이는 황금 빛깔 꽃이 되어 버렸다.

처음이었다.

울어서 충혈되고 부은 눈을 하고 있는 여자아이의 미소를 '곱다.'고 그가 생각한 것은.

그 미소에 잠깐 얼이 나갔다가 그는 곧 정신을 차리고 입학 선물로 갖고 싶은 것이 있으면 말해 보라 했었다. 그때 그녀는 뜻밖의 소리를 했다.
"서방님 책 중에 한 권 주시면 안 돼요?"
그 또래 여자아이들이 갖고 싶은 것도 많을 텐데 하필이면 헌책을 달라니 난감했지만 본인이 그걸 원한다는 데야 할 수 없이 승낙했다. 책장에서 한참 서성거리던 그녀가 뽑아 들려는 것은 만해 한용운 선생의《님의 침묵》, 바로 그것이었다.
"그건……"
"구하기 어려운 거라, 안 될까요?"
초판이 아니고 재판이라 해도 나온 지 15년이 넘은 책이었으니(《님의 침묵》 초판은 1926년, 재판은 1934년에 발행되었다) 구하기 쉽지 않은 것은 사실이다. 왜 하필 이걸 고른 걸까. 하지만 얼굴 가득 '저걸 원해요. 원해요.'라는 표정을 하고 있어서 결국 허락하고 말았다.
"그런데 왜 하필 그거야? 원한다면 동화백화점에서 그럴 듯한 걸 골라볼 수도 있을 텐데. 은재처럼."
"저는 이게 좋아요."
"만해 선생 시를 그리 좋아했나?"
잠시 후, 발그레 볼을 붉히며 여자아이는 말했다.
"좋아해요. ……서방님이 제게 처음 들려주신 시이기도 하니까."
'시를 들려줘?'
한순간 선재는 어리둥절했다. 재빨리 기억 장부를 뒤져 보았으나 이 아이에게 시를 읊어 준 낭만적인, 혹은 닭살스러운 기억 따위, 없었다.
그렇게 어리둥절해하는 그에게 여자아이는, 아니 여자는 잠깐 서운한 표정을 짓더니 자그맣게 기어들어 가는 소리로 말했다.

"처음, 글 가르쳐 주셨을 때, 그때 받아쓰기에서 불러 주셨잖아요."
"아아."
그제야 고개를 끄덕이는 그에게 여자아이는 발그랗게 달아오른 뺨, 수줍은 목소리로 뜻밖의 제안을 했다.
"제가 한번 외워 볼까요?"
"응?"
느닷없이, 그녀는 시를 암송해 주겠다고 했다. 복숭아처럼 달아오른 뺨에 별처럼 반짝이는 눈동자를 하고. 느닷없이 무슨 낭송인가 싶기도 했지만 그 모습이 너무 어여뻐서 그는 고개를 끄덕여 승낙하고는 짐짓 경건한 얼굴로 그녀의 암송에 귀 기울였다.
"……님은, 갔습니다. 사랑하는 나의 님은 갔습니다."

푸른 산빛을 깨치고 단풍나무 숲으로 향하여
난 작은 길을 걸어서 차마 떨치고 갔습니다.
황금의 꽃같이 굳고 빛나던 옛 맹세는 차디찬 티끌이 되어서
한숨의 미풍에 날아갔습니다.
날카로운 첫 키스의 추억은 나의 운명의 지침을 돌려놓고
뒷걸음쳐서 사라졌습니다.
나는 향기로운 님의 말소리에 귀먹고
꽃다운 님의 얼굴에 눈멀었습니다.
사랑도 사람의 일이라 만날 때에 미리 떠날 것을 염려하고
경계하지 아니한 것은 아니지만
이별은 뜻밖의 일이 되고 놀란 가슴은 새로운 슬픔에 터집니다.
그러나 이별을 쓸데없는 눈물의 원천(源泉)을 만들고 마는 것은

스스로 사랑을 깨치는 것인 줄 아는 까닭에
걷잡을 수 없는 슬픔의 힘을 옮겨서
새 희망의 정수박이에 들어부었습니다.
우리는 만날 때에 떠날 것을 염려하는 것과 같이
떠날 때에 다시 만날 것을 믿습니다.

― 만해 한용운, 〈님의 침묵〉

"있죠, 저는 이 구절이 가장 좋아요. ……우리는 만날 때에 떠날 것을 염려하는 것과 같이, 떠날 때에 다시 만날 것을 믿습니다."

그 순간 꽃잎 같은 그녀의 입술에서 나직이 흘러나온 그 나른한 사랑 노래가 그의 가슴에 단비처럼 내렸었다.

이 말대로라면, 당장은 헤어지지만 언제든 만날 인연이라면 다시 만날 수 있는 것 아니겠느냐고, 영원한 헤어짐은 없는 거라고, 그리 생각하면 세상에 슬플 것도 없다고 그녀는 말했었다.

얼핏 그녀가 낳아 주신 어머니와 동생을 꽤 오래 보지 못했다는 사실을 떠올리며 선재는 언젠가 그녀를 데리고 장모님을 뵈러 가야겠다는 생각도 했었다. 입 밖으로 소리 내어 말하긴 아직 쑥스러워 당장 다른 쪽으로 화제를 돌렸지만.

"저기, 맨 위 칸에 있어. 꺼내 줄까?"

"제가 해요. 저도 이제 컸다니까요."

그래도 책장 맨 위 칸에 꽂혀 있었기에 쌀례는 발끝을 올리고 나서야 겨우 책에 손이 닿을 수 있었다.

그런데 그만 그 책 이외의 다른 책들도 건드렸던지 책 몇 권이 그녀 위로 떨어져 내렸다. 무거운 데다 날카로운 책 모서리에 다칠까 두려위 순간 선재는 그녀의 몸을 감쌌다. 과연 예상대로 머리와 등 위로 찍혀 오는 책들은, 좀 아팠다.

"으……."

"괘, 괜찮으세요?"

그의 품에서 여자아이는 토끼눈을 하고 걱정스레 그를 바라보았다. 황금빛 먼지가 눈 내리듯 내리던 그날 오후.

처음으로 자른 그녀의 단발 머리카락, 처음으로 입어 본 그녀의 교복 때문인가. 오래도록 보아 온 그녀가 낯설었다. 그래서 낯선 생각이 들었는지도 모른다. 아름답다고. 이마 위로 흘러내린 머리칼을 쓸어 주는데 그녀의 남편이라 불리는 청년은 처음으로 망설여졌다.

그 마음 들킬까 봐, 얼굴 붉어진 것이 들킬까 봐 선재는 쌀례를 외면하고 그녀에게서 멀찍감치 떨어지며 투덜거리듯 물었다.

"나더러 집어 달라고 하지. 여전히 땅꼬마 주제에 무리하지 말라구."

"땅꼬마는 아니에요. 많이 크진 않았지만 저도 컸어요."

느닷없이 그의 품에 안긴 것에 그녀 역시 당황했었던지, 싫어하는 '꼬마' 소리에 크게 화내지도 않고 몸을 일으키다가 문득 그녀의 눈길이 책장 어딘가에 멈추었다.

책장 다섯 번째 칸.

몇 년 전 여기까지 키가 클 때면 어른이니까 그때까지 멋진 신여성이 되어 독립해 나가라 약속했던 바로 그 자리에.

긴장한 표정으로 여자아이는 책장 앞에 섰다.

다섯 번째 칸.

아직 못 미친다.

스스로 이해할 수는 없었지만 그 모습을 지켜보면서 그는 내심 안도했었다. 입으로는 아무렇지도 않다는 듯이 이렇게만 말했지만.
"아직 좀 남았군."
그녀가 고개를 끄덕였다.
"그러게요."
두근거리는 심장 소리가 들릴세라, 붉어지는 낯빛이 들킬세라 조마조마하면서 그렇게 시작되었었다. 그렇게 싹을 틔우고 어느 봄비 내리는 밤에 꽃을 피웠었다. 볼 수 없어도, 죽을 만큼 아파도, 비가 와도, 눈이 와도, 태풍이 불어도 꽃은 시들지 않았다. 가슴 속에 피어 있던 그 꽃은 아직도 지는 법 없이 피어 있다. 그런 마음을 오늘 그 아내는 그만두라 했다.

─날 잊어 주세요. 지금 당장은요. 그래야 해요.

바보 같으니. 그게 가능할 것 같은가.
귓가에 맴도는 그녀의 목소리를 떠올리며 남자는 고개를 내저었다.
사랑도 사람이 하는 일이니 이별은 어찌할 수 없는 일이라 하여도 그녀를 잊는다는 건 불가능했다.
아니, 여보. 그건 불가능해. 당신은 당신이 날 잊었다고 나도 그게 가능할 거라 믿는 모양이지만 난 그럴 수 없어. 그럴 수만 있다면 진작에 그랬겠지.
옛날 처음으로 머리카락을 잘라 내던 그때 무섭지만 그래도 해야 한다던 소녀는 이제 여자가 되어 그 비슷한 말을 하고 있었다.

─무섭고 막막하지만, 그래도 살아야겠어요. 이 모양을 하고라도,

저는 그래도 살아야겠어요.

그녀는 변했다. 더 이상 그만을 바라보며 피어나던 꽃이 아니다. 하지만 변하지 않았다. 두렵더라도 가는 길을 포기하지 않을 만큼, 여전히 용감하다.
그래서 사랑하지 않을 수 없다. 이 마음을 포기할 수가 없다.
마음에 핀 꽃을 시들게 하거나 말려 죽일 수가 없었다.
그런 그의 상념은 막 본가 저택 안에 들어서서 거실에서 들려오는 익숙한 목소리들에 의해 깨어졌다.
"쯧쯧, 아이 머리가 꼴이 이게 뭐람. 가만있어 봐라. 할미가 예쁘게 다시 빗겨 줄 테니."
"정말 그 여자는 사람 머리 만지는 미용사라면서 애 머리를 어째 이 꼴로 둔대요? 뭐 하나 제대로 하는 꼴을 못 봤어."
딸의 빈정거림에 어머니는 엄한 목소리로 속삭였다.
"아이 앞에서 어미 소리 하지 마라."
손주의 존재는 그녀를 들뜨게 했다. 하지만 그 어미의 존재는 기쁨에 손상을 준다. 그것은 이 집 안에 소리만으로도 존재해서는 안 되는, 박멸해야 할 것이었다.
특히 저렇게 멍하니 자기 자식을 눈앞에서 놓칠 뻔한 칠칠치 못한 아들놈 앞에서는 더더욱.
"왔니? 저녁은?"
선재는 자신의 앞에 펼쳐진 기묘한 풍경에 한동안 할 말을 잊었다.
그저 보기에는 그림 같은 풍경이었다. 할머니가 어린 손녀딸을 무릎에 앉히고 정성껏 머리를 빗겨 주는 모습은 충분히 아름다웠다.

아이는 지금 이 상황을 영문을 모르겠다는 듯 멍하니 앉아만 있다가 비로소 자신이 아는 얼굴이 나타났음에 반갑게 소리쳤다.
"어, 선생님!"
"선생님이라니? 네 아비다."
"어머니!"
아이의 작은 얼굴에 마치 납득할 수 없는 외국어를 들은 듯한 표정이 떠올랐다.
선재 역시 곤혹스러웠다.
언젠가 저 아이의 작은 입에서 '아빠' 소리를 들을 날을 꿈꾸긴 했지만 이런 식은 아니었다. 이건 마치 실타래가 엉켰다고 가위로 불쑥 잘라 낸 것과 다를 바가 없지 않은가. 거기다……
방금 전까지 쌀례의 등에 업혀 졸고 있던 아이가 어떻게 여기 와 있는 걸까.
"이 아이가 어떻게 여기 와 있습니까. 애 어미는……"
그때까지 차분한 손짓으로 아이 머리 빗기기에만 열중하고 있던 늙은 어머니의 손길이 뚝 멈추었다. 어머니가 고개를 들어 아들을 바라보았다. 드물게 그녀의 눈빛에서 완고한 돌, 날카로운 칼이 보였다.
"네 아버님이 결정하신 일이다. 네가 제대로 일을 처리하지 않으니 늙은 부모가 나선 것 아니냐. 한씨 자손을 언제까지 그런 시궁창에 버려둘 셈이었더냐?"
"쌀례 그 사람이 동의하였습니까?"
"그런 어미의 동의 따위, 필요할까 모르겠구나. 이 집 안에서 그 이름 듣고 싶지 않다."
그런 어미. 시절이 하 수상했다곤 해도 어디 사내가 없어 집에 해악을 끼친 머슴 놈과 연 맺었다는 어미에게 내 손녀를 맡길까 보냐. 늙은 어머니는 작정한 듯 혀를 차며 말을 이었다.
"너도 정신 차리고, 이참에 금주와 혼사를 서두르는 것이 좋겠다. 그렇게 오래 기다려 준 사람 마음도 생각해 주어야지. 인연을 곁에 두고…… 그 고운 사람이 아이까지 잘 키워 주겠다는데 고마운 줄도 모르고…… 쯧쯧, 못난 것 같으니."
어머니의 목소리가 거듭 그의 고막과 심장을 할퀴었다. 차분한 목소리를 뽑아내려 노력하면서 그가 물었다.
"또다시 제 의사와 상관없이 제 일이 진행되는 겁니까?"
스무 살 때 낯모르던 열네 살 여자아이를 아내로 맞아들인 그때처럼, 이제 서른이 훨씬 넘은 나이에 그녀를 버리고 새 여자와 다시 혼인을 하라 한다. 그때도 지금도 부모가 하는 말은 신기하리만치 똑같았다.

―너를 위해서다.

하지만 그는 이제 서른세 살이었고, 입으로 불만을 지껄이고 정작 시키는 대로 등 떠밀리던 스무 살 애송이가 아니다. 더 이상은 아니다.
거실에 들어서면서부터 그의 등줄기에 들러붙던 불길함 예감을 떨치려 노력하면서 바위 같은 얼굴로 그가 다시 물었다.
"아버님은 어디 계십니까?"
집안의 가장. 군림하는 자. 언제나 가족들을 위해 주도면밀하게 모든 일을 계획하고 장기 말 옮기듯 사람을 조종해야 직성이 풀리는 절대자. 아마 지금의 이 상황도 그분의 작품일 것이다.
선재는 더 이상 모친과의 대화를 포기한 채 발걸음을 부친의 거처인 사랑방으로 향했다. 그런 그의 거침없는 걸음걸이는 모친의 단단한 목소리에 의해 깨어졌다.
 "출타 중이시다. 입에 담기도 그렇다만 그 머슴 놈하고 성례 그것, 이 모든 추잡한 일을 해결하시겠다고 나가셨다."
 해결? 뭘 어떻게?
 갑자기 밀려오는 아득함에 선재는 재빨리 발걸음을 밖으로 돌렸다. 그런 아들의 뒤통수에 어머니의 목소리가 들려왔다.
 "거기 서라. 일이 다 끝날 때까지, 넌 어디에도 못 간다."
 아들의 발걸음이 멈추어졌다.
 그 등에 대고 어머니가 간절한 어조로 말씀하셨다.
 "그만하면, 너도 할 만큼 했다. 너도 이제 사람 사는 것처럼 살아 봐야 하는 것 아니냐. 새로 짝 맺고 자식 낳고 키우고 살다 나이 들어 보면, 젊을 적 마음도 다 우스워진다. 사는 게 그런 거다."

 ―네가 행복해지길 바란다.

 다른 어미들 자식들이 그리 소망하듯이 나 또한 소망한다. 내 자식이 남들 다 그러하듯이 어여쁜 처가 해 준 따신 밥 먹고 무럭무럭 나무처럼 자라가는 저 닮은 아이들 보는 재미로 살아가기를, 험한 세상에 더 이상 다치지 말고 그리 평화롭게 나이 먹기를. 아들아, 네가 그렇게 살았으면 어미는 참 좋겠다.
 네 아비처럼 아득한 옛날 손에 넣지 못했던 것에 다 늙은 지금까지 미련을 두고 평생 외롭게 사는 모습을 어미는 정말 두고 볼 수가 없단 말이다. 이 인정머리 없는 것아, 그게 늙은 어미에게 보일 모습이더냐?

그러나 아들은 완고하게 고개를 내저을 뿐이었다.

"싫습니다."

'어머니, 이 나이 되도록 걱정 끼치는 건 죄송하지만, 제대로 사는 모습 보여 드리지 못해 죄송도 하지만, 그렇다고 해도 아닌 건 아닌 것을요.'

"제게는, 그 사람뿐입니다. 어머님, 저는……."

"박 서방!"

서로를 이해할 수 없다 늘 으르렁거리면서도 어쩌면 아비와 자식이 저리도 같단 말인가. 정이라는 역병에 둘 다 맥을 못 추고 있다. 철딱서니 없는 아들의 말을 더 이상 듣고 싶지 않아서 어미는 사람을 불렀다. 그리고 남편이 이르고 간 대로 지시를 하기 시작했다.

"상견례 자리가 마련될 때까지, 너는 네 처소에 쉬고 있는 것이 좋겠다. 직장에는 내 따로 연락을 해 둘 테니 그리 알고. 자네들은 큰 서방님을 뫼시게."

협상 결렬. 가택 연금까지 줄지어 머리 위로 벼락처럼 떨어지는가. 황송해하면서도 자신을 둘러싼 집안 하인들에게 선재는 버럭 소리쳤다.

"비켜서라! 어머니! 제발! 멈추셔야 합니다! 이러시면 아이 어미 그 사람이 다칩니다! 그리고 저도……."

"입 다물지 못하겠니? 애가 듣고 있다."

문득 그의 시선이 불안한 듯 눈망울을 굴리는 아이를 향했다.

눈으로 아이를 쓰다듬으면서 방금 전보다 차분하려는 목소리로 그가 물었다.

"한 가지만 대답해 주세요. 쌀례 그 사람, 지금 어디 있습니까?"

순간 늙은 어머니의 얼굴 표정에 균열이 일었다.

입술이 여닫히기를 몇 차례, 잠시 후 어머니는 결연한 표정으로 말씀하셨다.

"모른다. 몰라야 하고."

어머니의 돌덩이 같은 대답과 그제서야 '엄마아아……'를 부르는 딸의 울음소리 중 어떤 것이 더 그의 심장을 조여 오는지 선재는 알 수 없었다.

"가지 마라. 가면 멧돼지가 널 뼈째 씹어 먹을 거다."
"방가 하던 소리와 똑같네. 누가 그 두목에 그 부하 아니랄까 봐."
곰의 묵직한 목소리를 찬경은 가볍게 받아넘겼다.
"미친놈. 웃음이 나오냐? 이 상황에서?"
"그럼 울으리?"
"그래! 차라리 울어! 이 자식아!"
그답지 않게 곰이 버럭 소리를 질렀다. 그럴 만큼, 그는 이 상황이 화가 났다.
"그 여자는 본래 서방 만나서 더는 너랑 못 살겠다고 했다면서! 너 싫다고 도망간 계집애 어찌 되건, 막말로 네가 알 게 뭐냐? 이럴 땐 뒤도 안 보고 튀는 거다! 이 등신…… 악!"
한순간 곰은 눈앞에 별이 보였다. 요즘 사면초가 상태이긴 하지만 찬경의 주먹은 여전히 매웠다.
등신이 날카롭게 쏘아보며 곰에게 말했다.

"어디다 대고 계집이야? 내 계집애, 다른 놈이 계집애라고 하는 건 못 들어 준다."

"등신이란 말 취소다. 넌 그냥도 아니고 상등신이야."

자기 여자의 계집애 소리엔 주먹을 날렸지만 정작 자기 자신의 등신 호칭에는 피식 쓴웃음을 머금을 뿐인 친구를 곰은 답답하다는 듯이 쳐다보았다.

"어디가 그렇게 좋디?"

"다. 머리끝부터 발끝까지. 거기다 밥하는 솜씨가 정말 끝내줘."

"얼씨구. 지랄을 한다. 그래서 목까지 갖다 바치시려고?"

"……나는 죽으려고 가는 거 아니야, 웅아."

찬경은 그로선 드물게 정색을 하고 친구의 진짜 이름을 불렀다.

그래서 곰 역시 친구를 정색하고 바라보며 그의 말에 귀 기울이지 않을 수 없었다.

"그 여자 살리고 나도 살아 보려고 가는 거야."

"그쪽은 같이 안 살겠다잖아!"

"딱히 옆에서 사는 게 아니더라도, 그래도 살아 있다는 거, 좋은 거잖냐."

어쩌면 그건 찬경답지 않은 소리였다.

말라 죽더라도 내 곁에서 말라 죽어라, 절대로 넌 안 놓아준다가 윤찬경의 방식이었다.

함께 살지 않더라도, 살아 주어서 다행이라고 하는 건 도련님 녀석의 방식이지 그의 것은 아니다.

그런데 이상도 하지. 그는 지금 도련님 녀석의 마음을 어느 정도 이해하게 되었다.

당장 죽이고 싶을 만큼 미운 원수, 생명을 위협했고 아내를 훔쳐 간 남자를 그가 도대체 어떤 마음으로 살렸는지까진 이해할 수 없더라도 그저 그녀가 어딘가에 숨 쉬고 살아 있다는 것만으로 '다행이다.'라고 안도할 수 있는 이유를 알게 되었다.

똑같이 그 여자를 곁에 둘 수 없는 상황, 그녀가 걱정되어 심장이 미친 듯이 뛰는 이 불안한 상황에 놓이고 나서야 그는 알 수 있었다.

아침에 함께 눈뜰 수 없더라도, 밥상을 함께할 수 없더라도 그저 어딘가에 당신이 평안하게 있기만 하다면, 그렇게라도 한 하늘 아래 있다는 것이 그렇지 못한 것보다 백만 배 낫다는 것을 알아 버린 것이다.

"……오랜만에 얻어먹은 밥이 맛있어서일지도. 밥 얻어먹은 값은 해야지. 거렁뱅이, 밥값은 꼭 갚는다."

오래전 진 빚은 반드시 갚는다며 자신을 찾아와 담배 한 가치를 내밀던 찬경의 모습을 곰은 기억했다. 그러니 이 자식은 밥값을 갚기 위해 갈 것이다. 그가 아무리 말려도 어떻든 갈 것이다. 곰은 뱃속에서부터 나오는 한숨을 내쉬며 주머니에서 담뱃갑을 꺼냈다.

예전 전쟁이 끝나고 갑자기 나타난 찬경이 그에게 그러했듯이 그 역시 담배 가치에 불을 붙여 찬경에게 내밀었다.

피식 쓰게 웃으며 찬경은 친구가 내미는 진정제를 받아 들었다.

담배가 절반 정도 사그라질 무렵, 피어오르는 연기를 묵묵히 바라보며 곰이 물었다.

"무작정 간다고 다 되는 건 아니지. 정말 네놈 말대로 목 바치러 가는 게 아니라면 무슨 방법이라도 생각해 둔 건 있나?"

"글쎄……."

잠시 생각에 잠겨 있던 찬경의 입에서 불쑥 나온 한마디는 다음과 같았다.

"일단 같이 밥 얻어먹은 녀석하고 상의를 좀 해 봐야 할 것 같은데."

같이 밥을 얻어먹은 남자, 검사 나으리의 방은 저 수많은 창 중 어느 것일까.

자신을 내려다보는 위압적인 한씨네 저택을 올려다보면서 찬경은 혀를 찼다.

"이놈의 집은 옛날 거나 지금 거나 사람 참 기분 나쁘게 내려다보는구만."

어린 날 처음 안국동 저택 거대한 대문 앞에 도착했을 때 자신을 내려다보고 있는 그 까마득한 저택의 위용에 질린 적이 있었다.

십수 년이 흐른 지금은 그때보다 자랐고 그 자신이 거대한 저택을 소유하고 있긴 하지만 역시나 이놈의 집 앞은 긴장이 된다.

원수 소굴 총본산 아닌가.

하지만 지금은 찬밥 더운밥 가릴 처지가 아니었다.

곰의 말대로 무작정 그들의 요구대로 혼자 갔다간 그냥 목을 갖다 바치는 꼴밖에 되지 않는다. 곰은 자신도 따르겠다고 했지만 약삭빠른 멧돼지 놈이 그 꼴을 보아 넘길 리 만무했다.

무엇보다 곰 역시 그와 한패로 검찰의 주목을 받고 있는 상황이다.

기묘하게도 지금 상황에서 도움을 청할 곳이라곤 저 밉살맞은 도련님 자식 정도였다.

그런데 그 녀석이 '증발'해 버렸다.

검찰청에는 병가를 낸 모양이고 하숙집에도, 그 자신이 며칠 숨어 지냈던 이웃 안경잡이 의사의 하숙집에도 없다.

그리하여 결국 윤찬경이 원수 소굴 앞까지 찾아온 상황이 되고 말았다.

"하지만 대체 그 자식 있는 데가 어디야?"

별수 없이 찬경은 그중 한 유리창을 찍어 돌을 던져 보기로 했다. 주먹구구 방식이긴 했지만 지금으로선 달리 다른 방법은 떠오르지 않았다.

챙─.

차돌이 유리창에 부딪히는 가벼운 소리와 함께 잠시 후, 누군가의 뾰족한 목소리가 들려왔다.

"누구야! 어느 놈이 감히!"

아, 어쩐지 귀에 익숙한 그 앙칼진 목소리를 듣는 순간, 찬경은 신음했다.

"빌어먹을."

찍어도 잘못 찍었다. 하필이면 고양이 계집 창을 찍을 게 뭐람.

창을 활짝 열고 아래를 내려다보던 고양이 계집 역시 자신의 눈앞에 보이는 풍경을 믿지 못하겠다는 듯 두 눈을 꿈뻑거릴 뿐이었다.

다시 한 번 빌어먹을.

주인집 아가씨와 머슴이었던 그 시절부터 그들의 관계는 개와 고양이였다.

"네놈이 여길 어떻게……."

"오랜만이다, 상전."

개와 고양이였기에 2층 창문이 열리고 이 여자 얼굴이 보였을 때 그는 그녀가 나오지 않을 줄 알았다. 최소한 저 앙칼진 목소리로 급히 다른 사람을 불러 일을 시끄럽게, 그리고 엉망으로 만들거나.

그런데 어쩐 일인지 그녀는 소리 지르지 않았다. 잠옷 위에 케이프 자락만을 걸치고 매우 신속하고 은밀하게 그 앞에 나타났다.

숨을 헐떡거릴 만큼 뛰다니, 고양이 공주님답지 않은 일이다.

그렇게 뛰어와서는 그를 붙들고 정원수 나무 그늘 아래로 끌고 가더니 여전히 앙칼진 어조로 쏘아붙이기 시작했다.

"너 미쳤니? 여기가 어디라고 와!"

친구도 미쳤다고 하고 예전 상전 계집애도 미쳤다고 한다.

모두 한 목소리로 입을 모아 말하는 걸 보면 지금 하는 짓이 미친 짓은 맞는 모양이지만, 할 수 없다.

"한선재, 어디 있나?"

"오라버니를 네가 왜 찾아?"

한순간 고양이의 얼굴에서 경계의 빛이 서렸다. 뭐, 전쟁 때 그가 해치운 일을 생각하면 무리도 아니라 화가 나진 않았다. 단지 시간이 얼마 없어 초조할 뿐이다.

"볼일이 있으니까. 해코지하겠다는 게 아니다. 어디 있나?"

"오라버니는 지금 나갈 수가 없어. 내일 상견례까진…… 아, 아니 어쨌든 중요한 볼일 보기 전까진 방에서 근신하고 있어야 해."

'상견례. 과연. 이 와중에 아들을 새장가 보내시겠다 그거로군.'

뭐 이 집구석답다 해야 하나. 평소의 그라면 소리 내어 '이 집구석답다. 축하한다.'라고 비꼬았을 것이다. 하지만 지금은 짜증이 치밀었다.
"이럴 거면서 나한테서 빼내 갔나. 병신자식."
"뭐라구?"
그의 낮은 목소리로 빚어진 '병신자식'이 누굴 가리키는지, 여자는 알아들었고 당장 화를 낼 준비가 되어 보였다. 하지만 지금은 이 여자와 싸우고 있을 시간이 없었다.
"선인지 상견롄지 그따위 건 나중에 보라 하고 나오라 그래. 내가 전하는 거 보면, 아마도 나올 거다."
그의 손이 무언가를 내밀었다. 쪽지였다. 여자는 그것이 안전핀 뽑은 수류탄이라도 되는 양 받으려 하지 않았다. 그래서 그의 손이 거칠게 그녀의 손목을 잡아 쥐고 억지로 쪽지를 쥐어 주었다.
"쌀례 목숨이 달렸다고, 그렇게만 전하면 나올 거야."
한순간 자신의 손에 닿아 왔던 그의 손에 가슴이 덜컥 내려앉았던 스스로가 바보 같다고 여자는 생각했다. 여자는 있는 힘껏 그 손을 뿌리치고 입술을 비틀며 빈정거리듯 물었다.
"웃겨. 지금은 너랑 약혼했다며? 이제 와서 그 여자가 우리 집이랑 무슨 상관이라고. 그만 웃기고 빨리 꺼지시지."
충분히 그 여자 입에서 나올 수 있는 소리였다. 쌀례와 도련님 녀석이 끊어지기를 바란 것은 바로 자신이었다. 저쪽 인간들에겐 충분히 염치없어 보일 수 있는 노릇이다. 하지만 지금 그에겐 그런 염치 따위 생각나지 않았다. 본래 그런 것, 윤찬경과는 인연이 없던 것이다. 그래서 남자는 으르렁거리는 소리로 낮게 부르짖었다.
"죽는단 말이다! 네 오라비가 죽고 못 살던 그 여자가!"
"차라리 죽으라 그래!"

노한 목소리로 여자 역시 부르짖었다. 정말 죽었으면 좋겠다고 은재는 생각했다.

다 망한 허울 좋은 양반 주제에 우리 집에 들어와 그 자랑스런 큰 오라버니의 아내가 된 계집애. 그래 놓고 눈앞의 이 남자 마음까지 가져가 버린 계집애. 그녀가 사랑했던 두 남자를 모두 차지해 버린 망할 계집애. 오라버니는 저 때문에 나날이 여위어 가는데 저는 다른 남자와 행복했던 계집애. 죽어 버렸으면 좋겠다고.

"집에서 부리던 머슴 놈에게 몸을 망치고 집안 얼굴에 먹칠했으면, 그 잘난 양반 핏줄로는 죽어야 하는 거 아냐? 잘됐네! 차라리 죽어 버리라고 해! 그게 우리 모두에게 더 나을 테니까! 오라버니에게! 네놈에게! 나한테도! 그 여자도……."

순간 찬경은 머릿속에서 무언가 뚝 부러지는 소릴 들었다. 이제 한계다. 여자에겐 손을 대지 않는다는 원칙을 깨고 입에 독이 오른 고양이 계집을 한 대 치려 하는데, 그때였다.

여자를 향해 뻗어 나가려던 그의 손이 황급히 코를 감싸 쥐었다.

"뭐, 뭐야? 너, 왜 이래?"

방금 전까지 악다구니를 쓰던 여자가 창백하게 질린 안색으로 찬경 앞에 바짝 다가왔다.

전쟁을 겪었고 짧게라도 피난살이를 해 본 그녀라도 이렇게 눈앞에서 선홍색 뜨거운 피를 흘리는 사람을 본 것은 처음이었다. 방금 전까지 서로 맞고함을 치고 기세 좋게 싸우던 상대가 갑자기 코에서 피가 줄줄 쏟아지고 있다.

"사, 사람을 불러올게……."

당황해서 사람을 부르려고 몸을 돌리는데 다시 그의 손이 그녀의 팔을 잡아끌었다. 그리고 생전 처음으로 머리를 그녀의 어깨에 기댔다. 그의 숨결이 거칠었다. 마치 상처 입은 짐승처럼.

자신의 어깨를 내리누르는 그의 머리를 차마 감싸 안지는 못하고 떨리는 목소리로 은재가 물었다.

"왜 이래? 어디 다쳤니?"

"……머리가 쪼개지는 것 같아."

잠깐 잠잠해진다 싶었는데 머리가 다시 도끼로 쪼개듯 아파 왔다. 숨을 들이쉬고 내쉴 때마다 통증도 물결쳤다. 그래도 하고 많은 사람들 중에 하필이면 이 고양이 계집애의 어깨에 머리를 기대다니 창피했지만, 그러나 당장 머리를 가누기 힘이 들었다. 그런데 그 계집애가 어쩐 일로 가만히 어깨를 빌려 주었다.

욱신거리는 통증 사이로 찬경은 피식 쓴웃음을 머금었다.

'내가 미쳤듯이 이 계집애도 잠깐 미친 걸까.'

이상하다. 오늘따라 자꾸 아쉽지도 않은 옛날 일이 떠오른다. 처음 그 위압적인 한씨네 저택 문을 넘어서서 마주했던 쌀레의 동그란 얼굴, "왔군."이라고 짧게 말하고 책으로 시선을 돌리던 도련님 녀석, 새침한 얼굴, 호기심 어린 눈으로 자신을 흘끔거리던 이 계집애, 뭣도 모르고 처음 보는 아버지라고 바짝 얼어서 마주했던 한씨 괴물 영감까지.

'그때로부터 얼마나 흐른 거지? 십이 년? 십삼 년?'

지나간 일은 일부러 생각하지 않고 앞만 보고 살려고 노력했다.

그런데…… 도끼로 쪼개듯 머리가 울리고 뜨거운 핏줄기가 주르륵 쏟아지면서 지난날의 영상들도 쏟아지기 시작했다. 봇물처럼.

하지만 이래선 안 된다.

이렇게 주저앉아 지난 일만 곱씹기엔 시간이 없다.

나는 일어서서 해야 할 일이 있단 말이다.
쌀례가, 그 여자가 멧돼지 놈에게 붙들려 있다.
내가 가지 않으면…… 죽을지도 모른다.
가까스로 그 어깨에서 고개를 들고 찬경은 은재로부터 떨어져 나갔다.
"지저분한 게 묻어 버렸군. 미안하다."
은재의 하얀 잠옷에 선홍색 피가 범벅이 되어 버렸다.
평소 같으면 자기 옷에 묻은 먼지 하나라도 용납하지 못하는 그녀였지만 기묘하게도 지금은 옷에 묻은 피에 연연하지 않았다.
그보다 생전 처음으로 저 인간 입에서 나온 '미안하다.' 소리에 여자는 전율했다.
왜 저러는 걸까.
상전이라 부르랬더니 빈정거리며 '야, 상전.'이라고 말했던 거만한 사내아이.
피난지에서 그녀를 때리고 기절시켜도 별 거리낄 것이 없었던 도적이 갑자기 왜…….
그녀의 놀라움은 거기서 그치지 않았다.
어느 정도 피가 멈춘 그가 허리를 굽혀 그녀가 뿌리친 쪽지를 주웠다. 그런데 한참을 지나도 그가 굽힌 허리를 다시 펴지 않았다. 불안해서 다가간 그녀에게 남자의 목소리가 들려왔다.
"부탁한다, 아가씨."
어린 소녀 시절 치기 어린 희망을 품은 적이 있었다.
운전사라든지 자기 아래 하인이 아니라 저 아름다운 청년이 번듯한 모습으로 자신에게 구애할 날이 올 거라고. 그때 귓가에 들려오는 '아가씨' 소리는 참으로 다디달 거라고.

하지만 예상했던 만큼 '아가씨' 소리는 달콤하지만은 않았다.

목이 이상하게 졸리는 것 같은 느낌. 단 한마디도 할 수 없었다.

그리고 그녀가 그렇게 어쩔 줄 몰라 하는 사이, 찬경은 불쑥 그녀의 손에 다시 쪽지를 쥐어 주고 뒤돌아서 왔던 길로 떠났다.

어둠 속으로 사라지려는 그 뒷모습에 대고 은재는 부들거리는 목소리로 외쳤다.

"그거 알아? 그때, 부산에서!"

문득 그가 뒤돌아보았다. 영문을 모르겠다는 얼굴로 자신을 보는 그에게 은재는 부들거리는 목소리로 말했다.

"네가 그러지만 않았어도, 난 널 일본으로 데려갔을 거야! 지금처럼 이렇게만 해 주었어도, 무슨 짓을 해서라도 그렇게 했을 거야!"

어쩌면 그건 도도한 공주님에게서 처음으로 흘러나온 고백, 마음이었는지도 모른다.

하지만 한 번도 그녀의 마음을 본 적 없던 사내는 그녀의 말을 이해하지 못했다.

그저 피 묻은 입술을 조금 움직여 씨익 쓰게 웃을 뿐. 사납거나 뾰족한 웃음이 아니었는데, 그답지 않게 부드러운, 달고 쓴 그 미소가 그녀의 가슴을 할퀴었다.

그리고 그렇게 등을 돌려 그는 어둠 속으로 사라졌다.

그녀만 홀로 남겨 둔 채.

못질한 창문, 잠겨진 방 안에서 시간이 얼마만큼 사그라지는지 선재는 알 수가 없었다.
 탕―. 탕―. 탕―.
 밖으로부터 그를 차단하는 망치 소리에 그는 소름이 돋았다.
 얼마 후 연락을 받고 이 방에 들어선 금주 역시 못질 된 창문에 한숨을 내쉬었다.
 "이건 말도 안 되는 짓이야. 상견례라니, 도대체…… 난 나가야 해요. 지금 당장! 여기 이렇게 갇혀 있을 시간이 없다구! 금주, 당신이 날 좀 도와주어야겠어. 여기서……."
 성큼성큼 방 이쪽과 저쪽을 오가며 분노를 표출하던 선재는 문득 조용히 침묵하는 금주에게 시선을 돌렸다.
 그 방에 놓여진 침대에 앉아 등을 꼿꼿이 세우고 단정한 자세로 그를 지켜보고 있던 여자는 곧 단정한 목소리로 이렇게 말했다.
 "안 돼요."
 "뭐라구?"
 "다른 건 뭐든 도울 수 있지만, 지금 당신을 여기서 데리고 나가 달라는 건 도와 드릴 수 없어요. 마음 가라앉히시고 모레 상견례 때 나와주세요."
 "내겐 아내가 있어."
 스스로 들려주는 주문처럼, 완고하게 말하는 남자를 이번에는 여자 쪽에서 기가 막히다는 듯 바라보았다.
 "정말 지독한 사람이야, 당신."
 하지만 그러면서도 여자는 남자의 마음을 이해한다고 했다. 내 마음인데도 내 마음대로 되어 주진 않는다. 해가 해바라기를 바라볼 수밖에 없듯이, 마음은 마음이 바라보는 상대를 볼 수밖에 없다.

"마음대로 안 되는 것이 마음이긴 하지요. 그 마음 가지고 오셔도 돼요. 난 기다리는 것 하난 잘하니까."

그러고는 그녀는 나가 버렸고 또다시 모든 것이 닫힌 그 방에 그만 홀로 남겨졌다.

'탕, 탕, 탕' 못질한 창, 잠긴 문 안에서 시간은 평상시보다 더디게 흐른다. 지금 얼마나 시간이 지난 거지? 이대로 있을 수 없어서 그는 의자로 창문을 부숴 버릴까 궁리해 보았다.

못 박은 창문이 잘 부서질지, 저걸 부수고 나갈 때까지 감시가 달려오지 않을지는 알 수 없는 노릇이긴 하지만 그래도…….

그렇게 심호흡을 하고 의자를 들어 올려 창문을 겨냥하던 그 순간, 반대쪽에서 방문이 활짝 열렸다. 그리고…….

"너……."

문 앞에 나타난 사람을 보고 선재는 한순간 말을 잊지 못했다.

그 사람이 그런 모습만 아니었다면 그대로 지나쳐 나가기 바빴겠지만, 그 모습은 그를 바짝 긴장하게, 혹은 두려워하게 만들기 충분했다. 그의 누이가 하얀 잠옷 여기저기에 선홍색 피를 묻힌 채, 특히나 어깨 쪽은 완전히 붉은 물을 들인 채 넋이 나간 표정으로 서 있지 않은가.

처음 몹시 놀랐던 선재는 피를 그렇게 묻혔음에도 불구하고 표정이 없는 누이의 모습에 적어도 그녀가 다친 것은 아니라는 사실에 안도했다. 하지만 그녀가 다가올수록 코끝에 스치는 그것은 분명 피 내음이었다.

"은재, 너 도대체 이게 무슨……."

그가 아는 누이답지 않게 그런 꼴을 하고도 그녀의 얼굴엔 표정이 없었다.

 피에 대한 혐오나 공포, 늘 붕 뜬 듯한 소란스러움, 애교와 잔인함, 천진함과 교만함, 그녀 주위에 맴돌던 그 모든 것이 사라져 버렸다.

 물기 어린 붉은 눈을 하고 그녀는 오라비에게 피가 묻은 쪽지 한 장을 건넸다. 그리고 그제서야 눈물 줄기를 쏟아 내기 시작했다.

 "흐으으으으…… 그, 그 바보가……."

 마치 어렸던 그때 자신이 무식한 촌닭보다 더 글을 잘 가르쳐 줄 수 있었다며 영문 모르는 눈물을 흘렸던 그때처럼.

 누이가 건넨 그 피 묻은 쪽지를 보는 순간, 선재의 안색에서도 표정은 썰물처럼 사라지고 말았다. 즉시, 열려진 문을 향해 선재는 뛰기 시작했다.

 구름에 달이 잡아먹혔기에 한층 어두운 밤이지만 그는 앞만 보고 달렸다.

 숨이 차도록, 악착같이.

삶
멈출 수 없는 기도

여기서 나가면, 나는 새로운 주발을 살 거야.
내가 깨부순 것보다 예쁘고 단정한 새로운 조왕신의 주발을 사야지.
맑디맑은 물을 떠서 바치고 다시 빌어야지.
무얼 빌지는…… 비밀이야.

구름이 달을 잡아먹어 버린 듯 어두운 밤.
촉수 낮은 전등불 아래 멧돼지는 자기 눈앞에 나타난 적수를 보고 다시 휘파람을 불었다.
"이거야 원. 정말로 왔군."
천적의 비웃음에 찬경은 묵연한 눈초리로 그를 쏘아보며 응수했다.
"오라고 치사한 짓거리를 저질러 놓고, 말이 많군. 돼지 새끼."
"의뢰를 받은 이상 수단과 방법은 가리지 않는다. 이 바닥 철칙인데, 모르나?"
모를 리가 있나. 그래서 온 것이다. 자신 때문에 그 여자가 험한 꼴 보는 걸 원치 않기 때문에.
"여자와 아이는?"
"우선 무릎부터 꿇어라. 예전부터 내 앞에서 유난히 빳빳한 네 모가지랑 무릎이 영 거슬렸었다."

"여, 자, 와, 아, 이, 는?"

한마디 한마디 뚝뚝 끊어 묻는 찬경의 눈동자에 새파란 불꽃이 튀었다. 지금 자신이 절대적인 우위에 있다는 걸 알면서도 멧돼지는 거렁뱅이의 그 눈길이 오싹했다. 한때 그들이 한패였을 무렵, 정확히 말하자면 그가 저 거렁뱅이 수하로 있을 무렵에도 저 지랄 맞은 눈초리에 질려 그의 말에 더 복종했던 점도 없지 않았다. 하지만 그들의 위치도 이제 뒤집어졌다. 거렁뱅이 네가 아무리 눈에 힘줘도 소용없단 말이다.

멧돼지는 손에 각목을 쥐고 터벅터벅 찬경 앞에 다가갔다.

"뭔가 착각을 하는 것 같은데……"

그리고 찬경을 향해, 정확히 말하면 그의 목을 향해 각목을 휘두르며 말했다.

"네가 지금 그렇게 눈에 힘주고 있을 때가 아니란 걸 알아야지!"

그러나 멧돼지의 입가에 어렸던 미소는 한순간 사그라지고 말았다. 각목이 찬경의 강한 손아귀에 붙들렸다. 뒤이어 각목을 잡고 있던 멧돼지의 손을 강하게 움켜잡으며 이전에 그가 두려워했던 승냥이의, 야차의 눈을 하고 찬경이 으르렁거렸다.

"너야말로 착각하지 마라. 대가도 제대로 받지 않고 목을 들이밀러 왔다고 생각하나? 내가 왔으니 여자와 아이는 보내. 그렇지 않으면, 새벽 내로 쓴맛을 보게 될 테니까."

자신이 온 시각에서 한 시간 이내로 여자가 돌아왔다는 신호가 없을 시에 벌어질 뒷감당에 대해서 책임질 자신이 있느냐고 찬경은 묻고 있었다. 이 와중에 보이는 찬경의 오만한 미소, 새하얀 송곳니에 멧돼지는 욕지기가 치밀어 올랐다.

그렇지. 이놈에겐 곰이 있었다. 제길. 여우 같은 놈.

문득 멧돼지는 좀 떨어진 위치에서 이 모든 모습을 지켜보고 있던 누군가에게 겸연쩍은 어조로 물었다.

"어찌할깝쇼? 어르신."

어둠 속 그가 대답했다.

"데리고 나와 보여 주어라. 어차피 그 아이 보는 앞에서 벌주려 시작한 일이니 말이다."

어둠 속에서 흘러나온 그 낯익은 목소리에 찬경은 한순간 할 말을 잃었다.

이 모든 일을 사주한 것이 경무대라고 생각했었는데, 저 목소리는……

"오랜만이구나, 도적놈아."

마지막 보았을 때보다 세월이 촘촘히 새겨진 괴물 한가 영감의 얼굴이 보였다.

시리도록 차갑게, 혹은 돌처럼 완고하게 자신을 향하는 그 시선에 찬경은 침을 삼켰다.

그리고 연이어 누군가의 손에 이끌려 들어오는 여자의 목소리가 들려왔다.

"이것 놔요! 이게 무슨……."

하얀 치마저고리는 흙투성이였지만 정작 여자는 머리칼 하나 상하지 않고 아무 일 없어 보였다. 그 모습에 찬경이 안도하기도 잠시, 잠깐 숨을 돌리고 있던 각목이 그의 어깨를 후려쳤고 남자는 자신을 징벌하겠다는 노인 앞에 강제로 무릎 꿇려졌다.

"자아, 시작해 볼까."

달을 잡아먹은 구름 때문에 유독 어두운 그 밤, 노인의 목소리가 음산하게 창고 안에 울려 퍼졌다.

 다시 불려 나간 창고 안에서 찬경의 얼굴을 다시 보는 순간, 쌀례는 가슴이 덜컥 내려앉았다. 정신이 들고 나서 마주하게 된 시아버지라는 분이 뭐라고 하셨던가.

 ─널 괴롭힌 그놈은 내가 너 보는 앞에서 사지를 찢어 주겠다. 기다리거라. 잠시면 끝난다. 잠시면 돼.

 그러니 그는 여기 오면 안 되었다. 절대로 안 되었다. 혼자서 자신을 잡아먹겠다 벼르고 있는 눈들만 있는 이곳에 와서는, 안 되었다.
 "당신이, 아니 댁이 여길 왜 와요? 무슨 상관이라고…… 빨리 가요!"
 여자는 지금이라도 남자를 보내기 위해 악을 썼다. 하지만 찬경의 귀에는 그녀의 말이 들리지 않는 듯하였다.
 그의 눈은 그녀의 머리칼, 동그란 얼굴, 근심으로 물들여졌지만 또랑해 보이는 눈, 흙먼지 묻었지만 상처 없는 뺨, 당장 여기서 나가기에 지장이 없어 보이는 팔다리 등등에만 쏠려 있었으므로.
 한동안 눈으로 그녀를 어루만지고 살펴본 뒤 찬경은 늙은이를 향해 말했다.
 "저 여자, 내보내슈. 어차피 영감 볼일은 나 아니었나?"
 얼음처럼 차디찬 눈빛으로 찬경을 쏘아보던 노인의 입에서 눈빛만큼이나 차디찬 목소리가 흘러나왔다.

"저놈을 무릎 꿇려라. 그리고 준비했던 걸 가져와."

명령은 재빨리 시행되었다. 멧돼지 수하가 들고 나온 그것은 멍석이었다.

농가에서 곡식을 널어 말릴 때 쓰거나 아니면 잔칫날 마당에 손님께 앉으라고 내어놓는 자리, 혹은……

"옛부터 주인을 물어뜯는 버르장머리 없는 개나 상전에게 불손한 아랫것들은 이걸 써서 벌하곤 하였지."

사람을 먹일 곡식의 자리, 경사를 축하하거나 장례를 애도할 때 손님을 위해 내어 주는 자리, 혹은 자신에게 거역하는 존재들을 둘둘 말아 싸서 매를 가하는 도구.

순식간에 찬경은 허벅지를 얻어맞고 강제로 무릎이 꿇려졌다.

"개? 영감 눈에 난 개란 말이지? 월월거리는?"

긍정을 뜻하는 침묵에 젊은 남자는 허탈하게 웃었다.

"좋아. 개가 되어 주지. 하지만 여자는 보내라."

"무슨 말을. 오늘 이 자리는 저 아이에게 네놈을 징벌하는 모습을 보여 주기 위해 만든 자리다."

냉혹한 상민의 말에 쌀례는 목이 확 졸리는 느낌이었다.

그따위 건 원치 않는다고, 이미 결별함으로써 자신이 그 남자에게 내릴 수 있는 벌은 다 하였다고 소리 내어 말할 수 없었다.

그 사이, 멧돼지의 측근들이 찬경을 멍석에 말고 각목으로 있는 힘껏 후려치기 시작했다. 먼지가 날리고 퍽퍽 내리치는 소리가 창고 안에 울려 퍼졌다.

"시작한 것이 맞느냐? 어찌 비명이 나오지 않느냐?"

소리가 나는 쪽으로 고정되어 있는 노인의 목소리에는 초조감이 묻어 있었다.

그에 비해 멍석에서는 경쾌하기까지 한 목소리가 흘러나왔다.

"눈이 멀었나, 영감? 이따위 걸 가지고 비명이라도 지르길 기대했어?"

살려 달라 애원해도 받아들이지 않았을 것이지만 저따위 반응은 노인의 분노에 불을 지폈다. 거기다 눈이 멀었냐는 소리는 정말 눈이 멀고 있는 그의 가장 안쪽을 예민하게 할퀸 것이다. 이를 사려 물고 늙은이가 명령했다.

"들었느냐? 더 힘껏 쳐라!"

"그, 그만하세요!"

그때까지 잠겨 있던 여자의 목소리가 트였다. 그녀가 멍석 앞으로 뛰어가 각목 든 남자들 앞을 막아섰다.

남자들은 차마 고용주가 '아가'라고 부르는 그 여자를 밀치지도 못하고 멍석을 가로막고 앉은 그녀를 떨떠름하게 보다가 다시 자신들의 고용주에게로 시선을 돌렸다.

불과 몇 걸음 떨어진 일을 알아보지 못하고 노인은 갑작스런 침묵이 어찌된 일인지 묻고 있었다.

"어떻게 된 일이냐? 지금 뭐가 잘못된 것이냐?"

얼굴에 고목나무처럼 갈라진 주름들, 흐릿한 눈동자, 피부 곳곳에 찍힌 반점들, 그가 가진 돈이라든가 아들이 높은 자리에 있다는 것만 생각지 않는다면 그저 힘없고 지쳐 보이는 늙은이의 모습이다.

처음으로 멧돼지의 눈가에 노인을 향한 경멸 어린, 비릿한 미소가 떠올랐지만 노인은 그걸 볼 수 없었다. 어떤 표정으로 노인을 보던 간에 목소리에는 고용된 자의 겸손함을 가득 담고서 멧돼지가 상황을 설명했다.

"아씨께서 멍석 앞을 가로막으셨습니다. 천한 저희 것들이야 어찌해야 할지 모르겠구요."

아랫것의 상황 설명에 노인은 한순간 어리둥절한 표정을 지었다.

"아가, 비켜라. 넌 여기서 내가 내리는 심판을 나 대신 지켜보기만 하면 된다."

"그럴 수 없습니다."

듣는 것만으로도 그 표정이 짐작되는, 단호한 목소리였다.

"어째서냐?"

그녀에게만은 부드러웠던 노인의 음성에 날이 섰다. 하지만 여자는 비켜설 수 없었다.

"목숨입니다. 아, 아버님, 사람 목숨을 어찌 이렇게……."

"그 물건은 사람이 아니다! 사람이라면 그놈이 저지른 그 많은 것들을 할 수 있을 리가 없어!"

"사람입니다! 사람이 아니라면 이 사람이 했던 일들을 할 수가 없어요!"

여자는 있는 힘껏 소리쳤다. 물론 자신을 전리품이라 말했던 그가 미웠다. 자신이 남편을 기억할 수 없도록 만든 그가 원망스러웠다.

하지만 그래도 목숨이다.

"무서운 세상에서 저희 모녀 살 수 있도록 도와준 사람입니다. 아버님과 안 좋은 과거가 있다고 해도 그 손녀인 어린것에겐 보호자 노릇해 주려 노력했던 사람이에요. 먹이고 입히고 곁을 준 사람이라구요. 그러니 제발……."

"그러니 죽어야 하는 거다. 감히 개 주제에 내 손녀의 어른 노릇을 했단 말인가!"

쌀례의 말을 듣는 내내 노인은 자신의 귀를 의심했다. 나중에는 치밀어 오르는 분노에 온몸이 다 떨릴 지경이었다. 처음 쌀례의 현재 상황을 은재에게 들었을 때 그는 진심으로 마음 아팠다. 생전 건조하기만 하던 그의 눈에서 눈물이 다 날 지경이었으니까.

지금 이 순간 이전까지 쌀례 저 아이는 희생양이었다. 사내들의 피 튀기는 싸움에 끼어들어 불행한 삶을 사는 희생양. 설혹 아들아이와 다시 살 수 없게 된다 하더라도 그 일생 고생하지 않게 보살펴 주어야지 마음먹고 있었다.

그런데 지금, 저 머슴 놈도 목숨이라고 그 앞을 가로막고 있는 그녀를 보니 노인은 더럭 의심이 들었다.

'과연 저 아이가 어쩔 수 없이 저놈에게 속아 연 맺은 것이 맞나?'

막내딸의 고약한 입초사에 놀아난 것은 아니었다. 그 경박한 것이 제 올케 험담하는 것은 귀에 담을 일고의 가치도 없다 생각하여 담지 않았다. 하지만 지금 저 아이의 목소리에서 울려 나오는 어떤 것이 그의 의심 촉을 건드렸다.

저건 마치 제 어미가 이전 마름 집 아들인 그와의 밀회가 들통 났을 때 멍석말이 당할 위기에 처한 그를 변호하던 그때와 똑같지 않은가. 의심이 분노로 변하는 건 잠깐이면 충분했다.

그 분기를 담은 목소리로 노인은 방금 전까지 '아가'라고 부르던 여자에게 말했다.

"마지막으로 말하겠다. 비켜라. 아니면, 지금 그놈과 같이 죽겠느냐?"

처음으로 자신을 보는 노인의 냉혹한 눈빛, 흐릿하지만 얼음처럼 차게 빛나는 그 눈빛에 쌀례는 질려 아무 말도 할 수 없었다.

사람이 사람을 개로 볼 수도 있다는 사실도 처음 알았다. 죽이기로 다짐했기에 말리는 자는 함께 죽이겠노라고 협박할 수 있다는 것도 쌀례는 처음 알았다.

하지만 그렇다고 바로 멍석 앞을 떠날 수는 없었다.

그리고 그녀의 그런 모습은 멧돼지에 의해 앞 못 보는 노인과 멍석 안 남자에게 고스란히 전해졌다.

"아직, 그대로 계십니다요. 꼼짝도 않고요."

"너……"

그때였다. 부르르 떠는 목소리로 무언가 한소리 하려는 노인의 말을 멍석 안 목소리가 불쑥 자른 것은.

"아, 거 참 시끄럽네."

그때까지 둘둘 말려 봉해져 있던 멍석 더미에서 찬경의 팔이 불쑥 나왔다. 얼굴이 나왔다.

바닥에서 반쯤 몸을 일으킨 그는 헝클어진 머리를 쓸어 넘기며 쌀례에게 툭 던지듯 말했다.

"시끄럽게 굴지 말고, 아씨 마님, 너, 나가라."

"이봐요!"

"아니면 정말 나하고 죽을 거냐? 지금 이 자리에서?"

장난기 어린 그 목소리가 그녀의 폐부를 깊숙이 찔러 왔다.

참 미운 사람이란 생각이 들었다.

그는 바다 밖으로 함께 떠나 살자고 했지만, 그녀는 그의 제안을 거부했다.

이제 다시 같이 죽어 줄 수 있느냐는 말에도 당장 '네.'라고 대답할 수도 없었다.

그녀가 같이 살고 죽고 싶은 사람은 이 사람이 아니다.

여자의 얼굴에서 대답을 읽은 남자가 잔잔하게 웃었다.

"그러니까 너하고 난 여기까진 거다, 아씨 마님. 상전댁 아씨 데리고 한때 잘 놀아 봤으니 내 볼일은 끝난 거지. 그러니까…… 가."

그런데 이상도 하지. 그가 여기까지라고 하는데, 자신과의 일을 딱 잘라 '놀았다.'라고, 그 빈정거리기 잘하는 입술로 말하고 있는데 그녀의 발걸음은 떨어지질 않았다.

"죽는단 말이에요! 여기 있으면!"

그녀가 함께 살고 함께 늙고 함께 죽고 싶은 남자는 따로 있다. 그런데 이 남자는 그녀가 위험할까 봐 이 자리에 왔다. 그와 함께 살 수도 없고 죽을 수도 없는데, 이 남자는 지금 자신 때문에 죽으려 한다.

눈가가 뜨끈해지려 하고 있었다. 허락 없이 나오려는 눈물을 가까스로 봉해 두면서 물기 담은 눈으로 그를 쏘아보며 여자는 소리쳤다.

"댁은 노는 걸로 목숨을 거나요! 당신이야말로 나가란 말이에요! 같이 죽는 건 못해도…… 당신 죽는 거 싫어요. 나 그런 건 못 봐요. 안 볼래요. 왜 늘 이렇게 다쳐요! 왜 늘 이렇게 내 속을……."

그때였다. 여자는 더 이상 말을 이을 수가 없었다.

그의 강한 팔이 그녀의 어깨를 잡고 자신 쪽으로 끌어당겼기 때문이다.

"쉬이."

그녀의 귓가에 대고 그가 속삭였다. 마치 어린 계집아이 달래듯이, 남자는 온몸으로 부들거리며 떠는 그녀를 달래었다. 그녀의 어깨를 토닥이며, 남자는 예전 그녀가 경이 오라버니라고 불렀던 그때처럼 다정한 목소리로 속삭였다.

"나 같은 거 때문에 속상해하지 마. 그렇게 당해 놓고도. 정말 바보라니까."

그래서 사랑할 수밖에 없었다.

먼 길 떠난다는 사람에게 주먹밥이라도 싸 주겠다고 하던 계집아이. 수년 만에 다시 만나서는 대가를 약속받고 나서야 자신을 구해 주던 양아치에게 밥은 먹었냐고 묻던 처녀. 그 수년 동안 어디서 떠도는지 모르는 남자를 위해 쓸데없이 더운밥 한 그릇은 늘 챙기던 얼뜨기.

안전하게 호강하며 살 수 있는데도 제 서방과 떨어지기 싫다는 이유로 밤바다에 뛰어들던 바보.

복수하기 위해서 널 데리고 놀았다는 남자가 죽는 꼴은 보지 못하겠다 버티는, 이 바보 같은 여자를 사랑할 수밖에 없었다.

남자는 불쑥 그녀의 귓가에 대고 속삭였다.

"뒤돌아보지 말고 가라. 나가는 대로 다 잊어버리고, 잘 먹고 잘 살아. 알아들었지?"

그리고 다가왔을 때와 마찬가지로 빠르게 얼굴을 떼어 내고는 마치 일부러 끝을 재촉하듯이, 다른 이들 들으라는 듯이 버럭 소리를 내질렀다.

"가라니까! 영감! 뭐 하슈? 저거 빨리 내보내고 개 마저 잡으라구! 월! 월! 언제까지 기다려야 하는 거야! 개 같은 놈 맞다 말아서 온몸이 근지럽다니까!"

창고에 울리는 인간의 개 짖는 울음소리에 쌀례는 몸을 떨었다.

그리고 그런 그녀의 귓가에 들린 것은 사형선고 내릴 때의 법관 비슷한 상민의 목소리였다.

"저놈 말이 옳다. 저 아이를 내보내거라."

등 뒤로 닫힌 창고 문 사이로 쌀례가 마지막으로 본 것은 각목으로 두들겨 맞는 명석이었다.

어느 겨울날, 쪽 진 머리의 어린 계집아이는 울면서 길거리를 헤매었다.

그러다 쪽박을 수저로 두들기며 장단을 맞춰 행인들 금품을 터는 거렁뱅이 패들을 만났었다. 그들이 어린 그녀의 머리에 꽂힌 은비녀를 내놓으라 했다. 하지만 그건 어머니가 그녀에게 남긴 유일한 물건이었다.

목숨 지키듯 지키다 거친 주먹들에게 강탈당하기 직전, 거렁뱅이 패들 속의 한 소년이 그들에게 외쳤다.

―어머니한테 받은 거라지 않소. 우리가 거렁뱅이지, 강도요?

호기 있게 자기보다 한참 큰 어른들을 향해 쏘아붙이던 소년은 곧 여러 주먹들에게 두들겨 맞고 눈길에 쓰러졌다.

그때 그 덕에 봉변을 면한 여자아이는 주변을 둘러보며 도와 달라 외쳤지만 아무도 그들을 도와주는 사람은 없었다.

―도와주세요! 제, 제발! 사람이 죽어요! 도와주세요!

지나가는 행인들은 있었지만 모두 소녀의 시선을 피한 채 어깨를 움츠리며 지나가기만 바쁠 뿐이었다.

그리고 지금은 그렇게 바삐 지나가는 사람들조차 눈에 띄지 않았다.

하지만 쌀례는 포기하지 않고 걷고 또 걸었다.

그곳에서 쫓겨 나와 아무리 문을 두들기며 '목숨이에요!'를 외쳐 본들, 들어 주는 사람은 없었다. 그러니 그 소리를 들어 줄 누군가를 찾아야 했다.

사람 목숨을 목숨으로 보고 구해 줄 사람.

예전에 그녀의 외침을 듣고 찾아와 도와주었던 누군가처럼.

검은 스탠딩 칼라 교복을 입고, 어깨와 머리에 눈을 이고 있던 그가 소녀를 붙들고 헐떡이는 숨결을 누르며 그렇게 말했었다.

―찾았다!

그리고 지금, 이마와 목덜미에 땀을 흘리며 한 남자가 다시 그녀 앞에 나타났다.

'찾았다!'

그의 눈이 그렇게 말하고 있었다. 그 옛날 그때처럼.

눈동자 가득 그녀를 담고, 목소리 가득 마음을 담아서 그가 물었다.

"당신, 괜찮은 게요?"

여자는 놀라 한순간 말을 잇지 못했다.

개처럼 두들겨 맞는다는 것이 어떤 것인지 찬경은 그때 실감했다.

친구에겐 죽으려고 가는 길 아니라고 큰 소리쳤기에 창피해서 말할 수는 없었지만 그 순간 그는 생각했다.
'이러다 죽겠구나.'
살과 뼈에 가해지는 고통이 뱀처럼 그의 온몸에 휘감겼다.
몇 번 죽을 고비를 넘길 때마다 '죽긴 내가 왜 죽어!'라고 하늘을 향해 악다구니를 써 왔지만, 지금은 그럴 의욕조차 없었다.
여기서 살아 나가도 어차피 혼자다.
감옥에 가지 않기 위해 짭새들 재판에나 이용되다가 또 죽지 않기 위해 외국으로 튀어야 할지 모른다. 그 모든 것이 어쩐지 귀찮게 여겨지기도 했다.
사실 살아서 하고 싶은 일은 다른 것이었는데……
그 여자에게 반짝이는 은빛 물결을 보여 주고 싶었다.
전리품으로 너를 안았다는 말 따위, 다 새빨간 거짓부렁이었다는 것도 말해 주고 싶었다. 아니, 하고 싶던 말은 어차피 단 한 가지였다.
'사랑한다, 예쁜 계집애야.'
차마 손발이 오그라들어 할 수 없던 그 말을, 그녀는 어쩌면 알고 있을지도 모른다.
그러니 그런 얼굴로 나 죽는 건 볼 수 없다 하는 게지.
이제 쌀례의 그 쌀알같이 맑은 얼굴도 아득하다.
팔다리로 떨어지는 매도 시원하다는 느낌뿐, 통증조차 느껴지지 않았다.
이제 얼마 남지 않았을 것이다.
그래서인가. 귀에서 환청 같은 것이 들리는 걸 보면.
삐이이이―.

삶 | 475

요란한 스피커 소리에 이어 누군가의 우렁찬 목소리가 창고 안 인간들의 고막을 긁어 댔다.

"경찰이다! 그 안 창고에 불법 침입한 자들은 들어라! 사유지 침입에 납치 신고가 들어왔다! 나와라! 모두 나와라! 너희들은 포위되었다! 나와라!"

'징벌'은 중지되었다.

밖에서 뒤이은 목소리가 들려왔다.

"검찰 주요 참고인 윤찬경과 사업가 한상민을 납치 구금한 죄로 너희를 체포한다! 나와라!"

멧돼지의 가는 눈에 불꽃이 튀었다.

찬경이 저 거렁뱅이는 말할 것도 없고, 왜 이 모든 일을 사주한 영감쟁이까지 내가 납치한 걸로 덤터기를 써야 하나?

이건 모든 죄를 만만한 양아치인 그에게 덮어씌우려는 수작이다.

필시 저 영감쟁이 검사 아들놈이 제 아비 놈만 꺼내 가려는 수작인 것이다.

눈은 멀었지만 아직 예민한 귀를 가지고 있는 노인이 주변을 둘러보며 물었다.

"이건 무슨 소리냐?"

멧돼지는 퉁명스런 목소리로 방금 전까지의 고용주에게 말했다.

"귀까지 먹으신 게요? 짭새라잖소! 또 어르신, 아니 영감님 아들이 설치고 나선 거 아니요? 나 원! 번번이 아비는 저 거렁뱅이 목을 따라, 아들은 안 된다…… 정말 귀찮은 집구석이라니까!"

방금 전까지 신 나게 휘두르던 각목을 집어던졌다. 배신감, 거기다 맛있는 것을 먹다 중간에 빼앗긴 것마냥 멧돼지는 짜증이 솟구쳤다.

무엇보다 굳게 걸어 잠근 창고 문을 거세게 두들기는 소리들, 안에 널려진 자신이 저지른 폭력의 흔적들이 난감했다.

한칼에 죽이는 건 너무 고통 없이 죽이는 거라며 천천히 때려 죽일 것을 요구한 노인의 고집 때문에 아직 저 거렁뱅이는 숨이 붙어 있는 듯 보인다.

거의 기절할 만큼 때려눕힌 상대에 눈먼 영감까지 함께 있으니 지금 당장 밖에서 짭새가 문을 열고 들이닥친다면 여러모로 곤란해질 것이 아닌가. 이를 어쩐다. 이를 사려 물고 고민하고 있는데 똘마니까지 거들고 있다.

"이를 어쩌죠? 두목!"

두목 돼지는 짜증 섞인 목소리로 대답했다.

"어쩌긴 뭘 어째! 튀어야지! 뒷문 쪽 열어 뒀겠지?"

"아, 예. 그건 그런데 그럼 저 거렁뱅이랑 노인네는……."

멧돼지의 시선 역시 밖의 소란스러움에 당황한 듯 보이는 노인과 멍석에 맴돌았다. 잠시 후 그의 입에서 '해결책'이 나왔다.

"두고 간다. 우리 살기도 바쁜데 저것들까지 들고 어떻게 튀겠나? 전쟁 때도 북쪽 놈들이 밀고 들어왔을 때 거추장스러운 건 다 버리고 빈 몸으로 튀었었는데."

"하, 하지만……."

뭔가 개운치 않다는 듯 반론을 제기하려던 수하에게 멧돼지는 가는 눈을 번뜩이며 명령했다.

"하지만 그냥 두고만 가기엔 찜찜하니까…… 여기, 시너가 있었지?"

"예? 예, 뭐…… 오만가지 다 쌓아 두는 창고니까요."

"우리 나가고 너는 두어 놈들 데리고 그걸로 여길 좀 깨끗하게 태워

야쓰겠다."
 처음 얼마간 두목의 말을 이해하지 못했던 똘마니는 곧 그가 가리키는 시너 통들을 보면서 불안하게 노인을, 그리고 멍석을 바라보았다.
 "그, 그래도 살아 있는데……."
 "어차피, 죽이려던 거다. 불 처음 내는 것도 아니고, 목면 창고 태워 먹었던 때처럼만 하면 돼. 그때는 일부러 증거를 남기려고 반쯤 태워 먹은 거지만 이번에는 좀 더 확실하게! 알아들었나?"
 두목의 말처럼 처음 하는 짓은 아니었다.
 하지만 물건을 태우는 것과 살아 있는 사람을 태우는 건 그 차이가 엄청나다. 그러나 두목의 명령은 언제 어느 때라도 복종해야 한다. 한숨을 쉬고 시너 통을 찾으면서 똘마니는 언젠가 이 생활을 청산하고 저 인간으로부터 도망가야겠다고 결심했다.
 언제나 그렇듯이 속으로만.

 초여름 밤, 인화성 좋은 시너에 의해 불은 삽시간에 창고 안까지 번졌다.
 찬경은 어렸을 때 뭣도 모르고 그 냄새를 몇 번 맡고 환각에 빠진 적이 있었다.
 시너 냄새, 그건 드물게 꿈을 꾸게 하곤 한다.
 꿈속에서 어머니는 술병 때문에 새까만 얼굴이 아니라 옥같이 희고 반짝거리는 얼굴을 하고 그에게 다정스레 말해 주었었다.
 "너는 네 아버지랑 쏙 닮았다. 코도 닮고, 입가도 빼다 박고, 하다못해 발가락까지 닮았다. 어미도 조금 닮았지. 이렇게 잘난 우리 아들, 나중에 색시들 속 좀 끓이겠는걸. 깔깔깔."

어머니 말대로 자신과 닮은 듯 보이는 아버지는 거렁뱅이 꼴로 찾아온 아들을 무뚝뚝한 낯빛으로 대했지만 그래도 아들의 이 끓는 머리를 상관하지 않고 묵묵히 쓰다듬어 줄 만큼은 환영해 주었다.

그는 교복을 입고 학교를 다니고, 그에게는 동그란 얼굴의 어린 각시가 있었다.

그리고 그는 윤찬경이 아니라 한씨 댁 도련님, 한찬경이었다.

그때였다. 그의 귀에 누군가의 기어들어 가는 목소리가 들려온 것은.

"선재야…… 쿨럭쿨럭."

그 소리가 그를 현실로 돌아오게 만들었다. 갑자기 멍석 지푸라기 사이로 들어오는 연기 때문에 눈이 매웠다. 뜨거운 불기운에 찬경은 기침을 내뱉으며 멍석을 털고 일어섰다.

창밖으로 불기운이 보였다. 여기저기 연기가 들이차고 있었다.

연기 사이로 한쪽에서 뒹구는 드럼통들이 보였다.

"제길. 멧돼지 새끼, 불장난에 재미들렸나……."

그다지 살고 싶다는 생각은 없었지만, 그래도 불에 타 죽는 건 내키지 않았다.

문 쪽으로 달려가는데 문득 뒤에서 다시 영감의 웅얼거리는 소리가 들렸다.

"선재야아아……."

제길. 영감쟁이. 남을 개 패듯 패 죽이려고 하더니 꼴좋군. 다른 목숨 죽이려던 대가로 너나 죽어 버려라. 입으론 비웃음을 내뱉고 손으로는 불에 달궈진 창고 문을 열고자 손을 대신할 만한 막대기를 찾아 헤매었다.
 쌀례를 내보내고 나서 문을 안쪽에서 걸어 잠갔었는데 걸쇠 부분이 불에 달궈져 손으로 열기에는 무리가 있었다. 하지만 연기가 급속도로 들이차고 있었고 숨 쉬기가 점점 어려워져서인지 쓸 만한 막대기는 쉽게 보이지 않았다. 결국 찬경의 눈에 띈 것은 영감이 생명줄처럼 잡고 있는 지팡이였다.
 "잠깐 빌려 씁시다."
 "뭐야? 네 이놈! 이게 무슨……"
 "다 살자고 하는 짓이니까 좀!"
 돈으로 사람을 사서 찬경의 허리에 칼침을 꽂거나 멍석에 말아 몽둥이찜질을 할 순 있어도 그 노인 자체로는 예순 넘은 노약자일 뿐이었기에 상민은 별다른 저항도 못하고 찬경에게 지팡이를 빼앗기고 말았다.
 흑단목으로 만든 지팡이는 단단해서 제법 쓸모가 있었다. 지팡이에 힘을 주어 잠긴 걸쇠를 밀어 버리니 문이 열렸다. 이제 나가기만 하면 되는 것이다.
 그때 찬경의 귀에 등 뒤에서 허둥지둥 헤매고 있는 늙은이의 가냘픈 목소리가 들려왔다.
 "선재야…… 예가 어디냐? 아비 죽는다……"
 매운 연기와 화기가 늙은이에게서 그나마 남아 있는 정력을 한순간 뽑아낸 것처럼, 충격에 빠진 노인은 가냘픈 신음을 흘리며 불가 근처를 배회했다.
 제기랄. 입으론 욕설을 중얼거리면서도 찬경은 몸을 틀어 연기를 헤치고 노인에게 다가갔다.
 그의 젊은 손아귀가 순식간에 노인의 멱살을 잡아챘다.

"놔, 놔라! 거렁뱅이! 이 날도적놈! 네가 지금 이 와중에 날 해치겠다는……"

그러나 노인의 예상과는 다르게 젊은것은 '죽어라! 이 괴물 영감쟁이!'라고 빈정거리는 대신 다른 소리를 하고 있었다.

"정말 기억 안 나는 거요, 영감?"

"뭘 말이냐?"

"윤창숙이. 우리 엄마 말이오. 기명(妓名)은 설희였는데."

한순간 노인의 얼굴에 멍한 표정이 스쳤다. 사방에 매운 연기가 가득하고 불기운에 언제 타 죽을지 모르는 상황에서 이 거렁뱅이 놈이 지금 무슨 소리를 하고 있는 것인가.

"예전에 영감이 우리 엄마를 본 적이 있다고 치자고 헷갈리게 대답하지 않았어? 정말 기억 안 나는 거요? 평양부터 남도까지 집칸 마련해 준 기생이 한둘 아니었다고 해도, 정말 기억 안 나?"

노인은 기가 막혔다.

"생각난다고 하면 뭐가 달라지느냐? 이제 와서 내가 널 아들이라고 할 것이냐, 네놈이 날 아비라 할 것이냐."

"그냥, 궁금하단 말이요. 그 주정뱅이 아줌마가 그래도 죽을 때까지 거짓말을 한 것 같지는 않고. 듣기로 영감 코에 내 코, 영감 발가락하고 내 발가락까지 닮았다고 했는데 말이지."

피식, 주름진 노인의 입가에 심술궂은 미소가 서렸다.

그 얼굴을 보는 순간, 찬경은 덜컹 가슴이 내려앉았다. 주름과 검버섯을 지우고 머리칼을 검게 물들인다면 그 심술기 덕지덕지 붙고 지친 미소는 매일 아침 거울 속에서 보아 왔던 자신의 얼굴과 흡사했기 때문이다.

삶 | 481

그것이 화나고, 슬프고, 놀랍고, 우스웠다.

그리고 지금 그런 감정이 고스란히 드러났을 자기 얼굴을 저 노인네가 보지 못해 다행이란 생각도 들었다. 목소리에도 그런 복잡한 상념일랑 담지 말아야지 노력하며 부러 퉁명스럽게 찬경이 말했다.

"다른 욕심 따위 애초에 부리지 않았다구. 그때 살아 돌아왔을 때, 살아 돌아왔구나 한마디 해 주고 약속한 대가만 챙겨 줬더라면, 다시 영감 눈앞에 나타날 일도 없었어. 얌전히 사라져 주려고 생각했었단 말야."

정말 그럴 생각이었다.

꽃밭에서 땀방울 흘리며 꽃을 가꾸던 작은아씨 마님을 눈으로 확인한 이후, 그는 홀가분하게 이 땅을 떠날 수 있다고 생각했다.

혹여나 목숨 값을 치르려 한가 영감이 직접 나온다면, '그래도 살아 돌아왔구나. 약속대로 아비라 불러도 좋다.'라고 말해 주었다면, 그냥 멋쩍게 웃으며 '미쳤소?'라고 퉁명스레 대꾸하고 이 땅에서 순순히 떠나 줄 생각이었다.

지금까지 누구에게도 한 번도 말한 적 없었고 찬경 자신도 오래도록 잊고 있었지만, 그때는 분명히 그럴 생각이었다.

하지만 영감이 보낸 칼침에 옆구리를 얻어맞고 나서 그는 이전 치기 어린 소년이었을 때 자신이 했던 맹세를 곱씹게 되었다.

―나는 이 집안 것들을 모두 잡아먹어 버릴 거야.

젊은것의 고백을 노인은 무표정한 얼굴로 그저 듣고만 있었다.

'미안하다.'라는 말은 차마 나오지 않았다. 생각해 보면 한상민은 누구에게도 '미안하다.'라는 말은 한 적이 없었다.
 젊었던 날, 상전 집 연이 아씨가 혼인하기 직전 자신을 데리고 도망가 달라 했을 때 '미안하지만 그럴 수 없다.'라고 한 이후로 다른 이에게 진심으로 '미안하다.' 소리를 한 적은 없었다. 단 한 번도. 그 오랜 세월 해 본 적 없는 말이, 이 눈앞의 젊은것 투정 몇 마디에 나올 순 없는 일 아닌가. 결국 겨우겨우 노인의 주름진 입에서 웅얼웅얼 흘러나온 말은 다른 것이었다.
 "향숙이."
 영감의 입에서 나온 다른 이름에 찬경은 발끈했다.
 "뭐요? 창숙이라니까! 윤창……"
 젊은것의 버럭거리는 소리에 굴하지 않고 노인은 차갑고 도도한 어조로 말을 이어 갔다.
 "설희. 피부가 제법 희어 기명을 그렇게 지었다고 호들갑 떨던 기생이 있긴 했다. 권주가가 제법 괜찮았다. 객에게 따르는 술보다 제 입으로 들어가는 술이 제법 되어 어이가 없었지만…… 창숙이란 이름은 촌스럽다고 향숙이라 부르라 하기도 했고, 철딱서니가 없었지."
 노인은 이미 예전에 죽어 없어졌을, 하얀 낯빛에 목소리 낭창낭창한 술고래 여자의 모습이 떠오른 듯 혀를 차며 고개를 내둘렀다.
 어미는 살아생전 눈앞의 이 작자를 피도 눈물도 없는 냉혈한이라고 욕했었다.
 그녀의 손님이었고 그녀의 주장대로라면 그녀 아들의 아비인 냉혈한은 그녀를 어이없고 철딱서니 없는 주정뱅이 여자라고 험담하고 있었다.
 그뿐이다. 겨우 그뿐인데, 찬경은 픽 하고 저도 모르게 웃고 말았다.

그렇게 웃다가 울컥 식도로 비릿하고 따뜻한 것이 올라와서 입 안에 들끓고 결국 토하기까지 해 버렸지만…… 입 밖으로 떨어지는 핏방울을 손등으로 훔치면서도 찬경은 웃었다.
이상하다. 이상하게 웃음이 나온다.
마음이 한결 가벼워졌다.
"나갑시다."
어쩌면 자신을 구해 주었을 때 도련님 녀석 마음이 이 비슷하지 않았을까, 멍석에 말린 자기 앞을 막아서며 '목숨입니다!'를 외친 쌀례 그 여자의 마음도 이러지 않았을까 생각하면서 찬경은 조심스레 노인의 팔을 붙들고 열려진 문 밖으로 걸음을 내디뎠다.
밖으로. 편하게, 계속 멈춤 없이 숨을 쉴 수 있는 밖으로.
그리고 그 밖에는 뜻밖의 풍경이 그를 기다리고 있었다.

뜻밖의 상대방을 뜻밖의 장소에서 마주하는 순간, 그들은, 쌀례와 선재는 너무 놀라 한동안 말을 잊지 못했다.
"여긴 어떻게……"
"괜찮은 거요?"
특히 도움을 청하기 위해 인적 없는 밤거리를 달려 나온 쌀례는 자기 앞에 나타난 선재의 까마득한 모습을 올려다보며 놀라움을 감추지 못했다.
"그, 그걸 도대체 어떻게……"
선재가 타고 있던 그것은 말(馬)이었다.

"통금이라, 급한 대로 기마경찰 말을 빌려 가는 길이오."

외출을 금지당한 터라 집안 차를 가지고 나올 수도 없었고 하필이면 시간은 통금대여서 다른 차를 수소문하기도 쉽지 않았다. 그럴 때 마주친 것이 순찰을 돌고 있는 기마경찰이었다.

말을 타고 순찰을 도는 경찰은 1945년 9월 일백 명 정도의 인원이 백여 마리 말을 배정받아 창설되었다. 전쟁 전부터 말을 타고 거리를 누비는 위엄 있는 기마경찰의 모습은 사람들의 시선을 끌면서 교통정리, 순찰, 화재현장 정리, 시위대 진압 등등의 일을 담당했다. 6·25 때 납북되어 간 대원도 있었지만 아직까지 명맥을 유지하고 있었다.

이번에는 흙투성이 쌀례의 치맛자락에 피까지 묻어 있는 모습을 보고 선재 역시 놀라고 말았다. 그는 급히 말에서 내려 그녀의 어깨를 붙들고 물었다.

"다친 건가?"

자신의 옷자락에 묻은 피를 보면서 쌀례 역시 곤혹스러웠다.

"제 피가 아니에요. 이건……."

여자는 이 피를 흘린 채 자신을 보내던 남자가 떠올랐다. 그를 멍석에 말아 때려 죽이고자 하는 노인의 모습도. 그녀는 떨리는 목소리로 자초지종을 설명했고 선재는 다시 말 등에 올랐다. 아버지를 말릴 사람은 자신뿐이다. 적어도 그의 명령을 받고 있는 치들도 현직 검사 앞에서 살인을 저지르진 못하리라.

그런데 그때, 말의 배를 걷어차 달리려고 하는 그의 앞을 막아서는 여자가 보였다.

"당신은 돌아가요. 작은 쌀례가 기다리고 있으니까."

"저도 같이 가겠어요."

"바보 같은 소리!"

그때 남자는 그로선 드물게 버럭 소리를 질렀다.

왜 늘 이 여자는 이토록 겁이 없는 걸까. 선재는 그녀의 무모함이 이 순간만큼 밉게 보인 적이 없었다. 그때 부산에서도 그랬다. 겁 없이 배에서 뛰어내리지만 않았어도, 얌전히 가족들과 함께 일본에서 그를 기다리기만 했어도, 그들은 지금과는 다른 모습으로 진작에 만났을 것이다. 그런데 그 무모함으로 죽을 만큼 고생을 해 놓고 아직도 정신을 차리지 못했단 말인가.

화가 나서 남자는 말 잔등에서 땅으로 뛰어내렸다.

"도대체 언제까지!"

남자는 그녀의 어깨를 붙들고 소리쳤다.

"도대체 언제까지! 나한테 이런 꼴을 보일 참이야? 나한테 지옥을 보여 줄 만큼 보여 줬다는 생각 안 들어? 그래! 당신이란 여자, 솔직하지! 자기 마음 따위 숨길 줄도 모르고 언제나 하고 싶은 대로 하는 여자야! 그렇다고 해도 꼭 지금 내 앞에서……."

다른 남자가 걱정된다고, 또 그놈을 위해 위험한 곳을 가겠다는 소리 해야 하는 건가?

입 밖으로 튀어나오려는 그 소리를 그는 차마 할 수 없었다. 할 수 없었다.

그때였다. 여자는 자신의 어깨를 잡아 흔드는 남자의 가슴에 머리를 기대고는 조용히, 떨리는 목소리로 속삭였다.

"……알면서도 왔어요, 그 사람."

고개 수그리고 온몸을 부들부들 떨며 울음을 토해 내듯 여자는 말했다.

"죽을 줄 알면서도, 나 때문에 왔어요."

이 사람 앞에서 그 남자 이야기를 꺼내는 것이 얼마나 염치없는 일인지 그녀도 모르진 않았다. 내가 같이 살고, 같이 늙고 같이 죽고 싶었던 사람은 당신이다. 지금도 그건 변함이 없다. 하지만…….

―아니면, 나하고 죽을 거냐? 지금 이 자리에서?

웃으면서 그렇게 묻던 경이 오라버니의 눈은 젖어 있었다.
그 물기 어린 웃음을 보면서 쌀례는 깨달았다.
이 사람은 이미 내 대답을 알고 있었다고.

―아니요. 난 당신하고 죽을 수 없어요.

알고 있으면서도 그는 왔다.
그녀가 위험한 것이 견딜 수 없었기 때문에 스스로 멍석 아래로 들어갔다.

―쉬이. 나 같은 것 때문에 울지 마. 그렇게 당해 놓고. 바보라니까.

월월월, 사람 목소리로 개 짖는 소리 흉내 내어 가며 죽으러 갔다.
문틈 사이로 본 모습이 마지막이었다. 그 모습이 마지막인 건 싫다.
마지막이길 원치 않았는데 그것이 마지막이 되어 버려 가슴을 친 적이 이전에도 있었다.

―기다리고 있어. 어디에 있든 찾으러 갈 테니까.

 어느 여름, 낯선 바닷가 배 위에서 다시 만날 거라고 약속하고 누군가와 헤어진 적이 있었다.
 다시 만날 것이다, 약속한 그 순간부터 그 약속이 지켜지지 않으리란 생각은 단 한 번도 해 본 적이 없었다.
 그런데 시간이 흐르고 어느 날 누군가가 그녀에게 그리 말했더랬다. 그것이, 너희들의 마지막이었노라고.

―……빨치산들 총 맞고 죽었어! 내 눈으로 똑똑히 봤단 말야! 알아들어? 그러니까 그놈은 너한테 돌아올 수 없어! 이미 시체조차 썩어서 백골이 됐을 테니까!

 날 비린내 나던 흙바닥에 쓰러져 누군가가 그녀를 올라타고 그렇게 소리쳤었다.
 그때 얼마나 지독히 아팠던가. 피 흘리는 대신 눈물을 쏟으며 그저 홀로 죽고 싶었다.
 그랬었다.
 남자들은 모른다. 한순간 한순간 그것이 마지막이 될까 봐 두려운 여자 마음을. 안다면 번번이 앉아서 기다리라는 말을 저렇게 할 수 있을 리가 없다.
 "더 이상 죽고 다치는 거, 못 보겠어요. 제발!"
 자신을 보는 그녀의 눈동자.
 언젠가 이런 눈, 이런 목소리로 그녀가 이 비슷한 말을 한 적이 있었다.
 그래, 그 더운 여름 밤바다에서 찬경의 총자루에 얼굴을 얻어맞은 그를 감싸 안으며 그녀는 말했었다.

―나는 당신 다치는 것 못 봐요! 당신 죽는 거 싫어요! 그런 꼴 보느니, 내가 먼저 죽겠어요!

 그때와 같은 얼굴, 같은 목소리로, 같은 말을 하고 있다.
 그건 당신이 당신이라서 할 수밖에 없는 소리인 걸까.
 아니면 뭔가 생각이 난 것일까.
 "당신, 혹시……."
 그때였다. 거친 땅 위를 긁고 구르는 타이어 소리가 그들의 고막을 긁은 것은.
 곁으로 라이트 불빛을 뿜어내고 있는 지프차 두어 대가 바람처럼 곁을 지나가고 있었다.
 통금인 이 시간에 거칠 것 없이 달려가는 차량 행렬이 이채로웠다.
 운전을 하고 있는 쪽도, 좁은 차량에 덩치 큰 사내들만 어깨를 모으고 억지로 몸을 구겨 타고 있는 것도, 그들 손에 각목이나 신문지로 싼 칼날 같은 것들이 보이는 것도.
 그런데 맨 앞 차량에 앉아 있는 인물은 쌀레의 눈에 익은 사람이었다.
 "서둘러! 경이 그놈 명줄 끊어지기 전에 빨리!"
 곰이다. 그 역시 쌀레를 보더니 급작스레 차를 세웠다.
 "거기 제수씨, 아니 아기 엄마 아니요?"

만난 이래 엄청난 몸집, 험악한 인상과는 달리 사근사근한 어조로 제수씨라 부르던 그가 처음으로 그녀를 불퉁한 눈초리로 노려보고 있었다.

"무사했구만. 경이 놈이 범 아가리에 머리 박으러 간 보람이 있었군."

그것은 여자의 가슴을 찌르는 소리였다.

하지만 사실이기도 하다.

그가 위험을 무릅쓰고 그녀를 놓아 주었으니 범의 아가리로 머리를 들이민 남자는 지금쯤 매우 혹독한 곤경에 처해 있을 것이다.

남자는 그녀와 그녀의 본래 남편에게서 시선을 돌려 차 문을 두들기며 운전석에 앉은 방가에게 길을 재촉했다.

"가자! 한시가 급해!"

매운 연기를 남기며 달려 나가는 차를 묵연히 지켜보던 선재 역시 한숨을 쉬고 다시 말에 올랐다.

그러고는 여전히 꼼짝도 않고 그 자리에 서서 자신을 보고 있는 여자에게 손을 내밀었다.

그녀는 돌아가지 않을 것이다. 그렇게 태어났고, 그렇게 영글어 버린 여자이니까.

"타요. 아까 그 사람 말대로 시간이 없으니 빨리 가자구."

그의 손에 이끌려 말에 오르고 다시 그의 등에 얼굴이 닿을 만큼 가깝게 앉게 되었다.

앞을 보고 말고삐를 당기는 남자의 목소리가 들렸다.

"허리, 꽉 잡는 게 좋을걸. 잡지 않으면 떨어질 테니."

머뭇거리던 여자는 결국 말의 움직임에 몸이 흔들리자 깜짝 놀라 그의 허리를 바싹 안았다.

그녀의 얼굴이 그의 땀에 젖은 등에 닿았다.
코끝에 그의 체취가 스쳤다.
이전, 어느 초여름 날 햇살이 눈부셨고, 그의 등에 기대어 위태롭게, 혹은 매끄럽게 굴러가는 자전거를 타고 바람 속을 거닐었던 그때처럼.

구름에 잡아먹혔던 달이 가끔씩 고개를 디밀었다.
푸르스름한 달빛 아래 먹잇감 노리는 수리의 눈빛으로 한 떼의 사람들이 창고를 응시하고 있었다.
"아직, 저기 있나요?"
걱정이 잔뜩 묻어나는 쌀레의 질문에 곰은 퉁명스레 대꾸했다.
"그럼 그 영감이나 멧돼지 그것들이 순순히 내보내 줄 것 같습니까? 경이 그 멍청이가 괜한 짓을……."
그러나 입으론 퉁명스럽게 말해도 찬경이 걱정되기는 곰 역시 마찬가지였다.
"안에 얼마나 있는지는 모르겠지만 일단 들어가 봐야지."
그러나 무작정 들어가는 것은 위험하다고 검사 영감은 말씀하셨다. 그리고 뒤이어 뜻밖의 방법까지 말씀하셨다.
"영장은 없지만, 한번 시도해 봅시다."
그리하여, 그들은 마치 대대적인 경찰 인원이 그곳을 포위한 것처럼, 안에 있는 멧돼지 패들에게 협박, 혹은 경고성 메시지를 퍼부었던 것이다.
"검찰 주요 참고인 윤찬경과 사업가 한상민을 납치 구금한 죄로 너희를 체포한다! 나와라!"
 현직 검사의 낭랑한 목소리가 울려 퍼졌다. 누가 감히 이것이 거짓 협박이라 짐작할 것인가.
 이것이, 적어도 살인교사로 적발될 늙은 아버지와 찬경 둘 다 구하는 길이라고 선재는 생각했다. 이 모든 사달의 원인인 괴물 한가 영감까지 구제하는 이 방법은 곰의 비위에 거슬리긴 했지만 달리 더 좋은 방법은 떠오르지 않았기에 그도 동의하고 말았다.
 그러나 예상 밖으로 그 경고에도 불구하고 문은 열리지 않았다. 거기다 사람은 나오질 않고 엉뚱한 것이 나오기 시작했다.
 "저, 저거 연기잖아?"
 "멧돼지! 이 독한 것! 아예 불을 싸질러?"
 창고 건물은 몸체는 목재로 지어졌지만 문만은 철로 만들어졌다. 굳건하기 짝이 없어서 안에서 잠긴 지금으로선 밖에서 열기 어려웠다.
 오로지 건축자재를 쌓아 두기 위해 만든 공간이기에 창문도 없이 밀폐된 공간에서 사람이, 그것도 노인과 필시 부상을 입었을 남자, 두 사람이 버틸 수 있는 시간이 얼마나 될까.
 선재의 입에선 저도 모르게 다급한 비명이 터져 나왔다.
 "안 돼! 아버님!"
 평생 존경해 본 적 없는 아비이긴 하지만 아버지였다. 욕심이 많아 세상을 삼켜 버려도 만족할 것 같지 않던 한선재의 원죄. 하지만 어느 샌가 늙고 쪼그라들어 앞조차 제대로 보지 못하는, 미워하지만 연민할 수밖에 없는…… 아버지.
 그리고 그 곁에 선 여자 역시 창백하게 질린 얼굴로 신음했다.
 "겨, 경이 오라버니……"

―밥 많이 먹고 무럭무럭 커라, 밥순이 아씨 마님. 어른이 되어 다시 보게 된다면, 그땐 죽도록 괴롭혀 줄게.

그게 언제였을까.
지금처럼 날 밝기 전 유독 어두웠던 새벽에 그는 그렇게 스산한 약속을 했었고, 자신이 할 수 있는 한 최대로 그녀를 괴롭히면서 그 약속을 지켰다. 하지만······.
모두들 망연히 보고 있던 그 순간, 여자는 맹렬한 기세로 어딘가를 향해 달려갔다.
선재와 곰은 곧 나타난 그녀의 모습에 입을 딱 벌리고 말았다.
숨을 헐떡이는 여자는 밑에 속 고쟁이가 다 보일 만큼 치맛자락을 앞으로 모아 쥐고 있었는데, 그 치맛자락에는 그들도 잘 아는 물건이 쌓여 있었다. 흙더미였다.
타오르는 불길 위에 여자는 하얀 소복에 담아온 흙을 있는 힘껏 털어 냈다.
"쌀례?"
얼떨떨한 얼굴로 자신을 보는 남자들에게 여자는 소리쳤다.
"왜들 멍청히 있는 거예요! 산 사람이 안에 있잖아요!"
아무리 악당이라도, 살아 있는 목숨이 산 채로 불에 태워지는 건 있을 수 없다.
육신이 불에 타는 것은 '밥집' 할머니처럼 숨이 다하는 순간을 겪고 나서라야 한다.
여자의 작은 손은 흙투성이, 손톱 끝에는 흙과 피가 맺혀 있었다.
그렇게 홀로 필사적으로 흙을 날라 뿌려 대는 그녀의 모습을 지켜보던 젊은 남자는 곧 그녀를 따라 흙을 퍼 나르기 시작했다.
 다른 사내들, 곰과 곰을 따라 온 한강 송파나루파 사람들 눈에 그것은 계란으로 바위 치기 같아 보였다.
 어떤 이들은 어이가 없어 한숨을 내쉬기도 하였다.
 하지만 그들 중 곰이 불쑥 튀어나와 선재 곁에서 흙을 퍼 나르기 시작했다.
 "야! 차에서 뭐든 퍼 나를 걸 가져와!"
 그리고 하나둘 사람들이 나서서 그녀를 따라 주변의 흙을 퍼 나르기 시작했다.
 그들이야말로 짐을 나르는 데 이골이 난 부두의 장사들, 임방꾼 출신들이 아닌가.
 "이쪽으로 좀 더 뿌려 봐!"
 "저쪽 공사판에 모래 포대 몇 보이던데 가져와 보는 게 어떨까?"
 그중 몇은 물차를 부르겠다고 전화가 있는 곳까지 달려가기도 하였다.
 그렇게 한창 사람들이 움직이고 있던 그때였다.
 쿠궁—.
 "이봐, 저기……."
 굳게 닫혀진 창고 문에서 조금씩 소리가 들려왔다. 심장 뛰는 것처럼 작고 은근한 소리였다.
 쿠웅, 쿠궁…….
 잠시 후 굳게 닫혀 있던 문이 열리고, 매운 연기가 쏟아졌다.
 연기가 흩어지면서 느릿한 걸음으로 나오는 사람 형체가 보였다.
 키 큰 젊은 남자와, 그의 옷자락을 쥐고 거의 기다시피 젊은 남자에게 이끌려 나오는 늙은이가.

매운 연기 때문인가. 두 사람을 바라보는 흙투성이 쌀례와 선재의 눈에 눈물이 어렸다.
아무도 죽지 않아서, 그 마지막이 마지막이 아니어서 정말로 정말로 감사하다고 여자는 생각했다.
'여기서 나가면……'
다시 그 여자는 생각했다.
'여기서 나가면, 나는 새로운 주발을 살 거야. 내가 깨뜨렸던 것보다 훨씬 예쁘고 단정한 새로운 조왕신의 주발을 사야지. 맑디맑은 물을 떠서 바쳐야지. 그리고 다시 한 번 합장을 하고 감사드려야지. 혹은 다시 빌어야지.'

―보우해 주세요. 내 쌀독에 쌀알이 가득하길. 내 사람들이 굶주리지 않기를.

기도는 이루어진 것도 있었고, 이루어지지 않은 것도 있었다.
이루어지지 않았다고 노여워서 주발을 부셔 버린 적도 있었고, 더 이상 기원할 것 없다고 기도하는 것을 포기한 적도 있었다.
하지만 생각해 보면 주발이 있거나 없거나 정안수가 가득 채워졌거나 말라 버렸거나 그녀는 늘 빌어 왔었다.
기원하는 것을 멈출 수 없었다.
끊임없이 보채는 것 같아 어떨 때는 스스로 얼굴 붉어지는 때가 있더라도, 삶은 기도다.
그것도 멈출 수 없는 기도.
끊임없이 허기진 배를 쌀알로 채우고, 집 떠나 있는 누군가를 생각하며 더운밥 한 공기 아랫목에 묵혀 두고, 사랑하고, 울고, 웃고, 다투다가 다시 밥상을 함께하는 그 모든 것은 다 행복해지기 위한 기원인 것이다.

쌀례는 막 불길에서 나온 그 사람들을 향해 기도하듯이 한 걸음씩 걸어갔다.

그저 앞만 보고 걷기만 했다.

그녀뿐 아니라 거기 있던 사람들 모두 막 살아 나온 사람들만 보고 있었다. 때문에 자신들 쪽을 겨누고 있는 총구가 있다는 것을, 그때 그들은 알지 못했다.

불구대천지원수(不俱戴天之怨讐).

《예기(禮記)》라는 책에 이런 말이 나온다고 했다.

한 하늘 아래 살 수 없는 원수.

아버지를 죽인 원수와는 한 하늘 아래 살 수 없으니 반드시 죽여야 하고, 형제를 죽인 원수와는 항상 무기를 휴대하여 발견 즉시 척살해야 하고, 친구의 원수와는 같은 구역에서 살 수 없기에 나와바리 밖으로 추방하든가 역시나 명줄을 끊어 놓아야 한다는 것이었다.

문자 속에는 약한 멧돼지였으나 어린 시절 먼 친척 노인네에게 그 구절을 들은 뒤로 어린 멧돼지는 무릎을 탁 쳤었다.

그야말로 이 주먹 세계의 핵심을 잘 짚어 낸 금과옥조(金科玉條)라 아니할 수 없다.

그리고 지금 그는 생각했다. 굳이 아버지나 형제, 친구를 죽이지 않앉더라도 반드시 한 하늘을 이고 살 수 없는 원수 놈은 있는 법이라고.

멧돼지에게 있어서 그것은 윤가 거렁뱅이, 바로 저놈이었다.

"저 거렁뱅이 놈 때문에 내가 이 모양 이 꼴이 된 거다!"

멧돼지의 가는 눈이 불길에서도 뒤지지 않고 징글징글하게 살아 나온 찬경을, 그리고 그 앞의 쌀례를 향했다.

눈빛으로 살인을 할 수만 있다면 윤찬경 저놈은 이미 골백번 죽었으리라.

"저놈만 아니었으면 내 나와바리는 지금보다 몇 배는 되었을 테고! 경무대 높으신 영감님들께 불려 가는 것도 나였을 테고! 지금 내가 이 꼴로 있진 않았을 텐데!"

애초에 그가 비교적 이른 나이에 자신의 영역을 가진 보스가 될 수 있었던 것도 전쟁 중 찬경이 나누어 준 약탈의 대가 때문이었다는 것도, 그를 제압하려면 정식으로 결투를 신청해서 맞짱을 떴으면 되었을 것을 본인 스스로 하지 않았다는 것도, 멧돼지의 머리에서 떠오르지 않았다.

저놈을 없애야 한다. 그래야만 자신이 살 수 있다.

그것도 그럴 듯하게 살 수 있다.

원래 한 세대 한 구역에 두목은 둘이 있을 수 없는 것이다.

옛날부터 원수는 한 나와바리에 두는 것이 아니라 하지 않았던가. 죽던가, 내쫓던가, 아니면 죽여야 한다고.

그러니 그는 옛 성현들의 가르침을 삼가 경건하게 따를 뿐이었다. 아니, 솔직히 말해서 성현이고 나발이고, 그저 저놈이 죽도록 싫을 뿐이다. 그래서 처음 그의 총구는 당연히 찬경을 향했다.

하지만 바로 그 앞에 서 있는 여자를 보면서 멧돼지의 입가에 얼핏 심술궂은 미소가 피어났다.

'저거다.'

거렁뱅이 놈도 곧 보내 버릴 테지만, 이승에 머무는 마지막 순간에 제 계집이 먼저 피 흘리고 쓰러지는 모습을 저놈에게 보여 주자. 뭐 어찌 보면 죽고 못 살았던 계집과 함께 세상 뜨도록 만들어 주는 것이니 자비를 베푸는 것으로 보일 수도 있겠지만, 요는 저 계집이 저놈 눈에서 먼저 가 버리는 거다.

다시 멧돼지는 최대한 침착하게 자신의 목표물을 겨누기 시작했다.

문을 열고 밖에 나서자마자 찬경을 맞은 것은 알싸한 새벽 공기였다.

그는 맑은 물 마시듯 공기를 깊숙이 들이켰다.

매운 연기에 침침하던 그의 눈에 바로 앞 풍경들이 들어왔다. 그의 표정은 기묘한 것을 볼 때 그러하듯이 얼떨떨해져 버렸다.

곰과 방가를 비롯한 그의 임방꾼 수하들이 흙을 퍼 나르는 것도 그랬고, 무엇보다…… 흙투성이 치마폭에 흙을 담아 오고 있는 그 여자 쌀례의 모습도, 그녀의 옆에서 흙투성이 셔츠 차림을 하고 있는 도련님의 모습도 모두 기묘했다.

그리고 그들이 자신을 보는 시선 역시 묘하다는 것을 찬경은 얼마 안 가 눈치채고 말았다.

그의 손이 아직 영감쟁이의 팔을 붙들고 있었기 때문이다.

영감도 어느새 그의 팔에 매달려 있었다.

민망하였다. 참으로 민망하였다.

"뭘 그렇게 보고 있는 거야?"

쑥스러워서 버럭거리고 있는데 도련님 녀석은 엉뚱한 소리를 한다.

"……고맙네."

그리고는 혼이 반쯤 나가 버린 듯한 제 늙은 아비를 부축해 근처 기댈 수 있는 곳에 몸을 기대게 하였다.

그리고…… 그 여자가 보였다.

머리에 꽂혀 있던 하얀 실핀은 이미 어디론가 사라져 버리고 헝클어진 머리에도 흙 알갱이가 주렁주렁 매달려 있었다. 소매나 치맛자락이나 본래의 색을 알아보기 어려울 만큼 흙투성이였지만 자신을 향해 울고 웃는 그 여자 모습은 새벽 햇살에 뒤엉켜 눈이 부실 것 같았다.

몸이 저리도록 안고 싶었지만 그럴 수는 없어서, 그저 멍하니 보고 있는데 바로 그때였다.

탕―!

총탄의 화약 터지는 소리에 맨 먼저 반응한 것은 선재였다.

그 지긋지긋한 총알 소리.

아직도 그는 가끔은 꿈에서 온몸에 총을 맞고 쓰러졌던 그때로 돌아가곤 했다.

꿈속에서 여전히 댕기머리 소녀가 총알 사이를 어쩌지 못하고 구슬피 운다.

그건 그때 그가 목숨을 구해 주었던 마을 이장의 손녀일 수도 있고, 처음 경성행 기차에서 마주친 열네 살 쌀례일 때도 있었다.

지금 다시 선재의 눈앞에서 꿈결 같은 총소리가 나고 있었다.

선재는 그때 그랬던 것처럼 댕기머리 여자아이를 향해, 혹은 아내를 향해 재빨리 달려갔다. 그리고 몸으로 그녀를 감쌌다.

첫 번째 총탄이 그녀의 발치 아래서 튀었고, 두 번째 총탄이 그의 팔을 스쳤다.

한 발 늦게 사태를 자각한 찬경이 총알이 날아드는 곳으로 시선을 돌렸다.

"개자식!"

속에서 무언가가 울컥 치밀어 오름을 느끼며 찬경은 멧돼지를 향해 달려갔다.

"경아! 안 돼!"

곰의 우려 섞인 고함이 귓가를 스쳤지만 그는 아무것도 듣지 못한 듯 다리를 멈추지 않았다. 상대가 총을 들고 있다던가, 지금 뛰면서 다시 한 번 뜨거운 핏줄기가 코와 입을 통해 울컥 쏟아지고 있다는 것 따위, 그가 알 바 아니었다.

상대방 역시 자신을 향해 정면으로 달려오는 그의 기세에 당황한 듯 탄창을 바꾸려는 손이 형편없이 떨리고 있었다.

그러는 사이 날듯이 뛰던 찬경이 도약하여 특유의 발차기로 멧돼지의 턱을 후려갈겼다.

엎치락뒤치락, 총을 빼앗으려는 자와 뺏기지 않으려는 자의 몸싸움이 잠깐 동안 벌어지고…… 뒤따라온 곰이 가세하기 직전 또 한 발의 총성이 거기 있던 모든 사람들의 귓가를 꿰뚫었다.

타앙—.

"……이게 무슨 소리냐? 총소리냐? 또 전쟁이 났느냐?"

눈먼 노인의 귀에, 곰과 방가, 임방꾼들의 귀에, 선재의 귀에…… 그리고 쌀례의 귀에.

자신의 눈을 가리고 있던 선재의 팔을 천천히 내리면서 쌀례는 볼 수 있었다. 바닥에 대자로 누워 피를 흘리며 자신을 보고 있는 찬경을.

그가 그녀를 보면서 무어라 입을 달싹거렸지만 무슨 말을 하는지 알 수가 없었다. 아무것도 들리지 않았다.

순간 바닥에 흐르고 있는 그의 붉은 피를 보면서 여자의 머릿속에서 떠오른 것은 눈발이었다.

새하얀 눈발.

추운 거리.

장단 맞춰 바가지 두들기는 소리와 밥을 빌어먹는 노래.

눈 위에 꽃처럼 피어나는 붉은 핏자국.

자신의 어깨를 잡아끌었던 교복 차림 남편의 모습……\.

─찾았다!

─구해 준 값, 내놓으라구. 설마, 공짜라고 생각한 거야?

─쌀 때문에 여기 왔지만 쌀 때문에 댁하고 산 건 아니란 말이에요!

─만약, 살아 돌아온다면, 난 이 집안 것들을 전부 다 잡아먹어 버릴 거야.

─밥 많이 먹고 무럭무럭 커라, 밥순이 아씨 마님. 혹시 어른이 되어 다시 보게 되면 내가 신 나게 괴롭혀 줄게.

─나와, 혼인해 주시겠습니까?

─보고 싶다, 쌀례야.

지금 눈앞에 있는 그들의 앳된 모습들이 눈송이처럼 그녀 앞에 휘몰아쳤다.

그들이 내지른 소리 소리들이 그녀의 귓가에 어지러이 와서 박혔다.

해일처럼, 그리되었다.
 갑자기 머릿속에서 들끓는 그 많은 것들을 견디지 못하고 여자는 남편의 팔 안에 축 늘어지고 말았다.
 "쌀레? 쌀레야!"
 '성례라니까요.'
 소리 내어 대답하고 싶은 말을 겨우 입 안에 웅얼거린 채로 쌀레는 정신을 잃었다.
 날이 밝아 오고 있었다.
 다시 아침이다.

안녕
눈물의 원천, 혹은 새로운 희망

우리는 만날 때에 떠날 것을 염려하는 것과 같이,
떠날 때에 다시 만날 것을 믿습니다.
아아! 님은 갔지마는 나는 님을 보내지 아니하였습니다.
— 만해 한용운,〈님의 침묵〉中

"얼—씨구씨구씨구씨구 들어간다. 절—씨구씨구씨구씨구 들어간다. 작년에 왔던 각설이가 죽지도 않고 또 왔네. 어허 품바가 잘도 헌다. 어허 품바가 잘도 헌다아아!"

가게 코앞에서 쪽박을 두들기며 부르는 거렁뱅이들의 노랫소리에 만물상 주인 오씨 영감은 버럭 소리쳤다.

"야, 이것들아! 시끄러우니까 다른 데로 가서 품반지 뭔지 떠들어라! 당최 시끄러워서 일을 볼 수가 있나 원! 여긴 다른 건 다 있어도 네놈들 줄 건 없단 말이다!"

그의 축객령에 거렁뱅이들은 침을 뱉고 욕지거리를 하며 왔던 때처럼 우르르 멀어져 갔다.

"원, 전쟁고아에 상이군인까지 겹쳐서 예전보다 더 극성이라니까. 아, 그렇지. 애기 엄마, 부탁했던 것 에 있수."

방금 전까지 거렁뱅이들의 노래를 듣고 있던 여자의 시선도 다시 만물상 주인이 내미는 물건으로 돌아왔다.

"구하기 아주 어려웠수, 그거. 내 '밥집' 할머니 30년 단골이라 그 노인네 얼굴 봐서 구해 드리는 거라니까."

영감의 너스레에 쌀례는 빙긋 미소 지었다.

"고맙습니다. 부탁은 드려 놓고 구할 수 있을까 걱정했는데."

그녀의 손에 낡은 책 한 권이 뿌듯이 쥐어졌다.

만해 한용운 선생의 《님의 침묵》.

그녀가 바랐던 대로 1934년 재판본이다.

그리고 신문지로 몇 겹을 꽁꽁 싼 포장을 풀고 나타난 그것은 부엌에 놓을 새로운 정안수 그릇. 조왕신의 주발이었다.

짬을 내어 온 보람이 있었다.

이제 서둘러 왔던 곳으로 돌아가야 하는 그녀의 발걸음은, 그러나 문득 다른 어딘가로 향했다.

어젯밤, 집에서 부리던 머슴과 추문이나 일으킨 며느리 따위 다시 집안에 불러들일 수 없다고, 곧 아들의 새로운 혼사를 위해 상견례를 치르리라던 시어머니의 냉혹한 목소리를 들은 이후, 쌀례는 눈을 뜨자마자 이곳을, 선재와 짧디짧은 신혼을 보냈던 하숙촌 쪽을 찾았다.

봄비 내리던 밤 초야를 치르고 다음날, 그들의 진정한 신혼이 이곳에서 시작되었었다.

얼떨떨한 얼굴을 하고 있는 안국동 식구들 앞에서 '제 처는 제가 데리고 가겠습니다.'라고 선재가 선언한 뒤 짐 가방 하나만 달랑 들고 그와 그녀가 하숙집에 입성했을 때, 하숙집 주인은 새 식구를 보면서 혀를 끌끌 찼다.

"바깥 신랑이 귀티 나게 생겼드만, 어째 신접살림을 이런 데서 차리

나. 어린 색시가 고생일 텐데."

귀티나는 신랑 역시 신부에게 쑥스러운 어조로 물었다.

"많이 좁지? 혼자 쓰던 별당 방보다 좁을 텐데 괜찮겠어?"

"여기 와서 늘 쓸고 닦은 게 전데요. 친정 살 때 이 비슷한 방에서 열 식구 넘게 살았는걸요. 이 정도면 궁궐이에요."

정말로 쌀례에게 그 좁은 방은 궁궐이나 다름없었다. 사실 그녀는 마음속으로 이렇게 덧붙이고 싶었다.

'당신과 함께라면 거기가 어디든 나한텐 궁궐인걸요.'

그렇게 수줍게, 혹은 행복하게 웃으며 답하는 여자를 바라보면서 남자는 겸연쩍게 마주 웃으며 말했다.

"궁궐에 있는 것치고 그 모습은……."

"왜요?"

한창 치마를 걷어붙이고 고무 대야 안에 들어가 빨래를 밟고 있던 쌀례의 모습에 선재는 피식 웃더니 어느새 양말을 벗어 던지고 그 안으로 들어가 함께 빨래를 밟기 시작했다. 그런 그의 모습에 쌀례는 기겁했다.

"안 돼요! 어, 어머님이 보시면 큰일 나요!"

"천리안 가지신 것도 아니고 어떻게 보신다고 그래? 가만있어 봐. 자취 시작하고 나도 꽤 여러 번 해 봤다고."

예전처럼 비눗방울 거품이 그들 사이로 흩날렸다. 그때보다 한결 편한 마음으로 웃음을 터뜨리면서 그들은 지칠 때까지 그 거품 사이를 걷고 또 걸었었다.

그렇게 좁은 궁궐에서 꿈같은 나날들이 흘러갔다.

아침이면 하숙생들이 공동으로 쓰는 부엌에서 작은 솥에 밥을 지어 그와 나눠 먹었고, 그가 없는 그의 서탁을 반짝반짝 윤기 나게 닦고는 하숙집 여주인에게 부탁해서 화단의 꽃을 몇 송이 꺾어 서탁 위에 올려놓았었다.

석양이 질 무렵 그가 퇴근하고 집으로 돌아올 즈음에는 대문 밖으로 나가 목을 길게 빼고 돌아올 그를 기다렸었다.

그럼 '치리링, 치리링' 그가 출퇴근 때 쓰던 자전거 경적 소리가 멀리서 들려오고, 마침내 모습을 드러낸 그는 한 손을 흔들어 보이며 늘 말했었다.

"다녀왔어."

좁은 신혼 방, 꽃밭, 그 사이를 날아다니던 비눗방울들, 동네 골목길에 맑게 울려오는 '치리링, 치리링' 자전거 소리, 손을 흔들면서 다녀왔다고 말하던 그 사람.

그렇게 자기 눈에만 보이는 것들을 찾아 좇느라 쌀례는 방금 전 들렸던 노랫가락들이 다시 자신에게 다가오는 줄도 몰랐다.

"어얼씨구씨구 들어가안다아…… 거기, 여자! 아까부터 여기 뱅뱅 헤매던데, 길 잃어버렸어? 길 안내라면 우리가 잘해 줄 수 있는데. 국밥 한 그릇 값만 내라구. 응?"

만물상 주인이 쫓아내던 각설이들이었다.

예전 어린 그녀의 은비녀를 뽑아 가려던 그 각설이들 후배쯤일까.

지저분하고 야윈 그들의 모습에서 어린 날의 찬경이 떠오른다.

혹은 전쟁 이후라 그런가 그들 중 목발을 짚고 있거나 쇠갈고리 손을 하고 있는 모습을 보니 문득 티 내지 않으려 노력하지만 조금씩 절고 있는 선재의 다리가 떠오른다.

착잡한 마음으로 그들을 보던 쌀례가 품에서 지갑을 꺼내 들었다.

하지만 그녀가 지폐 한 장을 꺼내는 와중에 각설이 중 하나가 그녀의 팔에 끼어 있던 짐 보따리를 빼앗아 들었다.

"인심 한번 쓰려면 좀 넉넉히 쓰라구. 어디 뭐가 얼마나 들었나."

동냥을 제대로 주지 않으면 가볍게는 부인네 치맛자락에 자기 손에 묻은 검댕이 칠을 하거나 더 나아가 폭행까지 저지를 만큼 사나운 이가 그들이었다.

그 거친 사내들이 여럿 둘러싸고 있는 모습은 열다섯 살 때나 지금이나 두려움을 자아내기에 마찬가지였다.

그리고 그들이 빼앗으려는 물건들이 그때나 지금이나 그녀가 포기할 수 없다는 것도.

"이리 내요. 차라리 밥값을 줄 테니까."

"가만 좀 있어 봐. 뭔지 좀 보고……. 에이, 뭐야? 책 쪼가리에 그릇이잖아?"

기껏 포장을 풀고 열어 본 물건들의 정체에 훔친 이는 실망한 표정을 지었다.

하지만 그 곁에 선 이는 또 다른 의견을 내놓았다.

"책 쪼가리치고 비싼 거 아냐? 내가 옛날 고물상 하는 놈한테서 들은 소린데 가끔 개중에 헌책이나 족자 중에 횡재하면 집 몇 채 값 하는 것도 걸린다고 하더라. 낡아 보이는 책 쪼가린데 밥값 주겠다 하면 이것도 혹시……"

"그런가? 그럼 이 주발도?"

여자는 기가 찼다.

그리고 자신의 소중한 책 한 장 한 장을 더러운 손으로 거칠게 넘기는 그 사내들 행동에 분노가 치밀었다

"값나가는 건 아니지만 저한텐 소중한 책이에요. 그러니 이리 내요!"
"허, 젊은 여자가 겁도 없이……. 이봐, 그러니 더 수상하잖아. 이 팔 다리가 누구 때문에 이 모양이 됐는데? 다 너 같은 년들 사지 멀쩡하게 목숨 부지시키느라 공산당 놈들한테 잘린 손발이다! 이런 책 쪼가리 좀 가져가기로 그게 뭔 대수라고……."
쇠갈퀴 손이 그녀를 향해 위협적으로 다가왔다.
여자는 입술을 깨물고 그것을 바라보다 파르르 치를 떨며 물었다.
"그렇다고 강도짓을 하나요?"
"이년이!"
그전까지 눈빛에 떠 있던 능글맞은 빛이 확 꺼지고 험악한 기색만 들끓었다.
쇠갈퀴 손이 더 가까이 그녀를 향해 휘둘러졌다.
하지만 쌀례의 눈은 갈퀴손이 아닌 다른 것에 못 박혀 있었다.
홀연히 각설이의 등 뒤에 나타나 그의 손목을 거머쥔 젊은 남자에게.
"……대낮에 강도짓에 부녀자 폭행인가."
한눈에 보아도 단정한 인상의 젊은 남자를 보고 각설이는 한순간 움찔했다.
"뭐, 뭐야? 네가 저년 서방이라도 돼?"
대답은 바로 나왔다.
"그렇소만. 저 여자, 내 처요."
거렁뱅이 떼들이 그녀의 짐을 거칠게 던지고 바람처럼 흩어졌다.
조왕신의 주발이 그녀의 발치까지 굴러 왔다.
그리고 바닥에 뒹구는 얇은 책자가 그녀의 눈에, 그리고 그의 눈에 들어왔다.

남자는 묵묵히 허리를 굽혀 그 책을 주워 들었다.

님의 沈默

속지의 붉은 글씨가 선명하다.
그의 시선이 책에서 여자에게로 향했다.
그가 그녀에게 처음 가르쳤던 연시.
소녀가 여자가 되었다는 것을 남자가 처음으로 깨달았던 그때, 그녀가 정염 어린 목소리로 읊었던 바로 그 시였다.
"구하기가 어려웠을 텐데, 용케 구했군."
책에 묻은 먼지를 털어 내며 담담한 목소리로 그가 말했다.
목소리처럼 담담한 손길로 그는 책을 다시 그녀에게 내밀었다.
오늘쯤 상견례를 한다고 한 것 같은데 왜 여기에?
어수선한 마음 들킬까 봐, 그가 들려주었던 시, 혹은 그때를 기억하고 있다는 것이 들킬까 봐 여자는 머뭇머뭇 뒷걸음질했다.
그녀가 뒷걸음질하는 만큼, 그가 다가왔다.
계속 책을 내밀면서.
고집스런 그의 몸짓에 여자는 한숨을 내쉬고 마지못해 그 책을 받아 들고자 손을 내밀었다.
그런데 그때 그녀의 손에 다가온 것은 책이 아니었다.
남자는 책 쪽으로 향한 그녀의 손을 불쑥 잡고는 그녀를 자신의 품으로 확 잡아끌었다.
순식간에 여자는 그의 품에 잠겼다.
귓가에 그의 목소리가 들려왔다.

"다녀왔어."

길 위 지나가는 행인들이 그들의 모습을 흘끔거려도 그 포옹은 오래도록 풀리지 않았다.

"자, 시작한다. 님은, 갔습니다."
"님이 누구예요?"
"좋아하는 사람이란 뜻이야. 질문은 나중에 하고 다시, 님은 갔습니다."
"님은…… 갔습니다. 음, '갔'이라고 쓸 때 시옷 하나 쓰는 거예요?"
"그거 알려 주면 받아쓰기가 아니지."

쌀례는 엎드려 받아쓰기를 하는 작은 쌀례에게 눈을 흘기며 대답했다.

아이는 혀를 내밀고는 콧등에 주름을 지은 채 고민에 고민을 거듭하더니 결국 무언가를 결정해 쓰기 시작했다.

그날 저녁, 아이가 쓴 삐뚤삐뚤한 글씨들을 눈여겨보면서 선재가 말했다.

"이제 여섯 살도 안 됐는데 처음 받아쓰기로는 너무 어렵지 않나?"
여자는 새침한 어조로 대꾸했다.
"저도 첫 받아쓰기는 그걸로 시작했는걸요."
"음, 열다섯 살이면 감수성 예민할 때라고 생각했으니까. 딱딱한 교본보다 그게 나으리라 생각했었어. 당신도, 좋아했었지?"
"……그래요. 지금도 외우는걸요."

"병자들 쉬는 곳이라 지금은 좀 그렇지만, 언젠가 듣고 싶은데."

여자는 그저 보일 듯 말듯 미소 지을 뿐이었다.

문득 남자는 고개를 들고 눈앞에 서 있는 병원 건물 2층 어딘가를 올려다보았다.

"그 친구, 여전히 자고 있나?"

"정말 달게 자요. 잠이라곤 자 본 적 없는 사람처럼······."

그날 이후 꽤 오랜 시간이 지나도록 그는 깨어나지 않았다.

이전에 다친 그의 곁을 지켰을 때처럼 몸부림도 욕지기도 없이, 그녀가 그를 안 이후 처음으로 그는 고요히 달게 자고 있었다.

머리 사진을 찍어 본 의사는 그의 뇌가 부어 있고 좁고 가느다란 미로 같은 그 복잡한 혈관이 화산처럼 일어날 경우 돌이킬 수 없는 상황에 처해질 수 있다고만 했다.

─확실하게 말씀드릴 수 있는 건, 지금으로선 아무것도 없어요. 그저 깨어나길 기다리는 수밖에.

"작은 쌀레는, 그 친구 옆에 있나?"

"요즘 그림 그리는 데 재미 붙여서, 그 사람 침대 옆에서 크레파스로 계속 그림만 그려요. 나중에 화가 시켜도 될 것 같아요."

만 다섯 살이 되어 가는 아이에게 세상은 빨주노초파남보 무지갯빛인 모양이다.

얼마 전부터 생일 선물로 받은 크레파스를 아이는 하루 종일 놓지 않고 있었다.

새하얀 스케치북 도화지에 빨간 꽃들이 피어나고, 일곱 빛깔 무지개가 뜨고, 초록색 산과 나무가 서 있고, 노란 새가 날아다닌다.
 그리고 당연하게도 자신과 자신이 가장 사랑하는 가족들이 그려져 있다.
 단발머리에 동그란 얼굴의 엄마는 손에 머리빗과 가위를 쥐고 있다. 엄마 옆에는 빨간 리본을 머리에 매고 있는 작은 쌀례 자신이 있다. 그리고 그 옆에는…….
 "그것 아세요? 언젠가 당신이랑 꼭 결혼할 거래요."
 딸아이의 장래 희망에 남자는 어이가 없다는 듯 배를 잡고 웃었다.
 "하하, 어쩌나. 나는 이미 옛날에 결혼했는데."
 그가 그녀를 본다.
 그 옛날 눈발이 날리던 초례청, 자신의 맞은편에 서서 그와 혼인했던 여자를.
 그 뒤 한참의 세월이 흐르고 좁은 하숙방에서 둘만의 초야를 치렀던 자신의 하나뿐인 신부(新婦)를.
 문득 자신을 보는 그의 눈길에 여자는 새색시처럼 수줍어하다가 그의 얼굴에 서린 곤함을 보고 물었다.
 "퇴근하자마자 늘 여기 오는 거 피곤하지 않아요?"
 "아버님도 계시는데 뭘."
 아이러니하지만 찬경과 같은 층 병실에는 그의 아버지도 누워 있었다. 그날 밤의 난리가 불굴의 늙은 야차의 기력을 뽑아 간 모양이었다.
 끊임없이 이득을 추구하고 자신의 원수들을 징벌하고 집안을 보호하려 애쓰던 그는 이제 늙은 나무가 수액이 마르고 시들어 선 채로 죽어 가듯이 죽어 가고 있었다.
 그래서인가. 아내와 아이, 아버지가 있는 병원을 매일 찾는 선재의 모습은 수척해 보였다.

"힘들어서 어떻게 해요. 일도 바쁠 텐데."

"살아서 눈앞에서 보는데 뭐가 힘이 들겠어. 괜찮아. 요즘만 같으면, 뭐든 괜찮아."

문득 여자의 머릿속에선 그녀가 수만 번 외우고 외우고 또 외워 머릿속에 각인된 시구가 떠올랐다.

─우리는 만날 때에 떠날 것을 염려하는 것과 같이, 떠날 때에 다시
 만날 것을 믿습니다.

그대로 이루어졌다. 다시 만날 걸 믿었기에 다시 만났다.

그러나 다시 찾은 그 손을 마주 잡고 있으면서도 여자의 시선은 아이와 또 다른 사람이 누워 있는 병실 창가를 향했다.

기다리던 사람이 돌아온 지금 마치 떠나려는 것처럼 보이는 당신, 언제까지 자고 있을 건가요?

창가를 통해 엄마와 선생님 아버지를 내려다보고 있던 작은 쌀례는 그리고 있던 스케치북을 내려놓고 옆에 누운 사람을 바라보았다.

"나, 오늘 받아쓰기해서 다 맞았어요, 아빠."

문득 오늘 태어나서 처음으로 외우게 된 시를 그에게 들려주고 싶다는 생각이 들었다.

여자아이는 씨익 젖니 빠진 이를 드러내며 웃더니 곧 두 눈을 감고

나직이 시를 암송하기 시작했다.
"님은, 갔습니다. 아아, 사랑하는 나의 님은 갔습니다."
고개를 갸웃거리던 아이는 여전히 눈 감고 있는 그에게 말을 걸었다.
"엄마가 그러는데 님은 좋아하는 사람이래요."

> 푸른 산 빛을 깨치고 단풍나무 숲으로 향하여
> 난 작은 길을 걸어서 차마 떨치고 갔습니다.
> 황금의 꽃같이 굳고 빛나던 옛 맹세는 차디찬 티끌이 되어서
> 한숨의 미풍에 날아갔습니다.
> 날카로운 첫 키스의 추억은 나의 운명의 지침을 돌려놓고
> 뒷걸음쳐서 사라졌습니다.
> 나는 향기로운 님의 말소리에 귀먹고
> 꽃다운 님의 얼굴에 눈멀었습니다.
> 사랑도 사람의 일이라 만날 때에 미리 떠날 것을 염려하고
> 경계하지 아니한 것은 아니지만…….

이상한 일이지만 눈은 감고 있고 의식은 반쯤 잠을 자고 있었는데도 그의 귀는 열려 있었다. 그래서 아이의 청명한 노랫소리를 그는 하나하나 음미하듯 들었다.

> 사랑도 사람의 일이라
> 만날 때에 미리 떠날 것을 염려하고
> 경계하지 아니한 것은 아니지만
> 이별은 뜻밖의 일이 되고

놀란 가슴은 새로운 슬픔에 터집니다.

사람이어서, 괴물이나 개가 아닌 사람이어서 한 여자를 사랑했고, 울렸고, 사랑했다.
또, 사랑받았었다.
잘하고 싶었지만, 생각만큼 되진 않았다.

그러나 이별을 쓸데없는 눈물의 원천(源泉)을 만들고 마는 것은
스스로 사랑을 깨치는 것인 줄 아는 까닭에
걷잡을 수 없는 슬픔의 힘을 옮겨서
새 희망의 정수박이에 들어부었습니다.
우리는 만날 때에 떠날 것을 염려하는 것과 같이
떠날 때에 다시 만날 것을 믿습니다.

무식해서 어려운 말은 잘 알아듣지 못하겠지만…… 슬픔이 희망이 된다는 건 아직 이해할 수 없지만, 그래도 마지막 구절은 알 것도 모를 것도 같았다.
우리, 다시 만날 것을 믿습니다.

아아! 님은 갔지마는 나는 님을 보내지 아니하였습니다.

열려진 그의 귀로 아이의 달달한 노랫소리가 스며들었다.
그리고 그 소리는 그날 밤, 그를 깨웠다.

눈을 뜨고 한동안 찬경은 천장만 노려보았다.
 잠시 후 겨우겨우 몸을 일으킬 수 있게 되었을 때 그의 눈에 뜨인 것은 보조 침대에서 스케치북에 얼굴을 받치고 잠든 아이, 그리고 자신의 머리맡에서 꾸벅꾸벅 졸고 있는 쌀레, 의외로 창가 창틀에 기대어 졸고 있는 선재였다.
 "……할 일 없는 위인이로군."
 자신의 머리맡에 잠든 그 여자를 한번 물끄러미 바라보다가 그는 부스스 자기 팔에 꽂힌 링거 주사 바늘을 뽑아내고는 조심조심 침대에서 바닥으로 다리를 내렸다.
 벽에 손을 짚고 후들거리는 다리를 힘겹게 움직이고 천천히 갓 걸음마 떼는 사람처럼 발걸음을 디뎠다.
 살그머니 문을 열고 건너건너 병실 출입구에 쓰인 이름을 확인했다.

한상민

 왜 이러는지 자기 자신조차 모를 일이었지만 찬경은 그 병실 문을 열었다.
 당연한 말이지만, 영감은 누워 있었다.
 한때 위압적인 저택의 주인. 아비라 부를 수 없는 주인 나으리. 뛰어넘거나 쳐부수어야 하는 원수라고 이를 갈았던 작자가 다 쪼그라진 육신을 가지고 시체처럼 누워 있는 모습은 아무리 보아도 생경했다.
 문을 열고 두어 발짝 들어섰지만 거기서 멈춰 서서 더 다가가진 못

하고 있는데 문득 시체처럼 보이던 노인의 목소리가 불쑥 들려왔다.
"선재냐?"
언제나 저 노인네 입에서 먼저 나오는 이름이다. 새삼스러울 것도 없어서 찬경은 입을 다물고 듣기만 했다. 여기서 '아니, 도적놈이요.'라고 대꾸했다간 이 밤중에 시끄러워지지 않겠는가.
그렇게 가만히 듣고 있으니 그걸 긍정의 침묵으로 해석했던지 영감은 연이어 말했다.
"……근처에, 그 도적놈이 누워 있다고 들었다. 아직, 있느냐?"
'여기 있소. 왜?'
심술궂은 얼굴을 하고 소리 나지 않게 입술만 움직여 대답하던 찬경의 귀에 다시 영감의 목소리가 들렸다. 방금 전보다 한층 낮은, 누가 듣기 꺼려하는 듯한 풀 죽은 목소리가.
"내, 내가 네게만 이르는 말이다만, 실은 내가 그 도적놈에게 빚이 좀 있다."
'좀이라. 영감, 당신이 내게 진 빚이 어디 한두 가지요? 장사꾼답지 않게 그렇게 두루뭉술하게 말하다니 영감쟁이 당신도 갈 날이 머지않은 것 같군.'
마음속으로 그런 종류의 독한 어조가 들끓었지만 그건 한마디도 소리가 되어 나와 주지 않았다. 그저 멍하니 그는 노인의 말을 듣고 또 들었다.
"그러니, 찬경이 그놈이 자리에서 일어나거든 성치도 않은 몸으로 옥에 갇히기 전에 네가 얼만큼 마련해 주어 나라 밖에, 안전한 곳으로 내보내거라. 내가 집사에게 따로 일러둘 것이니 자금은 걱정치 말고 넉넉하게. 알아들었느냐?"

잠꼬대, 혹은 유언을 뱉어 내듯이 나직한 목소리로 기운을 짜내어 중얼거리던 노인네는 다시 두 눈을 감았다.

혹시나 숨이 넘어간 건 아닌가 해서 찬경은 용기를 내어 늙은이 앞으로 다가가 그의 코끝에 손을 대 보고 심장 부분에 귀를 가져가 그 소리를 들었다.

느리지만 그것은 분명히 뛰고 있다.

'다행이다. 빌어먹을. 뭐가 다행인지 몰라도 아무튼 다행이다.'

늙은이가 살아 있다는 사실에 어쩐 일인지 새어 나오는 안도의 한숨을 삼켰다.

―찬경이 그놈.

노인의 입에서 처음으로 나온 자신의 이름을 곱씹으면서 찬경은 그 자리를 떠났다.

다시 자신의 병실로 돌아온 그의 눈에 그들이 보였다.

창가 틀에 기대어 꾸벅꾸벅 졸고 있는, 그가 전쟁터로 보내고, 그가 아내를 빼앗고, 그가 그 아이 아비 노릇을 하려 했던 남자,

그리고 보조 침대에 스케치북을 베고 잠든 아이.

고사리 같은 손가락에는 오늘 그린 듯 보이는 그림 색깔과 똑같은 크레파스 색이 묻어 있었다.

그리고 아이가 베고 있는 하얀 도화지에는 엄마와 아빠, 아이, 그리

고 또 다른 아빠가 알록달록한 색으로 그려져 있었다.
'선생님 아빠' 반대편에 중절모를 쓰고 늠름하게 서 있는, 코트 자락에 '경이 아빠'라 이름 붙은 남자는 분명 그 자신이었다.
"제법인데, 우리 꼬마."
남자가 미소 지었다.
그가 근래 들어 지어 본 적 없는 종류의 웃음.
티끌 한 점 없는, 박하사탕처럼 시원한 웃음이었다.
그리고 다시 남자의 얼굴을 하고 아직도 침대 머리맡에 얼굴을 묻고 잠이 든 여자를 내려다보았다.
그의 손이 조심스레 헝클어진 그녀의 머리칼을 만지고 미용실 약품 만지느라 지문이 거의 지워진 그녀의 작고 거칠고 예쁜 손을 어루만졌다.
그의 입술이 조용히, 소리가 나지 않게 움직였다.
'쌀례야······.'
소리 내지 않고 부르는 그 소리가 그녀의 귀에 가 닿았던 것일까. 감겨 있던 여자의 눈썹이 경련하는 듯 보였다.
혹시라도 여자의 잠을 깨워 버린 것이 아닐까 찬경은 덜컥 심장이 내려앉았다.
하지만 다행히도 그뿐, 여자는 무슨 좋은 꿈을 꾸는 모양인지 입술에 빙그레 꽃 같은 미소를 띠고 눈을 뜨지 않았다.
그런 여자를 바라보며 남자는 안도했다.
쌀례야, 내 작은아씨 마님.
나는 아마 앞으로도 외로울 거야.
당신이 보고 싶을 거야.

네 곁에서 나이 먹거나 죽지 못한 걸 아마도 후회하게 될 거야.
그래도 우리…… 지금은 헤어지자.
그렇게 하자.
그래도 우리, 만날 때에 헤어짐을 염려하는 것과 같이,
떠날 때에 다시 만날 것을 믿도록 하자.
그렇게…… 믿자.
남자는 조심스레 아이의 옆에 널린 크레파스를 하나 집어 들었다.

조왕신을 위한 기도
어느 겨울 아침 부엌에서

거룩하신 부엌신장 팔만사천 조왕대신께 지심귀명하옵니다.
좌보처 땔나무 담당하시는 담시역사께 지심귀명하옵니다.
우보처 밥 짓고 불 때시는 조식취모께 지심귀명하옵니다.
인간세계 원 있는 곳 정성으로 축원하니
병과 재앙 사라지고 많은 복록 내려지이다.
―〈부엌의 주인 조왕신께 바치는 예경〉中

햇살이 부엌 창틀을 뚫고 들어와 금빛 먼지와 함께 춤을 추었다.

부엌문을 열고 들어온 여자는 먼저 부뚜막에 엿을 붙였다. 일 년 동안 부뚜막에 앉아 이 집안의 모든 일 ― 기쁜 일, 슬픈 일, 황당한 일, 기억할 일, 잊어야 할 일들 ― 을 지켜본 부엌의 주인 입을 봉하기 위한 의식이었다.

새롭게 마련한 주발에 정안수를 부어 조왕신께 바쳤다. 그리고 새로운 시작을 기리기 위해 으레 부엌 벽에다 붙이는 조왕신 초상 대신 다른 것을 붙였다.

빨주노초파남보, 아이가 화사한 크레파스로 알록달록하게 그린 '가족' 그림이었다.

문득 이 그림을 그린 다음날 새벽 사라진 남자가 떠올랐다.

눈을 뜨고 보니 비어 있는 침대.

뽑혀진 주사 바늘.

그리고…… 병실 거울에 크레파스로 큼직하게 쓴, 눈에 익숙한 그의 글씨들.

쌀례야

'안녕'이라는 말 대신 그저 그것만 남겨 둔 채 그는 사라져 버렸다.
 잠결에 이름을 부르는 소리를 들은 것도 같았다. 잠에 빠져 자신의 이별 인사를 제대로 듣지 않았다고 섭섭해한 걸까. 바람 같던 남자는 그대로 떠나 버렸다.
 그의 친구인 곰도, 영화사 사람들도, 그 누구도 그저 고개만 내저을 뿐이었다. 그들이 정말 모르는지, 모르는 척하는지 그녀는 모른다. 그저 바람결에 들려오는 소리들만 간간이 들을 뿐이다.
 혹자는 바람 같고 불같던 남자가 죽어 이미 이 세상 사람이 아니라고도 했고, 어떤 이는 외국으로 가는 배편에서 그를 보았다고도 했고, 어떤 이는 홍콩 거리에서 그를 보았다는 사람도 있었다.
 언젠가 그녀에게 말했듯이 그녀와 함께는 아니어도, 그는 다시 그 은빛 물결을 바라보며 웃게 되었을까.
 그 서늘한 눈으로 앞만 쏘아보면서 낯선 어느 골목길을 그는 또 바람처럼 누비며 살고 있을까.
 그리고 다시 여자는 새로 마련한 조왕신의 주발에 정안수를 바치기 시작했다.
 첫새벽에 떠 온 맑은 물을 주발 가득 담고서 두 손을 모아 빈다.

—보우해 주세요, 우리 모두를.

집 떠난 이들이 배곯지 않도록, 마음 아프지 않도록, 언젠가 그들이 기다리는 사람들에게로 돌아와 더운 밥상 함께할 수 있도록, 여자는 집을 떠난 가족의 수호신이기도 한 부엌의 신께 빌고 또 빌었다.
 다시 쌀을 씻어 무쇠솥에 안치고 불을 지핀다.
 김이 모락모락 피어오르는 뜨거운 밥을 정성껏 푼다.
 그중 한 공기를 따로 덜어 내어 한쪽에 둔다.
 그런 그녀의 모습을 부엌문 밖에서 어린 여자아이와 단정한 인상의 남자가 조용히 지켜보고 있었다.
 햇빛 찬란한 어느 겨울날 아침에.

작가의 말

안녕하세요?

정말 오랜만에 뵙습니다.

제 외할머니는 열세 살의 나이로 스물 초반의, 그 당시 마을 최고의 꽃미남이셨다는 외할아버지와 혼인하셨습니다.

두 분 사이에 장녀로 출생하신 어머니의 증언에 따르면, 당신의 아버님처럼 후리후리하고 멋진 남정네는 동리에 없었다고 합니다.

그분을 사진으로도 뵌 적 없는 저는 확인할 길은 없습니다만, 어린 새색시가 잘생긴 연상 청년에게 시집갔다는 그 모습이 손녀딸의 머릿속에서 연분홍 상상의 나래를 폈지요.

그렇게 탄생하게 된 이야기가 바로 《쌀례 이야기》입니다.

미리 말씀드리자면, 이 이야기는 여주인공의 이름과 아명, 어린 신부가 미남 청년에게 시집갔다…… 정도의 큰 틀에 쌀례와 선재가 함께 야반도주하는 장면 등 실제 두 분이서 겪으셨던 약간의 실존 에피소드와 다량의 창작을 씨실과 날실 엮듯 만든 픽션입니다.

하지만 소설 속 쌀례만큼은 아니어도 열세 살에 족두리 쓰고 유부녀가 되신 할머니의 삶도 꽤 흥미진진하여서 시어머니 되시는 외증조모께서 새색시 머리도 빗겨 주시고, 콧물 흘리면 치마폭으로 코도 닦아 주면서 막내며느리를 키우셨다고 해요.

어머니께 어린 새색시의 이야기를 들으면서 손녀인 주제에 저는 이런 생각이 들었었지요.

'귀엽군.'

따져 보면 우리나라 암흑기인 일제 강점기이고, 어린 소녀가 자기 의사와 상관없이 결혼이라는 중대사를 등 떠밀리듯 치른 혹독한 이야기일 수도 있지만요, 어린 시절 엄마에게서 어린 새색시였던 외할머니 이야기를 도란도란 들으면서 그 어두운 시절이 누군가에겐 빛나는 청춘의 한 자락이었겠구나, 라는 생각이 들었습니다.

수많은 아들들 딸들은 남의 나라 전쟁에 끌려가고, 어린아이들이 일본 비행기와 미군 비행기 엔진 소리를 구별해야 하고, 조상을 받드는 제기에, 여자들 비녀까지 모두 빼앗기던 그 시절, 그래도 사랑하고 혼인하고 인연 맺고 슬퍼하고…… 살면서 거쳐 가는 것들은 다 하고 산 시절이기도 했다고 말입니다.

할머님의 일은 제가 감히 짐작도 할 수 없겠지만 이야기 속 쌀례가 그 시절을 버틴 건 아무래도 '소중한 사람들'과 '밥' 덕분이 아니었나 싶어요.

지금도 제 머릿속에 선명히 떠오르는 것은 맑은 콩나물국에 따뜻한 밥을 한술 크게 넣으시고 아삭한 열무김치를 얹어 정말 맛나게 진지

드시던 외할머니의, 또 다른 쌀례 씨의 모습이랍니다.

사실 이 쌀례는 제가 정신적으로 참 배고팠을 때 지은 이야기입니다.

그해 봄에 배고픈 제 머릿속에서 '밥 좋아하는 여자'와 '케이크 좋아하는 여자가 동시에 떠올랐는데(주식과 후식이 동시다발로) 더 밝은 케이크 좋아하는 여자 쪽을 먼저 시작하다 보니 밥 좋아하는 여자 이야기를 끝내기까지 그 뒤로 한참의 시간이 걸리고 말았습니다.

연애물밖에 못 쓰는 사람이 어려운 시절을 배경으로 또 연애물을 써서 그 혹독한 시기를 꿋꿋이 버틴 분들께 누가 되지는 않을까 조심스럽기도 합니다만, 하고 싶던 이야기 한 장이 끝을 맺고 보니 개인적으로 시원섭섭하네요.

쌀례와 선재, 찬경이 살았던 시기, 제 할머니와 할아버지, 그분들이 젊었던 만큼 어렸던 제 어머니가 사셨던 이야기, 제가 살아 본 적이 없던 시기의 이야기라 다음과 같은 귀한 자료들을 참고했습니다.

《한국 근대사 산책》 9-10, 강준만 著, 인물과 사상사

《한국 현대사 산책 1940년대편》 1-2, 강준만 著, 인물과 사상사

《한국 현대사 산책 1950년대편》 1-3, 강준만 著, 인물과 사상사

《한국미용 100년》, 김수정 著, 동서교류

《마을로 간 한국전쟁》, 박찬승 著, 돌베개

《꽃가치 피어 매혹케 하라》, 김태수 著, 황소자리

《꽃을 잡고》, 신현규 著, 경덕출판사

《그때 그 길이 왜 그리 좁았던고》, 김진 著, 해누리
《경성, 사진에 박히다》, 이경민 著, 산책자
'한강' 관련 사이트 http://hanriver.culturecontent.com

또 이야기의 시작을 들려주신 엄마, 고맙습니다.
할머니도 참 많이 뵙고 싶고요.
전주예 팀장님을 비롯하여 테라스북, ㈜가딘미디어에 고맙다는 말씀을 드리고 싶습니다.
여러분이 계셔 주셨기에 이 긴 작업을 끝낼 수 있었습니다.
밥 좋아하는 한 여자와 그녀를 사랑했던 두 남자의 이야기를 읽어주신 여러분들께도…… 고맙습니다.

언제나 행복하시고 건강하시길!

용인에서 수현 드립니다.

씰례
이야기
2

초판 1쇄 발행 2011년 9월 22일
신판 1쇄 발행 2015년 2월 26일

지은이 지수현 | 펴낸이 강성욱 | 책임 기획 전주예 | 기획 디자인 이선영 | 기획 편집 송진아
마케팅 손주영 | 로고 김미현 | 교정 안진숙, 류주영
펴낸곳 테라스북 | 등록 제25100-2013-000012호
주소 (134-826) 서울특별시 강동구 동남로 65길 13, 2층
전화 070-4794-5826 | 팩스 0505-911-5826
블로그 http://terracebook.blog.me | 전자우편 terracebook@naver.com
ISBN 978-89-94300-46-7 (04810)
　　　978-89-94300-44-3 (전2권)

ⓒ 지수현 2011 Printed in Korea

테라스북은 오름미디어의 임프린트 브랜드입니다.

잘못된 책은 구입하신 곳에서 바꾸어 드립니다.
이 책의 전부 또는 일부 내용을 재사용하려면 사전에 저작권자와 오름미디어의 동의를 받아야 합니다.

이 도서의 국립중앙도서관 출판시도서목록(CIP)은 e-CIP 홈페이지(http://www.nl.go.kr/ecip)에서
이용하실 수 있습니다. (CIP제어번호: CIP2015003667)